W0351299

Nelson Demille

Américain, Nelson Demille est né à New York en 1943 et a grandi à Long Island. Entre 1962 et 1966, il commence des études de sciences politiques et d'histoire, qu'il reprendra après avoir servi trois années dans l'infanterie, dont un an en tant que lieutenant au Viêt-nam, entre 1967 et 1968. Démobilisé, il achève ses études et décide de devenir écrivain.

Il commence par écrire des romans policiers, dont une trilogie dans laquelle il dénonce la mentalité raciste de la police new-yorkaise. Il abandonne le genre en 1975, enchaîne plusieurs livres sous divers pseudonymes, et écrit en 1978 son premier best-seller. Il a publié depuis lors une douzaine de romans qui connaissent des succès internationaux. *Le déshonneur d'Ann Campbell* (1994) a fait l'objet d'une adaptation au cinéma en 1999.

Il vit actuellement à Long Island avec son épouse.

LA VENGEANCE DU LION

DU MÊME AUTEUR

CHEZ POCKET

LE VOISIN

LE DÉSHONNEUR D'ANN CAMPBELL

RETOUR DE L'ENFER

L'ÎLE DES FLÉAUX

MAYDAY MAYDAY !

NELSON DEMILLE

LA VENGEANCE DU LION

traduit de l'américain
par Benjamin Legrand

ROBERT LAFFONT

Titre original :
THE LION'S GAME

Édition originale : Warner Books, New York

Le Code de la propriété intellectuelle n'autorisant, aux termes des paragraphes 2 et 3 de l'article L. 122-5, d'une part, que les « copies ou reproductions strictement réservées à l'usage privé du copiste et non destinées à une utilisation collective », et d'autre part, sous réserve du nom de l'auteur et de la source, que les « analyses et les courtes citations justifiées par le caractère critique, polémique, pédagogique, scientifique ou d'information », toute représentation ou reproduction intégrale ou partielle, faite sans le consentement de l'auteur ou de ses ayants droit ou ayants cause, est illicite (article L. 122-4).
Cette représentation ou reproduction, par quelque procédé que ce soit, constituerait donc une contrefaçon sanctionnée par les articles L. 335-2 et suivants du Code de la propriété intellectuelle.

© Nelson DeMille, 2000
© 2001, Éditions Robert Laffont pour la traduction française
ISBN 2-266-11949-4

À la mémoire de ma mère bien-aimée –
membre à part entière de la Grande Génération.

Note de l'auteur

Le corps expéditionnaire antiterroriste (ATTF, *Antiterrorist Taskforce*) imaginaire représenté dans ce roman est basé sur la *Joint Terrorist Taskforce* (JTTF), bien réelle celle-là, même si j'ai pris quelques libertés romanesques et utilisé diverses licences littéraires quand cela m'apparaissait nécessaire.

La JTTF est un groupe d'hommes et de femmes dévoués qui travaillent dur, œuvrant sur le front de la lutte contre le terrorisme aux États-Unis, et qui valent vraiment la peine d'être rencontrés.

Les personnages de cette histoire sont entièrement fictifs, bien que certaines méthodes des agences du maintien de l'ordre décrites ici soient fondées sur des faits réels, comme l'est le raid aérien américain sur la Libye en 1986.

LIVRE UN

États-Unis, aujourd'hui 15 avril

La mort a peur de lui parce qu'il a le cœur d'un lion.

Proverbe arabe

1.

On pourrait penser que quelqu'un qui a reçu trois balles et qui, du coup, a failli être changé en donneur d'organes s'attacherait, à l'avenir, à éviter les situations dangereuses. Mais non, je dois avoir un désir inconscient de m'extraire du patrimoine génétique de l'espèce, ou un truc dans le genre.

Je m'appelle John Corey, je suis un ancien détective de la police de la ville de New York (plus connue sous le nom de NYPD), service des homicides, et je travaille désormais comme agent sous contrat spécial pour le corps expéditionnaire fédéral antiterroriste (ATTF). Ce jour-là, j'étais assis à l'arrière d'un taxi jaune conduit par un chauffeur-suicide pakistanais, censé m'emmener du 26 Federal Plaza, au sud de Manhattan, à l'aéroport international John-Fitzgerald-Kennedy.

C'était un beau jour de printemps, un samedi, et la circulation était fluide sur le Shore Parkway, parfois appelé le Belt Parkway, et récemment rebaptisé POW/MIA Parkway, histoire d'éviter toute confusion. On était en fin d'après-midi, et les mouettes vivant dans une déchetterie proche – autrefois appelée décharge d'ordures – chiaient à qui mieux mieux sur le pare-brise du taxi. J'adore le printemps.

Je ne partais pas en vacances, ni rien de tout ça – je me rendais à ma première convocation pour travailler avec le corps expéditionnaire antiterroriste susnommé. C'est une organisation dont peu de gens connaissent l'existence, ce qui est tout aussi bien. L'ATTF est divisée en sections qui s'attachent à des groupes spécifiques de fauteurs de troubles ou de poseurs de bombes, tels que l'IRA, le Front de libération de Porto Rico, les Noirs radicaux, et autres bandes qu'on ne nommera pas ici. Je faisais partie de la section Moyen-Orient, qui est le plus grand groupe et peut-être le plus important, même si, pour être tout à fait honnête, je ne connais pas grand-chose aux terroristes du Moyen-Orient. Mais j'étais censé apprendre sur le tas.

Donc, pour exercer mes talents, j'entamai une conversation avec le chauffeur pakistanais qui s'appelait Fasid et qui, du peu que j'en savais, était certainement un terroriste, bien qu'il eût l'air d'un brave type absolument normal.

– D'où venez-vous? lui demandai-je.

– D'Islamabad. La capitale.

– Vraiment? Ça fait longtemps que vous êtes ici?

– Dix ans.

– Et vous aimez?

– Bien sûr. Qui n'aime pas?

– Eh bien, mon ex-beau-frère, Gary, par exemple. Il n'arrête pas de dire du mal des États-Unis. Il veut emménager en Nouvelle-Zélande.

– J'ai un oncle en Nouvelle-Zélande.

– Sans blague ? Il reste des gens à Islamabad ?

Il rit, puis m'interrogea à son tour :

– Vous allez retrouver quelqu'un à l'aéroport ?

– Pourquoi vous me demandez ça ?

– Vous n'avez pas de bagages.

– Hé, vous êtes vachement perspicace.

– Alors, vous allez chercher quelqu'un ? Je pourrais vous attendre pour vous ramener en ville ?

L'anglais de Fasid était plutôt bon – argot, idiomes, et tout. Je répliquai :

– Il est prévu qu'on me ramène.

En fait, j'allais chercher un supposé terroriste qui s'était rendu à l'ambassade américaine de Paris, mais je ne pensais pas que cette information dût être partagée avec Fasid. Je changeai donc de sujet :

– Vous êtes un fan des Yankees ?

– Plus maintenant.

Là-dessus il se lança dans une tirade contre le Yankee Stadium, le prix des billets, les salaires des joueurs, et ainsi de suite. Ces terroristes sont malins, on dirait vraiment d'honnêtes citoyens.

Je finis par cesser de l'écouter et me mis à songer à la manière dont j'avais atterri ici. Comme je l'ai précisé, j'avais été un inspecteur des homicides, l'un des meilleurs, si j'ose dire. Un an auparavant, à un mois près, j'avais joué à « chope-les-balles » avec deux messieurs hispaniques dans la 102e Rue Ouest, lors de ce qui était probablement un cas d'erreur sur la personne, ou d'exercice de tir au pistolet, puisqu'il ne semblait y avoir aucune raison à cette tentative de massacre sur ma personne. La vie est marrante, parfois. Les suspects étaient toujours en cavale, même si je gardais tous mes radars en alerte, comme on peut l'imaginer.

Après mon expérience d'état de mort imminente et enfin sorti de l'hôpital, j'avais accepté l'offre de mon oncle Harry de passer quelque temps dans sa maison d'été de Long Island, en convalescence. Cette maison est située à environ cent cinquante kilomètres à l'ouest de la 102e Rue Ouest, ce qui m'allait très bien. Pendant mon séjour là-bas, je m'étais retrouvé impliqué dans le double meurtre d'un homme et de sa femme, j'étais tombé amoureux deux fois, et je m'étais presque fait tuer. L'une des deux femmes dont j'étais tombé amoureux, Beth Penrose, c'est son nom, tient encore une place certaine dans ma vie [1].

Durant cet été agité, mon divorce s'était enfin conclu. Et, comme si je ne passais pas une assez mauvaise convalescence à la plage, j'avais fait professionnellement connaissance, à l'occasion de l'enquête sur le double homicide, avec un enfoiré dénommé Ted Nash, de la CIA, que j'avais cordialement détesté et qui me l'avait très bien rendu. Croyez-le si vous voulez, il faisait désormais partie de l'équipe de l'ATTF. Comme moi. Oui, le monde est petit, mais pas tant que ça, et je ne crois pas aux coïncidences.

Un autre type avait été impliqué dans cette affaire de Plum Island, George Foster, un agent du FBI. Lui, ça allait à peu près, même si ce n'était pas non plus ma tasse de thé.

1. Voir *L'Île des Fléaux*, du même auteur, Robert Laffont, 1999 ; Pocket n° 10968.

De toute manière, il s'avéra que ce double homicide n'était pas une affaire fédérale, et Nash et Foster disparurent pour réapparaître dans ma vie il y a un mois de ça, quand j'avais été assigné à cette section Moyen-Orient de l'ATTF. Mais pas de souci, j'ai fait une demande de transfert pour la section IRA, poste que j'obtiendrai probablement. Je n'ai pas grand-chose à dire de l'Armée révolutionnaire irlandaise, si ce n'est que les filles sont plutôt mignonnes à regarder, les mecs plus drôles que le terroriste arabe moyen, et les pubs irlandais top niveau. Je pourrais faire du bon boulot dans la section anti-IRA. Vraiment.

Bref, après ce bordel à Long Island, on m'avait offert ce choix magnifique : soit être traîné devant la commission disciplinaire de la police de New York pour avoir montré mon cul à tout le monde ou quelque chose d'approchant, soit prendre une retraite anticipée en raison d'un handicap physique ayant anéanti les trois quarts de mes possibilités. J'avais donc choisi la solution médicale, mais j'avais également négocié un boulot à l'École de criminologie judiciaire de Manhattan, à John Jay, pas loin de là où je vis. Avant de me faire descendre, j'avais déjà donné des cours à John Jay, en tant que professeur adjoint, et, comme ce n'était pas beaucoup demander, j'avais obtenu le job.

J'avais commencé en janvier, avec deux cours du soir et une classe l'après-midi, et je m'ennuyais à mourir, quand mon ex-partenaire Dom Fanelli avait entendu parler de ce programme d'agents spéciaux sous contrat avec les fédéraux, où ils engageaient d'anciens membres de la force publique pour travailler avec l'ATTF. J'avais posé ma candidature, été accepté, probablement pour les plus mauvaises raisons, et me voilà donc. La paye est bonne, les avantages corrects, mais les fédéraux sont des enfoirés, pour la plupart. J'ai un problème avec les fédés, comme la plupart des flics, et même un entraînement psychologique intensif n'y ferait rien.

Pourtant, le boulot avait l'air intéressant. L'ATTF est une structure unique et, je dois l'admettre, une élite (malgré les enfoirés) qui n'existe qu'à New York City et dans ses environs. Elle est principalement constituée d'inspecteurs de la NYPD qui sont des types super, de gens du FBI, et de quelques quasi-civils comme moi, engagés pour encadrer l'équipe, pour ainsi dire. Certaines sections sont également affublées de prima donna de la CIA quand le besoin s'en fait ressentir et de quelques types des stups – les gens de la DEA connaissent leur boulot, ainsi que les connexions entre le trafic de drogue et le monde terroriste.

Les autres joueurs de l'équipe incluent des gens du Bureau des alcools, tabac et armes à feu de Waco, Texas (un endroit devenu célèbre assez récemment !), plus des flics de différents comtés de banlieue et de la police d'État de New York. Il y a également d'autres fédéraux d'agences que je serais incapable de nommer, et, pour couronner le tout, quelques inspecteurs des services des frontières assignés à certaines équipes. Ces types sont très utiles dans les aéroports, les gares routières, les stations de train, les quais, certains ponts et tunnels qui sont sous leur responsabilité, et dans d'autres endroits tels que le World Trade Center, puisque leur petit empire s'étend jusque-là. Nous couvrons donc à peu près tout, mais, même si ce n'était pas le cas, tout cela est déjà très impressionnant.

L'ATTF constituait l'un des principaux groupes d'enquêteurs lors de l'explosion de la bombe du World Trade Center et dans la disparition du vol 800 de la TWA au large de Long Island. Mais, parfois, on part également en tournée. Par exemple, nous avons envoyé une équipe lors des attentats contre nos ambassades en Afrique, même si l'ATTF a à peine été mentionnée dans les médias, et, d'ailleurs, elle préfère largement. Tout cela s'est passé avant mon époque, et les choses ont été nettement plus calmes depuis que j'en fais partie, et, d'ailleurs, *je* préfère largement.

La principale raison pour laquelle les fédéraux ont décidé de s'associer avec la NYPD pour former l'ATTF, soit dit en passant, c'est que la plupart des gens du FBI ne sont pas de New York et ne savent pas différencier un sandwich au pastrami de l'entrée du métro de Lexington Avenue. Les gars de la CIA sont un peu plus malins et parlent de cafés célèbres à Prague, du train de nuit pour Istanbul et ce genre de salades, mais New York n'est pas leur lieu de résidence favori. La NYPD est pleine de flics qui connaissent bien la rue, et c'est ce dont on a besoin pour retrouver la trace d'Abdul Salami-Salami, de Paddy O'Terreur et de Pedro Viva Puerto Rico.

Le fédé moyen serait plutôt genre Wendell Wasp [1], né à West Cornflakes, Iowa, alors que la police de New York compte *muchos Hispánicos*, pas mal de Blacks, un million d'Irlandais,

1. « Wasp » est l'équivalent de BCBG en anglais.

et même désormais quelques musulmans. En bref, une diversité culturelle qui n'est pas seulement cool et politiquement correcte, mais également très utile et très efficace. Et, quand l'ATTF ne peut pas débaucher des flics en activité au sein de la NYPD, ils engagent des ex-inspecteurs de la NYPD comme moi. Malgré ma soi-disant incapacité physique, je suis armé, dangereux et vicelard.

Le taxi quitta le Shore-Belt-POW/MIA Parkway et prit le Van Wyck Expressway vers le sud pour rejoindre JFK. D'énormes avions nous passaient quasiment à ras du toit en émettant un sifflement terrible, et Fasid cria :

– Où allez-vous ?

– Aux arrivées internationales.

– Quelle compagnie ?

– Il y en a plus d'une ?

– Ouais. Il y en a vingt, trente, quarante...

– Sans blague ? Roulez, c'est bon.

Fasid haussa les épaules, exactement comme l'aurait fait un chauffeur yiddish. Je commençais à me dire qu'il était peut-être un agent du Mossad déguisé en Pakistanais. Ou alors mon nouveau boulot commençait à déteindre sur moi.

Je laissai mon chauffeur atteindre l'énorme bâtiment qui abritait les arrivées internationales ; les logos des différentes compagnies aériennes s'étalaient les uns derrière les autres en devanture, et il me redemanda :

– Quelle compagnie ?

– Je n'aime aucune de celles-ci. Continuez.

Il haussa à nouveau les épaules.

Je le dirigeai vers une autre route, de l'autre côté du grand aéroport. C'est une bonne méthode pour voir si quelqu'un vous suit. J'ai appris ça dans un roman d'espionnage, à moins que ce ne soit en regardant un *James Bond*. J'essayais vraiment de me mettre dans le coup de ce groupe antiterroriste.

Puis je fis arrêter le taxi devant un grand immeuble de bureaux du côté ouest de JFK. Cette zone abrite des bâtiments de service indéterminés et des entrepôts, et personne ne remarque les allées et venues de personne, de plus, on s'y gare facilement. Je payai le chauffeur, lui donnai un pourboire et lui demandai un reçu avec le montant exact. L'honnêteté est un de mes rares défauts.

Fasid me donna une liasse de reçus en blanc et proposa de nouveau :

– Vous voulez que je traîne dans le coin en vous attendant ?

– À votre place, je ne ferais pas ça. Au revoir.

J'entrai dans le hall de l'immeuble, une espèce d'architecture sans grâce des années 60, grimpai un escalier et enfilai un long couloir bordé de portes d'acier gris, certaines marquées d'un chiffre, d'autres non. Au bout du couloir, il y avait une porte avec un joli panneau bleu et blanc sur lequel était indiqué CONQUISTADOR CLUB – PRIVÉ – RÉSERVÉ AUX MEMBRES.

Un verrou électronique muni d'un scanner fermait le côté de la porte, mais, comme tout ce qui concernait le Conquistador Club, c'était complètement bidon. Il fallait que je presse mon pouce droit sur le dessus transparent du scanner, ce que je fis. À peu près deux secondes plus tard, le génie biomécanique se dit : « Hé, c'est le pouce de John Corey... Ouvrons-lui donc la porte, à ce vieux John... »

Et la porte s'ouvrit-elle ? Non. Elle glissa à l'intérieur du mur, jusqu'à sa fausse poignée. A-t-on vraiment besoin de toutes ces absurdités ?

Il y avait également une caméra vidéo au-dessus, au cas où vos empreintes auraient été couvertes de chocolat ou autre, et, s'ils reconnaissaient votre visage, ils ouvraient la porte, même si, dans mon cas, ils pouvaient décider de faire une exception.

J'entrai donc, et la porte glissa automatiquement derrière moi. J'étais maintenant dans ce qui ressemblait à la réception d'un club pour voyageurs en transit. Pourquoi un tel club dans un bâtiment qui n'est pas proche d'un terminal, voilà une question que j'avais posée, vous pouvez en être certain, et j'attends toujours la réponse. Mais je la connais, la réponse. Quand la « culture » CIA est présente, vous vous retrouvez dans ces idioties de jeux de miroirs, d'écrans de fumée et autres fadaises. Ces clowns perdent du temps et de l'argent à fabriquer leurre sur leurre, exactement comme au bon vieux temps quand ils essayaient d'impressionner le KGB. Ce dont cette porte avait besoin, en fait, c'était d'un simple panneau disant : Interdit.

Derrière le comptoir se trouvait Nancy Tate, la réceptionniste, une espèce de Miss Moneypenny, modèle d'efficacité, de sexualité réprimée, et tout et tout. Je ne sais pourquoi, elle m'aimait bien et m'accueillit avec un grand sourire.

– Bon après-midi, Mr. Corey.

– Bonjour, Ms. Tate.

– Tout le monde est déjà arrivé.

– J'ai été retenu par les embouteillages.

– En fait, vous avez dix minutes d'avance.
– Oh...
– J'aime bien votre cravate.
– Je l'ai prise sur un Bulgare mort dans le train de nuit pour Istanbul.
Elle pouffa.
Ce hall de réception était tout cuir et bois, moquette bleue et ainsi de suite, et sur le mur juste derrière Nancy il y avait un autre logo de ce Conquistador Club fictif. Pour ce que j'en savais, Nancy Tate elle-même était un hologramme.
À gauche de Ms. Tate se trouvait une entrée étiquetée « Salles de conférences et séminaires, classe affaires », qui menait en fait aux salles d'interrogatoire et aux cellules, lieux qu'on pouvait effectivement baptiser « Salles de conférences et séminaires, classe affaires ». Sur la droite, un panneau annonçait « Salon et Bar ». C'était mon jour de chance. En réalité, il s'agissait du centre des communications et de la direction des opérations.
– Centres des ops. Il y a cinq personnes, vous inclus, me dit Ms. Tate.
– Merci.
Je passai la porte, pris un bref corridor et pénétrai dans une pièce tamisée, caverneuse et sans fenêtres qui contenait des bureaux, des consoles d'ordinateur, des cloisons vitrées. Sur le grand mur du fond, une énorme carte du monde en couleur, générée par ordinateur, pouvait être programmée en carte détaillée de quelque endroit que vous souhaitiez, genre le centre-ville d'Islamabad. Typique des installations fédérales, cet endroit possédait tous les gadgets imaginables. L'argent n'est pas un problème à Fédéland.

En tout état de cause, cette installation n'était pas mon lieu de travail, lequel se trouve dans le bâtiment susmentionné, 26 Federal Plaza, dans le bas de Manhattan. Mais c'était là que je devais être, en ce samedi après-midi, afin d'accueillir un Arabe lambda qui changeait de bord et avait besoin d'être amené en ville en toute sécurité pour quelques années de débriefing.

J'ignorai mes collègues et me dirigeai vers le distributeur de boissons, qui, contrairement à celui de mon ancienne salle des inspecteurs, était net, propre et bien achalandé, aux frais des contribuables fédéraux.

Je tripotai un moment les boutons de sélection du café, histoire d'éviter mes collègues quelques minutes de plus.

Je réussis à obtenir un café d'une couleur convenable et remarquai une corbeille de beignets étiquetée NYPD, une de croissants et de brioches étiquetée CIA et une de gâteaux secs étiquetée FBI. Au moins quelqu'un avait le sens de l'humour, ici.

La machine à café était du côté opérations de cette vaste salle et le côté communications était un peu surélevé, installé sur une sorte d'estrade. Une femme agent y trônait, surveillant les gadgets électroniques dernier cri.

Du côté opérations, mon équipe était assise autour d'un bureau vide, en pleine conversation. Cette équipe comprenait les susmentionnés Ted Nash, de la CIA, et George Foster, du FBI, plus Nick Monti, de la NYPD, et Kate Mayfield, du FBI.

Kate Mayfield s'approcha du distributeur et se fit un thé. Elle est censée être mon mentor, quel que puisse être le sens qu'on donne à ça. Tant que cela ne signifie pas partenaire...

– J’aime bien cette cravate, me dit-elle d’emblée.

– J’ai étranglé un guerrier Ninja avec, un jour. C’est ma préférée.

– Vraiment ? Alors, le boulot... comment vous vous en tirez ?

– C’est à vous de me le dire.

– C’est un peu tôt. Expliquez-moi plutôt pourquoi vous avez fait une demande pour passer dans la section IRA.

– Eh bien, les musulmans ne boivent pas. Je n’arrive pas à épeler leurs putains de noms dans mes rapports, et on ne peut pas séduire leurs femmes.

– C’est la remarque la plus raciste et la plus sexiste que j’aie entendue depuis des années.

– Vous ne devez pas beaucoup sortir.

– Nous ne sommes pas dans les bureaux de la NYPD, Mr. Corey.

– Non, mais moi j’en fais partie. Faudra vous y faire.

– On ne pourrait pas essayer d’arrêter de se provoquer mutuellement ?

– Si. Écoutez, Kate, je vous remercie d’avoir été mon entremetteuse – je veux dire mon mentor – mais, dans une semaine, j’aurai rejoint la section IRA.

Elle ne répliqua pas.

Je l’observai pendant qu’elle jouait avec un citron. Je lui donnais la trentaine. Elle était blonde, yeux bleus, peau claire, plutôt athlétique, deux rangées de perles parfaites pour les dents, pas de bijoux, maquillage très léger et ainsi de suite. La vraie Wendy Wasp, de Wichita. Elle n’avait pas le moindre défaut que je puisse repérer, pas même un bouton sur le visage ni une pellicule sur son blazer bleu foncé. Elle avait dû pratiquer au moins trois sports au collège, prendre ses douches froides et organiser des rallyes à la fac. Je la détestais. Non, en fait, pas vraiment, mais la seule chose que nous avions en commun, c'étaient quelques organes internes, et encore, pas tous.

Son accent était également assez difficile à identifier, et je me souvins que Nick Monti avait dit que son père travaillait pour le FBI et qu'ils avaient vécu dans divers endroits, un peu partout dans le pays.

Elle se tourna vers moi pour me regarder et je lui rendis son regard. Elle avait des yeux perçants, de cette couleur de bleu n° 2 qu'ils utilisent pour certaines confiseries.

– Vous nous avez rejoints avec de chaudes recommandations, dit-elle.

– De qui ?

– De certains de vos collègues des homicides.

Je ne fis aucun commentaire.

– Et aussi de Ted et George, ajouta-t-elle en désignant d'un mouvement du menton messieurs le Foireux et l'Enfoiré.

Je m'en étranglai presque avec mon café. Pour quelle raison ces deux types auraient-ils dit du bien de moi ? C'était un mystère total.

– Ils ne vous aiment pas énormément, mais vous les avez impressionnés dans cette affaire de Plum Island.

– Ouais, je me suis impressionné moi-même.

– Pourquoi vous n'essayez pas un peu cette section Moyen-Orient ? insista-t-elle. Si c'est à cause de Ted et George, on peut vous mettre dans une autre équipe de la section.

– J'adore Ted et George, mais mon cœur penche vraiment vers la section IRA.

– Dommage. Point de vue action, c'est ici que ça se passe. C'est ici qu'on peut bâtir une carrière, ajouta-t-elle. L'IRA est plutôt tranquille et se conduit assez bien dans notre pays.

– Tant mieux. Je n'ai pas besoin d'une nouvelle carrière, de toute façon.

– Les Palestiniens et les groupes islamistes, eux, sont un danger potentiel pour la sécurité nationale.

– Pas « potentiel », répliquai-je, pensez au World Trade Center.

Elle ne répondit pas.

J'avais fini par découvrir que, pour l'ATTF, ces trois mots étaient comme « Souvenez-vous de Pearl Harbor ». Bon, d'accord, le milieu des renseignements s'était fait surprendre le froc baissé dans cette histoire du World Trade Center, mais ils s'étaient bien repris et avaient résolu l'affaire. Donc, ils auraient dû se sentir mieux.

– Tout le pays vit dans la parano d'un attentat terroriste, biologique, nucléaire ou chimique, reprit-elle. Vous l'avez constaté dans l'affaire de Plum Island, non ?

– Si.

– Alors ? Toutes les autres sections de l'ATTF sont de vraies planques. La section Moyen-Orient est la seule où il y ait un peu d'action, et vous m'avez l'air d'un homme d'action.

Elle sourit.

Je lui souris en retour, intrigué.

– Qu'est-ce que ça peut bien vous faire, à vous ?

– Je vous aime bien.

Je haussai les sourcils.

– Oui, j'aime bien les néandertaliens new-yorkais.

J'en reste sans voix.

– Réfléchissez-y.

– Comptez sur moi.

Je jetai un œil sur un moniteur télé proche et vis que le vol que nous attendions, le 175 de la Transcontinental en provenance de Paris, était annoncé à l'heure.

– Combien de temps pensez-vous que ça va nous prendre ? demandai-je à Ms. Mayfield.

– Peut-être deux ou trois heures. Une heure de paperasserie ici, puis retour à Federal Plaza avec notre transfuge, ensuite on verra.

– On verra quoi ?

– Vous avez des choses urgentes à faire ?

– En quelque sorte.

– Je suis sincèrement désolée que la sécurité nationale interfère avec votre vie privée.

Faute de réplique cinglante, je me contentai d'un faible :

– Je suis un grand fan de la sécurité nationale. Je suis à vous jusqu'à dix-huit heures.

– Vous pouvez partir quand vous voulez.

Elle prit son thé et rejoignit nos collègues.

Je demeurai planté là avec mon café, examinant son offre. Rétrospectivement, j'étais comme un type debout dans des sables mouvants, qui les regarde couvrir ses chaussures, curieux de voir combien de temps ils vont mettre à atteindre ses chaussettes. Malheureusement, quand je regardai à nouveau, j'en avais jusqu'aux genoux.

2.

Sam Walters se pencha en avant dans son fauteuil, ajusta son casque et son micro, et fixa l'écran radar vert en face de lui. Dehors, c'était un bel après-midi d'avril, mais cette salle obscure et sans fenêtres du centre de contrôle du trafic aérien de New York, à cinquante kilomètres à l'est de Kennedy Airport, n'offrait aucun moyen de s'en rendre compte.

Bob Esching, le responsable de l'équipe de jour et supérieur de Walters, se tenait debout à ses côtés.

– Un problème ? fit-il.

– Nous avons un silence radio, Bob. Le vol Transcontinental de Paris.

Bob Esching hocha la tête.

– Pas de radio depuis combien de temps ?

– Personne n'a eu le moindre contact depuis qu'il est sorti du couloir aérien de l'Atlantique Nord près de Gander. (Walters regarda sa pendule.) Il y a deux heures à peu près.

– Quoi que ce soit qui indique un problème ? insista Esching.

– Rien. En fait... (Il regarda l'écran radar et continua :) Il a tourné vers le sud-ouest, puis il a pris le couloir 37 en suivant son plan de vol.

– Peut-être que le pilote et le copilote ont des hôtesses sur les genoux, dit Esching.

Walters sourit. « C'est quand le bip lumineux disparaît que vous avez un problème majeur », songea-t-il. Il était de service la nuit de mars 98 où *Air Force One*, emportant le président des États-Unis, avait soudain disparu des écrans radars pendant vingt-quatre très longues secondes. La salle bondée de contrôleurs du ciel s'était subitement figée. L'appareil avait réapparu, sorti des limbes des ordinateurs, et tout le monde s'était remis à respirer en même temps. Avant cela, il y avait eu la nuit du 17 juillet 96, quand le vol 800 de la TWA avait disparu des écrans pour toujours... Tant qu'il vivrait, Walters n'oublierait jamais cette nuit-là. Ici, il s'agissait d'un simple silence radio... et pourtant, quelque chose le chiffonnait. Déjà, pour un silence radio, cela faisait vraiment très long...

– Bon, reprit Esching, appelle tous les postes qui surveillent ce couloir et dis-leur que le premier qui entre en contact avec ce commandant de bord lui signale que, lorsqu'il atterrira, il doit m'appeler au centre. Je veux causer à ce clown moi-même pour lui expliquer la panique qu'il a créée depuis deux heures.

– Au Canada aussi ?

– Oui.

Esching écouta Walters transmettre son ordre.

Quelques autres contrôleurs et agents avaient profité de leur pause pour s'approcher de la console 23. Sam Walters n'appréciait pas d'avoir tous ces gens autour de lui, mais, si Esching ne les virait pas, il ne pouvait rien dire. Et il ne pensait pas qu'Esching allait faire dégager qui que ce soit. Le problème de l'avion Transcontinental avait désormais attiré l'attention de toutes les personnes présentes dans le centre de contrôle, et ce mini-drame constituait, après tout, un excellent entraînement pour les jeunes contrôleurs qui avaient tiré le service du samedi après-midi.

Personne ne parlait, mais Walters percevait un mélange de curiosité, d'étonnement et peut-être d'un peu d'anxiété.

Il reprit la radio et essaya à nouveau.

– Transcontinental 175, ici, contrôle aérien New York. Est-ce que vous me recevez ?

Pas de réponse.

Walters fit un nouvel essai.

Pas de réponse.

La pièce était silencieuse, en dehors du murmure des appareillages électroniques. Dans ce genre de situation, il était assez malhabile de dire quoi que ce soit qui pourrait revenir vous hanter un jour.

Au bout d'un moment, l'un des contrôleurs dit à Esching :

– Collez à ce type un rapport maousse, patron. Il m'a fait louper la pause-café.

Quelques-uns de ses collègues s'esclaffèrent, mais ce rire mourut bien vite.

Esching s'éclaircit la gorge.

– Okay, lança-t-il, que tout le monde se trouve quelque chose d'utile à faire. Reprenez vos postes.

Les contrôleurs se dispersèrent, laissant Walters et Esching seuls.

– Je n'aime pas ça, murmura Esching.

– Moi non plus.

Esching vint s'asseoir à côté de Walters, les yeux fixés sur l'écran de contrôle. Il s'agissait d'un Boeing 747, de la nouvelle série des 700, le plus gros et le plus moderne des Boeing 747. L'appareil suivait son plan de vol avec précision, se dirigeant vers l'aéroport international John-Fitzgerald-Kennedy.

– Nom de nom ! Est-il possible que toutes les radios soient tombées en panne ? demanda Esching.

Sam Walters réfléchit une minute, puis répondit :

– Non, je pense que soit le volume est au plus bas, soit les sélecteurs de fréquences sont cassés, soit les antennes sont en rade.

– Combien d'antennes a ce genre d'appareil ?

– Je ne sais pas exactement. Plein.

– Et on peut imaginer qu'elles cessent toutes de fonctionner ?

– Peut-être.

Esching réfléchit.

– Okay, fit-il, admettons qu'il sait qu'il a une panne de radio totale... il pourrait au moins utiliser un de ces téléphones air-sol qu'il y a dans l'avion et appeler quelqu'un qui nous aurait déjà appelés. Je veux dire, c'est déjà arrivé dans le passé – on peut utiliser un simple téléphone.

Walters hocha la tête.

Les deux hommes regardaient la tache blanche sur l'écran du radar, qui continuait de ramper lentement de droite à gauche, ses numéros d'identification faisant comme une traîne.

Bob Esching finit par dire, à contrecœur :
– Ça pourrait être un détournement.
Sam Walters ne répondit pas.
– Sam ?
– Eh bien..., écoute, l'appareil suit son plan de vol, la direction et l'altitude sont exactes. Ils utilisent encore le code transpondeur de l'Atlantique. S'ils avaient été détournés, ils nous l'auraient fait savoir en modifiant ce code.
– Ouais...
Esching se rendait compte que la situation ne cadrait pas avec le profil d'un détournement. Tout ce qu'ils avaient, c'était un bizarre silence radio provenant d'un appareil qui, en dehors de ça, se comportait tout à fait normalement. Et pourtant il était possible qu'un terroriste malin connaisse le code transpondeur et ordonne aux pilotes de ne pas toucher le sélecteur de code.
Esching savait qu'il était dans l'œil du cyclone. Il se maudissait de s'être porté volontaire pour cette équipe du samedi. Sa femme était partie voir ses parents en Floride, ses enfants étaient à la fac, et il s'était dit qu'aller travailler un peu vaudrait mieux que de rester assis tout seul chez lui. Grave erreur. Il fallait vraiment qu'il se trouve un hobby pour les week-ends.
– Qu'est-ce qu'on peut faire d'autre ? demanda Walters.
– Continue à essayer d'entrer en contact avec eux. Je vais appeler le superviseur de la tour de contrôle de Kennedy. Puis j'appellerai le centre des opérations de la Transcontinental.
– Bonne idée.

Esching se leva et dit, pour que cela soit bien enregistré :

– Sam, je ne crois pas que nous ayons un problème grave, mais ce serait du pur laxisme de ne pas en référer à qui de droit.

– Oui, répliqua Walters, tout en traduisant mentalement les mots d'Esching en : Nous ne voulons pas avoir l'air inexpérimentés, paniqués, ou trop incompétents pour gérer cette situation, mais nous voulons protéger notre cul.

Esching ajouta :

– Préviens-moi s'il y a un changement quelconque.

– Bien sûr.

Esching se retourna et rejoignit son cube de verre au fond de la grande salle.

Il s'installa à son bureau et laissa filer quelques minutes, espérant que Sam Walters allait l'appeler pour lui annoncer qu'ils avaient rétabli la liaison, tout en réfléchissant à la meilleure façon de présenter les choses au superviseur de la tour de contrôle de Kennedy. Un appel « pour simple information », sans le moindre soupçon d'agacement ou d'inquiétude, sans opinions ni spéculations – les faits, et rien d'autre. En revanche, l'appel à la Transcontinental devait être, lui, un équilibre exact entre l'agacement et l'inquiétude.

Il prit son téléphone et composa le numéro de la tour de contrôle. Pendant que le téléphone sonnait, il se demanda s'il ne devait pas leur avouer tout de même ce qu'il sentait au plus profond de ses entrailles – *quelque chose n'allait vraiment pas.*

3.

J'étais à présent assis avec mes collègues : Ted Nash, super-espion de la CIA, George Foster, boy-scout du FBI, Nick Monti, brave type de la NYPD, et Kate Mayfield, golden girl du FBI.

Nous étions tous en train de feuilleter nos notes sur ce transfuge présumé, qui s'appelait Asad Khalil. Ce que les flics appellent un dossier, mes nouveaux amis l'appelaient profil. Les flics s'assoient sur leur cul et épluchent leurs dossiers. Les fédés s'assoient sur leur derrière et examinent des profils.

Mon dossier ne contenait pas grand-chose : une photo couleur transmise par l'ambassade de Paris, une bio réduite au strict minimum, et une espèce de bref rapport sur le mode « Voici-ce-qu'on-pense-que-ce-connard-va-faire », sorte de compilation d'analyses de la CIA, d'Interpol, du MI6 britannique, de la Sûreté française, et de tout un tas d'autres flics et espions de la Communauté européenne. La bio indiquait que le supposé transfuge était de nationalité libyenne, la trentaine, famille inconnue, rien d'autre sur sa vie, sauf qu'il parlait anglais, français, un peu italien, un peu moins allemand, et, bien évidemment, arabe.

Je consultai ma montre, m'étirai et bâillai. Ted Nash le vit et me lança :

– J'ai cru comprendre que tu envisageais de nous quitter.

Je levai les yeux sur lui sans répondre. C'était un élégant, et au premier coup d'œil on voyait que tout était fait sur mesure, y compris ses chaussures et son holster. Il était assez joli garçon, bien bronzé, cheveux poivre et sel, et je me souvenais très distinctement que Beth Penrose avait presque craqué pour lui. Je m'étais convaincu que ce n'était pas pour ça que je ne l'aimais pas, bien sûr, mais cela soufflait certainement sur les braises de mon ressentiment modéré, ou quelque chose d'approchant.

– Si tu accordes quatre-vingt-dix jours à cette mission, la décision que tu prendras ensuite, quelle qu'elle soit, sera nettement mieux considérée, me dit George Foster.

– Vraiment ? m'étonnai-je en jetant un regard de dégoût sur son horrible costume de serge bleu modèle « J'suis-un-fédé ».

Il ajouta, sans prendre de gants :

– Ted part en mission outre-Atlantique dans quelques semaines, ensuite il n'y aura plus que nous quatre.

– Il ne peut pas partir tout de suite ? suggérai-je subtilement.

Nash éclata de rire.

À propos, Mr. Ted Nash, en plus d'avoir dragué Beth Penrose, avait ajouté à la liste de ses péchés en me menaçant physiquement durant l'affaire de Plum Island – et je ne suis pas du genre qui pardonne.

– Nous avons une affaire intéressante et très importante sur les bras, qui concerne le meurtre d'un Palestinien modéré par un groupe d'extrémistes, ici, à New York. On a besoin de toi pour ça.

– Vraiment ?

Mon instinct de flic des rues me disait qu'on me soufflait de la fumée dans le cul. Que Nash et Foster avaient besoin d'un mec pour faire du toboggan à cause de quelque chose, et que, quoi que cela pût bien être, c'était moi qu'on préparait à la descente. J'avais envie de rester dans les parages, rien que pour voir ce qu'ils avaient derrière la tête, mais, pour être honnête, j'étais en dehors de mon élément, ici, et même des clowns ringards peuvent vous faire dégringoler si vous ne faites pas gaffe.

Je veux dire, quelle étrange coïncidence que j'atterrisse précisément dans cette équipe. L'ATTF n'est pas une structure gigantesque, mais elle est assez grande pour que cet arrangement sonne un peu bizarre. Mon indice numéro deux était que le Foireux et l'Enfoiré avaient requis ma présence dans cette équipe pour mes talents d'expert ès homicides. Il fallait que je demande à Dom Fanelli comment il avait entendu parler de ce contrat d'agent spécial. J'aurais confié ma vie à Dom, les yeux bandés, ça ne pouvait donc pas venir de lui, et je présumais que Nick Monti n'avait rien à se reprocher non plus. Les flics ne baisent pas d'autres flics, même pas pour les beaux yeux du gouvernement fédéral – surtout pas pour les beaux yeux du gouvernement fédéral.

J'observai Kate Mayfield. Cela briserait vraiment mon cœur froid et dur si j'apprenais qu'elle s'était associée à Foster et à Nash pour m'avoir.

Elle me sourit.

Je lui rendis son sourire. Si j'étais Foster ou Nash et que j'aille à la pêche au John Corey, je me servirais de Kate Mayfield comme appât.

– Il faut du temps pour se faire à ce truc, me dit Nick Monti, et, tu sais, presque la moitié des flics ou des ex-flics qui signent finissent par partir. C'est comme si nous étions une grande famille très heureuse, mais les flics sont comme les gamins qui ne sont pas allés à la fac, qui vivent à la maison, font des petits boulots bizarres et veulent toujours emprunter la bagnole.

– Ce n'est pas vrai, Nick, protesta Kate.

– Ouais, d'accord, admit-il en riant. (Il me regarda.) On en parlera devant quelques bières.

– Je garderai l'esprit ouvert, conclus-je en m'adressant à toute l'assemblée.

Ce qui veut dire : « Allez tous vous faire foutre », mais sans le dire, parce que vous avez quand même envie qu'ils continuent de vous agiter leur appât sous le nez. C'est une situation assez intéressante. L'autre raison de mes mauvaises manières, c'est que la NYPD me manquait – le Job, comme on l'appelle, me manque –, alors je m'apitoyais un peu sur moi-même et je ressentais un rien de nostalgie pour le bon vieux temps.

Je regardai Nick Monti et captai son regard. Je ne le connaissais pas du Job, mais je savais qu'il avait été inspecteur dans l'unité des renseignements, ce qui était parfait pour notre nouveau genre de boulot. Ils avaient apparemment besoin de moi pour cette affaire de Palestinien modéré assassiné, et certainement pour d'autres affaires d'homicides liées au terrorisme, voilà pourquoi ils m'avaient pris sous contrat. En réalité, je pense qu'ils avaient passé un contrat sur ma vie.

– Tu sais pourquoi les Italiens n'aiment pas les Témoins de Jéhovah ? demandai-je à Nick.

– Non... Pourquoi ?

– Les Italiens n'aiment aucun témoin.

Cela provoqua un gros rire chez Nick, mais les trois autres se comportèrent exactement comme si j'avais fait un pet cérébral.

Il faut bien comprendre que les fédés sont politiquement corrects et font de la rétention anale, traumatisés par la putain de Police de la pensée de Washington. Ils sont complètement imbibés par les directives stupides qui sortent de la capitale comme un flot continu de diarrhée. Je veux dire, nous avons tous appris à faire un peu plus attention aux mots employés ces dernières années et c'est très bien, mais les fédéraux sont complètement paranos à l'idée d'offenser tel ou tel groupe, ce qui aboutit à des trucs du style : « Bonjour, monsieur le Terroriste, je m'appelle George Foster, et je serai votre intervenant policier aujourd'hui. »

Bref... Nick Monti me lança :

– Trois mauvais points, détective Corey, pour insulte ethnique.

Nick avait la cinquantaine bien entamée, il était marié avec enfants, approchant de la calvitie, avec un début de bedaine, et une espèce d'air paternaliste et inoffensif, le genre de type qui ressemblait à tout sauf à un agent des renseignements. Il devait être très bon, sinon, les fédés ne l'auraient pas piqué à la NYPD.

Je feuilletai le dossier de Mr. Asad Khalil. Il s'avérait que ce gentleman arabe s'était beaucoup déplacé en Europe de l'Ouest et que, partout où il était allé, des Américains ou des Anglais avaient subi des mésaventures – une bombe à l'ambassade britannique de Rome, une bombe à l'église américaine de Paris, une bombe dans l'église luthérienne de Francfort, le meurtre à la hache d'un officier de l'armée de l'air américaine à l'extérieur de la base de Lakenhead, en Angleterre, et une fusillade à Bruxelles où trois écoliers américains avaient trouvé la mort, parce que leurs parents étaient des officiers de l'OTAN. Ce dernier fait me frappa comme étant particulièrement vicelard, et je me demandai quel était le problème de ce mec.

En réalité, aucun de ces actes criminels ne pouvait être directement relié à ce Khalil ; on l'avait donc mis sous surveillance pour voir avec qui il s'associait, et pour évaluer s'il y avait une chance de le prendre en flagrant délit. Mais ce trou du cul de transfuge semblait ne pas avoir de complices connus, aucun lien ni aucune affiliation avec qui que ce soit ou quoi que ce soit, et aucune connexion terroriste connue, en dehors du Rotary Club. Non, je plaisante.

Je passai en revue un paragraphe du dossier, écrit par un agent au nom codé appartenant à une agence de renseignements qui n'était pas nommée. Je lus : « Asad Khalil entre dans un pays ouvertement et légalement, en se servant de son passeport libyen et en se prétendant touriste. Les autorités sont alertées, et on le surveille pour voir avec qui il entre en contact. Invariablement, il parvient à disparaître et réussit apparemment à quitter le pays sans se faire repérer, mais il n'y a jamais la moindre trace de sa sortie. Je recommande fermement qu'il soit arrêté et interrogé la prochaine fois qu'il passe une frontière. »

Je hochai la tête. Bonne idée, Sherlock. C'est exactement ce que nous allons faire.

Ce qui m'ennuyait là-dedans, c'était que cet Asad Khalil n'avait pas du tout le profil du mec qui se pointe à l'ambassade américaine de Paris pour se rendre, étant donné les bonnes longueurs d'avance qu'il avait sur nous.

Je lus la dernière page du dossier. En gros, nous avions affaire à un solitaire, animé d'une haine farouche de la civilisation occidentale. De toute façon, on n'allait pas tarder à savoir ce que ce mec avait dans le crâne.

J'étudiai la photo couleur prise à Paris. Mr. Khalil avait l'air méchant, mais pas d'un sale méchant. Il était plutôt beau, basané, nez busqué, cheveux coiffés en arrière, yeux noirs et profonds. Il devait avoir eu plus que sa part de nanas, ou de mecs, suivant que son bateau était à voile ou à vapeur.

Mes collègues échangèrent quelques vues sur l'affaire pendant un moment. Il semblait que tout ce que nous avions à faire, c'était de mettre Mr. Khalil sous protection rapprochée et de l'amener ici pour un bref interrogatoire préliminaire, quelques photos, empreintes digitales et tout le cirque. Un officier de l'immigration lui poserait aussi quelques questions et se chargerait de la paperasserie administrative. Il y a pas mal de redondance dans le système fédéral, de sorte que, si quelque chose tourne mal, il n'y ait pas moins de cinq cents personnes à tenir la cuvette.

Au bout d'une heure ou deux, nous l'escorterions jusqu'à Federal Plaza, où, je suppose, il serait accueilli par les gens appropriés, qui, avec mon équipe, détermineraient la sincérité de sa défection envers la chrétienté, et ainsi de suite. À un certain moment, dans un jour, une semaine ou des mois, Mr. Khalil atterrirait dans un endroit appartenant à la CIA quelque part en dehors de Washington, où il étalerait ses entrailles pendant un an avant de recevoir quelques dollars et une nouvelle identité, ce qui, quand on connaît la CIA, risquait de le faire ressembler à Pat Boone.

Je finis par dire à mes collègues :

– Qui a les cheveux blonds, les yeux bleus, de gros seins, et vit dans le sud de la France ?

Personne n'ayant l'air de le savoir, je leur donnai la réponse :

– Salman Rushdie.

Nick éclata d'un bon gros rire et se tapa les cuisses.

– Deux mauvais points de plus.

Les deux autres mecs sourirent d'un air pincé. Kate leva les yeux au ciel.

Ouais, j'exagérais un peu, mais je n'avais pas demandé à être là. De toute manière, je n'avais plus qu'une sale blague et deux remarques déplacées en réserve.

– Comme vous l'avez peut-être lu dans le mémo de Zach Weber, Asad Khalil est escorté par Phil Hundry du FBI et Peter Gorman de la CIA, reprit Kate Mayfield. Ils ont pris Khalil en charge à Paris et ils sont en classe affaires dans le 747. Mr. Khalil peut être, ou pas, un témoin utile à notre gouvernement, et, jusqu'à ce que ce soit clairement établi, il demeure menotté.

– Qui récolte les points de vol ? demandai-je finement.

Ms. Mayfield m'ignora et poursuivit :

– Les deux agents et Mr. Khalil débarqueront en premier, et nous serons à la porte de l'appareil pour les accueillir... (Elle consulta sa montre, puis se leva, regarda le moniteur TV et dit :) Toujours annoncé, toujours à l'heure prévue. Dans dix minutes environ, nous devrions partir pour le terminal des arrivées.

– Nous pensons qu'il n'y aura pas le moindre problème, mais mieux vaut rester en alerte, intervint Ted Nash. Si quelqu'un voulait tuer ce type, il n'aurait que quelques possibilités – dans le couloir de débarquement, en revenant ici dans le minibus, ou durant le voyage vers Manhattan. Après ça, Khalil disparaîtra dans les entrailles du système, et personne n'entendra plus jamais parler de lui.

– J'ai arrangé le coup avec les autorités de l'aéroport, a ajouté Nick. Nous aurons quelques flics de l'Air et des Frontières, en civil, et quelques gars de la NYPD en uniforme sur le tarmac près du minibus, de même qu'une escorte de police jusqu'à Federal Plaza. Si quelqu'un essaie d'éliminer ce type, ce sera une mission kamikaze.

– Ce qui, précisa Foster, n'est pas complètement improbable.

– Nous lui avons passé un gilet pare-balles à Paris. Nous avons pris toutes les précautions. Il ne devrait pas y avoir de problème.

Il ne devrait pas. Pas ici, sur le sol américain. En fait, je n'avais pas souvenir des fédéraux ou de la NYPD perdant un prisonnier ou un témoin en transit, et cela ressemblait à une promenade de santé. Et pourtant, toute plaisanterie mise à part, il fallait parcourir chaque étape de ces missions de routine comme si tout pouvait vous péter soudain à la gueule. Je veux dire, on parle ici de terroristes, de gens qui défendent une cause et qui ont démontré qu'ils se foutent pas mal de vivre un jour de plus.

Nous répétâmes verbalement notre marche à travers le terminal, jusqu'à la porte de débarquement, jusqu'à l'escalier de service sur la piste, jusqu'à la porte de l'appareil. Nous mettrions Khalil, Gorman et Hundry dans un minibus banalisé avec un blindage au kevlar, puis, escortés par une voiture de la police de l'aéroport devant et une autre derrière, nous arriverions à notre petit club privé.

De retour au Conquistador Club, nous appellerions un gars de l'immigration pour qu'il enregistre la procédure d'entrée de Khalil. La seule organisation qui semblait nous faire défaut, c'était le service du stationnement illicite. Mais le règlement, c'est le règlement, et chacun a son territoire à protéger.

À un moment, nous reprendrions le minibus et, avec nos escortes, nous ferions tout un circuit pour rejoindre Manhattan, en évitant soigneusement les quartiers musulmans de Brooklyn. Pendant ce temps-là, un fourgon cellulaire et une voiture bien visible agiraient comme leurres. Avec un peu de chance, l'affaire serait terminée à six heures et je serais dans ma bagnole, en route vers Long Island pour un rendez-vous avec Beth Penrose.

Nancy Tate passa la tête dans la pièce et annonça :

– Le van est là.

Foster se leva.

– C'est l'heure d'y aller.

Puis il se ravisa et s'adressa à Nick et à moi.

– Et si l'un de vous deux restait ici, au cas où on recevrait un appel officiel ?

– Je reste, dit Nick.

Foster nota son numéro de portable et le tendit à Nick.

– On garde le contact. Préviens-moi si qui que ce soit appelle.

– D'accord.

En sortant, je jetai un coup d'œil vers le moniteur TV. Plus que vingt minutes avant l'heure d'atterrissage annoncée.

Je me suis souvent demandé ce qui se serait produit si j'étais resté à la place de Nick.

4.

Ed Stavros, superviseur de la tour de contrôle de Kennedy Airport, tenait le téléphone collé à son oreille et écoutait Bob Esching, superviseur de service du centre de contrôle du trafic aérien de New York. Stavros n'arrivait pas à déterminer si Esching était inquiet ou non, mais déjà les simples faits que ce dernier lui relatait sortaient de l'ordinaire.

À travers les énormes vitres teintées, Stavros regardait un gros A-340 se poser. Il se rendit compte qu'Esching s'était tu. Stavros chercha une réplique adéquate pour le cas où la conversation, enregistrée, serait un jour diffusée devant une assemblée d'officiels de toutes catégories. Il s'éclaircit la voix et dit :

– Vous avez appelé la Transcontinental ?

– C'est mon prochain appel, répondit Esching.

– Okay... Bon... je vais alerter l'équipe d'urgence des autorités de l'aéroport... C'est un 700 ?

– Oui.

Stavros hocha la tête. Théoriquement, les membres des équipes d'urgence connaissaient les spécificités de chaque type d'appareil par cœur.

– Bien... Okay..., bredouilla-t-il.

Esching ajouta :

– Je ne lance pas d'alerte. Je veux juste...

– Ouais, je comprends. Mais on va suivre la procédure à la lettre, et je vais donc lancer un 3-2. Vous connaissez ? Cela signifie « problèmes potentiels ». Ça vous va ?

– Ouais... je veux dire... ce pourrait être...

– Quoi ?

– Eh bien, Mr. Stavros, loin de moi l'idée de spéculer.

– Je ne vous demande pas de faire des spéculations, Mr. Esching. Dois-je lancer un 3-3 ?

– C'est vous qui décidez. Pas moi. Nous avons un silence radio depuis plus de deux heures, mais aucune autre indication d'un quelconque problème. Vous devriez avoir ce type sur vos écrans dans une minute ou deux. Surveillez-le attentivement.

– Okay. Rien d'autre ?

– Rien d'autre.

– Merci, fit Ed Stavros, et il raccrocha pour composer aussitôt la ligne directe du centre de communications de l'aéroport.

Au bout de trois sonneries, une voix dit :

– Flingues et tuyaux à votre service.

Stavros n'appréciait pas beaucoup l'humour de ces agents de la police de l'aéroport qui faisaient également office de pompiers et de service d'urgence.

– J'ai un silence radio qui arrive. Vol Transcontinental 175, Boeing 747, série 700, fit-il sèchement.

– *Roger*, tour de contrôle. Quelle piste ?

– Nous utilisons toujours la 4-droite, mais

comment puis-je savoir laquelle il va emprunter si on ne peut pas lui parler ?

– Pas bête, ça. Quelle est son heure d'arrivée estimée ?

– Seize heures vingt-trois.

– *Roger*. Vous voulez un 3-2 ou un 3-3 ?

– Eh bien..., commençons par un 3-2 normal. On pourra toujours monter ou descendre le niveau d'alerte selon l'évolution de la situation.

– Ou on en restera là.

Stavros n'aimait décidément pas l'attitude de petit coq de ces types – et c'étaient presque tous des mecs, même les femmes. L'abruti qui avait eu la brillante idée de fusionner en une seule ces trois activités machos – les services d'urgence, les pompiers et les flics – devait avoir perdu la tête.

– Qui est à l'appareil ? Bruce Willis ? persifla Stavros.

– Sergent Tintle, à votre service. À qui ai-je l'honneur ?

– Mr. Stavros.

– Eh bien, Mr. Stavros, descendez donc à la station, on vous mettra une jolie parka anti-feu et on vous donnera une hache, et, si l'avion explose, vous pourrez être dans les premiers à grimper à bord.

– Il s'agit d'un silence radio, pas d'un problème mécanique, sergent. Ne vous excitez pas.

– J'adore quand vous vous mettez en colère.

– Okay, on va enregistrer tout ça. Je prends le téléphone rouge, prévint Stavros.

Stavros raccrocha, prit le téléphone rouge et pressa un bouton qui le connecta à nouveau au sergent Tintle.

– Autorités de l'aéroport – service des urgences, répondit ce dernier.

Chaque mot de cet appel officiel allait être enregistré, par conséquent Stavros s'en tint à la procédure.

– Ici tour de contrôle, je demande un 3-2 sur un vol Transcontinental 747-700 atterrissant piste 4-droite, heure d'arrivée estimée dans vingt minutes. Les vents sont 0-3-0 à dix nœuds. Trois cents âmes à bord.

Stavros s'était toujours demandé pourquoi passagers et équipage étaient appelés des « âmes ». On aurait dit qu'ils étaient déjà morts.

Le sergent Tintle répéta l'appel et ajouta :

– J'envoie les unités.

– Merci, sergent.

– Merci de votre appel, monsieur. On aime notre boulot.

Stavros raccrocha et se massa les tempes. « Quelle bande de crétins ! »

Il se repassa mentalement sa conversation avec Esching. Il aurait payé cher pour avoir accès à la bande qui avait enregistré chacun des mots qu'il avait prononcés, mais les autorités n'étaient pas assez stupides pour permettre ça.

Ce qui l'intriguait dans l'appel d'Esching, ce n'étaient pas les propos, mais le ton. Il avait l'air vraiment inquiet et ne parvenait pas à le dissimuler. Et, pourtant, un silence radio de deux heures était simplement inhabituel et n'avait rien de dangereux en soi. Si un incendie s'était déclaré à bord du vol 175 de la Transcontinental, ç'aurait été une raison plus que suffisante pour passer du niveau d'alerte 3-2 au 3-3 ; 3-4 signifiait que l'avion allait s'écraser, et ça, c'était facile. Mais cette situation anormale était difficile à gérer.

Bien évidemment, il y avait l'infime possibilité d'un détournement. Or Esching avait bien précisé qu'aucun code de transpondeur signalant un détournement n'avait été émis.

Stavros jouait avec ses deux options – 3-2 ou 3-3 ? Un 3-3 nécessiterait bien plus de créativité dans l'écriture de son rapport s'il s'avérait que rien ne s'était produit. Il décida d'en rester au niveau d'alerte 3-2 et se dirigea vers le distributeur de café.

– Chef ?

Stavros se tourna vers l'un de ses contrôleurs, Roberto Hernandez.

– Oui, quoi ?

Hernandez ôta son casque d'écoute et dit à son patron :

– Chef, je viens d'avoir un appel du contrôleur radar à propos d'un silence radio Transcontinental.

Stavros posa son café.

– Et alors ?

– Eh bien, cet avion a entamé sa descente plus tôt que prévu et il est presque rentré dans un vol US Airways pour Philadelphie.

– Bon Dieu...

Les yeux de Stavros se portèrent vers les fenêtres teintées. Comment le pilote du Transcontinental avait-il pu ne pas voir un autre appareil par un si beau jour sans nuages ? Et, même, les équipements anticollision auraient dû déclencher l'alarme avant que le contact visuel ne soit établi. C'était la première indication que quelque chose allait vraiment de travers. *Mais qu'est-ce qui se passe, bordel ?*

Hernandez regarda son écran radar et dit :

– Je l'ai, chef.

Stavros s'approcha de la console d'Hernandez. Il regarda le petit écho radar. L'avion avançait, imperturbablement, suivant sa course sur l'écran, vers l'une des pistes nord-est de Kennedy.

Il prit les grosses jumelles d'Hernandez et s'approcha des vitres teintées face au sud. De là où il était, il voyait toutes les pistes.

– Vitesse ? demanda-t-il à Hernandez.

– Deux cents nœuds. Descendant à cinq mille huit cents pieds.

– Okay.

Stavros reprit le téléphone rouge. Il alluma également le haut-parleur d'urgence de la tour de contrôle.

– Service d'urgence, ici la tour de contrôle, à vous, fit-il.

Une voix résonna dans la tour silencieuse.

– Ici, services d'urgence, je vous reçois, la tour.

Stavros reconnut la voix de Tintle.

– Que se passe-t-il ? demanda ce dernier.

– Il se passe que la situation évolue. Nous avons maintenant une alerte 3-3.

Il y eut un silence, puis Tintle demanda :

– Basée sur quoi ?

Tiens, Tintle jouait moins les petits coqs tout d'un coup.

– Basée sur une collision évitée de justesse avec un autre appareil.

– Bon Dieu.

Un nouveau silence, puis :

– Vous pensez à quel genre de problème ?

– Pas la moindre idée.

– Un détournement ?

– Même des pirates de l'air n'obligeraient pas un pilote à voler cul par-dessus tête.

– Ouais... eh bien...

– Nous n'avons pas le temps de faire des spéculations. L'appareil en question effectue ses quinze derniers miles vers la piste 4-droite. Bien reçu ?

– Bien reçu.

– Confirmez, dit Stavros.

– J'appelle le reste des équipes pour un niveau 3-3.

– Bien.

– Confirmez le type d'appareil, ajouta Tintle.

– C'est toujours un 747, série 700. Je vous rappelle dès qu'on l'a en vue.

– *Roger.*

Stavros raccrocha et reprit les jumelles. Il commença à balayer le bout de la piste, méthodiquement, mais ses pensées allaient à l'échange radio qu'il venait d'avoir. Il n'aimait pas particulièrement le style de Tintle, mais il avait le sentiment que ce type était compétent. Ces cow-boys passaient leur temps à jouer aux cartes, à regarder la télé ou à parler gonzesses. Ils astiquaient aussi énormément leurs camions – ils adoraient les chromes étincelants. Mais Stavros les avait vus en action, parfois, et il était à peu près sûr qu'ils pouvaient faire face à n'importe quoi, d'un feu à bord jusqu'au piratage d'un appareil.

Stavros baissa les jumelles, se frotta les yeux, puis reprit son observation en se concentrant sur la piste 4-droite.

Les deux équipes de secours étaient déjà sur place, et Stavros vit l'assortiment impressionnant de véhicules d'urgence tout le long de la piste, leurs gyrophares rouges clignotant de partout. Ils étaient très espacés, procédure destinée à éviter qu'un monstre volant tel qu'un 747 ne les balaie d'un seul coup en s'écrasant.

Ed Stavros contemplait la scène – une scène qu'il avait créée rien qu'en décrochant son téléphone rouge. Une partie de lui souhaitait ne pas être ici s'il y avait un problème avec l'appareil qui approchait. Une autre partie de lui... il n'avait pas lancé de 3-3 depuis deux ans, et il se demanda, un peu inquiet, s'il n'avait pas réagi exagérément. Mais surréagir était mieux que sous-réagir.

– Sept miles, annonça Hernandez.

– Okay.

Stavros entama une nouvelle recherche à l'horizon, là où l'océan Atlantique rejoignait la brume de New York.

– Six miles.

– Je l'ai.

Même avec les puissantes jumelles, le 747 était à peine plus qu'un point dans le ciel bleu. Mais, à chaque seconde qui passait, l'appareil grossissait.

– Cinq miles.

Stavros continuait à fixer l'avion qui arrivait. Il avait observé des milliers de jumbo-jets en train d'effectuer cette approche, et il n'y avait absolument rien de troublant dans son allure, hormis le fait que ses radios étaient bizarrement silencieuses.

– Quatre.

Stavros décida de parler directement au responsable des équipes de secours. Il prit un radiotéléphone qui était préréglé sur la fréquence du contrôle à terre et appela.

– Secours 1, ici la tour.

Une voix résonna dans le haut-parleur.

– La tour. Ici, secours 1. Que puis-je faire pour vous aujourd'hui ?

Bon Dieu, encore un petit malin.

– Ici, Stavros, superviseur de la tour. Qui est à l'appareil ?

– Sergent Andy McGill, *lead-guitar* des Flingues et tuyaux. Vous voulez que je vous joue quoi ?

Stavros décida de ne pas entrer dans le jeu de ce crétin.

– Je veux établir un contact direct avec vous.

– Contact établi.

– Okay... L'appareil en question est en vue, McGill.

– Exact. On le voit aussi.

– Il est correctement aligné, ajouta Stavros.

– Bien. Je déteste quand ils se posent sur nos camions.

– Mais tenez-vous prêts.

– Toujours pas de radio ?

– Non.

– Deux miles. Toujours aligné. Altitude huit cents pieds, dit Hernandez.

Stavros répercuta ces informations à McGill, qui les enregistra.

– Un mile, reprit Hernandez. Aligné, cinq cents pieds.

À présent, Stavros voyait distinctement l'énorme appareil.

– Un 747-700, confirmé. Train sorti, les volets ont l'air normaux, transmit-il à McGill.

– *Roger*. Je le vois, répliqua McGill.

– Bien. À vous de jouer maintenant.

Stavros coupa le radiotéléphone.

Hernandez quitta sa console et rejoignit son patron devant les grandes vitres teintées, imité par tous ceux qui, dans la pièce, n'avaient rien d'urgent à faire.

Stavros observait le 747, hypnotisé par l'énorme appareil qui venait de passer la lisière de la piste et descendait toujours vers le béton. Il n'y avait rien dans cet avion qui le distinguât de n'importe quel 747 en train d'atterrir. Mais Stavros fut soudain certain qu'il ne serait pas à l'heure pour le dîner.

5.

Le van nous déposa au terminal des arrivées internationales devant le sigle d'Air India, et nous nous dirigeâmes vers la zone Transcontinental. Ted Nash et George Foster marchaient de concert, Kate et moi derrière eux. L'idée était de ne pas avoir trop l'air de quatre fédéraux en mission, au cas où quelqu'un nous aurait observés. Je veux dire, il faut pratiquer son art, même si on n'est pas très impressionné par ses adversaires.

Je consultai le panneau des arrivées ; il annonçait le vol 175 à l'heure, ce qui signifiait qu'il était censé atterrir dans dix minutes, porte 23.

Nous avançâmes vers la zone des arrivées, en scrutant les gens autour de nous. D'habitude, ce n'est pas le genre d'endroit où les malfrats chargent leurs armes au vu et au su de tout le monde, mais tout de même, après vingt ans au service de la loi, c'est étonnant comme on arrive à sentir les ennuis à l'avance.

Le terminal n'était pas trop encombré en ce samedi après-midi d'avril, et tout le monde paraissait plus ou moins normal, sauf les authentiques natifs de New York, qui semblent toujours à deux doigts de péter les plombs.

– J'aimerais que tu te comportes avec civilité envers Ted, me dit Kate.

– Okay.

– Vraiment, j'y tiens.

– Bien, m'dame.

– Plus tu l'asticotes, plus il aime ça, ajouta-t-elle avec une certaine perspicacité.

Elle avait raison. Mais c'est plus fort que moi, il y a quelque chose que je n'aime pas chez Ted Nash. C'est en partie dû à sa suffisance et à son complexe de supériorité. C'est surtout que je ne lui fais aucune confiance.

– Est-ce que je dois sortir mon panneau « Bienvenue Asad Khalil » ? demandai-je pour changer de sujet.

– Plus tard. Quand nous serons devant la porte 23. Ce doit être la saison des transfuges, continua-t-elle.

– Qu'est-ce que tu entends par là ?

– On en a eu un autre en février.

– Raconte.

– Même genre de chose. Un Libyen demandant l'asile.

– Où s'est-il rendu ?

– Pareil. À Paris.

– Et qu'est-ce qui lui est arrivé ?

– On l'a gardé ici pendant quelques jours, puis on l'a emmené à Washington.

– Et où est-il, actuellement ?

– Pourquoi cette question ?

– Pourquoi ? Parce que ça pue, cette histoire.

– C'est vrai. Qu'est-ce que tu penses ?

– On dirait un test pour voir ce qui se passe concrètement quand on se rend à l'ambassade américaine de Paris.

– Tu es plus malin que tu n'en as l'air. Tu as déjà suivi un entraînement antiterroriste ?

– En quelque sorte, oui. J'ai été marié. Non, je plaisante. J'ai lu pas mal de romans sur la guerre froide.

– Je savais qu'on avait bien fait de t'engager.

– Exact. Et cet autre transfuge, est-ce qu'il est sous surveillance ou est-ce qu'il a la possibilité d'appeler ses potes en Libye ?

– Il était sous surveillance, mais il s'est échappé.

– Comment ça ?

– Eh bien, il avait vraiment l'air d'être de notre côté.

– Plus maintenant, fis-je remarquer.

Elle ne répliqua pas et je ne posai pas d'autre question. Selon moi, les fédés traitent les espions transfuges et les terroristes virant de bord nettement plus gentiment que les flics ne traitent les criminels. Mais c'est seulement mon opinion.

Nous arrivions devant la salle des douanes où un inspecteur de service du nom de Frank nous accueillit.

– Agents fédéraux, laissez passer, dit-il aux douaniers en nous escortant.

Kate, Foster, Nash et moi traversâmes les douanes et le grand manège à bagages, puis un couloir menant aux cabines de contrôle des passeports où personne ne nous demanda rien.

Je veux dire, vous pourriez montrer à ces crétins un insigne de Roy Rogers et passer au travers avec un lance-fusée sur l'épaule. Kennedy Airport est un chaudron bouillonnant où le bon, la brute, le truand et le cinglé passent au milieu de trente millions de voyageurs par an environ, bref, c'est un cauchemar sécuritaire.

À présent, nous longions tous les quatre un de ces immenses corridors surréalistes qui relient la zone d'immigration aux portes d'arrivée. En fait, nous avancions à contre-courant, et je suggérai que nous marchions à reculons pour ne pas attirer l'attention, mais cela ne fit rire personne.

Kate Mayfield et moi étions devant.

– Tu as étudié le profil psychologique d'Asad Khalil ? me demanda-t-elle.

Je ne me souvenais d'aucun profil psychologique dans le dossier, et je le lui dis.

– Eh bien, il y en avait un, pourtant, expliquant qu'un homme comme Asad Khalil – à propos, Asad signifie « lion » en arabe – souffre d'un manque d'estime de soi avec des problèmes liés à l'enfance qu'il n'a pas résolus et sur lesquels il doit absolument travailler.

– Je te demande pardon ?

Je la regardai et vis qu'elle souriait. Oh, rapide comme je suis, je venais juste de me rendre compte qu'elle se fichait de moi. Je ris, et elle me flanqua un coup de coude, pour jouer, ce que j'aimais plutôt bien.

Devant la porte se tenait une femme en uniforme bleu ciel, un bloc-notes dans une main, un talkie-walkie dans l'autre. Nous devions avoir l'air dangereux, parce qu'elle se mit à déblatérer dans sa radio tout en nous regardant approcher.

Kate s'avança la première et entama la conversation en lui tendant sa plaque du FBI, ce qui sembla la calmer. Vous savez, tout le monde devient très parano de nos jours, surtout dans les aéroports internationaux.

Elle était un agent au sol de la Transcontinental et s'appelait Debra Del Vecchio, un nom qui sonnait joliment. Elle nous expliqua que, d'après ses informations, le vol était à l'heure et que c'était la raison de sa présence à cette porte. Tout allait bien, jusqu'ici.

Il existe une procédure standard pour emmener, débarquer et faire descendre les prisonniers et leur escorte : ils embarquent en dernier et débarquent les premiers. Même les VIP, tels que les politiciens par exemple, sont soumis à cette règle, sauf bien sûr ceux, nombreux, qui finissent avec des menottes et ont donc également le droit de descendre en premier.

Kate s'adressa à Ms. Del Vecchio :

– Quand vous ferez avancer la passerelle couverte jusqu'à l'appareil, nous nous approcherons de la porte de l'avion. Les gens que nous venons chercher vont débarquer les premiers, et nous les escorterons par l'escalier de service de la passerelle jusque sur le tarmac, où un véhicule nous attend. Et vous ne nous verrez plus. Il n'y aura aucune gêne pour vos passagers.

– Qui venez-vous accueillir ? demanda Ms. Del Vecchio.

– Elvis Presley, répondis-je.

– Un VIP, précisa Kate, nettement plus claire.

– Est-ce que quelqu'un vous a posé des questions sur ce vol ? demanda Foster.

Elle fit non de la tête.

La conversation se mourait. L'un après l'autre, nous jetions des coups d'œil furtifs à nos montres ou faisions semblant de nous plonger dans la contemplation des stupides affiches pour touristes qui couvraient les murs du couloir.

Subitement, Foster sembla se rappeler qu'il avait un téléphone portable. Il le sortit d'un geste vif, ravi d'avoir trouvé quelque chose à faire. Il composa un numéro à toute vitesse, attendit, puis dit :

– Nick, c'est George. On est à la porte. Rien de nouveau là-bas ?

Foster écouta la réponse et marmonna :

– Okay... oui... Bien... okay... bon...

Incapable de continuer à s'amuser de ce coup de téléphone de pure routine, il le coupa et annonça :

– Le van est en place sur le tarmac près de cette porte. Les autorités de l'aéroport et la NYPD sont là aussi – cinq voitures, dix hommes, plus le faux fourgon cellulaire.

Histoire de tuer le temps, je demandai à Kate :

– Tu as fait ta déclaration d'impôts ?

– Bien sûr. Je suis comptable, tu sais.

– Je m'en doutais.

Je demandai à Foster :

– Tu es comptable aussi ?

– Non, moi je suis avocat.

– Pourquoi ne suis-je pas surpris ? m'exclamai-je.

– Je croyais que vous étiez du FBI, intervint Debra Del Vecchio.

– La plupart des agents sont comptables ou avocats, expliqua Kate.

– C'est insensé ! fit Ms. Del Vecchio.

– Je pensais que tu étais avocate, dis-je à Kate.

– Oh, mais je le suis également.

– Je suis très impressionné. Tu fais la cuisine, aussi ?

– Bien sûr. Et je suis ceinture noire de karaté.

– Tu sais taper à la machine ?

– Soixante-dix mots à la minute. Et je suis un tireur classé, avec cinq différents types de pistolets et trois sortes de fusils.

– Le browning 9 mm ?

– Pas de problème, dit-elle.

– On fait un match ?

– Quand tu veux.

– Cinq dollars le point.

– Dix, et c'est d'accord.

Nous nous serrâmes la main.

Je n'étais pas en train de tomber amoureux ni rien, mais il fallait bien admettre que j'étais intrigué.

Pourquoi le temps passait-il si lentement ? J'essayai de détendre l'atmosphère :

– Un mec entre dans un bar et lance au barman : « Tu sais, tous les avocats sont des trous du cul. » Il y a un autre mec au bout du bar, et il le prend mal. Il réplique : « Hé, c'est pas sympa de dire ça. » Le premier mec dit : « Pourquoi ? Vous êtes avocat ? » Et l'autre répond : « Non, je suis un trou du cul. »

Ms. Del Vecchio éclata de rire. Puis elle regarda sa montre et jeta un œil à sa radio.

Nous attendions.

Parfois, vous avez le sentiment que quelque chose va de travers. J'avais ce sentiment.

6.

Le sergent-chef Andy McGill, de l'équipe de secours d'urgence rebaptisée « Flingues et tuyaux », se tenait sur le marchepied de son véhicule de secours. Il avait mis sa combinaison argentée anti-feu et il commençait à transpirer. Il ajusta ses jumelles et observa le Boeing 747 qui faisait son approche. À ce qu'il pouvait en juger, l'appareil avait l'air impeccable et suivait une procédure d'atterrissage normale.

Il passa la tête par la fenêtre ouverte et dit au pompier Tony Sorentino :

– Aucune indication visuelle d'un problème quelconque. Transmets.

Sorentino, également vêtu de sa combinaison argentée, prit le micro qui les reliait aux autres véhicules d'urgence et répéta le rapport de McGill. Chaque véhicule répondit par un *Roger*, suivi de son numéro d'appel.

– Dis-leur d'effectuer un déploiement standard et de suivre l'appareil jusqu'à ce qu'il quitte la piste d'atterrissage.

Sorentino retransmit les ordres de McGill et, une fois de plus, tout le monde en accusa réception.

Tu as besoin de nous, Andy ? demanda Ron Ramos, le chef de l'autre équipe, à McGill.

– Non, répondit McGill, mais restez en tenue. C'est encore un 3-3.

– On dirait un 3-que dalle, oui.

– Ouais, mais on ne peut pas parler avec le pilote, alors tenez-vous prêts quand même.

McGill ouvrit la porte droite et se glissa à côté de Sorentino, qui était assis au centre de la grande cabine, derrière le volant.

– Qu'est-ce que t'en penses ?

– Je pense que je ne suis pas payé pour penser, répondit Sorentino.

– Mais si tu devais penser ?

– J'ose penser qu'il n'y a aucun problème, en dehors des radios coupées. Je n'ai pas envie de me battre avec les flammes aujourd'hui ni d'essuyer une fusillade avec des pirates de l'air.

McGill ne répondit pas.

Ils restèrent silencieux quelques secondes. Il faisait vraiment chaud sous les combinaisons, et McGill brancha la ventilation de la cabine. Tous deux regardaient par le pare-brise, fixant le magnifique ciel bleu d'avril. À chaque seconde, le 747 donnait l'impression de doubler de volume. À présent, son relief et ses couleurs apparaissaient.

– M'a l'air d'aller bien, fit Sorentino.

– Ouais.

McGill reprit ses jumelles et les braqua sur l'appareil. Le gros oiseau avait sorti quatre trains de roues – deux sous ses ailes et deux au milieu du fuselage, plus la roue avant. Vingt-quatre pneus en tout.

– Les pneus ont l'air intacts, dit-il.

– Bien.

McGill continuait à observer l'appareil qui semblait maintenant suspendu à quelques centaines de pieds, juste au-delà des trois kilomètres de béton de la piste nord-est. Le sergent-chef était fasciné par ces monstres magnifiques. Il considérait le fait de décoller et d'atterrir comme un phénomène proche de la magie. Parfois, durant sa carrière, il lui était arrivé d'approcher ces bêtes mystiques après que leur magie eut disparu dans les flammes et la fumée. En ces rares occasions, l'appareil n'était plus qu'une autre explosion, guère différente de celle d'un camion ou d'un bâtiment qui se consumaient. Et c'était le boulot de McGill d'empêcher que cela ne se produise. Mais, jusqu'à ces instants tragiques, ces monstres volants avaient toujours l'air de venir d'une autre dimension, produisant des bruits qui n'avaient rien de terrestre et défiant toutes les lois de la gravité.

– Il y est presque, dit Sorentino.

McGill l'entendit à peine. Il continuait à fixer l'avion dans ses jumelles. L'appareil avait le nez bien relevé. Les volets étaient baissés, la vitesse, l'altitude et l'angle étaient parfaits. Des vagues de chaleur brouillaient la vision derrière ses quatre énormes réacteurs.

– Tu vois quelque chose qui cloche ? demanda Sorentino.

– Non.

Le 747 passa le seuil de la piste et glissa vers son point de chute habituel, à plusieurs centaines de mètres au-delà de l'herbe. Le nez se baissa imperceptiblement juste avant que les premiers pneus touchent le sol et se remettent à l'horizontale. Un petit nuage de fumée grise s'échappa de derrière chaque train de pneus quand ils touchèrent le béton, passant de zéro à trois cents kilomètres à l'heure en une seconde. Entre le moment où les premiers trains de pneus touchaient le sol et l'instant où les roues avant se posaient enfin, il se passa à peine quatre secondes, mais la grâce de ce mouvement paraissait le faire durer plus longtemps, comme une passe de football gagnante, exécutée à la perfection et filmée au ralenti.

Une voix retentit dans le haut-parleur du véhicule d'urgence :

– Secours 4 en mouvement.

Une autre voix dit :

– Secours 3, je suis sur ta gauche.

Les quatorze véhicules se déplaçaient, échangeant leurs messages. Un par un, ils roulaient sur la piste tandis que le gros avion les dépassait.

Le 747 était maintenant devant le véhicule de McGill, et il lui sembla qu'il roulait trop vite.

Sorentino écrasa l'accélérateur et le V8 diesel rugit en partant à la poursuite de l'avion.

– Hé, s'exclama Sorentino, il a pas inversé la poussée !

– Quoi ?

Effectivement, le pilote n'avait pas abaissé les volets, de la taille d'une porte de grange, qui propulsaient l'échappement dans l'autre sens afin de freiner le monstre volant.

Sorentino vérifia son indicateur de vitesse et annonça :

– Cent dix.

– Trop vite ! Il va trop vite.

McGill savait que le Boeing 747 était conçu pour s'arrêter avec ses seuls freins s'il le fallait, et, heureusement, ce terrain était assez long pour le faire. Ce n'était donc pas un gros problème, mais c'était la première indication visible que quelque chose allait de travers.

Le 747 continuait à rouler, décélérant plus lentement que d'habitude, mais ralentissant tout de même. McGill était dans le véhicule de tête, suivi par les cinq autres camions, eux-mêmes suivis par les six voitures de patrouille puis les deux ambulances.

McGill prit son micro et donna ses ordres à chacun des véhicules. Ils s'approchèrent de l'énorme avion et prirent leurs positions, les voitures de patrouille et les ambulances derrière. Sorentino et McGill passèrent sous l'aile cyclopéenne de l'appareil et se mirent en position près du nez, tandis que le 747 continuait à ralentir. McGill observait l'avion par la fenêtre de droite. Il cria, pour couvrir le rugissement des réacteurs :

– Je ne vois pas de problème !

Concentré sur sa vitesse et sa distance, Sorentino remarqua :

– Pourquoi il n'a pas utilisé ses inverseurs ?

– J'en sais rien. Demande-lui.

Le Boeing 747 ralentit et finit par s'arrêter, à quatre cents mètres du bout de la piste, son nez rebondissant deux fois avant de s'immobiliser totalement.

Chacun des quatre camions de pompiers s'était positionné à quarante mètres de l'appareil, deux de chaque côté. Les six hommes des voitures de patrouille sortirent de leurs véhicules et, suivant la procédure standard, prirent position à couvert derrière leurs voitures, loin de l'avion. Chaque homme était armé d'un fusil à pompe ou d'un fusil-mitrailleur AR-15.

Les pompiers demeuraient dans leurs véhicules. McGill prit son micro et transmit aux cinq autres camions :

– Quelqu'un voit quelque chose ?

Personne ne répondit, ce qui était bien, puisque, selon la procédure, les autres véhicules de secours devaient maintenir le silence radio à moins d'avoir quelque chose de très pertinent à dire.

McGill réfléchit à sa prochaine manœuvre. Le pilote n'avait pas inversé la poussée, donc il avait dû beaucoup utiliser les freins.

– Approche-toi des pneus, dit-il à Sorentino.

Ils se dirigèrent vers le train de pneus bâbord. Éteindre des pneus en feu, c'était le menu de tous les jours. Cela n'avait rien d'héroïque ; pourtant, si vous ne mettiez pas d'eau assez vite sur des freins surchauffés, il n'était pas inhabituel de voir tout le train d'atterrissage prendre soudain feu. C'était mauvais pour les pneus, et, avec les réservoirs juste au-dessus des freins, c'était surtout mauvais pour quiconque se trouvait à cent mètres à la ronde.

Sorentino arrêta son véhicule à quinze mètres des pneus.

McGill leva ses jumelles et examina les disques des freins avec une attention soutenue. S'ils étaient rouge braise, il serait largement temps d'envoyer la mousse, mais ils étaient d'un noir mat normal, exactement comme ils étaient censés être.

Il reprit le micro et ordonna aux autres camions de vérifier les trois autres trains de pneus.

Les autres véhicules firent leur rapport : négatif.

– Okay, reculez, ordonna McGill.

Les quatre camions s'écartèrent du 747. McGill savait que l'appareil avait atterri sans contact radio, c'était la raison de leur présence ici, mais il pensa qu'il pourrait appeler le pilote. Il se régla sur la fréquence au sol.

– Transcontinental 175, ici secours 1. Vous me recevez ? À vous !

Pas de réponse.

McGill attendit, puis réitéra son appel. Il regarda Sorentino, qui haussa les épaules.

Les véhicules d'urgence, les voitures de police, les ambulances et le 747 étaient immobiles. Les quatre réacteurs du Boeing rugissaient toujours, mais l'appareil n'avançait pas.

– Fais le tour, que le pilote puisse nous voir, dit McGill à Sorentino.

Sorentino démarra et roula jusqu'à amener son camion sous le nez de l'avion. McGill sortit et agita les bras en direction du cockpit, puis, s'emparant des petits panneaux qui servent aux contrôleurs au sol, il fit signe au pilote de continuer à rouler vers l'aéroport.

Le 747 ne bougea pas.

McGill essaya de voir à l'intérieur du cockpit, mais il y avait trop de reflets sur le pare-brise et le cockpit était très haut au-dessus de la piste. Deux choses lui vinrent à l'esprit presque simultanément. La première était qu'il ne savait plus quoi faire maintenant. La seconde était que quelque chose allait de travers. Pas de travers d'une manière évidente, non. De travers d'une manière insidieuse, silencieuse... Et c'était bien ça le pire.

7.

Étant plutôt un homme d'action, je n'aime pas attendre, mais les flics apprennent à poireauter. Une fois, j'avais passé trois jours à surveiller un suspect déguisé en vendeur de hot-dogs et j'en avais tellement mangé qu'il m'avait fallu dix litres de jus de pruneau pour redevenir normal.

Je finis par demander à Ms. Del Vecchio s'il y avait un problème.

Elle regarda son petit talkie-walkie qui était muni d'un minuscule écran et le tint devant moi pour que je puisse lire. On lisait : « Atterri ».

– Allez aux nouvelles, s'il vous plaît, lui demanda Kate.

Elle haussa les épaules et parla dans sa radio.

– Ici Debbie, porte 23. Je voudrais la situation du vol 175, s'il vous plaît.

Elle écouta, éteignit et nous dit :

– Ils vérifient.

– Pourquoi ne savent-ils pas ? m'enquis-je.

– L'avion est sous la responsabilité de la tour de contrôle, de la police de l'air, des fédéraux, pas de la Transcontinental, répondit-elle patiemment. On n'appelle la compagnie que s'il y a un problème. Pas d'appel, pas de problème.

– L'avion va être en retard à la porte, fis-je remarquer.

– Ça n'a pas d'importance, m'informa-t-elle. Il était à l'heure. Nous avons très rarement des retards.

– Et s'il reste une semaine sur la piste ? Il sera encore à l'heure ?

– Oui.

Je jetai un œil vers Ted Nash, qui était toujours adossé au mur, l'air impénétrable. Comme la plupart des types de la CIA, il aimait donner l'impression qu'il en savait plus qu'il ne voulait bien en dire. Dans la plupart des cas, ce qui ressemblait à une assurance tranquille et à de la sagesse s'avérait être une stupidité sans bornes. Mais pourquoi est-ce que je hais ce type comme ça ?

Pour faire la part du diable, Nash finit par ouvrir son téléphone portable, pianota quelques chiffres et nous annonça :

– J'ai le numéro direct de la tour de contrôle.

Il me vint à l'esprit que Mr. Nash en savait nettement plus qu'il ne voulait bien le dire, et qu'il savait, bien avant que l'avion atterrisse, qu'il risquait d'y avoir un problème.

Le superviseur Ed Stavros continuait à regarder la scène qui se jouait sur la piste 4-droite à travers ses jumelles.

– Ils n'aspergent pas de mousse. Ils s'écartent de l'appareil... l'un des types fait des signaux au pilote..., commentait-il à l'intention des contrôleurs qui l'entouraient.

– Patron, la salle radar veut savoir dans combien de temps ils pourront utiliser la piste 4-droite. Ils ont des avions qui tournent et qui n'ont plus beaucoup de fuel, l'interrompit Hernandez.

Stavros s'empara du téléphone d'Hernandez :

– Ici Stavros. Nous avons un... silence radio... Ouais, je sais que vous le savez, mais je n'ai pas plus d'infos... Écoutez, s'il y avait le feu, vous seriez obligé de détourner vos avions de toute façon et vous ne m'emmerderiez pas... (Il écouta, puis répliqua sèchement :) Eh bien, dites-leur que le président se fait couper les tifs sur la piste 4-droite, et qu'ils n'ont qu'à aller se poser à Philadelphie.

Il raccrocha et regretta immédiatement ses derniers propos, même s'ils avaient déclenché une approbation hilare autour de lui. Il se sentit mieux l'espace d'une demi-seconde, puis son estomac se noua de nouveau.

– Rappelez l'avion, dit-il à Hernandez. Utilisez toutes les fréquences. S'ils ne répondent pas, on pourra au moins se dire qu'ils n'ont vraiment pas de chance avec leurs radios.

Hernandez prit un micro sur sa console et s'exécuta.

Stavros reprit ses jumelles et examina à nouveau la scène. Rien n'avait changé. Les divers véhicules de secours et les voitures de police gardaient leur position. Au loin, une deuxième équipe doublant la première attendait, gaspillant de l'essence et faisant ce que faisait tout le monde – c'est-à-dire rien.

Stavros prit conscience qu'Hernandez lui tendait un téléphone.

– Qui est-ce ?

– Un type qui vous a nominalement demandé. Il dit qu'il y a un prisonnier sous escorte à bord du vol 175, et il veut savoir ce qui se passe.

– Merde... (Stavros saisit le téléphone et dit :) Stavros à l'appareil... (Ses yeux s'agrandirent.) Je comprends, finit-il par dire. (Il écouta à nouveau, puis répliqua :) Non, il n'y a aucune indication d'un problème réel. Aucun signal transpondeur de piratage n'a été envoyé, mais l'avion a bien failli en percuter un autre...

Il se tut à nouveau, se demandant s'il devait mentionner l'absence d'inversion des moteurs à quelqu'un qui pouvait en tirer des conclusions hâtives, alors qu'il ne s'agissait sans doute que d'un problème mécanique mineur. Stavros ne savait pas bien qui était son interlocuteur, mais, à sa voix, ce type avait du pouvoir. Stavros attendit que le type ait fini, puis fit :

– Okay, je comprends. Je m'en occupe.

Il rendit le téléphone à Hernandez. On venait de prendre une décision à sa place, et il se sentait nettement mieux.

Il ouvrit le micro et transmit à Sorentino :

– Okay, Sorentino, vous allez pénétrer dans l'avion. Il y a un prisonnier à bord. Dans le dôme, en classe affaires. Il est menotté et escorté, alors ne sortez pas les flingues, ça paniquerait les passagers. Mais vous emmenez le mec et ses deux gardes du corps, vous les faites descendre et vous les mettez dans une voiture de patrouille qui les ramènera porte 23 où on les prendra en charge. C'est compris ?

– *Roger*. Mais il faut que j'appelle mon chef de service...

– Je me fous de qui vous appelez. Faites ce qu'on vous demande ! Et quand vous serez à bord, évaluez le problème. S'il n'y a pas de problème, dites à ce pilote de quitter cette putain de piste et de rouler jusqu'à la porte 23. Conduisez-le jusque là-bas.

– *Roger.*

– Appelez-moi quand vous serez à bord.

– *Roger.*

Stavros se tourna vers Hernandez.

– Pour arranger les choses, un mec du ministère de la Justice me demande de ne pas réattribuer la porte 23 à un autre appareil avant qu'il me donne le feu vert. C'est pas moi qui assigne les portes. C'est l'administration de l'aéroport. Roberto, appelle-les. Et maintenant, il nous manque une porte.

– Avec la piste 4 hors d'usage dans les deux sens, on n'a pas besoin de tant de portes, de toute façon, fit remarquer Hernandez.

Stavros marmonna une obscénité et fonça jusque dans son bureau pour prendre une aspirine.

Ted Nash replia son portable et le glissa dans sa poche.

– L'appareil a atterri sans contact radio ; il est posé en bout de piste. Il n'y a pas eu de signal de détresse, et la tour ne sait pas quel est le problème. Les services d'urgence sont sur place. Comme vous l'avez entendu, j'ai demandé qu'ils entrent dans l'avion, qu'ils ramènent nos bonshommes ici et qu'ils laissent la porte à notre disposition.

– Allons jusqu'à l'avion, proposai-je.

– L'appareil est entouré par les forces de sécurité, répondit George Foster, notre chef d'équipe sans peur et sans reproche. En plus, on a deux hommes à bord. Ils n'ont pas besoin de nous là-bas. Moins on change notre plan d'action, mieux ce sera.

Ted Nash s'abstint de tout commentaire, résistant visiblement à l'envie de me contredire.

Kate approuva George, ce qui fit de moi le seul type en dehors du coup, comme d'habi tude. Je veux dire, si une situation se dégrade au point A, pourquoi rester à glander au point B ?

Foster prit son portable et appela l'un des types du FBI sur le tarmac.

– Lindley ? C'est George. Petit changement de programme. L'avion a un problème sur la piste, une voiture de la police de l'air va donc conduire Phil, Peter et le sujet jusqu'à cette porte. Appelle-moi quand ils sont là et on descendra. Okay ? Bien.

Puis il appela le Conquistador Club et tomba sur Nancy.

– As-tu eu des nouvelles de Phil ou de Peter ?

– ...

– Non, l'avion est toujours sur la piste. Donne-moi leurs numéros de portable.

Il écouta, raccrocha, puis composa un nouveau numéro en tenant le téléphone devant nous, ce qui nous permit d'entendre le message enregistré indiquant que notre correspondant n'était pas joignable pour le moment. George composa alors l'autre numéro et obtint le même message.

– Ils ont probablement coupé leurs téléphones, dit-il.

Quelle perspicacité !

– En vol, il faut couper les portables, y compris sur la piste, se crut-il obligé d'ajouter. L'un des deux va bien finir par désobéir et par joindre le Conquistador Club. Et alors Nancy nous appellera.

Si je m'étais inquiété chaque fois que je n'avais pas pu joindre quelqu'un sur son portable, j'aurais déjà eu quinze ulcères. Les portables et les beepers me font chier, de toute manière.

J'essayai de considérer la situation d'un point de vue académique, comme si un instructeur m'avait posé le problème. À l'école de police, on vous enseigne à rester à votre place et à vous en tenir au plan établi, sauf si un supérieur vous ordonne d'agir autrement. Mais on vous apprend aussi à utiliser votre propre jugement et votre initiative personnelle si la donne de départ se modifie. Le truc, c'est d'arriver à savoir quand il faut s'en tenir au plan et quand il faut bouger. Selon les critères objectifs, c'était une situation où rester immobile. Mon instinct me soufflait pourtant de bouger. Je me suis toujours beaucoup fié à mon instinct, mais là, je n'étais pas dans mon élément, j'étais nouveau dans ce boulot, et je me devais de présupposer que ces gens savaient ce qu'ils faisaient, c'est-à-dire rien. Parfois, rien est la meilleure chose à faire.

Le talkie-walkie de Debra Del Vecchio vibra, elle le porta à son oreille puis dit : « Okay, merci » avant de se retourner vers nous :

– Ils me disent que la tour a signalé un silence radio sur le 175.

– Un quoi ?

– Un silence radio...

– On est au courant, la coupai-je. Ça arrive souvent ?

– Aucune idée...

– Pourquoi l'avion reste-t-il en bout de piste ?

Elle haussa les épaules.

– Peut-être que le pilote a besoin que quelqu'un lui donne des instructions. Vous savez... quelle piste de dégagement utiliser, cc genre d'indication. Je pensais que vous attendiez un VIP... Pas un prisonnier, ajouta-t-elle au bout d'un instant.

– C'est un VIP prisonnier.

Nous étions donc là à patienter jusqu'à ce que les autorités de l'aéroport ramassent Hundry, Gorman et Khalil et les conduisent devant cette porte où l'agent Jim Quelque chose nous contacterait pour que nous descendions sur le tarmac, prenions une autre voiture et rejoignions sous bonne escorte le Conquistador Club, chargés de notre précieux passager. Je regardai ma montre. Je leur accordais quinze minutes pour faire tout ça. Peut-être dix.

8.

Andy McGill entendit le klaxon de son camion et revint en courant à son véhicule.

– Stavros a appelé, lui dit Sorentino. Il faut entrer dans l'avion. Des fédéraux l'ont prévenu qu'il y a un prisonnier à bord, dans le dôme. Il est sous escorte et menotté. On doit les emmener, lui et les deux flics qui l'accompagnent, jusqu'à une voiture de patrouille, puis les conduire jusqu'à la porte 23 où les fédéraux les attendent.

Il ajouta, après un bref silence :

– Est-ce qu'on a des ordres à recevoir de ce type ?

Pendant une fraction de seconde, McGill se demanda s'il pouvait y avoir un lien entre ce prisonnier et le problème de l'avion, mais non, c'était absurde.

– Non, dit-il, on ne reçoit d'ordres ni de Stavros ni des fédés... mais il est sans doute temps de monter à bord. Signale-le à la tour.

– Okay.

– Bien. Porte avant droite. En route.

Sorentino démarra. Au même moment, la

radio crachota et une voix résonna dans le haut-parleur.

– Hé, Andy, je viens de repenser au scénario saoudien. Fais attention.

– Sainte merde ! s'exclama Sorentino.

Andy McGill resta paralysé une seconde, debout sur le marchepied. Tout lui revenait. Un film d'entraînement. Une vingtaine d'années auparavant, un Lockheed Tristar saoudien avait décollé de l'aéroport de Riyad, puis signalé de la fumée dans la cabine et le cockpit, avant de faire demi-tour et de se poser sans problème sur la piste. Apparemment, il y avait le feu dans la carlingue. L'avion était entouré de véhicules de pompiers, et les gens des services d'urgence saoudiens guettaient l'ouverture des portes et le déploiement des toboggans. Mais, malchance ou pure stupidité, les pilotes n'avaient pas dépressurisé l'avion et les portes étaient restées maintenues closes par la pression interne. Les hôtesses ne pouvaient pas les ouvrir, et personne n'avait pensé à utiliser une hache pour fracasser les hublots. Au final, il y avait eu trois cents morts à bord, asphyxiés par la fumée et les vapeurs toxiques.

Le tristement célèbre scénario saoudien. On les avait entraînés à le reconnaître, cela y ressemblait beaucoup, et ils avaient déjà perdu un temps fou. « Oh, merde... »

Tout en conduisant d'une main, Sorentino tendit à McGill son « Sac Scott », qui renfermait une bouteille d'air comprimé portable, un masque et sa hache.

Le camion arriva sous la porte et McGill grimpa sur le toit de la cabine, là où se trouvait le canon à mousse.

Le camion 4 les avait rejoints, l'un de ses hommes se tenait déjà sur le toit de la cabine, derrière son canon à mousse. McGill remarqua que l'un des pompiers d'une autre voiture avait revêtu sa combinaison et déployait un tuyau d'eau à forte pression. Les quatre autres camions et les ambulances avaient reculé de crainte d'une explosion. McGill nota avec satisfaction que, dès que quelqu'un prononçait « scénario saoudien », tout le monde savait comment réagir. Malheureusement, ils avaient attendu trop longtemps, comme leurs collègues saoudiens dont ils s'étaient si bien moqués en visionnant le film de la catastrophe.

Sur le toit, il y avait une petite échelle que McGill déplia sur toute sa longueur, avant de l'orienter vers la porte. Elle était juste assez haute pour atteindre la poignée extérieure de la porte du 747. McGill mit son masque, prit une grande inspiration et commença son ascension.

Une fois en haut de l'échelle, il posa le dos de son gant contre la porte de l'avion. Le tissu était mince et, théoriquement, on pouvait sentir la chaleur à travers. Il patienta quelques secondes, mais n'éprouva rien.

Il approcha sa main de la poignée extérieure d'urgence et la tira, puis la souleva pour désarmer les toboggans automatiques.

Il se retourna et vit le pompier debout sur l'autre camion, prêt à l'arroser de mousse. Le type leva le pouce, poing fermé. McGill lui retourna son geste.

Il poussa sur la poignée. Si l'avion était encore pressurisé, la porte ne bougerait pas, et il lui faudrait fracasser le petit hublot à coups de hache pour dépressuriser l'appareil et ventiler d'éventuelles émanations toxiques.

Il continua à pousser et, tout d'un coup, la porte se mit à glisser automatiquement vers l'intérieur.

Quand elle fut complètement rentrée, McGill s'accroupit à ras du seuil pour échapper à d'éventuels nuages de fumée, de chaleur ou de vapeurs toxiques. Mais rien ne sortit.

Sans perdre une seconde de plus, il se hissa dans l'appareil. Il jeta un bref coup d'œil autour de lui afin de s'assurer qu'il était bien dans le galley avant, c'est-à-dire exactement là où il devait être d'après la procédure. Il vérifia son masque, le débit d'air et la jauge de sa bonbonne d'oxygène, puis il posa sa hache contre la cloison.

Il n'y avait toujours pas la moindre trace de fumée, aussi, bien qu'il ne pût être sûr de rien quant à des émanations toxiques, il se tourna vers la porte ouverte et fit signe à ses hommes que tout allait bien.

Sur ce, il avança dans le galley avec à sa droite la première classe et à sa gauche la classe économique. Devant lui se dressait l'escalier en colimaçon qui montait dans le dôme où se trouvaient le cockpit et la classe affaires.

Il resta immobile un moment. Il sentait les vibrations des réacteurs à travers la carlingue. Tout semblait normal, à l'exception du calme absolu, inquiétant, et des rideaux tirés entre la classe éco et les premières. Le règlement exigeait qu'ils demeurent ouverts au décollage et à l'atterrissage. Qu'aucune des hôtesses ne se montre aurait aussi dû l'inquiéter. Mais c'était le cadet de ses soucis pour l'instant, et il ne s'y arrêta guère.

Spontanément, il aurait tiré l'un des deux rideaux, mais la procédure stipulait qu'il devait d'abord se rendre dans le cockpit. Il reprit donc sa hache et s'avança vers l'escalier. Il entendait sa respiration dans son masque à oxygène.

Il monta les marches lentement, mais deux à deux. Il s'arrêta quand sa poitrine fut au niveau du pont supérieur et regarda dans le dôme du 747. Il y avait deux rangées doubles de sièges des deux côtés du dôme, huit rangs en tout, soit un total de trente-deux places. Les hauts dossiers l'empêchaient de voir les têtes des passagers ; en revanche, il voyait des bras qui retombaient des accoudoirs vers l'allée. Des bras immobiles. « Bon Dieu, qu'est-ce que... ? »

Il continua à monter l'escalier et se retrouva debout au fond du dôme, le dos contre la cloison. Au centre du dôme se dressait une console sur laquelle étaient posés des magazines, des journaux et des corbeilles de biscuits apéritifs. Le soleil de cette fin d'après-midi pénétrait à flots à travers les hublots, et de la poussière flottait dans ses rayons. Vision agréable, songea-t-il, pourtant, instinctivement, il sut qu'il était en présence de la mort.

Il s'avança dans l'allée centrale et jeta un coup d'œil à droite, puis à gauche. La moitié des sièges seulement étaient occupés, et la plupart des passagers étaient des hommes et des femmes entre deux âges, du genre qu'on rencontre en classe affaires. Certains d'entre eux étaient inclinés en arrière, avec un livre ou un magazine posé sur les genoux, d'autres avaient un plateau de service et des boissons devant eux, et McGill remarqua que quelques verres s'étaient renversés pendant l'atterrissage. Les télés étaient encore allumées et la plus proche de lui diffusait un film de promotion sur les multiples loisirs qu'on peut trouver à Manhattan.

McGill s'avança encore, puis se retourna pour regarder les passagers. Dans son esprit, cela ne faisait aucun doute : ils étaient tous morts. Il prit une grande inspiration et essaya de s'éclaircir les idées, de redevenir professionnel. Il retira son gant droit et tendit la main pour toucher le visage d'une femme proche de lui. Sa peau n'était pas froide comme la pierre, mais elle n'était pas non plus à température normale. Il calcula qu'elle était morte depuis quelques heures ; l'état de la cabine confirmait que, quoi qu'il se fût produit, c'était arrivé bien avant les manœuvres d'atterrissage.

McGill se pencha sur un homme dans la rangée voisine. Son visage était paisible – pas de bave, pas de vomi, pas de traces de larmes, pas d'expression tourmentée... McGill n'avait jamais vu ça de sa vie. Les vapeurs toxiques ou la fumée provoquaient la panique, d'horribles suffocations, une mort atroce qu'on pouvait aisément lire sur les visages et dans les corps contorsionnés des victimes. Là, on avait le sentiment que les victimes s'étaient simplement endormies, et jamais réveillées.

Il se mit à la recherche du prisonnier menotté et de ses deux gardes du corps, et découvrit le premier dans l'avant-dernière rangée côté bâbord, assis près du hublot. Il portait un costume gris foncé et, même si son visage était partiellement caché par un de ces masques qu'on met pour dormir, il avait le type hispanique, à moins que ce ne fût moyen-oriental ou indien. McGill n'avait jamais bien su distinguer les types ethniques. L'homme assis à côté de lui était plus que probablement un flic. McGill savait reconnaître ceux de son espèce. Il lui écarta la veste et aperçut son holster sur sa hanche gauche. Le deuxième flic était assis juste derrière eux. De toute manière, cela n'avait plus beaucoup d'importance ; il n'aurait pas à les faire sortir de l'avion pour les mettre dans une voiture, et ils n'iraient pas porte 23. Personne n'irait plus nulle part, sauf à la morgue.

McGill évalua la situation. Il n'y avait pas un seul survivant dans le dôme, et puisque tout l'avion partageait la même atmosphère et le même air pressurisé, il en était forcément de même en première et en classe éco. Ça expliquait ce qu'il avait vu à l'étage inférieur. Ça expliquait le silence. Il envisagea de se servir de sa radio pour appeler des renforts, mais il était à peu près certain que plus personne n'avait besoin d'assistance. Il prit pourtant la radio et s'apprêta à émettre, puis suspendit son geste. Que pourrait-il bien dire ? De quoi aurait-il l'air, hurlant à travers son masque à oxygène ? Il se contenta donc de presser le bouton d'émission en une série de coups brefs et longs pour signaler que tout allait bien.

La voix de Sorentino retentit dans le silence :

– *Roger*, Andy.

McGill se dirigea vers les toilettes derrière l'escalier. Le petit panneau indiquait « Libre » et McGill ouvrit la porte, s'assurant qu'il n'y avait personne dedans.

Puis il alla à grands pas vers le cockpit et tira la porte à lui. Elle était verrouillée, comme le voulait le règlement. Il frappa du poing contre la porte et cria à travers son masque à oxygène :

– Ouvrez ! Ouvrez ! C'est la sécurité !

Il n'y eut pas de réponse. Mais il ne s'attendait pas vraiment à en obtenir une.

Il prit sa hache et la balança à la hauteur du verrou, qui ne résista guère. McGill hésita un instant devant la porte qui pendait à moitié de travers sur ses charnières, puis il pénétra dans le cockpit.

Le pilote et le copilote étaient assis sur leurs sièges, la tête penchée en avant, comme s'ils avaient la nuque brisée.

Hébété, McGill s'entendit dire : « Hé, hé ! Vous m'entendez ? » Il se sentait un peu stupide de parler ainsi à des morts.

À présent, Andy McGill transpirait, et il sentait ses genoux trembler. Ce n'était pas une âme sensible et, durant toutes ces années, il avait eu sa part de corps morts ou brûlés, mais il ne s'était jamais retrouvé seul en présence de tant de morts.

Il toucha le visage du pilote de sa main nue. Mort depuis quelques heures, lui aussi. Alors, qui avait posé l'avion ?

Il balaya des yeux les instruments de bord pour s'arrêter sur une petite fenêtre qui indiquait ATTERRISSAGE AUTOMATIQUE. On lui avait expliqué qu'un pilote automatique programmé par les ordinateurs de dernière génération pouvait faire atterrir ces énormes avions sans l'aide d'une main ou d'un cerveau humains. Il ne l'avait pas cru quand il l'avait entendu, maintenant il le croyait.

Il n'y avait pas d'autre explication à l'atterrissage de cet avion de la mort. Le pilote automatique expliquait également la quasi-collision avec l'avion d'US Airways, probablement l'absence d'inversion de la poussée une fois sur la piste, et, bien évidemment, le silence radio, sans oublier le fait que l'avion demeure ainsi en bout de piste, tous réacteurs allumés. Sainte Marie, mère de Dieu... Il se sentait malade et il avait envie de vomir, de crier, de courir, mais il tint bon et prit une autre profonde inspiration. Du calme, McGill.

Quoi faire à présent ?

Ventiler.

Il leva les yeux vers la trappe de secours, activa le levier, et la trappe s'ouvrit d'un coup, révélant un carré de ciel bleu.

Du calme.

Après ce qui lui parut une éternité, mais qui avait probablement duré moins de deux minutes, McGill se pencha entre les sièges et coupa les quatre manettes des gaz. Toutes les lumières de la console s'éteignirent, sauf celles qu'alimentaient les batteries, et le vrombissement des réacteurs cessa immédiatement, remplacé par un silence irréel.

McGill savait que, dehors, les autres respiraient plus librement maintenant que les moteurs étaient éteints. Ils étaient au courant qu'Andy McGill allait bien, mais ils ignoraient que c'était lui, et non pas les pilotes, qui avait coupé les réacteurs.

McGill entendit un bruit dans la cabine derrière lui et il se retourna vers la porte du cockpit, prêtant l'oreille. « Il y a quelqu'un ? » demanda-t-il à travers son masque. Silence. Un silence digne d'un film d'horreur. Un silence de mort. Pourtant, il avait bien entendu quelque chose. Peut-être un cliquetis des moteurs qui refroidissaient. Ou un bagage à main qui avait glissé dans un des compartiments.

Il prit une grande inspiration et tenta de recouvrer son sang-froid. Il se rappela ce que lui avait dit un médecin légiste un jour : « Les morts ne peuvent pas te faire de mal. Personne n'a jamais été tué par un mort. »

Il regarda dans le dôme et vit les dizaines de morts qui le fixaient. Le médecin se trompait. Les morts peuvent vous faire du mal et tuer votre âme. Andy McGill dit un « Je vous salue Marie » et se signa.

9.

Andy McGill savait que tout ce qu'il ferait ou oublierait de faire dans les minutes à venir serait examiné au microscope durant les prochaines semaines. Il passerait probablement le mois suivant à témoigner devant une douzaine d'agences fédérales, sans parler de ses propres patrons. Ce désastre allait devenir une légende, et il voulait être certain d'être le héros de cette légende.

Ses pensées couraient de ce futur inconnu au présent problématique. Que faire ?

Dans l'immédiat, ce dont il avait réellement besoin, c'était d'un tracteur de la Transcontinental qui vienne ôter cet avion des pistes et l'emmène dans la zone de sécurité, hors de vue du public et des médias. Il colla sa radio contre son masque et appela Sorentino.

– Secours 1, ici secours 81.

McGill entendit à peine le *Roger* de Sorentino à travers son casque.

– Fais envoyer un tracteur de la compagnie ici, et en vitesse. Compris ?

– Bien reçu. Un tracteur Transcontinental. Qu'est-ce qui se passe ?

– Dépêche-toi. Terminé.

McGill sortit du cockpit, traversa rapidement le dôme et descendit jusqu'au pont inférieur, où il ouvrit la deuxième porte du fuselage, qui faisait face à celle par laquelle il était entré.

Il écarta ensuite le rideau de la section touristes et observa l'immense carlingue du 747. Devant lui, une centaine d'hommes et de femmes, assis ou penchés, parfaitement immobiles, semblaient poser pour une photographie à jamais figée par le temps. Il s'obligea à scruter cette foule, cherchant un quelconque signe de vie. Mais il n'y eut pas le moindre mouvement, aucune réaction à la présence de cette espèce d'extraterrestre en combinaison de l'espace argentée, le visage masqué.

Il se retourna, traversa le galley et ouvrit en grand le rideau des premières. Là non plus il ne remarqua pas le moindre signe de vie. Une pensée totalement incongrue lui traversa l'esprit. Un voyage aller-retour Paris-New York en première classe coûtait dans les dix mille dollars ; quelle différence cela faisait-il, à présent ? Première ou classe éco, ils avaient tous respiré le même air, et ils étaient tous morts.

McGill sortit à la hâte du compartiment et s'approcha de la porte bâbord. Il ôta son masque et son casque.

– Alors ? Qu'est-ce qui se passe ? le héla Sorentino, debout sur le marchepied de leur camion.

McGill prit une grande inspiration avant de lâcher :

– Ça va mal. Très mal.

Sorentino, qui n'avait jamais vu son chef dans cet état, se dit que ce « très mal » signifiait probablement le pire.

– Appelle le centre de commandement, reprit McGill. Dis-leur que tout le monde est mort à bord du vol 175. Sans doute des vapeurs toxiques...

– Doux Jésus !

– Ouais. Préviens aussi la tour, la compagnie, et que tout le monde se dirige vers la zone de sécurité. Les douanes, le service des bagages, la totale.

– Je m'en occupe, fit Sorentino en disparaissant dans la cabine de son camion.

McGill retourna vers la classe éco. Bien qu'il fût quasi certain de ne plus avoir besoin de son masque et de sa bonbonne, il les remit, mais il laissa sa hache contre une cloison. Il ne percevait rien qui lui parût toxique ou dangereux, juste une vague odeur, familière – une odeur d'amande.

Essayant de ne pas regarder les gens qui lui faisaient face, il descendit l'allée de droite et ouvrit les deux portes des issues de secours, puis traversa la carlingue et répéta la même opération sur le côté gauche. Une légère brise vint rafraîchir son visage trempé de sueur.

Sa radio grésilla et il entendit une voix dire :

– Unité 1, ici le lieutenant Pierce. Rapport de situation ?

McGill détacha sa radio et répondit à son supérieur :

– Unité 1. Je suis dans l'appareil. Pas un survivant à bord.

– Vous êtes sûr ? demanda Pierce après un long silence.

– Oui.

À nouveau un long silence, puis :

– Vapeurs toxiques ? Fumée ? Quoi ?

– Fumées, négatif. Vapeurs toxiques. Je n'en connais pas la provenance. L'appareil est ventilé et je ne me sers plus de mon oxygène.

– *Roger.*

McGill se sentait chancelant, mais il imputait ça au choc plus qu'à un quelconque résidu de vapeurs toxiques. Il n'avait pas l'intention de bouger ni de prendre la moindre initiative ; il attendait qu'on le rappelle, mais Dieu que le silence pesait lourd. Il s'imaginait l'effervescence dans le centre de commandement, un tas de types parlant tous en même temps avec des voix étouffées.

Finalement, la voix du lieutenant Pierce retentit de nouveau dans sa radio :

– Okay... vous avez demandé un tracteur de la compagnie.

– Affirmatif.

– Est-ce qu'on a besoin d'un... hôpital mobile ?

– Négatif... Mais la morgue mobile ne suffira pas à gérer tout ça.

– *Roger.* Okay... Bon, on déplace tout jusqu'à la zone de sécurité. On dégage la piste et on met cet avion hors de vue.

– *Roger.* Je guette l'arrivée du tracteur.

– Ouais... okay... euh... restez à bord.

– Je n'ai l'intention d'aller nulle part.

– Vous voulez une assistance médicale ?

McGill laissa échapper un soupir exaspéré. Ces crétins du centre de commandement n'avaient pas l'air de comprendre qu'il n'y avait *aucun* survivant.

– Négatif, grommela-t-il.

– Okay... donc, je... je suppose que le pilote automatique a posé l'appareil.

– On dirait, oui. Le pilote automatique ou Dieu. Ce n'étaient ni moi ni les pilotes, en tout cas.

– *Roger*. Je... euh... On se verra dans la zone de sécurité.

– *Roger*.

McGill raccrocha sa radio à sa ceinture. Il n'avait plus rien à faire. L'atmosphère cauchemardesque de la classe éco le rendait complètement claustrophobe. Il se rendit compte qu'il préférait de loin l'espace relativement ouvert et éclairé du dôme, d'où il verrait mieux ce qui se passait autour de l'avion.

Il remonta donc l'escalier et regagna l'étage supérieur. Par les hublots tribord, il vit un tracteur approcher. Par ceux de bâbord, il vit une colonne de véhicules d'urgence qui regagnaient la station, et d'autres qui partaient vers la zone de sécurité.

Il essayait d'ignorer les corps autour de lui. Au moins, ils étaient moins nombreux ici, et il n'y avait ni enfants ni bébés parmi eux. Maigre consolation. Car, quel que fût l'endroit où il se réfugiait à bord, il était la seule âme encore en vie.

Ce n'était pas exactement vrai, mais comment Andy McGill aurait-il pu savoir qu'il avait de la compagnie ?

– Je demande à nouveau la permission de descendre sur le tarmac, dis-je une nouvelle fois à George Foster.

Après tout, ma mère ne m'a pas donné « Inaction » pour deuxième prénom et, depuis le temps que nous attendions sans rien faire, j'avais vraiment l'impression de me dessécher sur place.

Foster semblait aussi indécis que d'habitude, mais Kate prit les devants :

– Okay, John, me dit-elle, vous avez la permission de descendre sur le tarmac. Mais pas plus loin.

– C'est promis, répondis-je.

Ms. Del Vecchio composa un code sur la commande de la porte, qui s'ouvrit. J'enfilai aussitôt le long couloir mobile et descendis l'escalier de service jusque sur le tarmac.

Le convoi qui devait nous ramener à Federal Plaza était regroupé près du bâtiment. Je m'approchai rapidement de l'une des voitures de la police de l'aéroport, sortis mon insigne et lançai à l'agent en uniforme :

– L'avion en question est bloqué en bout de piste. Il faut que je m'y rende immédiatement.

Je me glissai sur le siège du passager, regrettant profondément d'avoir menti à Kate.

– Je croyais que les gars du service d'urgence ramenaient notre bonhomme ici, rétorqua le jeune flic.

– Changement de programme.

– Okay.

Il commença à rouler lentement, tout en appelant la tour de contrôle pour obtenir l'autorisation de traverser les pistes.

Par la vitre, je me rendis compte que quelqu'un nous poursuivait. À en juger par son allure, ce devait être l'agent Jim Lindley, du FBI.

– Stop ! cria-t-il.

Le flic arrêta la voiture.

Lindley s'identifia et me lança :

– Qui êtes-vous ?

– Corey.

– Oh... Et où allez-vous ?

– Dans l'avion.
– Pourquoi ?
– Pourquoi pas ?
– Qui vous a autorisé... ?
Tout d'un coup, Kate apparut et dit :
– Tout est okay, Jim. On va juste là-bas vérifier.
Elle sauta sur la banquette arrière.
– Allons-y, ordonnai-je au chauffeur.
– J'attends la permission de..., commença-t-il.
Une voix d'homme retentit dans son haut-parleur : « Qui demande la permission de traverser les pistes et pourquoi ? »
– Ici..., fis-je en saisissant le micro. (Mais qui étais-je ?) Ici le FBI. Nous avons besoin d'aller jusqu'à l'avion. Qui est à l'appareil ?
– Ed Stavros, superviseur de la tour de contrôle. Écoutez, vous ne pouvez pas...
– C'est une urgence.
– Je sais qu'il y a urgence, mais pourquoi devez-vous traverser... ?
– Merci, le coupai-je.
Puis je raccrochai et lançai au chauffeur :
– Décollage autorisé.
Le flic protesta :
– Il n'a pas...
– Gyrophare et sirène. J'ai vraiment besoin que vous fassiez ça pour moi.
Le flic haussa les épaules et engagea la voiture sur les pistes, toutes sirènes hurlantes.
Le type de la tour de contrôle, Stavros, se fit de nouveau entendre dans le haut-parleur et je baissai le volume.
– Tu m'as menti, dit Kate.
C'était la première fois qu'elle ouvrait la bouche depuis qu'elle m'avait rejoint.

– Désolé.

– Qui est-ce ? me demanda le flic de l'aéroport en la désignant du pouce par-dessus son épaule.

– C'est Kate. Moi, c'est John. Et toi ?

– Al. Al Simpson.

Il s'engagea sur l'herbe et suivit la piste vers l'est. La voiture rebondissait salement.

– Vaut mieux rester hors des pistes, expliqua-t-il.

– C'est toi le patron.

– C'est quel genre d'urgence ?

– Désolé, je ne peux pas en parler.

En fait, je n'en avais pas la moindre idée.

Une minute plus tard, on apercevait le gros 747 dont la silhouette se découpait à l'horizon.

Simpson tourna, traversa une piste, puis roula à nouveau sur l'herbe, évitant toutes sortes de panneaux et de lampes, en direction d'une autre piste, très large.

– Il faut vraiment que j'appelle la tour, dit-il.

– Oh non !

– C'est le règlement. On ne peut pas passer...

– T'inquiète pas. Je surveille les avions.

– Si tu essaies de te faire virer, tu es sur la bonne voie, remarqua Kate.

Le 747 semblait assez près de nous, mais c'était une illusion d'optique et sa silhouette ne grossissait pas, alors que nous foncions vers lui à travers l'herbe et le béton.

– Accélère, Al, dis-je.

La voiture de patrouille bondissait sur les inégalités du terrain.

– Est-ce que tu as une idée derrière la tête que tu aimerais me faire partager ?

– Non.

– Non, tu n'as pas d'idée, ou non, tu ne veux pas la partager avec moi ?

– Les deux.

– Pourquoi fait-on ça ?

– J'en avais marre de Foster et de Nash.

– Tu exagères.

– On verra ça quand on sera à l'avion.

– Tu aimes bien jeter les dés, hein ?

– Non, je n'aime pas jeter les dés. Je *dois* jeter les dés.

L'agent Simpson nous écoutait, Kate et moi, mais il ne fit aucun commentaire et ne prit pas parti.

Nous roulions en silence, et le 747 semblait hors d'atteinte, comme un mirage dans le désert.

– J'essaierai peut-être de t'appuyer, reprit Kate au bout d'un instant.

– Merci, partenaire.

Je regardai à nouveau le 747 ; il n'avait absolument pas grossi.

– Je crois qu'il bouge ! m'exclamai-je

Simpson plissa les yeux et dit :

– Ouais... Mais... on dirait qu'ils le tractent.

– Pourquoi le tracteraient-ils ?

– Eh ben... je sais qu'ils ont coupé les moteurs, alors parfois c'est plus facile de faire venir un tracteur que de les remettre en marche.

– Tu veux dire qu'il ne suffit pas de tourner la clé ?

Simpson rigola.

Nous avancions mieux et la distance qui nous séparait du 747 commençait à diminuer.

– Où est-ce qu'ils l'emmènent ? demandai-je à Simpson.

– Eh bien... on dirait qu'ils vont vers la zone de piratage.

– Quoi ?

– Je veux dire la zone de sécurité. C'est pareil.

Je me retournai pour jeter un coup d'œil à Kate. Elle aussi était inquiète.

Simpson remonta le volume de sa radio. On entendait surtout des ordres donnés, des rapports sur le mouvement des véhicules, tout un charabia d'aéroport que je ne pigeais pas, mais aucun rapport sur la situation présente. Je pense que tout le monde était au courant, sauf nous.

– Tu peux nous expliquer ce qui se passe ? demandai-je à Simpson.

– Pas vraiment... mais je peux vous dire que ce n'est pas un détournement. Je ne pense pas que ce soit un problème mécanique non plus. Il paraît qu'un tas de véhicules d'urgence retournent au bercail.

– Et les urgences médicales ?

– Je crois pas. Je peux dire par les codes d'appel qu'ils n'ont pas demandé d'assistance médicale... (Il s'arrêta et fit :) Oh, oh...

– *Oh, oh*, quoi ?

Kate se pencha entre nous.

– Simpson ? *Oh, oh !* quoi ?

– Ils appellent la MM et les EM.

Ce qui signifie Morgue mobile et Examens médicaux, c'est-à-dire « cadavres ».

– Accélère, dis-je à Simpson.

10.

Andy McGill se débarrassa de sa combinaison ignifugée et la jeta sur un siège vide près d'une femme morte. Il essuya la sueur de son cou et tira sur le tissu de sa chemise d'uniforme bleu foncé pour se rafraîchir.

Sa radio grésilla et il entendit son signal d'appel. Il prit l'appareil.

– Unité 8-1. À vous.

McGill grimaça. C'était encore le lieutenant Pierce et sa voix condescendante :

– Andy, on ne voudrait pas vous embêter, mais il faut qu'on soit sûr, pour le rapport, de n'avoir pas raté la possibilité de fournir une assistance médicale aux passagers.

McGill regarda par la porte du cockpit et, au-delà, à travers le pare-brise. À une centaine de mètres, il voyait l'ouverture de l'espèce d'enclos baptisé zone de sécurité. Sorentino et son camion étaient déjà presque à l'entrée.

– Andy ?

– Écoutez, j'ai vérifié personnellement une bonne centaine de passagers dans tout l'avion. Ils sont froids, presque rigides. Si vous voulez tout savoir, je suis actuellement dans le dôme et ça commence à puer.

– Okay... c'était juste pour vérifier, continua le lieutenant Pierce, je suis dans la zone de sécurité et je vois que l'avion y arrive.

– *Roger*. Rien de plus ?

– Négatif. Terminé.

McGill raccrocha la radio à sa ceinture.

Ses yeux se posèrent sur les trois hommes qu'il était censé escorter hors de l'appareil. Il s'approcha des deux assis côte à côte – l'agent fédéral et son prisonnier menotté.

McGill, parce qu'il était flic avant d'être pompier, pensa qu'il devait leur retirer leurs armes pour qu'il n'y ait pas de problèmes ultérieurement si elles disparaissaient. Il ouvrit la veste de l'agent et trouva son holster, mais il n'y avait pas de flingue dedans. « Qu'est-ce que c'est que ce bordel... ? »

Il fouilla le deuxième agent assis derrière et ne trouva également qu'un holster vide. Étrange. Une raison supplémentaire de se faire du mouron.

Il s'avança ensuite vers le galley arrière. Il savait qu'il était supposé ne rien prendre, ne rien toucher, mais il mourait de soif. Tout en s'efforçant d'ignorer l'hôtesse étendue sur le sol, il dénicha une petite canette d'eau gazeuse dans un des tiroirs du bar, lutta avec sa conscience pendant une demi-seconde, puis ouvrit la canette et but une longue gorgée. Il décida qu'il avait besoin de quelque chose de plus fort et dévissa le bouchon d'une mignonnette de scotch. Il avala le whisky d'un coup, reprit une gorgée d'eau gazeuse et jeta boîte et minibouteille dans la poubelle. Il se sentait bien mieux.

L'avion ralentissait. Il savait qu'une fois qu'il serait arrêté, la carlingue se remplirait de tout un tas de gens. D'ici là, avant d'être obligé de parler à ses chefs, il fallait qu'il pisse.

Il sortit du galley, s'approcha de la porte des lavabos et tira sur la poignée, mais elle était bloquée. Le petit panneau rouge disait : « Occupé ».

Il resta planté là une seconde, troublé. Il avait vérifié le lavabo en entrant dans le dôme, et il était vide. Cela n'avait aucun sens. Il tira à nouveau sur la porte, cette fois, elle s'ouvrit.

Face à lui se dressait un grand type brun arborant une combinaison bleue avec le logo Transcontinental sur la pochette de poitrine.

McGill resta sans voix pendant un instant, et parvint à bafouiller :

– Comment êtes-vous... ?

Puis il regarda le visage de l'homme et ne vit que deux yeux noirs et profonds qui semblaient le transpercer.

L'homme leva la main droite, et McGill remarqua qu'il tenait enroulée autour de son bras et de sa main une de ces petites couvertures qu'on distribue dans les avions. Cela lui sembla très étrange.

– Mais qui êtes-vous, bon sang ?

– Je suis Asad Khalil.

McGill entendit à peine le bruit étouffé de la déflagration et n'eut même pas le temps de sentir la balle de calibre 40 qui pénétra dans son front.

– Et toi, tu es mort, ajouta le terroriste.

Tony Sorentino entra dans la zone de sécurité, plus connue sous le nom de zone de détournement, ou de piratage.

Il regarda autour de lui. C'était un immense enclos en forme de fer à cheval, avec des lampes à sodium montées sur de hauts pylônes ; l'ensemble lui évoquait un stade de base-ball, sauf que le sol était couvert de béton.

Il n'avait pas mis les pieds dans le périmètre de sécurité depuis quelques années, et il s'étonnait des proportions de cet endroit, de la barrière antiexplosion de trois mètres de haut, et des plates-formes pour tireurs d'élite placées de dix mètres en dix mètres, chacune protégée par un bouclier blindé muni d'une meurtrière, même si personne n'y était installé aujourd'hui.

Il jeta un œil dans son rétro pour voir si le crétin qui conduisait le tracteur n'avait pas paniqué à l'entrée et arrêté son véhicule. Le grillage de chaque côté de l'entrée était assez bas pour que les ailes de n'importe quel appareil à réaction puissent passer, mais les conducteurs de tracteur ne le savaient pas forcément.

Le tracteur était toujours derrière Sorentino et les ailes du 747 planaient au-dessus du grillage. « Continue à rouler, espèce de clown, suis bien Tony... »

Puis il observa l'intérieur de la zone. Presque tout le monde était arrivé avant lui. Il remarqua le véhicule de commandement, une énorme camionnette où se trouvaient les radios, les téléphones et les chefs. Ils avaient des lignes directes avec la moitié du monde, et ils avaient déjà appelé la NYPD, le FBI, les douanes, l'immigration et tout le toutim. Car, même si les passagers étaient tous morts, songea Sorentino, personne n'entrait aux États-Unis sans passer par les douanes et le contrôle des passeports. Finalement, il n'y aurait que deux différences dans les procédures d'aujourd'hui – d'abord, tout serait fait ici, et pas au terminal, ensuite, les passagers n'auraient à répondre à aucune question.

Sorentino ralentit et vérifia sa position et celle du 747. Quelques mètres encore et ils seraient au centre du périmètre.

De chaque côté de l'enclos se dressaient des escaliers mobiles, six en tout. Près de chacun de ces escaliers, ses collègues, les flics de l'aéroport et des gens des services médicaux, s'étaient positionnés pour grimper à bord et entamer le sale boulot consistant à débarquer les cadavres.

Il apercevait aussi beaucoup de véhicules de la Transcontinental – camions, camionnettes et chariots à bagages. Une vingtaine de bagagistes de la Transcontinental traînaient autour, dans leurs combinaisons bleues, leurs gants de cuir à la main. D'habitude, ces gars-là devaient se grouiller, sinon un superviseur de la compagnie leur tombait sur le poil. Cette fois-ci, le déchargement du vol 175 ne serait pas minuté.

Sorentino remarqua aussi un camion équipé de rayons X pour examiner les valises et quatre camions normalement utilisés pour charger nourriture et boissons. Aujourd'hui, ces camions, conçus pour lever leurs plateaux jusqu'au niveau des portes d'un 747, serviraient au déchargement des corps.

Tout le monde était là, tout le monde et tout ce qu'on voyait ordinairement dans un terminal. À l'exception des types qui attendaient l'arrivée du vol 175 à la porte 23. Ces pauvres diables, songea Sorentino, allaient se retrouver dans un salon privé avec les officiels de la Transcontinental.

Il essaya d'imaginer la Transcontinental en train de notifier tous ces décès, de suivre chaque corps à la trace dans les différentes morgues, de rassembler les bagages et les effets personnels pour les rendre aux familles. Bon Dieu...

Et puis, dans quelques jours, quelques semaines, quand ce 747 aurait été vérifié et que le problème serait réglé, il serait de retour sur les lignes de la compagnie, l'enrichissant à nouveau. Sorentino se demanda si les familles des disparus auraient droit à des réductions sur les billets.

Un flic de l'aéroport se tenait maintenant devant son camion, lui faisant signe d'avancer encore un peu, puis le type leva les bras et Sorentino s'arrêta. Il s'assura dans son rétro que le crétin dans le tracteur avait bien suivi le mouvement, tendit la main et éteignit son gyrophare rouge. Il prit une grande inspiration et se couvrit le visage. Des larmes coulaient sur ses joues, ce qui le surprit parce qu'il ne s'était pas rendu compte qu'il était en train de pleurer.

11.

Nous écoutions toujours la radio de la voiture de patrouille. Simpson changea de fréquence et fit un appel direct à l'un des véhicules des services d'urgence. Il s'identifia et demanda :

– Quel est le problème avec le 175 de la Transcontinental ?

– Des vapeurs toxiques, apparemment. Pas d'incendie. Pas une âme en vie, cracha une voix dans le haut-parleur.

Un silence de mort s'abattit sur la voiture.

– Vous me recevez ? fit la voix.

Simpson s'éclaircit la gorge avant de bredouiller :

– Bien reçu, pas une âme en vie. Terminé.

– Mon Dieu..., gémit Kate, est-ce possible ?

Qu'ajouter à cela ? Rien. C'est exactement ce que je dis : rien.

Nous roulions à présent sur la piste de service qui menait au périmètre de sécurité. Il n'y avait plus urgence, par conséquent, Simpson ralentit jusqu'aux trente kilomètres-heure réglementaires, et je ne m'en offusquai pas.

Le spectacle qui s'étalait sous nos yeux avait

quelque chose d'irréel – à quelques centaines de mètres, l'énorme 747 avançait au pas vers l'étrange mur d'acier muni d'une large ouverture. Puis il franchit l'entrée et ses ailes passèrent au-dessus des grillages. Derrière lui, une grande procession de voitures et de camions attendait que le monstre volant ait fini de pénétrer sur la zone, provoquant un embouteillage.

Je lançai à Simpson : « On se retrouve à l'intérieur », et je bondis hors de la voiture au pas de course. J'entendis une portière claquer derrière moi et les pas de Kate qui approchaient.

Je ne savais pas pourquoi je courais, mais dans ma tête un ordre impérieux me criait « Cours ! ». Alors je courais, sentant palpiter douloureusement la cicatrice qui refermait mon poumon blessé.

Un petit slalom entre les véhicules, et, moins d'une minute plus tard, nous nous retrouvions, Kate et moi, à l'intérieur de l'immense enclos où régnait une agitation sans nom autour du 747. On se serait cru à la fois dans *Rencontres du troisième type* et dans *X Files*.

C'est bien connu, les gens qui courent attirent l'attention ; un flic en uniforme des autorités de l'aéroport nous arrêta presque aussitôt, vite rejoint par son sergent.

– Où est le feu, m'sieu dames ? lança ce dernier.

Je tentai de reprendre mon souffle pour énoncer « FBI », mais je ne parvins qu'à émettre une sorte de sifflement, tout droit sorti de mon mauvais poumon.

Kate tendit sa carte et dit, sans haleter le moins du monde :

– FBI. Nous avons un prisonnier et son escorte dans cet avion.

Toujours en train d'essayer de récupérer mon souffle, je sortis ma plaque à mon tour.

– Eh bien, pas la peine de courir, fit le sergent. Ils sont tous morts.

– Il faut que nous montions à bord pour prendre en charge... les corps.

– Nous avons des gens pour s'occuper de ça, Miss.

– Sergent, nos hommes étaient armés et transportaient des documents « sensibles ». C'est une question de sécurité nationale.

– Une minute, dit le sergent en pressant le bouton de son talkie-walkie. Je transmets... Les fréquences sont encombrées, expliqua-t-il après quelques instants.

Je brûlais d'envie de devenir arrogant, mais je me retins et me retournai vers le 747, enfin arrêté au centre de l'enclos. Des escaliers mobiles étaient roulés vers les différentes portes ; bientôt, il y aurait un monde fou à bord.

Comme le sergent n'obtenait toujours pas de réponse à son appel, il finit par nous dire :

– Vous voyez le camion de commandement avec toutes les antennes ? Allez parler à quelqu'un là-bas. Ils sont en contact direct avec le FBI et mes patrons.

Il avait à peine fini sa phrase que nous étions déjà en train de foncer vers le camion avant qu'il ne change d'avis.

Un coup d'œil par-dessus l'épaule nous permit de voir que le sergent était occupé à autre chose. Dans un parfait ensemble, nous obliquâmes vers l'avion.

On pouvait y accéder par un escalier mobile situé à l'arrière de l'appareil, sur lequel se bousculaient déjà des membres des services d'urgence, en blanc, et des services de maintenance, en combinaison bleue.

Un gentleman ne monte jamais un escalier derrière une dame vêtue d'une jupe courte, mais je tentai ma chance et fis signe à Kate de passer devant. « Après toi », dit-elle.

À l'intérieur de l'immense carlingue, les seules lumières provenaient de la signalisation d'urgence au sol, fonctionnant probablement sur les batteries de l'avion. En cette fin d'après-midi, quelques rayons de soleil filtraient par les hublots bâbord. Mais il n'était pas besoin d'y voir bien clair pour se rendre compte que la cabine était aux trois quarts pleine et que personne ne bougeait sur les sièges.

Les gens qui étaient entrés avant nous se tenaient immobiles, silencieux, et les seuls bruits provenaient des portes ouvertes.

Un type en costume nous regarda, Kate et moi, et je vis qu'il avait un badge de la Transcontinental avec sa photo sur le revers de sa veste. Il semblait vraiment mal en point.

– C'est affreux... Oh... mon Dieu..., balbutia-t-il.

Je crus qu'il allait se mettre à pleurer, mais il se reprit et se présenta :

– Joe Hurley. Superviseur des bagages pour la Transcontinental...

– FBI, répondis-je en lui montrant ma plaque. Écoutez, Joe, gardez vos hommes hors de l'avion. Il se pourrait que nous soyons sur une scène de crime.

Ses yeux s'agrandirent démesurément.

À cet instant, je n'étais pas encore certain de ce que j'avançais, mais je n'avais pas complètement avalé le coup des vapeurs toxiques. La meilleure façon d'obtenir le contrôle d'une situation est de prononcer les mots : « Scène de crime ». Ensuite, on est tenu de faire ce que vous demandez.

L'un des types des services d'urgence s'approcha et répéta :

– Scène de crime ?

– Ouais. Allez tous vous mettre aux portes pour retenir les autres pendant qu'on examine les lieux. On a bien le temps de ramasser les bagages à main ou les corps.

Le type des services d'urgence hocha la tête, et je m'engouffrai dans l'allée de gauche, suivi par Kate.

D'autres personnes commençaient à entrer par les différentes portes, nous obligeant à brandir nos cartes en criant :

– FBI. Restez où vous êtes, s'il vous plaît. N'entrez pas dans l'appareil. Reculez jusqu'aux escaliers.

Cela ralentit sérieusement la circulation et créa un embouteillage autour des portes. Un flic de l'aéroport déjà à bord vint nous prêter main-forte pour nous permettre d'avancer vers l'avant de l'appareil.

De temps à autre, je regardais les victimes. Certaines avaient les yeux fermés, mais la plupart les avaient ouverts, le regard vide. Des vapeurs toxiques ? Mais quel genre de vapeurs toxiques ?

Arrivés devant le galley avant, déjà bien encombré, nous dûmes refaire notre petit numéro pour évacuer le personnel des urgences. La place enfin libre, j'enfilai l'escalier. Je grimpai les marches deux à deux et m'arrêtai dès que j'eus la cabine du dôme en vue. Je ne pensais pas avoir besoin d'une arme, mais, dans le doute, mieux vaut dégainer. Je sortis mon Glock et le fourrai dans ma ceinture.

Il faisait nettement plus clair qu'à l'étage inférieur. Je me demandai si le type des urgences qui était monté à bord et avait découvert ce carnage était encore là.

– Hé ? Il y a quelqu'un ? appelai-je.

Je me déplaçai sur le côté pour laisser monter Kate. Elle s'écarta de moi de deux bons mètres et je vis qu'elle n'avait pas sorti son flingue. En fait, il ne semblait y avoir aucune raison de suspecter le moindre danger à bord. Le type des services d'urgence avait clairement affirmé que tout le monde était mort. Mais où était-il passé, justement ?

Nous étions là, évaluant la situation. La première chose à faire était de vérifier les portes fermées. Beaucoup de brillants détectives ont vu leurs brillantes déductions voler en éclats en même temps que leur cerveau faute d'avoir vérifié ce qui peut se cacher derrière une porte close.

À l'arrière du dôme se trouvaient les lavabos sur la gauche et le galley sur la droite. Je fis signe à Kate, et elle sortit son arme de son blazer pendant que je m'approchais des toilettes. Le petit panneau indiquait « Libre ». Je poussai la porte pliante avant de m'écarter vivement.

– Vide, dit-elle.

Dans le galley, une hôtesse reposait sur le flanc ; machinalement, je m'agenouillai et serrai son poignet pour prendre son pouls. Il ne battait plus, et sans doute depuis longtemps car elle était froide.

Entre le galley et les toilettes, il y avait un placard, et je couvris Kate pendant qu'elle en ouvrait la porte. À l'intérieur, éparpillés, des manteaux, des vestes, des sacs et tout un tas de bagages. C'est bien de voyager en classe affaires. Kate fit une vague fouille et on faillit les rater. Mais elles étaient bien là. Sur le plancher, sous un imperméable, deux bouteilles d'oxygène en métal vert, attachées à un fauteuil roulant plié. Je vérifiai les deux valves ; elles étaient ouvertes. Il me fallut à peu près trois secondes pour suspecter que l'une des bouteilles avait contenu de l'oxygène et l'autre un produit nettement moins bon pour la santé. L'histoire commençait à prendre forme.

– Ce sont des bouteilles à usage médical, dit Kate.

– Exact.

Je voyais qu'elle aussi additionnait deux et deux, mais ni elle ni moi n'ajoutâmes un mot.

Nous avançâmes rapidement jusqu'à la porte du cockpit dont le loquet avait visiblement été enfoncé. Je tirai sur la porte, qui s'ouvrit sans résistance. Les pilotes étaient pliés en deux vers l'avant.

La trappe dans le toit était ouverte, sans doute parce que le type des urgences entré à bord avait voulu ventiler le cockpit. Je revins vers la cabine du dôme.

Kate se tenait près des sièges du fond. Je m'approchai.

– Lui, c'est Phil Hundry..., dit-elle.

J'inspectai le type assis à côté de Phil Hundry. Il portait un costume noir, ses mains étaient menottées et un masque de repos couvrait son visage. J'arrachai le masque. Kate se baissa comme moi pour regarder cet homme et lâcha, après un silence :

– Est-ce... ? Il ne ressemble pas à Khalil.

Je pensais comme elle, mais je n'avais pas une image claire de Khalil à l'esprit. Et puis, quand ils sont morts, les visages des gens se transforment parfois très bizarrement.

– Eh bien... il a l'air arabe... Je n'en suis pas sûr, en fait, fis-je.

Kate ouvrit la chemise du type, arrachant les boutons.

– Il n'a pas de gilet pare-balles.

Exact. Il se passait quelque chose de très étrange, ici, c'était le moins qu'on puisse dire.

Kate se penchait déjà sur le passager assis dans le fauteuil derrière Phil Hundry et me dit :

– C'est Peter Gorman.

Ça, au moins, c'était rassurant. Deux sur trois, ce n'était pas si mal. Mais où était Asad Khalil ? Et qui était l'homme qui se faisait passer pour Khalil ?

– Ce type est quoi ?... un complice ?... une victime ? s'interrogea Kate en le désignant.

– Peut-être les deux à la fois.

Je cherchai à y voir clair. La seule chose certaine était que tout le monde était mort, sauf peut-être un type qui faisait semblant de l'être.

– Regarde ces gens, dis-je à Kate. L'un d'eux pourrait bien n'être pas aussi mort qu'il en a l'air.

Elle hocha la tête et se mit en position, prête à tirer.

– Passe-moi ton téléphone, fis-je.

Elle sortit son portable de son blazer et me le tendit.

– Quel est le numéro de George ?

Elle me le donna et je le composai. Foster répondit aussitôt.

– George, ici Corey... Contente-toi d'écouter, s'il te plaît. Nous sommes dans l'avion. Dans le dôme. Tout le monde est mort. Hundry et Gorman sont morts... Okay, je suis content que Lindley t'ait tenu au courant... Ouais, on est dans le dôme, et le dôme est dans l'avion, et l'avion est dans le périmètre de sécurité. Écoute, bon sang. Le type avec Phil et Peter ne ressemble pas à Khalil... Oui, c'est bien ça que je te dis. Il est menotté, mais il n'a pas de gilet pare-balles... Non, je ne peux pas affirmer qu'il ne s'agit pas de Khalil. Je n'ai pas de photo avec moi. Kate non plus, et la photo qu'on a vue est naze. Écoute...

Je m'efforçai de bâtir un plan d'action à toute allure, mais je n'étais même pas certain de la nature du problème. J'ajoutai :

– Si le type à côté de Phil n'est pas Khalil, alors Khalil est peut-être encore à bord... Ouais. Mais il a peut-être déjà quitté le zinc. Demande à Lindley que les mecs de l'aéroport appellent leurs patrons vite fait et qu'on boucle le périmètre de sécurité. Que personne ne sorte de cet enclos !

Foster ne m'interrompait pas, mais je l'entendais marmonner des « Bon Dieu... Oh, doux Jésus... Comment est-ce possible... Affreux... affreux... », et autres pleurnicheries à l'eau de rose.

– Khalil a apparemment tué deux des nôtres, dis-je. Le score est donc Lion 300 et quelques, Fédéraux 0. Il faut mettre tout l'aéroport en état d'alerte. Fais ce que tu peux pour ça... Mais qu'est-ce que tu veux que je te dise ? Un Arabe... Si ce type sort d'ici, on aura vraiment un problème... Ouais. Appelle Federal Plaza. On va établir un poste de commandement au Conquistador Club. Que tout ça roule, le plus vite possible. Et préviens Ms. Del Vecchio qu'elle a peu de chances de voir arriver son avion porte 23.

Je raccrochai et lançai à Kate :

– Descends dire aux flics de l'aéroport qu'on a besoin que cet enclos soit bouclé. Les gens peuvent entrer, mais personne ne sort !

Elle dévala l'escalier à toute vitesse et je ne bougeai pas, observant les visages autour de moi. Si le type à côté de Hundry n'était pas Khalil – ce dont j'étais à quatre-vingt-dix pour cent persuadé –, alors Khalil pouvait très bien être encore à bord. Mais, s'il avait réagi assez vite, il était déjà dehors dans le périmètre de sécurité au milieu d'environ deux cents personnes – des gens portant toutes sortes de vêtements, y compris des costumes de ville comme le superviseur de la Transcontinental. Et si Khalil avait réagi très rapidement, et avec la plus grande détermination, il était déjà dans un véhicule quelconque en train de se barrer d'ici. Les limites de l'aéroport étaient proches, et les terminaux à moins de trois kilomètres. « Bordel ! »

Kate réapparut dans l'escalier.

– C'est fait, dit-elle. Ils ont compris.

– Bien. Vérifions un peu ce qu'on a ici.

Nous avançâmes dans l'allée, examinant la douzaine d'hommes de la cabine. L'un des passagers avait un roman de Stephen King posé sur les genoux, et je me dis que c'était vraiment une lecture très appropriée. Puis j'arrivai à un type dont le corps était entièrement recouvert à l'aide de deux couvertures. Il avait un masque de repos sur le front. Je le lui ôtai et vis qu'il avait un troisième œil au milieu du front.

– Par ici ! m'exclamai-je.

Kate s'approcha au moment où je retirais les couvertures. Le mort était habillé d'une chemise bleu marine de la police avec le logo de l'aéroport et d'un pantalon d'uniforme.

– Ce doit être le type des services d'urgence qui est monté dans l'avion, dis-je à Kate.

– Qu'est-ce qui s'est passé, ici ?

– Rien de bon.

Vous n'avez pas le droit de toucher à quoi que ce soit sur une scène de crime, à moins de le faire pour essayer de sauver une vie, ou si vous pensez que le suspect est encore dans les parages, et alors vous êtes censé utiliser des gants en latex, mais je n'avais même pas une capote sur moi – ce qui ne nous empêcha pas de vérifier les autres hommes. Ils étaient tous morts, et aucun n'était Asad Khalil. En fouillant l'ensemble des compartiments pour les bagages à main, Kate découvrit une combinaison ignifugée argentée, une hache d'incendie et un masque à oxygène qui avaient appartenu au type des services d'urgence. Mais nulle part la douille qui l'avait tué.

Kate se pencha de nouveau sur Phil Hundry. Elle ouvrit sa veste et son holster apparut, vide. Il portait un badge du FBI épinglé sur la doublure intérieure. Elle le lui enleva, puis sortit son portefeuille et son passeport.

Je m'inclinai vers Gorman, ouvris sa veste et signalai à Kate que son arme manquait aussi. Je pris ses papiers, sa carte d'accréditation de la CIA, et aussi les clés des menottes, qui avaient visiblement été remises dans sa poche après avoir été réutilisées. Ce que je ne trouvai pas, c'étaient les chargeurs de rechange pour son Glock.

En revanche, son attaché-case était bien dans le compartiment à bagages. Il n'était pas fermé à clé. Je l'ouvris. Kate fit de même avec celui de Hundry.

Ils contenaient des téléphones cellulaires, des papiers et quelques effets personnels genre brosses à dents, peignes, kleenex... Mais pas de chargeurs. C'étaient leurs seuls bagages, parce que les agents sont supposés voyager les mains libres. Quant au vrai Khalil, il n'avait eu droit à rien d'autre qu'aux fringues qu'il portait, son double décédé était donc dénué de tout.

– Khalil n'a pris aucun effet personnel de Phil ou de Peter, m'informa Kate. Ni leurs passeports, ni leurs cartes, ni même leurs portefeuilles.

J'ouvris celui de Gorman et y trouvai deux cents dollars en liquide et quelques francs français.

– Il n'a pas pris l'argent de Gorman non plus, dis-je. C'est pour nous signaler qu'il a des ressources en Amérique et qu'on peut garder l'argent. De toute façon, il a tous les papiers et tout le fric nécessaires, et en plus il doit être blond désormais et déguisé en femme.

– Mais on aurait pu penser qu'il le ferait pour nous dire : « Allez vous faire foutre. » Ils le font, en général. Ils montrent leur butin à leurs copains. Ou à leurs chefs.

– Ce type est un pro, Kate. Il n'a pas envie de se faire épingler avec des preuves évidentes.

– Il a pris les flingues, fit-elle remarquer.

– Il avait besoin des flingues.

Kate acquiesça et remit toutes les affaires dans les attachés-cases en murmurant :

– C'étaient des braves types.

Je voyais qu'elle était secouée; sa lèvre supérieure tremblait.

Je repris le téléphone et rappelai Foster.

– Les armes et les chargeurs de Phil et de Peter manquent... Ouais. Mais leurs cartes sont là. Ah, aussi, le type des services d'urgence est mort – une balle dans la tête... C'est ça. L'arme du crime est probablement l'un des Glock qui manquent. Considérez le suspect comme armé et très dangereux, ajoutai-je avant de raccrocher.

Il commençait à faire chaud dans la cabine, et une vague odeur, très désagréable, se diffusait peu à peu dans l'air. J'entendais des gaz s'échapper de certains des corps.

Kate était toujours penchée sur l'homme menotté, lui tâtant le visage et le cou.

– Il est vraiment plus chaud que les autres. Il est mort il y a une heure, guère plus.

J'essayais de rassembler les pièces du puzzle et j'en avais déjà quelques-unes en main, mais d'autres étaient dispersées dans l'avion, sans parler de celles qui se trouvaient carrément en Libye.

– S'il n'est pas mort avec tout le monde, comment est-il mort ? poursuivit Kate.

Elle ouvrit sa veste, mais il n'y avait pas trace de sang. Elle poussa sa tête et ses épaules en avant, cherchant des blessures. La tête, qui avait été confortablement appuyée sur le dossier du siège, roula sur le côté d'une manière fort peu naturelle.

– Sa nuque est brisée, fit-elle.

Deux flics des services d'urgence montaient les escaliers. Ils entrèrent dans le dôme, regardèrent alentour, puis nous fixèrent, Kate et moi.

– Qui êtes-vous ? fit l'un d'eux.

– FBI, répliqua Kate.

– Ce type-là et l'autre derrière sont des agents fédéraux, et le type menotté est... était leur prisonnier. Okay ? fis-je en désignant Phil, Peter et le faux Khalil.

Il hocha la tête.

– Les gars du labo du FBI vont vouloir prendre des photos, les empreintes et tout, poursuivis-je, donc on va laisser toute cette section exactement en l'état.

L'un des types regardait par-dessus mon épaule.

– Où est McGill ? (Il planta ses yeux dans les miens.) On a perdu le contact radio avec lui. Vous avez vu un type des urgences, ici ?

– Non, mentis-je. Il n'y a que des morts. Il est peut-être descendu. Bien, sortons d'ici.

Je saisis les deux attachés-cases et on repartit tous vers l'escalier.

– Cet avion peut vraiment atterrir tout seul ? Avec le pilote automatique ? demandai-je à l'un des flics des urgences.

– Ouais... Le pilote automatique pourrait le faire... mais... Bon Dieu, vous pensez qu'ils étaient tous morts ?... Ouais... le silence radio...

Les deux flics se mirent à parler ensemble. J'entendais les mots silence radio, inversion de poussée, vapeurs toxiques, quelque chose qui ressemblait à « scénario saoudien », et le prénom Andy – celui de McGill, probablement.

Nous étions à présent dans le galley du bas, et j'ordonnai à l'un des flics de garder l'escalier jusqu'à ce que le FBI arrive.

– Je connais la routine, me rétorqua-t-il.

On avait attaché les rideaux des premières et de la classe éco, et je vis que la carlingue était déserte, mais il y avait encore du monde en haut des escaliers mobiles.

Je sentais des coups sous mes pieds et j'entendais du bruit. Les bagagistes vidaient la soute.

– Arrêtez le déchargement des bagages et, s'il vous plaît, éloignez tout le monde de l'avion, dis-je à l'un des flics de l'aéroport.

En première, il n'y avait que vingt sièges, dont la moitié étaient vides. J'avais envie de me barrer de cet avion, mais nous étions les deux seuls fédéraux sur les lieux – les deux seuls vivants – et il nous fallait rassembler le plus d'infos possible.

– Je pense que Khalil a gazé tout le monde, dit Kate au bout de quelques minutes d'inspection.

– C'est bien ce qu'on dirait.

– Il devait avoir un complice à bord avec ces deux bouteilles d'oxygène qu'on a trouvées dans le placard.

– Une d'oxygène. Pas l'autre.

– Je n'arrive pas à croire que Peter et Phil soient morts... et que Khalil... On a perdu notre prisonnier.

– Notre transfuge, corrigeai-je.

Elle me lança un regard agacé, mais ne me reprit pas.

Il devait exister une bonne centaine de moyens plus simples de se glisser dans ce pays. Or ce mec – cet Asad Khalil – avait choisi le plus « Je vais vous chier à la gueule » possible. C'était un vrai dur. Et il était lâché en Amérique. Un lion dans les rues. Je n'osais même pas imaginer ce qu'il allait concocter pour surpasser ce qu'il venait de faire.

Kate devait ruminer le même genre de chose, car elle dit :

– Juste sous notre nez. Il a tué plus de trois cents personnes avant même d'avoir atterri.

On quitta les premières pour retourner dans le galley.

– À propos, c'est quoi le « scénario saoudien » ? demandai-je au flic que j'avais posté dans l'escalier.

Le type nous l'expliqua et conclut :

– Ça, c'est différent. C'est du jamais-vu.

Je nous éloignai du flic et lançai à Kate :

– Qu'est-ce que tu penses du scénario Dracula ?

– Qu'est-ce que tu entends par là ?

– Tu sais... le comte Dracula est dans un cercueil sur un bateau qui l'emmène de Transylvanie jusqu'en Angleterre. Son complice ouvre le cercueil, Dracula sort et suce le sang de tous les gens à bord. Le navire entre au port tout seul, comme par magie, avec l'équipage et tous les passagers morts. Et Dracula se glisse dans la paisible campagne anglaise pour commettre davantage de ses horreurs maudites.

Si j'avais été un bon catholique, je me serais immédiatement signé.

Kate me dévisagea, se demandant, j'imagine, si j'étais cinglé ou en état de choc. Je suis vraiment cinglé, et j'admets avoir été en léger état de choc à cet instant précis. Je veux dire, j'en avais déjà beaucoup vu, je me croyais blindé, mais peu de gens sur Terre ont été confrontés à ce degré de mort, sauf peut-être pendant la guerre. De fait, c'était la guerre.

Je jetai un œil dans l'immense cabine de la classe éco et vis que des infirmiers avaient réussi à se faufiler à l'intérieur. Ils passaient dans les allées, constatant les décès, mettant une petite étiquette à chaque corps avec un numéro de siège et de rangée. Plus tard, on les glisserait dans un sac. Quelle merde.

Je me rapprochai du côté bâbord pour respirer un peu d'air frais. J'avais le sentiment que nous étions passés à côté de quelque chose – quelque chose de très important.

– Tu ne veux pas qu'on examine encore le dôme ? demandai-je à Kate.

– Je pense qu'on a bien regardé, répliqua-t-elle après quelques instants de réflexion. Galley, lavabos, cockpit, placards, cabine, casiers à bagages... Les types des empreintes seront contents qu'on ne pollue pas trop les lieux.

– Ouais...

Il y avait pourtant un détail qui clochait, que j'avais oublié ou regardé trop vite... Je pensai aux papiers des fédéraux, aux passeports que Khalil avait laissés ; même si j'avais avancé une explication, je commençais à me demander pourquoi Khalil n'avait pas pris tout ça. Si on supposait que chacun de ses actes répondait à une raison précise, quelle était sa raison d'agir, à l'opposé de ce à quoi nous nous attendions ?

Je me creusais les méninges, mais rien ne faisait tilt.

– Rien ne manque, apparemment, me dit Kate qui fouillait à nouveau l'un des attachés-cases, même pas le dossier de Khalil, ou le mémo de Zach Weber...

– Attends une minute !

– Qu'est-ce qu'il y a ?

Les pièces s'assemblaient.

– Il essaie de nous faire croire qu'il en a fini avec nous. Mission accomplie. Il veut que nous pensions qu'il s'est dirigé vers les départs internationaux pour se tirer d'ici et qu'il s'est enfui les mains vides au cas où on le fouillerait.

– Je ne te suis pas. Il va tenter de prendre un vol outre-mer ou non ?

– Il veut nous le faire croire, mais ce n'est pas ça qu'il va faire.

– Okay... donc il reste ici. Il est probablement déjà sorti de l'aéroport.

Je m'efforçais toujours de coller les morceaux.

– S'il n'a pas pris les papiers et les cartes parce qu'il voulait être *clean*, pourquoi a-t-il pris les flingues ? S'il cherche à quitter le territoire, il ne va pas se balader avec des flingues dans le terminal et, s'il veut s'échapper de l'aéroport, alors il doit avoir un complice armé quelque part. Donc... pourquoi avait-il besoin de deux flingues dans l'aéroport ?

– Il s'est préparé à se frayer une sortie à coups de feu, dit Kate. Il a gardé le gilet pare-balles sur lui. Qu'est-ce que tu en penses ?

– Je pense que...

Tout d'un coup, l'image du transfuge de février me traversa l'esprit, et une idée complètement incroyable éclata comme une bulle dans mon cerveau. « Oh, merde !... » Je regrimpai l'escalier quatre à quatre, bousculant le type que j'avais posté là, et me précipitai vers Phil Hundry. Je saisis son bras droit, m'apercevant seulement maintenant qu'il avait été en quelque sorte enfoncé entre son corps et l'accoudoir, sa main complètement cachée le long de sa cuisse. Je tirai son bras et regardai sa main. Le pouce manquait, proprement coupé par un instrument tranchant. « Bordel ! »

Je saisis le bras de Peter Gorman, le tirai et vis la même mutilation.

Kate m'avait rejoint. Elle accusa le choc une demi-seconde, murmura : « Oh non ! » avant de foncer à ma suite vers la sortie de l'avion, bousculant quelques flics au passage. La voiture de police qui nous avait amenés était encore là. Kate sauta à l'arrière, moi devant, en criant à Simpson :

– Gyrophare, sirène. À fond la caisse !

Je sortis le portable de Kate de ma poche et composai le numéro du Conquistador Club, espérant tomber sur Nancy Tate, mais personne ne décrocha.

– Le Conquistador ne répond pas.

– Oh, mon Dieu...

Simpson slaloma habilement jusqu'à la sortie du périmètre de sécurité devant laquelle nous arrêtèrent les flics de l'aéroport, qui nous informèrent que la zone était bouclée.

– Je sais, répliquai-je, je suis le mec qui l'ai bouclée !

Les flics s'en foutaient carrément.

Kate s'en sortit beaucoup mieux, brandissant sa carte du FBI, utilisant un peu de logique, un peu de suppliques, un peu de menaces, et pas mal de bon sens. L'agent Simpson fit de son mieux aussi. Je fermai ma grande gueule. Finalement, les flics nous laissèrent passer.

– Okay, écoute, dis-je à Simpson. Il faut qu'on aille du côté ouest de l'aéroport où il y a tous ces bâtiments de service. Par le chemin le plus direct.

– Eh bien, le boulevard périphérique...

– Non. Le plus direct. Pistes et pistes de service. Fonce.

L'agent Simpson hésita :

– Je ne peux pas traverser les pistes sans prévenir la tour. Stavros est déjà fou de rage et...

– C'est un 10-13, l'informai-je, ce qui veut dire « flic en danger de mort ».

Simpson écrasa le champignon sans discuter, comme tout flic l'aurait fait pour un 10-13.

– Qu'est-ce qu'un 10-13 ? me demanda Kate.

– La pause-café.

Après l'avoir laissé dépasser pas mal de voitures, je dis à Simpson :

– Maintenant, tu fais comme si t'étais un avion et tu embrayes sur la vitesse de décollage. Fonce !

La grosse Chevrolet Caprice se propulsa sur la piste lisse comme si elle avait des moteurs de fusée. Simpson brancha sa radio et expliqua à la tour ce qu'il faisait. Son interlocuteur avait l'air au bord de l'attaque cardiaque.

De mon côté, je tentai de nouveau de joindre le Conquistador Club, sans succès. « Merde ! » J'eus plus de chance avec Foster.

– George, lui expliquai-je, j'essaie d'avoir Nick... Ouais... Okay, on est en route pour là-bas. Le premier arrivé fait très gaffe. Je pense que Khalil y est. Oui, c'est bien ça que j'ai dit. Khalil a pris les pouces de Phil et de Peter... Ouais, tu as bien entendu !

– George n'arrive pas à les joindre non plus, dis-je à Kate en remettant le téléphone dans ma poche.

– Dieu, faites que nous n'arrivions pas trop tard, pria-t-elle doucement.

La voiture filait à cent soixante-dix kilomètres à l'heure, avalant la piste.

Au loin se découpait le vieux building qui abritait le Conquistador.

– Tu vois ce long bâtiment en verre ? À un moment, tu ralentis, tu empruntes une route de service et tu fonces vers ce building.

– Okay.

Alors que nous approchions, Simpson leva le pied, mais ne freina pas. Il vira subitement et la voiture décolla sur deux roues, puis retomba lourdement avec un grand bruit. Nous filions, glissions carrément sur l'herbe maintenant, et j'aperçus, à quelques centaines de mètres de nous, une chaîne qui barrait une sortie. La Caprice l'atteignit et la passa comme si elle n'était pas là.

La voiture se retrouva sur le goudron de la route dans un énorme crissement de freins, dérapa, fit un tête-à-queue, puis stoppa net dans un hurlement de pneus à trois mètres de l'entrée du building.

– Arrête qui que ce soit qui sort d'ici! criai-je à Simpson en sautant hors du véhicule. Le suspect est armé.

Je dégainai mon arme et, en courant vers l'entrée, remarquai nos véhicules d'escorte de la porte 23 qui approchaient, tout au bout du parking. Je remarquai aussi un véhicule à bagages de la Transcontinental qui n'avait rien à faire là; celui-là, je savais comment il était arrivé ici.

Kate me dépassa et fonça dans le building, arme au poing.

– Couvre les ascenseurs, dis-je en la suivant.

Je filai vers l'escalier.

Je m'arrêtai avant d'entrer dans le couloir, passai la tête et regardai des deux côtés, puis courus et m'arrêtai à nouveau près de la porte du Conquistador Club, dos au mur, hors de vue des caméras vidéo dont les moniteurs couvraient les murs à l'intérieur du bâtiment.

Je tendis le bras et pressai mon pouce droit sur le scanner translucide. La porte s'ouvrit en glissant. Je savais qu'elle se refermerait toute seule dans trois secondes et que, par mesure de sécurité, elle ne se rouvrirait pas pendant trois longues minutes, à moins que quelqu'un ne l'actionne de l'intérieur. Je me jetai donc dans le hall juste au moment où elle se refermait, puis m'accroupis, mon automatique tendu devant moi, balayant tout l'espace de la réception.

Nancy Tate n'était pas à son bureau, mais son fauteuil était repoussé contre le mur du fond, et son téléphone sonnait sans discontinuer. Gardant le dos au mur, je fis le tour du long comptoir et je la vis gisant sur le sol, un trou dans le front et une mare de sang humide et brillant autour de son visage et de ses cheveux. Cela ne me surprit pas, mais cela me mit en rage. Je priai pour qu'Asad Khalil soit encore ici.

Je savais que je devais resté caché pour couvrir les deux portes qui partaient de la salle de réception. Au bout de deux secondes, j'aperçus Kate sur le moniteur du bureau de Nancy. Derrière elle, George Foster et Ted Nash. Je tendis la main et appuyai sur le bouton de la porte, en criant : « Ça va ! »

Tous trois déboulèrent dans la pièce, armes braquées. Je parlai à toute vitesse.

– Nancy est là, sur le plancher. Blessure à la tête. Kate et moi, on va entrer dans la salle des opérations. Vous deux, vous vérifiez l'autre côté.

Ils m'obéirent et disparurent par la porte qui menait aux cellules et aux salles d'interrogatoire.

Je suivis Kate dans la grande salle des opérations, en prenant le minimum de précautions. Je pense que nous savions tous deux qu'Asad Khalil était parti depuis longtemps.

Je m'approchai du bureau autour duquel nous avions tous été assis, il n'y avait pas si longtemps. Les fauteuils étaient vides, les tasses de café aussi, et Nick Monti était étendu sur le sol, les yeux grands ouverts sur le plafond, gisant dans une mare de sang. Sa chemise blanche portait au moins deux traces d'impacts en pleine poitrine, et il n'avait pas eu le temps de s'emparer de son arme, qui était toujours dans son holster. Je me penchai sur lui et vérifiai son pouls, mais il ne battait plus.

Kate gravit sans plus attendre les trois marches menant au bureau des communications, et je lui emboîtai le pas. L'agent de service avait apparemment eu quelques instants pour réagir, parce qu'elle n'était plus dans son fauteuil mais ramassée contre le mur du fond sous les énormes cartes électroniques de la planète. Son sang éclaboussait le mur et son chemisier blanc. Son holster pendait sur le dossier d'un fauteuil avec son blazer bleu et son sac à main. Je me penchai sur elle pour voir si elle respirait encore. Peine perdue, elle aussi était morte.

La pièce résonnait du murmure des appareillages électroniques et quelques voix étouffées sortaient des haut-parleurs. Une imprimante cliquetait, et un fax se mit en marche. Sur la console, il y avait un plateau de sushis et des baguettes. Je regardai à nouveau la femme agent. Comment, travaillant au cœur même de l'un des endroits les plus secrets et les mieux protégés de tout le pays, aurait-elle pu craindre une seule seconde de connaître une fin aussi tragique ?

Foster et Nash nous avaient rejoints dans la pièce, de même que deux flics de la police de l'aéroport. Tous contemplaient Nick, comme tétanisés par le spectacle. Je criai : « Une ambulance ! » pour les secouer.

On n'en avait pas vraiment besoin, mais c'est cela qu'il faut dire dans un cas pareil.

George Foster était blême comme s'il venait de lire un rapport sur son efficacité personnelle. Ted Nash, à son habitude, demeurait impénétrable, mais je lus l'inquiétude sur son visage.

Personne ne parlait. Qu'y avait-il à dire ? Tout avait été pensé pour nous faire passer pour les crétins que nous étions sans doute. Au-delà de nos petits problèmes de carrière, des centaines de gens étaient morts, et le type qui avait provoqué ce massacre était en train de se cacher dans une zone urbaine de seize millions d'habitants, qui pouvait très bien se trouver réduite de moitié demain s'il avait accès à un truc nucléaire, chimique ou biologique.

Nous avions visiblement un problème majeur. Tout aussi visiblement, ni Ted Nash, ni George Foster, ni Kate Mayfield, ni John Corey n'avaient plus à s'en inquiéter. Si l'ATTF fonctionnait comme la police de New York, nous serions tous mutés d'ici peu devant une école pour faire traverser les petits enfants.

Mais au moins Nick Monti aurait-il une médaille d'honneur posthume et des funérailles adéquates. Comme je le disais, je me suis souvent demandé quelles auraient été les conséquences si j'étais resté en arrière à la place de Nick. Je serais probablement allongé là où il était, mon corps n'attendant plus que d'être figé par la craie dans son ultime posture.

Je fixai des yeux le bureau où nous avions tous été assis, et j'essayai de m'imaginer Khalil courant dans la salle, regardant à droite, à gauche, voyant Monti, Monti le voyant... Le type qui a l'offensive a toujours l'avantage. Et Nick ne savait même pas qu'il était dans le jeu. Il pensait qu'il était le long de la ligne de touche.

Mon geste n'échappa à personne, et, comme ils n'étaient pas aussi insensibles ou stupides qu'ils en avaient l'air, ils comprirent ce qui me passait par la tête. George posa une main sur mon épaule et m'obligea à me retourner.

– Sortons d'ici, fit Kate.

Personne ne discuta cette proposition. Nash rassembla les dossiers sur le bureau ; des cinq que nous avions laissés – un pour chacun de nous –, il n'en restait plus que quatre. Selon toute évidence Mr. Khalil en avait ramassé un et, maintenant, il savait tout ce que nous savions sur lui. Incroyable.

Nous regagnâmes la réception qui s'emplissait de flics de la NYPD et de l'aéroport. Je sortis la photo de Khalil d'un des dossiers, me dirigeai vers un lieutenant et la lui tendis en disant :

– Voilà le suspect. Passez ça à tous les flics en service. Dites-leur d'arrêter et de fouiller tous les véhicules quittant l'aéroport. Vérifiez les parkings, les taxis, les camions, même les véhicules officiels.

– C'est déjà parti. J'ai lancé l'alerte dans toute la ville.

– Vérifiez aussi les départs aériens, ajouta Kate.

– Ce sera fait.

– Il y a un véhicule de la Transcontinental dehors, dis-je au lieutenant. Je pense que le suspect est arrivé avec. Emmenez-le pour le labo. Tenez-nous au courant si vous trouvez un uniforme Transcontinental ou une combinaison quelque part.

Le lieutenant prit sa radio pour contacter son quartier général.

La machine se mettait en marche, mais Asad Khalil avait bougé plus vite, et nos chances de le coincer dans cet aéroport s'étaient évaporées dix ou quinze minutes auparavant.

Énervé de voir tous ces flics qui traînaient partout, Foster lança :

– Okay, tout le monde sort et dégage la scène du crime, nous voulons la préserver pour les gars du labo. Allez, dehors. Merci.

Chacun s'exécuta, sauf un sergent des forces de l'aéroport qui nous désigna une tasse à thé vide sur le bureau de Nancy. Nous regardâmes dedans. Au fond de la tasse, dans un demi-centimètre de thé, nageaient deux pouces.

– Qu'est-ce que c'est que cette horreur ? demanda le sergent.

– Pas la moindre idée, répliqua George Foster, bien qu'il sût pertinemment d'où venaient les pouces et pourquoi ils n'étaient plus attachés aux mains de leurs propriétaires.

Mieux vaut se mettre immédiatement sur le mode top secret et le suivre jusqu'à ce que vous soyez sous serment. Et, même au moment de prêter serment, quelques petits trous de mémoire sont autorisés. Sécurité nationale, raison d'État et tout et tout.

Ce qui avait commencé comme un travail de routine se terminait donc comme le crime du siècle. Ce qui prouve bien que même par un beau jour de printemps, il peut pleuvoir de la merde.

12.

– On devrait peut-être retourner à Federal Plaza, suggérai-je comme nous sortions du Conquistador Club, en plein soleil, et discuter de tout ça pendant le trajet.

Tout le monde eut l'air de trouver que c'était une brillante idée. Les esprits troublés ont tendance à penser dans le même sens.

Néanmoins, nous avions besoin d'un bouc émissaire pour rester à l'arrière, et Foster savait que c'était lui.

– Allez-y, dit-il. Il faut que je reste ici et... que je briefe ceux qui arrivent. Il faut aussi que je donne l'alerte et que j'accueille les types du labo.

Puis, sans doute pour se convaincre lui-même, il ajouta :

– Je ne peux pas partir. C'est une installation secrète du FBI, avec des dossiers classifiés et...

Il essuya un peu de sueur sur sa lèvre supérieure et regarda le sol.

George Foster se rendait bien évidemment compte que Mr. Asad Khalil connaissait tous les détails de ce sanctuaire soi-disant secret, qu'il l'avait pénétré et qu'il avait chié sur la moquette. Foster savait aussi que tout cela était arrivé à cause du précédent transfuge de février. Six tonnes de merde allaient s'abattre sur George Foster, et il le savait.

– Je suis responsable de tout ceci et ma... ma..., bredouilla-t-il à son corps défendant avant de se détourner et de s'éloigner.

Ted Nash, lui, bien sûr, appartenait à une organisation spécialisée dans les bonds de côté pour éviter la merde qui tombe, et rien n'éclabousserait son joli veston. Il se détacha du groupe à son tour et se dirigea vers la voiture de Simpson.

Quant à moi, n'ayant été que très récemment assigné à cette fine équipe, j'étais plutôt propre, et je le resterais probablement, sauf si Nash s'arrangeait pour me pousser sous l'averse de merde. Peut-être était-ce la raison pour laquelle il désirait que je traîne dans les parages. Kate Mayfield, comme George Foster, n'avait pas de parapluie, mais elle s'était quelque peu couverte en se joignant à moi pour foncer vers l'avion.

– Je n'ai rien à perdre, lui dis-je, et donc j'essaierai de te protéger du mieux que je peux.

Elle eut un sourire forcé et répliqua :

– Merci, mais on va très exactement raconter tout ce qui s'est passé et laisser Washington décider si l'un d'entre nous doit être blâmé.

– Tu auras de la chance si tu ne te retrouves pas comptable demain matin.

– Nous ne fonctionnons pas comme ça, rétorqua-t-elle avec une certaine froideur. Notre politique veut qu'un agent garde son affaire, même s'il a foiré, tant qu'il demeure loyal et qu'il ne ment pas.

– Vraiment ? Il me semble que les boy-scouts ont le même genre de politique.

Elle ne répondit pas.

Un coup de klaxon nous rappela à l'ordre. C'était Ted Nash qui s'impatientait, à l'avant de la voiture de Simpson.

– L'agent Simpson a eu l'autorisation de nous ramener en bas de Manhattan, nous dit Nash comme nous prenions place à l'arrière où étaient encore les deux attachés-cases.

– Je suis si profondément dans la merde à cause de vous deux que plus rien n'a d'importance, nous informa Simpson.

– Je vais m'en occuper, dit Kate. Vous avez fait du bon boulot.

– Youpi, murmura-t-il.

La voiture roula en silence pendant quelques minutes. Finalement, Nash se tourna vers moi.

– Tu as fait du bon boulot, détective Corey...

Cela me prit complètement par surprise, surtout d'entendre utiliser mon ancien titre adoré. Je restai sans voix, presque sur le point de penser que je m'étais complètement trompé sur ce bon vieux Ted. On pouvait peut-être renouer, peut-être devrais-je lui ébouriffer les cheveux en disant : « Grand galopin, je t'aime ! »

On atteignit l'autoroute, direction Manhattan.

Le silence était retombé. La circulation était de celles que les idiots en hélicoptère qualifient de fluides à denses. En réalité, elle était plutôt de dense à bouchée, mais je m'en foutais. Je regardais Brooklyn défiler par la fenêtre de droite et je dis à mes amis fédéraux :

– Il y a seize millions d'habitants dans cette zone métropolitaine, dont huit rien que pour New York City. Dans le tas, il y a deux cent mille nouveaux immigrants des pays islamiques, dont la moitié vivent à Brooklyn.

Ni Kate ni Nash ne firent de commentaires.

Si Khalil avait réellement disparu au milieu de ces millions de gens, l'ATTF parviendrait-elle à le traquer ? La communauté moyen-orientale était plutôt fermée, mais il y avait des indicateurs, sans parler des loyaux citoyens américains d'origine islamique. Le réseau terroriste infiltré était salement compromis, et, pour rendre grâce aux fédés, ils savaient à peu près qui était qui, et comment agir dessus.

Pour cette raison, Asad Khalil n'entrerait pas en contact avec les suspects habituels. Quelqu'un d'aussi brillant que lui, capable de faire ce qu'il venait de faire, n'était pas assez stupide pour aller se joindre à moins intelligent que lui.

Je réfléchissais à l'audace de Khalil, que ses sympathisants appelleraient de la bravoure. Ce type allait être un vrai challenge, c'est le moins qu'on puisse dire.

Au bout d'un moment, Nash déclara, sans s'adresser à personne en particulier :

– Un million de gens se glissent clandestinement dans ce pays chaque année. Ce n'est pas si difficile. Je pense donc que la mission de notre type n'était pas de pénétrer dans le pays pour commettre un acte de terrorisme. Sa mission était de faire ce qu'il a fait dans l'avion et au Conquistador Club, puis de filer. Il n'a jamais quitté l'aéroport et, à moins que la police ne l'ait arrêté, il est déjà dans un autre avion. Mission accomplie.

– J'ai déjà écarté cette théorie, dis-je. Essayez autre chose.

– J'ai épuisé toutes les autres possibilités, répondit-il sèchement. Je dis qu'il est parti.

Je me souvenais de l'affaire de Plum Island, et des raisonnements illogiques de Mr. Nash, de ses conspirations délirantes. Visiblement, ce type avait été entraîné un peu au-dessus de son niveau d'intelligence et il avait oublié comment on épelait « bon sens ».

– Dix dollars qu'on entend reparler de notre type très bientôt et très près de nous, lui lançai-je.

– Pari tenu, répliqua Nash. (Il se tourna sur son siège.) Tu n'as aucune expérience de ces choses, Corey. Un terroriste chevronné n'est pas un connard de criminel. Ils frappent et disparaissent, puis frappent et disparaissent à nouveau, parfois des années plus tard. Ils ne reviennent pas sur les lieux de leurs crimes, et ils ne vont pas se cacher chez leur petite amie avec un flingue encore chaud et un sac de butin, et ils ne vont pas non plus se vanter de leurs crimes dans les bars de la ville. Il est parti. Il a repris un avion.

– Merci, Mr. Nash, dis-je, me demandant si je devais l'étrangler ou lui fracasser le crâne à coups de crosse.

– C'est une théorie intéressante, Ted, dit Kate. Mais, tant qu'on n'en sera pas certains, on va rester en alerte maximale et aller frapper chez tous les sympathisants connus et autres suspects.

– Je n'ai pas de problème avec les procédures standard, rétorqua Nash, mais je vais vous dire ceci : si ce type est encore dans le pays, le dernier endroit où vous risquez de le trouver, c'est celui où vous pensez qu'il va se montrer. Après s'être tiré, le type de février ne s'est plus jamais fait repérer, et on ne le retrouvera pas. Si ces deux mecs sont liés, ils représentent quelque chose de nouveau et d'inconnu. Un groupe dont nous ne savons rien.

J'avais déjà deviné tout ça. Et, dans un sens, j'espérais que Nash avait raison. Je me foutais pas mal de perdre dix dollars, même contre cet enfoiré, et même si je rêvais de mettre la main sur Asad Khalil pour le cogner jusqu'à ce que sa mère ne puisse plus le reconnaître. Je préférais largement qu'il soit parti n'importe où ailleurs, là où il ne pourrait plus porter atteinte à nos bons vieux États-Unis. Je veux dire, un type qui massacre un avion plein d'innocents a sans aucun doute une bombe atomique dans sa manche, de l'anthrax dans son chapeau ou un gaz létal planqué dans le cul.

– Vous parlez d'un terroriste genre arabe, là ? demanda Simpson.

– Nous parlons de la mère de tous les terroristes, dis-je carrément.

– Oubliez tout ce que vous venez d'entendre, coupa Nash.

– Je n'ai rien entendu, répliqua Simpson.

Comme nous approchions du pont de Brooklyn, Kate me lança :

– Je pense que tu vas être en retard à ton rendez-vous de ce soir.

– En retard de combien ?

– Un bon mois.

Je ne répondis pas.

– Nous allons probablement devoir aller à Washington de très bonne heure demain, ajouta-t-elle.

Je me demandais s'il y avait une clause dans mon contrat qui me permettrait d'échapper à tout ça. Il fallait que je vérifie.

On traversa le pont, nous enfonçant dans les rues du bas de Manhattan. L'atmosphère était de nouveau silencieuse, mais la tension des cerveaux en ébullition était perceptible.

Les voitures de police normales ne sont pas équipées de radio normale, mais Simpson avait un petit transistor. Il l'alluma et le régla sur une station d'infos en continu. Un journaliste disait :

« Des rumeurs courent sur une absence de contact radio pendant plusieurs heures avant que l'avion ne se pose. Vous avez entendu parler de ça ?

– Ce n'est pas confirmé, répondit un autre, mais les autorités aériennes fédérales affirment que le pilote a signalé par radio qu'on avait détecté de la fumée à bord, il pensait que c'était chimique, ou un court-circuit électrique, apparemment. »

C'était tout nouveau pour moi, mais pas pour Ted Nash qui fit ce commentaire crypté :

– Je suis content que les faits soient communiqués correctement.

Les faits ? Il me semblait qu'en l'absence de fumée dans l'avion quelqu'un en fabriquait pour la souffler dans le cul de tout le monde.

Les deux journalistes se mirent à parler de la tragédie de la Swissair, puis de la tragédie saoudienne. Nash éteignit la radio.

Je surpris le regard de Kate.

– On ne sait pas ce qui s'est passé, John, dit-elle doucement, alors on ne va pas spéculer. On évitera de parler à la presse.

– D'accord. C'est exactement ce à quoi je pensais.

Je me rendais compte qu'il fallait dorénavant que je surveille tout ce que je disais.

Je pensai également que les services fédéraux de maintien de l'ordre étaient un croisement entre la Gestapo et les scouts – un poing d'acier dans un gant de velours et tout le tralala. Ne pas spéculer signifiait fermer sa gueule. Ne voulant pas finir au mitard pour un an ou pis encore, j'ajoutai, avec la plus authentique sincérité :

– Je ferai tout ce que j'ai à faire pour que ce type soit jugé. Gardez-moi juste dans l'équipe.

Aucun de mes équipiers ne me reprit, alors qu'ils auraient pu me rappeler qu'à peine quelques heures auparavant je voulais les quitter.

L'agent Simpson nous arrêta sur Chambers Street. Je le remerciai pour le bout de chemin, et il me rappela :

– La voiture a été abîmée à l'avant.

– Envoie la facture aux fédés, fis-je. Ils les collectionnent.

Tout en marchant, je demandai à mon ami Nash :

– J'ai comme l'impression que tu savais qu'on allait avoir un problème aujourd'hui. Je me trompe ?

Il ne répondit pas tout de suite, puis dit :

– Nous sommes le 15 avril.

– Exact. J'ai payé mon tiers provisionnel, je suis en règle.

– Les extrémistes musulmans attachent une grande signification aux anniversaires. On a un tas de dates à surveiller dans notre calendrier.

– Ah ouais ? Et c'est l'anniversaire de qui, aujourd'hui ?

– Aujourd'hui, dit Ted Nash, c'est l'anniversaire du bombardement sur la Libye en 1986.

– Sans blague ? (Je me tournai vers Kate :) Tu le savais ?

– Oui, mais, pour être honnête, j'y attachais peu d'importance.

– Nous n'avions jamais eu le moindre incident à cette date, ajouta Nash, mais Kadhafi prononce un discours antiaméricain chaque 15 avril. D'ailleurs, il en a fait un plus tôt, aujourd'hui.

Je ruminai cette information un moment, essayant de déterminer si j'aurais agi différemment en sachant tout ça. Je veux dire, ce genre de truc n'était pas dans mon sac à indices, mais, s'il l'avait été, j'aurais au moins pu le mettre dans ma pochette à paranoïa. J'adore être un champignon, comme vous pouvez l'imaginer – qu'on me maintienne dans le noir et qu'on m'arrose avec de la merde –, et je demandai donc à mes équipiers :

– Vous aviez oublié de me le dire ?

– Cela ne semblait pas terriblement important, répliqua Nash, je veux dire, important que tu le saches.

– Je vois.

Ce qui, bien sûr, signifiait « Va te faire enculer ».

J'apprenais peu à peu la langue.

– Comment Khalil savait-il qu'on l'amènerait ici aujourd'hui ? demandai-je encore.

– Eh bien, dit Nash, il ne pouvait pas en être absolument certain. Mais notre ambassade à Paris ne peut pas ou ne veut pas garder ce genre de personnage plus de vingt-quatre heures. Ça, il le savait probablement. Et même si on l'avait gardé plus longtemps en France, rien n'aurait été très différent, sauf qu'il aurait raté la date symbolique.

– Okay, mais vous avez joué son jeu et vous l'avez transporté le 15 avril.

– C'est exact, répondit Mr. Nash. Nous avons joué son jeu, car nous voulions l'arrêter ici le 15.

– Je crois que vous allez louper la date.

– Nous avions pris des précautions extraordinaires à Paris, à l'aéroport et dans l'avion, éluda-t-il. En fait, il y avait deux US Marshals incognito à bord, en plus.

– Bien. Comme ça, rien ne pouvait aller de travers.

Il ignora mes sarcasmes et poursuivit :

– Il y a une expression en hébreu, que les Arabes ont reprise et qui dit : « L'homme tire des plans, et Dieu rit. »

– Elle est bien bonne.

Nous arrivions au pied du gratte-ciel de vingt-huit étages appelé 26 Federal Plaza, et Nash m'avertit :

– Kate et moi assurons le dialogue. Ne parlez que si on s'adresse directement à vous.

– Puis-je vous contredire ?

– Vous n'en aurez pas l'occasion, c'est un endroit où seule est dite la vérité.

C'est donc avec cette bribe d'information orwellienne en tête que nous entrâmes dans le ministère de la Vérité et de la Justice.

Je me dis que le 15 avril puait désormais pour deux raisons.

LIVRE DEUX

Libye, 15 avril 1986

Cette frappe aérienne ne diminuera pas seulement la capacité du colonel Kadhafi à exporter la terreur, elle lui donnera également des motivations et des raisons pour cesser ses agissements criminels.

Président Ronald Reagan

Voici venue l'heure de la confrontation – l'heure de la guerre.

Colonel Muammar al-Kadhafi

[illegible] de [illegible]

[illegible] dans le [illegible]

[illegible] pour [illegible]

[illegible]

Elle était en [illegible]

pour faire [illegible]

la [illegible]

[illegible]

Berlin-Ouest par des terroristes libyens, deux

13.

Le lieutenant Chip Wiggins, officier bombardier de l'US Air Force, était assis, silencieux et immobile, dans le siège de droite du F-111F d'attaque, nom de code Karma 57. L'avion volait à une allure de trois cent cinquante nœuds pour économiser son carburant. Wiggins jeta un œil vers son pilote, le lieutenant Bill Satherwaite, assis à sa gauche.

Depuis qu'ils avaient quitté l'aérodrome de la Royal Air Force à Lakenheath, quelques heures auparavant, aucun des deux hommes n'avait beaucoup parlé. De toute manière, se disait Wiggins, Satherwaite était du genre silencieux, peu enclin à bavarder pour rien. Mais Wiggins avait envie d'entendre une voix humaine, n'importe quelle voix. Il avait des crampes à force de rester coincé dans le siège de ce F-111, célèbre pour son inconfort. Le ciel noir devenait oppressant.

Ils étaient en route pour la Libye – en route pour faire pleuvoir la mort et la destruction sur la saloperie de pays de Muammar Kadhafi, en représailles à l'attaque d'une discothèque de Berlin-Ouest par des terroristes libyens, deux semaines auparavant, discothèque fréquentée par des militaires américains. L'officier qui les avait briefés s'était assuré qu'ils comprennent bien pourquoi ils risquaient leur vie dans cette mission difficile. Il leur avait expliqué que cet attentat à la bombe, qui avait tué une sentinelle américaine et blessé des douzaines de soldats, n'était que le dernier d'une liste d'actes d'agression auxquels il fallait répondre avec force et résolution. « Grâce à vous, avait-il conclu, les Libyens vont se chier dessus. »

Dans la salle de briefing, ça sonnait très bien, mais tous les alliés de l'Amérique ne pensaient pas que ce fût une si bonne idée. L'attaque, partie d'Angleterre, avait dû faire un énorme détour parce que les Français et les Espagnols avaient refusé qu'on traverse leur espace aérien. Cela avait provoqué la colère de Wiggins, mais Satherwaite semblait n'en avoir rien à faire. Wiggins savait que les connaissances géopolitiques de Satherwaite étaient au-dessous de zéro : la vie de Bill Satherwaite, c'était voler, voler et voler. Point. Wiggins songea que, si l'on avait ordonné à son pilote de bombarder Paris, il l'aurait fait sans se demander une seule seconde pourquoi il attaquait un allié de l'OTAN. Le plus effrayant, c'est qu'il aurait fait la même chose sur Washington, sans se poser la moindre question non plus.

Wiggins suivit le fil de ses pensées en demandant à Satherwaite :

– Bill, tu as entendu cette rumeur selon laquelle un de nos avions est supposé larguer une bombe genre « Allez vous faire foutre » sur les jardins de l'ambassade de France à Tripoli ?

Satherwaite ne répondit pas.

Wiggins insista :

– J'ai également entendu dire que l'un de nous va en larguer une sur la résidence personnelle de Kadhafi à Al-Azziziyah. Il est censé y dormir cette nuit.

Une fois de plus, Satherwaite ne répondit pas.

Agacé et frustré, Wiggins le secoua :

– Hé, Bill, tu dors ou quoi ?

– Chip, répondit Satherwaite, moins tu en sais et moins j'en sais, mieux on se portera.

Devant ce refus de discuter, Wiggins replongea dans ses pensées. Il y avait soixante autres avions quelque part autour d'eux, et leur régiment, l'escadron de chasse tactique n° 48, avait fourni vingt-quatre des F-111F à aile variable de cette mission. *Le Combat.* Wiggins n'arrivait pas à croire qu'il allait vraiment combattre.

C'était le point culminant de tout ce pour quoi on les avait entraînés. Lui et Satherwaite avaient raté le Viêtnam, mais à présent ils volaient au-dessus d'un territoire hostile et inconnu, appartenant à un ennemi dont on ne cernait pas bien les capacités antiaériennes. Leur officier supérieur leur avait dit que les défenses antiaériennes libyennes cessaient de fonctionner après minuit, mais Wiggins ne pouvait pas imaginer que les Libyens soient assez stupides pour ça. Il était convaincu que leur avion allait être détecté par les radars, que la chasse libyenne allait décoller pour les intercepter, et des missiles sol-air monter pour les effacer du ciel. Il fallait qu'il gomme ces pensées.

– Marc Aurèle, dit-il.

– Quoi ?

– Le seul monument romain encore debout à Tripoli. L'arche de Marc Aurèle, IIe siècle après Jésus-Christ.

Satherwaite laissa échapper un bâillement.

– Si quelqu'un le touche par accident, on sera dans la merde. C'est un des monuments du patrimoine terrestre de l'ONU. Tu as écouté le briefing ou pas ?

– Chip, pourquoi tu ne prends pas un chewing-gum ou quelque chose ?

– On commence notre attaque juste à l'ouest de l'arche en question. J'espère qu'on arrivera à la voir. Ce genre de truc m'intéresse, tu sais.

Satherwaite ferma les yeux et soupira avec une impatience exagérée.

Chip Wiggins revint à ses pensées de combat. Il savait qu'il y avait quelques vétérans du Viêtnam dans cette mission, mais la plupart des gars n'avaient jamais reçu le baptême du feu. Et tout le monde les regardait, du président jusqu'en bas de la pyramide, retenant son souffle. Après le Viêtnam, le fiasco du Pueblo et la mission complètement ratée par Carter en Iran – une décennie d'échecs militaires depuis le Viêtnam –, il était temps que la grande équipe américaine marque quelques points.

Il regarda Satherwaite, qui entrait des données dans son ordinateur, en bâillant à nouveau.

– Tu es fatigué ? demanda Wiggins.

– Non.

– T'as peur ?

– Pas encore.

– Faim ?

– Chip, ferme-la.
– Soif ?
– Mais pourquoi tu ne dors pas ? finit par dire Satherwaite. Ou, mieux encore, tu pilotes, et je roupille.
Wiggins comprit que c'était une manière assez peu subtile de lui rappeler qu'il n'était pas pilote, mais seulement officier bombardier. Il lui fallait bien admettre que Satherwaite était un sacré pilote, lui ; par contre, comme être humain, il n'était franchement pas terrible.
Conscient qu'il l'avait vexé, Satherwaite lui lança :
– Hé, mon gars, je te paierai le meilleur restau de Londres si on met les quatre dans le mille. Tout va bien se passer. Tu vas les larguer droit sur les cibles et si tu fais un bon boulot, pour te récompenser, je passerai juste au-dessus de l'arche d'Auguste.
– De Marc Aurèle.
– C'est ce que j'voulais dire.
Wiggins se rencogna dans son siège et ferma les yeux. Il savait qu'il avait obtenu un énorme quota de mots « hors mission » de Satherwaite, et il considérait déjà ça comme un petit triomphe.
Il pensa au futur proche. Malgré le nœud dans son estomac vide, il était impatient de participer à son premier combat aérien. S'il avait le moindre scrupule sur le largage de ses bombes, il n'avait qu'à se rappeler que toutes les cibles de leur mission étaient strictement militaires. En fait, l'officier supérieur qui les avait briefés à Lakenheath avait appelé le camp d'Al-Azziziyah l'« Université du djihad », ce qui signifiait qu'il s'agissait d'un

camp où l'on formait les terroristes. Pourtant, cet officier avait ajouté : « Il existe la possibilité qu'il y ait quelques civils dans le complexe militaire d'Al-Azziziyah. »

Wiggins effaça vite cette phrase de son esprit.

14.

Asad Khalil luttait contre deux instincts primitifs – l'instinct sexuel et l'instinct de conservation.

Il faisait impatiemment les cent pas sur le toit en terrasse. Son père l'avait prénommé Asad – le Lion – et il lui semblait que, consciemment ou pas, il avait adopté les caractéristiques de ce fauve, notamment cette habitude de faire les cent pas. Il s'arrêta brusquement et regarda vers le nord, vers la Méditerranée. Le ciel semblait brumeux, en réalité il était constellé de grains de sable que le vent soufflait dans l'atmosphère.

Khalil consulta sa montre lumineuse et vit qu'il était une heure quarante-six du matin. Bahira, la fille du capitaine Habib Nadir, devait arriver à deux heures précises. Il se demandait si elle allait vraiment venir. Il se demandait si elle s'était fait prendre. Si on l'avait surprise, avouerait-elle où elle allait et qui elle devait retrouver ? Cette dernière possibilité troublait grandement Asad. À seize ans, il était peut-être à trente minutes de sa première expérience sexuelle – ou à quelques heures d'être décapité. Une image qui ne lui plaisait pas s'imposa à lui : il était à genoux, la tête courbée, tandis que le bourreau officiel, qu'on ne connaissait que sous le prénom de Suleiman, balançait l'énorme cimeterre vers sa nuque. Khalil sentit son corps qui se tendait et des perles de sueur se formèrent sur son front, avant de se refroidir sous la fraîcheur de la nuit.

Khalil s'avança vers le petit abri de tôle posé sur le toit en terrasse. Cet abri n'avait pas de porte, et il regarda les marches qui en descendaient, s'attendant à voir apparaître soit Bahira, soit son père avec des gardes armés. C'était de la folie, se dit-il, de la démence pure.

Il se déplaça vers la bordure nord du toit. Cette terrasse de béton était entourée d'un parapet crénelé montant à hauteur d'épaule. Le bâtiment lui-même était une structure de deux étages bâtie par les Italiens quand ils occupaient la Libye. À l'époque, et encore aujourd'hui, il servait à entreposer des munitions, et c'était pour cela qu'il était isolé du centre de ce camp militaire connu sous le nom d'Al-Azziziyah. Cet ancien complexe italien était maintenant le quartier général, et parfois la résidence, du grand leader, le colonel Muammar Kadhafi, qui venait justement d'arriver, plus tôt dans la soirée. Comme tous les Libyens, Khalil savait que le grand leader avait coutume de changer très souvent de résidence et que ses mouvements erratiques étaient une manière de se protéger d'un assassinat ou d'une action militaire américaine. Mais faire le moindre commentaire sur ce sujet n'aurait vraiment pas été une bonne idée.

La présence inattendue de Kadhafi avait mis sa garde d'élite en alerte ce soir, et Khalil était inquiet. Il lui semblait qu'Allah Lui-même rendait son rendez-vous problématique et dangereux.

Khalil savait sans le moindre doute que c'était Satan qui l'avait empli de ce désir charnel pour Bahira, qui l'avait fait rêver d'elle marchant au clair de lune, nue, sur les sables du désert. Asad Khalil n'avait jamais vu de femme nue auparavant, mais il avait feuilleté un magazine allemand, et il savait à quoi Bahira ressemblerait, sans voile et sans vêtements. Il imaginait chaque courbe de son corps, ses longs cheveux touchant ses épaules nues, il se souvenait de son nez et de sa bouche tels qu'il les avait vus quand ils étaient enfants, avant qu'elle ne porte le voile. Il savait qu'elle serait différente aujourd'hui, mais, étrangement, le visage de l'enfant demeurait comme posé sur un corps de femme. Il voyait les courbes de ses hanches, son mont de Vénus, ses cuisses nues... Il sentit son cœur battre lourdement et sa bouche s'assécher.

Il regarda à nouveau vers le nord. Les lumières de Tripoli, à vingt kilomètres de là, brillaient assez pour rester visibles malgré le *ghabli* qui soufflait. Au-delà de la ville s'étendait la Méditerranée, comme une grande tache sombre. Autour d'Al-Azziziyah se déroulait une terre aride parsemée de rares oliviers, de quelques dattiers, d'abris pour les chèvres et de petits trous d'eau disséminés.

Asad se retourna vers le camp. Tout était calme. Pas de gardes visibles ni de véhicules en mouvement à cette heure tardive. Les seules activités devaient avoir lieu près de la résidence du colonel Kadhafi et autour du quartier général qui contenait les bâtiments de commandement et de communication. Il n'y avait pas d'alerte spéciale ce soir, mais Khalil avait comme la prémonition que quelque chose se tramait.

Il consulta à nouveau sa montre. Il était exactement deux heures du matin et Bahira n'était pas arrivée. Khalil s'agenouilla au coin du parapet, sous la ligne des créneaux, hors de vue. Il avait déroulé son *sajjàda*, son tapis de prière, sur lequel il avait posé un exemplaire du Coran. S'ils venaient le chercher, ils le trouveraient en train de prier et de lire le Livre saint. Cela pourrait le sauver. En fait, ils risquaient plutôt de deviner que le Coran était une ruse et que son sajjàda allait servir à accueillir le corps nu de Bahira. S'ils soupçonnaient cela, alors son blasphème lui vaudrait un traitement qui lui ferait regretter la décapitation. Quant à Bahira... ils la lapideraient à mort, sans nul doute.

Et pourtant, même cette menace ne pouvait le décider à partir en courant se cacher dans la maison de sa mère. Il était déterminé à accepter ce que le destin allait faire apparaître par l'escalier.

Il se souvenait de la première fois où il avait remarqué Bahira dans la maison de son père. Le capitaine Habib Nadir, comme le propre père de Khalil, était l'un des favoris du colonel Kadhafi. Les trois familles étaient très proches. Le père de Khalil, comme celui de Bahira, avait été très actif dans la résistance à l'occupation italienne. Le père de Khalil avait travaillé pour les Anglais durant la Seconde Guerre mondiale, alors que celui de Bahira travaillait pour les Allemands. Mais quelle importance ? Italiens, Allemands, Anglais – c'étaient tous des infidèles et on ne leur devait aucune loyauté. Son père et celui de Bahira plaisantaient souvent sur la manière dont ils avaient tous deux aidé les chrétiens à s'entre-tuer.

Asad songea un instant à son père, le capitaine Karim Khalil. Il était mort depuis cinq ans déjà, assassiné dans les rues de Paris par des agents du Mossad. Les médias occidentaux avaient avancé que ce meurtre avait sans doute été perpétré par une faction islamique rivale, voire par des compatriotes libyens dans une sorte de lutte pour le pouvoir. Aucune arrestation n'avait été opérée. Mais le colonel Kadhafi, qui était beaucoup plus sage que nombre de ses ennemis, avait expliqué à son peuple que le capitaine Karim Khalil avait été assassiné par les Israéliens et que tout le reste était mensonge.

Et Khalil le croyait. Il fallait qu'il le croie. Son père lui manquait, mais il tirait fierté du fait qu'il soit mort comme un martyr sous les coups des sionistes. Bien sûr, des doutes s'infiltraient dans sa tête, mais le grand leader lui-même avait parlé et il n'y avait pas à discuter.

Khalil hocha la tête en s'agenouillant dans le coin du toit. Il regarda encore une fois sa montre, puis l'ouverture dans le petit abri de tôle à dix mètres de lui. Elle était en retard, ou alors elle n'avait pas réussi à se glisser hors de chez elle, ou elle s'était endormie, ou bien elle avait décidé de ne pas risquer sa vie pour passer ces instants avec lui. Ou, pis encore, elle avait été prise et elle était à présent en train de le trahir et de le dénoncer à la police militaire.

Khalil songea à sa relation privilégiée avec le grand leader. Il n'y avait pas de doute. Le colonel Kadhafi les aimait bien, lui et ses frères et sœurs. Il les avait laissés résider dans leur maison du complexe privilégié d'Al-Azziziyah, veillant à ce que leur mère ait une pension, et à ce que ses enfants soient bien éduqués.

Et, seulement six mois auparavant, le colonel lui avait déclaré :

– Ton devoir est de venger la mort de ton père.

Asad Khalil s'était senti empli de fierté et de joie et il avait répondu à celui qui remplaçait son père :

– Je suis prêt à vous servir et à servir Allah.

– Nous ne sommes pas encore prêts, Asad, avait répondu le colonel en souriant. Encore un an ou deux et nous t'entraînerons à devenir un combattant de la liberté.

Et ce soir, Asad risquait tout – sa vie, son honneur, sa famille – pour quoi ? Pour une femme. C'était insensé, mais... Il y avait l'autre chose... la chose qu'il savait mais à laquelle il n'avait pas le droit de penser... ce qui se passait entre sa mère et Muammar Kadhafi... Oui, il y avait quelque chose, là, et il savait ce que c'était ; c'était la même chose qui l'avait poussé, lui, sur ce toit cette nuit, à attendre Bahira.

Il essayait de se raisonner. Si la relation entre sa propre mère et le grand leader n'était pas un péché, alors le sexe en dehors du mariage n'était pas totalement répréhensible. Muammar Kadhafi ne pouvait commettre un péché, ni rien qui dévie de la charia, la voie acceptée. Par conséquent, Asad Khalil, s'il était pris, plaiderait sa cause directement devant le grand leader et il expliquerait sa confusion concernant ces choses. Il expliquerait que c'était le père de Bahira qui avait ramené ces magazines d'Allemagne, où l'on voyait des photos d'hommes et de femmes nus, et que c'étaient ces saletés occidentales qui l'avaient corrompu.

Bahira avait trouvé le magazine caché derrière des sacs de riz dans leur maison, elle l'avait volé et montré à Khalil. Ils avaient regardé les photos ensemble – un péché qui leur aurait déjà fait mériter le fouet s'ils s'étaient fait prendre. Mais, au lieu de les emplir de honte et de dégoût, ces photos les avaient poussés à parler, parler de l'indicible, de l'interdit. Elle lui avait dit : « Je veux me montrer à toi comme le font ces femmes. Je veux te montrer tout ce que je possède. Je veux te voir, Asad, et sentir ta chair. »

Et ainsi, Satan était entré en elle et par elle il était entré en lui. Il avait lu l'histoire d'Adam et Ève dans le livre hébreu de la Genèse, et son conseiller spirituel lui avait dit que les femmes étaient faibles et pleines de luxure, qu'elles avaient commis le péché originel et qu'elles attiraient l'homme vers le péché s'il ne parvenait pas à rester fort.

Et pourtant..., songeait-il, même des hommes comme le Colonel pouvaient être corrompus par les femmes. S'il se faisait prendre, il expliquerait cela au Colonel. Peut-être qu'ils ne lapideraient pas Bahira et qu'ils s'en sortiraient tous deux avec seulement le fouet.

La nuit était fraîche, et Khalil frissonna. Il demeurait à genoux sur son tapis de prière, le Coran entre les mains. À deux heures dix, il y eut du bruit dans les escaliers, et il leva les yeux sur une silhouette sombre qui se tenait dans l'ouverture de l'abri de tôle.

– Allah, aie pitié, murmura-t-il.

15.

– On a un fort vent contraire, dit Wiggins à Satherwaite. C'est ce vent du sud qui souffle du désert. Comment il s'appelle ?

– S'appelle le vent du sud qui souffle du désert.

– Ouais. Bref, ça nous fera un bon vent arrière pour sortir de là... et on sera moins lourds de quatre bombes.

Satherwaite marmonna une réponse.

Wiggins fixait la nuit à travers le pare-brise. Il ne savait pas s'il verrait le soleil se lever ce matin-là. Toutefois il savait que, s'ils accomplissaient leur mission, ils seraient des héros – mais des héros anonymes. Car ce n'était pas une guerre ordinaire, c'était une guerre contre des terroristes internationaux qui frappaient bien au-delà du Moyen-Orient, et par conséquent les noms des pilotes et des équipages ne seraient jamais révélés à la presse ni au public, et ils resteraient classés secret-défense jusqu'à la fin des temps.

Ils continuaient à survoler la Méditerranée. Wiggins songea au nombre de guerres qui avaient été livrées autour de cette mer si ancienne, et surtout sur les rivages d'Afrique du Nord – les Phéniciens, les Égyptiens, les Grecs, les Carthaginois, les Romains, les Arabes, encore et encore pendant des milliers d'années jusqu'à la Seconde Guerre mondiale – les Italiens, l'Afrikakorps allemande, les Anglais, les Américains... La mer et le sable de l'Afrique du Nord étaient une gigantesque tombe à soldats, marins et aviateurs.

– Combien de temps avant qu'on vire ? demanda Satherwaite.

Wiggins émergea de sa rêverie et vérifia leur position.

– Douze minutes.

– Surveille la montre.

– *Roger.*

Douze minutes plus tard, la formation entama un 90° vers le sud. L'armada aérienne au complet, moins les ravitailleurs, se dirigeait maintenant vers la côte libyenne. Satherwaite poussa les gaz et le F-111 prit de la vitesse.

Wiggins s'éclaircit la gorge et cela sonna comme un rugissement dans leurs casques.

– Cent miles avant d'être à pied sec, dit-il, utilisant le jargon de Satherwaite pour parler de la terre.

– *Roger.*

Ils observèrent tous deux l'écran radar, mais rien ne venait de Libye vers eux. Ils se positionnèrent à moins de cent mètres au-dessus du niveau de la mer.

– Quatre-vingts miles.

– Okay, dernière check-list avant l'attaque.

– Prêt.

Satherwaite et Wiggins entamèrent la litanie de la check-list. Ils venaient juste de l'achever quand Wiggins aperçut les lumières de Tripoli droit devant eux. « On y est ! » Satherwaite leva les yeux et hocha la tête. Il modifia la position des ailes variables et elles se profilèrent davantage, comme celles d'un faucon qui a repéré son déjeuner sur le sable.

Wiggins remarqua que son cœur avait quelque peu accéléré et qu'il avait vraiment très soif.

Satherwaite augmenta la puissance alors que la formation de F-111 approchait de la côte. Ils gardaient une altitude de cent mètres, et on leur avait dit qu'il n'y avait ni tours de radio ni gratte-ciel susceptibles de les inquiéter. Ils filaient maintenant à cinq cents nœuds. Dans quelques minutes, ils allaient disperser leur formation et se diriger chacun vers leurs cibles désignées, dans Tripoli et ses alentours.

À l'affût du moindre bruit dans son casque, Wiggins entendit un gazouillis électronique qui signifiait qu'un radar les avait accrochés. « Oh, merde. » Il jeta un rapide coup d'œil à son radar de sécurité et énonça, du ton le plus calme qu'il était capable de feindre :

– Alerte SAM à une heure.

Satherwaite hocha la tête.

– On dirait qu'ils sont réveillés.

– J'éclaterais bien les couilles de cet officier qui nous a briefés.

– C'est pas un problème, et ces missiles non plus, d'ailleurs.

– Exact...

Le F-111 volait trop bas et trop vite pour que les missiles les touchent, mais, à cette altitude, ils étaient en plein dans le champ de tir des canons antiaériens.

Wiggins vit deux missiles monter sur son écran radar, priant pour que ces camelotes fabriquées chez les Soviets soient réellement incapables de les traquer. Quelques secondes plus tard, il les repéra qui filaient sur leur gauche et grimpaient dans le ciel avec leurs panaches de flammes orange et rouge.

– Gros gaspillage d'un carburant très cher, commenta sèchement Satherwaite.

C'était au tour de Wiggins de ne pas répondre. En fait, il était complètement sans voix. Par contraste, Satherwaite devenait bavard, se répandant sur la forme de la côte, la ville de Tripoli et autres détails sans importance. Wiggins avait envie de lui dire de piloter et de la fermer.

Ils passèrent la côte, et soudain Tripoli s'étendit sous eux. Satherwaite nota que, malgré le raid aérien, les lumières des rues étaient encore allumées. « Les crétins. » Il aperçut l'arche de Marc Aurèle et dit à Wiggins :

– La voilà, ton arche. À neuf heures.

Mais, concentré sur le moment présent, Wiggins avait perdu tout intérêt pour l'histoire ancienne.

– Vire, fit-il.

Satherwaite quitta la formation et entama son approche sur Al-Azziziyah.

– Comment tu prononces ce nom ?

– Lequel ?

– Là où on va.

Wiggins sentit de la sueur se former sur son cou tandis qu'il partageait son attention entre ses divers instruments, le radar et le répérage visuel.

– Al-Azziziyah. Mais quelle différence ça fait, putain ?

– Aucune, répliqua Satherwaite. Demain, ils le rebaptiseront « tas de gravats ».

Il rit.

Bien qu'il fût mort de peur, Wiggins rit aussi. Des arcs de balles traçantes commençaient à traverser la nuit noire bien trop près de leur avion. Il n'arrivait pas à croire qu'on lui tirait réellement dessus. Ça craignait vraiment. Mais, d'un autre côté, jamais son taux d'adrénaline n'était monté si haut.

– Al-Azziziyah, dit Satherwaite, t'es morte. Prêt ?

– Tas de gravats, répliqua Wiggins, débris, poussière, fureur et ravages. Prêt à larguer. Va te faire enculer, Muammar.

16.

– Asad ?

Le cœur d'Asad s'arrêta presque.

– Oui, oui, par ici... Tu es seule ? demanda-t-il doucement.

– Bien sûr.

Bahira avançait vers sa voix, puis elle le vit à genoux sur le tapis de prière.

– Baisse-toi, chuchota-t-il d'une voix rauque.

Tout en se déplaçant, elle se pencha plus bas que le parapet, puis s'agenouilla sur le petit tapis juste devant lui.

– Tout va bien ?

– Oui. Mais tu es en retard.

– Il a fallu que j'évite les gardes. Le grand leader...

– Oui, je sais.

Asad contempla Bahira sous le clair de lune. Elle portait la grande robe blanche qui était de mise, le soir, pour les femmes, de même que le voile et l'écharpe. Elle avait trois ans de plus que lui et avait atteint un âge où la plupart des Libyennes sont mariées ou promises. Mais son père avait éconduit nombre de prétendants et le plus ardent d'entre eux avait même été exilé de Tripoli. Asad Khalil savait que, si son propre père avait été encore en vie, leurs familles seraient probablement tombées d'accord pour un mariage entre les deux jeunes gens. Mais bien que son père fût un héros et un martyr, et bien qu'ils fussent protégés par le grand leader, le fait était que la famille Khalil avait désormais un statut social trop bas pour prétendre à une telle union.

Ils étaient à genoux face à face et aucun d'eux ne parlait. Les yeux de Bahira tombèrent sur le Coran posé au coin du tapis, puis elle sembla remarquer le tapis lui-même. Elle fixa Asad, dont le regard semblait dire : « Si on est au bord de commettre le péché de chair, quelle importance qu'on commette celui de blasphème ? »

Bahira hocha la tête comme si elle acquiesçait silencieusement.

Elle prit l'initiative et écarta le voile qui couvrait son visage. Elle sourit, mais Khalil pensa que c'était plus un sourire de gêne qu'une invite, gêne d'être sans son voile à moins d'un mètre d'un homme.

Elle ôta l'écharpe de sa tête et détacha ses cheveux qui tombèrent en longues boucles sur ses épaules.

Asad prit une grande inspiration et riva ses yeux dans ceux de la jeune fille. Il la trouvait tellement belle, même s'il avait peu de points de comparaison. Il s'éclaircit la gorge et lui murmura :

– Tu es très belle.

Elle sourit, tendit les bras et prit ses mains dans les siennes.

Khalil n'avait jamais tenu les mains d'une femme et il fut surpris de les sentir si petites et si douces. La peau de Bahira était chaude, plus chaude que la sienne. Il se rendit compte aussi que ses petites mains étaient sèches, alors que les siennes étaient moites. Il s'approcha d'elle jusqu'à toucher ses genoux, enveloppé par le parfum de fleurs qui émanait d'elle. En bougeant, il s'aperçut que son sexe était dur.

Ils s'observaient, gauches, ne sachant quel geste faire ensuite. Finalement, Bahira lui lâcha les mains et commença à lui caresser le visage ; il lui rendit ses caresses. Elle s'approcha encore de lui et leurs corps se touchèrent, puis ils s'embrassèrent et il sentit ses seins sous sa robe. Asad était fou de désir, mais une partie de son cerveau était ailleurs – son instinct de conservation lui dictait de rester en alerte.

Avant qu'il eût compris ce qui se passait, Bahira avait reculé et défaisait sa robe.

Khalil la regardait sans pouvoir s'empêcher de guetter d'éventuels signes de danger. Si on les découvrait maintenant, ils étaient morts. Il l'entendit dire :

– Asad, qu'est-ce que tu attends ?

Elle était toujours à genoux devant lui, complètement nue désormais. Il contempla ses seins, sa toison pubienne, ses cuisses, puis ses yeux revinrent à son visage.

– Asad.

Il ôta sa courte tunique, puis fit glisser son pantalon et son caleçon jusqu'à ses chevilles et s'en débarrassa d'un coup de pied.

Elle fixait son visage, s'efforçant d'éviter son pénis dressé, mais elle finit par baisser les yeux.

Asad restait immobile, comme tétanisé. Il avait pensé qu'il saurait comment s'y prendre quand ce moment tant rêvé arriverait, mais à présent il n'était plus sûr de rien.

Bahira prit l'initiative et s'allongea sur le tapis, ses vêtements sous sa tête.

Asad plongea quasiment en avant et se retrouva sur elle, sentant ses seins durs et sa peau tiède sous la sienne. Il se rendit compte que ses jambes s'écartaient et son pénis toucha de la chair chaude et humide. En un instant il fut à moitié en elle. Elle cria doucement, de douleur. Il poussa, sans souci du corps qui lui résistait, et pénétra pleinement en elle. Avant d'avoir pu remuer, il sentit le mouvement de balancier des hanches de la jeune fille et, entre deux battements de cœur, il se répandit en elle.

Immobile, Asad reprenait son souffle, sans comprendre pourquoi Bahira continuait à bouger quand lui était satisfait. Elle se mit à gémir et à respirer fort, puis à prononcer son nom : « Asad, Asad, Asad... »

Il roula pour s'écarter d'elle et s'allongea sur le dos, contemplant le ciel. La demi-lune descendait à l'ouest et les étoiles paraissaient blafardes au-dessus du camp éclairé, pauvre et pâle imitation des étoiles qui brillaient sur l'immense désert.

– Asad.

Il ne répondit pas. Son esprit ne parvenait pas encore à intégrer ce qu'il venait de faire.

Bahira se rapprocha de lui si bien que leurs épaules et leurs jambes se touchaient, mais tout désir avait disparu en lui.

– Tu es en colère ? demanda-t-elle.

– Non. (Il s'assit.) On devrait se rhabiller.

Elle s'assit également et posa la tête sur son épaule.

Il avait envie de s'écarter d'elle, mais il ne le fit pas. Des pensées très désagréables se bousculaient dans sa tête. Et si elle tombait enceinte ? Et si elle voulait recommencer ? La prochaine fois, ils se feraient prendre, à tous les coups, ou bien elle se retrouverait enceinte. Dans un cas comme dans l'autre, l'un d'eux, voire tous les deux, pouvait mourir. La loi n'était pas claire sur ces sujets-là, et c'étaient en général les familles qui décidaient des punitions à infliger pour une telle disgrâce. Connaissant le père de Bahira, il imaginait facilement qu'il n'aurait aucune pitié pour eux.

Puis, pour une raison qu'il aurait été incapable de s'expliquer, il avoua, dans un murmure :

– Ma mère a été avec le grand leader.

Bahira ne réagit pas.

Khalil était en rage contre lui-même d'avoir révélé ce secret. Il ne savait pas pourquoi il l'avait fait, et il ne parvenait pas à savoir quels étaient ses sentiments pour cette femme. Il avait vaguement conscience que son désir pour elle reviendrait et qu'à cause de cela il devait se montrer poli. Et pourtant il avait envie d'être ailleurs, très loin d'ici. Il baissa les yeux sur ses vêtements, près du tapis de prière, et remarqua une tache sombre sur le tapis, là où Bahira s'était allongée.

La jeune fille passa un bras autour de lui et, de l'autre main, lui caressa la cuisse.

– Tu crois qu'ils nous autoriseront à nous marier ?

– Peut-être.

Mais il ne le pensait pas. Il regarda la main posée sur sa cuisse, puis il vit le sang sur son pénis. Il songea qu'il aurait dû apporter de l'eau pour se laver.

– Tu parleras à mon père ? interrogea-t-elle.

– Oui, répondit-il, mais il n'était pas du tout certain qu'il le ferait.

Un mariage avec Bahira Nadir, fille du capitaine Habib Nadir, serait une bonne chose, mais demander sa main pouvait s'avérer dangereux. Que se passerait-il si les vieilles femmes qui l'examineraient avant la cérémonie découvraient qu'elle avait perdu sa virginité ? Et si elle était enceinte ? Serait-il puni pour ce péché ? C'était trop de questions, trop d'inconnues.

– On devrait s'en aller, dit-il.

Mais elle ne fit aucun mouvement.

Ils restèrent assis côte à côte. Khalil sentait l'impatience le gagner.

Elle commença à parler, mais il la coupa d'un brusque : « Tais-toi. » Il avait la désagréable sensation que quelque chose se passait, quelque chose qui méritait toute son attention.

Sa mère lui avait dit un jour que, comme celui dont il portait le nom, le lion, il avait été doté d'un sixième sens, d'une espèce de don de double vue. Il avait longtemps cru que n'importe qui pouvait sentir le danger ou la proximité d'un ennemi sans voir ni entendre quoi que ce soit. Mais, peu à peu, il en était arrivé à comprendre que cette intuition était un don spécial, et il se rendait compte à présent que toutes les sensations bizarres qu'il avait éprouvées cette nuit n'avaient rien à voir avec Bahira, ni avec la police militaire, ni avec la crainte qu'on ne les surprenne en train de forniquer. Non, il s'agissait d'autre chose, mais il ne savait pas encore quoi. Tout ce dont il était certain, en tout cas, c'était que quelque chose n'allait pas.

Chip Wiggins essayait d'ignorer les traînées des balles traçantes qui zébraient le ciel autour du cockpit. Il n'avait aucun point de comparaison pour analyser ce qui se produisait. La scène qui se déroulait autour d'eux était si irréelle qu'il ne parvenait même pas à la classer dans les dangers mortels. Il se concentra sur ses écrans, s'éclaircit la gorge et dit à Satherwaite :

– On approche.

Satherwaite acquiesça.

– Moins de deux minutes avant la cible.

– *Roger.*

Satherwaite savait qu'il était censé déclencher les boosters pour accélérer un grand coup, mais, en le faisant, il laisserait une traînée lumineuse extrêmement brillante derrière son appareil, ce qui attirerait vers lui tous les museaux de toutes les armes. Dans aucun des briefings on ne leur avait prédit une telle défense au sol ; mais elle était là, et il fallait qu'il prenne une décision.

– Les boosters, Bill, dit Wiggins.

Satherwaite hésita. Le plan d'attaque rendait cette accélération indispensable, sinon, il y avait une grande chance pour que son coéquipier, Remit 22, qui n'était qu'à trente secondes derrière lui, leur rentre dedans.

– Bill ?

– Okay.

Satherwaite enclencha les boosters et le F-111 bondit. Il tira sur le manche et le nez se releva. Quand il jeta un œil sur son tableau de bord, il aperçut un entrecroisement de trajectoires mortelles étalées sur bâbord.

– Ces trous du cul savent pas tirer droit.

Wiggins n'aurait pas été aussi affirmatif. Il se contenta de dire :

– Cibles verrouillées, trente secondes avant le largage.

Bahira tenait le bras de son amant.
– Qu'est-ce qu'il y a, Asad ?
– Tais-toi.
Toujours aux aguets, il lui semblait avoir entendu quelqu'un crier au loin. Un véhicule démarra, tout près. Il enfila sa tunique, se leva et se dirigea vers le parapet. Ses yeux scrutaient le camp en dessous d'eux ; soudain, quelque chose attira son attention à l'horizon et il regarda vers le nord-est, vers Tripoli.
Bahira surgit à ses côtés, serrant ses vêtements contre ses seins.
– Qu'est-ce qui se passe ? insista-t-elle.
– Je n'en sais rien. Tais-toi.
Un événement terrible était en train de se produire, il le sentait irrésistiblement. Il scruta la nuit, dressant l'oreille.
Bahira regarda par-dessus le parapet.
– Les gardes ?
– Non... C'est là-bas...
Puis il les vit. Des traînées incandescentes montaient en courbes au-dessus des lueurs de la ville lointaine, se découpant sur le ciel noir qui surplombait la Méditerranée.
– Qu'est-ce que c'est ? demanda Bahira, qui les avait vues aussi.
– Des missiles... *Au nom d'Allah, Notre Seigneur miséricordieux*... des missiles et des tirs antiaériens...
Bahira lui serra le bras.
– Asad... que se passe-t-il ?
– Une attaque ennemie.
– Non ! Non ! Oh, pitié...
Elle se laissa tomber sur le sol et se rhabilla en hâte.
– Il faut descendre aux abris.
– Oui.

Il enfila son pantalon et ses chaussures, oubliant son caleçon.

Soudain, les sirènes se déclenchèrent, emplissant l'air de la nuit de leurs appels stridents. Des hommes hurlaient, sortant en courant des bâtiments alentour, des moteurs démarraient, les rues grouillaient de monde et de cris.

Bahira se mit à courir, pieds nus, vers l'escalier, mais Khalil la retint et la força à se baisser.

– Attends ! Il ne faut pas qu'on te voie sortir de ce bâtiment. Laissons d'abord les autres rejoindre les abris.

Elle le regarda. Elle avait confiance en son jugement et elle acquiesça.

Satisfait qu'elle lui obéisse, Khalil se rapprocha du parapet, observant l'horizon. « Au nom d'Allah... » Des flammes s'élevaient au-dessus de Tripoli et le bruit sourd d'explosions lointaines lui parvenait comme le tonnerre roulant sur le désert.

Puis un autre élément attira son attention et il vit une ombre floue qui fonçait vers lui, se découpant sur les lumières et les incendies de Tripoli. Derrière cette masse floue s'étirait un énorme panache rouge et blanc, et Khalil sut qu'il regardait l'échappement des tuyères d'un avion qui fonçait droit vers lui. Il resta paralysé de terreur et aucun cri ne réussit à se frayer un passage dans sa gorge.

Bill Satherwaite leva à nouveau les yeux des instruments électroniques disposés devant lui et jeta un bref coup d'œil à travers son pare-brise. Émergeant de l'obscurité devant eux, il arriva à reconnaître le camp d'Al-Azziziyah qu'il avait vu cent fois sur des photos satellite.

– Paré ! dit Wiggins.

Satherwaite reporta son attention sur les écrans et se concentra sur sa trajectoire et sur le largage qu'il allait exécuter dans quelques secondes.

– Trois, deux, un, zéro, larguez..., fit Wiggins.

Satherwaite sentit l'avion s'alléger instantanément et se cramponna pour garder le contrôle de l'appareil tout en entamant les manœuvres d'évasion qui devaient les sortir de cet enfer.

À présent, Wiggins était rivé sur les commandes qui allaient guider les bombes laser d'une tonne vers leurs cibles préassignées.

– Verrouillées... L'image est bonne... On y est... Droit dessus... droit dessus... impact ! Un, deux, trois, quatre. Magnifique !

De là où ils étaient, ils ne pouvaient pas entendre les détonations des quatre bombes dans le camp d'Al-Azziziyah, mais ils pouvaient très bien imaginer le flash et le vacarme des explosions.

– On s'tire d'ici, dit Satherwaite.

– Et au revoir les Arabes, ajouta Wiggins.

Asad ne pouvait plus rien faire que regarder l'incroyable masse suivie d'une traînée de feu qui se dirigeait directement sur lui.

Soudain, l'avion vira droit vers le ciel obscur et son rugissement noya tout, sauf les cris de Bahira.

L'avion disparut et le son s'atténua, mais Bahira continuait à crier.

Khalil lui intima l'ordre de se taire. Il observa la rue en contrebas et vit deux soldats qui levaient les yeux vers eux. Il s'agenouilla derrière le parapet. Bahira sanglotait maintenant.

Alors qu'il se demandait comment il allait bien pouvoir se sortir de ce pétrin, le toit sous ses pieds se souleva violemment, le jetant face contre terre. Il entendit alors une énorme explosion, très proche. Puis une deuxième, une troisième, et une quatrième. Il se couvrit les oreilles des mains. La terre tremblait, il pouvait sentir la pression de l'air qui changeait, il crut que ses tympans allaient éclater et sa bouche s'ouvrit sur un hurlement silencieux. Une terrible vague de chaleur le balaya, le ciel devint rouge sang et des morceaux de pierre, de terre et de gravats commencèrent à retomber tout autour de lui. *Allah miséricordieux, épargne-moi...* Il n'avait plus d'air dans les poumons et il était incapable de retrouver son souffle. Brusquement, tout lui sembla étrangement silencieux. Il se rendit compte qu'il était sourd. Et aussi qu'il s'était pissé dessus.

Peu à peu l'ouïe lui revint, et il entendit à nouveau les hurlements de Bahira, un flot de terreur pure. Elle parvint à se relever et se pencha au-dessus du parapet en continuant à hurler vers la cour en bas.

– Tais-toi !

Khalil se précipita sur elle et la saisit par le bras, mais elle réussit à lui échapper et se mit à courir sur la surface du toit constellée de débris, poussant des cris à s'en faire éclater les poumons.

Quatre nouvelles explosions rugirent au bout du camp, vers l'est.

Khalil repéra des hommes sur le toit d'à côté qui installaient une mitrailleuse. Bahira les vit aussi et, levant les bras pour attirer leur attention, elle se mit à crier :

– Au secours ! Au secours !

Ils la virent, mais poursuivirent leur tâche sans se préoccuper d'elle.

– Au secours ! Au secours !

Khalil l'encercla par-derrière et la tira vers le toit de béton.

– La ferme !

Mais elle ne se laissa pas faire. Il était stupéfait de sa force. Toujours hurlant, elle parvint à se dégager de lui et lui griffa le visage, ouvrant de profonds sillons sur ses joues et son cou.

Soudain, la mitrailleuse commença à tirer sur le toit voisin, et le bruit saccadé de ses rafales se mélangea aux sirènes qui ululaient et à l'écho des explosions au lointain. Des balles traçantes rouges grimpaient vers le ciel, et Bahira se remit à hurler.

Khalil lui colla sa main sur la bouche, mais elle lui mordit les doigts, puis lui donna un coup de genou dans l'entrejambe qui le fit tomber.

Elle était complètement hystérique, et il ne voyait aucun moyen de la calmer.

Il y en avait un, pourtant.

Il mit les mains autour de son cou et serra, serra...

Le F-111 filait droit au sud vers le désert, puis Satherwaite vira d'un coup sur tribord et exécuta un 180° qui allait les ramener vers la côte à cent kilomètres à l'ouest de Tripoli.

– Beau vol, skipper, dit Wiggins.

– Ouais, mais garde un œil sur les forces aériennes libyennes, Chip.

Wiggins ajusta les réglages de son radar.

– Ciel clair. Les pilotes de Kadhafi doivent être en train de laver leurs slips.

– Espérons.

Le F-111 n'avait pas de missiles air-air et les idiots qui l'avaient conçu n'avaient même pas prévu de mitrailleuse. Leur seule défense contre un autre avion était leur vitesse et leur capacité à manœuvrer.

– Espérons, répéta Satherwaite avant d'envoyer un signal radio indiquant que Karma 57 faisait partie des vivants.

Ils restèrent silencieux, attendant les autres signaux. Au bout de quelques minutes, les réponses commencèrent à affluer : Remit 22, avec Terry Waycliff et Bill Hambrecht; Remit 61, avec Bob Callum et Steve Cox; Elton 38, avec Paul Grey et Jim McCoy.

Tout le groupe s'en était sorti.

– Pourvu que les autres groupes s'en soient tirés aussi, dit Wiggins.

Satherwaite hocha la tête. C'était une mission parfaite, et il se sentait bien. Il aimait que tout se passe comme prévu. En dehors des missiles et de la DCA, qui apparemment n'avaient causé aucun dommage à aucun de ses potes, cela aurait aussi bien pu être une mission d'entraînement au-dessus du désert du Mojave.

– C'était du gâteau, dit-il.

– Avec quatre cerises dessus, ajouta Wiggins.

Enfin Bahira avait cessé de crier. Elle le regardait avec des yeux exorbités, le corps encore secoué de spasmes qui peu à peu s'espacèrent, puis s'arrêtèrent complètement.

Il compta jusqu'à soixante et relâcha la pression de ses mains. Grâce à un acte relativement simple, il venait de résoudre le problème du présent et tous les problèmes du futur.

Il se leva, mit son Coran dans son tapis de prière, le roula et l'attacha, le posa sur son épaule et descendit l'escalier pour sortir du bâtiment.

Toutes les lumières du camp étaient éteintes, et il se dirigea vers sa maison dans une obscurité presque totale. À chaque pas qui l'éloignait de l'endroit où Bahira reposait, morte, il se sentait de plus en plus soulagé, physiquement et mentalement.

Face à lui se dressait un bâtiment en ruine ; à la lueur des flammes, il vit, un peu partout, des cadavres de soldats. Le visage de l'un d'entre eux semblait le fixer, sa peau blanche rougie par le reflet de l'incendie. Du sang coulait de ses yeux exorbités, de son nez, de sa bouche, de ses oreilles. Khalil tenta de contenir sa nausée, mais l'odeur de chair brûlée le fit vomir.

Il avait envie de prier, même si le Coran interdisait à un homme de le faire après avoir eu des rapports avec une femme ; auparavant il devait se laver, y compris le visage et les mains.

C'est ce qu'il fit auprès d'une citerne défoncée d'où s'écoulait de l'eau, avant de reprendre sa marche en récitant de longs passages du Coran, et en priant pour le salut de sa mère, de ses sœurs, de ses frères.

Il se disait que cette nuit avait commencé dans le péché et fini en enfer. La luxure menait au péché et le péché menait à la mort. Des incendies faisaient rage tout autour de lui. Il se mit à courir. Le grand Satan lui-même les avait punis, lui et Bahira. Mais Allah le miséricordieux avait épargné sa vie, et il priait pour qu'Allah ait également épargné sa famille. Et il priait pour la famille de Bahira et pour le grand leader.

Tout en courant à travers les ruines brûlantes d'Al-Azziziyah, Asad Khalil, seize ans, comprit qu'il avait été mis à l'épreuve par Satan et par Allah, et que de cette nuit de péché, de mort et de feu émergerait un homme.

17.

Asad Khalil approchait de chez lui. Il y avait davantage de monde dans ce quartier du camp – des soldats, des femmes, quelques enfants, qui erraient, hagards, hébétés. D'autres, à genoux, priaient.

Khalil tourna le coin d'une rue et s'arrêta net. La rangée de maisons en stuc où il vivait avait un air bizarrement inhabituel. Puis il vit qu'il n'y avait plus de volets aux fenêtres et que la place autour de laquelle se dressaient les maisons était jonchée de débris. Mais le plus étrange était que le clair de lune passait par les fenêtres et les portes ouvertes. Il comprit alors que les toits s'étaient effondrés, soufflant portes, fenêtres et volets. *Allah, par pitié, non...*

Il crut qu'il allait s'évanouir, mais il prit une grande inspiration et se remit à courir vers sa maison, trébuchant sur des morceaux de béton, laissant tomber son tapis de prière. Il atteignit finalement la porte. Il hésita, puis se précipita dans ce qui restait de la pièce de devant.

Le toit plat était entièrement tombé à l'intérieur, entraînant dans sa chute des morceaux de béton, de stuc et de poutres qui avaient tout écrasé. Khalil leva la tête vers le ciel ouvert. *Au nom d'Allah le miséricordieux...*

Il essaya de se reprendre. Au mur du fond s'adossait un petit placard que son père avait fabriqué lui-même. Asad traversa les décombres et y trouva la lampe électrique, qu'il alluma.

Du rayon de la torche, il balaya la pièce, mesurant l'étendue des dégâts. Une photo encadrée du grand leader tenait encore accrochée au mur ; cela le rassura quelque peu.

Il savait qu'il lui fallait entrer dans les chambres, mais il était terrorisé à l'idée de faire face à ce qu'il y découvrirait probablement.

Pourtant il s'exhorta au courage – *Tu dois être un homme. Tu dois aller voir s'ils sont morts ou vivants* – en s'avançant vers l'ouverture en arche qui menait au reste de la maison. Il traversa la cuisine et la salle à manger, complètement détruites, et atteignit la petite cour intérieure où trois portes menaient aux trois chambres. Il poussa la porte de celle qu'il partageait avec ses deux frères, Esam, cinq ans, et Qadir, quatorze ans. Esam était le fils posthume de son père. Il était de constitution très fragile, et ses sœurs et sa mère le chérissaient d'autant plus. Le grand leader lui-même avait fait venir un médecin européen pour l'examiner. Qadir, qui n'avait que deux ans de moins qu'Asad, était grand pour son âge et parfois on le prenait même pour son frère jumeau. Asad avait rêvé que Qadir et lui s'engageraient ensemble dans l'armée, deviendraient de glorieux guerriers, de brillants officiers capables d'aider le grand leader.

Asad Khalil s'accrocha à cette image en poussant la porte, qui lui résista. Il poussa plus fort et parvint à se glisser dans l'étroite ouverture.

Il y avait trois lits à une place dans cette petite pièce – le sien, qui était aplati sous une dalle de béton, celui de Qadir, qui était également enterré sous des débris, et celui d'Esam, en travers duquel une grosse poutre était tombée.

Khalil avança à quatre pattes dans les gravats jusqu'au lit d'Esam. Le corps de son petit frère reposait, sans vie, sous la lourde poutre. Khalil se couvrit le visage de ses mains et se mit à pleurer.

Il se reprit et se tourna vers le lit de Qadir. Le lit avait entièrement disparu sous un énorme morceau de béton. Sous le rayon de sa torche, il aperçut une main et un bras qui dépassaient du tas de gravats. Il se pencha et saisit la main, puis lâcha vite cette chair morte.

Il laissa échapper un long gémissement et se jeta sur le monticule de débris qui couvrait le lit de son frère. Au bout de deux minutes, il se remit debout, tant bien que mal. Il lui fallait retrouver les autres.

Avant de quitter la pièce, il se retourna et braqua le faisceau de sa lampe sur son propre lit. Il resta un instant paralysé à la vue de l'unique dalle de béton qui avait entièrement aplati la couche où il était allongé quelques heures auparavant.

Il traversa la petite cour et gagna la chambre de ses sœurs. La porte tomba quand il la poussa.

Adara, neuf ans, et Lina, onze ans, partageaient un lit à deux places. Adara était une enfant gaie, la préférée de Khalil qui se comportait avec elle plus comme un père que comme un grand frère. Lina était sérieuse et studieuse, la joie de ses professeurs.

Khalil ne parvenait pas à éclairer leur lit ni même à le regarder. Il resta là, les yeux fermés, priant, puis les rouvrit et braqua brusquement le faisceau de sa lampe. Il se sentit étouffer. Le lit était retourné et la chambre semblait avoir été mise sens dessus dessous par un géant. Asad s'aperçut alors que tout le mur du fond avait été soufflé, et l'odeur âcre des explosifs le saisit à la gorge. La bombe avait explosé non loin de là, il le savait, et le souffle avait détruit la pièce. Tout était calciné, renversé et réduit en morceaux impossibles à identifier.

Il fit deux pas à l'intérieur, puis s'arrêta, muet d'horreur. Avec sa torche, il éclairait une tête, coupée, noircie, les cheveux brûlés. Khalil ne pouvait même pas savoir s'il s'agissait de Lina ou d'Adara.

Il pivota sur les talons, trébucha, tomba, rampa à quatre pattes sur les débris, et se retrouva dehors, dans la petite cour, roulé en boule, incapable de bouger.

Au loin, il entendait des sirènes, des moteurs, des gens qui criaient et, plus près, des femmes qui gémissaient. Combien y aurait-il de funérailles les jours prochains, de tombes à creuser, de prières à dire, de survivants à réconforter... ?

Il était là, hébété de chagrin. Ses deux frères et ses deux sœurs... Il essaya de se lever, mais ne put que ramper jusqu'à la chambre de sa mère. La porte avait disparu sans laisser de trace, soufflée.

Khalil réussit enfin à se relever et entra dans la pièce. Le sol était relativement intact, et il vit que le toit avait tenu, même si tout dans la pièce semblait avoir été poussé vers le mur du fond, y compris le lit.

Il s'y précipita. Elle était là, allongée, sans couverture ni oreillers, sa chemise de nuit et ses draps couverts de poussière grise.

Au début, il pensa qu'elle dormait ou qu'elle était assommée par la force de l'explosion. Mais il remarqua le sang autour de sa bouche et celui qui lui coulait des oreilles. Il se souvint que ses propres oreilles et ses poumons avaient presque brûlé sous la force des bombes, et il comprit ce qui était arrivé à sa mère.

Il se mit à la secouer frénétiquement.

– Mère ! Mère ! scandait-il. Mère !

Faridah Khalil ouvrit les yeux. Elle voulait parler, mais cracha du sang.

– Mère ! C'est Asad !

Elle hocha vaguement la tête.

– Mère, je vais aller chercher de l'aide...

Elle fit non de la tête et saisit son bras avec une force surprenante pour qu'il s'approche d'elle.

– Mère, tu vas aller mieux, dit-il en se penchant jusqu'à toucher son visage. Je vais aller chercher un docteur.

– Non !

Peut-être pourrait-il la sauver s'il parvenait à l'emmener jusqu'à l'hôpital. Mais elle s'y refusait. Elle savait qu'elle était en train de mourir et elle le voulait près d'elle à l'instant de rendre son dernier souffle.

– Qadir... Esam... Lina... Adara... ? murmura-t-elle dans son oreille.

– Oui, oui... Ils vont bien. Ils sont... Ils seront...

Il fut secoué de sanglots si forts qu'il ne put continuer.

– Mes pauvres enfants... ma pauvre famille...

Il laissa échapper une longue plainte, puis se mit à crier en s'abattant sur la poitrine de sa mère, hurlant presque :

– Allah, pourquoi nous as-Tu abandonnés ?

Il sentait son cœur battre faiblement contre sa joue, et il l'entendit chuchoter : « Ma pauvre famille... » Puis son cœur s'arrêta, et Asad demeura immobile, l'oreille tendue, espérant l'entendre repartir.

Il resta longtemps ainsi, puis se leva et quitta la pièce.

Il se retrouva dans la rue, devant la maison détruite. Des hommes juraient, des femmes pleuraient, des enfants criaient, des ambulances arrivaient, des brancards emportaient des blessés, un camion passa, chargé de corps couverts de draps blancs.

Il entendit un homme dire que la maison du grand leader avait été touchée par une bombe. Le grand leader s'en était sorti, mais des membres de sa famille avaient été tués.

Asad Khalil commença à marcher sans but et se fit presque renverser par un camion de pompiers. Sans qu'il s'en rende compte, ses pas le ramenèrent vers le dépôt de munitions où reposait le cadavre de Bahira. Il se demanda si sa famille avait survécu. De toute manière, ceux qui risquaient de la chercher le feraient dans les gravats des quartiers habités. Il faudrait des jours ou des semaines avant qu'on ne la découvre sur le toit, et, à ce moment, son corps serait... On supposerait qu'elle était morte à cause du souffle.

Asad était étonné de constater que, malgré l'étendue de son chagrin, il parvenait encore à penser clairement.

Il s'éloigna rapidement, ne voulant plus rien avoir à faire avec cet endroit.

Désormais, il était seul au monde, seul avec ses pensées. « Ma famille entière... des martyrs de l'islam... J'ai succombé à la tentation et cela m'a épargné le sort de ma famille. Mais Bahira a succombé à la même tentation et enduré un destin différent... » Il tentait de donner un sens à tout cela et demanda à Allah de l'aider à saisir la signification de cette terrible nuit.

Le ghabli sifflait à travers le camp, soufflant sable et poussière. La nuit était nettement plus froide et la lune s'était couchée, laissant place à l'obscurité la plus totale. Il ne s'était jamais senti si seul, si effrayé, si désespéré. « Allah, je T'en prie, aide-moi à comprendre... » Il s'allongea, face contre terre, sur l'asphalte de la route, en direction de La Mecque. « Adresse-moi un signe, guide-moi », priait-il. En même temps, il essayait de penser clairement.

Il n'avait aucun doute sur le responsable d'une telle destruction. Cela faisait des mois que la rumeur disait que le fou, Reagan, allait les attaquer. Voilà, c'était arrivé. Il gardait une image de sa mère lui parlant. *Ma pauvre famille doit être vengée.* Oui, c'est ce qu'elle avait dit, ou ce qu'elle allait dire.

Soudain, dans un éclair de lucidité, tout devint clair. Il avait été choisi pour venger non seulement sa famille, mais sa nation, sa religion et le grand leader. Il serait l'instrument de la vengeance d'Allah. Lui, Asad Khalil, n'avait plus rien à perdre et plus rien qui donne une valeur à sa vie, sauf s'il se lançait dans le djihad et menait la guerre sainte jusqu'aux rivages de l'ennemi.

Les seize ans de Khalil étaient désormais entièrement braqués sur cette simple idée : la vengeance. Il irait en Amérique et il trancherait la gorge de tous ceux qui avaient participé à cette lâche attaque. Œil pour œil, dent pour dent. Ce dicton de mort était plus ancien que le Coran ou le djihad, aussi ancien que le vent du désert.

– Par Allah, je jure que cette nuit sera vengée, dit-il à haute voix.

– Toutes dans le mille ? demanda le lieutenant Bill Satherwaite à son officier bombardier.

– Ouais, répliqua Chip Wiggins. Oh, y en a bien une qui a été taper un peu à côté... elle a touché quelque chose quand même. Une rangée de bâtiments plus petits...

– Bien. Tant que t'as pas touché l'arche de Marcel...

– Marc Aurèle.

– Peu importe. Tu me dois un dîner, Chip.

– Non, c'est toi.

– Pas question. T'as pas tout mis dans le mille.

– Très bien, je paye si tu passes au-dessus de l'arche de Marc Aurèle.

– Mais je suis déjà passé au-dessus. Tu l'as ratée. Tu la verras quand tu reviendras, en touriste.

Chip Wiggins n'avait aucune intention de revenir un jour en Libye, excepté éventuellement dans un autre chasseur-bombardier.

Ils volaient au-dessus du désert et soudain la côte s'étala sous eux, et ils se retrouvèrent au-dessus de la Méditerranée, en train de se diriger vers le point de rendez-vous avec le reste de leur escadrille.

– On ne va plus entendre parler de Muammar pendant un moment, fit remarquer Wiggins. Peut-être plus jamais.

Satherwaite haussa les épaules. Il savait bien que ces frappes dites chirurgicales servaient des intérêts qui dépassaient largement ses capacités de pilote. Il savait qu'il y aurait des problèmes politiques et diplomatiques après tout ça. Mais il songeait surtout aux bombes d'une tonne, guidées par laser, qu'ils avaient larguées, et il espérait que tout le monde avait eu le temps de se mettre à l'abri. En réalité, il aurait vraiment voulu ne blesser personne.

Wiggins coupa le fil de ses pensées.

– À l'aube, la radio libyenne fera état de six hôpitaux détruits, de sept orphelinats rasés et de dix mosquées en flammes.

Satherwaite ne répondit pas.

– Deux mille civils morts – rien que des femmes et des enfants.

– Où on en est du carburant ?

– On a deux heures encore.

– Bien. Alors, ça t'a plu ?

– Ouais, jusqu'à la DCA...

– T'aurais quand même pas voulu bombarder une cible sans défense ? fit Satherwaite.

Wiggins rit, puis dit :

– Hé, on est des vétérans maintenant.

– Ça ouais.

– Je me demande s'ils vont exercer des représailles, ajouta Wiggins au bout de quelques instants. Je veux dire, ils nous baisent, on les baise, ils nous baisent, on les baise... et quand est-ce que ça s'arrête ?

LIVRE TROIS

États-Unis, aujourd'hui 15 avril

Il chevauche seul et terrible,
avec pour toute arme un sabre yéménite
et pour seuls ornements
les ébréchures sur sa lame.

Le Fief de la mort, chant de guerre arabe

18.

Asad Khalil, récemment arrivé de Paris par avion, et seul survivant du vol Transcontinental 175, était confortablement installé à l'arrière d'un taxi new-yorkais. Par la fenêtre de droite, il regardait les gratte-ciel au loin. Il remarqua que la plupart des voitures étaient plus grosses qu'en Europe ou en Libye. Le temps était plaisant, mais, comme en Europe, il y avait trop d'humidité dans l'air pour un homme habitué au climat sec de l'Afrique du Nord. Et, comme en Europe, il y avait beaucoup de végétation. Le Coran promettait un paradis de verdure, de ruisseaux en cascade, de douces ombres, de fruits, de vin et de femmes. Il était curieux, songeait Khalil, que les pays des infidèles aient l'air de ressembler au paradis. Mais cette ressemblance, il le savait, n'était que superficielle. Ou, alors, l'Europe et les États-Unis étaient peut-être le paradis promis dans le Coran, attendant seulement l'avènement de l'islam.

Asad Khalil reporta son attention sur le chauffeur de taxi, Gamal Jabbar, un de ses compatriotes, dont la photo et le nom étaient affichés sur le permis collé au tableau de bord.

Les services de renseignements libyens avaient prévenu Khalil qu'il serait conduit par un chauffeur sélectionné parmi cinq compatriotes. Il y avait un grand nombre de chauffeurs de taxi musulmans à New York, et la plupart d'entre eux pouvaient être persuadés d'accomplir une petite faveur, même s'ils ne faisaient pas partie des élus, les combattants de la liberté. L'officier traitant de Khalil à Tripoli, Malik – le Roi, ou le Maître –, lui avait expliqué, avec un sourire : « Beaucoup de chauffeurs de taxi ont de la famille en Libye. »

– Quelle est cette route ? demanda Khalil à Gamal Jabbar.

Le chauffeur répondit en arabe, avec l'accent libyen :

– Le Belt Parkway. Vous voyez, l'océan Atlantique est par là. Cette partie de la ville s'appelle Brooklyn. Beaucoup de nos coreligionnaires vivent dans ce quartier.

– Je sais. Et toi, pourquoi es-tu là ?

Jabbar n'aimait ni le ton de la question ni ce qu'elle impliquait, mais il avait une réponse toute prête :

– Juste pour faire de l'argent dans ce pays maudit. Dans six mois, je rejoins ma famille en Libye.

Khalil savait que ce n'était pas vrai – pas parce qu'il pensait que Jabbar mentait, et il mentait assurément, mais parce que Jabbar serait mort dans moins d'une heure.

Asad observa le paysage qui s'offrait à ses yeux, l'océan sur sa gauche, les hauts buildings sur sa droite, et l'étonnante ligne de gratte-ciel de Manhattan en face de lui. Il avait passé assez de temps en Europe pour ne pas être trop impressionné par ce qu'il voyait ici. Les terres des infidèles étaient peuplées et prospères, mais leurs habitants s'étaient écartés de leur Dieu et ils étaient faibles. Des gens qui ne croyaient en rien d'autre qu'à se remplir l'estomac et le portefeuille n'étaient pas de taille face aux guerriers islamiques.

– Tu pratiques ta foi, ici ? demanda-t-il à Jabbar.

– Oui, bien sûr. Il y a une mosquée près de chez moi.

– Bien. Pour ce que tu fais aujourd'hui, tu es assuré d'une place au paradis.

Jabbar ne répondit pas.

Khalil se renfonça dans son siège et se remémora la dernière heure de ce jour capital.

Sortir de l'aéroport n'avait pas été un problème, ni monter dans ce taxi et filer sur l'autoroute, mais Khalil savait qu'à dix ou quinze minutes près il aurait pu en être tout à fait autrement. Il avait été surpris dans l'avion quand il avait entendu le grand type en costume crier : « Scène de crime », et quand cet homme l'avait regardé et lui avait ordonné de quitter l'escalier en spirale. Khalil se demandait comment la police avait pu savoir aussi vite qu'il s'agissait d'un crime et non d'un accident. Peut-être le pompier qui était monté à bord avait-il signalé quelque chose dans sa radio. Pourtant, Khalil et Yusef Haddad, son complice, s'étaient assurés de ne laisser traîner aucune preuve évidente. En fait, il avait même dû se résoudre à affronter la difficulté de briser la nuque de Haddad pour que sa mort ressemble le plus longtemps possible à celle des autres passagers.

En revanche, il n'avait pas prévu de tuer le pompier, mais, quand l'homme avait essayé d'ouvrir la porte des toilettes, il n'avait plus eu le choix. Son seul regret était qu'en agissant de la sorte il avait créé la preuve visible d'un crime à un moment critique de sa stratégie.

Pour la suite, tout s'était déroulé comme prévu. Il sourit en repensant à l'homme qui lui avait intimé de quitter l'avion. Il les avait bien eus.

Prendre le véhicule à bagages, dont le moteur tournait, avait été ridiculement facile, et sortir dans la confusion qui régnait un jeu d'enfant. Les renseignements libyens avaient vu juste, et l'homme qui travaillait pour eux au service bagages de la Transcontinental les avait parfaitement informés.

La carte de l'aéroport avait été fournie à Khalil par un site Web, et l'emplacement du Conquistador Club précisément défini par Boutros, le transfuge qui l'avait précédé en février. Les services libyens avaient fait répéter le trajet et le plan à Khalil des dizaines de fois. Il aurait pu y aller les yeux fermés.

Il pensa à Boutros, qu'il n'avait rencontré qu'une fois – pas à l'homme lui-même, mais à la facilité avec laquelle Boutros avait trompé les Américains à Paris, à New York et enfin à Washington. Les agents des renseignements américains n'étaient pas stupides, mais ils étaient arrogants, or l'arrogance mène à une trop grande confiance en soi, et donc à la négligence.

– Tu connais la signification de cette journée ? demanda-t-il à Jabbar.

– Bien sûr. Je suis de Tripoli. J'étais petit garçon quand les bombardiers américains sont venus. J'ai perdu un oncle à Benghazi. Sa mort m'attriste encore aujourd'hui.

Khalil était étonné du nombre de Libyens qui affirmaient avoir perdu des amis et de la famille dans un bombardement qui avait à peine tué cent personnes. Il pensait depuis longtemps qu'ils mentaient tous. Jabbar ne faisait probablement pas exception à la règle.

Lui-même ne parlait pas souvent de ce qu'il avait souffert lors de cette attaque aérienne, et encore moins hors de son pays. Mais, comme bientôt Jabbar ne présenterait plus le moindre risque, Khalil lui confia :

– Ma famille entière a été tuée à Al-Azziziyah.

Il y eut un silence, puis Jabbar dit :

– Je me souviens, oui. La famille de...

– Khalil.

– Oui, oui. Tous martyrs. Monsieur, ajouta le chauffeur en se tournant vers son passager, qu'Allah venge vos souffrances et qu'Il vous donne la sérénité et la force jusqu'à ce que vous retrouviez les vôtres au paradis.

Et il se lança dans une litanie de prières pour le salut de son client.

Mais les pensées d'Asad étaient revenues aux heures précédentes, à ce grand type en costume et à la femme en veste bleue qui l'accompagnait. Les Américains, comme les Européens, transformaient les femmes en hommes, et les hommes devenaient comme des femmes. C'était une insulte à Dieu, et à Sa création. La femme était sortie de la côte d'Adam pour être son aide, pas son égale.

Quand cet homme et cette femme étaient montés à bord, la donne avait changé. Asad avait même envisagé d'éviter le QG secret du FBI – mais c'était une cible à laquelle il ne pouvait pas résister, une gâterie qu'il savourait d'avance depuis que Boutros avait relaté son existence à Malik. Malik avait dit à Khalil :

« Ce plat te sera servi dès ton arrivée. Mais sa saveur n'a rien à voir avec celle de ta vengeance. Prends ta décision avec attention et réflexion. Comme le lion, ne tue que ce que tu peux manger, ou ce que tu peux cacher pour plus tard. »

En revanche, il considérait ce qui s'était passé dans l'avion comme de peu d'importance. Le gaz létal était presque une manière lâche de tuer, mais cela faisait partie du plan. Les bombes qu'il avait posées en Europe lui avaient apporté bien plus de satisfaction, car il appréciait le symbolisme consistant à tuer ces gens d'une manière similaire à celle dont sa famille avait été assassinée.

Le meurtre à la hache de l'officier de l'US Air Force lui avait procuré un plaisir beaucoup plus grand. Il se souvenait encore de l'homme marchant tranquillement dans ce parking en Angleterre, le colonel Hambrecht, qui avait soudain pris conscience qu'il était suivi et s'était retourné en disant :

« Je peux vous aider ?

– Al-Azziziyah », s'était contenté de répondre Khalil.

Il n'oublierait jamais l'expression qu'il avait lue sur le visage de cet homme, juste avant qu'il ne lui balance son premier coup de hache, lui coupant presque un bras. Ensuite, Khalil avait pris son temps, frappant l'officier américain dans les côtes, dans les cuisses, dans les parties génitales, retenant le coup fatal vers son cœur jusqu'à ce qu'il soit certain que l'homme était au bord de l'agonie, mais toujours lucide. Alors, et alors seulement, il l'avait frappé au sternum, lui ouvrant la cage thoracique tandis que la lame s'enfonçait dans son cœur.

Khalil s'était emparé du portefeuille de sa victime pour semer la confusion chez les enquêteurs. Vol ou crime politique ?

Les pensées de Khalil allèrent ensuite aux trois écoliers américains de Bruxelles, qui attendaient un autobus. Ils auraient dû être quatre – un pour chacun de ses propres frères et sœurs – mais, ce matin-là, ils n'étaient que trois. Une adulte les accompagnait, probablement la mère de l'un d'entre eux. Khalil avait arrêté sa voiture, était sorti et avait tiré sur chaque enfant, une balle dans la poitrine et une dans la tête, il avait souri à la femme, était remonté en voiture, et il était parti.

Malik lui avait reproché d'avoir laissé un témoin en vie. Cette femme avait vu son visage. Mais Khalil n'avait pas le moindre doute : de sa vie, cette femme ne se rappellerait plus rien, plus rien que ces trois enfants mourant dans ses bras. C'était comme cela qu'il avait vengé la mort de sa propre mère.

Khalil songea un instant à Malik, son mentor, son maître, presque son père. Le père de Malik, Numair – la Panthère –, était un héros de la guerre d'indépendance contre les Italiens. Numair avait été capturé par l'armée italienne et pendu quand Malik n'était encore qu'un enfant. Malik et Khalil partageaient la perte de leurs pères dans la guerre contre les infidèles, et cela les liait. Tous deux avaient juré vengeance.

Après la pendaison de son père, Malik – dont personne ne connaissait le véritable nom – s'était offert à espionner pour les

Anglais contre les Italiens et les Allemands pendant que les armées de ces trois pays s'entre-tuaient sur toute l'étendue de la Libye. Il avait également travaillé pour les Allemands contre les Anglais, et cette position d'agent double lui avait permis de causer d'importants dégâts des deux côtés. Quand les Américains étaient arrivés, Malik avait trouvé un nouvel employeur qui lui faisait confiance. Il avait raconté un jour à Khalil comment il avait emmené une patrouille américaine droit dans une embuscade allemande avant de retourner voir les Américains pour leur révéler où se cachaient les Allemands.

Asad Khalil avait été entraîné à tuer par de nombreux spécialistes, mais c'était Malik qui lui avait appris comment penser, agir, tromper, et comprendre les mentalités des Occidentaux, et à utiliser ce savoir pour venger ceux qui croyaient en Allah et avaient été tués par les infidèles pendant des siècles.

« Tu as la force et le courage d'un lion, avait-il dit à Khalil. On t'a appris à tuer avec la vitesse et la férocité d'un lion. Je vais t'apprendre à être aussi astucieux qu'un lion. Car sans astuce, Asad, tu seras vite un martyr. »

Malik était vieux, presque soixante-dix ans, mais il avait vécu assez longtemps pour assister à quelques triomphes de l'islam sur l'Occident. Le jour du départ pour Paris, il avait dit à Khalil :

« Selon la volonté de Dieu, tu atteindras l'Amérique, et les ennemis de l'islam et de notre grand leader tomberont devant toi. Dieu a ordonné ta mission et Dieu te gardera en vie jusqu'à ton retour. Mais il faut aider Dieu, un petit peu, en te souvenant de tout ce qu'on t'a enseigné et de tout ce que tu as appris. Que la vengeance t'anime, mais ne te laisse jamais aveugler par la haine. Le lion n'a pas de haine. Le lion tue ceux qui l'ont menacé ou tourmenté. Le lion tue également quand il a faim, et ton âme a faim depuis cette nuit où ta famille t'a été enlevée. »

À ce souvenir, Khalil sentit presque les larmes lui monter aux yeux. Il demeura silencieux, priant, remerciant Dieu de lui avoir accordé si bonne fortune jusqu'ici. Il n'avait plus le moindre doute. Il entamait la dernière partie de ce long voyage commencé sur le toit d'Al-Azziziyah, si longtemps auparavant.

Cette pensée remua un souvenir déplaisant – celui de Bahira – et il tenta de la chasser de son esprit, mais son visage ne cessait de s'imposer à lui. Ils avaient trouvé son corps deux semaines plus tard, si terriblement décomposé que personne ne savait comment elle était morte.

Dans sa naïveté, Asad s'était imaginé que les autorités feraient le lien entre Bahira et lui, et il avait vécu dans la peur d'être accusé de fornication, blasphème et meurtre. Mais ceux qui l'entouraient prenaient son état d'agitation pour le chagrin dû à la perte de sa famille. Il était frappé de douleur, oui, mais il était sans doute encore plus effrayé de se faire décapiter. Il n'avait pas peur de la mort, se répétait-il – mais il avait peur d'une mort honteuse, une mort prématurée qui le priverait de sa mission vengeresse.

Ils n'étaient jamais venus l'arrêter. Ils s'adressaient à lui avec compassion et respect. Le grand leader lui-même avait assisté aux obsèques de la famille Khalil, et Asad avait assisté à celles d'Hana, la fille adoptive de Kadhafi âgée de dix-huit mois, elle aussi victime du bombardement. Il avait également rendu visite à Safia, la femme du grand leader, ainsi qu'à ses deux fils blessés. Ils s'en étaient sortis, que grâce en soit rendue à Allah.

Et, deux semaines plus tard, il était allé aux funérailles de Bahira, mais, après tant d'enterrements, il se sentait comme engourdi, sans chagrin ni culpabilité.

Un médecin avait expliqué que Bahira était sans doute morte à cause de la déflagration, ou simplement de peur. Elle avait donc rejoint les autres martyrs au paradis. Asad n'avait vu aucune raison valable de confesser quoi que ce soit qui aurait pu jeter la honte sur sa mémoire ou sur sa famille.

Le fait que le reste de la famille de Bahira ait survécu au bombardement avait en revanche provoqué sa colère. Et sa jalousie, sans doute. Mais, avec la mort de leur fille, les Nadir pouvaient ressentir en partie ce qu'il ressentait, lui qui avait perdu tous ceux qu'il aimait. En fait, ils avaient été très bons envers lui après cette tragédie, et il avait vécu chez eux pendant un moment. C'est durant cette période où il partageait leur nourriture et leur toit qu'il avait appris à maîtriser sa culpabilité d'avoir déshonoré, puis tué leur enfant. Ce qui était arrivé sur ce toit était la faute de Bahira et d'elle seule. Elle avait même eu de la chance d'être considérée comme une martyre après sa conduite honteuse.

Khalil regarda par la fenêtre et aperçut devant lui l'immense structure de fer d'un pont.

– Qu'est-ce que c'est ? demanda-t-il à Jabbar.

– Le Verrazano Bridge. Il va nous mener à Staten Island, et là nous emprunterons un autre pont pour atteindre le New Jersey. Il y a beaucoup d'eau et beaucoup de ponts ici, ajouta Jabbar. Est-ce votre premier séjour en Amérique ?

– Oui, et mon dernier.

Approchant des cabines de péage du pont de Staten Island, Jabbar ralentit.

– Ce n'est pas un contrôle de police ni des douanes. C'est juste le péage, expliqua-t-il précipitamment.

Son passager le mettait très mal à l'aise, mais il n'arrivait pas à définir pourquoi. C'était peut-être son regard. Ses yeux bougeaient trop. Et puis il ne parlait que par bribes. Avec presque n'importe quel autre Arabe, la conversation aurait été chaleureuse et facile. Avec cet homme, c'était presque impossible.

Khalil rit.

– Je sais. J'ai passé du temps en Europe. Tu crois que je sors de ma tribu du fond du désert ?

– Non, monsieur. Mais parfois nos compatriotes sont un peu nerveux.

– C'est plutôt ta manière de conduire qui me rendrait nerveux.

Les deux hommes rirent.

– J'ai un passe électronique qui me permet de traverser sans m'arrêter à la cabine, reprit Jabbar. Mais, si vous préférez que notre passage ne soit pas enregistré, alors je dois m'arrêter et payer en liquide.

Khalil ne voulait pas qu'on enregistre son passage. Il savait que cet enregistrement permettrait de retracer son itinéraire une fois que Jabbar serait retrouvé mort dans son taxi et qu'on risquait de lui imputer cette mort.

– Paye en liquide, dit-il en déployant un journal devant son visage. Il n'avait pas davantage envie de s'approcher d'un employé du péage, mais c'était un moindre risque. Le chauffeur s'exécuta en silence, puis accéléra.

Khalil baissa le journal. Ils ne le recherchaient pas encore, ou, à tout le moins, ils n'avaient pas encore lancé l'alerte si loin de l'aéroport. Il se demanda s'ils avaient déjà compris que le corps de Yusef Haddad n'était pas celui de leur prisonnier. Haddad avait été choisi en raison de sa légère ressemblance avec lui, et il se demanda aussi si son complice avait deviné quel destin l'attendait.

Le soleil était bas sur l'horizon et d'ici à deux heures il ferait nuit. Khalil préférait l'obscurité pour la prochaine partie de son voyage.

On lui avait expliqué que les policiers américains étaient nombreux et bien équipés, et qu'ils auraient sa photo et son signalement environ une demi-heure après son départ de l'aéroport. Mais on lui avait également dit que la voiture était le moyen de fuite le plus sûr. Il y en avait bien trop pour qu'on les fouille toutes. Khalil devait juste éviter les points névralgiques – aéroports, gares routières, ponts et tunnels où employés des péages et policiers pouvaient avoir sa photo. Une fois passé ce premier péage sans difficulté, il se moquait qu'ils parviennent à resserrer les mailles du filet tout autour de New York, parce qu'il était presque sorti de cette zone et qu'il n'y reviendrait jamais. Et s'ils étendaient le filet, ce qu'ils allaient certainement faire, alors ses mailles seraient plus larges, et il pourrait aisément glisser au travers.

« Il y a vingt ans, lui avait dit Malik, un Arabe aurait pu se faire remarquer dans une ville américaine, mais, aujourd'hui, tu passerais inaperçu même dans un petit bled. La seule chose que les Américains remarquent, c'est une jolie femme. » Ils avaient ri tous les deux et Malik avait ajouté : « Et la seule chose qu'une femme américaine remarque, c'est la manière dont s'habillent les autres femmes. »

Ils prirent une autre autoroute qui partait vers le sud. Le taxi roulait à une vitesse normale, et Khalil vit bientôt un nouveau pont se dresser à l'horizon.

– Il n'y a pas de péage dans ce sens sur ce pont-là, le rassura Jabbar. De l'autre côté, nous serons dans l'État du New Jersey.

Khalil ne répondit pas. Ses pensées étaient revenues à sa fuite.

« La vitesse, n'avaient-ils cessé de lui répéter dans les briefings à Tripoli. La vitesse. Les fugitifs ont tendance à se déplacer lentement et avec le maximum de précautions, et c'est comme ça qu'ils se font prendre. Vitesse, simplicité et bravoure. Monte dans le taxi et file. Personne ne t'arrêtera tant que le chauffeur ne va ni trop vite ni trop lentement. Assure-toi auprès de lui qu'il n'a aucun problème avec ses feux de freinage ou ses lumières. La police l'arrêterait pour ça. Assieds-toi à l'arrière. Il y aura un journal en anglais sur le siège. Tous nos chauffeurs sont habitués à la conduite en Amérique, aux lois et au code de la route. Ils ont tous une licence en bonne et due forme. »

Un peu plus tard, Malik avait approfondi le sujet.

« Si tu es arrêté par la police, pour n'importe quelle raison, dis-toi que cela n'a rien à voir avec toi. Reste assis dans le taxi et laisse le chauffeur parler. La plupart des policiers américains travaillent seuls. Si l'agent s'adresse à toi, réponds en anglais, respectueusement, mais sans peur. L'agent ne peut pas te fouiller, ni ton chauffeur, sans une raison légale valable. C'est la loi en Amérique. Même s'il fouille le taxi, il ne te fouillera pas, à moins qu'il ne soit certain que tu es une personne recherchée. S'il te demande de sortir du taxi, c'est qu'il a l'intention de te fouiller. Obéis-lui, sors ton arme et tue-le. Il n'aura pas sorti la sienne, sauf s'il sait déjà que tu es Asad Khalil. Si c'est le cas, qu'Allah te protège. Assure-toi de bien porter ton gilet pare-balles. Ils t'en mettront un à Paris pour t'abriter d'éventuels assassins. Sers-t'en contre eux. Sers-toi des armes des agents fédéraux contre eux. »

Khalil hocha la tête en repensant à tout ça. Ils étaient très consciencieux, en Libye. Les services de renseignements du grand leader n'étaient qu'une petite organisation, toutefois bien aguerrie et bien entraînée par l'ancien KGB. Les Russes leur avaient beaucoup appris, mais ces athées n'avaient foi en rien. C'était pour cette raison que leur État s'était effondré si soudainement et si complètement. Le grand leader utilisait encore d'anciens hommes du KGB, les engageant comme des putains pour servir les guerriers de l'islam. Khalil lui-même avait été formé en partie par des Russes, quelques Bulgares et même des Afghans, que la CIA américaine avait préparés pour combattre les Russes. C'était comme la guerre que Malik avait faite avec les Anglais et les Américains d'un côté, et les Allemands et les Italiens de l'autre. Les infidèles s'entretuaient et entraînaient des combattants islamiques pour les aider – sans comprendre qu'ils plantaient les graines de leur prochaine destruction.

Jabbar traversa le pont et quitta l'autoroute pour emprunter une avenue bordée de maisons qui paraissaient très modestes, même à Khalil.

– Où est-on ?

– Ça s'appelle Perth Amboy.

– Encore combien de temps ?

– Dix minutes, monsieur.

– Et il n'y a aucun problème, cette voiture ne peut pas se faire remarquer parce que nous sommes dans un autre État ?

– Non. On peut rouler librement d'un État à un autre. C'est seulement si je m'éloignais trop de New York que quelqu'un pourrait s'étonner de voir un taxi si loin de sa ville. Voyager loin en taxi coûte extrêmement cher. Mais, bien sûr, ne prêtez aucune attention au compteur. Je le laisse tourner parce que c'est la loi, ajouta Jabbar.

– Il y a beaucoup de petites lois, ici.

– Oui, il faut obéir aux petites lois pour pouvoir plus facilement enfreindre les grandes.

Ils rirent tous les deux.

Khalil sortit le portefeuille dans la veste gris foncé que Gamal Jabbar lui avait procurée. Il vérifia son passeport, qui portait sa photo avec des lunettes et une courte moustache. C'était une photo habilement travaillée, mais la moustache l'inquiétait. À Tripoli, quand ils avaient pris la photo, ils lui avaient dit : « Yusef Haddad te donnera une fausse moustache et des lunettes. Ce déguisement est nécessaire, cependant, si la police te fouille, ils vérifieront la moustache et, quand ils verront qu'elle est fausse, ils sauront que tout le reste est faux. »

Khalil porta les doigts à sa moustache, puis tira dessus. Elle était bien fixée, oui, mais on pouvait s'apercevoir qu'elle était fausse. De toute manière, il n'avait pas l'intention de laisser un policier s'approcher assez près pour lui tirer la moustache.

Il avait les lunettes, fournies par Haddad, dans sa pochette de poitrine. Il n'avait pas besoin de lunettes, et les verres étaient neutres, mais elles passeraient pour des lunettes de lecture tout à fait plausibles.

Il regarda son passeport. Il était établi au nom de Hefni Badr, ressortissant égyptien, ce qui était bien parce que, s'il était interrogé par un Arabo-Américain travaillant pour la police, un Libyen pouvait être pris pour un Égyptien. Khalil avait vécu de nombreux mois en Égypte et il était très confiant. Il savait qu'il réussirait même à convaincre un Égypto-Américain qu'ils étaient compatriotes.

Le passeport précisait que son propriétaire était de religion musulmane et exerçait le métier de professeur, ce qu'il n'aurait aucun mal à prétendre. Il était domicilié à Al Minya, une ville sur le Nil que peu d'Occidentaux ou même d'Égyptiens connaissaient, mais c'était un endroit où il avait séjourné un mois dans l'unique but de renforcer ce qu'on appelait sa légende – sa fausse vie.

Khalil vérifia le contenu du portefeuille. Il y trouva cinq cents dollars – pas trop pour ne pas attirer l'attention, mais assez pour couvrir ses besoins. Il trouva aussi de l'argent égyptien, une carte d'identité égyptienne, une carte bancaire égyptienne et une carte American Express portant son nom présumé. Les renseignements libyens lui avaient assuré qu'elle fonctionnerait dans n'importe quelle machine américaine. Il avait également un permis de conduire international établi au nom de Hefni Badr, avec la même photo que sur son passeport.

Jabbar l'observait dans son rétroviseur.

– Tout est en ordre, monsieur ?

– J'espère ne jamais avoir à le découvrir, répondit Khalil.

Ils rirent à nouveau tous les deux.

Khalil rangea tout dans les poches de sa veste, puis ouvrit le sac de voyage noir que Jabbar avait placé pour lui sur la banquette arrière. Il fouilla dans le sac, découvrant des articles de toilette, des sous-vêtements, quelques cravates, une chemise de sport, un stylo et un bloc-notes vierge, de la monnaie américaine, un appareil photo bon marché comme en emportent les touristes, deux bouteilles d'eau et un petit exemplaire du Coran imprimé au Caire.

Il n'y avait rien de compromettant dans ce sac – pas même une nouvelle arme. Il avait tout dans la tête. Le reste, il se le procurerait pendant le voyage. La seule chose qui reliait Hefni Badr à Asad Khalil, c'étaient les deux Glock pris aux agents fédéraux. À Tripoli, on lui avait dit de se débarrasser de ces armes le plus vite possible, que son chauffeur de taxi lui en fournirait une nouvelle. Mais il avait répondu : « Si je suis arrêté, quelle différence cela fera-t-il ? Je préfère utiliser les armes de mes ennemis jusqu'à ce que j'achève ma mission ou que je meure. » Ils n'avaient pas discuté et, donc, il n'y avait pas d'arme dans le sac noir.

Les seuls objets compromettants, c'étaient un tube de dentifrice, qui contenait en réalité de la colle pour sa fausse moustache, et une boîte de poudre pour les pieds, une marque égyptienne qui était en fait une sorte de teinture grise. Khalil ouvrit le couvercle et secoua la petite boîte au-dessus de ses cheveux, puis se recoiffa avec les doigts tout en se contemplant dans un petit miroir. Le résultat était étonnant – changeant ses cheveux d'un noir de jais en un vrai poivre et sel. Il se fit une raie sur le côté, chaussa ses lunettes, puis demanda à Jabbar :

– Alors, qu'en pensez-vous ?

Jabbar regarda dans son rétroviseur et dit :

– Mais qu'est-il arrivé au passager que j'ai embarqué à l'aéroport ? Qu'en avez-vous fait, Mr. Badr ?

Ils rirent encore, mais, au même instant, Jabbar se rendit compte qu'il n'aurait pas dû attirer l'attention sur le fait qu'il connaissait l'identité fictive de son passager. Il s'en mordit les lèvres. En regardant à nouveau dans son rétro, il aperçut les yeux noirs de Khalil fixés sur lui.

Khalil se remit à contempler le paysage. Ils étaient encore dans un quartier qui semblait moins prospère que tous ceux qu'il avait vus en Europe, mais il y avait beaucoup de belles voitures garées le long des trottoirs, ce qui le surprit.

– Voilà l'autoroute que vous devez emprunter pour continuer – le New Jersey Turnpike, reprit le chauffeur. Voilà l'entrée, là. Vous prendrez un ticket dans la machine et vous paierez le péage quand vous sortirez. Cette autoroute va du nord au sud, vous devez donc l'emprunter dans le bon sens.

Khalil remarqua que Jabbar ne lui demandait pas où il allait. Sans doute comprenait-il que, moins il en saurait, mieux ce serait pour tout le monde. Mais il en savait déjà trop.

– Tu es au courant de ce qui s'est passé à l'aéroport aujourd'hui ? lui demanda Khalil.

– Non, monsieur.

– Eh bien, tu en entendras parler à la radio.

Jabbar ne répliqua pas.

Khalil ouvrit une des bouteilles d'eau minérale, en but la moitié, puis versa discrètement le reste à ses pieds.

Ils arrivèrent dans un immense parking.

– Les gens viennent jusqu'ici en voiture et ensuite ils prennent un bus pour aller à Manhattan – en ville. Mais aujourd'hui c'est samedi, donc il n'y a pas beaucoup de voitures, expliqua Jabbar.

Khalil regarda l'étendue d'asphalte entourée d'un grillage. Il y avait une cinquantaine de voitures garées, mais ce parking pouvait en contenir des centaines de plus. Il remarqua aussi qu'il n'y avait personne en vue.

Jabbar gara son taxi et dit :

– Voilà, monsieur. Vous voyez cette voiture noire, là, juste en face ?

Khalil suivit le regard de Jabbar.

– Oui.

– Voici les clés. Les papiers sont dans la boîte à gants. Elle est louée au nom porté sur votre passeport, pour une semaine. Après ce délai, l'agence pourrait s'inquiéter. Elle vient de l'aéroport de Newark, dans le New Jersey, mais les plaques sont de New York. Ce n'est pas un problème. C'est tout ce qu'on m'a demandé de vous expliquer, monsieur. Mais, si vous voulez, je peux vous guider pour reprendre l'autoroute.

– Ce ne sera pas nécessaire.

– Qu'Allah bénisse votre visite, monsieur. Et qu'Il vous ramène chez nous sain et sauf.

Khalil tenait déjà le Glock calibre 40. Il mit la gueule de son arme dans le goulot de la bouteille en plastique vide et appuya le fond de la bouteille contre le dossier du siège du chauffeur. Il tira une balle à travers le siège dans le haut du dos de Jabbar pour que, si elle manquait la colonne vertébrale, elle pénètre le cœur par l'arrière. La bouteille en plastique étouffa la détonation.

Le corps de Jabbar bondit vers l'avant, mais sa ceinture le maintint droit.

– Merci pour l'eau, fit Khalil en respirant avec délectation le parfum de la poudre.

Il n'eut pas besoin de tirer la seconde balle qu'il avait prévue. Le corps de Jabbar était secoué de soubresauts d'agonie.

Khalil ramassa la douille vide et la mit dans sa poche, puis il rangea la bouteille plastique dans son sac de voyage.

Quand il releva la tête, Jabbar ne bougeait plus.

Khalil regarda tout autour de lui pour s'assurer qu'il était seul dans le parking, puis il se pencha très vite et prit le portefeuille de Jabbar dans sa poche. Il défit ensuite sa ceinture de sécurité et poussa son cadavre sous le tableau de bord. Il éteignit le contact et prit les clés.

Il s'empara de son sac noir, sortit du taxi, verrouilla les portières, puis s'approcha de la voiture noire, une Mercury Marquis. La clé fonctionnait. Il s'installa au volant, démarra, sortit lentement du parking désert et s'engagea dans la rue. Il se souvenait d'une ligne des Écritures hébraïques. *Un lion est lâché dans les rues*. Il sourit.

19.

Un dénommé Hal Roberts, du FBI, nous accueillit, Kate, Ted et moi, dans le hall du 26 Federal Plaza.

Quand on envoie quelqu'un vous accueillir dans le hall de votre lieu de travail, c'est soit un honneur, soit des ennuis en perspective. Mr. Roberts ne souriait pas, et ce fut mon premier indice : nous n'allions pas recevoir des lettres de louanges.

Une fois dans l'ascenseur, Roberts utilisa sa clé pour nous amener au vingt-huitième étage. Personne ne prononça une parole.

Le 26 Federal Plaza abrite diverses agences gouvernementales, dont la plupart ne sont pas plus méchantes que d'inoffensifs mangeurs d'impôts. Mais les étages 22 à 28 ne sont pas inoffensifs et ne sont accessibles qu'avec une clé. On m'a donné une clé quand j'ai commencé ce boulot, et le type qui me l'a remise m'a dit : « J'aimerais que vous mettiez l'empreinte de votre pouce ici. Vous pouvez oublier votre clé, ou la perdre, mais vous ne perdrez jamais votre pouce. » En réalité, on peut perdre son pouce.

Je travaillais au vingt-sixième étage et j'y avais un bureau, avec d'autres flics de la NYPD et des ex de la NYPD comme moi. Il y avait également quelques costards. C'est comme ça que les flics appellent les mecs du FBI. C'est assez peu approprié, puisque beaucoup de flics portent aussi des costards, et qu'un bon tiers du FBI est composé de femmes qui n'en portent pas. Mais ça fait longtemps que j'ai appris à ne jamais mettre en question le jargon d'une organisation. Quelque part s'y trouve toujours un indice permettant de comprendre les gens qui y travaillent.

Arrivés au vingt-huitième et dernier étage, où les êtres célestes demeurent, on nous fit entrer dans un bureau d'angle donnant vers le sud-est. Sur la porte, une plaque indiquait « Jack Koenig », plus connu sous le nom de « Roi Jack ». Le titre réel de Mr. Koenig était agent spécial responsable et il était responsable de tout le corps expéditionnaire antiterroriste. Son fief s'étendait sur les cinq quartiers de New York et sur les comtés avoisinants dans le New Jersey et le Connecticut, vers l'État de New York et de Long Island. C'est dans ce dernier comté, à l'extrémité est de Long Island, que j'avais rencontré pour la première fois messire Ted et messire George, pour poursuivre la métaphore, chevaliers errants qui se révélèrent être des bouffons, en fait. Quoi qu'il en soit, je n'avais aucun doute : le Roi Jack n'aimait pas que les choses aillent de travers en son royaume.

Sa Majesté occupait un vaste bureau. Dans un coin étaient installés un canapé et trois fauteuils club autour d'une table basse. Il y avait aussi des étagères, une table ronde arthurienne et des fauteuils, mais pas de trône.

Sa Majesté n'était pas là, et Mr. Roberts dit : « Faites comme chez vous, mettez vos pieds sur la table et allongez-vous sur le divan si vous voulez. » En réalité, il ne dit rien de cela – il fit sèchement « Attendez ici », et il sortit.

Je me demandais si j'avais le temps d'aller jusqu'à mon bureau pour relire mon contrat.

Je dois mentionner que, comme l'ATTF regroupe diverses forces publiques, un capitaine de la NYPD partage le commandement avec Jack Koenig. Ce capitaine s'appelle David Stein, c'est un gentleman juif diplômé en droit et, aux yeux du chef de la police, un homme qui a assez de cervelle pour tenir tête aux fédés suréduqués. Le capitaine Stein a un job plutôt duraille, mais il est malin, pointu, et juste assez diplomate pour que les fédés soient heureux, tout en protégeant les intérêts des hommes et des femmes de la NYPD sous ses ordres.

Stein est un ancien des Renseignements généraux qui a travaillé sur pas mal d'affaires impliquant des extrémistes islamistes, y compris le meurtre du rabbin Meir Kahane, et il est à l'aise dans ce boulot. Je ne vais pas entrer dans les détails des affaires juives, mais Stein a visiblement un problème personnel avec ces extrémistes-là. L'ATTF couvre, bien évidemment, l'ensemble des organisations terroristes ; cependant, pas besoin d'être astrophysicien pour comprendre sur qui les téléobjectifs sont braqués.

Je me demandais si nous verrions le capitaine Stein ce soir. Je l'espérais – nous avions besoin d'un second flic dans la pièce.

Kate et Ted posèrent les attachés-cases de Phil et de Peter sur la table ronde sans un mot.

Je me rappelais avoir dû rapporter au commissariat la plaque, l'arme et la carte d'hommes que je connaissais. Cela ressemble assez aux anciens guerriers ramenant l'épée et le bouclier de leurs camarades tombés au champ d'honneur. Mais, dans ce cas précis, les armes manquaient. J'ouvris les attachés-cases pour m'assurer que les téléphones cellulaires étaient coupés. C'est très troublant quand le téléphone d'un mort se met à sonner.

J'avais rencontré Jack Koenig une fois, quand j'avais été engagé, et je l'avais trouvé plutôt intelligent, calme et réfléchi. Il était réputé pour être un dur à cuire et pour manier le sarcasme avec talent, ce que j'admirais grandement. Je me souvenais qu'il m'avait dit, à propos de mon poste de professeur à John Jay : « Ceux qui peuvent agissent, ceux qui ne peuvent pas enseignent. » À quoi j'avais répondu : « Ceux qui se sont pris trois balles pendant le service n'ont pas à expliquer leur seconde carrière. » Après un moment de silence glacial, il avait souri et dit : « Bienvenue à l'ATTF. »

Malgré ce sourire aimable, j'avais l'impression qu'il m'avait dans le nez. Mais il avait peut-être oublié l'incident.

Je consultai ma montre. Il était presque dix-neuf heures, et je supposais que Mr. Koenig n'était pas très content de devoir revenir au bureau un samedi soir. Je n'aimais pas trop l'idée non plus, mais l'antiterrorisme est un boulot à temps complet. Comme on a coutume de dire aux homicides : « Quand la journée des assassins s'achève, c'est la nôtre qui commence. »

Je me dirigeai vers la fenêtre. Au sud, il y avait Ellis Island, par laquelle des millions d'émigrants étaient passés, y compris mes ancêtres irlandais. Et au sud d'Ellis Island, au milieu de la baie, se dressait la statue de la Liberté, tenant bien haut sa torche, accueillant le monde. Elle était sur toutes les listes d'objectifs des terroristes, mais, bon, elle était toujours debout.

Je regardai, vers le sud-ouest, les deux tours géantes du World Trade Center. Si hautes et si massives qu'on aurait dit qu'elles étaient de l'autre côté de la rue. La tour nord et la tour sud. Le vendredi 26 février 1993, la tour sud avait failli devenir la « tour manquante ».

L'espace de travail de Mr. Koenig était arrangé de manière qu'il ait toujours les deux tours sous les yeux, avec le souvenir de ce qu'avaient prévu ces gentlemen arabes en garant un van bourré d'explosifs dans le parking souterrain – l'effondrement de la tour et la mort de plus de cinquante mille personnes.

Et, si la tour était tombée du bon côté, elle aurait touché la tour nord et tué cinquante mille personnes de plus.

La structure avait tenu, ne faisant *que* six morts, et plus de mille blessés. L'explosion souterraine avait emporté la station de police installée dans les sous-sols et creusé une caverne dans les étages de parking. Ce qui aurait pu représenter la plus grosse perte des États-Unis en vies humaines depuis la Seconde Guerre mondiale n'avait été qu'un coup de semonce qui avait réveillé l'Amérique. Elle était désormais sur le front comme les autres.

Il me vint à l'idée que Mr. Koenig aurait pu arranger ses meubles et son bureau autrement, ou mettre des stores à ses fenêtres, mais cela disait quelque chose sur l'homme, qu'il choisisse ainsi de regarder ces deux buildings chaque fois qu'il travaillait. Ce qu'il surveillait de là, Wall Street, la statue de la Liberté et les deux tours, devait le hanter nuit et jour.

Désormais, peut-être allait-il réaménager son bureau pour avoir vue sur Kennedy Airport.

Le sujet de mes pensées entra justement dans la pièce et me surprit perdu dans la contemplation du World Trade Center.

– Elles sont toujours debout, professeur ? me lança-t-il.

Apparemment, il avait une bonne mémoire de ses morveux de subalternes.

– Oui, monsieur, répondis-je.

– Eh bien, c'est une bonne nouvelle.

Il regarda Kate et Nash et nous fit signe de nous asseoir. Kate et Nash s'installèrent sur le canapé, je pris l'un des fauteuils club, mais Koenig resta debout.

C'était un grand type d'une cinquantaine d'années. Il avait les cheveux gris coupés court, des yeux gris acier, une barbe du samedi gris acier, une mâchoire en acier, et il se tenait comme s'il avait une barre d'acier dans le cul, barre qu'il était au bord de transférer dans le cul de quelqu'un d'autre. En gros, il avait l'air assez sombre, ce qui était plutôt compréhensible.

Hal Roberts entra à son tour dans le bureau et prit le second fauteuil club, en face de moi. Jack Koenig ne paraissait toujours pas décidé à s'asseoir pour se relaxer.

Il attaqua sans préambule :

– Est-ce que l'un de vous peut m'expliquer comment un terroriste menotté et sous escorte a pu se débrouiller pour tuer trois cents personnes, des femmes, des enfants, les deux agents qui l'accompagnaient, deux marshals à bord, un policier des urgences, puis se rendre jusqu'à une installation secrète fédérale où il a assassiné une secrétaire, l'officier de service du FBI et le membre de la NYPD de votre équipe ?

Il nous regarda l'un après l'autre.

– Alors ? Je vous écoute.

Si j'avais été à Police Plaza, j'aurais répondu par une question sarcastique du genre : « Imaginez-vous combien cela aurait été pire si le suspect n'avait pas porté de menottes ? » Mais ce n'était ni l'heure, ni le lieu, ni l'occasion rêvée pour déconner. Quantité d'innocents étaient morts, et le travail des vivants était d'expliquer pourquoi. Néanmoins, le Roi Jack ne commençait pas du bon pied avec ses chevaliers.

Inutile de dire que personne ne répondit à la question, qui semblait n'être que rhétorique. Mieux valait laisser le patron décharger sa bile tout seul. Cela ne lui prit qu'une minute. Il se posa dans son fauteuil et regarda par la fenêtre. Il avait vue sur le quartier de la finance, rien qui puisse provoquer de malheureuses associations d'idées, sauf s'il possédait des actions de la Transcontinental.

Jack Koenig, soit dit en passant, était issu du FBI, et je suis sûr que Ted Nash n'appréciait pas qu'un type du FBI lui parle sur ce ton. En tant que quasi-civil, je n'aimais pas ça non plus, mais Koenig était le patron et nous étions tous membres du corps expéditionnaire. Membre du FBI, Kate était dans une position qui menaçait sa carrière ; George Foster également, mais George avait choisi de rester sur la touche avec les corps des victimes.

Le Roi Jack essayait de se calmer. Au bout d'un moment, il regarda Ted Nash et dit :

– Je suis désolé pour Peter Gorman. Vous le connaissiez ?

Nash hocha la tête.

Puis Koenig se tourna vers Kate.

– Vous étiez très liée avec Phil Hundry ?

– Oui.

– Je suis sûr que vous avez perdu des camarades en service, fit-il en me regardant. Vous savez combien c'est dur.

– Je sais. Nick Monti était devenu un ami.

Sur ce, Jack Koenig baissa la tête. Un lourd silence passa, chargé de respect, mais nous savions tous qu'il nous faudrait revenir au business très vite.

– Est-ce que le capitaine Stein va se joindre à nous ? finis-je par demander avec mon sens inné de la diplomatie.

Koenig m'observa un instant, puis dit :

– Il a immédiatement pris en charge les indicateurs et les groupes de surveillance des sympathisants islamistes, et il n'a pas le temps d'assister aux réunions.

Vous ne pouvez jamais savoir ce que les patrons sont réellement en train de mijoter, ou quelle guerre de palais est en train de se livrer, donc il vaut mieux s'en foutre carrément. Je bâillai pour indiquer que j'avais perdu tout intérêt pour ma propre question et pour sa réponse.

– Okay, racontez-moi ce qui s'est passé, depuis le début, reprit Koenig en se tournant vers Kate.

Kate semblait préparée à cette question et elle passa les événements en revue, chronologiquement, objectivement et rapidement, mais sans précipitation.

Koenig l'écouta sans l'interrompre, parfaitement impassible. Roberts prenait des notes. Quelque part, une bande magnétique tournait.

Kate mentionna mon insistance pour aller jusqu'à l'avion, et le fait que ni Foster ni elle n'avaient pensé que ce fût nécessaire.

Kate en arriva au moment où j'étais remonté dans le dôme pour découvrir que les pouces de Hundry et de Gorman manquaient. Elle s'arrêta et se reprit. Koenig me lança un coup d'œil, et, même s'il ne me donna aucun signe d'approbation, je sus que j'allais demeurer sur l'affaire.

Kate Mayfield avait une étonnante mémoire des détails, et une stupéfiante capacité à s'en tenir aux faits sans les colorer ni les enjoliver. Je ne veux pas dire que moi j'essayais d'enjoliver quand j'étais sur la moquette des patrons, mais, si je protégeais un pote, j'avais tendance à me laisser aller, et j'étais assez connu pour mes trous de mémoire.

– George a décidé de rester pour s'occuper de la scène du crime. Et on a demandé à l'officier Simpson de nous ramener ici, conclut Kate.

Je regardai ma montre. Le récit de Kate avait pris quarante minutes. Il était près de vingt heures, l'heure où, en général, mon cerveau commence à avoir besoin d'alcool.

Jack Koenig se renfonça dans son fauteuil, s'efforçant visiblement d'analyser ce qu'il venait d'entendre.

– On dirait que Khalil n'a eu qu'un petit pas d'avance sur nous, dit-il.

Je décidai de répondre.

– C'est tout ce qu'il faut pour gagner une course. Le deuxième, c'est le premier des perdants.

Mr. Koenig me considéra un instant et répéta :

– *Le deuxième, c'est le premier des perdants.* D'où vous sortez ça ?

– De la Bible, je crois.

– Faites une pause, ordonna Koenig à Roberts, lequel posa instantanément son crayon.

– J'ai cru comprendre que vous vouliez être transféré à la section IRA, poursuivit le Roi à mon intention.

Je m'éclaircis la gorge et répliquai :

– Eh bien, oui, mais je...

– Vous avez un problème personnel avec l'IRA ?

– Non, en fait, je...

Kate prit la parole.

– John et moi en avons parlé plus tôt dans la journée, et il a retiré sa demande.

Ce n'était pas exactement ce que je lui avais dit, mais cela sonnait mieux que mes remarques sexistes et racistes sur les musulmans. Je levai la tête vers elle et nos regards se croisèrent.

– J'ai examiné le dossier Plum Island de l'automne dernier, m'informa Koenig.

Je ne répondis pas.

– J'ai lu le rapport de Ted Nash et George Foster, et celui écrit par la détective Beth Penrose, de la brigade des homicides du comté de Suffolk. Il semble y avoir quelques divergences d'opinions et de faits entre les deux. La plupart des différences ont trait à votre rôle dans cette affaire.

– Je n'avais pas de rôle officiel dans l'affaire.

– Et pourtant, vous l'avez résolue.

– J'avais beaucoup de temps libre. Peut-être devrais-je me trouver un hobby.

Ma remarque ne le fit pas sourire.

– Le rapport de l'inspectrice Penrose était peut-être nuancé à cause de votre relation avec elle, reprit-il.

– Je n'avais pas de relations avec elle à cette époque.

– Mais vous en aviez quand elle a rédigé son rapport final.

– Excusez-moi, Mr. Koenig, mais je me suis déjà expliqué là-dessus avec les affaires internes de la NYPD...

– Ah bon ? Ils ont des gens qui fouillent dans les affaires ?

Ça, c'était une plaisanterie, mais je le compris trop tard et ris avec une seconde de décalage.

– Quant au rapport de Ted et George, poursuivit-il, il aurait pu être entaché par le fait que vous les aviez envoyés se faire foutre.

Je jetai un coup d'œil vers Nash qui, à son habitude, faisait comme s'il n'était pas là, comme si Koenig parlait d'un autre Ted Nash que lui.

– J'ai été fasciné par votre capacité à aller au cœur d'une affaire très complexe qui avait complètement dérouté tout le monde, ajouta-t-il.

– C'était un travail d'enquêteur standard, fis-je avec modestie, espérant que Koenig allait s'écrier : « Non, mon vieux, vous êtes brillant ! »

Mais il se contenta de dire :

– C'est pour ça qu'on engage des détectives de la NYPD. Ils apportent quelque chose de nouveau à notre table. Un certain sens commun, un instinct de la rue, et une vision personnelle de l'esprit criminel qui est assez différente de celle d'un agent du FBI ou de la CIA. Vous êtes d'accord ?

– Absolument.

– Dans l'ATTF, nous avons un credo qui dit que le tout est plus grand que la somme des parties. La synergie. Exact ?

– Exact.

– Cela n'est possible que grâce au respect mutuel et à la coopération.

– J'allais le dire.

Il m'observa un moment, puis demanda :

– Vous voulez rester sur cette affaire ?

– Oui.

Il se pencha vers moi et me regarda dans les yeux.

– Je ne veux pas qu'on épate la galerie, dit-il, je ne veux pas entendre parler d'attitudes merdiques, et je veux une loyauté totale de votre part, Mr. Corey, ou, je le jure devant Dieu, je fais empailler votre tête et je la fais monter en lampe, là, sur mon bureau. D'accord ?

Mon Dieu ! Ce type causait exactement comme mes ex-patrons. Il doit y avoir quelque chose chez moi qui fait ressortir le mauvais côté des autres. Je ruminais cet amendement à mon contrat. Pouvais-je être un équipier loyal et coopératif ? Non, mais je voulais le boulot. Je me rendis compte que Koenig n'avait pas exigé que je cesse tout sarcasme. Je croisai donc les doigts et dis :

– D'accord.

– Bien. (Il me tendit la main.) Vous êtes avec nous.

Sur le point de répondre : « Vous ne le regretterez pas, monsieur », je songeai qu'il allait sans doute le regretter et me contentai d'un sobre :

– Je ferai de mon mieux.

Koenig prit un dossier des mains de Roberts et commença à le feuilleter. Je considérai Jack Koenig un moment et décidai de ne pas le sous-estimer. Il n'était pas arrivé à ce poste parce que l'Oncle Sam était le frère de sa mère. Non, il y était arrivé pour toutes les raisons habituelles – dur labeur, disponibilité sans défaut, intelligence, expérience, foi en sa mission, vraies qualités de meneur d'hommes, et probablement patriotisme. Cependant, un tas d'hommes et de femmes au FBI avaient les mêmes talents et les mêmes qualifications.

Ce qui distinguait Jack Koenig, c'était sa capacité à accepter la responsabilité des catastrophes qu'il avait été engagé pour empêcher. Ce qui s'était produit aujourd'hui était terrible, mais, quelque part, il y avait un mec épouvantable – Asad Khalil, et d'autres comme lui – qui voulait atomiser Manhattan, ou empoisonner les adductions d'eau, ou balayer la population à l'aide de micro-organismes. Jack Koenig le savait, nous le savions tous. Néanmoins, Koenig était prêt à porter ce fardeau et à en subir les conséquences. Comme aujourd'hui.

– Il semblerait, reprit Koenig, que notre transfuge de février n'ait été qu'un ballon d'essai pour évaluer nos procédures. Je crois que nous l'avons tous suspecté quand il a disparu, d'où les précautions supplémentaires cette fois-ci. Or, si le transfuge de février avait eu les yeux bandés, il n'aurait pas vu le Conquistador Club, son emplacement... ni su comment déverrouiller la porte. Donc, nous devrions commencer par bander les yeux de toutes les personnes non autorisées, y compris les soi-disant transfuges et autres informateurs. Rappelez-vous aussi qu'il avait été amené un samedi, et qu'il avait vu le peu de gens qui travaillent au Conquistador Club le week-end.

Cela ressemblait à un passage en revue des procédures, qu'on appelle aussi « Fermer la cage une fois le lion échappé ». Koenig y alla comme ça pendant un moment, s'adressant presque exclusivement à Kate, qui encaissait également pour notre vaillant chef d'équipe, George Foster. Soudain, il se tourna vers Nash et lui lança :

– Aviez-vous anticipé un problème avec cette mission ?

– Non, répondit Nash.

Je pensais exactement le contraire, malgré toutes les salades de ce bon vieux Ted à propos de la vérité qui s'exprimait ici. Les mecs de la CIA sont tellement branchés tromperie, duperie, agents doubles ou triples, paranoïa et merde en tout genre que vous ne savez jamais ce qu'ils savent, quand ils l'ont su, ni ce qu'ils vont en faire. Cela ne fait pourtant pas d'eux des malfrats, et en fait il ne vous reste plus qu'à admirer leur merde de première classe. Je veux dire qu'un mec de la CIA mentirait en se confessant à un curé. Mais, toute admiration mise à part, ce n'est pas facile de travailler avec eux quand on n'est pas l'un d'entre eux.

Quoi qu'il en fût, Jack Koenig n'insista pas et revint à moi :

– À propos, même si je félicite votre esprit d'initiative, quand vous avez pris cette voiture de la police de l'aéroport et traversé les pistes, vous avez menti à vos supérieurs et enfreint à peu près tous les règlements. J'ai laissé passer pour cette fois, mais ne recommencez jamais.

– Si on avait agi dix minutes plus tôt, Khalil serait sûrement en taule, inculpé de meurtre, répliquai-je, agacé. Si vous aviez dit à Gorman et à Hundry de faire, dès leur arrivée, un rapport avec leurs portables ou le téléphone de l'avion, n'ayant pas de nouvelles d'eux, on aurait immédiatement su qu'il y avait un problème. Si on avait été en contact radio direct avec le contrôle du trafic aérien, on aurait su que l'avion n'émettait plus depuis des heures. Si vous n'aviez pas accueilli ce clown en février à bras ouverts, ce qui s'est produit aujourd'hui ne serait jamais arrivé. À moins que vous n'ayez besoin de moi pour un truc vraiment important, je rentre chez moi, conclus-je en me levant.

Quand je balançais cette réplique à mes supérieurs, quelqu'un lançait en général : « Fais gaffe que la porte te tape pas dans le cul en sortant. » Mais Mr. Koenig dit doucement :

– Nous avons besoin de vous pour quelque chose d'important. S'il vous plaît, asseyez-vous.

Okay, je me rassis. Si j'avais été aux homicides, c'est à ce moment-là qu'un des patrons aurait ouvert son bureau et passé à la ronde une bouteille d'eau minérale discrètement remplie de vodka, histoire de calmer les troupes. Mais je ne m'attendais pas à une quelconque entorse au règlement ici, dans ce sanctuaire de l'orthodoxie policière où ils affichaient dans les couloirs des panneaux prohibant l'alcool, la fumée, le harcèlement sexuel et les crimes de la pensée.

Nous restâmes donc assis un instant, plongés, j'imagine, dans une méditation zen pour calmer nos nerfs sans l'aide d'un dangereux alcool.

Puis Koenig reprit, toujours en s'adressant à moi :

– Vous avez appelé George Foster avec le portable de Kate pour lui demander de lancer une alerte au niveau de la ville.

– C'est exact.

– Vous étiez remonté dans le dôme et vous aviez vu que les pouces de Phil et de Peter avaient été coupés. Vous aviez compris ce que ça signifiait.

– Qu'est-ce que ça aurait bien pu signifier d'autre ?

– Bon. Je vous félicite pour cet incroyable raisonnement... je veux dire... remonter et aller vérifier... leurs pouces.

Il me regarda dans les yeux.

– Comment cela vous est-il venu à l'esprit, Mr. Corey ?

– Je n'en sais rien. Parfois, les choses font tilt dans ma tête.

– Vraiment ? Et, en général, vous réagissez aux choses qui font tilt dans votre tête ?

– Eh bien, si elles sont assez bizarres, oui. Vous savez, comme dans le cas des pouces coupés, par exemple, il faut penser vite.

– Je vois. Alors, vous avez appelé le Conquistador Club et Nancy Tate ne répondait pas.

– Je crois qu'on a déjà passé tout ça en revue, dis-je.

Koenig m'ignora et continua.

– Elle était, en fait, déjà morte, dit-il.

– Oui, c'est pour ça qu'elle ne répondait pas.

– Et Nick Monti était également mort à ce moment-là.

– Il était probablement en train de mourir, oui. Les blessures à la poitrine mettent un certain temps à vous tuer.

Sans prévenir, Koenig me demanda :

– Où avez-vous été blessé ?

– Dans la 102e Rue Ouest.

– Non, je veux dire où ?

Je savais ce qu'il voulait dire, mais je n'aime pas discuter anatomie avec des gens qui ne sont pas vraiment mes amis.

– Il n'y a pas eu trop de dommages au cerveau, biaisai-je.

Il eut l'air d'en douter, mais il laissa tomber et regarda Ted.

– Vous avez quelque chose à ajouter ?

– Non.

– Pensez-vous que John et Kate ont raté une opportunité quelconque ?

Ted Nash réfléchit à cette question lourdement chargée et répondit :

– Je crois que nous avons tous sous-estimé Asad Khalil.

– Je crois bien, oui, acquiesça Koenig. Mais cela ne nous arrivera plus.

– Il faut cesser de considérer ces gens comme des crétins, ajouta Nash. Cela nous conduirait à de graves ennuis.

Koenig ne répliqua pas.

– Au FBI et dans la police de New York, poursuivit Nash, il y a, si j'ose dire, un problème d'attitude envers les extrémistes islamistes. Une partie de ce problème vient de comportements racistes. Les Arabes et autres groupes ethniques du monde islamique ne sont ni stupides ni lâches. Leurs forces armées peuvent ne pas nous impressionner, mais les organisations terroristes du Moyen-Orient ont frappé fort ces dernières années, dans le monde entier, en Israël et même en Amérique. J'ai travaillé avec le Mossad et ils ont un respect pour leurs adversaires islamistes nettement plus sain que notre attitude. Ces terroristes ne sont peut-être pas au top niveau, mais même des incompétents peuvent marquer des points de temps en temps. Et, parfois, vous tombez sur un Asad Khalil.

Inutile de dire que Jack Koenig n'appréciait pas vraiment ce petit speech, mais il enregistrait le message. Et cela faisait de lui un type plus brillant que le patron moyen. Moi aussi, j'entendais ce que disait Nash, et Kate également. La CIA, malgré mes a priori contre son représentant local, possédait de nombreux atouts. L'un d'eux était censé reposer sur l'évaluation des capacités de l'ennemi, mais ils tendaient à surestimer l'adversaire, ce qui était très bon pour leur budget. Je veux dire, la première info qu'ils avaient eue sur l'effondrement de l'Union soviétique, ils l'avaient lue dans les journaux. D'un autre côté, il y avait une certaine vérité dans ce que disait Ted Nash. Ce n'est jamais une bonne idée de considérer les gens qui parlent, agissent et vivent différemment de vous comme des clowns. Surtout quand ils veulent vous tuer.

– Je pense que l'attitude générale est en train de se transformer, répondit Koenig, mais je suis d'accord avec vous. Nous avons encore un problème de ce côté-là. Après ce qui s'est passé aujourd'hui, les choses vont changer, je pense.

Maintenant que Mr. Nash avait étalé sa philosophie, il revint au sujet du jour.

– Je crois dur comme fer, comme Kate vous l'a déjà dit, que Khalil a quitté le pays. Il est actuellement en route vers un pays du Moyen-Orient dans un avion d'une compagnie quelconque. Il finira par rentrer en Libye où on le débriefera avant de lui rendre les honneurs. Il se peut que nous n'entendions plus jamais parler de lui, ou alors d'ici un an ou deux. Entre-temps, cette affaire devra être remise en de meilleures mains, la diplomatie internationale et les agences de renseignements.

Koenig regarda Nash un moment. J'avais l'impression très nette qu'ils ne s'aimaient pas beaucoup.

– Mais ça ne vous dérange pas, Ted, si nous continuons notre enquête ici ? finit-il par dire.

– Bien sûr que non.

Eh bien, eh bien. Les crocs étaient sortis l'espace d'un bref instant. Et moi qui pensais que nous formions une équipe soudée.

– Puisque vous avez une connaissance de première main sur ce dossier, suggéra Koenig à Nash, pourquoi ne demanderiez-vous pas à être réassigné à votre agence ? Vous leur seriez très utile dans cette affaire. Peut-être même en mission outre-mer.

Nash comprit l'allusion et répliqua :

– Si vous estimez que vous pouvez vous passer de moi ici, j'aimerais aller à Langley ce soir ou demain pour discuter de ça avec eux. Il me semble que l'idée est bonne.

– Moi aussi, fit Jack Koenig.

Il m'apparut soudain que Ted Nash allait bientôt s'effacer de ma vie, ce qui me rendait très heureux. D'un autre côté, ce bon vieux Ted allait me manquer. Et puis peut-être que non. Les gens qui disparaissent comme Nash ont l'habitude de réapparaître quand vous vous y attendez le moins.

Mentalement, j'allumai un cigare, bus une gorgée de scotch et me lançai une plaisanterie scabreuse pendant que Kate et Jack continuaient de discuter. Comment ces gens font-ils pour fonctionner sans alcool ? Comment peuvent-ils parler sans jurer à tout bout de champ ? Seul Koenig proférait quelques grossièretés de temps en temps. Il y avait de l'espoir pour lui. En réalité, il aurait fait un bon flic, ce qui dans ma bouche est un sacré compliment.

On frappa à la porte, qui s'ouvrit sur un jeune homme.

– Mr. Koenig, dit-il, il y a un appel pour vous, et je pense que vous voudrez le prendre ailleurs.

Koenig se leva, s'excusa et sortit. Je me tournai vers Hal Roberts et suggérai :

– Vous ne pourriez pas nous trouver du café ?

Mr. Roberts n'appréciait pas qu'on l'envoie chercher du café, mais Kate et Ted insistèrent eux aussi, ne lui laissant pas le choix.

Je regardai Kate. Malgré les événements de la journée, elle avait l'air aussi fraîche et alerte que s'il était neuf heures du matin et pas neuf heures du soir. Je me sentais épuisé. J'ai bien dix ans de plus que Ms. Mayfield, et je n'ai pas entièrement récupéré de mon expérience de mort virtuelle, ce qui expliquait sans doute la différence de nos taux d'énergie respectifs. Mais ça n'expliquait pas pourquoi ses vêtements étaient si nets, ni pourquoi elle sentait si bon. Moi, je devais avoir l'air complètement chiffonné et, à cette heure-ci, j'avais besoin d'une douche.

Nash semblait repassé de frais et bien réveillé, mais tous les mannequins sont comme ça. Et puis il n'avait rien fait de physique aujourd'hui. Il n'avait pas cavalé comme un fou furieux dans tout l'aéroport ni grimpé dans un avion bourré de cadavres.

Mais revenons à Kate. Elle avait les jambes croisées et, pour la première fois, je les remarquais. Pour être honnête, je les avais peut-être déjà remarquées un mois auparavant, à la première seconde de notre rencontre, mais j'essaie de lutter contre mes penchants lubriques de flic de la NYPD. Je n'avais pas dragué une seule femme célibataire – ou mariée – de l'ATTF. Je commençais à avoir la réputation d'un type qui était soit dévoué au boulot, soit dévoué à une fille hors job, soit gay, soit dénué de libido, soit touché sous la ceinture par une des trois balles qui avaient failli me faire la peau.

Dans tous les cas de figure, un nouveau monde s'ouvrait à moi. Les femmes du bureau me parlaient de leurs petits amis ou de leurs maris, me demandaient si j'aimais leur nouvelle coiffure et me traitaient, en général, d'une manière neutre. Les filles ne m'avaient pas encore proposé d'aller faire du shopping avec elles, mais j'allais sans doute bientôt être invité à baigner bébé. Le vieux John Corey est mort, enterré sous une tonne de mémoires sur le politiquement correct édités à Washington. John Corey, service homicides de la NYPD, appartient à l'histoire. L'agent spécial sous contrat John Corey, de l'ATTF, vient de naître. Je me sens propre, baptisé dans les eaux saintes du Potomac, c'est une renaissance, je suis accepté dans les rangs des hôtes angéliques avec lesquels je travaille...

Mais revenons à Kate. Sa jupe était remontée sur ses genoux, et j'avais droit à la vision d'une incroyable cuisse gauche. Je me rendis compte qu'elle me regardait, et j'arrachai mes yeux de ses jambes pour les poser sur son visage. Ses lèvres étaient plus pleines que je ne l'avais pensé, avec une moue expressive. Ses yeux d'un bleu lumineux scrutaient les profondeurs de mon âme.

– Tu as vraiment besoin d'un café, me dit-elle.

– En fait, c'est un verre dont j'ai besoin, répliquai-je en m'éclaircissant la gorge.

– Je t'en paierai un plus tard.

Je consultai ma montre.

– En général, je suis au lit à dix heures.

Elle sourit, mais ne répondit pas. Mon cœur battait fort.

Pendant ce temps, Nash jouait à être Nash, complètement déconnecté, aussi impénétrable qu'un moine tibétain bourré de Prozac. Il me vint à l'esprit que ce n'était peut-être que de la frime, qu'en fait il était stupide. Il se pouvait qu'il eût le QI d'un grille-pain, mais il était sans doute assez malin pour ne pas le montrer.

Mr. Roberts revint avec un plateau portant une cafetière et quatre mugs. Il le posa sur la table sans commentaire et ne proposa même pas de servir. Je pris la cafetière et versai trois cafés chauds.

Nous étions tous debout à présent, notre mug à la main, tournés vers les fenêtres, chacun de nous perdu dans ses pensées en contemplant la ville.

Je regardais vers l'est, vers Long Island. Il y avait un joli petit cottage là-bas, à cent quarante kilomètres et un monde d'ici, et dans ce cottage il y avait Beth Penrose, assise devant un bon feu, buvant du thé ou peut-être du brandy. Ce n'était pas une bonne idée de songer à ces choses, et je me souvins de ce que mon ex-femme m'avait dit un jour : « Un homme comme toi, John, ne fait que ce qu'il veut faire. Tu veux être un flic, alors ne te plains pas du boulot. Quand tu seras prêt à le faire, tu arrêteras. Mais tu n'es pas prêt. »

Ça, c'est sûr. Toutefois, dans des moments comme celui-ci, mes crétins d'étudiants de John Jay me manquaient beaucoup.

J'observai Kate et je vis qu'elle m'observait. Je souris. Elle sourit. Nous retournâmes tous deux à nos panoramas.

Pendant la plus grande partie de ma vie professionnelle, j'avais fait un travail qui avait été considéré comme important. Tous ceux qui étaient dans cette pièce connaissaient ce sentiment spécial. Mais il prenait son tribut sur l'esprit et l'humeur, et parfois, comme dans mon cas précis, sur le corps.

Pourtant, quelque chose continuait à me pousser. Mon ex-femme avait conclu : « Tu ne mourras jamais d'ennui, John, tu mourras au boulot. La moitié de toi est déjà morte. »

Pas vrai. Tout simplement pas vrai. Ce qui était vrai, c'est que j'étais accro à l'adrénaline.

Et je me sentais bien, à protéger la société. Ce n'est pas le genre de truc qu'on dit dans les commissariats, mais c'était un fait et un facteur essentiel.

Peut-être qu'à la fin de cette affaire je penserais à tout ça. Peut-être qu'il était temps de ranger les flingues et l'insigne, et de quitter les chemins de blessure, temps d'opérer ma sortie.

20.

Asad Khalil traversait un quartier résidentiel. La Mercury Marquis était grosse, plus grosse qu'aucune des voitures qu'il avait conduites, mais cela ne lui posait pas de problème.

Il n'était pas allé sur le New Jersey Turnpike. Il n'avait pas l'intention de passer un péage, quel qu'il fût. Comme il l'avait demandé à Tripoli, la voiture de location avait un système de positionnement global, qu'il avait déjà utilisé en Europe. Celui-ci s'appelait un navigateur satellite, et il était quelque peu différent de ceux auxquels il était habitué, mais il contenait le système routier de tous les États-Unis dans ses banques de données, et, tout en roulant dans les rues, il demanda les directives pour rejoindre la Highway 1.

En quelques minutes, il s'y engagea en direction du sud. C'était une route fréquentée, et il remarqua de nombreux commerces de chaque côté.

Il vit que certaines voitures avaient déjà allumé leurs codes. Il fit de même.

Au bout d'un kilomètre, il lança les clés du taxi par la vitre, puis il ôta l'argent du portefeuille de Jabbar, comptant quatre-vingt-sept dollars. Il fouilla le portefeuille tout en conduisant, déchiquetant les papiers en petits morceaux avant de les jeter dehors. Il eut plus de mal à casser les cartes de crédit et autres rectangles de plastique mais finit par y parvenir et les balança également. Il ne restait plus rien, rien qu'une photo de la famille Jabbar – Gamal Jabbar, sa femme, deux fils, une fille et une dame plus âgée. Khalil pensa aux rares photos des ruines d'Al-Azziziyah qu'il avait pu sauver, y compris quelques clichés de son père en uniforme. Ces images lui étaient précieuses. Il n'y aurait plus jamais de photos de la famille Khalil.

Asad déchira la photo de la famille Jabbar en quatre et elle s'envola par la vitre, suivie du portefeuille, de la bouteille en plastique et de la douille.

Il consulta la jauge d'essence. Le réservoir était plein.

Une voiture de police apparut dans son rétroviseur latéral et resta derrière lui pendant un moment. Khalil maintint sa vitesse et ne changea pas de file. Il résista à l'envie de regarder dans ses rétros. Cela risquait de rendre le policier soupçonneux.

Au bout de cinq bonnes minutes, la voiture de police le doubla. Khalil nota que le policier ne lui accordait même pas un coup d'œil. Bientôt, le véhicule disparut loin devant lui.

À Tripoli, ils lui avaient expliqué que, dans les zones rurales, les policiers surveillant les voitures étaient souvent à la recherche de dealers de drogue. Cela pouvait poser un problème, car, parfois, ils cherchaient des Hispaniques ou des Noirs, et risquaient d'arrêter un Arabe par erreur, ou même exprès. Mais, de nuit, il était difficile de voir qui conduisait, et il allait faire nuit.

Asad Khalil repensa à Gamal Jabbar. Il n'avait pris aucun plaisir à tuer un compatriote musulman, mais chaque fervent adepte de l'islam devait être prêt à combattre, à se sacrifier, voire à devenir un martyr dans le djihad contre l'Ouest. Trop de musulmans, comme Gamal Jabbar, ne faisaient rien d'autre que d'envoyer de l'argent au pays. Jabbar ne méritait pas réellement la mort, mais le tuer était inéluctable. Asad Khalil était investi d'une mission sainte, et les autres devaient se sacrifier pour qu'il puisse accomplir ce qu'eux ne pouvaient pas accomplir – tuer l'infidèle.

La nuit allait tomber, mais ce n'était pas vraiment le moment de s'arrêter pour faire le *salat* du soir. Il en avait été dispensé par le mollah, durant tout le temps où il serait engagé dans son djihad. Mais il n'omettrait pas de dire ses prières. Dans sa tête, il se prosterna sur son tapis et fit face à La Mecque. Il récita : « Dieu est grand. Il n'y a d'autre Dieu qu'Allah et Mahomet est Son prophète. »

Puis, au hasard, des passages du Coran : « Tue l'agresseur dès que tu le trouveras. Fais-le sortir des endroits qu'il t'a forcé à quitter... Combats pour la cause d'Allah, avec la dévotion qui Lui est due... »

Il continua ainsi pendant un moment. Satisfait d'avoir rempli ses obligations, il se sentait en paix, bien que roulant dans cet étrange pays, encerclé d'ennemis et d'infidèles.

Puis il se souvint de l'ancien chant de guerre arabe, *Le Fief de la mort. Il chevauche seul et terrible, avec pour toute arme un sabre yéménite et pour uniques ornements les ébréchures sur sa lame.*

21.

– J'ai les premiers rapports des scènes de crime de l'avion et du Conquistador Club, nous dit Jack Koenig en revenant avec une liasse de papiers à la main, des fax apparemment. J'ai également parlé à George Foster qui a offert de démissionner de l'ATTF et de quitter New York.

Il laissa la phrase en suspens pendant quelques secondes, puis demanda à Kate :

– Oui ? Non ?

– Non.

– Avez-vous une hypothèse concernant ce qui s'est passé dans l'avion avant qu'il atterrisse ? reprit-il.

– C'est John le détective, dit Kate.

– Allez-y, détective, fit Koenig.

Je ne savais pas si je devais prendre l'emploi de mon ancien titre pour une marque d'honneur ou de condescendance.

– Je suppose qu'ils ont trouvé les deux bouteilles d'oxygène dans le placard à manteaux du dôme ? commençai-je prudemment.

– Oui, effectivement. Or, comme vous l'aviez découvert, leurs valves étaient ouvertes, et on ne sait donc pas encore ce qu'il y avait dedans. Mais on peut supposer que l'une contenait de l'oxygène et pas l'autre. Continuez.

– Okay... Environ deux heures avant l'arrivée à New York, le contrôle aérien a perdu contact avec le vol 175. C'est donc à ce moment-là que le gars avec une ordonnance d'oxygène, probablement assis en classe affaires dans le dôme...

– Correct, dit Mr. Koenig. Il s'appelait Yusef Haddad, siège 2A.

– Okay. Ce mec... C'est quoi son nom ?

– Yusef Haddad. C'est comme Joe Smith. Passeport jordanien et oxygène médical requis pour emphysème. Faux passeport, faux emphysème et fausse bouteille d'oxygène.

– Bon. Okay. Joe Smith, classe affaires. Ce type respire du véritable oxygène, puis il ouvre la valve de l'autre bouteille. Un gaz s'échappe et pénètre le circuit d'air conditionné de l'avion.

– Exact. Quel type de gaz ?

– Eh bien, quelque chose comme du cyanure.

– Très bien. C'était probablement une hémotoxine, peut-être une forme de cyanure à usage militaire. Les victimes sont mortes asphyxiées. En dix minutes, tout l'air à bord est renouvelé. Donc, tout le monde avale une dose de ce gaz, sauf Yusef Haddad, qui respire toujours de l'oxygène pur.

– Et comment Khalil a-t-il échappé à la mort ?

– Eh bien, je ne suis pas bien certain... mais je pense que Khalil était dans les lavabos quand le gaz a été répandu. Les lavabos sont peut-être moins exposés aux produits toxiques que le reste de la cabine.

– En fait, dit Koenig, c'est faux. Mais l'évacuation de l'air des toilettes se fait directement dehors. C'est pour ça que les passagers ne sentent jamais rien quand quelqu'un va aux chiottes.

Je repris :

– Donc, Khalil respire aussi peu que possible, et il porte vraisemblablement une serviette en papier humide sur le visage. Haddad doit agir très rapidement et arriver jusqu'à Khalil, soit avec son propre oxygène, soit avec un de ces petits masques d'urgence qu'ils ont à bord en cas de problème médical.

Koenig hocha la tête.

– Ainsi, en dix minutes, il n'y a plus que deux hommes vivants à bord – Asad Khalil et son complice, Yusef Haddad. Haddad prend les clés des menottes sur Peter Gorman et délivre Khalil dans les toilettes. Quand ils sont certains que l'air est de nouveau sain à respirer, disons au bout de quinze minutes, ils arrêtent l'oxygène. Khalil n'a sans doute pas tué Haddad immédiatement, parce que ce dernier était plus chaud que tous les autres passagers. Donc, nos deux mecs ont tout rangé, tout nettoyé, peut-être fouillé les affaires de Phil et de Peter, ils leur ont pris leurs armes et ils se sont assurés que tout le monde était mort. Au bout d'un moment, Asad Khalil n'avait plus besoin de compagnie, alors il a brisé la nuque de Haddad, comme l'a découvert Kate. Il a mis Haddad à côté de Phil, l'a menotté et lui a collé le masque de sommeil. Un peu plus tard, ou avant, Khalil s'est emparé des deux pouces.

– Correct, dit Koenig. Les gars du labo ont découvert un couteau dans le galley du dôme avec des traces de sang sur la lame et, dans la boîte à ordures, une serviette en papier utilisée pour le nettoyer. Si Kate et vous étiez tombés sur un couteau ensanglanté, vous seriez arrivés à vos conclusions beaucoup plus vite.

– C'est vrai.

– À un certain moment, pendant qu'on tractait l'avion, le sergent Andy McGill a fait sa dernière transmission à ses équipiers.

– McGill et Khalil sont peut-être tombés l'un sur l'autre par hasard, avançai-je.

Koenig parcourut ses fax et dit :

– Du sang, des traces de cervelle et des débris osseux suggèrent que McGill a été tué entre le galley et les toilettes. On a également trouvé une couverture avec un trou et des traces de brûlure, sûrement pour étouffer la détonation.

J'acquiesçai. C'est toujours étonnant de voir ce que les types du labo arrivent à vous dire en très peu de temps, et la vitesse avec laquelle un inspecteur peut en tirer des déductions et reconstituer le crime. Peu importe que ce soit un acte de terrorisme – une scène de crime est une scène de crime. Un meurtre est un meurtre. La seule chose qui manquait désormais, c'était le meurtrier.

Koenig continua :

– En ce qui concerne sa sortie de l'avion, on peut présumer que Khalil savait quelle serait la procédure à JFK avec un équipage qui ne répond pas. Le reste, vous le connaissez.

Oui, on connaissait.

– Et, ajouta Koenig, on a déniché une combinaison de bagagiste de la Transcontinental dans les affaires de Yusef Haddad. Il devait y en avoir une seconde, prévue pour Khalil.

Il regarda Kate, puis me regarda.

– Est-ce que l'un de vous a remarqué quelqu'un avec un comportement bizarre ? Vous saviez que quelque chose n'allait pas, et pourtant Khalil a réussi à s'échapper.

– Je pense qu'il était déjà parti quand nous sommes entrés dans l'avion, répondis-je.

– Je crois qu'on l'aurait reconnu, ajouta Kate.

– Vraiment ? Pas s'il portait une combinaison de bagagiste et était coiffé différemment, avec des lunettes et une fausse moustache. Mais peut-être qu'il vous a vus. Il s'est peut-être rendu compte que c'étaient des agents fédéraux qui montaient à bord. Réfléchissez. Essayez de vous souvenir de ce qui s'est passé et des gens que vous avez vus dans l'avion et la zone de sécurité.

Okay, Jack, je vais y penser. Merci de me le rappeler.

– Bref, Khalil s'est emparé d'un chariot à bagages vide et il est sorti. On pourrait imaginer à cet instant que la plupart des hommes qui viennent de commettre l'attentat le plus couillu – excusez mon langage –, le plus audacieux dans l'histoire du terrorisme, se dirigerait droit vers les terminaux de départ et prendrait le premier avion pour son tas de sable – excusez ma caricature du Moyen-Orient. Mais non, Asad Khalil ne rentre pas chez lui. Pas encore. Il faut qu'il fasse d'abord un arrêt au Conquistador Club. Le reste, comme on dit, appartient à l'Histoire.

Personne ne parla pendant une longue minute, puis Koenig fit observer :

– Nous avons affaire à un individu plein de ressources, malin et brave. Surprise, vitesse et sauvagerie, telles sont ses armes principales. Esprit de décision, témérité et tromperie. Vous comprenez ?

Cinq sur cinq. Si j'avais voulu, j'aurais pu parler à Jack Koenig de dix ou quinze tueurs dans le même genre que j'avais croisés ces dernières années. Les tueurs vraiment psychotiques étaient exactement tels que les décrivait Koenig. Vous ne pourriez pas croire les trucs à travers lesquels ils arrivent à passer. Vous ne pourriez pas croire combien confiantes et stupides sont leurs victimes.

Koenig conclut :

– Asad Khalil a marqué un essai transformé. Mais nous allons continuer à jouer comme s'il était encore juste à côté de nous et prêt à frapper de nouveau.

– Je pense que ce type est un solitaire, ajoutai-je, et qu'il n'ira pas se montrer aux alentours des maisons sous surveillance ni débarquer à la mosquée locale pour discuter avec les suspects habituels.

Kate abonda dans mon sens.

– Il a peut-être un contact ici, peut-être le type de février, ou quelqu'un d'autre. Si l'on admet qu'il n'a pas besoin d'aide après son contact initial, on peut s'attendre à trouver bientôt le corps d'un autre complice quelque part. Je suppose qu'il avait tout de même quelqu'un à l'aéroport pour le sortir de là, et ce pourrait être le prochain cadavre. On devrait alerter la NYPD en ce sens.

Koenig hocha la tête, puis se tourna vers Nash.

– Pourquoi pensez-vous qu'il est déjà parti ?

Nash ne répondit pas tout de suite, donnant l'impression qu'il en avait assez de balancer du caviar aux cochons. Finalement, il se pencha en avant et nous regarda, l'un après l'autre.

– Nous venons de décrire l'entrée de Khalil dans ce pays, dit-il. Grandiose et dramatique. Quel que soit le scénario, il était déjà vainqueur. Il était prêt à sacrifier sa vie au service d'Allah et à rejoindre les siens au paradis. C'était quand même une façon très risquée de se faufiler dans un pays hostile.

– On le sait, dit Koenig.

– Comprenez-moi bien, Mr. Koenig. C'est important, et, en fait, ce sont de bonnes nouvelles. Okay, imaginons qu'Asad Khalil venait en Amérique pour faire sauter ce building, ou celui d'en face, ou toute la ville de New York. Imaginons une arme nucléaire planquée quelque part, ou, plus réaliste, une tonne de gaz toxique, ou mille litres d'anthrax. Si Asad Khalil était l'homme censé livrer n'importe laquelle de ces armes de destruction de masse, alors il serait passé par le Mexique ou le Canada, avec un faux passeport, traversant aisément la frontière pour accomplir cette mission. Il ne serait pas arrivé aussi spectaculairement qu'il l'a fait, avec le très gros risque de se faire prendre ou tuer. Ce que nous avons vu aujourd'hui n'est qu'une très classique « mission Mouette »... (Il nous regarda et expliqua :) Vous voyez, une personne arrive en volant, fait plein de boucan, lâche sa merde un peu partout, puis s'enfuit en volant. Mr. Khalil a accompli une mission Mouette.

Les mouettes, maintenant. Ce bon vieux Ted venait de démontrer qu'il avait le QI d'un magnétoscope, au moins. C'était d'une logique irréfutable. Le silence dans la pièce me fit comprendre que tout le monde avait enfin vu la virtuosité du cerveau de Nash au travail.

Koenig hocha la tête et dit :

– Ça me paraît logique.

Kate acquiesça aussi.

– Je pense que Ted a raison. Sa mission s'achevait à JFK, et Khalil était au meilleur endroit pour prendre une douzaine de vols de l'après-midi et ficher le camp.

– Mr. Corey ? fit le Roi en me regardant.

– Ça cadre, dis-je. Ted a très bien étayé sa théorie.

Koenig réfléchit un instant, puis reprit :

– Il n'empêche que nous devons procéder comme si Khalil était encore dans le pays. Nous avons alerté toutes les autorités de la force publique des États-Unis et du Canada.

– De JFK, j'ai appelé Langley, nous informa Nash, et ils ont lancé une alerte prioritaire dans tous les aéroports internationaux où nous avons des postes. (Il me regarda.) Cela veut dire des gens qui travaillent pour nous, avec nous ou qui *sont* nous.

– Merci, dis-je. Je lis aussi des romans d'espionnage.

Et voilà. Khalil était déjà en dehors du pays, ou caché quelque part, attendant de sortir. C'était effectivement le plus logique si l'on considérait ce qui s'était passé aujourd'hui et le déroulement des faits.

Mais quelques trucs me chiffonnaient quand même, un détail ou deux qui ne cadraient pas. Le premier et le plus évident, c'était la raison qui avait poussé Asad Khalil à se rendre aux agents de la CIA à l'ambassade de Paris. Un plan beaucoup plus simple aurait été de monter à bord du vol 175 avec un faux passeport, comme son complice Joe Smith l'avait fait. Le même gaz empoisonné aurait encore bien mieux fonctionné si Khalil n'avait pas été menotté et gardé par deux agents fédéraux.

Nash passait à côté du plus important, comme on pouvait s'y attendre. L'élément humain. Il fallait comprendre Khalil pour saisir ce qu'il voulait faire. Il ne voulait pas être un de ces terroristes anonymes. Il voulait entrer dans l'ambassade de Paris, se faire menotter et emmener sous escorte, puis s'échapper comme Houdini. C'était bien un geste genre « En plein dans votre gueule de con » – et pas du tout une mission Mouette. C'était une insulte, une humiliation, comme un guerrier de jadis chevauchant seul au milieu du camp ennemi et violant la femme du chef.

La seule question que je me posais, c'était de savoir si Asad Khalil avait fini de baiser les Américains. Ce n'était pas mon opinion – ce type ne faisait que commencer –, mais j'étais d'accord avec Nash sur un point : Khalil n'avait ni bombe atomique, ni gaz, ni germes prêts à être balancés. Je sentais de manière viscérale qu'Asad Khalil – le Lion – était en Amérique pour nous chier un peu plus sur la gueule, de près et très personnellement. Je n'aurais pas été vraiment surpris de le voir débarquer ici, au vingt-huitième étage, tranchant quelques gorges et brisant quelques nuques.

Il était donc l'heure de partager mes sentiments avec mes équipiers, l'heure de sortir mon as au Roi Jack, si vous me pardonnez la métaphore.

Mais mes collègues parlaient d'autre chose.

– Asad Khalil a notre dossier Asad Khalil, disait Kate.

– Il n'y avait pas grand-chose dedans, répliqua Koenig.

– Mais, maintenant, il sait combien nous en savons peu sur lui.
– Très bien. J'ai pigé. Rien d'autre ?
– Si... Dans le dossier, il y avait un mémo de Zach Weber. Il était adressé à George Foster, Kate Mayfield, Ted Nash, Nick Monti et John Corey.
Sainte merde ! Je n'avais pas pensé à ça !
– Eh bien, alors, faites attention, nous conseilla Jack Koenig avec son élégance discrète.
« Merci, Jack », me dis-je.
– Mais, même si nous savons de quoi ce type est capable, je ne crois pas que vous fassiez partie de son plan, ajouta-t-il.
Kate avait une opinion différente.
– Nous étions d'accord pour ne pas sous-estimer cet homme. Il y a quelque chose chez lui qui m'ennuie, en dehors des évidences.
– Pouvez-vous nous préciser quoi ? demanda Koenig.
– Je ne sais pas, mais, contrairement à la plupart des terroristes, Khalil a fait montre d'une grande intelligence et d'un grand courage.
– Comme un lion, commenta Koenig.
– Oui. Mais attention à ne pas nous laisser piéger par la comparaison. C'est un homme, et c'est un tueur, et cela le rend plus dangereux que n'importe quel lion.
Kate Mayfield atteignait au cœur du sujet, plus proche d'une vraie compréhension d'Asad Khalil. Mais elle n'alla pas plus loin, et personne ne poursuivit son raisonnement.
– À mon avis, Khalil bande pour les Américains, dis-je.
– Pardon ? fit Koenig, il *quoi* ?

Je regrettais que ma langue ait fourché vers l'argot de commissariat et rectifiai le tir.

– C'est plus qu'un problème philosophique ou politique. Il éprouve une haine brûlante envers le peuple américain. À la lumière des événements d'aujourd'hui, je pense qu'on peut considérer que tous les soupçons concernant les crimes de Khalil sont fondés. Tout est vrai. Il a assassiné un officier de l'Air Force avec une hache. Il a abattu trois écoliers américains à Bruxelles sous les yeux de leur mère. Si l'on arrive à comprendre pourquoi, alors on pourra savoir ce qui perturbe ce type, et peut-être ce qu'il va faire et qui est le prochain sur la liste.

Nash mit son grain de sel.

– On ne réussira jamais à le prendre sur le fait. Il a un million de cibles potentielles, et c'est lui qui choisit sa cible, l'heure et l'endroit. Mission Mouette.

Personne ne répliqua.

– Vous savez, conclut Nash, je suis convaincu que ce qu'il a fait aujourd'hui était bien *sa* mission et qu'il est reparti. Il se peut qu'il frappe à nouveau en Europe, où il aurait apparemment déjà frappé, où le terrain lui est plus familier, et où la sécurité n'est pas toujours bien organisée. Mais, pour l'instant, le lion a mangé, pour filer la métaphore. Il retourne à sa tanière en Libye et il n'en ressortira pas tant qu'il n'aura pas faim.

Métaphore pour métaphore, j'hésitai à lui ressortir celle de Dracula, mais Mr. Koenig semblait estimer que j'étais un type logique sans pensées métaphoriques, aussi me contentai-je de dire :

– C'est pas pour vous contrarier, Ted, mais, d'après ce qu'on a vu aujourd'hui, je suis toujours persuadé que Khalil est à moins de cent kilomètres d'ici. Je vous ai parié dix dollars qu'on entendrait bientôt parler de lui. Je le maintiens.

Koenig parvint à esquisser un sourire.

– Vraiment ? Vous feriez mieux de me confier les enjeux. Ted part pour l'outre-mer.

Koenig ne plaisantait pas et il tendit la main. Nash et moi lui donnâmes chacun un billet de dix, qu'il empocha.

Kate leva les yeux au ciel. *Ah, les mecs...*

– Donc, Khalil est là, quelque part, et il a votre nom, Mr. Corey, reprit Koenig en me regardant. Vous pensez que vous êtes au menu ?

Nous étions revenus à la métaphore du lion, mais je n'aimais pas trop le tour qu'elle prenait.

– Parfois, les chasseurs deviennent gibier, continua Koenig. Si Asad Khalil est encore dans le pays, vous n'étiez pas la raison de sa venue, mais vous pourriez bien passer sur sa liste de cibles. En fait, j'y vois une opportunité.

Je me penchai vers lui.

– Excusez-moi ? Quelle opportunité ?

– Eh bien, je n'aime pas utiliser le mot appât, mais...

– Très mauvaise idée. Laissons tomber tout de suite.

Il n'en avait visiblement pas envie.

– Voilà ce terrible lion qui effraie les villageois. Et voici les chasseurs qui ont presque attrapé le lion. L'animal est en colère après les chasseurs et, en les poursuivant, il commet son erreur fatale. Non ?

Nash avait l'air de s'amuser et Kate de soupeser la proposition.

– On répand l'histoire de Kate et de John dans les médias, et on se sert peut-être de vos portraits, même si, normalement, on ne le fait jamais. Khalil pense que c'est normal qu'on utilise les noms et les photos des agents en Amérique, et il ne soupçonne pas le piège. Non ?

– Je crois que ce n'est pas dans mon contrat, dis-je.

Mais Koenig était lancé.

– On ne peut pas exploiter le nom et la photo de Ted parce que son agence n'accepterait jamais. George est marié et il a des enfants, donc on ne prendra pas ce risque. Mais vous, John, et vous, Kate, vous êtes célibataires et vous vivez seuls – exact ?

Kate hocha la tête.

– Pourquoi on ne range pas cette idée dans un tiroir ? hasardai-je.

– Parce que si vous avez raison, Mr. Corey, et que Khalil est encore dans ce pays, pas loin de nous, il pourrait être tenté de s'attaquer à une telle cible avant de passer à la prochaine sur sa liste, qui pourrait être encore plus effarante que ce qu'il a déjà accompli. Voilà pourquoi. Je cherche à éviter un autre crime de masse. Parfois un individu doit se mettre en danger pour sauver le plus grand nombre et la sécurité de la nation. Vous n'êtes pas d'accord ?

– Je suis d'accord, dit Kate. Ça vaut le coup d'essayer.

Je m'étais collé dans une sacrée impasse.

– Si John se trompe, fit observer Nash, et si Khalil est déjà parti, John ne perd que dix dollars. Par contre, si Khalil est encore là, John gagne dix dollars, mais... Bon, ne pensons pas trop à ça.

C'était la première fois de ma vie que je voyais Ted Nash s'amuser. Je veux dire, ce vieux stoïcien de Ted souriait à la perspective de John Corey se faisant trancher la gorge par un chamelier psychotique. Même Mr. Roberts s'efforçait de réprimer un sourire. C'est bizarre, les trucs qui branchent les gens.

La réunion dura encore un peu. Nous en étions maintenant aux problèmes des relations publiques, quelque peu épineux avec ces trois cents morts à bord de l'avion, ces personnes assassinées à terre et le coupable en fuite.

– Les prochains jours vont être très difficiles, conclut Jack Koenig. Les médias sont en général amicaux avec nous, comme on l'a vu lors de l'attentat du World Trade Center ou l'affaire de la TWA, mais il va falloir contrôler un peu les nouvelles. Demain, nous devons donner une conférence de presse à Washington pour assurer que nous maîtrisons la situation. Je veux que tout le monde rentre dormir. Rendez-vous demain matin à La Guardia sur la première navette d'US Airways à sept heures. George restera au Conquistador Club pour superviser le travail des labos.

Il se leva et nous incita à faire de même.

– Malgré les conséquences de la mission d'aujourd'hui, vous avez tous fait du bon boulot. (Il me surprit en ajoutant :) Priez pour les disparus.

En traversant le vingt-huitième étage, je sentis des dizaines de regards braqués sur nous.

22.

Asad Khalil savait qu'il lui fallait traverser la Delaware par un pont sans péage, et on lui avait dit de suivre la Highway 1 jusqu'à la ville de Trenton, où se trouvaient deux ponts gratuits. Il quitta la Highway 1 pour prendre l'Interstate 95 qui lui fit faire le tour de Trenton. Près d'une sortie, il vit un panneau marron indiquant WASHINGTON CROSSING STATE PARK et se souvint que son officier instructeur russe, Boris, un ancien du KGB qui avait vécu en Amérique, lui avait dit : « Tu traverseras le fleuve Delaware près de l'endroit où George Washington l'a fait il y a plus de deux siècles par bateau. Il ne voulait pas payer le péage non plus. »

Khalil ne comprenait pas toujours l'humour de Boris, mais Boris était vraiment l'homme sur qui l'on pouvait compter, à Tripoli, si l'on cherchait de bons conseils concernant l'Amérique et les Américains.

Il faisait nuit, à présent. Ce chemin n'était pas le plus rapide pour atteindre sa destination, mais c'était une route à grande circulation, sans péage, et donc la plus sûre pour lui.

Il se laissa aller à ses pensées. Décidément, cette journée du 15 avril avait bien commencé ; à l'heure qu'il était, à Tripoli, le grand leader savait qu'Asad Khalil était arrivé en Amérique, que des centaines de gens avaient péri pour venger ce jour, et que d'autres allaient mourir dans les jours à venir.

Le grand leader serait satisfait, et bientôt tout Tripoli et toute la Libye sauraient qu'un grand coup avait été frappé pour racheter l'honneur de la nation.

Khalil se demanda si les Américains allaient exercer des représailles contre son pays. Il était difficile de deviner ce que l'actuel président pouvait faire. Le grand Satan Reagan était prévisible, au moins, lui. Le président actuel était parfois faible, parfois ferme.

De toute manière, toute représaille serait bonne à prendre. Elle éveillerait les consciences dans toute la Libye et tout l'islam.

Khalil alluma la radio et chercha une station d'informations en continu ; il dut patienter dix minutes avant d'entendre l'histoire de l'avion. Il écouta attentivement le présentateur, puis d'autres journalistes parler de ce qu'ils appelaient une tragédie. Pour Khalil, il était clair que les autorités soit ne savaient pas encore bien ce qui s'était passé, soit le dissimulaient. Dans un cas comme dans l'autre, même si la police était en état d'alerte, la population dans son ensemble ne l'était pas. Cela lui facilitait grandement les choses.

Sa jauge d'essence était à la moitié, et il n'avait pas faim. Il prit la seconde bouteille d'eau dans le sac et la finit. Puis il urina dans la bouteille, la referma et la glissa sous le siège du passager. Il se rendit compte qu'il était fatigué, mais pas assez épuisé pour tomber de sommeil. Il avait bien dormi dans l'avion.

À Tripoli, ils lui avaient conseillé de rouler de nuit – plus il mettrait de distance entre lui et ce qu'il avait laissé derrière, meilleures seraient ses chances de ne pas être attrapé. Bientôt, il serait dans une nouvelle juridiction – le Delaware – et plus il mettait de juridictions entre lui et New York, moins la police locale risquait d'être alertée.

Ils lui avaient également dit que les policiers se déplaçaient en général seuls, ce qu'il avait trouvé proprement incroyable. Boris lui avait donné des instructions très précises. « En cas de problème, reste assis derrière ton volant. Le policier va venir vers toi et se pencher à la vitre pour t'ordonner de sortir. Une balle dans la tête et tu repars. Mais il a donné, par radio, ton numéro de plaque à son QG avant de t'arrêter, et il se peut qu'il ait une caméra vidéo sur son tableau de bord qui enregistre la scène. Donc, tu dois abandonner ton véhicule le plus vite possible et utiliser un autre moyen de transport. Tu n'auras aucun contact pour t'aider, Asad. Tu seras seul jusqu'à ce que tu atteignes la côte ouest des États-Unis. »

Khalil se souvenait d'avoir répondu : « Je suis seul depuis le 15 avril 1986. »

Une heure plus tard, il aperçut un grand panneau vert et blanc qui donnait les distances vers diverses villes et vit celui qui l'intéressait : « Washington D.C. 57 km ». Il sourit. Il approchait de sa destination.

Il était presque minuit, mais il y avait encore beaucoup de circulation. Il y avait un nombre incroyable de véhicules sur les routes, même en pleine nuit. Pas étonnant que les Américains aient besoin de tant de pétrole. Il avait lu un jour qu'ils brûlaient plus de pétrole en une journée que la Libye en un an. Bientôt, ils auraient asséché toute la planète de son pétrole et, après, ils n'auraient plus qu'à rouler en chameau. Il rit tout seul.

À minuit et demi, il coupa la Capital Beltway et la prit vers le sud. Il regarda son compteur et vit qu'il avait couvert près de cinq cents kilomètres en six heures.

Il quitta la route à un endroit baptisé Suitland Parkway, près de la base aérienne d'Andrews, et en prit une autre qui passait à travers de grands espaces commerciaux et de vastes magasins. Son navigateur satellite lui fournissait le nom de nombreux hôtels, mais il n'avait pas l'intention de s'arrêter dans un endroit connu. Roulant doucement, il prit la bouteille de plastique pleine d'urine et la balança par la vitre.

Il passa devant quelques motels, puis en vit un à la façade suffisamment déplaisante. Une enseigne lumineuse indiquait qu'il y avait de la place.

Il se gara dans le parking, quasiment vide. Il ôta sa cravate, mit ses lunettes, sortit de la Mercury, ferma sa porte à clé, s'étira un moment, puis entra dans le petit bureau du motel.

Un jeune homme était assis derrière le comptoir en train de regarder la télévision.

– Oui ? fit-il en se levant.

– J'ai besoin d'une chambre pour deux jours.

– Quatre-vingts dollars, plus les taxes.

Khalil posa deux billets de cinquante sur le comptoir.

– J'ai besoin d'un dépôt de garantie de cent dollars. Vous les récupérerez quand vous partirez, précisa l'employé, visiblement habitué aux clients payant cash.

Khalil ajouta deux billets de cinquante sur le comptoir.

Le jeune homme lui avança le registre que Khalil remplit, au nom de Ramon Vasquez. Il inscrivit le bon modèle de voiture et le bon numéro de plaque, comme on lui avait dit de le faire, parce qu'on pouvait le vérifier pendant qu'il était dans sa chambre, puis rendit le registre à l'employé, qui lui donna en échange une clé avec une étiquette en plastique, sa monnaie et un reçu pour ses cent dollars, et lui dit :

– Chambre 15. Sur votre droite en sortant. Vers le bout. Les chambres doivent être libérées à onze heures.

– Merci.

Khalil quitta le petit bureau, regagna sa voiture et roula jusqu'à l'unité marquée 15.

Il prit son sac, verrouilla sa voiture, entra dans la chambre, alluma les lumières et ferma la porte à clé. La pièce était meublée très simplement, mais il y avait une télévision, qu'il alluma.

Il se déshabilla et se rendit dans la salle de bains, emportant son sac, son gilet pare-balles et les deux Glock calibre 40.

Il se soulagea, puis ouvrit son sac et en sortit les affaires de toilette. Il décolla sa moustache, se brossa les dents et se rasa avant de se doucher rapidement, ses deux armes à portée de main, posées sur le lavabo.

Il se sécha, reprit le sac, les armes et le gilet pare-balles, et regagna la chambre. Il se rhabilla, enfila des sous-vêtements propres, une cravate différente et des chaussettes neuves. Il remit également le gilet pare-balles. Il sortit le tube de dentifrice plein de colle et, debout devant le miroir de la salle de bains, refixa sa moustache.

Il prit la télécommande du téléviseur, s'assit sur le lit et changea de chaîne jusqu'à ce qu'il tombe sur une station d'infos en continu. Il comprit qu'il s'agissait d'une rediffusion des nouvelles du jour. Au bout d'une quinzaine de minutes, le présentateur annonça la « tragédie de l'aéroport J.F. Kennedy ».

Une vue de l'aéroport surgit sur l'écran. Khalil reconnut la zone de sécurité au loin. Il voyait la queue de l'appareil et le dôme qui dépassaient au-dessus du mur d'acier.

« Le nombre des victimes va croissant, disait le journaliste. Les sources officielles confirment la présence de vapeurs toxiques, provenant vraisemblablement de colis non autorisés placés dans la soute. Il y aurait environ deux cents morts... »

Apparurent ensuite les amis et parents des victimes, qu'on avait isolés dans une salle du terminal des arrivées. De nombreux journalistes leur tendaient des micros, essayant d'arracher quelques mots à ces personnes éplorées. Khalil trouva cela étrange. S'ils pensaient que c'était un accident, quel intérêt d'entendre ce que disaient les parents affligés ? Que savaient-ils ? Rien. Si les Américains admettaient une attaque terroriste, alors, oui, ces gens hystériques devaient être filmés pour la propagande. Mais apparemment les journalistes ne s'attachaient qu'à montrer la douleur des parents et amis des victimes.

Fasciné par l'idiotie de ces gens, surtout des reporters, Khalil ne pouvait s'empêcher de continuer à regarder.

Il voulait aussi savoir si quelqu'un parlait du pompier qu'il avait tué à bord, mais il n'en fut pas question. Personne n'évoqua non plus le Conquistador Club, mais, ça, Khalil s'en serait douté.

Il s'attendait à voir diffuser son portrait sur l'écran, mais il n'en fut rien. À la place, l'image revint au studio où le présentateur se mit à discuter avec un pilote de 747 de la possibilité que l'avion se soit posé seul.

Cela ne l'intéressait plus, mais il écouta encore un peu. Ce qui l'intéressait, c'était qu'il n'y avait aucun agent fédéral à l'écran, et qu'il n'était fait mention de lui nulle part. Cela signifiait que le gouvernement avait décidé d'étouffer la vérité. De ne rien dire encore. Quand ils se résoudraient à le faire, Khalil serait déjà bien avancé dans sa mission. Les premières vingt-quatre heures étaient les plus critiques, il le savait. Après cela, le risque de se faire prendre décroîtrait à chaque jour qui passerait.

Asad Khalil éteignit le téléviseur. Quand il avait roulé jusqu'à l'unité 15, il avait regardé la boussole de la Mercury et déterminé dans quelle direction se trouvait l'est.

Il se leva, se prosterna face à La Mecque et dit ses prières du soir.

Puis il s'allongea sur le lit, tout habillé, et s'endormit d'un sommeil léger.

23.

On se retrouva sur Broadway, quasiment désert. Ni Kate, ni Nash, ni moi ne parlions, ce qui ne signifiait pas qu'il n'y ait rien à dire. Cela signifiait plutôt, je pense, que nous étions complètement seuls pour la première fois, nous, le trio qui avait foiré toute l'affaire malgré les agréables mots d'adieu de Koenig, et personne n'avait envie de s'appesantir là-dessus.

On restait plantés là à attendre un taxi, qui évidemment ne venait pas, et à se choper un coup de froid.

– Vous voulez boire un verre, les gars ? proposa Kate au bout d'un moment.

– Non, merci, répliqua Nash. Il faut que je passe la moitié de la nuit au téléphone avec Langley.

Elle me regarda.

– John ?

J'avais vraiment besoin d'un verre, mais je voulais être seul.

– Non, merci, dis-je. Je vais rentrer dormir un peu.

Je tournai le coin de la rue et jetai un coup

d'œil vers les deux tours jumelles du World Trade Center avant de prendre Duane Street.

Devant moi se dressaient les quatorze étages du building dénommé One Police Plaza, et une vague de nostalgie m'envahit, m'imposant des images sur le vif de mon ancienne vie – l'Académie de police, policier stagiaire, flic de rue, flic en civil, puis la plaque dorée de détective. Avant que je quitte le job un peu abruptement, j'avais passé l'examen de sergent et j'allais être promu. Mais des circonstances indépendantes de ma volonté en avaient décidé autrement. L'acte II avait été l'enseignement à John Jay. Et l'ATTF était le troisième et dernier acte d'une carrière parfois brillante, parfois nettement moins.

Je tournai dans Center Street que je remontai vers le nord, passant devant les tribunaux, puis à travers Chinatown.

J'arrivais dans Little Italy, et mes pieds trouvèrent tout seuls leur chemin jusqu'à chez Giulio's, dans Mott Street. J'entrai et m'installai au bar.

La salle était pleine, nous étions samedi soir. Je ne reconnaissais personne. Pendant la semaine, j'aurais pu tomber sur un de mes vieux copains, mais pas ce soir, et ça m'allait très bien.

Je commandai un double Dewar's, sec, avec une bière pour le faire passer. Inutile de perdre du temps.

J'avalai le Dewar's et sirotai la bière.

Au bout de quelques tournées, quand je me sentis mieux, je sortis et attrapai un taxi. Il y en a plein dans Little Italy. Je regagnai mon appartement dans la 72e Rue Est.

Je vis dans un grand building moderne avec une vue magnifique sur l'East River, et mon appartement ne ressemble pas du tout à l'idée qu'on peut se faire de la tanière d'un flic new-yorkais célibataire. Ma vie est bordélique, mais pas mon logement. C'est en partie dû à mon mariage, qui a duré un peu moins de deux ans. Elle s'appelait Robin et elle était assistante du procureur de Manhattan. C'est à cause de ça qu'on s'était rencontrés. La plupart des assistantes de procureur épousent des assistants de procureur. Robin avait épousé un flic. Nous avions été mariés par un juge, mais j'aurais dû demander un jury.

Bref, comme cela arrive avec les bonnes assistantes de procureur, on avait proposé à Robin un boulot dans un cabinet d'avocats spécialisé dans la défense des sacs de merde que j'essayais de coller derrière les barreaux. Notre compte en banque augmenta, et notre mariage s'effondra. Différences philosophiques du type irréconciliable. J'avais gardé l'appart.

Alfred, mon portier, m'accueillit en me tenant la porte ouverte.

J'examinai ma boîte aux lettres qui était pleine de prospectus. Je m'attendais à moitié à une lettre piégée de Ted Nash, mais, jusqu'ici, il se contenait à merveille.

Je pris l'ascenseur et entrai chez moi en prenant le minimum de précautions.

Je traversai le grand living prolongé par la grande terrasse et m'approchai du téléphone pour écouter mes messages. Beth Penrose, à dix-neuf heures seize. « Salut, John. J'ai comme l'impression que tu étais à JFK cet après-midi. Je me souviens que tu avais dit quelque chose comme ça. C'est horrible... quelle tragédie. Mon Dieu... bref, si tu es sur ce coup-là, bonne chance. Désolée qu'on n'ait pas pu se voir ce soir. Appelle quand tu auras le temps. »

Voilà l'un des avantages d'être un flic sortant avec une flic. Les deux côtés comprennent. Je n'en vois pas d'autres.

Le second message était de mon ancien partenaire, Dom Fanelli. « Sainte merde ! J'ai bien entendu ? Tu as attrapé la crève à JFK ? Je t'avais bien dit de ne pas accepter ce boulot à l'ATTF. Rappelle-moi. »

– C'est toi qui m'as dégoté ce boulot, crétin de Rital, dis-je à voix haute.

Il y avait quelques autres messages d'amis et de ma famille, s'interrogeant tous sur l'histoire de l'aéroport et ma relation avec elle. Soudain, j'étais à nouveau le point de mire de tout le monde. Pas mal pour un type que chacun d'eux avait cru fini un an auparavant.

Le dernier message, dix minutes avant que je rentre chez moi, était de Kate Mayfield. « C'est Kate. Je pensais que tu serais déjà rentré. Okay... Eh bien, appelle si tu as envie de parler... Je suis chez moi... Je ne crois pas que je vais arriver à dormir. Alors n'hésite pas... à tout de suite. »

Eh bien, moi, je n'aurais pas le moindre problème pour m'endormir. Mais je voulais d'abord voir les infos. J'ôtai donc ma veste et mes chaussures, défis ma cravate et me laissai tomber dans mon fauteuil favori. La rubrique finances s'éternisait. Je me mis à rêvasser, à moitié conscient que le téléphone sonnait, mais décidai de l'ignorer.

Tout d'un coup, je me retrouvai assis dans un grand avion, essayant de me lever de mon siège, mais quelque chose me retenait. Je remarquais que tout le monde autour de moi dormait à poings fermés, sauf un type debout dans l'allée. Il tenait un énorme couteau plein de sang et s'avançait vers moi. Ma main cherchait mon arme, mais elle n'était pas dans mon holster. Le type leva le couteau et je bondis de mon siège.

L'heure sur le magnétoscope indiquait 5:17. J'avais à peine le temps de prendre une douche, de me changer et de foncer à La Guardia.

Tout en me déshabillant, je mis la radio dans ma chambre, qui était réglée sur une station d'infos.

Le journaliste parlait de la tragédie de la Transcontinental. Je montai le volume et sautai sous la douche.

Tout en me savonnant, j'entendais des bribes de l'histoire derrière le bruit du jet. Le type parlait de Kadhafi et du raid américain sur la Libye en 1986.

Il me semblait que des gens commençaient à regrouper les pièces du puzzle.

Je me souvenais vaguement du raid aérien de 86 et je me rappelais que la NYPD, l'Air et les Frontières avaient été mis en alerte au cas où de la merde giclerait jusqu'ici. Pourtant, en dehors de quelques heures supplémentaires, il ne s'était rien passé.

Mais je me dis que c'était arrivé hier. Ces gens n'avaient pas la mémoire courte. Mon partenaire, Dom Fanelli, m'avait raconté une blague un jour – l'Alzheimer italien, c'est quand tu oublies tout, sauf qui tu dois tuer.

Pas de doute, cette blague s'appliquait aussi aux Arabes. Mais elle ne me semblait plus drôle du tout.

LIVRE QUATRE

États-Unis, aujourd'hui

... Nous avons répandu parmi les chrétiens l'inimitié et la haine, qu'ils endureront jusqu'au jour de la Résurrection... Croyants, ne prenez jamais pour amis ni juifs ni chrétiens.

Le Coran, sourate V, « La Table »

24.

À cinq heures trente du matin, Asad Khalil se leva, prit une serviette mouillée dans la salle de bains et essuya toutes les surfaces sur lesquelles il aurait pu laisser des empreintes. Il se prosterna sur le sol, dit sa prière du matin, puis sortit de la chambre. Il mit son sac dans la Mercury et revint au bureau du motel, sa serviette mouillée à la main.

Le jeune employé dormait devant la télévision allumée.

Khalil fit le tour du comptoir, tenant un des Glock dans la serviette humide. Il appuya sur la gâchette. Le jeune employé s'effondra sans bruit dans son fauteuil. Khalil lui prit son portefeuille et s'empara de l'argent dans le tiroir-caisse, du registre de l'hôtel et des reçus. Puis il essuya sa clé avec la serviette et la remit au tableau.

Il regarda la caméra de sécurité qu'il avait remarquée la veille et qui avait enregistré non seulement son arrivée, mais le meurtre et le pseudo-cambriolage. Il suivit le câble jusque dans une petite arrière-salle où il trouva le magnétoscope. Il enleva la cassette qui rejoignit le reste de son butin dans ses poches, puis il revint au comptoir où il éteignit les lumières du bureau et regagna sa voiture.

Un léger brouillard masquait toute visibilité sur quelques mètres. Khalil sortit du parking sans allumer ses phares. Il ne les actionna qu'une fois sur la route.

Avant de reprendre le Capital Beltway, il s'arrêta dans le parking d'un immense supermarché et se débarrassa du registre de l'hôtel, des reçus et de la cassette dans une bouche d'égout.

Il remonta en voiture et se dirigea vers la capitale. « Comme un lion s'approche de sa proie », songea-t-il.

Il programma le navigateur satellite sur l'adresse qu'il désirait et, peu de temps après, se retrouva sur Pennsylvania Avenue.

À sept heures, il était sur Capitol Hill. Le brouillard s'était levé, et l'énorme dôme immaculé du Capitole se dressait dans le soleil levant. Khalil s'arrêta, sortit de sa voiture et, avec son petit appareil photo bon marché, prit quelques clichés du bâtiment. Ce n'était pas vraiment utile, mais il pensait que cela amuserait ses compatriotes à Tripoli.

Il voyait des voitures de police derrière les grilles, mais aucune dans les rues alentour.

À sept heures vingt-cinq, il roulait dans Constitution Avenue. Il avança doucement dans l'artère bordée d'arbres et localisa le n° 415. Une voiture était garée dans l'étroite allée et il vit de la lumière au deuxième étage. Il continua, fit le tour du pâté de maisons et revint se garer à une centaine de mètres de l'immeuble.

Il mit les deux Glock dans les poches de sa veste et attendit, surveillant les lieux.

À huit heures moins le quart précises, un homme entre deux âges et une femme sortirent par la porte de devant. La dame était très élégante et l'homme portait son uniforme bleu de général de l'Air Force. Khalil sourit.

À Tripoli, ils lui avaient dit que le général Terrence Waycliff était un homme pétri d'habitudes, et qu'il ne ratait jamais le service religieux du dimanche à la cathédrale nationale. En général, il assistait au service de huit heures et quart, mais parfois à celui de neuf heures et demie. Ce matin, c'était celui de huit heures et quart, et Khalil apprécia de ne pas avoir à gaspiller une heure.

Il regarda le général escorter son épouse jusqu'à leur voiture. Waycliff était grand et mince, et, même si ses cheveux étaient gris, il avait l'allure d'un jeune homme. Khalil savait qu'en 1986 le général Waycliff n'était que capitaine, et que son code radio était Remit 22. L'officier bombardier du capitaine Waycliff avait été le colonel – alors capitaine, lui aussi – William Hambrecht, lequel avait rencontré son fatal destin à Londres en janvier dernier. Aujourd'hui, le général Waycliff allait connaître semblable destin à Washington.

Khalil les regarda partir.

Il aurait pu les tuer tous les deux, là dehors, par cette belle matinée de dimanche. Mais il avait choisi de faire autrement.

Il resserra sa cravate, puis sortit et verrouilla sa voiture.

Il s'approcha de la porte d'entrée de la maison et sonna. Il entendit le carillon résonner à l'intérieur.

Des pas. Il s'éloigna de la porte pour qu'on voie bien son visage par le judas. Il entendit le bruit métallique de ce qu'il devinait être une chaînette de sécurité, puis la porte s'entrouvrit et il aperçut le visage d'une jeune femme. Elle commença à dire quelque chose, mais Khalil donna brusquement un grand coup d'épaule dans la porte. La chaîne céda et la porte s'ouvrit d'un coup, envoyant la femme valser sur le sol. En une seconde Khalil fut à l'intérieur. Il referma la porte en sortant un de ses Glock.

– Silence.

La jeune femme était allongée sur les dalles de marbre, les yeux emplis de terreur.

Il lui fit signe de se lever et elle obéit. Il la regarda un moment. C'était une petite Noire, pieds nus, en peignoir. La bonne, d'après ses renseignements, et personne d'autre ne vivait dans la maison.

– La cave, dit-il. En bas.

Elle lui montra une porte près de l'escalier.

– Tu descends, dit-il.

Terrorisée, elle alla à la porte, l'ouvrit, alluma la lumière et commença à descendre les marches. Khalil la suivait.

La cave était encombrée de caisses et de cartons. Dans un angle, Khalil découvrit la chaufferie. Il fit signe à la jeune femme d'y entrer et, au moment où elle passait devant lui, il lui tira une unique balle à la base du crâne. Elle succomba avant d'atteindre le sol.

Khalil referma la porte et remonta à la cuisine, où il dénicha un carton de lait et des yaourts dans le réfrigérateur. Il avala le tout à la hâte. Avant de sentir l'odeur de la nourriture, il ne s'était pas rendu compte qu'il était complètement affamé.

Il regagna le hall d'entrée, rafistola le loquet de la chaîne, replaça les vis arrachées dans leurs trous et laissa la porte verrouillée, mais sans la chaîne, pour que le général et sa femme puissent rentrer.

Il visita le rez-de-chaussée, qui comprenait une vaste salle à manger au-delà de la cuisine, un petit salon et des toilettes.

Il monta au premier où un immense living-room occupait tout l'étage. Il continua jusqu'au second où se trouvaient les chambres, qu'il vérifia une à une. Les deux premières étaient visiblement celles des enfants du général, un garçon et une fille, et Khalil se surprit à souhaiter qu'ils aient été là, endormis. Mais elles étaient vides. La troisième devait être une chambre d'ami et la quatrième celle des maîtres de maison.

Il atteignit le troisième qui était composé d'un grand bureau et d'une très petite chambre, celle de la domestique.

Dans le bureau lambrissé de bois clair, la maquette d'un F-111 était suspendue au plafond, ses ailes repliées comme s'il plongeait pour attaquer. Khalil remarqua les quatre petites bombes argentées sous ses ailes. Il arracha la maquette à son fil et l'écrasa entre ses poings, la détruisant complètement avant de la jeter sur le tapis où il l'acheva à coups de pied. « Que Dieu vous envoie tous en enfer ! »

Il se reprit et poursuivit son inspection du bureau. Sur le mur, il y avait une photo encadrée, celle de huit hommes posant devant un F-111. La photo portait une étiquette imprimée disant : LAKENHEATH, 13 AVRIL 1987. Khalil la relut. Ce n'était pas la bonne année, mais il se rendit compte que les noms de ces huit hommes, comme leur mission, étaient demeurés secrets, et que le général avait antidaté la photo, exprès, même dans son propre bureau. « Vraiment, se dit Khalil, ces lâches n'ont tiré aucun honneur de ce qu'ils ont fait. »

Il s'approcha de l'énorme bureau d'acajou et le fouilla. L'agenda du général, ouvert à la page du dimanche 16 avril, ne comportait que cette mention : « Église, 8 h 15 ». Tant mieux. Personne ne remarquerait l'absence du général avant le lendemain quand il n'apparaîtrait pas à son travail.

À la page suivante, il vit que Waycliff avait un rendez-vous le lundi à dix heures. À cette heure-là, un autre des camarades d'escadrille du général serait mort.

Khalil regarda au 15 avril, date anniversaire du raid, et il lut : « Neuf heures, appel escadrille. »

Khalil hocha la tête. Ainsi, ils avaient tous gardé le contact. Cela pouvait poser problème, mais Khalil s'était attendu que certains d'entre eux soient restés en relation. S'il agissait vite, au moment où ils s'apercevraient qu'ils étaient tous menacés, il n'en resterait pas un.

Dans le carnet de téléphone du général, il nota avec satisfaction que le colonel Hambrecht était marqué : décédé. Il remarqua aussi que l'adresse de l'homme appelé Chip Wiggins était rayée avec un point d'interrogation rouge à côté de son nom.

Il reposa le carnet et l'essuya avec un mouchoir. Il fit de même avec l'agenda.

Il ouvrit les tiroirs. Dans celui du milieu, il découvrit un .45 automatique plaqué argent. Il vérifia que le chargeur était plein, puis fit monter une balle dans le canon. Il remit la sécurité et passa le pistolet dans sa ceinture.

Il se dirigea vers la porte, s'arrêta, se retourna et ramassa avec le plus grand soin tous les petits morceaux de la maquette du F-111, avant de les jeter dans une corbeille à papier.

Puis il redescendit au second et passa les chambres au peigne fin, prenant l'argent, les bijoux, les montres et même quelques-unes des décorations du général. Il mit le tout dans une taie d'oreiller, puis emporta son butin à la cuisine où il s'installa devant une bouteille de jus d'orange.

L'horloge murale indiquait neuf heures moins cinq. Le général et sa femme rentreraient vers neuf heures et demie. À neuf heures quarante-cinq maximum, ils seraient morts tous les deux.

25.

Asad Khalil entendit la porte d'entrée s'ouvrir, puis un homme et une femme qui parlaient. La femme appela :

– Rosa, nous sommes rentrés.

Khalil finit de boire son jus d'orange. Les voix se rapprochaient.

Il se leva et se plaça sur le côté derrière la porte, puis sortit le colt .45 du général.

Le général et son épouse entrèrent dans la vaste cuisine. Le général se dirigea vers le réfrigérateur et sa femme vers la cafetière électrique posée sur le comptoir. Tous deux lui tournaient le dos, et Khalil attendait qu'ils remarquent sa présence. Il dissimula le pistolet dans la poche de sa veste.

La femme prit deux tasses dans un placard et y versa du café.

– Où est le lait ? demanda le général.

– Il est là, dit Mrs. Waycliff.

Elle pivota, vit soudain Khalil, laissa échapper un petit cri et lâcha les deux tasses, qui se brisèrent sur le carrelage.

Waycliff se retourna d'un coup et se retrouva face à un homme en costume. Il respira un grand coup et dit :

– Qui êtes-vous ?

– Je suis un messager.

– Qui vous a laissé entrer ?

– Votre domestique.

– Où est-elle ?

– Partie acheter du lait.

– Okay, s'énerva le général Waycliff, foutez le camp d'ici, ou j'appelle la police.

– Moi aussi, je suis un homme très religieux. J'ai étudié le Testament des Hébreux aussi bien que celui des chrétiens, et le Coran, évidemment.

Ces derniers mots firent comprendre au général à qui il avait affaire.

– Vous connaissez le Coran ? Non ? poursuivit Khalil.

– Écoutez... je ne sais pas qui vous êtes mais...

– Bien sûr que vous le savez.

– D'accord... Je sais qui vous êtes...

– Oui, je suis votre pire cauchemar. Et, un jour, vous avez été mon pire cauchemar.

– Mais de quoi parlez-vous ?

– Vous êtes le général Terrence Waycliff et vous travaillez au Pentagone. Exact ?

– Cela ne vous regarde pas. Je vous demande de partir immédiatement.

Khalil ne répondit pas. Il regardait l'homme sanglé dans son uniforme bleu.

– Vous êtes couvert de décorations, général, finit-il par dire.

– Gail, appelle la police, dit le général à sa femme.

Son épouse demeura paralysée un instant, puis elle s'avança vers le téléphone mural.

– Ne touchez pas ce téléphone, menaça Khalil.

Elle regarda son mari, qui répéta : « Appelle la police », avant de faire un pas vers l'intrus.

Khalil sortit l'automatique de la poche de sa veste.

Gail Waycliff accusa le coup.

– Très belle arme, dit Khalil. Nickel ou argent, crosse en ivoire et votre nom gravé dessus.

Le général ne répliqua pas.

– Apparemment, vous n'avez pas eu de médaille pour le raid sur la Libye. Est-ce exact ?

Khalil fixait Waycliff et, pour la première fois, il vit de la peur dans les yeux du général, qui regarda sa femme. Tous deux savaient maintenant où tout cela les menait. Gail Waycliff retraversa la cuisine pour se mettre à côté de son mari.

Khalil apprécia sa bravoure face à la mort imminente.

Un lourd silence s'abattit sur la pièce. Khalil savourait ce moment, prenant plaisir à la vue des Américains attendant leur mort. Mais il n'en avait pas encore fini avec eux.

– Arrêtez-moi si je me trompe, mais vous étiez Remit 22. Non ?

Le général ne répondit pas.

– Votre escadrille de quatre F-111 a attaqué Al-Azziziyah. Correct ?

Une fois de plus, le général ne répondit pas.

– Et vous vous demandez comment j'ai découvert ce secret.

– Oui, fit enfin le général.

– Si je vous le dis, alors je serai obligé de vous tuer, dit Khalil en souriant.

– C’est ce que vous allez faire, de toute façon.

– Peut-être. Peut-être pas.

– Où est Rosa ? demanda Gail Waycliff.

– Quelle bonne maîtresse qui s’inquiète de sa servante !

– Où est-elle ? insista Gail Waycliff.

– Elle est là où vous pensez.

– Sale bâtard !

Asad Khalil n’avait pas l’habitude qu’on lui parle ainsi, et surtout pas une femme. Il fut tenté de l’abattre sur-le-champ, mais il parvint à se contrôler et reprit :

– Je ne suis pas un bâtard. Mon père a été tué par vos alliés israéliens. Ma mère a été tuée à Al-Azziziyah, avec mes quatre frères et sœurs. Et c’est probablement une des bombes de votre mari qui les a tués. Alors, Mrs. Waycliff, qu’avez-vous à répondre à ça ?

Gail Waycliff prit une profonde inspiration et répliqua :

– Tout ce que je peux dire, c’est que je suis désolée. Nous sommes tous deux désolés pour vous.

– Ah oui ? Eh bien, merci pour votre compassion.

Mais le général regarda Khalil droit dans les yeux et lança, avec colère :

– Je ne suis pas désolé. Votre chef, Kadhafi, est un terroriste international. Il a assassiné des douzaines d’innocents, hommes, femmes et enfants. Al-Azziziyah était un centre d’opérations terroristes et c’est Kadhafi qui s’est rendu responsable des pertes civiles en les installant dans une base militaire. Vous savez tout ça, alors ne prétendez pas qu’assassiner des gens de sang-froid soit en rien justifié.

Khalil dévisagea le général. Il avait l'air de soupeser ses paroles.

– Et la bombe lâchée sur la maison de Kadhafi ? Vous savez, général, celle qui a tué sa fille, blessé sa femme et ses deux fils. C'était un accident ? C'est ce que vous appelez des frappes chirurgicales, sans doute ?

– Je n'ai rien de plus à vous dire.

Khalil secoua la tête. Il leva son arme et la braqua sur Waycliff.

– Vous ne pouvez pas imaginer depuis combien de temps j'attends cet instant.

Le général se mit devant son épouse et dit :

– Laissez-la partir.

– Ridicule. Mon seul regret, c'est que vos enfants ne soient pas ici.

– Bâtard ! cria le général en bondissant vers Khalil.

Khalil tira une balle, une seule, droit dans les décorations du général.

La force de l'impact arrêta net le mouvement du général et le souleva de terre. Il retomba en arrière sur le sol.

Gail Waycliff cria et courut vers son époux.

Khalil se retint de tirer et la laissa s'agenouiller près de son mari mourant. Elle lui caressait le front en sanglotant. Du sang sortait de la blessure, et Khalil comprit qu'il avait raté le cœur et touché le poumon gauche, ce qui était parfait. Le général allait se noyer, doucement, dans son propre sang.

– J'aurais pu vous tuer lentement, et avec une hache, comme j'ai tué le colonel Hambrecht. Mais vous avez été très brave et je respecte ça. Donc vous ne souffrirez pas davantage. Je ne peux pas vous promettre la même chose pour vos compagnons d'escadrille.

Le général essaya de parler, mais du sang rose et mousseux sortit de sa bouche. Finalement, il parvint à murmurer :

– Gail...

Khalil mit la gueule du .45 sur le côté de la tête de Gail Waycliff, au-dessus de son oreille, et il lui tira une balle dans le crâne.

Elle s'effondra à côté de son mari.

La main du général tenta d'atteindre le corps de sa femme, puis il fit un effort désespéré pour bouger la tête et la regarder.

– Elle a beaucoup moins souffert que ma mère, dit Khalil.

Le général tourna la tête vers lui. Il avait les yeux écarquillés et du sang coulait de sa bouche.

– C'est assez... assez de morts... retournez chez vous...

– Mais je n'ai pas fini. Je rentrerai quand vos amis seront tous morts.

Le général ne chercha pas à répondre. Sa main trouva la main de son épouse et il la serra pour affronter sa lente agonie.

Khalil s'accroupit auprès du couple et il arracha la montre du général et sa bague de l'Air Force. Il lui prit son portefeuille, de même que la montre, les bagues et le collier de perles de Mrs. Waycliff.

Toujours accroupi, il posa les doigts sur la poitrine du général, là où le sang couvrait ses médailles et ses rubans. Puis il porta les doigts à ses lèvres, suçant le sang, savourant cet instant.

Les yeux du général remuaient encore. Il vit avec horreur le geste de son bourreau. Il voulut parler, mais se mit à tousser, crachant encore du sang.

Khalil garda les yeux fixés sur ceux du général, et ils se regardèrent, un long moment, jusqu'à ce que la respiration du général se fasse plus courte. Son corps s'agita de spasmes. Ses poumons sifflaient. Puis son cœur cessa de battre.

Satisfait, Khalil se releva et contempla les deux corps.

– Brûlez en enfer, dit-il.

26.

À dix heures quinze, Asad Khalil roulait vers le sud sur l'Interstate 9, s'éloignant de Washington. Il savait qu'il n'y aurait plus de péages sur les routes ou les ponts avant qu'il parvienne à destination.

Tout en conduisant, il fouilla dans la taie d'oreiller et en sortit l'argent volé chez le général Waycliff. Deux cents dollars à peu près. Dans le bureau du motel, il avait ramassé quatre cent quarante dollars, mais une partie de cet argent lui appartenait. Avec celui de Gamal Jabbar et ce qui lui restait, il arrivait à un total de près de onze cents dollars. C'était tout à fait suffisant pour les prochains jours.

En passant sur un pont qui enjambait une petite rivière, il se rangea sur la bande d'arrêt d'urgence, mit ses warnings et sortit. Il vérifia qu'il était bien seul et, ne voyant personne, il balança la taie d'oreiller contenant le pistolet du général et les divers bijoux pris chez lui. Puis il repartit.

Un peu plus loin, il quitta la route et se dirigea vers une station-service. Il s'arrêta devant une pompe qui indiquait SELF-SERVICE. Ce n'était pas vraiment différent de l'Europe, lui avaient-ils dit, et il pouvait se servir de sa carte de crédit, mais il ne voulait pas laisser de trace au début de sa mission et il décida donc de payer en liquide.

Il remplit son réservoir, puis s'approcha d'une cabine vitrée où il déposa deux billets de vingt dollars dans la petite ouverture. Le pompiste le regarda, et Khalil jugea ce bref coup d'œil très inamical. L'homme mit sa monnaie dans la petite ouverture en annonçant le montant, puis lui tourna le dos. Asad prit sa monnaie et rejoignit sa voiture.

Il regagna l'Interstate et poursuivit sa descente vers le sud.

Il savait qu'il était en Virginie, et il remarqua que les arbres avaient plus de feuilles que près de New York. Son thermomètre extérieur lui indiquait qu'il faisait 76° Fahrenheit. Il appuya sur un petit bouton de la console et le thermomètre afficha 25 °C. C'était une température agréable, se dit-il, mais il y avait vraiment beaucoup d'humidité.

Il roulait à la même vitesse que les autres véhicules, vitesse légèrement plus élevée qu'au nord de Washington.

« Dans le Sud, la police arrête souvent les voitures avec des plaques du Nord. Surtout de New York », lui avait dit Boris.

Khalil avait demandé pourquoi et Boris lui avait répondu :

« À cause de la guerre civile entre le Nord et le Sud. Le Sud a perdu et, encore maintenant, il existe une grande animosité contre les Yankees, les gens du Nord. Reste sur l'Interstate, ce sera mieux. C'est une route très fréquentée par les gens du Nord qui passent leurs vacances en Floride. Ta voiture attirera moins l'attention. »

Khalil songeait à tout ça. Ils avaient essayé de parler de son trajet en voiture vers le sud avec légèreté, mais, visiblement, ils en savaient beaucoup moins sur cette zone des États-Unis que sur New York et Washington. C'était apparemment une région qui pouvait lui poser problème. Il se rappela le pompiste, ses plaques de New York, et son apparence physique. Boris lui avait également dit :

« Dans le Sud, il y a peu de mélange racial – la plupart des gens sont blancs ou noirs. Pour eux, tu n'es ni l'un ni l'autre. Mais, quand tu arriveras en Floride, ça ira mieux. Il y a de tout là-bas. Ils pourront imaginer que tu es sud-américain, mais beaucoup de gens parlent espagnol en Floride et pas toi. Alors, si tu as besoin de t'expliquer, dis que tu es brésilien. Très peu d'Américains connaissent le portugais. Si tu dois t'adresser à des policiers, reste égyptien, comme l'affirme ton passeport. »

Il avait aussi discuté de cette question avec Malik, et le vieil homme l'avait rassuré :

« Ne laisse pas cet idiot de Russe t'inquiéter. En Amérique, il te suffit de sourire, de garder les mains hors de tes poches, de tenir un journal américain, de donner quinze pour cent de pourboire, de ne pas t'approcher trop près d'eux pour parler, et de dire "bonne journée" à tout le monde. »

Khalil sourit au souvenir de cette description. Malik avait conclu en disant :

« Ils sont comme les Européens, mais leur pensée est plus simple. Sois direct, pas abrupt. Amical, pas familier. Ils ont une connaissance limitée de la géographie et des autres cultures, bien moins affinée que celle des Européens. Donc, si tu veux être grec, sois grec. Ton italien est bon, alors dis que tu viens de Sardaigne. Ils n'en ont jamais entendu parler de toute manière. »

Khalil se concentra à nouveau sur la route. Tout était calme, et il laissa ses pensées dériver vers le double meurtre qu'il venait de commettre.

Il se dit qu'il aurait pu rendre leur mort plus douloureuse, mais il était tenu par la nécessité de maquiller ces assassinats en crimes de rôdeurs. Il avait besoin de mettre le plus de temps et de dresser le plus d'embûches possible entre les services de renseignements américains et lui pour mener à bien sa mission.

Il se fixait comme objectif de rayer tous les noms de sa liste ; s'il n'y parvenait pas, quelqu'un d'autre le ferait. Il aurait aimé aussi pouvoir retourner en Libye, mais, s'il n'en avait pas l'opportunité, c'était sans importance. Mourir en terre infidèle en accomplissant son djihad serait de toute façon un triomphe et un honneur. Sa place au paradis était déjà assurée.

Depuis cette terrible nuit, il ne s'était jamais senti aussi bien qu'à présent.

Bahira. Je fais cela aussi pour toi.

À treize heures quinze, il passa un panneau annonçant : « Bienvenue en Caroline du Nord ». Le paysage ne lui sembla guère différent de celui de Virginie. Sa voiture avançait, tranquille et puissante, sur la large autoroute presque rectiligne. Elle avait un gros réservoir, mais, d'après l'ordinateur de bord, il lui faudrait refaire deux fois le plein avant d'arriver à destination.

Il songea à l'homme chez qui il se rendait. Le lieutenant Paul Grey, pilote du F-111 connu sous le nom de code Elton 38.

Il avait fallu plus de dix ans et quelques millions de dollars aux renseignements libyens pour avoir accès à la fameuse liste des huit hommes du 15 avril 1986. Il avait encore fallu quelques années pour localiser chacun de ces meurtriers.

L'un d'eux, le lieutenant Steven Cox, officier bombardier à bord de Remit 61, était d'ores et déjà rayé de la liste, mort en mission pendant la guerre du Golfe. Khalil ne se sentait pas floué puisque le lieutenant Cox avait été tué par des combattants islamistes.

Les morceaux du colonel Hambrecht avaient été réexpédiés en Amérique en janvier. Le corps de sa deuxième victime, le général Waycliff, était encore chaud.

Restaient cinq cibles.

Ce soir, le lieutenant Paul Grey rejoindrait ses camarades d'escadrille en enfer. Et ils ne seraient plus que quatre.

Le secret avait protégé ces hommes pendant presque deux décennies. Ce même secret aidait Khalil désormais. Les autorités allaient avoir beaucoup de difficulté à établir le lien entre l'Angleterre, Washington et, très bientôt, Daytona Beach, Floride.

Il se souvint d'une autre conversation avec Malik.

« Asad... on dit que tu as un sixième sens, que tu peux sentir le danger avant de le voir, le flairer ou l'entendre. Est-ce vrai ? »

Khalil avait répondu qu'il pensait avoir ce don. Et il avait raconté à Malik la nuit du raid – sans mentionner l'épisode Bahira.

« J'étais sur le toit en train de prier et, avant que le premier avion n'approche, j'ai senti la présence du danger. J'ai eu la vision d'un monstrueux oiseau de proie descendant à travers le ghabli, droit sur notre pays. J'ai couru chez moi pour prévenir ma famille... mais c'était trop tard. »

Malik avait hoché la tête et dit :

« Le grand leader, comme tu le sais, va prier dans le désert, et il lui vient aussi des visions. »

Khalil le savait. Il savait que Muammar Kadhafi était né dans le désert, d'une famille de nomades. Les nomades du Sahara étaient deux fois bénis, et beaucoup d'entre eux avaient des pouvoirs que les natifs des villes et des villages n'avaient pas. Khalil était vaguement conscient que le mysticisme des peuples du désert précédait l'arrivée de l'islam et que certains considéraient ces croyances comme une hérésie. Pour cette raison, Asad Khalil, qui était né dans l'oasis de Kufra – ni vraiment ville ni réel désert –, ne parlait pas souvent de son sixième sens.

Mais Malik était au courant et lui expliqua :

« Quand tu sens le danger, il n'est pas lâche de courir. Même le lion court face à lui. Pourquoi crois-tu que Dieu lui a donné plus de vitesse qu'il n'en a besoin pour terrasser ses proies ? Tu dois te fier à ton instinct. Si tu ne le fais pas, ton sixième sens risque de t'abandonner. (Puis, très abruptement, Malik avait ajouté :) Tu peux mourir en Amérique, ou t'en enfuir. Mais tu ne peux pas te laisser capturer. »

Khalil n'avait pas répondu.

« Je sais que tu es brave, avait continué Malik, et que tu ne trahirais jamais ton pays ou ton Dieu, ou notre grand leader, même sous la torture. Mais, s'ils mettent la main sur toi vivant, tu seras la preuve dont ils ont besoin pour exercer leurs représailles. Le grand leader lui-même m'a demandé de te dire que, si ta capture est imminente, tu devras mettre fin à tes jours. »

Khalil se souvenait que cet ordre l'avait surpris. Il n'avait aucune intention de se laisser prendre et il mettrait aisément fin à ses jours s'il le fallait. Mais il s'était imaginé que sa capture pourrait lui servir à dire au monde qui il était, combien il avait souffert et ce qu'il avait fait pour venger cette nuit d'enfer. Il comprenait que le grand leader puisse ne pas vouloir un autre raid aérien américain. Mais, après tout, c'était la nature même de cette sanglante querelle. C'était comme un cercle de sang et de mort sans fin. Plus il y aurait de morts, mieux ce serait. Plus il y aurait de martyrs, plus Dieu serait satisfait, et plus l'islam serait uni.

Khalil écarta ces réflexions, sachant que le grand leader avait une stratégie qui ne pouvait être saisie que par les quelques personnes choisies qui l'entouraient. Un jour, il ferait sans doute partie de ce cénacle.

Cette idée le plongea dans un état de quasitranse. Il se projeta quelques heures et quelques centaines de kilomètres plus loin, vers Daytona Beach. Il visualisa la maison qu'il avait vue en photo, et le visage de l'homme appelé Paul Grey. Il essaya de percevoir la moindre onde de danger, mais il ne sentit aucun péril en suspens, aucun piège près de se refermer sur lui. À la place, il eut une vision de Paul Grey courant, nu, dans le désert, aveuglé par le ghabli, tandis qu'un lion le pourchassait, réduisant la distance à chaque foulée.

Asad Khalil sourit et loua Dieu.

27.

Juste avant neuf heures, on nous escorta jusque dans une jolie salle de conférences au deuxième étage où l'on nous présenta six hommes et deux femmes et où l'on nous offrit du café. Tous les types s'appelaient Bob, Bill et Jim, enfin, ce genre-là. Les deux femmes s'appelaient Jane et Jean. Tout le monde était en bleu.

Ce n'était pas un jour de travail normal dans le QG du FBI à Washington, et le bâtiment semblait assez vide, mais j'étais presque certain que la section antiterroriste était sur le pied de guerre. J'espérais qu'ils n'allaient pas trop nous en vouloir d'avoir foutu leur dimanche en l'air.

Ce qui aurait pu n'être qu'une journée longue et tendue, un dimanche foutu, donc, s'avéra bien pire. Oh, personne n'était hostile ni ne nous faisait de reproches – ils étaient polis et sympathiques –, mais j'avais la sensation très nette que j'étais de retour à l'école, convoqué dans le bureau du principal. « Johnny, tu crois que, la prochaine fois qu'un terroriste viendra en Amérique, tu te souviendras de ce qu'on t'a appris ? »

J'étais content de ne pas avoir apporté mon flingue – je crois que j'aurais descendu tout le monde.

Durant toute la matinée, on nous déplaça de bureau en bureau, comme une espèce de cirque ambulant refaisant le même numéro pour des publics variés.

L'intérieur du building était aussi laid que l'extérieur. Les murs peints en blanc cassé et les portes gris anthracite. Quelqu'un m'a dit un jour que J. Edgar Hoover avait banni tout tableau des murs, et il n'y en avait toujours pas. Quiconque accroche un tableau meurt de façon mystérieuse. Ce bâtiment a une forme bizarre et, les trois quarts du temps, il est difficile de situer où l'on est précisément. De temps en temps, nous passions devant un mur de verre qui nous permettait d'avoir vue sur un labo où des gens travaillaient.

Je ne savais pas à qui l'on parlait ; une ou deux fois, j'eus même l'impression qu'on était entrés dans la mauvaise salle, parce que les personnes à qui l'on s'adressait avaient l'air surprises ou carrément embêtées, comme si on les avait obligées à venir au bureau pour un cours de rattrapage et qu'ils se retrouvaient devant quatre gus de New York déboulant avec leur histoire de gaz empoisonné et de tueur baptisé le Lion. Bon, j'exagère peut-être un peu, mais, au bout de trois heures passées à répéter les mêmes choses à des individus différents, tout commençait à se brouiller.

Parfois, quelqu'un nous posait une question précise sur un fait précis et, très rarement, on nous demandait d'exprimer une opinion ou nos théories. Mais pas une fois on ne nous communiqua ce qu'on savait. Ça, ce serait pour après le déjeuner, nous dit-on, et seulement si l'on mangeait bien tous nos légumes.

Après le déjeuner, on se retrouva tous dans une petite salle sans fenêtres au troisième étage, où l'on nous servit une conférence sur le terrorisme en général, et le terrorisme moyen-oriental en particulier. On eut droit à une projection de diapos avec cartes, photos et diagrammes, et à une liste de lectures conseillées.

Je pensais que c'était une plaisanterie, mais pas du tout. Néanmoins, je demandai à notre instructeur, un certain Bill, je crois, qui portait un costume bleu :

– On tue le temps avant d'en arriver aux choses importantes, c'est ça ?

Bill parut un peu vexé, mais cela ne l'empêcha pas de pérorer pendant un bon moment. Je prenais des notes : ne pas oublier d'appeler Beth Penrose, mes parents en Floride, Dom Fanelli, acheter de l'eau gazeuse, passer récupérer mes costumes au pressing, téléphoner au réparateur pour la télé...

Bill parlait toujours. Kate écoutait. Ted rêvassait.

Au bout d'un moment, Bill sortit enfin, et il fut remplacé par un homme et une femme. La femme se prénommait Jane et le type Jim. Eux aussi portaient du bleu.

– Merci d'être venus, dit Jane.

– Est-ce qu'on avait le choix ? grommelai-je de mon ton le plus aimable.

J'en avais franchement marre.

– Non, fit-elle en souriant, vous ne l'aviez pas.

– Vous devez être Corey, dit Jim.

Je devais l'être.

Bref, Jane et Jim nous firent un petit duo, et le titre de la chanson était « La Libye ». Un peu plus intéressant que le précédent, ce show retint notre attention. Ils parlaient de Kadhafi, de ses relations avec les États-Unis, de ses liens avec le terrorisme, et du raid sur la Libye en 1986.

– Le suspect, conclut Jane, est plus que probablement libyen, même s'il a voyagé sous diverses identités moyen-orientales.

Soudain, une série de diapos passa sur l'écran, montrant Khalil sous différents angles. Visiblement, il ne savait pas qu'il était filmé par la caméra invisible.

– Les gens de l'ambassade de Paris ont pris ces photos pendant qu'ils l'interrogeaient, expliqua Jane. Ils l'ont traité comme un transfuge légitime.

– A-t-il été fouillé ? m'enquis-je.

– Seulement superficiellement.

– Il n'a pas été fouillé à corps ?

– Non, nous ne voulions pas transformer un transfuge en prisonnier hostile.

– Certaines personnes adorent qu'on leur regarde dans le cul. Vous ne pouvez pas le savoir avant de le leur demander.

Même ce bon vieux Ted gloussa.

– Les Arabes sont plutôt pudiques, répliqua Jane avec froideur. Ils seraient outragés et humiliés par de telles pratiques.

– Mais le mec pouvait avoir des pilules de cyanure dans le cul, et il aurait très bien pu zigouiller quelqu'un à l'ambassade, ou se suicider.

Jane me lança un regard glacial.

– Les services de renseignements ne sont pas aussi stupides que vous avez l'air de le penser.

Sur ce, elle nous projeta une autre série de diapos. Khalil dans une salle de bains. Il se déshabillait, prenait une douche, allait aux toilettes, et ainsi de suite.

– C'était un appareil caché, bien sûr, précisa Jane. Nous avons la même chose en vidéo, si vous voulez, Mr. Corey.

– Je passe.

J'examinai la photo qui était restée sur l'écran. Asad Khalil de face, sortant de la douche, nu. C'était un homme puissamment bâti, de plus d'un mètre quatre-vingts, très poilu, sans cicatrices visibles ni tatouages, et monté comme un âne.

– Je te ferai encadrer celle-ci, dis-je à Kate.

Celle-là passa très mal auprès de mon public. La pièce se rafraîchit subitement, et je me dis qu'on allait me mettre au piquet pour de bon, dans le couloir. Mais Jane continua :

– Pendant que Mr. Khalil était plongé dans un profond sommeil, provoqué par un sédatif discrètement dilué dans son lait... (elle sourit avec des airs de conspirateur), le personnel de l'ambassade l'a fouillé et a inspecté ses vêtements. Ils ont pris ses empreintes, des échantillons de cheveux, de salive pour son code ADN, et même son empreinte dentaire. Avons-nous oublié quelque chose, Mr. Corey ? ajouta-t-elle en me regardant.

– Je ne crois pas. La vache, je ne savais pas que le lait pouvait vous assommer comme ça !

– Toutes ces données seront mises à votre disposition, poursuivit Jane. Un premier rapport sur ses vêtements indique qu'ils sont de fabrication américaine, ce qui est intéressant, parce que ce genre de vêtements n'est commun ni en Europe ni au Moyen-Orient. Nous soupçonnons donc que Khalil a l'intention de se fondre dans une population urbaine américaine peu de temps après son arrivée.

C'était exactement mon avis.

– L'autre théorie veut que Khalil, portant un faux passeport fourni par Haddad, se soit rendu directement aux départs de l'aéroport, où un billet l'attendait sur une ligne aérienne moyen-orientale. Vous avez sans doute examiné les deux théories. Toutes deux sont plausibles. Notre seule certitude, c'est que Haddad est resté. Nous essayons d'établir son identité réelle et de déterminer quelles sont ses connexions. Imaginez maintenant cet homme, Khalil, assez impitoyable pour abattre son complice, assassiner un homme qui a risqué sa propre vie pour que lui, Khalil, puisse pénétrer dans notre pays. Songez à Khalil brisant la nuque de Yusef Haddad, puis s'asseyant dans un avion plein de cadavres, espérant que le pilote automatique le pose bien sur l'aéroport JFK. Puis, au lieu de fuir tout de suite, il se rend au Conquistador Club et tue trois des nôtres. Dire que Khalil est sans pitié et sans cœur, c'est ne définir qu'une partie de sa personnalité. Il est également incroyablement impudent et sans peur. Quelque chose de très puissant le guide.

Alors là, pas de doute. Je me considère comme impudent et sans peur, mais il était temps d'admettre que je n'aurais pas fait ce qu'Asad Khalil avait fait. Une seule fois dans ma carrière j'avais croisé un adversaire dont je pensais qu'il avait plus de couilles que moi. Quand, finalement, je l'avais tué, je m'étais demandé si ça me rendait vraiment plus valeureux que lui ; un peu comme le chasseur avec son fusil qui tue un lion sait que le lion avait plus de bravoure que lui.

Jane changea de diapo. Celle-ci montrait en gros plan le visage de Khalil, de profil.

– Vous apercevez sur sa joue trois cicatrices alignées, presque imperceptibles. Notre patho logiste dit que ce ne sont ni des brûlures ni des marques de lame ou d'éclats d'obus. En fait, on dirait des blessures typiques d'ongles humains ou de griffes d'animal. Ce sont les seules cicatrices identifiables sur son corps.

– Pouvons-nous supposer que ces cicatrices ont été faites par les ongles d'une dame ? demandai-je.

– Vous pouvez supposer ce que vous voulez, Mr. Corey.

– Merci.

– Et les gens de Paris ont tatoué trois petits points sur le corps de Khalil. L'une de ces marques noires est placée sous le lobe de son oreille droite... (Elle nous passa une deuxième diapo en très gros plan.) Une autre entre son gros orteil et le second doigt de pied de son pied droit... (Encore une fois, une photo très bizarre.) Et la dernière est près de son anus, du côté droit. Au cas où vous tiendriez un suspect, ou si vous trouvez un corps, cela pourrait servir à l'identifier très rapidement.

– La préparation de l'opération vue de leur côté est assez simple quand on l'examine..., intervint Jim.

Je levai la main.

– Puis-je poser une question ?

– Bien sûr.

– Comment Yusef Haddad savait-il sur quel vol on mettrait Asad Khalil ?

– Eh bien, Mr. Corey, c'est précisément la question, n'est-ce pas ?

– Ouais, ça me trotte dans la tête.

– Malheureusement, la réponse est assez simple. Nous utilisons presque toujours la

Transcontinental. Nous avons un accord avec eux et une personne qui travaille en relation directe avec leurs services de sécurité. Apparemment, quelqu'un a eu vent de cet arrangement, qui n'est pas à proprement parler ultra-secret.

– Mais comment Haddad savait-il que Khalil serait dans cet avion-*là* ?

– Une brèche évidente dans la sécurité de l'opération à l'aéroport Charles-de-Gaulle. En d'autres termes, un employé de la Transcontinental à Paris, peut-être un Arabe acheté par Yusef Haddad. En fait, si vous poussez le raisonnement plus loin, Khalil s'est rendu à Paris et pas ailleurs précisément à cause de cette complicité à l'aéroport. Ajoutez que, normalement, on ne peut plus apporter son propre oxygène dans un avion pour raisons médicales. Quelqu'un a réglé ce problème de sécurité il y a des années. Vous devez le signaler à la compagnie, laquelle se charge de vous fournir l'oxygène. Donc, un complice a introduit la bouteille de poison à la place d'une des deux bouteilles.

– Les deux bouteilles m'ont paru exactement semblables. Je suppose que l'une d'elles était marquée ? notai-je.

– En fait, l'oxygène avait une petite éraflure dans la peinture, en forme de zigzag. La bouteille de poison, non.

Je m'imaginai Yusef Haddad se disant : « Bon... voyons... l'oxygène avait une marque et pas le poison... ou bien était-ce le contraire ? »

– Il y a quelque chose qui vous amuse, Mr. Corey ? me demanda Jim.

J'exprimai ma pensée, mais Nash fut le seul à rire.

– En ce qui concerne le gaz, reprit Jim, nous avons un premier rapport à ce sujet. Je ne suis pas un expert, mais ils disent qu'il s'agissait d'un agent sanguin – probablement un dérivé du cyanure. Ce type de gaz est extrêmement volatil et se dissipe très rapidement dans l'air ambiant. Selon nos experts, les passagers ont pu remarquer une odeur qui ressemblait à celle des amandes amères, mais, à moins d'être habitués au cyanure, ils n'ont pas eu le temps de s'alarmer.

Jim nous regarda et constata que nous étions tous attentifs, pour changer. J'ai vécu le même genre d'expérience dans mes classes à John Jay. Dès que les étudiants commençaient à être distraits, j'embrayais sur un sujet ayant trait au meurtre ou au sexe. Et chacun vous écoute, tout d'un coup.

– Voilà comment nous pensons que ça s'est passé, poursuivit Jim. Asad Khalil a demandé à aller aux toilettes. Bien sûr, Phil Hundry ou Peter Gorman l'a accompagné pour vérifier qu'il ne lui faisait pas le coup de Michael Corleone... (Il nous regarda et ajouta, ce qui était complètement inutile :) Vous savez, dans *Le Parrain*, quand un complice cache une arme pour Al Pacino dans les toilettes du restaurant. Donc, Phil ou Peter a vérifié. Mais quelqu'un, probablement un complice travaillant à la maintenance à Charles-de-Gaulle, avait mis une de ces petites bouteilles d'oxygène, prévues pour les urgences à bord, sous le lavabo avant le décollage. Ni Phil ni Peter n'avaient de raison de supposer que cette petite bouteille n'avait rien à faire là. Khalil est allé aux toilettes menotté. C'était le signal pour Yusef Haddad. Avant que qui que ce soit se rende compte que quelque chose n'allait pas, le gaz avait fait son effet. Le pilote automatique est toujours enclenché pendant le vol et par conséquent l'avion a poursuivi sa route.

– Comment Khalil et Haddad savaient-ils que le 747 était préprogrammé pour se poser à JFK ? demanda Kate.

– La Transcontinental, répondit Jim, a une politique qui oblige les pilotes à programmer l'ordinateur pour l'entière durée du vol, et cela inclut les procédures d'atterrissage. Ce n'est pas un secret. C'est dans tous les manuels d'aviation. La seule action qu'on ne laisse pas à l'ordinateur, c'est l'inversion de poussée, parce que, s'il lui prenait l'envie de le faire en plein vol, cela réduirait l'avion en morceaux. Ainsi, quand le 747 s'est posé et que personne n'a inversé la poussée, c'était une indication qu'il y avait un problème.

Je pense que Jim et Jane avaient besoin d'une pause à cause de moi ; quand Jim eut fini, Jane annonça :

– Quinze minutes de pause. Les toilettes et le distributeur de café sont au bout du couloir.

Nous nous levâmes pour sortir très vite, avant qu'ils ne changent d'avis.

Ted, Kate, Jack et moi nous retrouvâmes à bavarder, et je découvris que Jim et Jane s'appelaient en réalité Scott et Lisa. Mais, pour moi, ils resteraient toujours Jim et Jane. Tout le monde ici s'appelait Jim et Jane, sauf Bob, Bill et Jean. Et ils portaient tous du bleu, jouaient au squash dans le sous-sol, faisaient du jogging le long du Potomac, avaient des maisons de campagne en Virginie et allaient à l'église le dimanche, sauf quand ils étaient plongés dans la merde, comme aujourd'hui.

Ceux qui étaient mariés avaient des enfants et leurs enfants étaient super, et ils vendaient des bonbons pour récolter des sous et s'acheter leur équipement de football, etc.

À un certain niveau, vous ne pouviez pas ne pas aimer ces gens. Je veux dire, ils représentaient vraiment l'idéal, ou du moins l'idéal américain tel qu'ils le voyaient. Ces agents étaient bons dans leur boulot, ils avaient une réputation mondiale d'honnêteté, de sobriété, de loyauté et d'intelligence. Alors, qu'est-ce que ça pouvait faire si la plupart d'entre eux étaient des avocats ? Jack Koenig, par exemple, était un brave type qui avait juste le tort d'avoir fait des études de droit. Kate aussi était cool pour une avocate. J'aimais bien son rouge à lèvres du jour. Une espèce de rose pâle givré.

J'étais donc peut-être un peu envieux des gens qui avaient une famille et une religion. Quelque part au fond de moi, il y avait une maison avec une barrière blanche, une femme aimante, deux enfants, un chien, et un boulot de neuf à cinq où personne ne voulait me tuer.

Je pensai de nouveau à Beth Penrose, là-bas, à Long Island. Je pensai à cette maison de week-end qu'elle avait achetée près de la Fourche Nord, entre l'océan et les vignes. Je ne me sentais pas particulièrement bien aujourd'hui, et les causes en étaient trop effrayantes pour que j'y songe plus avant.

28.

Asad Khalil regarda sa jauge d'essence : elle était au quart. Sa pendule indiquait quatorze heures treize. Il avait fait plus de quatre cent quatre-vingts kilomètres depuis Washington, et il nota que sa puissante voiture consommait plus d'essence qu'aucun des véhicules qu'il avait pu conduire en Europe ou ailleurs.

Il n'avait ni faim ni soif. Son entraînement l'avait conditionné à supporter de longues périodes sans boire, manger ni dormir, et il connaissait les limites de sa résistance.

Une décapotable blanche arriva à sa hauteur dans la file de gauche. Elle était occupée par quatre jeunes femmes blondes et bronzées qui riaient et bavardaient. Trois d'entre elles étaient en tee-shirt, mais la quatrième, la plus proche de lui à l'arrière, n'était vêtue que du haut d'un maillot de bain rose. Une fois, sur une plage du sud de la France, il avait vu des femmes qui ne portaient pas de haut du tout, leurs seins nus exposés aux yeux de tous. En Libye, cela leur aurait valu le fouet et sans doute quelques années de prison. Il ne pouvait pas savoir exactement quelle aurait été la punition, parce qu'une telle chose ne s'était jamais produite.

La fille avec le haut rose le regarda, sourit et lui fit signe. Ses copines firent la même chose en éclatant de rire.

Khalil accéléra. Elles accélérèrent aussi et restèrent à sa hauteur. Il remarqua qu'il roulait à cent vingt kilomètres-heure. Il redescendit à cent. Elles aussi, en continuant à lui faire signe. L'une d'elles lui cria quelque chose, mais il ne l'entendait pas.

Khalil ne savait quelle attitude adopter. Pour la première fois depuis le début de sa mission, il sentait qu'il n'avait pas le contrôle de la situation. Il ralentit encore. Les jeunes filles l'imitèrent.

Il savait que, si ce manège durait trop longtemps, ils finiraient par attirer l'attention ; il sentit la sueur perler à son front et accéléra brusquement.

Tout d'un coup, une voiture de police avec deux hommes à bord apparut dans son rétroviseur. Khalil se rendit compte qu'il était remonté à cent trente kilomètres-heure et que la décapotable était toujours à côté de lui. « Sales putains ! » s'exclama-t-il.

La voiture de police se plaça dans la file de gauche, derrière la décapotable, qui accéléra. Khalil lâcha l'accélérateur et vit la voiture de police arriver à sa hauteur. Il serra les doigts autour de la crosse du Glock, dans la poche droite de sa veste, gardant la tête droite et les yeux fixés sur la route devant lui.

La voiture de police le doubla et se rabattit sans prévenir, puis accéléra pour rattraper la décapotable. Khalil ralentit encore. Devant lui, les policiers avaient rejoint la décapotable et ils avaient l'air de parler avec les jeunes filles. Puis ils se firent tous des signes de la main et la voiture de police s'éloigna.

Visiblement, l'incident était clos. Khalil lâcha un profond soupir. Il essaya d'analyser ce qui venait de se passer, et dont le sens lui échappait en partie.

Il se souvint des propos de Boris à ce sujet.

« Mon ami, beaucoup d'Américaines te trouveront bel homme. Les femmes là-bas ne seront pas aussi ouvertes ni aussi sexuellement honnêtes que les Européennes, mais il est très possible qu'elles essaient de lier connaissance avec toi. Elles pensent qu'elles peuvent être amicales avec un homme sans le provoquer. En Russie, comme en Europe, ça nous paraît idiot. Pourquoi parler avec une femme si ce n'est pas dans le but d'avoir une relation sexuelle avec elle ? Mais, en Amérique, elles vont parler avec toi, surtout les jeunes, boire avec toi, danser avec toi et même t'inviter chez elles, et puis elles vont te dire qu'elles ne coucheront pas avec toi.

– De toute manière, je n'aurai aucune relation avec une femme pendant cette mission », avait rétorqué Khalil.

Boris avait éclaté de rire et dit :

– Cher ami musulman, le sexe fait partie des missions. Tu as tout de même le droit de t'amuser quand tu risques ta vie. Tu as sûrement vu des *James Bond* ?

– Si le KGB avait fait plus attention aux missions et moins aux femmes, il y aurait encore un KGB, avait répliqué Khalil, qui n'avait aucune idée de qui était James Bond.

– Même si tu ne leur cours pas après, avait poursuivi le Russe, vexé, elles peuvent te tomber dessus. Il te faut apprendre à gérer ce genre de situation.

– Je n'ai aucune intention de me retrouver dans ce genre de situation. Le temps que je passerai en Amérique est limité, mes occasions de parler à des Américains également.

– Et pourtant, de telles choses arrivent. »

Khalil hocha la tête. C'est exactement ce qu'il venait de vivre et il n'avait pas su y réagir.

En repensant aux quatre jeunes Américaines dans la décapotable, il dut admettre qu'il ressentait l'étrange désir d'être nu dans un lit avec une femme.

À Tripoli, c'était presque impossible de le faire sans danger. En Allemagne, il y avait des prostituées turques partout, mais il ne parvenait pas à se faire à l'idée d'acheter le corps d'une musulmane. Il s'était soulagé en France auprès de prostituées africaines, mais seulement quand elles lui avaient juré qu'elles n'étaient pas musulmanes. Il se souvint d'avoir baisé une fois avec une Albanaise dont il avait découvert qu'elle était musulmane. Il l'avait battue si fort qu'il se demandait si elle avait survécu.

« Quand tu reviendras, lui avait dit Malik, il sera temps pour toi de te marier. Tu n'auras plus qu'à choisir parmi les filles des meilleures familles de Libye. »

En fait, Malik en avait mentionné une en particulier – Alima Nadir, la plus jeune sœur de Bahira, qui avait maintenant dix-neuf ans.

Il pensa à Alima ; même voilée, il sentait qu'elle n'était pas aussi belle que Bahira, mais il sentait également chez elle la même fougue impertinente qu'il avait aimée et détestée chez Bahira. Oui, il pouvait l'épouser. Le capitaine

Nadir, qui aurait désapprouvé ses intentions envers Bahira, l'accueillerait désormais comme un héros de l'islam, la fierté du pays, et un gendre de grande valeur.

Une lumière clignota sur son tableau de bord lui signalant qu'il atteignait la réserve d'essence.

Il s'arrêta à la prochaine station qu'il croisa.

Il choisit encore une fois une pompe self-service qui n'acceptait que les espèces et remplit son réservoir qui contenait vingt-deux gallons, soit environ cent litres d'après ses calculs. Fallait-il voir de l'arrogance ou de la stupidité dans l'obstination des Américains à ne pas utiliser le système métrique que tout le reste du monde avait adopté ?

Il remit la pompe en place et réalisa qu'il devait rentrer dans la station pour payer.

À l'intérieur, il n'y avait qu'un employé. Assis derrière un petit comptoir, ce dernier fumait une cigarette devant la télévision.

Khalil sortit ses billets. L'homme lui parla en lui rendant sa monnaie. Cela avait beau être de l'anglais, Khalil s'aperçut qu'il le comprenait à peine. L'accent du Sud. De la sueur perlait de nouveau à son front. Il marmonna : « Bonne journée », et sortit en hâte, se retournant discrètement quelques mètres plus loin pour vérifier si l'homme l'observait, mais non, il était retourné devant son téléviseur.

Khalil redémarra précipitamment. Il savait que le plus grand danger pour lui, c'était la télévision. S'ils diffusaient son portrait – et ils pouvaient très bien avoir déjà commencé à le faire –, il ne serait plus en sécurité nulle part. Tout le monde regardait la télévision.

Le type de la station ne l'avait pas reconnu, il en était certain. Si tel avait été le cas, Khalil l'aurait immédiatement lu dans ses yeux, et il l'aurait tué aussitôt.

Mais si la station-service avait été pleine de gens ?

En même temps, s'ils avaient convenablement raisonné, ses officiers traitants et lui, les Américains devaient croire qu'il avait déjà quitté le pays, directement de l'aéroport de New York. Ils avaient beaucoup débattu à ce propos, discussion que Boris avait parfaitement résumée. « Peu importe ce qu'ils pensent. Le FBI et la police locale te chercheront en Amérique, et la CIA et ses collègues étrangers te chercheront dans le reste du monde. Donc, nous devons créer l'illusion que tu es revenu en Europe. »

Boris était rompu au jeu des intrigues. Il l'avait joué contre les Américains pendant des années. Sur ses conseils, les Libyens avaient donc créé un autre Asad Khalil, qui allait commettre un acte de terrorisme quelque part en Europe dans les prochains jours. Cela pouvait berner les Américains. Ou pas.

« Les Américains ont acquis le cynisme des Arabes, la sophistication des Européens et la duplicité des Orientaux, avait dit Malik. On ne peut plus les tromper, mais ils peuvent feindre de l'être. Donc, oui, nous pouvons créer un autre Asad Khalil en Europe pendant une semaine ou deux, et ils prétendront qu'ils le poursuivent là-bas, tout en sachant qu'il est encore en Amérique. Mais, pendant ce temps-là, le véritable Asad Khalil ne devra compter sur personne d'autre que lui-même. »

Asad Khalil pensait à Boris et à Malik, ses deux instructeurs si différents l'un de l'autre. Malik agissait par amour pour son Dieu, pour l'islam, pour son pays et pour le grand leader, et aussi par haine de l'Occident. Boris travaillait pour l'argent et ne haïssait pas spécialement les Américains ou l'Occident. Il n'avait pas de dieu, pas de chef, en réalité pas de pays. Et pourtant, même si Malik disait qu'il faisait pitié, Boris semblait heureux, ni amer ni vaincu.

« La Russie se relèvera un jour, affirmait-il. C'est inévitable. »

Ces deux hommes si opposés travaillaient très bien ensemble, et chacun lui avait appris des choses que l'autre comprenait à peine. Asad préférait Malik, bien sûr, mais il savait qu'il pouvait compter sur Boris et sur son franc-parler. Un jour, en privé, Boris l'avait prévenu : « Ton grand leader ne veut pas d'un autre bombardement américain sur sa maison, alors ne t'attends pas à beaucoup d'aide si tu te fais prendre. Si tu parviens à revenir ici, on te traitera bien. Mais, si tu es piégé en Amérique, le prochain Libyen que tu verras sera ton exécuteur. »

Khalil avait refoulé cette mise en garde, la mettant sur le compte des vieux réflexes mentaux soviétiques du Russe. Les combattants islamiques ne trahissaient ni n'abandonnaient jamais leurs frères parce que Dieu le leur interdisait.

Son attention revint à la route. C'était un grand, un immense pays. Il était facile de s'y fondre. Or il n'y avait pas, comme en Europe, de frontière proche pour s'échapper facilement. Et puis, dans le Sud, la langue était très difficile à comprendre. Mais bientôt il serait en Floride, où tout serait plus facile. Il songea au lieutenant Paul Grey. Sa prochaine victime n'allait pas tarder à rejoindre ses compagnons en enfer.

29.

La pause était finie. Jim et Jane partis, un gentleman visiblement arabe les avait remplacés dans la salle de conférences. Au début, j'ai pensé que ce type s'était perdu en cherchant la mosquée, ou alors qu'il avait kidnappé Jim et Jane et les gardait en otages, mais, avant que je puisse me jeter sur cet envahisseur, il sourit et se présenta : Abbah Ibn Abdellah, nom qu'il fut assez aimable d'écrire sur le tableau noir. Au moins, il ne se prénommait pas Bob, Bill ou Jim. Il dit néanmoins : « Mais vous pouvez m'appeler Ben », sans doute pour cadrer avec la manie du diminutif en vigueur dans ce pays.

La cinquantaine, un peu grassouillet, le cheveu rare, Ben portait la barbe, des lunettes, un costume de tweed épais, pas bleu, et une de ces espèces de drapeaux à damiers sur la tête. C'était mon premier indice : il n'était peut-être pas d'ici.

Il y avait, et il n'y avait pas, comme un malaise dans la pièce. Je veux dire, Jack, Kate, Ted et moi sommes sophistiqués, mondialistes, et tout ça. Nous avons tous travaillé avec des gens du Moyen-Orient et nous en avons fréquenté, mais pour je ne sais quelle raison, cet après-midi, il y avait comme une petite tension dans l'atmosphère.

– Quelle terrible tragédie, commença Ben.

Personne ne répondant, il poursuivit :

– Je suis agent spécial sous contrat pour le FBI.

Cela signifiait que, comme moi, il avait été engagé pour une compétence bien précise, et je devinai que ce n'était pas la mode pour hommes. En tout cas, au moins, lui n'était pas avocat.

– Je suis professeur de politique moyen-orientale à l'université George-Washington, spécialisé dans l'étude des groupes ayant un comportement extrémiste.

– Les terroristes, suggéra Koenig.

– Oui, faute d'un meilleur mot.

– Que diriez-vous de psychotiques ? Ou assassins ? lançai-je pour l'aider. Ce sont de meilleurs mots.

Le professeur Abdellah ne releva pas. Il avait l'air cool, genre « j'ai l'habitude de ce type de remarques, vous pouvez y aller ». Il parlait bien, était intelligent et calme. Rien de ce qui s'était passé hier n'était sa faute, bien sûr. N'empêche, cet après-midi, il faisait un boulot vachement dur.

Après nous avoir précisé qu'il était lui-même égyptien et qu'il avait une assez bonne compréhension des Libyens, il nous fit un cours sur la culture, les coutumes, la cuisine, la religion libyennes, etc.

– Musulmans, chrétiens et juifs trouvent leur origine chez le prophète et patriarche Abraham. Mahomet descend du fils aîné d'Abraham, Ismaël, et Moïse et Jésus descendent d'Isaac. Que la paix soit avec eux tous.

Il continua sur Jésus, Marie, l'archange Gabriel, Mahomet, Allah... Ces gens se connaissaient tous et s'adoraient. Incroyable. Je ne savais plus s'il fallait que je fasse le signe de croix, que je me tourne vers La Mecque ou que j'appelle mon pote Jack Weinstein.

C'était intéressant, mais ça ne m'amenait pas plus près d'Asad Khalil.

À coup sûr, c'était un homme très bien, très poli, agréable à rencontrer et vraiment sincère. Pourtant, j'avais le sentiment d'être placé devant une glace sans tain, et que tout cela était enregistré pour le compte des costards bleus. Cet endroit était réellement dingue.

Je veux dire, il y avait sûrement une bonne raison pour qu'on nous fasse la leçon sur l'islam, mais nous pouvions tout aussi bien accomplir notre mission sans être trop sensibilisés à l'autre camp. J'essayai d'imaginer, début juin 1944, un général disant à ses GI : « Okay, les gars, demain la leçon portera sur Goethe et Schiller. Et n'oubliez pas le concert de Wagner demain soir, hangar 12. Ce soir, c'est choucroute pour tout le monde. *Guten Appetit !* » Vous voyez ce que je veux dire.

– Pour attraper cet homme, Asad Khalil, poursuivait Abdellah, il peut être intéressant de le comprendre. Tout d'abord son nom, le Lion. Beaucoup d'hommes et de femmes islamistes cherchent à ressembler à l'animal dont ils portent le nom.

– Donc, suggérai-je, on devrait commencer par aller voir près des zoos ?

– Cherchez un homme qui aime tuer les zèbres, répondit-il en gloussant.

Cet expert avait de l'humour. Il me regarda droit dans les yeux et enfonça le clou :

– Un homme qui *aime* tuer.

Là, personne ne rit.

– Si Khalil travaille pour les renseignements libyens, reprit Ben, alors il le fait directement pour Kadhafi. On lui a confié une mission sacrée, et il va la mener à bien avec un zèle tout à fait religieux. On pourrait considérer que l'attentat contre le vol Pan Am à Lockerbie, en 1988, était en représailles du bombardement sur la Libye en 1986, que l'honneur de Kadhafi a été lavé et que sa fille a été vengée. Mais, d'un autre côté, les Libyens ont un proverbe très similaire au proverbe français qui dit : « La vengeance est un plat qui se mange froid. » Pour eux, une vendetta ne s'achève que lorsqu'il ne reste qu'un survivant debout : le vengeur.

Cela devait signifier que j'avais la sécurité de l'emploi jusqu'à ce que je me fasse dégommer.

– C'est peut-être la vendetta de Khalil et pas celle de Kadhafi ? dis-je à Ben.

Il haussa les épaules.

– Qui sait ? Trouvez Khalil, et il sera ravi de vous éclairer. Même si vous ne le trouvez pas, il vous expliquera sans doute pourquoi il a fait cela. Pour lui, il est important que vous le sachiez.

Il se leva et nous tendit une carte à chacun.

– Si je peux vous être d'une quelconque utilité, appelez-moi, quand vous voulez. Je peux venir à New York si besoin est.

– Nous avons des gens comme vous à New York, répondit Jack en se levant à son tour, mais merci pour votre grande expérience et votre aide.

Le professeur Abdellah ramassa ses affaires et se dirigea vers la porte.

– Je suis classé haute sécurité. N'hésitez pas à vous entretenir avec moi, fit-il avant de sortir.

Personne ne prit la parole pendant au moins une minute, en partie parce que la pièce était truffée de micros, mais surtout parce que cet entretien avec Ben était plus que bizarre.

Le monde changeait vraiment, notre pays aussi. L'Amérique n'avait jamais été la nation d'une seule race, d'une seule religion, d'une seule culture. Ce qui nous unissait le plus sûrement était sans doute notre langue, mais même ça, c'était un peu flottant. Nous partagions une croyance commune en la loi, la justice, la liberté politique et la tolérance religieuse. Quelqu'un comme Abbah Ibn Abdellah était soit un Américain loyal et patriote, et un agent spécial de valeur, soit un risque pour notre sécurité. Il entrait probablement dans la première catégorie. Mais un pour cent de doute suffit, et, comme dans le cadre du mariage, ce un pour cent a tendance à grossir dans l'imagination. *N'hésitez pas à vous entretenir avec moi...*

Jim et Jane revinrent, et je fus heureux de constater qu'ils n'avaient pas été kidnappés par Ben. Un autre homme et une autre femme s'étaient joints à eux, qui s'appelaient Bob et Jean ou quelque chose d'approchant.

« Et maintenant, qu'est-ce qu'on fait ? » aurait pu s'intituler le brainstorming auquel nous étions à présent conviés.

Bob commença par nous dresser un véritable profil de Khalil. Il ressortait que cet homme était mû par un ressentiment personnel plus que par une mission religieuse. À ses yeux, il n'était pas l'expression du mal, mais un instrument de justice. Il pensait que ses actes étaient moralement justifiés. Il était profondément religieux, mais il oubliait, quand cela l'arrangeait, les fondements de sa propre religion qui interdit le meurtre d'innocents. Si les nations arabes sont très différentes les unes des autres, les extrémistes de chaque pays sont unis dans leur haine de l'Amérique et d'Israël. Et la date du 15 avril était un indice pour trouver qui se cachait derrière tout cela, mais en rien une preuve.

C'était vrai, et alors ? Si ça ressemble à un canard, que ça marche comme un canard et que ça fasse le bruit d'un canard, eh bien, c'est pas une mouette, sûr. Mais il faut garder l'esprit ouvert.

Bob continua :

– Nous avons contacté tous les services de renseignements alliés. Jusqu'ici, personne ne semble rien savoir de plus sur Khalil que ce que vous avez déjà vu dans le dossier. Cet homme n'a apparemment aucun contact avec aucune organisation extrémiste connue, ici ou n'importe où dans le monde. C'est un loup solitaire, mais nous savons qu'il ne peut pas avoir monté tout seul une opération de cette envergure. Nous croyons donc qu'il est directement téléguidé par les Libyens, lesquels emploient d'anciens membres du KGB. Les Libyens l'ont entraîné, ils le financent, ils l'ont envoyé faire quelques missions en Europe pour voir de quoi il était capable, puis ils ont concocté ce plan où Khalil devait se rendre à l'ambassade de Paris. Comme vous le savez, il y a eu un transfuge similaire en février dernier, et nous pensons que c'était un coup d'essai.

– L'ATTF de New York a remis ce transfuge au FBI et à la CIA ici, à Washington, et quelqu'un l'a laissé partir, intervint Koenig.

– Je n'ai pas de renseignements fiables à ce sujet, se défendit Bob, mais c'est exact.

– Si ce type ne s'était pas enfui, insista Jack, Khalil ne serait jamais arrivé comme il l'a fait.

– C'est vrai, admit Bob, mais je vous assure qu'il serait entré d'une manière ou d'une autre.

– Vous avez des infos sur ce type de février ? demanda Koenig. Si nous pouvions mettre la main dessus...

– Il est mort, nous informa Bob. La police du Maryland a retrouvé un corps calciné et décomposé dans les bois près de Silver Springs. Empreintes brûlées, visage brûlé. Ils ont appelé le FBI, qui savait que la section antiterroriste cherchait un disparu. Nos tatouages n'ont pas survécu, mais nous avons pu comparer les empreintes dentaires que nous avions prises à Paris. C'était bien lui.

Ça jeta un froid. Au bout d'un moment, Jack lâcha :

– Personne ne m'a rien dit.

– Vous devriez voir ça avec le directeur des opérations antiterroristes, répliqua Bob.

– Merci.

– Nous avons tout de même de vrais réfugiés politiques libyens, ici et en Europe, et nous les interrogeons sur Khalil, reprit Bob. Nous savons qu'un certain Karim Khalil, capitaine de l'armée libyenne, a été assassiné à Paris en 1981. La Sûreté pense que Karim Khalil a été supprimé par les siens et que le gouvernement libyen a essayé de coller ça sur le dos du Mossad. Les Français prétendent que

Kadhafi était l'amant de la femme de Karim, Faridah, et que c'est pour ça que Kadhafi s'en est débarrassé. Mais c'est une explication très française. Cherchez la femme !

Tout le monde gloussa. Ces cinglés de Français ! Toujours en train de tout ramener au cul.

– Nous essayons de déterminer si Asad Khalil est lié à Karim Khalil. Il est assez vieux pour être son fils, ou son neveu.

– Pourquoi est-ce qu'on ne demande pas aux médias de propager l'histoire ? suggérai-je. Kadhafi et Mrs. Khalil, Kadhafi qui élimine Karim pour avoir une vie amoureuse plus facile. Si Asad est bien le fils de Karim, il verra ça à la télé, et il rentrera chez lui pour tuer Kadhafi – l'assassin de son père. C'est ce qu'un bon Arabe ferait. Laver le déshonneur dans le sang. Non ? Ça ne serait pas génial ?

Bob réfléchit un moment, s'éclaircit la gorge et, visiblement, préféra laisser la parole à ses petits camarades.

Ted Nash saisit la balle au bond, comme je savais qu'il le ferait.

– En fait, ce n'est pas une si mauvaise idée, dit-il.

Bob était largué.

– Essayons d'abord de voir s'il existe un lien familial, bredouilla-t-il. Ce genre d'opération... psychologique pourrait fort bien nous exploser à la figure. Mais nous la mettrons à l'ordre du jour de la prochaine session antiterroriste.

Jean prit la parole et nous fit un speech parfaitement rodé sur la coopération interservices, l'entraide internationale, etc. Sa spécialité, c'était de relever toutes les affaires européennes auxquelles Asad Khalil pourrait être relié.

Khalil semblait désormais être le terroriste le plus recherché depuis Carlos le Chacal. Le Lion était arrivé. Et ce Lion, j'en étais certain, était flatté de toute cette attention. Quand la vérité éclaterait sur l'ensemble des crimes qu'il avait commis, Khalil aurait sa photo partout. Cela lui rendrait la vie difficile, et c'était précisément la raison pour laquelle nombre de têtes pensantes ici supposaient qu'il était déjà reparti. Personnellement, j'étais convaincu qu'il rêvait au contraire de gagner son jeu sur notre terrain.

Dix-huit heures allaient sonner quand Jean acheva son exposé. Comme on ne nous avait pas demandé d'apporter nos brosses à dents, j'avais bon espoir qu'on nous libère enfin. Mais non, on nous dirigea vers une grande salle de conférences où trônait une table de la taille d'un terrain de foot. S'y installèrent peu à peu la trentaine de personnes que nous avions rencontrées aux différentes étapes de notre chemin de croix. Là, on en reprit pour presque deux heures, à rabâcher les dix heures passées, à échanger les infos des uns et des autres, ces pépites d'or qu'on s'emprunte entre services comme venait de nous l'expliquer Jean, à mettre au point un plan d'attaque, et ainsi de suite.

On nous remit à chacun un épais dossier contenant des photos, des listes de contacts avec des numéros de téléphone et même des mémos sur tout ce qui avait été dit aujourd'hui, qui avait dû être enregistré, transcrit, tapé et imprimé au fur et à mesure que la journée avançait. C'était vraiment une organisation de première catégorie.

Kate fut assez bonne pour ranger tous mes papiers dans son attaché-case, qui débordait carrément.

– La prochaine fois, apporte un attaché-case, me conseilla-t-elle. C'est un accessoire déductible des impôts.

Quelqu'un leva enfin la séance. Ouf... Je pouvais presque sentir l'air de Pennsylvania Avenue. Voiture, aéroport, la navette de vingt et une heures, vingt-deux heures à La Guardia, à la maison pour les nouvelles de la nuit. Je me souvins que j'avais des restes de bouffe chinoise dans le frigo et j'essayai de déterminer de quand ils dataient.

C'est juste à cet instant qu'un nouveau Bill ou Bob en costume bleu s'approcha de nous et demanda si nous voulions bien le suivre pour voir le directeur.

Ça, c'était la goutte d'eau qui faisait déborder le vase.

– Non, répondis-je de mon ton le plus rogue.

Mais le « non » n'était pas en option.

Au septième étage, on nous fit entrer dans un bureau lambrissé très sombre, faiblement éclairé par une unique lampe à abat-jour vert posée sur la table derrière laquelle se trouvait le directeur. Cette pénombre empêchait de distinguer les visages et donnait à la scène une atmosphère tout à fait dramatique. On se serait cru dans un film sur la mafia, quand Don Cretino décide de qui doit mourir.

Mais non, le directeur nous servit simplement un petit topo sur les événements de la veille et de la journée, puis il passa rapidement à l'avenir.

– L'ATTF est dans une position privilégiée pour travailler sur cette affaire. Nous n'interviendrons pas et nous ne vous enverrons personne, sauf si vous nous le demandez. Du moins pour l'instant. En revanche, ce département prend, bien sûr, la responsabilité de tout ce qui sort de votre champ d'opérations. Nous vous informerons de tout développement ultérieur. Nous allons tenter de travailler en étroite relation avec la CIA et vous tiendrons au courant. Je suggère que vous procédiez comme si Khalil était encore à New York. Retournez la ville entière, secouez vos informateurs et payez si besoin est. J'autorise un budget de cent mille dollars pour acheter des informations. Le département de la Justice va de son côté offrir une récompense d'un million de dollars pour l'arrestation d'Asad Khalil. Cela devrait lui mettre un peu la pression, vis-à-vis de ses compatriotes ici. Des questions ?

– Non, monsieur, dit Jack.

– Bien. Oh, une dernière chose. (Il me regarda, puis regarda Kate.) Pensez à une manière d'attirer Asad Khalil dans un piège.

– Vous voulez que j'envisage de me servir de moi-même comme appât ? fis-je.

– Je n'ai pas dit ça. Réfléchissez juste au meilleur moyen de le piéger.

– Nous le ferons, promit Kate.

– Bien. Merci de nous avoir accordé votre dimanche, dit-il en se levant, puis, se tournant vers Jack : J'aimerais vous parler un moment.

Kate et moi nous retrouvâmes dehors. On nous escorta jusqu'à l'ascenseur. Le type en bleu nous souhaita bonne chance et bonne chasse.

Dans le hall d'entrée, un homme nous invita à nous asseoir. On obéit sans broncher.

Je jetai un coup d'œil à Kate, qui me le rendit. Selon toute évidence, ici, au ministère de l'Amour, même les expressions faciales étaient notées. Nous prîmes donc le plus grand soin de ne rien révéler d'autre qu'un optimisme béat. Je ne jetai même pas un coup d'œil à ses jambes.

Dix minutes plus tard, Jack réapparut.

– Je reste ici cette nuit, nous informa-t-il. Repartez tous les deux. Je vous vois demain. Réunion générale des équipes, on mettra tout le monde au courant. Si on découvre une piste quelconque on décidera de la façon de procé der.

– John et moi, on va faire un tour à Federal Plaza pour voir ce qui se passe, dit Kate.

Quoi ?

– Bien, fit Jack. Mais ne vous épuisez pas. La course va être longue, et, comme l'a dit Mr. Corey, le deuxième est le premier des perdants. (Il nous regarda et ajouta :) Vous avez été très bien, tous les deux. (Il se tourna vers moi :) J'espère que vous avez une meilleure appréciation du FBI.

– Absolument. Super-bande de nanas et de mecs. Mais, en ce qui concerne Ben, je ne suis pas bien sûr.

– Ben est impeccable, dit Jack. C'est Ted dont vous devriez vous méfier.

Oh, mon Dieu...

– Comment je m'en suis tiré ? demandai-je à Kate une fois dans la voiture qui devait nous conduire à l'aéroport.

– Très, très limite.

– Ah bon ? Je me suis trouvé bien.

– C'est effrayant.

– Je fais des efforts.

– Ah, ça, pour faire des efforts...

30.

Asad Khalil dépassa le panneau de bienvenue en Caroline du Sud.

Il était seize heures dix à son tableau de bord et la température était toujours à 25° C.

Il nota avec satisfaction que la circulation se faisait plus dense, après tant de kilomètres où il s'était senti exposé.

Bizarrement, il n'avait pas croisé une seule voiture de police depuis l'incident avec les quatre putains.

Il roulait avec davantage d'aisance depuis le New Jersey et il était désormais capable d'imiter les tics de conduite des autres automobilistes. Il était étonné du nombre incroyable de personnes âgées au volant – phénomène plus rare en Europe et en Libye. Ces vieilles personnes conduisaient très mal. Il y avait aussi beaucoup de très jeunes conducteurs qui conduisaient très mal aussi, mais d'une manière différente. Mais, surtout, il y avait énormément de femmes au volant, nettement plus qu'en Europe, sans parler de son pays, où il n'y en avait pas du tout. Les conductrices, décida-t-il, étaient compétentes, mais parfois erratiques et souvent agressives – comme les quatre putains en Caroline du Nord.

Khalil était certain que les Américains avaient perdu le contrôle de leurs femmes. Il ne parvenait pas à comprendre comment les femmes occidentales avaient conquis tant de pouvoir et d'influence, inversant l'ordre divin et celui de la nature ; cela avait sûrement à voir avec la démocratie, où chaque vote était compté à égalité.

Cette pensée lui rappela l'homme et la femme qu'il avait vus dans le périmètre de sécurité, portant tous deux des insignes, donnant tous deux des ordres comme s'ils étaient égaux. Son esprit n'arrivait pas à appréhender l'idée de deux personnes du sexe opposé travaillant de concert, se parlant, se touchant, partageant peut-être même leurs repas. Le plus étonnant était que la femme était officier de police et sans le moindre doute armée. Il se demanda comment les parents de ces femmes avaient pu les laisser devenir ainsi.

Depuis ses voyages en Europe, il se sentait de plus en plus incrédule et outragé. Les femmes occidentales marchaient seules, parlaient à des hommes qu'elles ne connaissaient pas, travaillaient à l'extérieur, exposaient leur chair. Comment leur civilisation pourrait-elle survivre si elles se comportaient comme des putains, ou comme des esclaves qui auraient renversé leurs maîtres ?

Leur Dieu, qu'ils y croient ou pas, les avait abandonnés et les détruirait un jour. Mais, pour l'instant, ces pays étaient puissants, et il ne parvenait pas à comprendre qu'on puisse être aussi puissant et aussi peu moral. Il se rendit soudain compte qu'il était sans doute, lui,

Asad Khalil, la main de Dieu qui allait exécuter la punition de Dieu, de son Dieu, jusqu'à ce que le leur, celui d'Abraham et d'Isaac, leur dispense le salut, ou la mort.

Ignorant la soif qui le tenaillait, Khalil roula sans interruption. À dix-sept heures cinq, il entra en Géorgie.

Sa jauge d'essence était au-dessous du quart. Il hésita entre stopper maintenant ou attendre qu'il fasse plus sombre. Mais il approchait de Savannah et la circulation était plus dense. Les stations-service seraient beaucoup plus fréquentées, il décida donc de patienter.

À dix-neuf heures trente, il s'aperçut qu'il n'avait presque plus d'essence et quitta l'autoroute. La seule station qu'il croisa étant fermée, il dut suivre vers l'ouest une étroite route jusqu'à une petite ville nommée Cox, le nom du pilote mort durant la guerre du Golfe. Khalil prit cela comme un présage. Bon ou mauvais, il ne le savait pas.

La petite ville était presque déserte, mais il vit une station-service ouverte au bout de l'agglomération et s'y arrêta.

Il mit ses lunettes et sortit de la Mercury. Il faisait chaud et humide, et de nombreux insectes voletaient autour des enseignes allumées.

Les pompes à essence avaient l'air plus anciennes et plus primitives que celles auxquelles il était habitué, et elles ne prenaient pas de carte de crédit. Il hésita un moment, puis remarqua un grand type mince en blue-jean et chemise marron qui venait à sa rencontre.

– Ch' peux v'z aider, mon pote ? fit l'homme.

– Je voudrais le plein, s'il vous plaît, répondit Asad en se forçant à sourire.

Le grand type le regarda, puis regarda la voiture et la plaque d'immatriculation, avant de revenir à son client.

– Z'avez b'soin d'quoi ?

– D'essence.

– Ouais ? Quel genre ?

– Sans plomb, s'il vous plaît.

L'homme décrocha le tuyau et le tira jusqu'à la Mercury. Khalil réalisa qu'ils allaient rester un bon moment ensemble.

– Où qu'vous allez ? demanda l'homme.

– Dans la station balnéaire de Jekyll Island.

– Ah, vraiment.

– Je vous demande pardon ?

– Z'êtes plutôt élégant pour Jekyll Island.

– Oui. J'avais un rendez-vous d'affaires à Atlanta.

– Vous êtes dans quel business ?

– Je suis banquier.

– Ah ouais ? Z'avez bien l'air d'un banquier.

– Oui.

– Vous êtes d'où ?

– New York.

L'homme rigola.

– Ah ouais ? Vous avez pas l'air d'un de ces satanés Yankees, pourtant !

– Je ne suis pas joueur de base-ball, dit Khalil, qui avait de plus en plus de mal à suivre la conversation.

L'homme rigola encore.

– Celle-là, elle est bonne ! Si vous portiez un pyjama rayé, j'aurais pensé qu'vous étiez un banquier yankee joueur de base-ball !

Khalil sourit.

– Et avant New York, z'étiez d'où ? demanda l'homme.

– De Sardaigne.

– Où qu'c'est, bon sang ?

– C'est une île en Méditerranée.

– Si vous l'dites. Z'êtes venu par la I-95 ?

– Oui.

– La station Phillips est fermée ?

– Oui.

– C'est bien c'que j'pensais. C'crétin va pas s'faire un dollar s'il ferme si tôt. Y a du monde sur la 95 ?

– Pas trop.

L'homme finit le plein et dit :

– Vous d'viez être pas loin du sec.

– Oui.

– J'vérifie l'huile ?

– Non, merci.

– Cash ou carte ? J'préfère le cash.

– Oui, cash.

Khalil sortit son portefeuille.

– Vingt-neuf quatre-vingt-cinq, ça ira, fit l'homme en plissant les yeux pour lire les chiffres affichés sur le compteur.

Khalil lui tendit deux billets de vingt.

– Faut que j'aille chercher la monnaie, dit l'homme. J'reviens. Partez pas.

Il se retourna et s'éloigna. Khalil remarqua un holster et un pistolet attachés à l'arrière de sa ceinture et le suivit.

– Vous avez de quoi boire et manger, ici ? demanda-t-il une fois dans le petit bureau.

– Y a une machine à Coca, là dehors, et un distributeur de trucs, ici. Vous avez besoin d'monnaie ? répondit le pompiste en ouvrant son tiroir-caisse.

– Oui.

L'homme lui rendit sa monnaie en pièces de vingt-cinq cents.

– Savez comment aller à Jekyll Island ? demanda l'homme.

– J'ai une carte, répliqua Khalil en mettant l'argent dans sa poche.

– Ouais ? Et vous descendez où, là-bas ?

– Au Holiday Inn.

– Ch'savais pas qu'y avait un Holiday Inn, là bas.

L'homme se tut enfin. Khalil se retourna et s'approcha du distributeur. Il prit deux pièces dans sa poche et les glissa dans la fente, faisant tomber un petit sachet de cacahuètes. Khalil remit la main à sa poche.

Il y avait un petit miroir en longueur sur la machine, à hauteur d'œil, et Khalil vit l'homme porter sa main droite vers son dos.

Instantanément, il sortit le Glock de sa poche, pivota et tira une seule balle entre les deux yeux de l'homme, faisant exploser la vitrine derrière lui.

Les genoux du type plièrent et il tomba la tête la première.

Khalil lui retira très vite son portefeuille ; à l'intérieur était épinglé un insigne aux armes de la police municipale de Cox avec la mention « officier ». Il maudit sa malchance, puis subtilisa l'argent et vida le tiroir-caisse. Un total d'à peine cent dollars.

Il récupéra la douille de .40. Ses instructeurs libyens l'avaient prévenu que c'était un calibre très inhabituel, utilisé principalement par les agents fédéraux, et que donc il devrait faire attention à ne pas laisser un indice aussi intéressant derrière lui.

Il remarqua une porte entrouverte qui menait à des toilettes. Il saisit la cheville du pompiste et l'y traîna. Avant de sortir, il pissa, ne tira pas la chasse et referma la porte en lançant : « Passez une bonne journée. »

Un journal traînait sur le bureau. Khalil l'étala sur le sol pour éponger la petite mare de sang.

Il trouva le compteur électrique et éteignit toutes les lumières, plongeant la station-service dans le noir.

Il quitta le bureau et ferma la porte. Dehors, il s'approcha de la machine à Coca et choisit un Fanta Orange, puis il revint tranquillement vers la Mercury.

En moins de quinze minutes, il était de retour sur la I-95, direction le sud. Il accéléra et se cala sur cent vingt kilomètres-heure, au rythme de la circulation très fluide à ce moment de la journée. Moins de soixante minutes plus tard, il atteignait le grand panneau de bienvenue en Floride.

Il abandonna la I-95 pour se diriger vers l'aéroport international de Jacksonville, vérifiant sur son navigateur satellite qu'il était dans la bonne direction.

Il était presque vingt-deux heures à son tableau de bord.

Il s'accorda une minute de réflexion sur l'incident dans la station-service. Cet homme était un policier, mais il travaillait au garage. Cela pouvait signifier qu'il simulait un travail civil à cet endroit pour une raison quelconque. Mais soudain il se rappela que certains policiers des petites villes américaines étaient des volontaires. Ces hommes aimaient se balader armés et ils travaillaient bénévolement. Ils étaient souvent plus suspicieux que la police régulière. De fait, cet homme s'était montré bien trop curieux. Sa vie n'était plus suspendue qu'à un fil quand il avait commencé à poser toutes ces questions. Ce qui avait trop tendu le fil, c'était l'arme à sa ceinture. Ce qui l'avait brisé, c'était sa dernière question sur le Holiday Inn. Que l'homme ait voulu saisir son arme ou pas, il avait déjà posé une question de trop. Et Asad Khalil était à court de bonnes réponses.

31.

– Il faut du temps pour s'y faire, dis-je, une fois installé dans le 727 qui devait nous ramener à La Guardia.

– Tu veux dire qu'il va falloir du temps au FBI pour s'habituer à toi ? répliqua Kate.

Je gloussai.

Une hôtesse s'approcha. Sachant d'après le registre des passagers que nous étions des agents fédéraux, elle ne nous offrit pas de cocktails, mais demanda quand même si nous voulions boire quelque chose.

– De l'eau minérale, s'il vous plaît, dit Kate.

– Et pour vous, monsieur ?

– Un double scotch. C'est dur de voler avec une seule aile.

– Je suis désolée, monsieur, je ne suis pas autorisée à servir d'alcool à des passagers armés.

– Je ne suis pas armé, rétorquai-je. Vérifiez sur le dossier de notre enregistrement, sinon, vous pouvez me fouiller dans les lavabos.

Elle n'avait pas l'air disposée à m'accompagner aux toilettes, mais elle jeta un coup d'œil à son listing d'embarquement.

– Oh... je vois..., fit-elle.

– Je préfère boire que porter un flingue.

Elle sourit et posa deux petites bouteilles de scotch sur ma tablette avec un gobelet de plastique rempli de glaçons.

– Offert par la maison.

– Par la compagnie, plutôt.

– Comme vous voudrez.

Après son départ, je proposai un scotch à Kate.

– Je ne peux pas, répliqua-t-elle.

– Oh, ne sois pas si sainte nitouche. Bois un coup.

– N'essayez pas de me corrompre, Mr. Corey.

– Je déteste être corrompu tout seul. Je vais te tenir ton flingue.

– Arrête ça.

Elle but son eau. Je versai les deux scotchs sur les glaçons et sirotai une toute petite gorgée en faisant claquer mes lèvres.

– *Ahhhh*... Vraiment bon.

– Va te faire mettre, Corey.

Mon Dieu, mon Dieu !

– Est-ce que tu as arrangé les choses avec ton amie de Long Island ? reprit Kate après un lourd silence.

C'était une question pleine de sous-entendus, et je réfléchis avant de répondre. John Corey est loyal envers ses amis et ses maîtresses, mais l'essence de la loyauté est la réciprocité. Et Beth Penrose, malgré tout l'intérêt qu'elle portait à votre serviteur, n'avait pas fait montre d'une immense loyauté. Je pense que ce qu'elle voulait de moi, c'était ce que les dames appellent un engagement, et alors, elle se montrerait loyale. Mais les hommes veulent la loyauté d'abord, ensuite ils envisageront peut-être un engagement. Ces concepts s'opposaient et ne pouvaient se résoudre, sauf si l'un ou l'autre des deux camps subissait une opération pour changer de sexe. Mais je me demandais surtout pourquoi Kate avait posé une telle question. Non, en fait, cela ne m'étonnait pas du tout.

Je finis par répondre :

– J'ai laissé un message sur son répondeur.

– Elle est du type compréhensif ?

– Non, mais c'est un flic, et ce genre de truc, elle comprend.

– Bien. Il pourrait se passer pas mal de jours avant que tu n'aies de nouveau du temps libre.

– Je lui enverrai un e-mail dans ce sens.

– Tu sais, quand l'ATTF a travaillé sur l'explosion du vol de la TWA, ç'a été vingt-quatre heures sur vingt-quatre, sept jours par semaine.

– Et ce n'était même pas un attentat terroriste, précisai-je.

Elle ne répondit pas. Personne ne pouvait encore répondre aux questions posées par le crash du vol TWA. Au moins, avec notre affaire, nous savions qui, quoi, où, quand et comment. Nous manquaient le pourquoi et ce qui se passerait ensuite, mais on n'allait pas tarder à l'apprendre.

– Qu'est-il arrivé à ton mariage ? demanda Kate.

Je repérais un lien entre ces questions, mais, si vous pensez qu'être détective rend plus malin pour ce qui concerne le comportement des femmes, réfléchissez encore un peu. Je soupçonnais tout de même un motif dans les questions de Ms. Mayfield qui dépassait la simple curiosité.

– Elle était avocate, avouai-je.

– Et c'est pour ça que ça n'a pas marché ? dit-elle au bout de quelques secondes.

– Oui.

– Tu ne savais pas qu'elle était avocate avant de l'épouser ?

– Je pensais que je pourrais la faire changer.

Kate rit.

C'était mon tour, et je lui demandai :

– Tu as déjà été mariée ?

– Non.

– Comment ça se fait ?

– C'est une question trop personnelle.

Je croyais que nous en étions justement aux questions personnelles. Nous y étions bien, quand c'était à moi de répondre. Je refusai son jeu et pris un magazine de Delta Airlines dans la pochette du siège devant moi.

– Je déménage tout le temps, reprit-elle.

J'étais plongé dans l'étude des lignes aériennes Delta. Je vis qu'ils allaient à Rome. J'aurais bien aimé me payer un petit voyage à Rome, après tout ça, histoire de dire bonjour au pape. Je vis également qu'ils n'allaient pas en Libye. Je songeai un instant au trajet effectué par les pilotes de l'Air Force en 86. D'Angleterre en Libye, en contournant la France et l'Espagne. Et comment faisaient-ils pour pisser ?

– Tu m'écoutes ?

– Pardon, fis-je.

– Je disais, tu as des enfants ?

– Des enfants ? Oh non. On ne pourrait pas changer de sujet de conversation ?

– De quoi as-tu envie de parler ?

De rien, en fait, sauf peut être de Kate Mayfield, mais le terrain était miné.

– On devrait parler de ce qu'on a appris aujourd'hui, dis-je.

– Okay.

Et l'on se mit donc à discuter de ce qu'on avait appris aujourd'hui, de ce qui s'était passé hier et de ce qu'on allait faire demain.

Nous approchions de New York, et j'étais content de voir que la ville était toujours là, toutes lumières allumées.

– Tu viens avec moi à Federal Plaza ? me proposa Kate.

– Si tu veux.

– Je veux bien. Et après on pourra aller dîner.

Je regardai ma montre. Il était vingt-deux heures trente, et, si nous passions à Federal Plaza, nous n'en ressortirions pas avant minuit.

– Ça va faire un peu tard pour dîner.

– Dans ce cas, on ira boire un coup.

– Ça me paraît très bien.

L'avion toucha la piste et décéléra, et je me posais la question que se pose tout homme dans une telle situation : est-ce que je lis correctement les signaux qu'elle envoie ?

Si tel n'était pas le cas, alors j'allais avoir des ennuis professionnels et, si tel était le cas, je pouvais avoir des ennuis personnels. Je décidai d'attendre et de voir venir. En d'autres termes, quand on en arrive aux femmes, je préfère la jouer sans risque.

À peine débarqués à La Guardia, on se jeta dans un taxi, direction Federal Plaza en passant par le Brooklyn Bridge.

– Tu aimes New York ? demandai-je à Kate tandis que nous traversions le pont.

– Non, et toi ?

– Bien sûr.

– Pourquoi ? Cette ville est absolument démente.

– Non. Washington est démente. New York est excentrique et intéressante.

– New York est dingue. Je regrette d'avoir pris ce poste. Aucun membre du FBI ne l'aime. C'est trop cher, et nos notes de frais couvrent à peine nos dépenses.

– Alors pourquoi avoir accepté ?

– Pour les mêmes raisons qui poussent les militaires à se porter volontaires pour des missions difficiles. Ça booste une carrière. Il faut faire New York et Washington au moins une fois pour grimper dans la hiérarchie. Et puis il se passe des tas de choses bizarres et incroyables ici. Tu peux aller dans n'importe laquelle des cinquante-cinq autres agences du pays après, tu auras toujours des histoires new-yorkaises à raconter.

– Eh bien, je pense que New York a une mauvaise réputation injustifiée. Écoute, je suis new-yorkais. Est-ce que je suis bizarre ?

– C'est le moins qu'on puisse dire.

Le taxi s'arrêta devant Federal Plaza et Kate paya le chauffeur, puis nous fit passer par la porte de service, sur le côté de l'immeuble, qu'elle ouvrit avec une clé et un code de sécurité. Elle avait également sa clé pour l'ascenseur, qui nous amena au vingt-septième étage où quelques costards traînaient encore, l'air épuisé, malheureux et inquiet. Des téléphones sonnaient, des fax cliquetaient, et une voix synthétique d'ordinateur répétait « Vous avez un e-mail ». Kate bavarda avec un peu tout le monde, vérifia ses messages sur son répondeur, son e-mail, puis l'agenda pour le lendemain, etc. Elle trouva un e-mail de George Foster qui disait :

« Meeting – à la demande de Jack – dans la salle de conférences du vingt-huitième étage, à huit heures précises demain. » Incroyable. Koenig, à Washington, organise une réunion à huit heures du mat' à New York. Ou bien ces types ne roupillent jamais, ou alors ils se chient dessus de trouille. Je pencherais pour la seconde solution, qui, de toute manière, vous empêche également de dormir.

– Tu veux jeter un œil à ton bureau ? demanda Kate.

– Je le ferai demain en arrivant, à cinq heures du mat'.

Elle continuait à s'affairer et je me sentais parfaitement inutile.

– Je rentre, lançai-je.

Elle posa ce qu'elle lisait et dit :

– Non, tu me paies un verre. Tu veux tes papiers dans mon attaché-case ? ajouta-t-elle.

– Je les prendrai demain.

– On peut regarder tout ça plus tard si tu veux.

Cela ressemblait à une invitation à passer une longue nuit ensemble. J'hésitai, puis répondis :

– Tout va bien.

Elle rangea l'attaché-case sous son bureau.

Il n'y avait pas grand-chose d'ouvert à cette heure un dimanche soir, même dans la ville qui ne dort jamais, sauf Chinatown qui est toujours à moitié réveillée la nuit du dimanche, et j'avais donc pris cette direction.

Bien que nous ne marchions pas exactement main dans la main, Kate était très près de moi et nos épaules se touchaient parfois. De temps en temps, elle posait sa main sur mon bras ou sur mon épaule tout en bavardant. Visiblement, cette femme m'aimait bien, ou alors peut-être était-elle simplement excitée sexuellement. Je déteste que des femmes excitées profitent de moi, mais ça arrive.

Nous parvînmes devant le Nouveau Dragon, un bar chic où j'avais mes habitudes. La clientèle semblait exclusivement composée de gros bras tout droit sortis d'un film de Bruce Lee, sans sous-titres.

– Tout le monde parle chinois, constata Kate.

– Je pense qu'ils sont chinois.

– T'es un petit malin.

– Merci.

Une serveuse vint nous voir, mais je ne la connaissais pas. Elle était amicale, souriante, et elle nous informa que les cuisines fonctionnaient encore. Je commandai des *dim sum* et du scotch.

– Qu'est-ce que c'est, des dim sum ? demanda Kate. Et je veux une réponse directe.

– C'est... comme des petits hors-d'œuvre. Des espèces de raviolis à tout un tas de choses. Ça passe très bien avec le whisky.

Kate observait le décor.

– C'est exotique.

– Pas pour eux. Ça fait combien de temps que tu es ici ?

– Huit mois.

On nous apporta nos boissons pendant que nous parlions, puis d'autres avec les dim sum, que Kate sembla apprécier. Je bâillai. Une troisième tournée et mes yeux commençaient à loucher. Kate avait l'air éveillée et alerte.

Je demandai à la serveuse de nous appeler un taxi et payai l'addition. Dans Pell Street, l'air frais me fit du bien. En attendant le taxi, je lui demandai :

– Où vis-tu ?

– Dans la 86e Rue Est. C'est censé être un bon quartier.

– C'est un bon quartier.

– J'ai pris l'appartement du type que j'ai remplacé. Il est parti à Dallas. Il m'a dit que New York lui manquait, bizarrement. Mais il est heureux à Dallas.

– Et New York est heureuse qu'il soit à Dallas.

Elle rit.

Le taxi arriva.

– Deux arrêts, dis-je au chauffeur. D'abord... 86e Rue Est.

Nous roulâmes presque en silence, et en moins de vingt minutes nous étions devant l'immeuble de Kate, un gratte-ciel moderne avec portier. Même si elle n'avait qu'un studio, ça devait coûter bonbon. Mais, selon mon expérience, Wendy Wasp de Wichita allait plutôt choisir un bon immeuble dans un beau quartier et se restreindre sur des dépenses comme la nourriture et les vêtements.

– Tu veux entrer ? proposa-t-elle.

Les New-Yorkais disent « monter » et les gens du reste du pays disent « entrer ». Mais mon cœur reçut le message et se mit à battre plus fort. Je connais la musique.

– Ce n'est que partie remise, dis-je doucement en la regardant.

– Bien sûr, fit-elle en souriant. Je te vois à cinq heures demain matin.

– Peut-être un petit peu plus tard. Disons huit heures.

Elle sourit à nouveau.

– Bonne nuit.

Elle se retourna et son portier lui ouvrit la porte.

Je la regardai traverser le hall, puis remontai dans le taxi.

– 72e Rue Est, indiquai-je.

Le chauffeur, qui portait une espèce de turban sur la tête et venait apparemment d'un pays lointain, me dit, en bon anglais :

– C'est peut-être pas mes affaires, mais je pense que la dame aurait voulu que vous montiez avec elle.

– Ah ouais ?

– Ouais.

Je regardais par la fenêtre. Nous descendions la Deuxième Avenue. Quelle étrange journée. Celle de demain allait être totalement désagréable et tendue. Mais peut-être n'y aurait-il pas de lendemain, après tout. J'envisageai de dire au chauffeur de faire demi-tour. Puis, avisant son turban, je lui lançai :

– Vous êtes un bon génie ?

Il rit.

– Ouais. Et je conduis un tapis volant, et vous avez droit à trois souhaits.

– Okay.

Je fis mentalement trois souhaits, mais le génie précisa :

– Il faut me les dire, sinon, je ne pourrai pas les exaucer.

– La paix dans le monde, la paix intérieure, et la compréhension des femmes.

– Les deux premiers ne posent aucun problème, dit-il en riant à nouveau, mais si vous obtenez le troisième, passez-moi un coup de fil.

Nous arrivâmes devant mon immeuble et je lui donnai un gros pourboire.

– Invitez-la de nouveau, me conseilla mon génie.

Alfred, mon portier, était encore de service. Je ne parviens pas à comprendre comment fonctionnent les horaires de ces concierges, qui sont carrément plus dingues que les miens.

– Bonsoir, Mr. Corey, fit-il. Vous avez passé une bonne journée ?

– C'était une journée très instructive, Alfred.

J'entrai chez moi en prenant le minimum de précautions ; en fait, j'aurais aimé recevoir un bon coup sur la tête comme dans les films et me réveiller un mois plus tard.

Je me déshabillai et me glissai entre les draps sans écouter mon répondeur. Malgré mon épuisement, j'étais remonté comme un ressort.

Je contemplai le plafond, réfléchissant à la vie et à la mort, à l'amour et à la haine, au destin et au hasard, à la peur et à la bravoure, des trucs comme ça. Je songeai à Kate et à Ted, à Jack et à George, aux gens en costard bleu, au génie dans une bouteille, et finalement à Nick Monti et à Nancy Tate, qui allaient tous deux me manquer. Et à Meg, l'agent de service que je ne connaissais pas, mais que sa famille et ses amis regretteraient. Je pensai à Asad Khalil, et je me demandais si j'allais avoir la chance de l'expédier droit en enfer.

Je parvins à m'endormir, mais je fis un cauchemar après l'autre. Les jours et les nuits commençaient à se ressembler.

32.

Asad Khalil se retrouva sur une route très fréquentée, où les motels, les agences de location et les fast-food poussaient comme des champignons. Un énorme avion atterrissait sur l'aéroport tout proche.

À Tripoli, ils lui avaient dit de choisir un motel près de l'aéroport international de Jacksonville, où ni son apparence ni ses plaques d'immatriculation n'attireraient l'attention.

Il se gara dans le parking d'un Sheraton, un nom qu'il avait déjà remarqué en Europe.

Il resserra sa cravate, se coiffa avec les doigts, remit ses lunettes et pénétra dans les lieux.

Derrière le comptoir de la réception, une jeune femme l'accueillit en souriant.

– Je voudrais une chambre pour la nuit, dit-il en lui rendant son sourire.

– Standard ou de luxe ?

– De luxe.

– Comment désirez-vous payer ? fit-elle en approchant de lui le registre et un stylo.

– American Express.

Il sortit son portefeuille et lui tendit sa carte tout en remplissant le formulaire.

Boris lui avait dit que meilleur était l'établissement, moins de problèmes il aurait, surtout s'il utilisait sa carte de crédit. Il aurait préféré ne pas laisser de traces, mais Boris lui avait assuré que, s'il ne se servait de sa carte qu'avec parcimonie, ce serait tout à fait sûr.

Il signa le reçu que lui tendit la femme et rempocha sa carte.

Comme l'avait prédit Boris, l'employée ne lui demanda rien de plus. Elle ajouta simplement :

– Bienvenue au Sheraton, monsieur...

– Baydir, prononça-t-il.

– Mr. Baydir. Voici votre clé électronique pour la chambre 119, rez-de-chaussée sur votre droite en quittant le hall.

Elle entama une énumération interminable des services de l'hôtel, que Khalil ne comprit qu'à moitié à cause de son accent, et qu'elle acheva par un : « Voulez-vous qu'on vous réveille ? »

Ça, il l'avait compris.

– Oui, répondit-il, j'ai un avion à neuf heures, donc merci de me réveiller à six heures.

Elle le regardait ouvertement, à l'opposé des femmes libyennes, qui évitaient tout contact visuel avec un homme. Il soutint son regard, parce qu'on lui avait dit d'éviter tout comportement prêtant à suspicion, mais aussi pour voir si elle montrait le moindre signe qu'elle savait qui il était. Mais rien dans son attitude ne trahit le moindre soupçon sur sa véritable identité.

– Bien, monsieur, à six heures, donc. Vous voulez un départ express ?

On lui avait dit, si on lui posait cette question, que cela signifiait qu'il n'aurait pas besoin de repasser au comptoir en partant.

– Oui, s'il vous plaît, répondit-il.

– Une copie de votre note sera déposée sous votre porte à sept heures. Puis-je faire autre chose pour votre service ?

– Non, merci.

– Bon séjour au Sheraton.

– Merci.

Il sourit, prit les papiers de l'hôtel et quitta la réception.

Tout s'était bien passé, mieux que la dernière fois qu'il s'était arrêté dans ce motel près de Washington, songea-t-il, et qu'il avait dû tuer l'employé. Il sourit à nouveau.

Il reprit sa voiture et roula jusqu'au bungalow 119. Une fois bien à l'abri dans sa chambre, porte verrouillée, il réalisa qu'il avait très faim. Il n'avait presque rien mangé depuis le moment où il s'était rendu à l'ambassade américaine à Paris.

Le menu du room service était alléchant, mais il ne voulait pas que quelqu'un voie son visage. Très peu de gens l'avaient approché depuis le début de sa mission, et la plupart étaient morts.

Il se servit donc dans le minibar où il trouva une boîte de jus d'orange, une bouteille d'Évian, un petit paquet de fruits secs mélangés et une barre de Toblerone, chocolat qu'il avait fort apprécié en Europe.

Il s'installa dans le fauteuil face à la porte, sans ôter sa veste, les deux Glock dans ses poches, attaqua sa collation et alluma la télévision. Il but l'eau minérale à toutes petites gorgées. Quand il eut fini, il plaça la bouteille en plastique vide dans son sac.

En attendant le bulletin d'infos de onze heures, il zappa de chaîne en chaîne. Sur l'une d'entre elles, deux femmes aux seins nus se baignaient dans une petite piscine bouillonnante, ayant des gestes très intimes l'une envers l'autre. Khalil passa à une autre chaîne, puis revint en arrière, subjugué. À présent, il y avait quatre femmes sur l'écran, qui se frottaient, se caressaient, s'embrassaient, s'excitaient. Parfaitement immobile, Khalil se rendit compte que ce spectacle le faisait bander ; très mal à l'aise, il se déplaça légèrement dans son fauteuil.

Il n'aurait jamais dû regarder ça, il le savait, c'était le pire exemple de la décadence occidentale, toutes les Écritures saintes des Hébreux, des chrétiens et des musulmans définissaient ces actes comme sacrilèges et contraires à la nature. Et pourtant ces femmes qui se touchaient d'une manière impure avaient provoqué en lui des pensées impies et pleines de luxure.

Il s'imaginait nu dans la piscine avec elles.

Il sortit de sa rêverie et remarqua qu'il était onze heures et quatre minutes. Il avait manqué le début des informations. En changeant de chaîne, il se maudit, maudit sa faiblesse et les forces sataniques qui régnaient librement sur ce pays profane.

« Voici l'homme considéré comme suspect par les autorités. Il préparerait un attentat sur le territoire des États-Unis... », entendit-il soudain.

Une photo couleur apparut sur l'écran, avec le nom Asad Khalil écrit au-dessous. Asad se leva vivement et s'agenouilla devant le poste, étudiant attentivement la photo. Il n'avait jamais vu ce cliché de lui-même et soupçonna qu'il avait été pris à l'ambassade de Paris pendant qu'on l'interrogeait. Il remarqua qu'il portait la même veste mais qu'il avait changé de cravate depuis.

« Regardez attentivement cette photo, poursuivait la présentatrice, et, si vous voyez cet homme, prévenez immédiatement les autorités. Il est armé, considéré comme dangereux, et personne ne doit tenter d'intervenir personnellement. Appelez la police ou le FBI. Voici deux numéros gratuits que vous pouvez utiliser. En composant le premier, vous tomberez sur un répondeur où vous pourrez laisser des informations qui resteront anonymes. L'autre est un standard mis en place par le FBI. Ces deux numéros fonctionnent vingt-quatre heures sur vingt-quatre, sept jours sur sept. Le département de la Justice offre une récompense de un million de dollars pour toute information menant à l'arrestation de ce suspect. »

Une autre photo d'Asad Khalil apparut sur l'écran, mais avec une expression légèrement différente sur le visage.

« Étudiez bien cette photo, répétait la journaliste. Les autorités fédérales ont besoin de votre aide pour localiser cet homme, Asad Khalil. Il parle anglais, arabe, un peu français, allemand et italien. On le soupçonne d'être un terroriste international, et il pourrait se trouver actuellement sur le territoire des États-Unis. Nous n'avons pas d'autres informations sur cet individu, mais nous reviendrons sur cette affaire dès que nous aurons plus de détails. »

Pendant tout ce temps, le visage d'Asad Khalil à la télévision semblait fixer Asad Khalil dans la chambre.

La présentatrice changea de sujet. Asad coupa le son, puis il s'approcha d'un miroir, mit ses lunettes à double foyer et s'examina.

Asad Khalil, le Libyen à la télévision, avait les cheveux noirs ramenés en arrière. Hefni Badr, l'Égyptien actuellement à Jacksonville, Floride, avait les cheveux grisonnants avec une raie sur le côté.

À la télévision, Asad Khalil avait des yeux noirs. Hefni Badr portait des lunettes à double foyer, et, pour un observateur, son regard était comme flou, d'une couleur indéfinissable.

À la télévision, Asad Khalil était rasé de près. Hefni Badr portait une moustache poivre et sel.

À la télévision, Asad Khalil ne souriait pas. Dans le miroir, Hefni Badr souriait, parce qu'il ne ressemblait pas du tout à Asad Khalil.

Il dit ses prières et alla se coucher.

33.

Je parvins à être à l'heure au vingt-sixième étage de Federal Plaza, et je me sentais très vertueux de ne pas avoir passé la nuit avec Kate Mayfield. Du coup, j'étais capable de la regarder droit dans les yeux en lui disant « bonjour ».

Elle me rendit mon salut et je crus entendre le mot « connard », mais peut-être était-ce juste parce que je trouvais que je l'étais un peu.

Les murs de la salle étaient décorés d'agrandissements des différents clichés d'Asad Khalil pris à Paris. Il y avait également deux photos étiquetées YUSEF HADDAD. L'une d'elles était sous-titrée MORGUE, l'autre PASSEPORT. La photo prise à la morgue était nettement plus belle que celle du passeport.

Je comptai dix tasses à café et dix blocs-notes identiques sur la table et en déduisis que nous étions dix personnes convoquées à cette réunion. Sur chaque bloc, un nom était écrit, et je supposais que j'étais censé m'asseoir devant le mien. Ce que je fis en attrapant l'un des quatre pots de café pour m'en verser une tasse avant de le pousser vers Kate, qui était assise exactement en face de moi.

Elle portait un ensemble veste-pantalon bleu foncé à fines raies blanches, qui lui donnait l'air plus sévère qu'avec son blazer et sa jupe du samedi. Son rouge à lèvres était d'une couleur qui tirait sur le rose corail. Elle me sourit.

Je lui souris.

Bref.

Les participants finissaient de s'installer. À un bout de la table, Jack Koenig, tout juste rentré de Washington, était vêtu du même costume que la veille. À l'autre extrémité, le capitaine David Stein, NYPD, l'autre patron de l'ATTF de New York. Stein et Koenig pouvaient ainsi tous deux penser qu'ils présidaient la séance.

À ma gauche, Mike O'Leary, des renseignements généraux de la NYPD. Je remarquai que le nom sur son bloc correspondait au sien, ce qui me rendit optimiste quant à l'efficacité des renseignements généraux de la police.

À ma droite, l'agent spécial Alan Parker, FBI, ATTF. Alan est notre chargé des relations publiques. Il doit avoir dans les vingt-cinq ans mais en paraît treize. C'est un baratineur de première, exactement ce dont nous avons besoin dans cette affaire.

À la droite de Parker, près de Koenig, le capitaine Henry Wydrzynski, chef des inspecteurs de l'air et des frontières. J'avais rencontré le bonhomme quelquefois quand j'étais à la NYPD, et il avait l'air okay, en dehors de son nom, qui ressemblait à la troisième ligne des panneaux chez les oculistes. Je veux dire : quelqu'un devrait offrir une ou deux voyelles à ce mec.

Près du capitaine Stein, Robert Moody, chef des inspecteurs de la NYPD. Premier Noir passé chef des inspecteurs, Moody était, en fait, mon ancien patron. Je n'ai pas besoin de vous dire que commander quelques milliers de types dans mon genre n'est pas un boulot de tout repos. J'avais rencontré le chef Moody en de rares occasions, et il n'avait pas l'air de me détester, ce qui est à peu près satisfaisant quand on pense à mes rapports avec la hiérarchie.

À gauche de Kate, le sergent Gabriel Haytham, double casquette NYPD-ATTF, d'origine arabe.

Assis près de Gabriel, à droite de Koenig, un inconnu, mais que j'identifiai aussitôt : à coup sûr, ce gentleman si élégant venait de la CIA. C'est marrant comme je les repère facilement. Ils affectent tous la même espèce de nonchalance ennuyée, dépensent trop de fric en fringues et ont toujours l'air d'être attendus ailleurs pour des trucs beaucoup plus importants que ce qui se passe là où ils sont. Je devais me sentir un peu vide de ne plus avoir Ted Nash dans les parages. Maintenant que quelqu'un prenait sa place, j'allais légèrement mieux.

J'imaginais ce bon vieux Ted pliant ses sous-vêtements en soie dans sa valise pour Paris. Je l'imaginais également refaisant surface dans ma vie un de ces quatre. Je me souvenais des mots de Koenig – « C'est Ted que vous devriez surveiller. » Jack Koenig ne lançait pas de telles affirmations à la légère.

Il manquait également George Foster, qui gardait la boutique du Conquistador Club et y resterait probablement encore un bon moment. Mieux valait lui que moi, je pense.

Jack Koenig commença par proposer une minute de silence à la mémoire des disparus, Nick, Phil, Peter, les deux marshals du vol 175, Andy McGill, Nancy Tate, et toutes les autres victimes. Puis il déclara la séance ouverte. Il était exactement huit heures.

Jack commença par présenter le gentleman à sa droite :

– Avec nous, ce matin, Edward Harris, de la CIA.

Merde ! sans blague ? Je veux dire, tout ce que Jack avait à dire, c'était : « Ed Harris, de vous savez où. »

Mais Jack ajouta :

– Mr. Harris est de la section antiterroriste de l'Agence.

Harris se contenta d'agiter doucement son crayon de droite à gauche, comme un essuie-glace. Très cool.

Je dois faire remarquer que, normalement, je n'aurais pas dû être présent dans une réunion de ce niveau, et Kate non plus. Mais ayant été témoins, et témoins actifs dans les événements qui nous réunissaient tous ici, Kate et moi étions invités. Pas mal, non ?

– Comme certains d'entre vous le savent peut-être, annonça Koenig, la décision a été prise hier à Washington d'annoncer brièvement aux médias qu'un terroriste international dénommé Asad Khalil était recherché par les autorités, sa photo à l'appui. Mais sans mentionner le vol 175. Vous avez peut-être vu les bulletins hier soir. Tous les journaux du jour reproduisent cette photo et cette déclaration.

Personne ne fit de commentaire à haute voix, mais sur chaque visage on pouvait lire : « Putain, il serait temps. »

Le capitaine David Stein affirma sa codirection en prenant la parole à son tour.

– Nous allons installer un poste de commandement au vingt-sixième étage. Tous les agents concernés vont déménager leurs affaires à cet étage où tout sera centralisé – dossiers, photos, cartes, graphiques, indices, preuves, transcriptions de déclarations, etc. Jusqu'à nouvel ordre, il n'y a que trois endroits où pourront se trouver les membres de l'ATTF – dans ce nouveau centre de commandement, dans leur lit, ou quelque part sur le terrain. Ne passez pas trop de temps au lit.

Il jeta un regard circulaire sur l'assemblée et ajouta :

– Ceux qui veulent assister aux enterrements le pourront. Des questions ?

Personne ne broncha, et il continua.

– La section Moyen-Orient aura cinquante agents de l'ATTF directement assignés à cette affaire. Une centaine d'hommes et de femmes y seront également rattachés dans la zone métropolitaine de New York, plus quelques centaines d'autres agents sur le reste du territoire ou à l'étranger.

Et ainsi de suite...

Puis ce fut au tour du lieutenant Mike O'Leary, des renseignements généraux. Il rendit hommage à Nick Monti, qui venait du même service que lui, et, suivant la véritable tradition irlandaise, raconta une anecdote marrante sur le défunt, qu'il avait probablement inventée.

Il n'y a pas beaucoup de forces de police disposant de leurs propres services de renseignements, mais New York City, lieu de résidence de tous les mouvements politiques les plus cinglés de la planète, a besoin d'un tel service.

Les renseignements généraux de la NYPD ont été fondés pendant la « peur des rouges », et ils avaient pour mission de poursuivre et de harceler les cocos locaux, qui adoraient se faire persécuter par les flics. Personne d'autre ne s'intéressait à eux, sinon, à part le FBI.

Mike O'Leary assura tout le monde de l'entière coopération de son service, mais je savais que, si ses bonshommes avaient une piste, on n'en entendrait jamais parler. Pour être tout à fait juste, si le FBI avait une piste, O'Leary n'en entendrait pas parler non plus.

Le lieutenant O'Leary nous bénit tous et s'assit. Les Irlandais sont des baratineurs magnifiques. Je veux dire, vous savez qu'ils mentent, ils savent que vous savez qu'ils mentent, mais ils le font avec tant de charme, de conviction et d'énergie que cela fait du bien à tout le monde.

Robert Moody, chef des inspecteurs de la NYPD, lui succéda.

– Mes détectives, dit-il, vont garder les oreilles et les yeux ouverts, tout en travaillant sur d'autres affaires. Je peux vous assurer que les quatre mille hommes et femmes sous mes ordres auront sur eux en permanence une photo du suspect et repasseront toutes les pistes éventuelles au centre de commandement de l'ATTF.

Baratin.

– S'il est quelque part dans les cinq quartiers, nous avons une bonne chance de le savoir et de l'arrêter, conclut le chef Moody.

Ce qu'il fallait lire entre les lignes, c'était que Moody adorerait coffrer Khalil avant même que les fédés aient une piste, et qu'ils ne l'apprennent que le lendemain en ouvrant leur journal.

Le capitaine Stein le remercia et ajouta :

– Les soixante-dix mille agents de la force publique de la zone métropolitaine sont d'ores et déjà à la recherche du même homme. Nous pouvons dire que nous assistons à la plus grande chasse à l'homme jamais menée à New York.

Je remarquai qu'Alan Parker prenait des notes copieuses, peut-être pour s'en servir dans un de ses communiqués de presse, à moins qu'il n'ait été en train d'écrire une série télé. Je ne fais pas une confiance absolue aux écrivains.

– En attendant, poursuivit Stein, notre premier centre d'intérêt est la communauté moyen-orientale.

Et il passa la balle à Gabriel Haytham.

Haytham se leva et ses yeux firent le tour de la pièce. En tant que seul Arabe et musulman présent, il aurait pu se sentir quelque peu parano, mais après des années passées à bosser avec les renseignements généraux de la NYPD, et maintenant avec l'ATTF, le sergent Gabriel Haytham était à l'aise. « Mon vrai prénom, c'est Jibril; ça veut dire Gabriel en arabe, m'avait-il confié un jour, mais ne le dis à personne – j'essaie de passer pour un wasp. »

J'aime les mecs qui ont le sens de l'humour, et Gabe avait besoin d'un énorme sens de l'humour et d'une bonne dose d'amour-propre pour faire ce qu'il faisait. Je veux dire, ce n'est déjà pas particulièrement facile d'être un Arabo-Américain à New York, mais, pour être un Arabo-Américain assigné à la section moyen-orientale de l'ATTF, il faut les avoir grosses comme ça. Je me demande ce que Gabriel raconte à ses potes à la mosquée. Des trucs du genre : « Hé, Abdul, j'ai coffré deux salamis-salamis hier soir » ? Ça me paraît difficile.

Le sergent Gabriel Haytham était responsable de toutes les unités de surveillance, ceux qui restent des heures en planque devant un appartement, prennent des photos, utilisent des micros longue portée et des magnétophones, suivent des types en voiture, dans le métro, dans des taxis, des trains, des bus et à pied – filatures dont les mecs du FBI ne pouvaient ou ne voulaient pas se charger. Un gros budget finançait tout ça, et la communauté moyen-orientale n'était pas très contente d'être sous ce microscope à longueur de temps, mais, comme on dit, « si vous n'avez rien fait de mal, vous n'avez pas à vous inquiéter ».

– À partir de dix-sept heures, samedi, tous les agents de surveillance ont mis bas les masques et ont retourné la ville, dans tous les sens, nous informa Gabriel. Nous avons interrogé environ huit cents personnes, avec des mandats qui couvraient toute la ville sauf la chambre à coucher du maire. Des leaders politiques, des suspects, des quidams, des chefs religieux musulmans. Chez eux, dans la rue, dans leurs boutiques et leurs bureaux, partout.

Je ne pus m'empêcher d'intervenir :

– Si on ne reçoit pas au moins vingt plaintes d'avocats des droits civiques de la Ligue arabe d'ici midi, c'est que t'as pas bien fait ton boulot.

Tout le monde gloussa, même Kate.

– Hé, on a aussi secoué les avocats de la Ligue arabe, répliqua Gabe. Ils ont engagé des avocats juifs pour porter plainte.

Tout le monde pouffa à nouveau, cette fois de manière un peu plus forcée. Après tout, c'est vrai, c'était un peu bizarre. Mais une petite pointe d'humour permet d'aller plus loin quand on est en terrain mouvant. Je veux dire, il y avait quand même une grande diversité culturelle dans la pièce, et on n'avait pas encore entendu le Polonais, le capitaine Wydrzynski. J'avais une bonne blague polonaise, mais je me dis que j'allais peut-être la garder pour une autre fois.

Gabriel poursuivit, sans trop fanfaronner, et il dut admettre :

– Il faut que je vous dise que nous n'avons pas la moindre piste. Pas la poussière d'une. Pas même les baratins habituels de quelqu'un qui essaie de charger son beau-père. Personne ne veut toucher ce type. Nous avons encore un bon millier de gens à interroger et une bonne centaine d'endroits à fouiller. Nous revenons aussi parfois là où nous sommes déjà passés. On met le maximum de pression sur la communauté moyen-orientale, et, ouais, il se peut qu'on piétine un peu quelques droits civiques, mais on s'en souciera plus tard. On ne torture personne, ajouta-t-il.

– Washington appréciera cette retenue, fit sèchement remarquer Koenig.

– La plupart de ces gens viennent de pays où la police frappe avant de poser la moindre question, rétorqua Gabe. Les gens dont nous parlons ne comprennent pas très bien si vous ne les bousculez pas au moins un peu.

– Je ne crois pas que nous ayons besoin d'entendre ça, sergent. Nous ne...

– Nous avons plus de trois cents cadavres dans toutes les morgues de la ville, l'interrompit Haytham. Et nous ne savons pas combien de morts sont à venir. Je ne veux pas d'un seul cadavre de plus pendant mon service.

Koenig réfléchit un moment, mais, se remémorant la présence potentielle de micros cachés, il s'abstint de répliquer.

Haytham se rassit.

Un long silence plana sur la pièce. Tout le monde avait sans doute la même pensée, à savoir que le sergent Gabriel Haytham s'en tirerait sans problème s'il malmenait un peu ses coreligionnaires. C'était probablement la raison même pour laquelle il avait été engagé. Et il était bon dans son job. La plupart des succès de l'ATTF résultaient directement du boulot des mecs en planque de la NYPD. Tout le reste – informateurs spontanés, sources de services étrangers, écoutes téléphoniques, condamnés qui se mettent à table – ne ramenait pas autant d'infos que ces mecs directement branchés sur le trottoir.

Puis le capitaine Wydrzynski de l'air et des frontières se leva et prit la parole à son tour.

– L'ensemble des forces sous mes ordres, les employés des péages et autres personnels des centres de transport ont reçu une photo d'Asad Khalil, plus un mémo expliquant que ce fugitif est l'homme le plus recherché d'Amérique. On a essayé d'étouffer le lien avec le vol 175 – comme le voulaient les ordres –, ce qui n'a pas empêché la rumeur de se répandre.

Wydrzynski était gros, engoncé dans un costume trop petit. On aurait dit huit kilos de saucisses polonaises empilées dans une boîte de quatre. Il avait aussi l'air de manquer totalement de charme et de diplomatie, ce qui me plaisait.

– J'ai plus de cent inspecteurs, continuait-il, qui essaient de découvrir si ce type a quitté la zone de New York. Mais, vous savez, il y a seize millions d'habitants, et si cet individu avait un déguisement, un complice, ou je ne sais quoi, il a très bien pu passer au travers. On n'est pas dans un État policier.

Encore une fois, il y eut un silence, puis Koenig demanda :

– Et les bateaux ?

– On s'est occupés des paquebots, des cargos et des bateaux privés. Pour l'instant, pas de Khalil. On continue à surveiller.

Tout le monde l'assaillit de questions. Il était clair que cette petite agence cadette était soudain très importante et que la mort de McGill avait frappé durement ses membres.

Au bout d'un moment, Wydrzynski en eut un peu marre d'être sous les projecteurs et il lança, histoire de retourner l'assemblée :

– Je pense que la photo de Khalil aurait dû être diffusée sur toutes les chaînes moins d'une demi-heure après son arrivée. Je sais bien qu'il y avait d'autres considérations, mais, à moins que nous n'utilisions complètement les médias dans cette affaire, ce type va s'en tirer.

– Il y a une forte possibilité qu'il soit déjà parti, répliqua Koenig. En fait, il était peut-être dans un avion avant que les corps du vol 175 soient froids. Washington le pense et a donc pris la décision de réserver cette information aux forces de l'ordre jusqu'à ce que le public puisse réellement encaisser la nature de la tragédie.

Kate prit la parole.

– Je suis d'accord avec le capitaine Wydrzynski. Il n'y avait pas de raison valable de dissimuler ces faits, autre que de couvrir nos propres... ce que vous voudrez.

Le capitaine Stein était du même avis.

– Je pense que Washington a paniqué et qu'ils ont pris la mauvaise décision. On leur a obéi, et maintenant on court après un terroriste qui a deux jours d'avance sur nous.

– Bien sûr, on avait des gens à l'autre bout de toutes les lignes aériennes pour tenter de l'intercepter. Or personne correspondant à ce signalement n'est descendu d'aucun avion, dit Koenig pour essayer de calmer les esprits.

J'interceptai un regard de Kate et compris qu'elle désirait me voir mettre mon grain de sel. Je ne suis que sous contrat, finalement, donc, je lançai :

– Je pense qu'Asad Khalil est ici. S'il n'est pas à New York, il est quelque part dans le pays.

– Qu'est-ce qui vous fait penser ça ? demanda le capitaine Stein.

– Il n'en a pas fini.

– Okay, fit Stein, qu'est-ce qu'il a à finir ?

– Je n'en ai pas la moindre idée.

– En tout cas, pour un début, il a tapé fort, dit Stein.

– Et ce n'est qu'un début, répliquai-je. Ça va continuer.

– Putain, j'espère bien que non, lâcha Stein, qui, comme moi, se laisse parfois aller à employer le vert langage des commissariats.

J'allais poursuivre, mais Mr. CIA ouvrit la bouche pour la première fois et me demanda :

– Pourquoi êtes-vous si certain qu'Asad Khalil est encore ici ?

Je regardai Harris, qui m'observait. J'envisageai plusieurs réponses, qui commençaient toutes par « Allez vous faire foutre », puis je décidai de lui laisser le bénéfice du doute et de le traiter avec courtoisie.

– Eh bien, c'est juste une impression viscérale, fondée sur le profil d'Asad Khalil. Il est, selon moi, le genre d'homme qui ne s'arrête pas quand il mène la course en tête. Il ne s'arrêtera que quand il en aura fini, et il n'en a pas fini. Vous vous demandez comment je sais ça ? Eh bien, je pense qu'un type comme lui aurait pu se contenter de causer de graves torts aux intérêts américains outre-mer et continuer à s'en sortir comme il le fait depuis des années. Mais non, il a décidé de venir ici, en Amérique, et de provoquer plus de dégâts. Dans cette hypothèse, pourquoi se serait-il arrêté ici juste pour quelques heures ? Était-ce vraiment une mission Mouette ?

Je regardai les non-initiés autour de la table et expliquai :

– C'est quand un type arrive par les airs, chie sur tout le monde et s'envole en rigolant.

Je déclenchai quelques rires et poursuivis :

– Non, ce n'était pas une mission Mouette. C'était plutôt... eh bien, une mission Dracula. (Comme il me semblait avoir l'attention de tout le monde, je continuai :) Le comte Dracula aurait pu sucer du sang en Transylvanie pendant trois cents ans et s'en sortir. Mais non. Il veut aller en Angleterre. Très bien. Pourquoi ? Pour sucer le sang de l'équipage du navire ? Non. Il y avait quelque chose en Angleterre qui l'attirait. Que voulait-il ? Il voulait cette fille – j'ai oublié son nom –, celle qu'il avait vue sur la photo de Jonathan Harker, et cette fille était en Angleterre. Vous me suivez ? C'est pareil pour Khalil. Il n'est pas venu ici pour tuer tous les passagers du 747 et le personnel de garde au Conquistador Club. Ce n'était qu'un apéritif, un peu de sang avant de s'attaquer au plat principal. Tout ce que nous devons faire, c'est identifier et localiser la jeune fille... enfin, son équivalent pour Khalil... et on le tiendra.

Il y eut un très long silence dans la pièce, et certaines personnes, qui m'avaient fixé, détournèrent le regard. Je pensai que Koenig ou Stein allaient me mettre en arrêt maladie. Kate gardait les yeux baissés sur son bloc-notes.

Finalement, Edward Harris, en vrai gentleman qu'il était, me dit :

– Merci, Mr. Corey. C'était intéressant comme analyse, analogie, je ne sais pas bien comment appeler ça.

Quelques-uns pouffèrent.

– J'ai parié dix dollars avec Ted Nash, dis-je. Vous voulez parier aussi ?

Harris avait visiblement envie de quitter la pièce immédiatement, mais, comme il voulait avoir l'air fair-play, il répliqua :

– Bien sûr. Disons vingt dollars.

– Okay. Donnez-les à Mr. Koenig.

Harris hésita, puis sortit un billet de vingt de son portefeuille et le glissa à Koenig, qui l'empocha. Je l'imitai.

Les réunions inter-agences peuvent être vraiment casse-pieds, mais pas quand je suis dans les parages. Je veux dire, je hais ces bureaucrates si incolores et si précautionneux que vous ne pouvez même pas vous rappeler leur visage une heure après les avoir quittés. En dehors de ça, je voulais que chacune des personnes présentes dans la pièce se souvienne que nous étions ici parce que nous présupposions que Khalil se trouvait encore dans le pays. S'ils commençaient à croire qu'il était parti, ils deviendraient paresseux et négligents, et ils laisseraient les agents à l'étranger faire le boulot à leur place. Parfois, il faut être un peu bizarre pour se faire comprendre. Et, moi, dans le genre bizarre, je suis plutôt bon.

Koenig, qui était loin d'être un crétin, dit :

– Merci, Mr. Corey, pour cet argument très persuasif. Je pense qu'il y a une chance sur deux pour que vous ayez raison.

Kate leva le nez de son bloc-notes et martela :

– Je crois que Mr. Corey *a* raison.

Elle me lança un coup d'œil et nos yeux restèrent accrochés pendant une demi-seconde.

Si nous avions couché ensemble, mon visage aurait viré à l'écarlate, mais personne ici – tous excellents lecteurs d'expressions faciales – ne pouvait détecter le moindre gramme de complicité postcoïtale. Bon Dieu, j'avais vraiment bien joué le coup, hier soir. Pas vrai ?

Le capitaine Stein rompit le silence en s'adressant à Edward Harris.

– Y a-t-il quoi que ce soit que vous aimeriez nous faire partager ?

– J'ai été chargé de cette affaire très récemment et je n'ai pas encore été briefé, fit Harris en secouant la tête. Vous en savez tous beaucoup plus que moi.

Nous eûmes tous exactement la même pensée en même temps : baratin de merde. Mais personne ne dit rien.

– Quant à Dracula, le nom de la fille était Mina, ajouta tout de même Harris à mon intention.

– Oui, c'est vrai. Je l'avais sur le bout de la langue.

– Pour finir, nous allons écouter Alan, dit Koenig.

L'agent spécial Alan Parker se leva. Il était vraiment petit pour son âge, à moins qu'il n'ait réellement treize ans.

– Je vais être franc..., commença-t-il.

Tout le monde se mit à gémir.

– Bon... d'abord, les gens, à Washington, qui voulaient gérer les flux d'informations...

Le capitaine Stein l'interrompit.

– Parlez anglais, s'il vous plaît.

– Quoi ? Oh... okay... ceux qui voulaient garder tout cela secret...

– Qui sont-ils ? demanda Stein.

– Qui ? Eh bien... des gens de l'Administration.

– Comme qui ?

– Je ne sais pas. Vraiment. Plutôt le Conseil national de sécurité. Pas le FBI...

– Le directeur du FBI est membre du Conseil national de sécurité, Alan, fit remarquer le capitaine Stein, qui connaît bien ces choses.

– Vraiment ? Bon, ces gens, quels qu'ils soient, ont décidé qu'il était temps de révéler la vérité. Pas tout d'un coup, mais en soixante-douze heures. Un tiers de ce que nous savons chaque jour, pendant les trois prochains jours.

– Les noms aujourd'hui, les verbes demain et le reste mercredi ? ironisa le capitaine Stein, un poil sarcastique.

Alan rit jaune et répliqua :

– Non, mais j'ai un communiqué de presse en trois parties, et je vais livrer la première partie aujourd'hui. Comprenez-moi bien. Je ne fais pas les informations et je ne décide pas de ce qui doit être rendu public. Je ne fais que ce qu'on me dit de faire. Mais j'apprécierais que personne ne donne d'interview ou de conférence de presse sans entrer d'abord en relation avec mon bureau. Il est très important que les médias et le public soient informés, mais il est plus important encore qu'ils ne sachent que ce que nous voulons qu'ils sachent.

Alan ne semblait pas voir la moindre contradiction dans cette affirmation, ce qui était légèrement effrayant.

Là-dessus, il se mit à disserter sur l'importance des infos comme arme dans notre arsenal, et je pensais qu'il allait parler de l'idée de nous utiliser, Kate et moi, comme appâts, ou qu'il allait évoquer Kadhafi et ses frasques avec la maman de Khalil, mais il ne s'aventura sur aucun de ces terrains. À la place, il nous bassina avec des anecdotes tendant à prouver que les fuites provoqueraient la mort d'autres personnes et ruineraient certaines opérations, causant toutes sortes de problèmes incluant l'obésité, l'impuissance et une mauvaise haleine.

– Il est vrai que le public a le droit de savoir, mais il n'est pas vrai que nous ayons le devoir de leur dire quoi que ce soit, conclut-il doctement avant de se rasseoir.

Personne n'ayant l'air de bien saisir ce qu'il avait voulu dire, Koenig résuma sèchement :

– Personne ne parle à la presse, avant d'ajouter : Cet après-midi, le FBI et la NYPD donneront une conférence de presse conjointe suivie d'une autre qui inclura le gouverneur de New York, le maire de New York City, le chef de la police, etc. Le président et des membres du Conseil national de sécurité interviendront à la télévision ce soir pour répéter les mêmes informations. Cela va provoquer une certaine folie médiatique pendant quelques jours, et vos bureaux respectifs seront bombardés de coups de fil. Vous les renverrez systématiquement à Alan, qui est payé pour parler à la presse.

Puis il nous rappela la récompense de un million de dollars pour l'arrestation d'Asad Khalil et l'argent fédéral débloqué pour acheter des renseignements.

– Je me rends bien compte que la coopération inter-agences est difficile, mais nous avons enfin là l'occasion de travailler tous ensemble, de partager l'information et de montrer notre bonne volonté. Quand nous attraperons ce type, je vous assure qu'il y aura assez de gloire à partager, conclut Koenig.

J'entendis le chef des inspecteurs Robert Moody marmonner quelque chose comme : « Il y a toujours un premier. »

Le capitaine Stein se leva et dit :

– Nous ne voulons pas nous apercevoir plus tard que nous avions une info sur ce type et qu'elle s'est perdue dans la bureaucratie, comme cela a été le cas après l'attentat à la bombe du World Trade Center. Si ce bâtard frappe à nouveau dans la zone de New York, nous pourrons, tous autant que nous sommes, envisager une retraite anticipée. La séance est levée.

34.

Le lundi matin, à six heures, Asad Khalil décrocha son téléphone qui sonnait avec insistance. À l'autre bout du fil, une voix électronique le salua, débita la température et la météo du jour, et lui souhaita une agréable journée, sans oublier de le remercier d'avoir choisi Sheraton.

Khalil sauta hors du lit et, sans lâcher ses deux Glock, se rendit dans la salle de bains. Il se rasa, se brossa les dents, alla aux toilettes et se doucha, puis il retoucha le gris de ses cheveux et se recoiffa avec soin en se servant du sèche-cheveux mural.

Il songeait que, comme en Europe, il y avait bien trop de luxe en Amérique, beaucoup de voix enregistrées, de doux matelas, d'eau chaude à portée de robinet, et de chambres aseptisées. Une civilisation telle que celle-ci ne pouvait pas produire de bons fantassins, et c'était pour cela que les Américains avaient réinventé l'art de la guerre. La guerre pousse-bouton. Des missiles et des bombes guidés au laser. Une guerre de lâches, comme ceux qui avaient attaqué son pays.

L'homme qu'il allait voir, Paul Grey, était un ancien adepte du bombardement, et il était aujourd'hui un expert dans ce jeu de meurtre par télécommande. Il était devenu un riche marchand de mort. Bientôt, il serait un riche marchand de mort mort.

Khalil regagna la chambre, se prosterna sur le sol face à l'est et dit ses prières du matin, demandant à Allah de bénir son djihad.

Il se releva et enfila sur son gilet pare-balles une chemise propre et son costume gris.

Il prit l'annuaire de Jacksonville, l'ouvrit aux pages qu'on lui avait indiquées – charters aériens, location d'avions-taxis – et copia plusieurs numéros de téléphone sur un morceau de papier qu'il mit dans sa poche.

Sous sa porte, il trouva une enveloppe qui contenait sa facture et un quotidien du matin.

Il examina la première page à la lumière de la lampe de chevet. Deux photos couleur de lui-même – une de face et l'autre de profil – lui renvoyèrent son regard, avec la légende, en grosses lettres : « Recherché – Asad Khalil, libyen, la trentaine, un mètre quatre-vingt-cinq, parle anglais, arabe et un peu français, italien et allemand. Armé et dangereux ».

Puis il s'efforça de déchiffrer l'article et parvint à comprendre que le gouvernement américain avait admis qu'il s'agissait d'un attentat terroriste. On donnait quelques détails, mais pas les plus intéressants, et surtout pas les faits les plus embarrassants.

En parcourant la liste de toutes les victimes, Khalil songea un moment à son escorte. Ces deux hommes avaient été polis avec lui, pleins de sollicitude, même. Hundry et Gorman s'étaient assis à côté de lui chacun leur tour.

Khalil avait révélé au second ses activités en Europe. D'abord, Gorman était resté incrédule, mais, finalement, il avait été impressionné. « Soit tu es un excellent menteur, soit tu es un excellent assassin. On finira par le découvrir, lui avait-il dit. – Je suis les deux, mais vous ne découvrirez jamais ce qui est un mensonge et ce qui est la vérité, avait répondu Khalil. – Ne parie pas trop là-dessus », avait répliqué Gorman.

Puis les deux agents avaient discuté entre eux un moment, et Hundry était venu s'asseoir à côté de lui, essayant de lui faire redire ce qu'il avait dit à Gorman, mais Khalil ne lui avait parlé que de l'islam, de sa culture, de son pays.

Khalil souriait, même maintenant, au souvenir de ce petit jeu qui l'avait bien amusé pendant le vol, et qui avait même fini par amuser les deux agents, bien que, visiblement, ils se fussent rendu compte qu'ils étaient en présence d'un homme qu'on ne devait pas traiter avec condescendance.

Au bout du compte, quand Yusef Haddad s'était rendu aux lavabos, ce qui était le signal pour Khalil, Asad avait dit à Gorman :

« J'ai tué le colonel Hambrecht en Angleterre. C'était la première partie de ma mission.

– Quelle mission ? » avait demandé Gorman.

Et Khalil lui avait brièvement expliqué son histoire.

Gorman était resté un long moment silencieux, puis il avait dit :

« Je suis navré pour ta famille. Je croyais que les noms de ces pilotes étaient classés top secret.

– Bien sûr qu'ils le sont, avait répliqué Khalil, mais les secrets les mieux cachés peuvent toujours être dévoilés – cela coûte simplement plus d'argent. »

C'est à cet instant que Gorman avait prononcé cette phrase qui turlupinait encore Khalil :

« J'ai un secret à te révéler moi aussi. Cela concerne ton père et ta mère. Des choses très personnelles. »

Sans s'en rendre compte, Khalil s'était laissé aller à demander :

« Quel secret ?

– Tu le sauras à New York. Quand tu nous auras dit tout ce que nous voulons savoir. »

Yusef Haddad était sorti des lavabos, et Khalil n'avait plus eu une minute à perdre. Il avait demandé la permission d'aller aux toilettes. Quelques minutes plus tard, Peter Gorman avait emporté son secret et celui de Khalil dans la tombe avec lui.

Il était sept heures trente. Le ciel était clair et la circulation fluide.

Il roula jusqu'à une cabine téléphonique d'où il composa le premier numéro de sa liste.

– Alpha Aviation Service, répondit une voix de femme.

– Je voudrais louer un avion et un pilote pour m'emmener à Daytona Beach.

– Bien, monsieur. Quand désirez-vous partir ?

– J'ai un rendez-vous à neuf heures et demie.

– Où êtes-vous actuellement ?

– J'appelle de l'aéroport de Jacksonville.

– Okay. Alors vous devriez venir ici le plus vite possible. Nous sommes à l'aéroport municipal de Craig. Vous voyez où c'est ?

– Non, mais je viens en taxi.
– Okay. Combien de passagers, monsieur ?
– Juste moi.
– Okay... C'est un aller-retour ?
– Oui. Je resterai peu de temps sur place.
– Okay... Je ne peux pas vous donner de prix exact, mais ce sera dans les trois cents dollars aller-retour, plus le temps d'attente. Toutes les taxes d'atterrissage ou de parking sont en sus.
– Très bien.
– Votre nom, monsieur ?
– Demitrious Poulos, épela-t-il.
– Okay, Mr. Poulos, quand vous arriverez à Craig, dites au chauffeur que nous sommes tout au bout de la rangée de hangars côté nord du terrain. Un grand panneau. Alpha Aviation Service. Vous ne pouvez pas le rater.
– Merci. Bonne journée.
– Vous aussi.
Il raccrocha.
À Tripoli, ils lui avaient assuré que louer un avion et un pilote était en Amérique plus facile que de louer une voiture. Avec une voiture vous aviez besoin d'une carte de crédit, d'un permis de conduire, et il fallait avoir un certain âge. Mais, pour un petit avion, on ne vous posait pas plus de questions que si vous preniez un taxi.
Son voyage devenait moins difficile. Il mit une pièce dans l'appareil et composa un numéro qu'il avait appris par cœur.
– Grey Simulation Software. Paul Grey à l'appareil, répondit une voix.
Khalil prit une profonde inspiration et se lança :
– Mr. Grey, ici le colonel Itzak Hurok, de l'ambassade d'Israël.

Ah oui, j'attendais votre appel.

– Quelqu'un de Washington a parlé avec vous ?

– Oui, bien sûr. Ils avaient dit neuf heures trente. Où êtes-vous actuellement ?

– À Jacksonville. Je viens d'atterrir.

– Ah, il va bien vous falloir deux heures et demie pour arriver jusqu'ici.

– J'ai un avion privé qui m'attend. J'ai cru comprendre que vous viviez dans un aéroport.

Paul Grey rit.

– Oui, on pourrait dire ça comme ça. Cela s'appelle une communauté de volants. Spruce Creek, à côté de Daytona Beach. Mais vous ne préférez pas que je vienne vous chercher avec mon avion ?

Cette proposition prit Khalil au dépourvu et il dut inventer une réponse du tac au tac pour n'en rien laisser paraître.

– J'ai déjà une voiture qui doit me conduire à l'aéroport municipal, et mon ambassade a tout réglé pour cet avion-taxi. De toute façon, j'ai ordre de n'accepter aucune faveur. Vous comprenez ?

– Bien sûr. Mais vous prendrez bien une bière fraîche en arrivant ici ?

– Avec grand plaisir, oui. Comme mon collègue vous l'a sans doute dit, ma visite doit être discrète...

– Ah ? Compris. Je suis seul, oui.

– Bien.

– J'ai préparé un vrai spectacle pour vous, dit Paul Grey.

Et moi aussi pour vous, capitaine Grey.

– J'ai hâte de le voir, fit Khalil, puis il raccrocha et remonta dans sa Mercury.

Vingt minutes plus tard, il arriva à l'aéroport municipal, passa l'entrée qui n'était pas gardée et suivit la route jusqu'au grand panneau annonçant ALPHA AVIATION SERVICE.

Il gara la Mercury sur un emplacement vide à quelque distance de là, prit son sac qui contenait l'autre Glock et les chargeurs de rechange, sortit de la voiture, la verrouilla et marcha jusqu'à la petite compagnie d'avions-taxis.

Le taux d'humidité dans l'air était très élevé et la réverbération intense. Il se rendit compte qu'il aurait pu porter des lunettes de soleil, comme beaucoup de gens par ici. Mais, à Tripoli, ils lui avaient dit que les Américains jugeaient malpoli de porter des lunettes noires quand on s'adressait à quelqu'un.

Il examina un instant le petit aéroport, abritant ses yeux avec sa main. La plupart des avions étaient de petits appareils, monomoteurs ou bimoteurs à hélice, avec néanmoins quelques jets de taille moyenne, dont la plupart portaient ce qui lui semblait être des logos de petites compagnies commerciales.

Un avion décolla d'une piste au loin, et d'autres s'alignèrent pour attendre leur tour. Il y avait beaucoup de bruit et l'odeur du carburant était envahissante.

Asad Khalil s'avança jusqu'au bureau d'Alpha Aviation. À peine à l'intérieur, une bouffée d'air glacé le saisit, lui coupant presque le souffle.

Une femme forte, entre deux âges, était assise derrière un long comptoir. Elle se leva et dit :

– Bonjour, puis-je vous aider ?

– Oui. Je suis Demitrious Poulos, j'ai appelé...

– Oui, c'est moi qui vous ai répondu. Comment désirez-vous payer ce vol, monsieur ?

– Cash.

– Dans ce cas, vous me versez cinq cents dollars maintenant et on fera le compte exact à votre retour, si cela vous convient.

– Bien.

Khalil compta cinq cents dollars, et la femme lui donna un reçu.

– Prenez un siège, dit-elle, j'appelle le pilote.

Khalil s'installa dans un fauteuil. C'était plus silencieux à l'intérieur, mais l'air conditionné était nettement trop froid.

La femme était au téléphone. Khalil remarqua deux journaux étalés sur une table basse devant lui, le *Florida Times Union* qu'il avait lu à l'hôtel, et *USA Today* avec ses photos à la une, en couleur. Il déplia *USA Today*, guettant la femme par-dessus le journal.

Il était complètement préparé à les tuer, elle ou le pilote, ou qui que ce soit dont le regard trahirait le moindre signe de reconnaissance.

Une porte latérale s'ouvrit et une femme mince d'environ vingt-cinq ans pénétra dans le bureau. Elle portait un pantalon kaki, une chemise et des lunettes de soleil. Ses cheveux blonds étaient coupés court, et Khalil la prit pour un garçon avant de réaliser son erreur. Pourtant, elle était assez attirante.

– Mr. Poulos ? fit la femme en s'approchant.

– Oui.

Khalil se leva, replia son journal de manière à masquer son portrait et le reposa par-dessus l'autre journal sur la table basse.

La femme ôta ses lunettes de soleil et le regarda droit dans les yeux.

Elle sourit, sauvant par là même sa propre vie et celle de la grosse dame derrière son comptoir.

– Bonjour, je m'appelle Stacy Moll. C'est moi qui serai votre pilote ce matin.

Khalil resta un instant sans voix, puis il hocha la tête et remarqua que la femme lui tendait la main. Il la serra, espérant qu'elle ne verrait pas qu'il rougissait.

– Vous avez des bagages en dehors de ce sac ? dit-elle en lui lâchant la main.

– Non. C'est tout.

– Bien. Hé, vous fumez ?

– Non.

– Moi, si. Je m'en grille une avant de partir.

Elle prit un paquet de cigarettes dans sa poche de poitrine et en alluma une avec une allumette.

– Vous voulez grignoter quelque chose ? (Elle tirait sur sa cigarette tout en parlant.) Des lunettes de soleil, peut-être ? On en a, là. Une fois en l'air, vous les apprécierez, je pense.

Khalil se tourna vers le comptoir et vit un présentoir couvert de lunettes de soleil. Il les examina et choisit une paire. L'étiquette indiquait 24,95 dollars. Il ne comprenait pas cette manie d'afficher des prix à tant de dollars moins 5 cents. Il enleva ses lunettes à double foyer, mit les lunettes de soleil et se regarda dans le petit miroir fixé au tourniquet.

– Oui, je vais prendre celles-ci, fit-il en souriant.

Il sortit deux billets de vingt de son portefeuille et les tendit à la femme derrière le comptoir.

– Donnez-les-moi, je vais couper l'étiquette, proposa-t-elle en lui rendant sa monnaie.

Il hésita, mais il ne trouva pas moyen de refuser. Il ôta les lunettes ; la femme ne le regarda même pas. Elle coupa le fil plastique qui tenait le prix, puis lui tendit ses lunettes noires sans même lever les yeux.

– Okay, on y va, fit la pilote en lui tenant la porte ouverte.

Ils sortirent dans la chaleur et le soleil éclatant. Les lunettes de soleil lui faisaient du bien.

Il la suivit vers un petit avion garé tout près du bureau.

– Vous venez d'où ? demanda-t-elle. De Russie ?

– De Grèce.

– Ah ouais ? Je pensais que Demitrious était un prénom russe.

– Non, c'est Dimitri qui est russe. Demitrious, c'est grec.

– Vous n'avez pas l'air russe.

– Non. Poulos. D'Athènes.

– Vous avez atterri à Jacksonville ?

– Oui, à l'aéroport international.

– Direct d'Athènes ?

– Non. D'Athènes à Washington.

– Bien. Hé, vous crevez pas de chaud avec ce costume ? Enlevez votre veste et votre cravate.

– Tout va bien. Il fait bien plus chaud là d'où je viens.

– Sans blague ?

– Permettez-moi de porter mon sac.

– Pas de problème.

Ils atteignirent l'appareil et la femme demanda :

– Vous avez besoin de ce sac, ou je peux le mettre dans le compartiment à bagages ?

– J'ai besoin du sac. Il contient des terres cuites délicates.

– Pardon ?

– Des vases très anciens. Je suis marchand d'antiquités.

– Sans blague ! Okay. Je vais essayer de ne pas m'asseoir dessus.

Elle rit et posa doucement le sac sur le tarmac.

Khalil examina le petit avion bleu et blanc.

– C'est un Piper Cherokee, expliqua Stacy Moll. Je m'en sers en général pour donner des leçons de pilotage, mais aussi pour des petits trajets comme aujourd'hui. Hé, vous n'avez rien contre le fait d'être piloté par une femme ?

– Non. Je suis certain que vous êtes compétente.

– Je suis plus que compétente. Je suis géniale.

Il acquiesça, mais se sentit à nouveau rougir. Il se demandait s'il arriverait à tuer cette femme impudente sans mettre en danger ses plans futurs. « Tu peux ressentir le désir de tuer plutôt que le besoin de tuer, lui avait dit Malik. Souviens-toi que le lion n'éprouve jamais le désir de tuer, mais seulement le besoin. À chaque meurtre il y a un risque. Avec chaque risque pris, le danger s'accroît. Tue ceux que tu dois tuer, mais ne tue jamais par plaisir ou sous l'effet de la colère. »

– Hé, ça vous va bien, ces lunettes, lui dit la femme.

– Merci, fit-il.

– On est parés. J'ai déjà fait toutes les vérifs. Vous êtes prêt ?

– Oui.

– Vous êtes nerveux, en avion ?

Khalil brûlait d'envie de répondre qu'il était arrivé en Amérique dans un avion dont les deux pilotes étaient morts, mais il se contenta d'un laconique :

– J'ai souvent volé.

– Bien.

Stacy sauta sur l'aile droite, ouvrit la porte du Piper et tendit la main.

– Donnez-moi le sac. Il faut que je monte d'abord – il n'y a qu'une porte –, ensuite vous vous installerez.

Elle entra dans l'avion.

Il grimpa en l'imitant, puis se carra dans le siège de droite. Leurs visages n'étaient qu'à quelques dizaines de centimètres l'un de l'autre. Elle lui sourit.

– Confortable ?

– Oui.

Il se tourna, reprit son sac et le posa sur ses genoux.

Elle attacha sa ceinture et lui dit de faire de même. Il y parvint malgré le sac posé sur ses cuisses.

– Vous voulez garder ce sac comme ça ?

– Jusqu'à ce qu'on soit en l'air, oui.

– Vous avez besoin d'un médicament ou de quelque chose ?

J'ai besoin d'avoir mes armes à portée de main jusqu'à ce qu'on soit en sécurité en l'air.

– Ces vases sont très fragiles. Puis-je vous demander : avons-nous besoin d'un plan de vol ? Ou bien l'avez-vous déjà fait ?

Elle désigna l'horizon.

– Ciel bleu. Pas besoin de plan de vol.

Elle lui tendit un casque muni d'un micro tout en enfilant le sien.

– J'appelle Demitrious, fit-elle. Vous m'entendez, Demitrious ?

Il s'éclaircit la gorge et parvint à dire :

– Je vous entends.

– Moi aussi. C'est mieux que de hurler pour couvrir le bruit du moteur. Hé, je peux vous appelez Demitrious, hein ?

– Oui.

– Moi, c'est Stacy.

– Oui.

Elle remit ses lunettes de soleil, démarra le moteur, et ils commencèrent à rouler sur la piste.

– Ciel bleu jusqu'à Daytona, pas de turbulences nulle part, bon petit vent de sud-ouest, et le meilleur pilote de toute la Floride.

Il hocha la tête.

Elle s'arrêta en bout de piste, se pencha devant lui et verrouilla la porte. Elle fit une brève et dernière vérification des instruments, puis appela : « Piper 1-5 Whiskey, prêt à décoller. »

La tour de contrôle répondit : « Vous pouvez y aller, 1-5 Whiskey. »

Stacy Moll mit pleins gaz. En moins de vingt secondes ils avaient décollé. Elle vira de 30° à droite, puis mit le cap à 170, vers le sud. Elle enclencha quelques boutons du tableau de bord, expliquant à Khalil :

– C'est le GPS, le système satellite. Vous savez comment ça marche ?

– Oui, je crois. J'ai un peu le même dans ma voiture en Grèce.

– Bien, fit-elle en riant. Alors, c'est vous qui vous en occuperez, Demitrious.

– Pardon ?

– Je plaisantais. Hé, excusez-moi, mais vous préférez que je me taise, ou vous avez envie d'un peu de compagnie ?

Il se retrouva en train de dire :

– Un peu de compagnie ne me ferait pas de mal.

– Super. Mais vous me dites si je parle trop, et je la fermerai.

Il hocha la tête.

– Notre vol vers Daytona Airport va prendre quarante minutes. Un peu moins peut-être.

– Ce n'est pas exactement à Daytona Airport que je voudrais aller.

Elle jeta un œil vers lui et demanda :

– Où voulez-vous aller, alors ?

– Dans un endroit appelé Spruce Creek. Vous connaissez ?

– Bien sûr. Chez les richards volants. Je vais reprogrammer.

Elle manipula à nouveau quelques boutons sur la console.

– Je suis désolé s'il y a eu une confusion, dit-il.

– Pas de problème. C'est plus facile que sur le grand aéroport, surtout par une journée comme aujourd'hui. C'est du gâteau.

– Non merci.

Elle le regarda et éclata de rire.

– Non, je voulais dire... C'est presque comme de l'argot. C'est du gâteau, ça veut dire : pas de problème.

Il hocha la tête.

– Bon, je vais réduire l'argot au minimum. Si vous ne me comprenez pas, dites : « Stacy, parlez anglais. »

– Oui.

– Hé, c'est pas mes oignons, mais pourquoi vous vous rendez à Spruce Creek ?

– J'ai un rendez-vous d'affaires là-bas. Un collectionneur d'antiquités grecques.

– Okay. Vous resterez quoi ? Une heure à terre ?

– Peut-être moins.

– Prenez votre temps. Je suis libre toute la journée.

– Je ne serai pas long.

– Vous savez où vous allez quand on aura atterri ?

– Oui, j'ai l'adresse.

– Vous avez déjà été à Spruce Creek ?

– Non.

– C'est des richards. Ça veut dire des gens pleins de fric, vous voyez ? Des médecins, des avocats et des hommes d'affaires qui pensent qu'ils savent piloter. Mais il y a aussi un tas de pilotes civils – actifs et à la retraite. Ils savent piloter leurs gros machins, mais quelquefois ils se tuent avec leurs petits zincs. Désolée, je ne suis pas censée parler de catastrophes aériennes avec les clients.

Elle rit à nouveau. Khalil sourit.

– À Spruce Creek, il y a aussi quelques militaires à la retraite. Des vrais mecs genre *L'Étoffe des héros*, super-machos. Vous voyez le genre ? Ils croient qu'ils sont un cadeau de Dieu pour toutes les femmes. Vous comprenez ?

– Oui.

– Hé, le type que vous allez voir ne s'appelle pas Jim Marcus, j'espère ?

– Non.

– Ouf ! Bon sang, je sortais avec ce crétin. Un ancien de l'US Navy. Il est pilote pour US Airways maintenant. Mon père à moi était pilote aussi. Il m'a toujours dit de ne jamais sortir avec un pilote. Un drôlement bon conseil. Mais assez parlé de moi. En bas à gauche – on ne peut pas le voir maintenant, mais on le verra au retour – c'est Sainte Augustine. La plus ancienne communauté d'Amérique. Je veux dire, européenne. Les Indiens étaient là en premier. Faut pas que j'oublie mon politiquement correct.

– Est-ce que les pilotes militaires à la retraite ont beaucoup d'argent en Amérique ?

– Eh ben... ça dépend. Ils ont une bonne pension s'ils ont assez d'états de service. Mais beaucoup font des affaires. Genre travailler pour une compagnie qui fabrique des pièces ou des armes pour les avions de combat. Ils ont des relations et ils connaissent le jargon. Il y a aussi ceux qui pilotent pour des patrons. Les gros businessmen aiment bien avoir un ancien militaire aux commandes. De vraies salades de machos de merde. Les bons vieux de la vieille et tout ça. Ils adorent savoir que leur pilote a balancé des bombes sur des pauvres crétins quelque part. Ils le racontent à tous leurs amis – style : « Mon pilote est le colonel Machin qui a aplati les Yougos ou les Irakiens. » Vous voyez ?

– Ou les Libyens.

– On n'a jamais bombardé les Libyens. Si ?

– Je crois bien que si. Il y a des années.

– Ah ouais ? Je m'en souviens pas. Faut qu'on arrête de faire ça. Ça fait chier les gens.

– Oui.

L'avion continuait à voler tranquillement vers le sud.

– On vient de passer Paltka, dit Stacy Moll. Okay, si vous regardez sur votre droite, vous allez découvrir le terrain d'essai de la Navy, là où ils s'entraînent à bombarder. Vous apercevez cet immense champ défoncé, en bas ? On peut pas s'approcher plus parce que c'est zone interdite. Mais on distingue bien les cibles. Hé ! Ils bombardent, aujourd'hui ! Vous avez remarqué ce mec piquer et puis remonter d'un coup ? Wow ! Ça faisait au moins un an que j'avais pas vu ça. Hé ! regardez, en voilà un autre !

Le cœur d'Asad Khalil s'était mis à battre très vite. Il ferma les yeux et, dans le noir, il revit le panache rouge feu de l'avion de combat qui fonçait vers lui, l'ombre indistincte de l'avion lui-même, découpée sur le ciel embrasé de Tripoli au loin. Le jet n'était qu'à quelques mètres de lui. Il s'était soudain redressé, et, une seconde plus tard, quatre explosions assourdissantes avaient éclaté, qui avaient détruit le monde, son monde.

– Demitrious ? Demitrious ? Ça va ?

Il se rendit compte qu'il s'était couvert le visage de ses mains et que la sueur coulait sur son front. La femme était en train de le secouer par l'épaule.

Il baissa les mains, prit une grande respiration et fit :

– Oui, ça va aller.

– Vous êtes sûr ? Si vous avez le mal de l'air, j'ai un sac à vomir tout prêt.

– Ça va. Merci.

– Vous voulez de l'eau ? J'en ai à l'arrière.

Il secoua la tête.

– Non, vraiment, ça va mieux.

– Okay.

Ils continuèrent leur vol en silence.

– Bon. On va entamer notre descente, reprit Stacy au bout d'un moment. Ça va peut-être un peu secouer. Ça va, votre estomac ?

– Très bien.

Le Piper descendit à mille pieds ; plus il descendait, plus fortes étaient les turbulences.

– Comment ça va ? redemanda Stacy.

– Bien.

– Super. Ça ne devrait pas secouer plus que ça. C'est juste des turbulences de basse altitude.

Elle changea de fréquence et transmit : « Spruce Creek. Ici Piper 1-5 Whiskey, à deux miles à l'ouest, entame descente vers la piste 2-3. »

– À qui parlez-vous ? s'enquit Khalil.

– J'annonce juste notre position à d'autres avions éventuels. Mais je ne vois personne et personne ne dit rien sur cette fréquence, alors on y va. Il n'y a pas de tour de contrôle à Spruce Creek, parce qu'ils ne sont qu'à dix bornes de Daytona Beach. Je reste bas, à l'ouest de Daytona, comme ça je n'apparais pas sur leur radar et ça m'évite de leur parler. Vous me suivez ?

– Alors... il n'y a pas... de trace de notre arrivée ?

– Non. Pourquoi vous me demandez ça ?

– Dans mon pays, tous les avions sont enregistrés.

– C'est un aéroport privé.

Elle entama un virage lent et ça secouait toujours.

– C'est une petite communauté bien gardée, vous savez. Si vous arrivez en voiture, le nazi de service vous fouille au corps, sauf si un des résidents l'a prévenu de votre visite.

Khalil hocha la tête. Il savait tout cela. C'était même la raison de son arrivée par avion.

Il regardait l'étalage de vastes demeures en dessous d'eux, les palmiers, les piscines, les pelouses bien vertes, et les avions garés près de certaines maisons. L'homme qui avait peut-être assassiné sa famille était là, en bas, l'attendant avec une bière fraîche et le sourire aux lèvres. Khalil pouvait presque sentir le goût de son sang.

Le Piper descendit vers une piste marquée d'un gros 23, le moteur se calma, la piste parut monter vers eux, et l'appareil toucha le sol très doucement.

– Atterrissage parfait, dit Stacy en riant, avant de ralentir et de freiner.

Ils s'arrêtèrent au milieu de la piste principale, puis la quittèrent pour une piste de service.

– Où est-ce que ce type doit vous retrouver ?

– Chez lui. Il habite le long d'une piste de service.

– Ah ouais. Encore un pauvre ! Vous savez où c'est ?

– Yankee Taxiway. Tout au bout.

– Ce n'est pas loin de chez Mr. Merveilleux. Okay... on retransforme le zinc en taxi.

Elle se pencha par-dessus Khalil et ouvrit la porte pour aérer le cockpit qui commençait à devenir étouffant.

Khalil sembla ne pas le remarquer. Il songeait de nouveau à Paul Grey, qu'il allait rencontrer dans quelques minutes. Vraiment, cet assassin avait vécu au paradis avant de mourir, alors qu'Asad Khalil avait vécu en enfer. Mais la situation allait s'inverser.

La plupart des portes de hangar étaient ouvertes, et Khalil remarqua nombre d'avions, y compris quelques jets.

– Ce sont des avions militaires ? demanda-t-il.

– Non, ce sont des jouets de garçon, fit-elle en riant. Vous comprenez ? Moi, je vole pour gagner ma vie. La plupart de ces clowns volent juste pour passer le temps, ou pour impressionner leurs potes. J'apprends à piloter un jet en ce moment. Ça coûte super-cher. Mais il y a un gros richard qui paye pour moi. Il veut m'engager comme pilote, après. Il veut un jouet dans le jouet... vous pigez ?

– Je vous demande pardon ?

– Mais d'où vous sortez ?

– De Grèce.

– Ah ouais ? Je pensais que les milliardaires grecs... Bon, c'est pas grave, on y est. Yankee Taxiway.

Elle vira à droite et la piste rejoignit une étendue bétonnée devant un grand hangar. Sur le mur du hangar, un petit panneau indiquait : Paul Grey.

Le hangar était ouvert, laissant entrevoir un bimoteur à hélice, une Mercedes décapotable, un escalier qui menait à un loft et une petite voiture de golf.

– Ce mec a tous les jouets, constata Stacy. Un Beech Baron, modèle 58, et il a l'air neuf. Gros pognon. Vous allez lui vendre quelque chose ?

– Oui. Les vases.

– Ah ouais ? C'est cher ?

– Très.

– Bien. Il a le blé. L'argent. Hé, est-ce qu'il est marié ?

– Non.

– Demandez-lui s'il a pas besoin d'une copilote, dit-elle en riant.

Elle éteignit le moteur du Piper. Ils sortirent, lui d'abord. Elle lui tendit son sac, qu'il posa sur l'aile. Elle le suivit et sauta sur le béton, mais perdit soudain l'équilibre et bouscula son passager, s'accrochant à lui pour se maintenir d'aplomb. Les lunettes de soleil de Khalil glissèrent, et il se retrouva quasiment nez à nez avec elle, face à face. Elle le regarda droit dans les yeux, et il la fixa en retour.

– Désolée, dit-elle en souriant.

Khalil se pencha sans un mot, ramassa ses lunettes et les remit.

Elle sortit ses cigarettes de sa poche et en alluma une.

– Je vais attendre dans le hangar. C'est à l'ombre. Je vais me prendre un Coca dans son frigo et utiliser ses toilettes. Ils ont tous des toilettes et des frigos. Parfois même des cuisines et des bureaux. Comme ça, quand la madame elle les vire à coups de pied au cul, ils n'ont pas à aller loin... (Elle rit.) Dites à ce mec que je lui prends un Coca. Je lui laisserai un dollar.

– D'accord.

– Hé, Mr. Merveilleux n'habite pas loin. Et si je passais lui dire un petit bonjour ?

– Vous feriez mieux de rester ici, fit-il, avant d'ajouter, plus doucement : Cela ne devrait pas être long.

– Ouais. Je plaisantais. J'aurais plutôt envie de lui mettre un sucre dans le réservoir, à ce crétin.

Khalil commença à s'avancer vers la maison.

– Bonne chance. Faites-lui cracher son sang, lança-t-elle.

Khalil la regarda par-dessus son épaule.

– Je vous demande pardon ?

– Ça signifie : faites-lui payer un maximum.

– Oui. Je vais lui faire cracher son sang.

Il arriva devant une porte qui n'était pas fermée, entra et se retrouva au bord d'une piscine, remarquant les fauteuils, les transats, un mini-bar, et des matelas pneumatiques qui flottaient sur l'eau bleue.

Avisant une porte, il s'en approcha. À l'intérieur, il apercevait une vaste cuisine. Il regarda sa montre. Il était neuf heures dix.

Il appuya sur la sonnette et attendit. Des oiseaux chantaient dans les arbres et une bête émit un coassement. Un petit avion passa, haut dans le ciel. Au bout d'une minute, un homme en pantalon marron et chemise bleue s'avança et le regarda à travers la vitre.

Khalil sourit.

– Colonel Hurok ? fit l'homme en ouvrant la porte.

– Oui. Capitaine Grey ?

– Oui. Oh, seulement Mr. Grey désormais. Appelez-moi Paul. Entrez donc.

Asad Khalil pénétra dans la vaste cuisine de Mr. Paul Grey.

– Donnez-moi votre sac, proposa son hôte.

– Ce n'est pas la peine, merci.

– Vous êtes en avance, dit Paul Grey en regardant sa pendule murale. Mais pas de problème. Tout est prêt.

– Bien.

– Comment êtes-vous arrivé jusque chez moi ?

– J'ai dit à mon pilote d'emprunter les pistes de service.

– Oh... et vous saviez laquelle ?

– Mr. Grey, il y a peu de choses que mon organisation ignore sur vous. C'est pour cela que je suis ici. Vous avez été choisi.

– Okay. C'est bon pour moi. Une bière ?

– De l'eau minérale, s'il vous plaît.

Khalil observa Paul Grey en train de sortir du jus d'orange et de l'eau en bouteille plastique de son frigidaire, puis deux verres dans un placard. Paul Grey n'était pas très grand, mais il semblait être en excellente condition physique. Sa peau était très bronzée, brune comme celle d'un Berbère, et, comme le général Waycliff, ses cheveux étaient gris, alors que son visage ne faisait pas vieux du tout.

– Où est votre pilote ? demanda-t-il.

– Elle s'abrite du soleil dans votre hangar. Elle a demandé si elle pouvait se servir de vos toilettes là-bas et prendre quelque chose à boire.

– Bien sûr. Pas de problème. C'est une femme ?

– Oui.

– Elle veut peut-être venir assister à la démonstration. C'est stupéfiant.

– Non. Comme je l'ai dit, nous devons être discrets.

– Bien sûr. Excusez-moi.

– Je lui ai dit que j'étais grec, ajouta Khalil, et que je venais vous vendre des vases antiques.

Il souleva son sac en souriant.

Paul Grey lui rendit son sourire.

– Bonne couverture. Effectivement, vous pourriez être grec.

– Oui, pourquoi pas.

Grey tendit un verre d'eau minérale à Khalil.

– Pas de verre, dit celui-ci, expliquant : Ne le prenez pas mal, mais je ne peux pas utiliser d'objets non kasher. Désolé.

– Pas de problème.

Grey prit une autre bouteille d'eau minérale dans le frigidaire et la lui tendit, puis il leva son verre de jus d'orange et dit :

– Bienvenue, colonel Hurok.

Ils trinquèrent, verre contre bouteille, et burent.

– Bon, fit Grey quand ils eurent fini, si vous voulez bien passer dans ma salle de commandement, colonel, nous allons commencer.

Khalil suivit Paul Grey à travers son étonnante demeure.

– Très belle maison, commenta-t-il.

– Merci. J'ai eu la chance de pouvoir l'acheter en période de baisse de l'immobilier. Elle ne m'a coûté que la moitié de sa valeur.

Il rit.

Ils arrivèrent dans une vaste pièce, et Paul Grey referma les portes coulissantes derrière eux.

– Personne ne viendra nous déranger.

– Il y a quelqu'un dans la maison ?

– Juste la femme de ménage. Elle ne viendra pas ici.

Khalil inspecta d'un regard circulaire la vaste pièce qui tenait à la fois du bureau et du salon. Tout respirait l'argent – les tapis, les meubles, les boiseries, l'appareillage électronique installé devant le mur du fond. Il y avait quatre écrans d'ordinateur et devant chacun d'eux tous les gadgets du dernier cri.

– Donnez-moi votre sac, dit Paul Grey.

– Je vais le poser avec la bouteille d'eau, répondit Khalil.

Paul Grey lui désigna une table basse, sur laquelle était étalé un journal. Ils y posèrent leurs boissons et Khalil posa son sac tout en demandant :

– Ça ne vous ennuie pas que je regarde un peu votre bureau ?

– Pas du tout.

Khalil s'approcha d'un mur où étaient accrochés des photos et des tableaux de divers avions, y compris une toile très réaliste représentant un F-111 qu'il examina de près.

– Je l'ai fait faire d'après photo, expliqua Paul Grey. J'ai volé sur des F-111 pendant des années.

– Oui, je sais cela.

Paul Grey ne répliqua pas.

Puis Khalil se dirigea vers une rangée d'étagères contenant des livres et des maquettes d'avion. Paul Grey s'avança et prit un livre sur une des étagères.

– Tiens, celui-là devrait vous plaire. Il a été écrit par votre général Gideon Shaudar. Il me l'a dédicacé, après la guerre du Golfe. Regardez...

Asad Khalil ouvrit le livre par le dos, car, il le savait, les Hébreux lisaient comme les Arabes, et il vit que la dédicace était en anglais. Mais il y avait aussi des caractères hébreux, qu'il était incapable de lire.

– Enfin quelqu'un qui va pouvoir me traduire ce qu'il a écrit en hébreu ! s'exclama Paul Grey.

Asad Khalil regarda les caractères et dit sans se démonter :

– En fait, il s'agit d'un proverbe arabe que les Israéliens aiment bien aussi : « Les ennemis de mes ennemis sont mes amis. »

Puis il rendit le livre à Grey, lui faisant remarquer :

– C'est très approprié.

Paul Grey remit le livre en place.

– Asseyons-nous une minute avant de démarrer.

Il désigna un gros fauteuil à Khalil, devant la table basse. Khalil s'assit et Paul Grey s'installa en face de lui.

– Eh oui, j'ai fait la guerre du Golfe, lâcha Paul Grey d'un air faussement las.

– Comme mes collègues vous l'ont dit, fit Khalil, même en tant qu'attaché militaire, je n'ai aucune expérience de l'attaque aérienne. Je travaille presque exclusivement pour l'état-major et je ne peux donc pas vous régaler de hauts faits d'armes.

Grey hocha la tête.

Khalil considéra son hôte pendant un instant. Il aurait pu le tuer à la seconde où il avait ouvert la porte de la cuisine, ou n'importe quand depuis, mais ce meurtre aurait presque été dénué de sens s'il ne s'accompagnait pas d'un peu d'amusement. Malik lui avait dit un jour : « Tous les félins jouent avec leurs proies avant de les tuer. Prends ton temps. Savoure ce moment. Il peut ne pas se reproduire. »

Khalil fit un geste du menton pour désigner le journal posé sur la table.

– Vous avez lu ce qu'ils ont révélé sur le vol 175 ?

Grey baissa les yeux vers la table.

– Oui... Quelques têtes vont tomber à cause de ça. C'est à se demander comment ces clowns de Libyens ont mis au point un tel truc. Une bombe à bord, c'est une chose – mais du gaz ? Et le mec s'échappe et flingue un tas d'agents fédéraux. Moi, je vois la main de Kadhafi derrière tout ça.

– Ah oui ? Peut-être. C'est malheureux que les bombes que vous avez lâchées sur sa résidence d'Al-Azziziyah ne l'aient pas tué.

Paul Grey ne répondit pas tout de suite.

– Je ne faisais pas partie de cette mission, colonel, et, si vos services de renseignements pensent que j'en étais, ils se trompent, fit-il enfin.

Asad Khalil leva la main en un geste d'apaisement.

– Non, non, capitaine... je ne voulais pas dire vous personnellement. Je voulais dire l'Air Force américaine.

– Oh... pardon.

– Néanmoins, reprit Khalil, si vous étiez membre de cette mission, alors je vous félicite et je vous remercie de la part du peuple israélien.

Paul Grey demeura impassible, puis se leva et dit :

– Passons donc là-bas. On va regarder tout ça.

Khalil se leva, prit son sac et suivit Paul Grey jusqu'au fond de la pièce où deux fauteuils pivotants en cuir étaient placés devant deux écrans.

– Je vais d'abord vous faire une démonstration du soft en utilisant ce joystick et le clavier, expliqua Paul Grey. Après, on passera dans ces deux autres fauteuils pour pénétrer dans le monde de la réalité virtuelle. Ici, nous utilisons la modélisation 3D et la simulation pour permettre à une personne d'entrer en interaction complète avec un visuel artificiel en 3D et autres environnements sensoriels. Vous êtes familier de ces techniques ?

– Oui, dit Khalil en regardant toute cette quincaillerie très élaborée. Nous avons des installations semblables dans nos forces aériennes.

– Je sais. Mais ce soft a plusieurs années d'avance sur tous les softs existants. Asseyons-nous devant les moniteurs, et je vais vous donner un petit aperçu avant de passer à la réalité virtuelle proprement dite.

Ils s'installèrent dans les deux fauteuils.

– Ce sont les sièges d'un vieux F-111. J'ai fait rajouter un pivot et des roulettes. Histoire de se mettre dans l'ambiance.

– Pas très confortable.

– C'est le moins qu'on puisse dire. Une fois, j'ai volé... J'ai fait de nombreux longs parcours dans ces sièges. Je peux prendre votre veste et la mettre sur un cintre, si vous voulez.

– Non, merci. Je ne suis pas habitué à l'air conditionné.

– Vous devriez ôter vos lunettes avant que j'obscurcisse la pièce.

– Bien sûr.

Paul Grey prit une télécommande sur la console entre eux, toucha deux boutons, et les lumières s'éteignirent pendant qu'un épais rideau noir se fermait, couvrant les larges baies vitrées. Khalil enleva ses lunettes de soleil. Ils restèrent en silence dans le noir pendant une seconde, avec pour seuls repères les lumières des appareils électroniques autour d'eux.

Un des écrans s'alluma, montrant le cockpit et le pare-brise d'un avion d'attaque très moderne.

– C'est le cockpit du F-16, dit Paul Grey, mais on peut choisir d'autres appareils pour cette simulation. Vous avez certains de ces avions dans votre armée. La première simulation que je vais vous montrer est un bombardement en piqué. Grâce à quelques heures passées sur ce soft, vous pouvez économiser des millions de dollars d'heures de vol réel.

La vue changea soudain, passant du ciel bleu à un horizon vert.

– Maintenant, je vais me servir du joystick et de quelques contrôles additionnels sur le clavier, mais ce soft peut être connecté à tous les instruments placés dans un simulateur de vol de n'importe quel avion d'attaque américain moderne. Nous verrons cela plus tard.

– C'est très intéressant.

– Les cibles programmées dans le soft sont des cibles imaginaires – des choses très génériques... des ponts, des aérodromes, des batteries antiaériennes et des sites de missiles – et ils vous tirent dessus pour se défendre... (il rit et continua :) mais j'ai quelques cibles réelles préprogrammées, et on peut en intégrer autant qu'on veut à partir de vues de reconnaissance aériennes, ou de photos satellite.

– Je comprends.

– Bien. Attaquons un pont.

L'horizon se transforma en collines et en vallées dessinées par ordinateur. Une rivière apparut. Au loin, se rapprochant d'eux à une vitesse sidérante, se trouvait un pont avec la simulation d'une colonne de tanks et de camions qui le traversait.

– Accrochez-vous, dit Paul Grey.

L'image bascula vers le ciel et un écran radar s'inscrivit dans un coin.

– C'est cela que le pilote doit regarder à ce moment précis. L'image radar du pont. Vous voyez la mire de visée ? Bien. Largage 1... 2... 3... 4...

L'écran devant Khalil montrait à présent une vue aérienne du pont que la colonne de véhicules empruntait. Quatre énormes explosions firent vibrer les haut-parleurs avec un son assourdissant, tandis que le pont et les véhicules se désintégraient sous un déluge de feu. Le pont s'effondra et quelques véhicules dégringolèrent, puis la simulation se figea.

– C'est à peu près tout, question sang et tripes, dit Paul Grey. Je n'en voulais pas plus. Je ne tiens pas à être accusé d'aimer ce truc.

– Mais cela doit bien vous apporter quelques satisfactions.

Paul Grey ne répondit pas.

L'écran s'éteignit et la pièce replongea dans l'obscurité.

Les deux hommes restèrent un moment dans le noir, puis Grey reprit :

– La plupart des programmes n'offrent pas autant de détails graphiques. En général, ils donnent au pilote le score de son bombardement et les résultats des dommages infligés. En réalité, colonel, je n'aime pas la guerre.

– Je ne voulais pas vous offenser.

La lumière revint graduellement, et Paul Grey se tourna vers son hôte.

– Puis-je voir vos lettres de créance ?

– Bien sûr. Mais passons d'abord dans les sièges de réalité virtuelle, pour détruire une véritable cible avec des femmes et des enfants. Peut-être... Auriez-vous, par hasard, une cible libyenne ? Al-Azziziyah, par exemple ?

Paul Grey se leva et prit une grande inspiration.

– Mais qui êtes-vous, bon Dieu ?

Asad Khalil se leva aussi, une main tenant sa bouteille en plastique, l'autre dans la poche de sa veste.

– Comme Dieu l'a dit à Moïse... Je suis qui Je suis. Quelle remarquable réponse à une question aussi stupide ! Qui d'autre aurait-Il bien pu être, à part Dieu ? Mais je suppose que Moïse était nerveux plus que stupide. Un homme nerveux va dire : « Qui êtes-vous ? » alors qu'en réalité il veut dire deux choses. Soit : j'espère que vous êtes celui auquel je pense. Soit : j'espère que vous n'êtes pas celui auquel je pense. Alors, qui pensez-vous que je sois, si je ne suis pas le colonel Itzak Hurok de l'ambassade d'Israël ?

Paul Grey ne répondit pas.

– Je vais vous donner un indice. Regardez-moi sans mes lunettes de soleil. Imaginez-moi sans ma moustache. Qui suis-je ?

Paul Grey secoua la tête.

– Ne vous faites pas plus stupide que vous n'êtes, capitaine. Vous savez qui je suis.

Paul Grey secoua à nouveau la tête négativement, mais cette fois il fit un pas en arrière, s'éloignant de son visiteur, le regard braqué sur la main de Khalil dans sa poche.

– Nos vies se sont croisées, une fois, le 15 avril 1986, reprit Khalil. Vous étiez lieutenant et vous pilotiez un F-111, nom de code Elton 38. J'avais seize ans, je vivais une vie agréable avec ma mère, mes deux frères et mes deux sœurs dans un endroit appelé Al-Azziziyah. Ils sont tous morts cette nuit-là. Voilà qui je suis. Maintenant, pourquoi suis-je ici, à votre avis ?

Paul Grey s'éclaircit la gorge et dit :

– Si vous êtes militaire, vous comprenez la guerre et vous comprenez qu'on doit obéir aux ordres...

– La ferme. Je ne suis pas un militaire, je suis un combattant de la liberté, un guerrier de l'islam. En fait, c'est vous et vos amis meurtriers qui avez fait de moi ce que je suis. Et maintenant, je suis venu dans votre merveilleuse maison pour venger les pauvres martyrs d'Al-Azziziyah et de toute la Libye.

Khalil sortit son arme de sa poche et la braqua sur Paul Grey dont les yeux erraient en tous sens, comme s'il cherchait une issue.

– Regardez-moi, capitaine Paul Grey, dit Khalil. Regardez-moi bien. Je suis la réalité. Et pas une de vos stupides créations virtuelles. Je suis une réalité de chair et de sang. Et je réponds quand on m'attaque.

Les yeux de Paul Grey se posèrent sur Asad Khalil.

– Je m'appelle Asad Khalil, et vous pouvez emporter ce nom en enfer avec vous.

– Écoutez, Mr. Khalil...

Il le regarda fixement et, soudain, le reconnut.

– Oui, dit Khalil, je suis bien cet Asad Khalil qui est arrivé par le vol 175. L'homme que votre gouvernement recherche. Ils auraient dû chercher ici, ou au domicile de feu le général Waycliff et de feu son épouse.

– Oh, mon Dieu...

– Ou chez Mr. Satherwaite, à qui je vais rendre visite ensuite, ou chez Mr. Wiggins, ou Mr. McCoy, ou le colonel Callum. Mais je suis heureux de voir que ni vous ni eux n'avez tiré aucune conclusion de ce genre.

– Comment avez-vous su ?

– Tous les secrets sont à vendre. Vos compatriotes à Washington vous ont trahi pour de l'argent.

– Non.

– Non ? Alors, peut-être est-ce feu le colonel Hambrecht, votre compagnon d'escadrille, qui vous a vendu.

– Non... est-ce que... est-ce que... ?

– Oui, je l'ai tué. Avec une hache. Vous ne souffrirez pas une douleur physique telle que la sienne – juste une douleur mentale, debout, là, à contempler vos péchés et votre punition.

Paul Grey ne répliqua pas.

– Vos genoux tremblent, capitaine, dit Khalil. Vous pouvez soulager votre vessie, si vous voulez. Je ne m'en sentirai pas offensé.

Paul Grey prit une grande inspiration et bredouilla :

– Écoutez, vos informations sont erronées, je ne faisais pas partie de cette mission. Je...

– Oh, alors excusez-moi. Je vais partir.

Khalil sourit, puis retourna sa bouteille d'eau, laissant le liquide s'écouler sur le tapis.

Paul Grey avait les yeux fixés sur l'eau qui éclaboussait le sol, puis il les releva sur Khalil, et une expression d'incompréhension traversa son visage.

Khalil tenait le Glock près de son corps. Il enfonça le canon dans le goulot de la bouteille.

Paul Grey vit le fond de la bouteille pointé vers lui et il comprit ce que cela signifiait. Il tendit les mains, comme pour se protéger.

– Non !

Khalil tira une unique balle à travers la bouteille, touchant Paul Grey à l'abdomen.

Grey se plia et bascula en arrière avant de tomber à genoux. Il tenait son ventre à deux mains, essayant d'arrêter le flot de sang, puis il vit son sang qui coulait entre ses doigts. Il leva les yeux vers Khalil qui marchait vers lui.

– Arrêtez... non...

Khalil le visa à la tête.

– Je n'ai plus de temps à perdre avec vous. Vous n'avez même plus le cerveau avec lequel vous êtes né.

Il tira une balle dans le front de Paul Grey, et de la cervelle jaillit derrière sa nuque. Avant même que le capitaine ait touché le sol, Khalil s'était retourné pour ramasser les deux douilles. Il entendit le corps s'effondrer.

Il se rendit jusqu'à un coffre-fort ouvert entre deux écrans. À l'intérieur, il trouva une pile de disques d'ordinateur qu'il mit dans son sac noir, puis il éjecta le disque dans l'ordinateur dont Paul Grey s'était servi en disant :

– Merci, Mr. Grey, pour cette démonstration. Mais, dans mon pays, la guerre n'est pas un jeu vidéo.

Il examina le bureau de Paul Grey, remarquant que son agenda portait, à la date du jour : « Col. H. 9 h 30. » *Que les policiers cherchent donc qui est ce mystérieux colonel qui a volé des secrets militaires à sa victime.*

Il s'empara ensuite des fiches du Rolodex portant les noms et les adresses des compagnons d'escadrille de Grey. Le général et Mrs. Waycliff, résidant désormais en enfer. Steven Cox, mort au combat. William Hambrecht, avec le prénom d'une femme, Rose, et de trois enfants. Et Callum, McCoy, Satherwaite et Wiggins.

Il songea qu'il pourrait sans doute utiliser toutes ces informations. Il était content que Paul Grey ait été si méticuleux.

Khalil mit la bouteille d'eau sous son bras et prit son arme dans l'autre main. Il passa la bride de son sac noir sur son épaule et rouvrit les portes coulissantes. Il percevait le bruit d'un aspirateur quelque part dans la maison. Il ferma les portes et suivit le son.

Il découvrit la femme de ménage dans le living-room. Elle lui tournait le dos et ne l'entendit pas arriver derrière elle. L'aspirateur faisait beaucoup de bruit, et il y avait également de la musique. Il n'eut pas besoin de sa bouteille en plastique. Il approcha l'arme de la nuque de la femme, qui chantait en travaillant. Il appuya sur la gâchette et elle s'effondra, puis roula sur le plancher, renversant son aspirateur.

Khalil replaça le Glock dans sa poche, la bouteille dans son sac, l'aspirateur d'aplomb, mais en le laissant en marche, puis il ramassa la douille. Il sortit par la cuisine.

Remettant ses lunettes de soleil, il repassa devant la piscine et, refermant la porte du jardin, se retrouva devant le hangar ouvert. Il remarqua que l'avion était maintenant pointé dans le sens du départ, le nez vers la piste de service.

Il ne voyait pas son pilote. Il s'avança vers le hangar, accélérant le pas. Il regarda à l'intérieur, mais il n'y avait personne, puis il distingua des voix venues du loft au-dessus.

Sur ses gardes, il s'approcha de l'escalier, puis se rendit compte que les voix provenaient d'un téléviseur ou d'une radio. Il avait oublié le nom de la fille et appela :

– Oh ! oh !

Les voix se turent net, et Stacy Moll se pencha à la fenêtre du loft.

– C'est fini ?

– Fini, oui.

– Je descends.

Elle disparut pour réapparaître dans l'escalier, avant de traverser le hangar.

– Prêt à repartir ?

– Oui, prêt.

Stacy sortit du hangar et Khalil la suivit.

– On pourrait manger à même le sol, dans son hangar, dit-elle. Il fait de la rétention anale, votre type. Il est pas gay, par hasard ? Vous pensez qu'il est gay ?

– Je vous demande pardon ?

– J'ai rien dit.

Elle ouvrit la porte du Piper.

– Il a acheté les vases ? demanda-t-elle.

– Oui.

– Super. Hé, je voulais les voir, moi ! Il les a tous achetés ?

– Oui.

– Dommage. Je veux dire, c'est bien pour vous. À votre prix ?

– Oui.

– Génial.

Elle grimpa sur l'aile et tendit la main pour qu'il lui passe son sac.

– Il ne pèse pas beaucoup moins lourd, constata-t-elle.

– Il m'a donné des bouteilles d'eau pour le retour.

Elle posa le sac à l'arrière.

– J'espère qu'il vous a donné du cash, aussi.

– Bien sûr.

– J'ai pris un Coca dans son frigo et j'ai laissé un dollar, vous lui avez dit ?

– Oui.

Khalil grimpa et ils s'attachèrent. Même avec la porte ouverte, il faisait horriblement chaud dans le cockpit.

– Et qu'est-ce qu'il fait dans la vie, ce Mr. Paul Grey ? demanda Stacy.

– Ce n'est pas mes affaires.

– Ouais, moi non plus.

Elle avait démarré et ils roulaient vers la piste principale. Elle appela les autres éventuels avions en l'air, vérifia le ciel autour, puis, parvenus sur la piste, ils décollèrent, et, une fois à deux cents mètres, elle entama un virage pour revenir vers l'aéroport municipal de Craig. Elle grimpa à trois mille cinq cents pieds, volant à cent quarante nœuds.

– Temps de vol, trente-huit minutes.

Khalil ne répliqua pas.

Ils volèrent en silence pendant un moment, puis elle demanda :

– Et après ça, vous allez où ?

– J'ai un vol en début d'après-midi pour Washington, et puis je rentre directement à Athènes.

– Vous avez fait tout ce voyage rien que pour ça ?

– Oui.

– Bon sang, j'espère que ça valait la peine !

– Oui.

– Je devrais peut-être me lancer dans le business des vases grecs.

– Il y a des risques.

– Ah ouais ? Oh... je vois. Ces vases ne sont pas censés quitter votre pays.

– Ce serait mieux si vous ne parliez de ce vol à personne. J'en ai déjà trop dit.

– Motus et bouche cousue.

– Excusez-moi ?

– Je ne dirai rien.

– Bien. Je reviens dans une semaine. J'aimerais vous engager à nouveau, vous et votre avion.

– Pas de problème. Mais, la prochaine fois, essayez de rester un peu, on ira boire un verre.

– Ce serait très agréable.

Ils volèrent en silence pendant dix minutes, puis elle dit :

– Et appelez-moi de l'aéroport, on viendra vous chercher. Pas la peine de prendre un taxi.

– Merci.

– En fait, si vous voulez, je peux vous ramener à l'aéroport.

– C'est très gentil à vous.

– Pas de problème. Tenez, je vous donne ma carte. Appelez un jour ou deux avant d'arriver.

Quand ils entamèrent leur descente, il lui demanda :

– Vous avez contacté votre ami à Spruce Creek ?

– Eh bien... j'ai pensé l'appeler et lui dire que j'étais à deux pas de chez lui... et puis je me suis dit : « Qu'il aille se faire foutre. » Il mérite même pas un coup de fil. Un de ces quatre, je vais voler au-dessus de sa piscine et lui lâcher un alligator dedans.

Khalil se sentit sourire en imaginant la scène.

Ils approchaient de Craig et elle appela la tour pour l'atterrissage.

Quelques minutes plus tard, ils roulaient vers Alpha Aviation Service. Stacy Moll coupa le moteur à vingt mètres des bureaux.

– Le vol vous a plu ?

– Beaucoup, répondit-il.

– D'habitude, je ne parle pas tant que ça, mais c'était un plaisir de vous avoir à bord.

– Merci. Vous êtes une compagne de voyage très agréable et une excellente pilote.

– Merci.

Avant qu'ils atteignent les bureaux, il lui dit :

– Serait-il possible de vous demander de ne pas mentionner Spruce Creek ?

Elle le regarda.

– Bien sûr. Pas de problème. C'est le même prix que pour Daytona Beach, de toute façon.

– Merci.

Ils entrèrent dans le bureau et la femme au comptoir se leva.

– Alors, bon vol ?

– Oui, excellent, répondit Khalil.

La femme examina des papiers, puis regarda sa montre et nota quelques chiffres.

– Okay, dit-elle, avec trois cent cinquante, vous vous en tirez.

Elle compta cent cinquante dollars et les lui rendit.

– Vous pouvez garder la facture de cinq cents dollars... pour vos notes de frais, ajouta-t-elle avec un air de conspirateur.

Khalil mit l'argent dans sa poche.

– Je vais ramener Mr. Poulos jusqu'à Jacksonville, dit Stacy Moll, à moins que tu n'aies quelque chose pour moi.

– Nan... Désolée, chérie.

– Tout va bien. Je m'occuperai du Piper en revenant. Vous voulez réserver pour la semaine prochaine ? dit-elle à Khalil.

– Oui. Même heure, dans une semaine. Même destination, Daytona Beach.

– Très bien, c'est noté, fit la femme derrière le comptoir.

– Et je voudrais cette jeune dame comme pilote, ajouta Khalil.

– Vous êtes masochiste ou quoi ? lança la femme en souriant.

– Pardon ?

– Elle est bavarde comme une pie. Okay, bon, à la semaine prochaine.

Asad Khalil et Stacy Moll ressortirent sous le soleil brûlant.

– Ma voiture est là-bas, fit-elle.

Il la suivit jusqu'à un petit cabriolet dont la capote était baissée. Elle ouvrit les portes avec une télécommande.

– Je décapote ou pas ?

– Non, c'est très bien comme ça.

– Okay. Attendez un peu que ça refroidisse.

Elle monta, démarra et mit l'air conditionné. Au bout d'une minute, elle l'appela :

– Vous pouvez venir. À quelle heure est votre vol ?

– Treize heures.
– Vous êtes dans les temps.
Sortie de l'aéroport, elle accéléra.
– Je ne conduis pas aussi bien que je pilote.
– Vous pourriez ralentir un peu, s'il vous plaît ?
– Bien sûr. Ça vous ennuie si je fume ?
– Pas du tout.
– Vous en voulez une ?
– Non, merci.
– Ces saletés vont finir par me tuer, dit-elle en allumant sa cigarette.
– Peut-être.
– Il y a un très bon restaurant grec à Jacksonville. Chez Spiro. La semaine prochaine, quand vous reviendrez, on pourrait y aller ?
– Bonne idée. Je m'arrangerai pour rester une nuit ici.
– Ouais. Faut pas trop se presser. La vie est courte.
– C'est bien vrai.
Ils étaient sur une route qui traversait une zone semi-rurale.
– Je suis très embarrassé, dit soudain Khalil. J'aurais dû utiliser les lavabos quand nous étions dans vos bureaux.
– Oh ! vous voulez aller aux toilettes ? Il y a une station-service un peu plus loin.
– Ça ne vous ennuie pas de vous arrêter ici ? C'est un peu urgent.
– Pas d'problème.
Elle stoppa à l'embranchement d'un chemin de terre qui menait à une ferme.
– Vous pouvez y aller, dit-elle, je ne regarderai pas.
– Merci.
Il sortit de la voiture, fit quelques pas vers un bosquet et urina. Il mit la main droite dans sa

poche et revint vers la voiture, s'immobilisant devant la porte ouverte.

– Vous vous sentez mieux ? demanda-t-elle.

Il ne répondit pas.

– Allez, montez.

Une fois de plus, il ne répondit pas.

– Demitrious, vous allez bien ?

Il prit une grande inspiration, remarquant que son cœur battait très fort.

Elle sortit vivement de la voiture, en fit le tour et le prit par le bras.

– Hé, ça va ?

Il la regarda et bredouilla :

– Je... Oui... Ça va.

– Vous voulez de l'eau ? Vous en avez dans votre sac.

Il prit à nouveau une grande inspiration et dit :

– Non, je vais bien.

Il se força à sourire et ajouta :

– Prêt à partir.

Elle lui rendit son sourire et ils remontèrent en voiture.

Asad Khalil demeurait silencieux. Il essayait de comprendre pourquoi il ne l'avait pas tuée. Il se persuada que, comme le disait Malik, chaque meurtre augmentait les risques, et que peut-être la mort de cette femme n'était pas nécessaire. Il y avait une autre explication au fait qu'il l'ait épargnée, mais il ne voulait pas y songer.

Ils arrivèrent à Jacksonville International, et Stacy s'arrêta devant le bâtiment des départs.

– Nous y voilà.

– Merci. Dois-je vous donner un pourboire ?

– Nan, invitez-moi à dîner.

– Oui, la semaine prochaine..., fit-il en se penchant pour prendre son sac. J'ai apprécié votre conversation, dit-il encore.

– Vous voulez parler de mon monologue ? (Elle rit). À la semaine prochaine.

Il referma la portière.

Elle lui fit un signe de la main et démarra. Il regarda sa voiture s'éloigner, puis, lorsqu'elle eut disparu au loin, il se dirigea vers une file de taxis. Il prit le premier.

– Où vous allez ? demanda le chauffeur.

– Aéroport municipal de Craig.

– C'est parti...

Le taxi le ramena à l'aéroport municipal et Khalil le dirigea vers l'agence de location de voitures, non loin de là où il avait garé sa Mercury. Il paya, puis marcha vers sa voiture après le départ du taxi.

Il s'installa, démarra et ouvrit les vitres.

Asad Khalil sortit de l'aéroport municipal, programmant son navigateur stallite pour Monks Corner, Caroline du Sud. « Et maintenant je vais rendre visite au lieutenant William Satherwaite, une visite reportée depuis trop longtemps. Il m'attend. Mais il ne se doute pas qu'il va mourir aujourd'hui. »

35.

Le lundi, en milieu d'après-midi, j'avais déménagé mes affaires dans le centre de commandement, comme la quarantaine de personnes affectées à cette affaire.

Le centre est constitué d'une vaste salle commune qui me rappelait un peu le Conquistador Club. Les téléphones sonnaient, les fax tombaient, les ordinateurs tournaient sans répit... C'était une véritable ruche, comme si tout le monde marchait aux amphés.

Kate et moi avions nos bureaux face à face dans une petite cabine vitrée, cloisonnée à hauteur de poitrine, ce qui n'était pas mal, bien qu'un peu étrange tout de même.

J'étais donc installé et je lisais une pile de ces merdes que j'avais ramassées à Washington la veille. Ce n'est pas exactement ma façon de travailler, mais il n'y avait pas grand-chose d'autre à faire pour le moment. Je veux dire, dans une affaire criminelle normale, j'aurais été dans les rues, à la morgue, en train d'emmerder le médecin légiste ou les gars du labo et, plus généralement, de pourrir la vie des autres pour que la mienne s'améliore.

Kate leva le nez de son bureau.

– Tu as vu le mémo sur les enterrements ?

– Non.

J'avais assisté à la plupart des veillées, enterrements et cérémonies du souvenir de tous ceux avec qui j'avais travaillé, et je n'en avais jamais raté un où la personne avait été tuée en service. Mais je n'avais pas de temps à consacrer aux morts à cet instant précis, aussi dis-je à Kate :

– Je vais sauter les veillées et les enterrements.

Elle hocha la tête sans répondre et se replongea dans sa lecture.

Je parvins à avoir accès à mon e-mail, mais, en dehors d'un truc appelé « Les blagues du lundi », il n'y avait rien de bien intéressant. Bref, nous nous tournions les pouces en attendant qu'il se passe quelque chose.

Chaque fois que des gens nouveaux arrivaient dans la salle, ils jetaient un œil vers nous – nous étions des espèces de célébrités mineures, je pense, étant les deux seules personnes dans la pièce à avoir été les témoins visuels du plus grand meurtre de masse de l'histoire américaine. Témoins vivants, devrais-je préciser.

Soudain, Jack Koenig entra et se dirigea vers nous.

– Je viens de recevoir un communiqué top secret de Langley, nous dit-il. À dix-huit heures treize, heure allemande, un homme répondant au signalement d'Asad Khalil a abattu un banquier américain à Francfort. Le tireur a réussi a s'échapper. Mais quatre témoins oculaires le décrivent comme de type arabe. La police allemande leur a donc montré des photos de Khalil et ils l'ont tous identifié.

J'étais, c'est le moins qu'on puisse dire, sidéré. Écrasé. Je vis ma carrière tout entière partir en miettes. J'avais fait une monumentale erreur de calcul.

Je regardai Kate et je vis qu'elle aussi était très choquée. Elle avait vraiment cru qu'Asad Khalil était encore aux États-Unis.

Mon cerveau envisageait déjà ma démission et une pauvre soirée de départ à la retraite anticipée. C'était une mauvaise manière de finir les choses. Professionnellement, il est impossible de se remettre d'un truc pareil : avoir foiré la plus grosse affaire du monde. Je me levai et bredouillai à l'intention de Jack :

– Eh bien... Ça y est... je crois... je veux dire...

Pour la première fois de ma vie, je me sentais comme un loser, une vraie tête de nœud, totalement incompétent, un parfait crétin.

– Asseyez-vous, dit doucement Jack.

– Non, je me tire. Désolé, les gars.

Je m'emparai de ma veste et enfilai le long corridor. Ma cervelle ne travaillait plus et mon corps bougeait tout seul, comme désincarné, dans le même état que le jour où je m'étais vidé de mon sang dans l'ambulance.

Je ne me souvenais même pas d'être arrivé devant l'ascenseur, mais j'étais là, attendant que les portes s'ouvrent. Pour arranger encore un peu les choses, je devais trente dollars à la CIA.

Tout d'un coup, Kate et Jack surgirent à mes côtés.

– Écoutez, dit Jack, il ne faut pas souffler mot de cela à quiconque.

Je ne comprenais pas de quoi il voulait parler.

– L'identification n'est pas formelle, ajouta-t-il. Comment serait-ce possible ? Hein ? Donc nous avons besoin que tout le monde continue à travailler sur cette affaire comme si Khalil était encore ici. Compris ? Seule une poignée de gens sont au courant de cette histoire de Francfort. Je pensais que je vous devais bien de vous mettre au courant, vous. Mais même Stein n'en sait rien. John ? Il faut garder ça pour vous.

Je hochai la tête, hébété.

– Et il ne faut rien faire pour attirer les soupçons. En d'autres termes, vous ne pouvez pas démissionner.

– Si, je peux.

– John, tu ne peux pas faire ça, intervint Kate. Tu dois accepter. Tu dois poursuivre comme si de rien n'était.

– Je ne peux pas. Je suis très mauvais comédien. Et à quoi ça servirait ?

– Ça servirait à ne pas ruiner le moral et l'enthousiasme de tout le monde, dit Jack. Écoutez, nous ne savons pas si ce type est réellement Khalil. (Il essaya de plaisanter.) Et pourquoi diable Dracula irait-il en Allemagne ?

Ce n'était vraiment pas le moment de rappeler mon analogie stupide. J'essayais de me vider la tête et de penser rationnellement.

– C'était peut-être un leurre, avançai-je au bout d'un moment. Un sosie.

– C'est exact, dit Koenig. On n'en sait rien.

L'ascenseur arriva, les portes s'ouvrirent, mais je n'y entrai pas. En fait, je me rendis compte que Kate me tenait le bras.

– Je vous offre à tous les deux l'opportunité d'aller à Francfort ce soir vous joindre à l'équipe d'enquêteurs américains – FBI, CIA, police et renseignements allemands, reprit Koenig. Je crois que vous devriez le faire. Je vous accompagnerai un jour ou deux.

Je ne répliquai pas.

– Je crois qu'on devrait y aller, John, dit finalement Kate.

– Ouais... je crois... C'est mieux que de rester ici...

Koenig regarda sa montre et ajouta :

– Il y a un vol Lufthansa à huit heures dix, direct pour Francfort. Il arrive demain matin. Ted viendra nous chercher à...

– Nash ? Nash est là-bas ? Je croyais qu'il était à Paris.

– Je pense qu'il y était, oui. Mais il est en route pour Francfort.

Je hochai encore la tête. Tout cela avait une drôle d'odeur.

– Okay, fit Jack, rendez-vous à JFK sept heures dernier carat, vol Lufthansa 81 pour Francfort. Les billets seront prêts. Prenez assez d'affaires pour un long séjour.

Sur ce, il nous planta là.

Kate demeura immobile un instant, puis dit :

– John, ce que j'aime chez toi, c'est ton optimisme. Tu ne laisses jamais les choses t'abattre. Tu vois les problèmes comme un challenge, et pas comme...

– J'ai pas besoin qu'on me remonte le moral.

– Okay. C'est vraiment bien que Jack nous envoie à Francfort. Tu y es déjà allé ?

– Non.

– Moi, plusieurs fois. Un voyage comme ça pourrait nous amener à traverser toute l'Europe, en suivant des pistes. Tu peux partir comme ça, au pied levé, sans que ça pose trop de problèmes ?

Il semblait y avoir une autre question cachée dans cette question, mais je me contentai de répondre :

– Pas de problème.

– Je vais chez moi faire ma valise. Tu pars maintenant ? demanda Kate sans insister davantage.

– Non... J'en ai pour cinq minutes à faire mes bagages. Je te retrouve à JFK.

– À plus tard.

Elle s'éloigna de quelques pas, puis revint et colla son visage en face du mien.

– Si Khalil est ici, tu avais raison. S'il est en Europe, tu y seras. Okay ?

Je remarquai qu'on nous regardait.

– Merci, fis-je.

Elle s'en alla.

Assis à mon bureau, je réfléchissais à ce coup de théâtre, tentant d'identifier l'odeur bizarre de cette affaire. Même si Khalil avait quitté le pays, pourquoi et comment s'était-il rendu en Europe ? Ça ne collait pas ; même un mec comme lui serait directement rentré chez lui pour se faire féliciter. Et buter un banquier, c'était pas très fort comme acte II, après ce qu'il avait fait ici. Et pourtant... Je me grillais les neurones avec ce truc. Quand on est trop finaud pour son propre compte, c'est assez facile de se la jouer.

Je veux dire que le cerveau est une chose remarquable. C'est le seul organe cognitif du corps humain, en dehors du pénis de l'homme. Je restai donc assis là, m'efforçant de faire passer la cinquième vitesse à mon cerveau. Mon autre organe de contrôle me soufflait : « Va donc en Europe te faire sauter par Kate. Il n'y a rien pour toi à New York, John. » Mais les plus hautes sphères de mon intellect m'avertissaient : « Quelqu'un est en train d'essayer de se débarrasser de toi. » Je ne veux pas nécessairement dire que quelqu'un essayait de m'expédier en Europe pour pouvoir me descendre. Mais peut-être qu'on cherchait à m'éloigner du théâtre des opérations. Peut-êtrc que cet attentat de Khalil en Europe était une mise en scène des Libyens, ou de la CIA. Ça pue vraiment quand vous ne savez pas ce qui est réel et ce qui est fabriqué, qui sont vos amis et qui sont vos ennemis – comme Ted Nash, par exemple.

Parfois, j'envie les gens diminués mentalement. Comme mon oncle Bertie, qui est sénile. Il peut cacher lui-même ses œufs de Pâques dans son jardin.

Je me levai, puis me rassis, puis me levai à nouveau. Mon manège finissant par avoir l'air bizarre, je me dirigeai vers la sortie avec mon attaché-case, déterminé à prendre une décision avant de partir pour l'aéroport. À cet instant, je penchais plutôt pour un départ à Francfort.

J'arrivais aux ascenseurs quand Gabriel Haytham vint vers moi. Il me vit et me fit signe de m'approcher.

– Je crois que j'en ai un de vivant pour toi, me chuchota-t-il.

– Ça veut dire ?

– J'ai un type, en salle d'interrogatoire – c'est un Libyen, et il est entré en contact avec nos mecs sur le terrain...

– Tu veux dire qu'il est ici volontairement ?

– Ouais. Il n'a jamais eu de problèmes avec nous, ce n'est pas un informateur, et il n'est sur aucune liste ni rien. Un Yusef normal, qui s'appelle Fadi Aswad...

– Mais pourquoi est-ce que vous avez tous des noms à coucher dehors ?

Gabriel rigola.

– Essaie un peu la brigade de Chinatown. Leurs noms, on dirait le bruit d'un flipper. Écoute, cet Aswad est chauffeur de taxi et il a un beau-frère, un autre Libyen, un certain Gamal Jabbar. Jabbar est aussi chauffeur de taxi. Nous, les Arabes, on est tous chauffeurs de taxi, pas vrai ?

– Si.

– Donc, samedi matin tôt, Gamal Jabbar appelle son beau-frère Fadi Aswad et lui dit qu'il sera parti pour la journée, qu'il a un client à aller chercher à JFK et qu'il n'est pas très heureux de cette course.

– Je suis tout ouïe.

– Gamal dit aussi que, s'il est en retard, Fadi devra appeler sa sœur, sa propre femme, donc, pour la rassurer.

– Et alors ?

– Eh bien, il faut comprendre les Arabes.

– J'essaie.

– Ce que Gamal voulait dire à son beau-frère, c'était que...

– Qu'il risquait d'être plus qu'un petit peu en retard.

– Exact. Genre qu'il serait peut-être mort.

– Et où est Gamal ? demandai-je.

– Il est mort, effectivement. Mais Fadi ne le sait pas. La police de Perth Amboy a reçu un appel d'un badaud ce matin. Un taxi jaune dans un parking. Le type a regardé à l'intérieur et il a vu le chauffeur mort. Il a appelé les flics.

– Allons voir ce Fadi.

– Oui. Mais je crois que je lui ai déjà pas mal pressé le citron, en arabe.

– Eh bien, on va passer à l'anglais.

Je le suivis dans le couloir.

– Pourquoi tu viens me confier ça à moi ?

– Pourquoi pas ? Tu as besoin de marquer des points. Et puis, que le FBI aille se faire mettre.

– Amen.

Nous nous arrêtâmes devant une salle d'interrogatoire.

– J'ai eu un rapport préliminaire du labo par téléphone, dit Gabe. Ce Gamal a été tué d'une seule balle.

– Calibre 40 ?

– Exact. La balle est déformée, mais c'est bien du .40. Le type est mort depuis samedi en fin d'après-midi, début de soirée.

– On a vérifié sa carte de péage ?

– Ouais. Pas trace du moindre passage samedi. Gamal vivait à Brooklyn. Apparemment, il est allé à JFK et il a fini dans le New Jersey. Le kilométrage de son taxi correspond.

– Rien d'autre ?

– Rien d'important, non.

J'ouvris la porte et nous entrâmes dans la petite salle d'interrogatoire. Fadi Aswad se tenait assis devant une table, blue-jean, tennis et sweat-shirt vert. Il tirait sur une cigarette, le cendrier débordait de mégots et la pièce était opaque de fumée. Nous sommes dans un bâtiment non-fumeurs fédéralement correct, mais, si vous êtes suspect ou témoin dans un crime majeur, vous pouvez fumer.

Il y avait un autre type de la NYPD/ATTF dans la pièce, surveillant le témoin au cas où ce dernier aurait décidé de se suicider plus vite qu'en fumant, et pour s'assurer qu'il ne quittait pas tranquillement les lieux, ce qui était déjà arrivé dans le passé.

Fadi se leva dès qu'il vit Gabriel Haytham, et j'appréciai. Il faudra que je songe à obliger mes témoins et mes suspects à se lever quand j'entre dans une pièce.

L'autre type de l'ATTF sortit et Gabriel me présenta à mon témoin-vedette.

– Fadi, voici le colonel John.

Doux Jésus !

Fadi fit une espèce de courbette, baissa la tête, mais ne dit rien.

Je nous invitai à nous asseoir en posant mon attaché-case bien en évidence sur la table de sorte que Fadi puisse le voir. Pour je ne sais quelle raison, les gens du tiers-monde pensent qu'attaché-case égale pouvoir.

Fadi était un témoin volontaire, il fallait donc le traiter avec ménagement. Son nez n'avait pas l'air cassé et je ne voyais aucune contusion visible sur son visage. Non, je plaisante. Mais je savais que Gabe pouvait être dur, parfois.

Gabe prit le paquet de cigarettes de Fadi et m'en offrit une. Je remarquai que c'étaient des Camel, ce que je trouvai plutôt comique. Bref, je pris une cigarette et Gabe aussi. On les alluma avec le briquet de Fadi, mais je n'avalai pas la fumée. Je le jure. Je ne l'avalai pas.

Il y avait un magnétophone sur la table et Gabe appuya sur la touche enregistrement en disant à Fadi :

– Raconte au colonel ce que tu m'as expliqué.

L'anglais de Fadi était okay, mais il me déconcerta une ou deux fois. De temps en temps il passait à l'arabe, puis se tournait vers Gabe, qui traduisait. Il acheva son histoire et ralluma une cigarette avec le mégot de la dernière. Nous restâmes un moment en silence et je le laissai transpirer. Je veux dire, il transpirait vraiment.

Je me penchai lentement vers lui et lui demandai, tout aussi lentement :

– Pourquoi tu nous racontes tout ça ?

Il inspira profondément et avala la moitié de la fumée contenue dans la pièce, puis répondit :

– Je suis inquiet pour le mari de ma sœur.

– Est-ce que Gamal a déjà fait des fugues ?

– Non, ce n'est pas du tout son genre.

Je poursuivis l'interrogatoire, alternant les questions douces et les dures ; une bonne demi-heure de bavardage improductif, à nous demander tous deux ce qui avait bien pu arriver à Gamal Jabbar.

Gabe semblait apprécier ma sensibilité multiculturelle, mais même lui commençait à donner des signes d'impatience.

Malgré tout, mine de rien, nous avions l'ombre d'une piste, une vague ouverture. Vous avez beau savoir que quelque chose va forcément finir par se passer, vous êtes toujours surpris quand ça se passe pour de vrai.

Je suspectais fortement que Gamal Jabbar avait ramassé Khalil à JFK, l'avait emmené à Perth Amboy, New Jersey, puis avait reçu un pruneau pour la peine. Ma principale question était : où était allé Khalil après, et comment ?

Je regardai ma montre. Je pouvais encore attraper le vol pour Francfort, mais pour quoi faire ?

– Gamal n'a pas dit quelle devait être sa destination ? demandai-je à Fadi.

– Non, monsieur.

J'étais un peu désarçonné par une réponse si courte chez ce type par ailleurs si bavard.

– Il n'a pas mentionné l'aéroport de Newark ? insistai-je.

– Non, monsieur.

Je me penchai vers lui et lui dis, très doucement :

– Voici une question directe et je veux une réponse en un mot. Est-ce que tu crois que la disparition de ton beau-frère a quelque chose à voir avec le vol Transcontinental de samedi dernier ? Oui ou non ?

– Eh bien, monsieur, j'ai pensé à cette possibilité...

– Oui ou non ?

Il baissa les yeux et fit :

– Oui.

– Tu comprends qu'il est peut-être arrivé malheur à ton beau-frère, le mari de ta sœur ?

Il hocha la tête.

– Tu sais qu'il pressentait qu'il allait se faire tuer ?

– Oui.

– Est-il possible qu'il ait laissé d'autres indices... d'autres...

Je regardai Gabe, qui posa la question en arabe.

Fadi répondit en arabe et Gabe traduisit :

– Gamal a dit à Fadi qu'il fallait qu'il veille sur sa famille si quelque chose lui arrivait. Gamal a dit qu'il n'avait pas le choix. Qu'il était obligé de faire cette course, et qu'Allah, dans Sa miséricorde, le ramènerait sain et sauf à la maison.

Personne ne parla pendant un moment. J'en profitai pour réfléchir. Y avait-il un complice qui attendait Khalil avec une voiture dans le parking de Perth Amboy ? Ou peut-être plutôt une voiture de location ? Et quelle direction avait-il prise ? En tout cas, il était passé à travers les mailles du filet et il n'était plus dans la zone métropolitaine de New York.

– Est-ce que quelqu'un sait que tu nous as contactés ? demandai-je à Fadi, dont l'inquiétude était perceptible.

Il secoua la tête.

– Même pas ta femme ?

Il me regarda comme si j'étais dingue.

– Je ne parle pas de ce genre de chose à ma femme. Qui irait parler de choses comme ça à une femme ou à un enfant ?

– Tu as raison. (Je me levai.) Okay, Fadi, tu as bien fait de venir nous voir. Oncle Sam t'aime. Retourne travailler et fais comme si de rien n'était. Okay ?

Il opina du chef.

– Ah, j'ai une mauvaise nouvelle pour toi : ton beau-frère a été assassiné.

Il se leva et essaya de parler, puis regarda Gabe, qui s'adressa à lui en arabe. Il retomba sur sa chaise et s'enfouit le visage dans les mains.

– Ordonne-lui de fermer sa gueule quand les types de la brigade des homicides viendront le voir, dis-je à Gabe. Donne-lui ta carte, dis-lui de la leur montrer et qu'ils appellent l'ATTF.

Il me vint à l'esprit que j'avais été un détective des homicides, jadis, et que j'étais en train d'exiger d'un témoin qu'il ne parle pas aux homicides de la NYPD, qu'il appelle les fédéraux à la place. La transformation était presque complète. Effrayant.

Je repris mon attaché-case et quittai la pièce. La déclaration de Fadi allait être réduite à un rapport qu'on lui ferait signer avant de le laisser partir.

– Fais-le surveiller vingt-quatre heures sur vingt-quatre, lui et sa famille, lançai-je à Gabe.

– C'est fait.

– Et assure-toi que personne ne le voie sortir de ce building.

– C'est ce qu'on fait toujours.

– Bien. Et envoie quelques types à Police Plaza voir s'il n'y a pas une épidémie de taxis morts.

– C'est fait. Ils sont en train de vérifier.

– Bien. Est-ce que tu sens que j'insulte ton intelligence ?

– Juste un petit peu.

Je souris pour la première fois de la journée et ajoutai :

– Merci pour tout ça. J'ai une dette envers toi.

– Exact. Alors, qu'est-ce que tu penses ?

– Ce que j'ai toujours pensé. Khalil est en Amérique et il ne se planque pas. Il bouge. Il a une mission.

– C'est ce que je pense aussi. Et c'est quoi, sa mission ?

– Là, je suis battu, Gabe. Réfléchis-y. Hé, t'es libyen, toi ?

– Non. Il n'y a pas beaucoup de Libyens ici. C'est un tout petit pays, avec très peu d'émigrants. En fait, je suis palestinien.

– Et tu trouves pas ça un peu bizarre, un peu stressant ?

Il haussa les épaules.

– Non, la plupart du temps, ça va. Je suis américain. Deuxième génération. Ma fille porte des shorts et se maquille, me répond et sort avec des Juifs.

Je souris, puis le regardai.

– Et on ne t'a jamais menacé ?

– De temps à autre. Mais ils savent que ce n'est pas une bonne idée de descendre un flic.

Avant samedi dernier, j'aurais été d'accord avec lui.

– Si on admet que c'est Khalil qui a tué Jabbar, poursuivit Gabe, alors il ne nous reste qu'une piste froide, un témoin mort et une impasse à Perth Amboy. Mourir dans le New Jersey, ça fait un peu redondant.

Je ris.

– C'est vrai. Où est le taxi ?

– La police du New Jersey le passe au microscope.

Dans cette affaire nous avions commencé avec le nom de l'assassin, sa photo, ses empreintes, son empreinte génétique, et même des photos de lui en train de chier – plus une tonne de preuves de son crime à JFK. Le seul problème, c'était qu'Asad Khalil était un sale fils de pute super-rapide qui vous glissait entre les doigts. Il avait des couilles et de la cervelle, il était sans pitié, et il avait l'avantage d'être libre de ses mouvements.

– Peut-être qu'avec un mort chez eux la communauté libyenne va réagir favorablement, dit Gabe. D'un autre côté, ça pourrait avoir l'effet inverse.

– Oui. Mais je ne pense pas que Khalil ait beaucoup de complices dans ce pays... beaucoup de complices vivants, en tout cas.

– Probablement pas. Okay, Corey, j'ai du boulot. Je te tiendrai informé et, toi, tu transmets l'info à qui de droit.

Ouais. Et, à ce propos, veille à ce qu'un peu de cet argent fédéral aille à Fadi Aswad – pour ses cigarettes et des tranquillisants.

– Je n'y manquerai pas. À plus tard.

Il rentra dans la salle d'interrogatoire.

Je revins à mon bureau, posai mon attaché-case et téléphonai à Kate chez elle, mais je tombai sur son répondeur : « Je ne suis pas là. Laissez un message pertinent. »

Je laissai donc un message pertinent, puis j'appelai son portable, qui sonna dans le vide. J'essayai de joindre Jack Koenig chez lui, à Long Island, mais sa femme me dit qu'il était allé à l'aéroport. Je n'eus pas plus de chance avec son portable.

Puis je laissai un message à Beth Penrose chez elle, disant en substance : « Je suis sur cette affaire nuit et jour. Il se peut que je doive partir en voyage. J'adore ce métier. J'adore ma vie. J'adore mes patrons. J'adore mon nouveau bureau. Voici mon nouveau numéro au centre de commandement. » Puis, après un petit silence : « Hé, tu me manques, à bientôt. » Je raccrochai, me rendant compte que je voulais dire : « Je t'adore. » Mais... bon. J'appelai ensuite le capitaine Stein et demandai à sa secrétaire un rendez-vous immédiat. Elle m'informa qu'il était en réunion pour la journée. Je laissai un message confus et ambigu, que je ne comprenais pas moi-même.

Une fois que j'eus dûment informé qui de droit, je me retrouvais sans rien à faire. Pourtant, j'allais sûrement traîner ici jusqu'à deux ou trois heures du matin. Peut-être le président allait-il chercher à me joindre, et, puisque je devais toujours laisser le numéro de là où j'étais, il ne fallait pas que je me fasse surprendre à la maison ou chez Giulio's en train de siroter une bière.

Je réalisai que je n'avais toujours pas tapé mon rapport sur la catastrophe du samedi. Pourquoi diable me bombardaient-ils d'e-mails à ce sujet ? Ne pouvaient-ils pas se contenter d'une simple signature de ma part sur une transcription de la réunion dans le bureau de Koenig ou d'une des douze ou quinze de Washington ? Non, ils voulaient *mon* rapport, avec mes propres mots. Les fédéraux sont vraiment chiants. Je me penchai sur mon traitement de texte et tapai rageusement : « Sujet – ce putain de rapport sur la tragédie ».

Quelqu'un entra et posa une enveloppe scellée sur mon bureau, portant la mention « urgent – ultra-secret ». Je l'ouvris. C'était un rapport préliminaire sur l'attentat de Francfort. La victime s'appelait Sol Leibowitz, responsable d'investissements à la Banque de New York. Ce pauvre homme n'avait été qu'une cible facile pour un tireur de troisième zone qui ressemblait vaguement à Asad Khalil. Mais cet incident avait semé le doute et la confusion dans les esprits de gens qui prospèrent grâce au doute et à la confusion.

Deux autres papiers très importants atterrirent sur mon bureau – les menus de deux restaurants qui livraient à toute heure, un italien et un chinois.

Mon téléphone sonna.

– Mais qu'est-ce que tu fiches encore là-bas ? s'exclama Kate.

– Je lis le menu pour ce soir. Et toi, tu es où ?

– Mais où crois-tu que je suis ? À l'aéroport, John ! Jack et moi, on est dans le salon de la classe affaires et on t'attend. On a ton billet. Tu es prêt ? Tu as ton passeport ?

– Non. Écoute...

– Ne quitte pas.

Je l'entendais parler à Koenig. Elle reprit le combiné.

– Jack dit que tu dois venir avec nous. Il peut te faire entrer en Allemagne même sans ton passeport. Rapplique ici avant que l'avion décolle. C'est un ordre.

– Calme-toi et écoute-moi. Je pense qu'on a enfin une piste ici.

Je la briefai sur Gabe Haytham, Fadi Aswad et Gamal Jabbar.

Elle m'écouta sans m'interrompre et redit :

– Ne quitte pas.

– Cela ne prouve pas que Khalil n'a pas pris un vol à Newark pour rentrer en Europe, reprit-elle après quelques instants.

– Allons, Kate. Ce type était déjà dans un aéroport, juste en face d'un terminal international. C'est Asad le Lion, pas Asad la dinde !

– Ne quitte pas.

Je l'entendais toujours parlementer avec Koenig. Puis :

– Jack dit que la description du tireur de Francfort...

– Passe-le-moi.

Koenig prit le téléphone et commença à me gonfler.

Je lui coupai la parole.

– Jack, le signalement correspond parce qu'ils essaient de nous blouser. Asad Khalil vient de commettre le crime du siècle, alors, pour l'amour du ciel, il n'est pas retourné à Francfort pour buter un banquier. Et, s'il allait à l'aéroport de Newark, pourquoi aurait-il flingué son chauffeur avant d'y arriver ? Ça colle pas, Jack. Bon, vous allez à Francfort si vous voulez, mais moi je reste ici. Envoyez-moi une carte postale et rapportez-moi une douzaine de vraies francforts et un peu de moutarde. Merci.

Je raccrochai avant qu'il puisse me virer.

Je contemplai la pile de paperasses relatant la tragédie de samedi. Quelque part dans ce fatras se cachait peut-être un indice, une piste, mais pour l'instant je n'y avais trouvé que la vision de gens équipés d'un traitement de texte avec correcteur d'orthographe et d'œillères de la taille d'un tunnel.

Ce qui me ramena à mon rapport. Si je ne le faisais pas, ils allaient retenir mon salaire jusqu'à ce qu'ils l'aient. Je pivotai donc dans mon fauteuil et me penchai sur mon clavier.

Vers neuf heures moins le quart, Kate entra et s'installa à son bureau en face de moi. Elle me regardait taper, mais elle ne prononça pas un mot. Au bout de quelques minutes de cette observation silencieuse, je commençai à multiplier les fautes de frappe et finis par lever les yeux vers elle.

– Alors, c'était comment, Francfort ?

Elle ne répliqua pas et j'en conclus qu'elle en avait un tout petit peu marre. Je connais ce genre de silence.

– Où est Jack ? demandai-je.

– Parti à Francfort.

– Bien. Je suis viré ?

– Non, mais tu vas regretter de ne pas l'être.

– Je ne réponds pas bien aux menaces.

– À quoi réponds-tu bien ?

– À pas grand-chose. Peut-être à un flingue braqué sur ma tempe. Ouais, en général, ça attire mon attention.

– Parle-moi de cet interrogatoire.

Je lui racontai pour la deuxième fois toute la scène en détail. Elle me posa plein de questions. Elle est très brillante, c'est pour cela qu'elle était assise en face de moi et pas dans le vol Lufthansa pour Francfort.

– Alors, tu crois que Khalil a quitté le parking en voiture ?

– Je pense, oui.

– Et pourquoi pas un bus pour Manhattan ?

– J'y ai songé. C'est pour ça que les gens fréquentent ce parking, effectivement. Mais ça me paraît un peu excessif de buter ton chauffeur de taxi pour aller attendre le bus. En fait, je me dis que, si Khalil avait demandé à Jabbar de le conduire à Manhattan, Jabbar l'aurait fait.

– Ne sois pas sarcastique avec moi, John. Tu marches sur de la glace extrêmement mince.

– Bien, m'dame.

Elle gambergea un moment, puis résuma :

– Okay. Il y a une voiture garée dans le parking des bus. Jabbar amène Khalil à cet endroit, Khalil tire une seule balle – calibre 40. Cette autre voiture... elle a un chauffeur ? Un complice ?

– Je ne crois pas. Pour quoi faire, un complice ? C'est un solitaire. Il a probablement déjà conduit en Europe. Il a juste besoin des clés et des papiers de la voiture. C'est sans doute Jabbar qui les a. Bien sûr, Jabbar en a beaucoup trop vu. Il le flingue. Dans la voiture de location, ou peut-être dans le taxi de Jabbar, il y avait un sac avec tout le nécessaire, de l'argent, des faux papiers, un déguisement. C'est pour cela que Khalil n'a rien pris à Phil ni à Peter. Asad Khalil est quelqu'un d'autre, désormais, et il est lâché sur le merveilleux système autoroutier américain.

– Où va-t-il ?

– Je n'en sais rien. Mais à l'heure qu'il est, s'il a conduit en dormant très peu, il pourrait être au Mexique. Ou sur la côte ouest. Cinquante-cinq heures de conduite à cent cinq kilomètres-heure, je pose 3 et je...

– Ça ira, merci.

– Bien. Donc, admettons que nous avons un tueur en liberté sur les routes et admettons qu'il veut faire autre chose que visiter Disneyworld, alors nous n'avons plus qu'à patienter. Et à espérer que quelqu'un reconnaisse ce mec.

Kate acquiesça et se leva.

– Un taxi m'attend dehors avec mes bagages. Je vais aller défaire ma valise.

– Je peux t'aider ?

– Rejoins-moi dans le taxi.

Elle sortit. Je ne bougeai pas. Pourquoi avais-je proposé de l'aider ? Il faut que j'apprenne à fermer ma grande gueule.

Il est des moments où je préférerais faire face à un tueur psychopathe armé jusqu'aux dents plutôt que passer une nuit dans l'appartement d'une dame. Avec un tueur, au moins, on sait où on en est, la conversation est assez brève et on va droit au but.

Mon téléphone sonna à nouveau, les téléphones sonnaient partout dans cette grande salle, et ça me portait sur les nerfs.

De fait, si je suis assez bon pour me mettre à la place des tueurs et prédire leurs mouvements, je suis absolument démuni face aux relations sexuelles – j'ignore comment y parvenir, ce que je suis censé faire quand j'y suis confronté, pourquoi je me suis lancé dedans et comment m'en sortir. En général, pourtant, je sais qui est l'autre personne. J'ai une assez bonne mémoire des noms, même à six heures du matin.

Je suis aussi plutôt bon pour renifler les ennuis à distance, et là je voyais de gros problèmes en perspective. J'avais été droit comme un I depuis le début de ma liaison avec Beth Penrose et je ne voulais pas compliquer cette relation ni me compliquer l'existence.

Je décidai donc de descendre et de dire à Kate que finalement je rentrais chez moi. Je me levai, attrapai ma veste et mon attaché-case, pris l'ascenseur, et montai dans le taxi avec elle.

36.

Asad Khalil avait repris la I-95 vers le nord, cette fois, refaisant le trajet à travers la Géorgie, puis la Caroline du Sud. Quelque part le long de la route, il s'était débarrassé des disques d'ordinateur de Paul Grey.

Tout en roulant, il repensait à sa matinée. Dès ce soir, on serait certainement à la recherche de la femme de ménage ou de Paul Grey. On allait découvrir leurs corps. Le mobile du meurtre de Paul Grey serait vraisemblablement le vol de son logiciel. Tout cela avait été prévu. Ce qui n'avait pas été correctement prévu, c'était le problème de sa pilote.

Cette femme pouvait appeler la police et le décrire comme suspect. Boris lui avait dit de prendre lui-même la décision quant au sort de son pilote, faisant remarquer : « Si tu l'exécutes, alors il te faudra également tuer tous ceux qui étaient au courant de ton vol et qui ont vu ton visage. Les morts ne parlent pas. Mais plus tu laisseras de cadavres derrière toi, plus la police sera déterminée à retrouver l'assassin. »

Khalil avait été obligé de tuer la femme de ménage, comme à Washington, pour mettre plus de temps et de distance entre lui et les meurtres. Boris aurait dû se renseigner et savoir que les Américains ne nettoyaient pas leurs maisons eux-mêmes.

De toute manière, sa voiture n'ayant pas été repérée, si la pilote contactait la police, ils se mettraient à chercher un Grec retournant à Athènes par Washington. Tout dépendait du degré de stupidité des policiers.

Il existait une autre possibilité, bien sûr : la pilote, voyant la une des journaux, pouvait reconnaître son passager... Pas de doute, il aurait dû la tuer.

Il ne parvenait pas à cerner ce qui chez elle avait provoqué en lui une telle indécision, un tel trouble.

Il la revoyait parler, lui sourire, l'aider à monter dans l'avion – le toucher. Il avait beau essayer de s'en débarrasser, ces pensées continuaient à envahir son esprit. Il prit sa carte dans sa poche et la regarda. Elle avait écrit son numéro personnel au-dessus du numéro professionnel d'Alpha Aviation. Il remit la carte dans sa poche.

Il faillit manquer sa sortie et se rabattit au dernier moment dans la bonne file pour rejoindre la ALT-17.

Il se retrouva sur une route à deux voies, très différente des autoroutes qu'il avait empruntées jusque-là. Des maisons et des fermes bordaient la route, de même que des petits villages, des pompes à essence et des forêts de pins.

Il était presque arrivé à destination – Moncks Corner, soixante kilomètres.

Bill Satherwaite était assis, les pieds posés sur un bureau usé dans le petit bâtiment de béton de l'aéroport du comté de Berkeley, Moncks Corner, Caroline du Sud. Il avait coincé le récepteur de son téléphone entre son oreille et son épaule, et il écoutait Jim McCoy à l'autre bout du fil. Satherwaite jeta un coup d'œil au boîtier anémique de l'air conditionné vissé dans le mur. Le ventilateur cliquetait, et un filet d'air froid sortait de la grille. On n'était qu'en avril, et il faisait déjà une chaleur à crever.

Satané trou à rats.

– Désolé pour la réunion téléphonique de samedi. J'étais vachement occupé.

– Pas de problème, dit McCoy, je voulais juste prendre de tes nouvelles.

– Ça va, dit Satherwaite en regardant la bouteille de Jack Daniel's presque pleine qui le narguait dans le tiroir ouvert sous ses pieds.

La pendule murale indiquait seize heures dix. Quelque part dans le monde il était cinq heures, l'heure d'un petit apéro – sauf que son client était censé être là à seize heures.

– Je t'ai raconté que j'suis allé jusque chez Paul il y a quelques mois ? poursuivit-il.

– Oui, tu...

– Ouais. Tu devrais y passer un de ces quatre, voir sa putain d'installation.

En fait, Jim McCoy s'était aussi rendu à Spruce Creek, à plusieurs reprises, mais il ne voulait pas le dire à Bill Satherwaite, qui n'avait été invité qu'une fois, alors que Satherwaite n'habitait qu'à une heure et demie de vol de chez Paul Grey.

– Oui, j'aimerais bien...

– C'est incroyable, sa baraque et son bordel. Tu devrais voir ça. Cette putain de réalité virtuelle. Dieu, on y a passé toute la nuit à picoler, à bombarder toutes ces merdes. (Il rit.) On s'est refait le raid sur Al-Azziziyah cinq fois. Putain, c'était incroyable. Au cinquième passage, on était tellement pétés qu'on n'arrivait même plus à toucher ce putain de sol.

Il éclata de rire.

Jim McCoy rit aussi, mais son rire était forcé. McCoy n'avait pas envie d'entendre cette histoire qu'il avait déjà entendue une demi-douzaine de fois depuis que Paul avait invité Satherwaite à Spruce Creek pour un long week-end. Jusqu'à cette date, aucun des anciens de leur groupe n'avait vraiment compris combien Bill Satherwaite s'était détérioré depuis sept ans, depuis leur dernière rencontre tous ensemble entre survivants de l'escadrille. Maintenant, tout le monde le savait.

L'ancien Bill Satherwaite était l'un des meilleurs officiers pilotes de l'Air Force. Mais, depuis sa retraite prématurée, il s'était laissé entraîner sur une pente de plus en plus glissante. Avoir failli être l'exécuteur de Kadhafi avait pris pour lui une importance grandissante au fur et à mesure que les années passaient. Il racontait ses souvenirs de guerre à qui voulait les entendre, et maintenant il les racontait même à ceux qui les avaient vécus avec lui. Et chaque année ces histoires devenaient un peu plus dramatiques, et chaque année son rôle allait croissant, et leur raid de douze minutes se transformait en une épopée toujours plus glorieuse.

Jim McCoy s'inquiétait de voir son camarade parler ainsi du raid à tout bout de champ. Aucun d'entre eux n'était censé mentionner qui avait fait partie de cette mission ni, a fortiori, le nom des pilotes. Quand McCoy le lui rappelait, Bill Satherwaite répondait invariablement : « Hé, je suis fier de ce que j'ai fait. T'inquiète pas. Ces crétins de chauffeurs de chameaux ne vont pas venir jusqu'à Moncks Corner, Caroline du Sud, pour égaliser le score. Du calme. »

Bill Satherwaite dévissa le bouchon de sa bouteille de bourbon et but une petite lampée sans s'interrompre dans son histoire de guerre.

– Et ce putain de Chip Wiggins, il a dormi tout le long du trajet. Je le réveille, il balance ses quatre bombes et il se rendort !

Il hurlait de rire.

La patience de McCoy s'amenuisait.

– Tu m'as toujours dit qu'il n'avait pas arrêté de causer, pendant tout le vol jusqu'en Libye.

– Ouais, l'a pas fermé sa grande gueule une seconde.

– Okay, mon pote, on se rappelle, fit McCoy pour couper court.

Satherwaite n'était même plus en état de remarquer ses propres contradictions.

– Hé, ne raccroche pas déjà. J'attends un client. Le mec veut aller à Philadelphie. On dort là-bas et on revient demain. Alors, ton boulot, ça marche ?

– Pas mal. Faudrait que tu viennes visiter.

– Ouais. Mais pourquoi ça s'appelle un berceau ?

– Parce que Long Island est le berceau de l'aviation. Passe me voir, un de ces jours. Tu te poses à MacArthur Airport, sur Long Island, et je viens te chercher.

– Ouais. Un de ces jours. Et comment va Terry ?

Jim McCoy avait une furieuse envie de raccrocher, mais les anciens camarades de combat se devaient d'être indulgents.

– Il te salue, répondit-il patiemment.

– De la merde, oui.

– Si, si, c'est vrai, répliqua McCoy, essayant d'avoir l'air sincère.

Bill Satherwaite n'était plus le meilleur pote de qui que ce soit désormais – s'il l'avait été un jour –, mais ils avaient partagé le saint sacrement du baptême du feu, et l'esprit des guerriers – ou du moins ce qu'il en restait aux États-Unis – exigeait que ces liens demeurent intacts jusqu'à ce que le dernier d'entre eux rende son dernier souffle.

– Terry suce toujours la bite du Pentagone ? demanda Satherwaite.

– Terry est toujours au Pentagone, oui, répondit McCoy. On espère qu'il y atteindra la retraite.

– Qu'il aille se faire enculer.

– Je le saluerai de ta part.

Satherwaite éclata de rire.

– Ouais. Tu sais ce que c'est, le problème de ce mec ? C'est qu'il était déjà général quand il était encore lieutenant. Tu vois ce que je veux dire ?

– Tu sais, Bill, beaucoup de gens disaient la même chose de toi, et je pense que c'est un compliment.

– Des compliments comme ça, ça me ferait aimer les insultes ! Terry m'a toujours fait chier... toujours en compétition avec tout le monde. Toujours à te faire des remontrances. Il m'a cassé les couilles parce que j'avais pas allumé mes boosters à l'heure – il a écrit un putain de rapport sur ça et il m'a fait porter le chapeau pour la quatrième bombe qu'est partie on ne sait où, alors que c'était la faute de Wiggins !

– Du calme, Bill. Tu vas trop loin, là.

Bill Satherwaite s'envoya une autre lampée de bourbon, étouffa un rot et marmonna :

– Euh... ouais... désolé...

– C'est pas grave. Alors, comme ça, tu attends un client ? dit-il pour changer de sujet.

– Ouais. Le mec est en retard.

– Bill, est-ce que tu as bu ?

– T'es pas malade ? Avant de voler ? Je suis un pro, bordel de Dieu !

– Okay...

McCoy savait que Bill mentait sur la boisson et il espéra donc qu'il mentait aussi sur son client potentiel. Il songea un instant à leur ancienne escadrille – Steve Cox, tué dans le Golfe, Willie Hambrecht, assassiné en Angleterre, Terry Waycliff, achevant une brillante carrière militaire, Paul Grey, civil en pleine réussite, Bob Callum, frappé par le cancer dans le Colorado, Chip Wiggins, manquant à l'appel mais présumé en forme, Bill Satherwaite, qui n'était plus que l'ombre de lui-même, et enfin lui, Jim McCoy, directeur de musée – bon boulot, mauvaise paye.

– On devrait tous aller voir Bob. Sans attendre, reprit-il d'une voix adoucie. Je vais organiser ça. Il faut que tu sois là, Bill, d'accord ?

– Okay. Ça peut se faire, répondit ce dernier au bout d'un moment.

– Prends soin de toi, mon pote.

– Ouais... toi aussi.

Satherwaite raccrocha et se frotta les yeux. De la sueur coulait sur ses paupières. Il prit une autre lampée de bourbon, puis mit la bouteille dans son sac de voyage.

Il se leva et regarda son pauvre bureau. Sur le mur du fond s'étalaient un drapeau de la Caroline du Sud et un drapeau confédéré que nombre de gens trouvaient agressif, ce qui était précisément la raison qui l'avait poussé à l'installer là. Ce putain de pays partait à vau-l'eau, ces pédés politiquement corrects avaient pris les commandes.

– Putain, qu'ils aillent tous se faire enculer ! dit-il à voix haute.

Sur le mur de côté, il y avait un grand agenda et une carte aérienne, ainsi qu'un vieux poster jauni et mangé d'humidité. C'était une photo de Kadhafi, avec une cible dessinée autour de la tête. Satherwaite prit une fléchette sur son bureau en pagaille et la lança vers le poster. La fléchette se planta dans le front de Kadhafi, et Satherwaite cria :

– Ouais ! Enculé, je t'ai eu !

Puis il s'approcha de la fenêtre et regarda dehors. Le soleil étincelait. « Un bon jour pour voler. » Sur la piste, l'un de ses deux appareils, le Cherokee 140 d'entraînement, décollait tout juste sous les commandes d'un apprenti pilote. Ce gosse de riche qui venait apprendre à piloter pour épater la galerie... Il ne connaîtrait jamais l'épreuve du feu. Le pays partait en couille, vraiment, et de plus en plus vite.

Pour arranger encore les choses, le client qu'il attendait était un de ces crétins d'étrangers, probablement un type en situation irrégulière qui passait de la drogue pour les têtes de cons de Philadelphie, et, en plus, cet enculé était en retard. Au moins, ce con ne dirait rien s'il sentait le bourbon. Il penserait probablement que c'était un soda américain. Satherwaite éclata de rire.

Il revint vers son bureau et vérifia ce qu'il avait noté. Alessandro Fanini. Ça sonnait portoricain ou rital.

– Ouais, fit-il tout haut, un gominé. C'est déjà mieux qu'un de ces Chicanos de merde.

– Bonjour.

Satherwaite pivota sur les talons et vit un grand type avec des lunettes noires debout sur le seuil.

– Alessandro Fanini. Je m'excuse pour mon retard.

Satherwaite se demanda si le type l'avait entendu.

– Une petite demi-heure, fit-il en regardant la pendule. Pas de problème.

Les deux hommes s'avancèrent l'un vers l'autre et se serrèrent la main.

Satherwaite vit que son client était vêtu d'un costume gris et portait un grand sac de toile noire.

– Vous n'avez pas d'autres bagages ? demanda-t-il.

– Je les ai laissés à l'hôtel à Charleston.

– Bien. Mon jean et mon tee-shirt ne vous dérangent pas, j'espère ?

– Pas du tout. Comme je vous l'ai dit, nous passerons la nuit là-bas.

– Ouais. J'ai ce qu'il faut. (L'Américain désigna un sac de l'Air Force sur le plancher sale.) Ma petite amie passera plus tard pour garder la boutique et fermer.

– Bien. Vous devriez être de retour demain après-midi.

– Peu importe.

– J'ai laissé ma voiture de location près du hangar. Elle est en sécurité, là ?

– Sans problème.

Satherwaite se dirigea vers une étagère, y prit quelques rouleaux de cartes, puis il s'empara de son sac.

– Prêt ? fit-il en suivant le regard de son client, fixé sur le poster de Kadhafi. Vous savez qui c'est ? dit-il en souriant.

– Bien sûr, répliqua Asad Khalil. Mon pays a eu pas mal de problèmes avec lui.

– Ah ouais ? Vous avez eu des problèmes avec Mr. Muammar Kadhafi ?

– Oui. Il nous a menacés plusieurs fois.

– Ah ouais ? Eh bien, pour votre information, j'ai failli tuer ce bâtard.

– Vraiment ?

– Vous êtes italien ? s'enquit Satherwaite.

– Je viens de Sicile.

– Sans blague ! Merde, alors, c'est là que j'aurais atterri si on était tombé en panne.

– Pardon ?

– C'est une longue histoire. Mais je n'ai pas le droit d'en parler. Je n'ai rien dit.

– À votre guise.

– Okay, si vous voulez bien m'ouvrir la porte, on y va.

– Oh, juste une chose. Il y a un léger changement de plans.

– Genre quoi ?

– Ma compagnie m'a demandé d'aller à New York.

– Ah ouais ? Je n'aime pas me poser à New York, Mr...

– Fanini.

– Ouais. Y a trop de trafic aérien, c'est trop le merdier.

– Je suis prêt à vous dédommager en conséquence.

– C'est pas une question de fric, c'est une question d'emmerdements. Quel aéroport ?

– Cela s'appelle MacArthur. Vous connaissez ?

– Ouais. Jamais mis les pieds, mais c'est okay. C'est en lointaine banlieue, dans Long Island. On peut le faire, mais c'est plus cher.

– Bien évidemment.

Satherwaite reposa tout son barda sur son bureau et regarda une autre carte sur l'étagère.

– C'est marrant comme coïncidence : je parlais justement à un copain de Long Island. Il voulait que j'aille le voir... je vais peut-être lui faire la surprise. Je devrais l'appeler.

– Faites-lui la surprise, c'est plus amusant. Appelez-le quand on y sera.

– Ouais. Attendez, je prends son numéro.

Satherwaite fit tourner son Rolodex et en sortit une carte.

– Est-ce loin de l'aéroport ? demanda Khalil.

– J'en sais rien. Mais il viendra me chercher.

– Vous pourrez prendre ma voiture de location, si vous voulez. J'ai également réservé deux chambres dans un motel, pour nous.

– Ouais. J'allais vous en parler. Je partage pas ma chambre avec des mecs.

Khalil se força à sourire et répliqua :

– Moi non plus.

– Okay. Que ça soit bien clair. Hé, vous voulez payer d'avance ? Vous avez droit à une remise, si vous payez d'avance.

– À combien cela va-t-il se monter ?

– Oh... maintenant que c'est MacArthur, plus la nuit et les leçons de vol que je perds demain, plus le carburant... disons qu'avec huit cents dollars vous vous en sortez.

– Cela paraît raisonnable.

Khalil sortit son portefeuille et compta huit cents dollars, auxquels il ajouta cent dollars en lançant :

– Plus un petit pourboire pour vous.

– Merci.

C'était presque tout le liquide dont il disposait, mais il savait qu'il le récupérerait bientôt.

– Okay. C'est bon, fit Satherwaite après avoir recompté les billets. Faut que je pisse.

Il quitta la pièce, laissant Khalil seul devant le poster du grand leader. « Personne ne mérite autant la mort que ce porc d'Américain », se dit Khalil en ôtant la fléchette du front de son maître.

Bill Satherwaite sortit des toilettes, ramassa ses cartes et son sac.

– S'il n'y a pas d'autre changement, on peut y aller, dit Satherwaite.

– Vous auriez des boissons à emporter ?

– Ouais. J'ai déjà mis une glacière dans le zinc. Du soda et de la bière – la bière, c'est pour vous si vous voulez. Je n'ai pas le droit de boire.

Khalil percevait clairement l'odeur d'alcool qui émanait de l'haleine de cet homme, mais il ne fit pas de commentaire.

– Vous n'auriez pas de l'eau ? se contenta-t-il de demander.

– De l'eau ? Pourquoi gaspiller de l'argent pour de l'eau ? L'eau est gratuite. *(Il n'y a que les crétins et les pédés qui achètent des bouteilles d'eau.)* Vous voulez de l'eau ?

– Ce ne sera pas nécessaire.

Khalil ouvrit la porte et ils sortirent dans l'air étouffant. Tandis qu'ils avançaient sur le béton surchauffé vers l'Apache garé à une cinquantaine de mètres de là, Satherwaite demanda :

– Vous êtes dans quel genre de business, Mr. Panini ?

– Fanini. Comme mon collègue a dû vous le dire quand il a appelé de New York, nous sommes dans le textile. Je suis ici pour acheter du coton américain.

– Ah ouais ? Ben, vous êtes tombé au bon endroit. Rien n'a changé ici depuis la guerre de Sécession, sauf qu'aujourd'hui, il faut payer les esclaves. (Le pilote rigola.) Et les esclaves ne sont plus seulement noirs, de nos jours. Ils sont blancs et hispaniques aussi, maintenant. Quel boulot de merde ! On devrait importer de ces crétins d'Arabes pour ramasser le coton – ils adorent le soleil. On les paierait en merde de chameau.

Il rit à nouveau.

– Vous devez remplir un plan de vol ? fit Khalil sans répliquer.

– Non. (Satherwaite désigna le ciel tout en marchant vers l'avion.) Les dieux sont avec vous, Mr. Fanini. C'est une magnifique journée pour aller jusqu'à New York, et probablement pour le retour demain aussi.

Khalil n'avait pas besoin de cet homme pour savoir qu'Allah avait béni son djihad – il le savait au plus profond de son âme. Il savait aussi que Mr. Satherwaite ne volerait pas le lendemain.

– J'appellerai la tour de Long Island pour atterrir, précisa Satherwaite. On n'a pas besoin de prévenir qui que ce soit pour décoller de ce trou, ajouta-t-il avec un grand geste qui englobait le terrain tout autour d'eux. Il n'y a que mon élève en l'air. Et si je l'appelais par radio, ce crétin de gosse de riche ne saurait même pas quoi faire avec les boutons.

Khalil leva la tête et vit un petit avion à hélices qui descendait vers la piste. Cet avion ressemblait à celui de la pilote. Il chassa bien vite cette image.

Ils arrivèrent devant l'avion, un vieux Piper Apache bimoteur datant de 1954. Satherwaite avait déjà tout préparé. Il avait vérifié le carburant. C'était la seule chose qu'il vérifiait, d'ailleurs, parce qu'il y avait tellement de trucs qui déconnaient dans son vieil avion qu'essayer de trouver ce qui n'allait pas aurait été une perte de temps.

Satherwaite dut sentir de l'inquiétude chez son client, car il s'empressa de dire :

– C'est une machine très basique, Mr. Fanini. Une mécanique très simple et très solide, et on peut compter dessus, vraiment.

– Vraiment ?

– Ouais. Il vole comme un ange qu'a le mal du pays. Vous êtes prêt ?

– Oui.

– Bien.

Satherwaite posa son sac sur l'aile, puis, ses cartes sous le bras, il grimpa dessus, ouvrit l'unique porte et prit son sac.

– Derrière ou devant ? demanda-t-il en jetant sac et cartes à l'arrière.

– Devant.

– Okay.

Bill Satherwaite aidait parfois ses passagers à monter, mais ce grand type avait l'air de pouvoir s'en tirer seul.

Il s'installa dans le siège du pilote et attendit que son passager se glisse à côté de lui.

– Laissez la porte ouverte une minute, il fait une chaleur à crever. Et attachez-vous.

Khalil obtempéra.

Bill Satherwaite enfila un casque muni d'un micro, abaissa quelques manettes, puis appuya sur le démarreur du moteur gauche. Après quelques ratés, l'hélice finit par se mettre à tourner et les vieux pistons du moteur revinrent à la vie en crachotant. Une fois le moteur gauche lancé, Satherwaite démarra le droit, qui répondit du premier coup.

– Okay... bon son.

– C'est très bruyant ! cria Khalil pour couvrir le bruit des moteurs.

– Ouais, cria Satherwaite en retour, votre porte et ma fenêtre sont ouvertes !

Il ne précisa pas à son passager que les joints de la porte fuyaient, et que cela ne ferait pas beaucoup moins de bruit quand ils seraient en vol.

– Une fois en l'air, vous pourrez entendre votre moustache pousser !

Il rit et commença à rouler vers la piste d'envol. Avec le fric du Rital, il n'avait pas à se montrer excessivement poli.

– D'où vous avez dit que vous veniez ?

– De Sicile.

– Ah... ouais...

Satherwaite se souvint soudain que la mafia était originaire de Sicile. Il jeta un coup d'œil vers son passager et se rendit subitement compte que ce type pourrait très bien en être. Aussitôt, il changea de ton.

– Vous êtes confortablement installé, Mr. Fanini ? Vous avez des questions sur le vol ?

– Combien de temps va-t-il durer ?

– Eh bien, si on a un bon vent arrière, comme ils l'ont annoncé à la météo, on devrait atterrir vers huit heures et demie. Ça vous va ?

– Ce serait parfait. Faut-il se ravitailler en route ?

– Nan. J'ai des réservoirs supplémentaires que j'ai installés et qui me donnent sept heures d'autonomie. On refera le plein à New York.

– Vous n'aurez pas de difficulté pour vous poser dans l'obscurité ?

– Non. C'est un bon petit aéroport. Il accueille même des vols réguliers. Et je suis un pilote expérimenté.

– Bien.

L'Apache atteignit la piste d'envol. Satherwaite regarda le ciel, puis sur le côté. À l'extrémité de l'autre piste, son élève s'entraînait à se poser et à redécoller dans la foulée.

– Ce gamin, faudrait lui faire une double greffe des couilles, dit-il. Vous savez, les jeunes Américains ont la vie trop douce. Ils auraient besoin d'un bon coup de pied au cul. Besoin de devenir des tueurs. Besoin de sentir le goût du sang.

– Vraiment ?

Satherwaite se tourna vers Khalil.

– Je veux dire, moi, j'ai été au combat, et, croyez-moi, quand vous êtes tellement sous le feu de la défense antiaérienne, que vous voyez plus le ciel et que les missiles vous passent à ras du cockpit, alors vous devenez un homme. Très, très vite.

– Vous avez vécu cela ?

– Plein de fois. Okay, on y va. Fermez votre porte.

Satherwaite lança les deux moteurs, vérifia ses instruments, puis il envoya les gaz et ils commencèrent à rouler. L'avion prit de la vitesse et, à mi-piste, il décolla.

Satherwaite ne dit plus rien, le temps d'ajuster ses gaz et ses instruments. Il vira de 40° tout en continuant à monter.

Khalil regardait la campagne verdoyante en dessous d'eux. Il sentait que cet avion était plus solide qu'il n'en avait l'air, et que son pilote, lui aussi, était meilleur qu'il n'y paraissait.

– Quelle guerre vous avez faite ? demanda-t-il.

– Des tas. Celle du Golfe, c'était la plus importante.

Khalil savait que cet homme n'avait jamais fait la guerre du Golfe. En réalité, Asad Khalil en savait plus sur Bill Satherwaite que Satherwaite lui-même.

– Vous voulez un chewing-gum ? demanda le pilote.

– Non, merci. Et sur quel genre d'avion vous voliez ?

– Des chasseurs.

– Ah oui ? Qu'est-ce que c'est ?

– Des jets, des chasseurs à réaction, des chasseurs bombardiers. Et j'ai fini sur un F-111.

– Vous avez le droit d'en parler ou ça relève du secret militaire ?

Satherwaite rit.

– Non, m'sieu, c'est pas un secret. C'est un vieil avion, retiré du service depuis longtemps. Un peu comme moi.

– Et cette vie vous manque ?

– La merde administrative me manque pas, non. Les saluts, toutes ces conneries et tout le monde qui vous mate tout le temps, merci bien ! Maintenant, ils ont même des femmes pilotes de chasse. Et toutes ces putes la ramènent avec le harcèlement sexuel. Désolé, mais ça m'énerve. Hé, comment sont les femmes en Sicile ? Elles savent rester à leur place ?

– Tout à fait.

– Super. Faudrait que j'y aille. En Sicile, hein ?

– Oui.

– Ils parlent quoi, là-bas ?

– Un dialecte italien.

– J'apprendrai et j'irai là-bas. Ils ont besoin de pilotes ?

– Bien sûr.

– Super.

Ils grimpèrent jusqu'à cinq mille pieds, le soleil couchant de la fin d'après-midi juste dans leur dos. Un vent arrière de vingt-cinq nœuds ajoutait à leur vitesse. Ils atteindraient Long Island un peu plus tôt que prévu.

Quelque part au fond du cerveau embrumé de Bill Satherwaite, il y avait cette pensée que voler était plus qu'un job. C'était un appel, une fraternité, une expérience où l'on se détachait des contingences de ce monde. Quand il était dans le ciel, il se sentait mieux et il avait de meilleurs sentiments à son propre sujet.

– Le combat me manque, reprit-il au bout d'un moment.

– Comment une telle chose peut-elle vous manquer ?

– Je ne sais pas... Je ne me suis jamais senti aussi bien de ma vie que le jour où j'ai vu ces balles traçantes et ces missiles autour de moi. Oh, peut-être que si j'avais été atteint je ne penserais pas la même chose. Mais ces crétins de bâtards n'auraient pas pu toucher le sol avec leur propre pisse tellement ils visaient mal.

– Quels crétins... de bâtards ?

– Oh, disons les Arabes en général. Je peux pas dire lesquels.

– Pourquoi ?

– Secret militaire. (Il rit.) Pas la mission – juste qui l'a exécutée.

– Et pourquoi ça ?

– Remarquez, moi, j'en ai rien à foutre qu'on sache que j'ai bombardé les Arabes. Qu'ils viennent me chercher ici, s'ils veulent. Ils vont regretter le voyage.

– Ah oui... vous êtes armé ?

Satherwaite jeta un coup d'œil à son passager.

– Mrs. Satherwaite n'a pas élevé un idiot.

– Je vous demande pardon ?

– Je suis armé et dangereux.

L'Apache grimpa jusqu'à sept mille pieds.

– Y m'font marrer avec leurs secrets militaires sur l'identité des pilotes. Pendant la guerre du Golfe, ils ont pas arrêté de les montrer à la télé ! Et même les gonzesses ! Putain, si vous regardiez CNN, vous aviez l'impression que la guerre était gagnée par des chagattes ! Ça a bien dû faire chier les Irakiens, quand même ! Penser qu'ils se la faisaient mettre par des gonzesses ! (Il rit.) Dieu, que je suis content d'être sorti de tout ce merdier.

– Je vois ça.

– Ouais, je m'échauffe un peu, excusez-moi.

– Je partage votre opinion sur les femmes qui font un travail d'homme.

– Ouais ? Je vous aime bien, vous savez ! Faudra qu'on se revoie.

Satherwaite rit encore. Ce type n'était pas si mal, après tout, même si c'était un étranger.

– Pourquoi avoir mis ce poster sur votre mur ? demanda Khalil.

– Pour me rappeler le jour où j'ai failli lui foutre une bombe dans le cul, répliqua Bill Satherwaite. En fait, ma mission n'incluait pas son palais. C'étaient Jim et Paul, ça. Ils lui en ont balancé une, mais cet empaffé dormait dehors sous une tente. Remarquez, sa fille y est restée, dommage, mais la guerre c'est la guerre. Personne n'a envie de tuer des femmes et des enfants, mais des fois ils sont là où ils devraient pas. Vous voyez ce que je veux dire ? Moi, si j'étais le fils de Kadhafi, je me tiendrais à un bon kilomètre de mon papa !

Il rit à nouveau.

Khalil inspira profondément pour se maîtriser.

– Et vous, quelle était votre mission ? demanda-t-il doucement.

– J'ai touché le centre de communications, un dépôt de carburant, une caserne et... un autre bâtiment. Je me souviens pas. Pourquoi vous me demandez ça ?

– Comme ça. C'est fascinant.

– Ah ouais ? Eh ben, oubliez tout ça, Mr. Fanini. Comme je vous l'ai dit, je suis pas supposé en parler.

– Bien sûr.

Ils avaient atteint leur altitude de croisière, sept mille cinq cents pieds. Satherwaite réduisit les gaz, et les moteurs se firent un peu moins bruyants.

– Vous allez appeler votre ami de Long Island ? demanda Khalil.

– Ouais. Probablement. Il dirige un musée de l'aviation. Peut-être que si on a le temps, demain matin, j'irai le visiter. Vous pouvez venir si vous voulez. J'vous montrerai mon vieux F-111. Ils en ont un là-bas.

– Cela m'intéresserait beaucoup.

– Ouais. J'en ai pas vu un depuis des années.

– Ça vous rappellera des souvenirs.

– Ouais.

« Quelle ironie, songeait Khalil. Je viens de tuer le camarade de cet homme, et voilà qu'il m'emmène là où je dois tuer un autre de ses camarades. » Il se renfonça dans son siège et regarda le ciel. Le soleil commençait à descendre. Il récita mentalement ses prières et ajouta tout bas : « Dieu a béni mon djihad. Dieu a semé la confusion chez mes ennemis. Dieu me les a livrés – Dieu est grand. »

– Vous disiez quelque chose ? fit Bill Satherwaite.

– Je remerciais Dieu pour cette excellente journée, et je Lui demandais de bénir mon voyage en Amérique.

– Ah ouais ? Eh ben, demandez-Lui de me faire quelques faveurs aussi.

– C'est fait, soyez-en sûr.

37.

– Tu vas entrer, cette fois ? Ou tu as besoin de tes heures de sommeil ? me demanda Kate comme le taxi quittait Federal Plaza.

Cela sonnait comme une tentation, peut-être même comme un défi lancé au mâle.

– Je vais monter, dis-je. À New York, on dit monter, pas entrer.

– Peu importe.

Arrivés devant l'immeuble de Kate, je payai le taxi, ce qui incluait le trajet depuis Kennedy Airport et l'attente devant le QG de l'ATTF. Je portais aussi sa valise. À ce propos, le sexe gratuit, ça n'existe pas.

Le portier nous ouvrit, se demandant, j'en suis sûr, pourquoi Ms. Mayfield était partie avec une valise, pour revenir quelques heures plus tard avec la même valise et un homme. J'espère que ça l'a troublé toute la nuit.

L'ascenseur nous déposa au quatorzième étage.

Kate habitait un petit appartement de location, classique et blanc, plancher de chêne sans tapis, et le minimum de meubles modernes. Il n'y avait pas de plantes vertes, pas de tableaux, pas de sculptures, pas de bibelots et, Dieu merci, pas trace de chat. Un mur d'étagères était rempli de livres au milieu desquels un téléviseur et un lecteur de CD s'étaient fait une petite place.

Il y avait une espèce de cuisine intégrée, un peu comme celle d'un avion, dans laquelle Ms. Mayfield entra et ouvrit un placard mural en disant :

– Scotch ?

– S'il te plaît.

Je posai la valise et mon attaché-case.

Elle plaça la bouteille et deux verres sur le bar qui séparait la cuisine de la salle à manger et m'invita à m'asseoir sur un tabouret qui lui faisait face.

– Soda ?

– Non merci.

– Tu as dîné ? me demanda-t-elle en trinquant.

– Non, mais je n'ai pas faim.

– J'ai des gâteaux à apéritif.

Elle ouvrit un tiroir dont elle sortit un de ces affreux machins genre Crunchos et porta à sa bouche une poignée de chenilles orange.

Elle se versa un autre scotch et s'approcha du lecteur de CD dans lequel elle inséra un vieux Billie Holiday.

Elle se débarrassa de ses chaussures, puis ôta sa veste, révélant une jolie blouse blanche, un Glock dans son holster et le reste. J'attendais qu'elle se mette encore plus à l'aise, mais elle s'arrêta là.

Comme je ne voulais pas avoir l'avantage des armes, je l'imitai. Elle prit ma veste et mon holster, les posa sur ses affaires, puis s'installa sur le tabouret à côté de moi. En vrai professionnel, je me mis à parler des avantages du nouveau Glock calibre 40.

Le sujet ne l'intéressait visiblement pas.

– Faut que je déménage, me coupa-t-elle.

– C'est bien ici.

– Tu vis dans quoi, toi, un taudis ?

– Je vivais dans un taudis, avant. Mais j'ai conservé la demeure conjugale. C'est pas mal.

– Comment as-tu rencontré ta femme ?

– Je l'ai commandée par la poste.

Elle rit.

– En fait, je voulais une machine à café, mais je crois que j'ai mal écrit le numéro de la commande et ils me l'ont expédiée, elle.

– T'es vraiment bizarre. (Elle regarda sa montre.) Je veux voir les nouvelles à onze heures. Il y a eu trois conférences de presse aujourd'hui.

– Exact.

Elle se leva.

– Je vais interroger mon répondeur et prévenir le centre de commandement que je suis ici. Dois-je dire que tu es là aussi ?

– C'est ton coup de fil.

– Il faut qu'ils puissent te joindre vingt-quatre heures sur vingt-quatre.

– Je sais.

– Alors ? Tu restes ?

– Ça aussi, c'est ton coup de fil. Surprends-moi.

– Bien.

Elle se retourna et gagna sa chambre.

Je sirotai mon scotch tout en réfléchissant à la durée et au but de ma visite. Je savais que, si je finissais mon verre et m'en allais, Ms. Mayfield et moi ne serions plus copains. Si je restais et que j'en vienne au fait, alors Ms.

Mayfield et moi ne serions plus copains non plus. Je m'étais vraiment bien piégé.

– Il n'y avait que ton message, dit-elle en se rasseyant à côté de moi. J'ai appelé le centre.

– Tu as mentionné ma présence ?

– Oui. L'agent de service a mis le haut-parleur et j'ai entendu les vivats et les hourras de la foule.

Je souris.

Elle sourit.

Elle se servit un autre verre, puis fouilla dans le sac de chenilles orange.

– Je ne devrais pas avoir ce genre de saletés ici. Je fais bien la cuisine, mais je n'ai jamais le temps. Qu'est-ce que tu te prépares comme repas, toi ?

– Je ramène ce que j'ai écrasé en bagnole.

– Tu aimes vivre seul ?

– Parfois.

– Je n'ai jamais vécu avec quelqu'un.

– Pourquoi ça ?

– Le job, je pense. Les horaires. Les appels à n'importe quelle heure, les voyages ici et là. Les mutations. Et puis on a des armes et des documents secrets à la maison, mais je pense que ce n'est pas très grave. Les plus vieux me racontent qu'il y a des années, si une femme agent vivait avec un type, elle avait des problèmes.

– C'est probablement vrai.

– Je crois pas que les mecs s'en sortaient mieux, d'ailleurs. Le FBI a changé. Toi, tu es un vieux. Comment était la vie dans les années 40 ?

Je souris, mais ce n'était pas drôle.

Ms. Mayfield avait consommé quatre grands verres, et pourtant elle avait l'air assez lucide.

Elle me fit écouter *Je n'ai d'yeux que pour toi* tout en continuant à bavarder. Puis, à un moment, elle me surprit en me lançant :

– Je bois quand je suis nerveuse. Le sexe me rend toujours nerveuse. Je veux dire, la première fois. Et toi ?

– Ouais... un peu tendu, je dirais.

– Tu n'es pas aussi dur que tu le prétends.

– C'est à mon mauvais jumeau que tu penses, James Corey.

– Qui est la femme de Long Island ?

– Je te l'ai dit. Un flic des homicides.

– Et c'est sérieux ? Je veux dire, je ne souhaite pas te mettre dans une situation en porte-à-faux.

Je ne répondis pas.

– Pas mal des femmes du bureau trouvent que tu es sexy, reprit-elle.

– Vraiment ? Je me suis bien tenu, pourtant.

– Ce n'est pas ce que tu dis ou ce que tu fais. C'est ce que tu dégages, et la façon dont tu bouges.

– Suis-je en train de rougir ?

– Un petit peu... Tu me trouves trop entreprenante ?

J'avais une bonne réponse standard toute prête pour ce genre de question.

– Non, tu es honnête et ouverte. J'aime les femmes capables d'exprimer leur intérêt pour un homme sans s'embarrasser de toutes les conneries de comportements que la société leur impose.

– De la merde, oui.

– Exact. Passe le scotch.

Elle prit la bouteille et se dirigea vers le canapé.

– On regarde les nouvelles ?

Je m'installai à côté d'elle sur le divan, mon verre à la main. Elle éteignit le lecteur de CD, dénicha la télécommande et commença par le bulletin de onze heures de CBS, qui s'ouvrait bien évidemment sur le vol 175 et les conférences de presse.

« Aujourd'hui, annonça le présentateur vedette, lors d'une conférence de presse générale, le FBI et la NYPD ont confirmé la rumeur qui courait depuis plusieurs jours – la catastrophe du vol Transcontinental est bien due à un attentat terroriste et non pas à un accident. Le FBI a un suspect principal dans cette affaire, un citoyen libyen, Asad Khalil... »

Et ils envoyèrent la photo de Khalil. Kate zappa sur NBC, sur ABC, sur CNN. Elle n'arrêtait pas de passer d'une chaîne à l'autre. Sur chaque chaîne, l'histoire était relatée à peu près de la même manière.

Après diverses interventions, Jack Koenig dit quelques mots sur les efforts conjugués du FBI et de la NYPD, sans, bien sûr, prononcer le nom de l'ATTF.

Il ne mentionna pas non plus Peter Gorman, Phil Hundry ni le Conquistador Club, mais il évoqua la mort de Nick Monti, Nancy Tate et Meg Collins. Sa brève description des événements laissait penser qu'ils avaient été tués dans une fusillade quand le terroriste s'était échappé.

Le pauvre petit Alan Parker lui succéda, seul sur le podium et sous le feu des questions des journalistes. Il avait l'air d'un lapin pris dans les phares d'un camion.

Puis nous eûmes droit au résumé de la seconde conférence de presse, celle de l'hôtel de ville, avec maire, gouverneur et autres politiciens ; ils semblaient très heureux malgré tout. De passer à la télé, sans doute.

On ne pouvait pas en dire autant des types du FBI interviewés à Washington, leur directeur en tête. Ils y allaient tous de leur sourire le plus optimiste et pourtant tout dans leur attitude indiquait un très haut degré d'anxiété et de désespoir.

Il y eut ensuite une brève allocution du président, discours soigneusement pesé qui aurait pu être utilisé à presque n'importe quelle occasion, y compris le Salon du livre.

Je remarquai que le sujet, conférences de presse comprises, avait duré environ sept minutes, ce qui est beaucoup pour les infos des grandes chaînes nationales. J'ai toujours à l'esprit ce gag où un présentateur lit son téléprompteur d'une voix monotone, disant :

« Une météorite se dirige vers la Terre et la détruira entièrement mercredi prochain. » Puis il se tourne vers un journaliste sportif et lui demande, comme si de rien n'était : « Et alors, Bill, les résultats des matches d'hier ? »

J'exagère peut-être, mais on nous parlait ici d'une véritable catastrophe nationale, sur laquelle j'avais des infos de première main, et même moi je n'arrivais pas à suivre ce kaléidoscope d'images et de discours.

Le résultat des courses, quand même, c'était que le chat était sorti du sac et que la tronche d'Asad Khalil était sur toutes les ondes. Cela aurait dû être fait plus tôt, mais mieux vaut tard que jamais.

Kate éteignit la télé avec sa télécommande et ralluma le lecteur de CD avec la même. Stupéfiant.

– Je veux voir la rediffusion de *X-Files*, ce soir, dis-je. C'est l'épisode où Mulder s'aperçoit que son slip est une forme de vie extraterrestre.

Elle ne répondit pas.

Le moment était arrivé.

Elle se versa un autre scotch, et je vis que sa main tremblait vraiment. Elle se rapprocha de moi. Je passai mon bras autour d'elle. Nous bûmes dans le même verre tout en écoutant la voix si sexy de Billie Holiday chantant *Solitude*.

– On ne pourrait pas être juste amis ? murmurai-je en m'éclaircissant la gorge.

– Non, répliqua-t-elle. Pour ça, il faudrait que je t'aime bien. Et ce n'est pas le cas.

– Oh...

Alors, on s'embrassa, et le petit Johnny devint le grand méchant John en deux secondes.

Avant même que je m'en aperçoive, nos vêtements avaient valsé sur le plancher et sur la table basse, et nous étions nus sur le divan, allongés de côté, face à face.

Si le FBI décernait des médailles pour la plastique de ses agents, Kate Mayfield en aurait eu une en or incrustée de diamants. J'étais un peu trop près pour bien distinguer ses formes, mais, comme la plupart des hommes dans ces situations de rapprochement, ou dans le noir, j'avais acquis le sens du toucher d'un aveugle de naissance.

Mes mains couraient sur ses cuisses et ses fesses, entre ses jambes et sur son ventre, jusqu'à ses seins. Sa peau était douce et fraîche, ce que j'aime, et ses muscles avaient visiblement été renforcés par la gym.

Mon propre corps, au cas où quelqu'un serait intéressé, peut être décrit comme nerveux, musclé mais souple. J'avais eu, autrefois, un ventre comme une planche à laver, mais, depuis que j'avais pris un pruneau dans la région de l'aine, j'étais pourvu d'une petite rondeur – comme une espèce de serviette roulée autour de la planche à laver, si vous voyez ce que je veux dire.

Les doigts de Kate passèrent sur ma fesse droite et s'arrêtèrent sur la cicatrice.

– Qu'est-ce que c'est ?

– La sortie.

– Et où elle est entrée ?

– Dans le bas de l'abdomen.

Sa main se déplaça vers le bas de mon ventre et chercha jusqu'à ce qu'elle trouve l'endroit, à cinq centimètres au nord-est du pic Willie.

– Oooh... c'était pas loin.

– Un poil plus près, et on serait juste camarades.

Elle rit et m'embrassa en me serrant si fort qu'elle me vida tout l'air de mon mauvais poumon. Dieu, que cette nana était costaud !

Quelque part au fond de ma tête, j'étais certain que Beth Penrose n'allait pas vraiment apprécier tout ça. J'ai une conscience, oui, mais Willie le Borgne n'en a aucune, lui, et donc, pour résoudre ce conflit, je débranchai mon cerveau principal et laissai Willie prendre les commandes.

Il y a quelque chose d'exquis dans le fait d'explorer un corps nouveau – la texture de la peau, les courbes, les monts et les vallées, le goût et la senteur d'une femme. Bien que j'adore les préliminaires, Willie s'impatientait. Je suggérai donc que nous passions dans la chambre.

– Non, fais-le-moi ici, répliqua-t-elle.

Pas de problème. Enfin... si, un petit problème de largeur de divan, mais, où il y a un Willie, il y a moyen de se débrouiller.

Elle monta sur moi et, en un battement de cœur, la nature de nos relations professionnelles changea du tout au tout.

Je restai allongé sur le divan pendant que Kate se rendait à la salle de bains. Je ne savais pas quel moyen contraceptif elle utilisait, mais, n'ayant vu aucun berceau ni aucun dessin d'enfant sur les murs, je m'imaginais qu'elle contrôlait la situation.

Elle revint dans le living et alluma la lampe près du canapé. Elle était là, debout, me regardant d'en haut. Je m'assis. Je pouvais enfin voir son corps, et, vraiment, il était exquis, plus plein que je ne l'avais imaginé dans les rares occasions où je l'avais déshabillée mentalement. Je remarquai aussi que c'était une vraie blonde, en haut et en bas, mais, ça, je l'avais deviné.

Elle s'agenouilla devant moi et écarta mes jambes pour nettoyer la fusée avec une petite serviette humide, ce qui faillit provoquer un nouveau lancement.

– Pas mal pour un vieux, commenta-t-elle. Tu prends du Viagra ?

– Non, du salpêtre pour la calmer.

Elle s'esclaffa, puis se pencha et posa la tête sur mes cuisses. Je lui caressai les cheveux.

Elle releva la tête et me prit la main. Elle vit la cicatrice sur ma poitrine et la toucha, puis passa la main dans mon dos, et ses doigts trouvèrent la blessure de sortie.

– Cette balle a cassé la côte de devant et celle de derrière, constata-t-elle.

Je pense que les dames du FBI connaissent bien ces choses. Très cliniques, comme filles. Mais c'est mieux qu'un : « Oh, mon pauvre chéri, comme tu as dû souffrir. »

– Maintenant, dit-elle, je vais pouvoir raconter à Jack où tu as été blessé.

Elle rit, puis me demanda :

– Tu as faim ?

– Oui.

– Okay. Je vais faire des œufs brouillés.

Elle gagna sa petite cuisine et je me levai pour ramasser les vêtements épars.

– Ne t'habille pas, lança-t-elle.

– Je voulais juste mettre ton slip et ton soutif une minute.

Elle se mit de nouveau à rire.

Je la contemplais, se déplaçant, nue, dans sa petite cuisine, telle une déesse accomplissant quelques rituels sacrés dans son temple.

Me penchant sur les CD, je trouvai un Willie Nelson, ma musique postcoïtale préférée.

– J'aime bien celui-là, dit-elle.

Je regardai les livres sur ses étagères. Dis-moi ce que tu lis, je te dirai qui tu es... La plupart des livres de Kate étaient des manuels d'entraînement, le genre de blabla que vous vous devez de lire pour rester au top dans ce business. Il y avait aussi pas mal de livres sur de vrais crimes, des livres sur le FBI, le terrorisme, la psychologie de l'anormalité, ce genre de littérature. Il n'y avait pas de romans, pas de classiques, pas de poésie, pas de livres d'art ni de photos. Cela renforça mon impression première : Ms. Mayfield était une professionnelle dévouée, un membre de l'équipe, une dame qui ne sortait jamais des lignes.

Mais il y avait forcément un revers à cette médaille d'intégrité professionnelle, et il n'était pas bien compliqué à deviner : elle aimait les hommes et elle aimait le sexe. Mais pourquoi m'aimait-elle bien, moi ? Peut-être voulait-elle moucher quelques-uns de ses collègues du FBI en fréquentant un flic. Peut-être en avait-elle marre de jouer selon les règles non écrites et autres directives, bien écrites celles-là. Peut-être était-elle juste un peu nympho. Qui sait ? N'importe quel type peut devenir dingue à essayer d'analyser les raisons qui ont fait qu'il a été choisi comme partenaire sexuel.

Le téléphone sonna. Les agents sont censés avoir une ligne séparée pour les appels officiels, mais elle ne regarda même pas son téléphone mural. Elle laissa le répondeur se déclencher.

– Je peux faire quelque chose ? demandai-je.

– Oui. Va te recoiffer et enlever le rouge à lèvres que tu as partout sur la figure.

– Bien.

J'entrai dans la chambre et remarquai que le lit était fait. Pourquoi les femmes font-elles les lits ?

La chambre était aussi nue que le living. On se serait presque cru dans un motel. Visiblement, Kate Mayfield ne se sentait pas vraiment chez elle à Manhattan.

Autant les autres pièces étaient nettes et vides, autant la salle de bains donnait l'impression d'avoir été perquisitionnée par les stups. J'empruntai un peigne sur une commode qui débordait de dizaines de trucs de fille, me recoiffai, puis me passai de l'eau sur le visage. Je me regardai dans le miroir. J'avais de très grosses poches sous mes yeux injectés de sang, ma peau était pâle, et la cicatrice sur ma poitrine ressortait, blanche et chauve, sur le reste de mon poitrail. Visiblement, James Corey avait pas mal d'heures de vol difficiles et d'autres encore à venir. Mais mon vilebrequin marchait toujours, même si mes batteries étaient un peu à plat.

Ne voulant pas rester trop longtemps dans les quartiers privés de mademoiselle, je regagnai le living-room.

Kate avait posé deux assiettes d'œufs brouillés sur la table basse, avec des toasts et deux verres de jus d'orange. Je m'installai sur le divan et elle s'agenouilla sur le plancher en face de moi. J'avais vraiment faim.

– Ça fait huit mois que je suis à New York, dit-elle, et tu es le premier homme avec qui je couche.

– J'aurais pu le dire.

– Et toi ?

– Moi, j'ai pas couché avec un homme depuis des années.

– Non, sérieusement ?

– Eh bien... que te dire ? Je vois quelqu'un. Tu le sais.

– On ne pourrait pas se débarrasser d'elle ?

Je ris.

– Je suis sérieuse, John. Cela ne me ferait rien de te partager pendant quelques semaines, mais, après ce soir, j'ai l'impression que... Tu comprends... ?

Je n'en étais pas bien certain, mais je répondis :

– Je comprends complètement.

Nous nous regardâmes pendant un long moment. Je réalisai qu'il me fallait bien dire quelque chose.

– Écoute, Kate, je pense que tu te sens juste un peu seule. Et que tu es très occupée. Je ne suis pas le bon mec. Je suis juste le mec du bon moment. Alors...

– De la merde, oui. Je ne suis pas si seule ni si occupée. Il y a des types qui me draguent à tout bout de champ. Ton ami, Ted Nash, m'a proposé la botte une bonne dizaine de fois.

– Quoi ? (J'en laissai tomber ma fourchette.) Cette espèce de petit connard...

– Il n'est pas petit.

– C'est un connard.

– Non.

– Ça me fait vraiment chier. Tu es sortie avec lui ?

– J'ai dîné deux, trois fois avec lui, oui. Coopération entre agences.

– Bordel, quel salaud. Pourquoi tu ris ?

Elle ne répondit pas, mais je crois que je le savais.

Je la regardais. Elle essayait de se cacher la bouche avec la main, tout en avalant ses œufs brouillés et en pouffant de concert.

– Si tu t'étouffes, dis-je, je ne connais pas la manœuvre Heimlich.

Cela la fit redoubler de rire.

Je changeai donc de sujet de conversation et lui demandai ce qu'elle pensait des conférences de presse.

Je n'écoutai pas sa réponse. Je pensai à Ted Nash, et à la manière dont il avait dragué Beth Penrose pendant l'affaire de Plum Island. J'ai un seuil de tolérance très bas pour la compétition. J'avais l'impression que Kate Mayfield l'avait deviné et qu'elle était peut-être en train de s'en servir contre moi.

Ensuite, je pensai à Beth Penrose et, pour être honnête, je me sentais un peu coupable.

Car, même si Kate Mayfield ne s'en faisait pas trop quant à quelques semaines de double vie sexuelle me concernant, je suis basiquement monogame, préférant une seule migraine à la fois – en dehors d'un week-end passé à Atlantic City avec deux sœurs, mais ça, c'est une autre histoire.

Nous étions donc assis, nos corps se touchaient et je picorais mes œufs. Je n'avais pas mangé nu avec une femme depuis très longtemps, et je me souvenais d'avoir réellement bien aimé l'expérience. Il y a un lien entre la nourriture et la nudité, entre la nourriture et le sexe. Les deux vont bien ensemble, si l'on y songe. D'un côté, c'est très primitif et, de l'autre, très sensuel.

J'étais donc embarqué sur la pente glissante des réflexions sur l'amour, le choix d'une compagne et le bonheur – et vous savez où ça mène. À la misère.

Mais bon. Faut bien y aller.

– J'appellerai Beth demain matin pour lui dire que c'est fini, promis-je à Kate.

– Pas besoin. Je le ferai pour toi, dit-elle en riant encore.

Apparemment, Kate Mayfield était d'une bien meilleure humeur postcoïtale que moi. J'étais en plein conflit intérieur, troublé et un peu effrayé. Ça irait mieux demain matin.

– Business, dit-elle. Parle-moi de l'informateur.

Je lui racontai donc à nouveau mon interrogatoire de Fadi Aswad, ce qui me fit me sentir moins coupable d'avoir interrompu ma journée de travail pour de la bouffe et du sexe.

– Si tu l'avais vu, conclus-je, tu saurais qu'il disait la vérité. Gabe le pense aussi, et je fais confiance à son instinct.

– Fadi a dit la vérité sur ce qu'il savait. Mais ça ne prouve pas que Khalil était dans ce taxi. Or, s'il y était, le meurtre de Francfort est un leurre et celui de Perth Amboy est le vrai truc.

– C'est ça.

Je fais rarement des brainstormings tout nu avec un collègue du sexe opposé, et ce n'est pas aussi amusant qu'il y paraît. Mais je suppose que c'est mieux qu'une longue conférence à Washington.

– Eh bien, dis-je, je t'ai évité de passer quelques semaines en Europe avec Ted Nash.

– C'est pour ça que je pense que tu as inventé toute cette histoire. Pour me faire revenir ici.

Je souris.

Elle resta silencieuse un moment, puis me demanda :

– Tu crois au destin ?

Je réfléchis. Ma rencontre hasardeuse avec les deux gentlemen hispaniques sur la 102e Rue Ouest un an auparavant avait déclenché une chaîne d'événements qui m'avaient finalement mené ici. Je ne crois pas à la prédestination, au destin, au hasard ou à la chance. Je crois qu'une combinaison de libre arbitre et de chaos hasardeux contrôle nos destinées, que le monde est un peu comme les soldes dans un grand magasin. Dans les deux cas, il faut être éveillé et vigilant, prêt à tout et capable d'exercer son libre arbitre dans un environnement de plus en plus chaotique et dangereux.

– John ?

– Non, je ne crois pas au destin. Je ne crois pas que notre destinée était de nous rencontrer, et je ne crois pas qu'il était écrit que nous ferions l'amour dans ton appartement ce soir. La rencontre était fortuite, l'idée de faire l'amour venait de toi. Super-idée, d'ailleurs.

– Merci. C'est à ton tour de me poursuivre de tes assiduités.

– Je connais les règles. J'envoie toujours des fleurs.

– Oublie les fleurs. Essaie juste d'être gentil avec moi en public.

Un ami écrivain, qui est un véritable sage quant aux relations avec les femmes, m'a dit un jour : « Les hommes parlent aux femmes pour avoir des relations sexuelles avec elles, tandis que les femmes ont des relations sexuelles avec les hommes pour pouvoir parler avec eux. » Cela a l'air de fonctionner chez tout le monde. Mais je ne suis pas bien certain, personnellement, du volume de discussion que j'ai besoin d'engager après l'amour. Il semblait qu'avec Kate Mayfield il en fallait beaucoup.

– John ?

– Oh... eh bien, si je suis gentil avec toi en public, les gens vont jaser.

– Très bien. Et les autres crétins resteront à distance.

– Quels autres crétins ? En dehors de Nash ?

– Peu importe.

Elle me rejoignit sur le canapé, étendit ses jambes nues et posa ses pieds sur la table basse, bâilla et s'étira en agitant les orteils.

– Bon Dieu, que c'est agréable, dit-elle.

– J'ai fait de mon mieux.

– Je parlais de manger.

– Oh.

– Il faudrait que je parte, dis-je en jetant un œil sur l'horloge digitale du magnétoscope.

– Pas question. Je n'ai pas dormi avec un homme depuis si longtemps que je ne me rappelle même plus qui attache qui.

J'émis une sorte de gloussement. Ce qui m'attirait le plus chez Kate Mayfield, je pense, c'était qu'en public elle avait un air virginal et sain et agissait de même, alors qu'ici... Bon, vous voyez le tableau. Ça branche certains hommes, dont moi.

– Je n'ai pas de brosse à dents, argumentai-je.

– J'ai une de ces petites pochettes de classe affaires qu'on donne aux hommes dans les avions. Tu devrais y trouver tout ce dont tu as besoin.

– Quelle compagnie aérienne ? J'ai un petit faible pour British Airways.

– Je crois que c'est Air France. Il y a un préservatif dedans.

– Puisqu'on en parle...

– Fais-moi confiance. Je travaille pour le gouvernement fédéral.

C'était sans doute le truc le plus drôle que j'aie entendu depuis des mois.

Elle ralluma la télé et s'allongea sur le divan avec la tête sur mes cuisses. Je lui caressais les seins, ce qui fit monter mon système hydraulique. Elle redressa la tête et dit : « Un petit peu plus haut, s'il vous plaît », puis éclata de rire. Nous regardâmes les rediffusions des infos jusque vers deux heures du matin, plus quelques bulletins spéciaux sur ce qui s'appelait désormais l'attentat terroriste du vol 175. En fait, aussi bizarre que ça puisse paraître, l'une des chaînes diffusait une publicité pour la Transcontinental montrant des passagers heureux, en classe éco, ce qui est une absurdité. À mon avis, ils utilisent des nains pour que les sièges aient l'air plus grands.

Vers trois heures, nous nous retirâmes dans la chambre, n'emportant avec nous que nos pistolets et nos holsters.

– Je dors nu, mais je garde mon holster, dis-je.

Elle sourit, bâilla, puis passa son holster sur sa peau nue, et, si ce genre de truc vous branche, eh bien, je dois reconnaître qu'elle était très sexy.

– Ça fait bizarre, dit-elle en se regardant dans la glace. Je veux dire, les seins avec le flingue.

– Pas de commentaire.

– C'était le holster de mon père. Je n'ai jamais osé lui avouer qu'on n'utilisait plus les brides d'épaule, et je le porte une fois par semaine.

Je hochai la tête. Cela m'apprenait quelque chose de bien sur Kate Mayfield.

Elle enleva le holster et appuya sur un bouton de son répondeur sur la table de nuit. L'inimitable voix de Ted Nash jaillit.

« Kate, c'est Ted – j'appelle de Francfort. J'ai entendu dire que toi et Corey n'alliez pas nous rejoindre ici. Vous devriez réfléchir. Vous ratez tous les deux une grande opportunité. D'après moi, le meurtre du chauffeur de taxi est un leurre... Appelle-moi... Il est plus de minuit à New York... Je pensais que tu serais là... Au centre, ils ont dit que tu étais rentrée chez toi... Corey n'est pas chez lui non plus. Okay, appelle-moi ici jusqu'à trois ou quatre heures, heure de New York. Je suis au Frankfurter Hof. (Il donnait le numéro, puis ajoutait :) Sinon, j'essaierai plus tard au bureau. Il faut qu'on parle. »

Elle ne dit rien et moi non plus, mais, d'une certaine manière, la voix de ce type dans la chambre à coucher de Kate Mayfield me faisait carrément chier, et j'imagine qu'elle l'avait senti, parce qu'elle finit par lâcher :

– Je lui parlerai plus tard.

– Il n'est que trois heures – neuf heures là-bas. Tu peux le choper devant son miroir en train de se contempler.

Elle sourit sans répondre.

Je constatais que Ted et moi avions des théories différentes, comme d'habitude. Je croyais que le meurtre de Francfort était le leurre. Et j'étais à peu près certain que ce bon vieux Ted était du même avis, mais il me voulait en Allemagne. Intéressant. Eh bien, si Ted dit d'aller au point B, alors je reste au point A. C'est simple.

Kate était déjà au lit, me faisant signe de la rejoindre.

Je me glissai sous la couette et me collai contre elle, jambes et bras entrecroisés. Les draps étaient frais et doux, le matelas et les oreillers fermes, et Kate Mayfield aussi. C'était mieux que de dodeliner de la tête tout seul chez moi, dans mon fauteuil devant la télé.

Le grand cerveau tombait de sommeil, mais le petit cerveau était bien réveillé, ce qui arrive parfois. Kate s'installa sur moi et se mit à me chevaucher. À un moment, je partis complètement dans les vapes et j'eus un rêve très réaliste où Kate Mayfield et moi faisions l'amour.

38.

Asad Khalil regardait le paysage défiler sous le vieux Piper Apache qui volait à sept mille cinq cents pieds dans un ciel parfaitement dégagé, plein nord-est, vers Long Island.

– On a un bon vent arrière, on avance vite, l'informa Bill Satherwaite

– Excellent.

Ce vent arrière te vole le peu de temps de vie qui te reste.

– Comme je disais, continua le pilote, il y avait un tas de tirs de DCA et des missiles qui nous fonçaient dessus. Et, avec la DCA, y a rien à faire, y a qu'à foncer dedans.

– Vous étiez très courageux.

– Oh, je faisais que mon boulot.

– Et vous étiez le premier avion à arriver sur Al-Azziziyah ?

– Ouais. L'avion de tête... Hé, est-ce que j'ai dit Al-Azziziyah ?

– Oui, absolument.

– Ah ouais ? (Satherwaite ne se rappelait pas avoir utilisé ce mot, qu'il pouvait à peine prononcer.) Bref, mon bombardier, Chip... je peux pas dire son vrai nom, il en balance quatre, trois qui tapent en plein dans les cibles, et il nique la quatrième, mais il a touché quelque chose quand même.

– Quoi ?

– J'en sais rien. Les photos satellite, après... on voyait des maisons ou des baraquements – pas d'explosions secondaires, donc c'était pas ce qu'il était supposé toucher. En fait, la quatrième bombe devait frapper un vieil arsenal italien qui servait de dépôt de munitions. Mais on s'en foutait, hein ? Il a touché quelque chose en tout cas. Hé, vous savez comment on fait le décompte des pertes humaines par satellite ? Non ? Eh ben, on compte les jambes et les bras et on divise par quatre.

Il éclata de rire.

Asad Khalil sentait son cœur battre de plus en plus vite, et il pria Dieu de l'aider à garder sa maîtrise de soi. Il inspira plusieurs fois, lentement et profondément, et ferma les yeux. Cet homme, il s'en rendait compte, avait tué toute sa famille. Il vit passer des images de ses frères, Esam et Qadir, de ses sœurs, Adara et Lina, et de sa mère, qui lui souriaient du haut du paradis. Sa mère hochait la tête et remuait les lèvres, mais il n'entendait pas ce qu'elle disait. Il savait pourtant qu'elle était fière de lui et qu'elle l'encourageait à achever la vengeance de leur mort.

Il rouvrit les yeux et scruta le ciel en face de lui. Un unique nuage blanc brillant était suspendu en l'air à hauteur de ses yeux, et il eut l'impression que ce nuage était le symbole de toute sa famille.

Il songea également à son père, dont il se souvenait à peine, et il murmura, silencieusement : « Père, tu seras fier de moi. »

Puis il songea à Bahira, et il eut soudain conscience que le monstre assis à côté de lui était, en réalité, directement responsable de sa mort.

– J'aurais préféré être chargé du bombardement sur Kadhafi, poursuivit Satherwaite. Mais c'est Paul qui l'a eu, le veinard. Quand je pense que ce connard s'en est tiré avec juste de la pisse et de la merde dans son pyjama !

Asad Khalil inspira encore une fois.

– Mais vous disiez que sa petite fille était morte ?

– Ouais... ça, c'est moins marrant. Mais c'est typique de la façon dont marche ce putain de monde de merde. J'veux dire, ils avaient essayé de buter Hitler avec une bombe, et c'est les autres autour qui y sont passés. Alors, à quoi il sert, Dieu, hein ? Cette petite gamine se fait tuer, on a l'air de salopards, et sa tête de merde de père s'en tire sans une égratignure.

Khalil ne rétorqua rien.

– L'autre truc super à faire cette nuit-là, c'était le bombardement sur l'ambassade de France. Personne ne l'a jamais admis, et c'était supposé être une erreur, mais un de nos mecs a balancé une bombe en plein dans le jardin. On voulait tuer personne, hein, et personne a été tué. C'était juste pour leur apprendre à pas nous laisser survoler leur territoire. On tape la baraque de Kadhafi et il est dans le jardin. On tape le jardin de l'ambassade et y a personne. Vous voyez où j'veux en venir ? Si ça avait été l'inverse ? Allah protégeait ce trou du cul, cette nuit-là. Des fois, on se demande...

Khalil sentait ses mains trembler et son corps entier était comme électrisé. S'ils avaient été au sol, il aurait tué ce chien blasphémateur de ses propres mains. Il ferma les yeux et pria.

– Ah, fit Satherwaite, ce bon Ronnie avait des couilles, lui. C'est un mec comme lui qu'il nous faudrait à la Maison-Blanche.

Khalil demeura silencieux un moment. Il s'efforçait de recouvrer son calme.

– C'était il y a très longtemps, finit-il par dire, et pourtant vous semblez vous en souvenir comme si c'était hier.

– Ouais... c'est parce que c'est dur d'oublier une telle expérience.

– Je suis certain que les Libyens ne l'ont pas oubliée non plus.

Satherwaite rit, puis fit virer l'avion sur la droite et prit un nouveau cap.

– On va survoler directement l'océan pour atteindre Long Island. Je vais commencer ma descente, alors vos oreilles vont peut-être morfler un peu.

Khalil regarda sa montre. Il était dix-neuf heures quinze, et le soleil était à peine visible à l'ouest. En bas, il faisait déjà sombre. Il enleva ses lunettes de soleil, les rangea dans la pochette de sa veste et mit ses doubles foyers.

– Je repensais à cette coïncidence, que vous ayez un ami à Long Island, dit-il.

– Ouais ?

– J'ai un client à Long Island qui s'appelle aussi Jim.

– Ça peut pas être Jim McCoy.

– Si, c'est le même nom.

– C'est un client à vous ? Jim McCoy ?

– C'est l'homme qui dirige un musée de l'aviation ?

– Ouais ! Alors ça ! Comment vous le connaissez ?

– Il achète de la toile de coton dans mon usine de Sicile. C'est un coton spécial qui est fait pour la peinture à l'huile, mais il est aussi parfaitement adapté au rentoilage des vieux avions.

– Alors là, ça me tue ! Vous vendez de la toile à Jim ?

– À son musée. Je ne l'ai jamais rencontré, mais il était très satisfait de notre dernière livraison. Notre toile est moins lourde que la toile à voile de bateau. Elle est plus légère et plus extensible. Et, bien sûr, puisqu'elle est faite pour les artistes peintres, elle absorbe mieux la peinture que la toile de voile. De toute façon, la toile de voile est devenue très rare. De nos jours, les voiles de bateau sont en fibres synthétiques.

– Sans blague ?

Khalil se tut un moment, puis demanda :

– Peut-être pourrait-on lui rendre visite ce soir ?

– Ouais... je peux l'appeler..., répondit Satherwaite après un instant de réflexion.

– Je n'essaierai pas de tirer avantage de votre amitié pour lui et je ne parlerai pas affaires. Je veux juste voir l'avion sur lequel ma toile a été utilisée.

– Bien sûr, je pense que...

– Et, bien évidemment, pour ce service, j'insiste pour vous donner un petit cadeau... Cinq cents dollars, ça vous irait ?

– Marché conclu. Je vais l'appeler à son bureau voir s'il y est encore.

– Sinon, peut-être pouvez-vous le joindre chez lui et lui demander de nous retrouver au musée.

– Sûr. Jim fera bien ça pour moi. Il voulait justement me le faire visiter.

– Très bien. On n'aura peut-être pas le temps demain matin et, en plus, je souhaite faire une donation à son musée. Deux mille mètres de toile. Ça me fera de la publicité.

– C'est incroyable, cette coïncidence. Le monde est petit.

– Vous n'imaginez pas à quel point, murmura Khalil en souriant intérieurement.

Il n'avait pas vraiment besoin que Satherwaite facilite sa rencontre avec l'ancien lieutenant McCoy. Il avait l'adresse personnelle de ce dernier, et il lui importait peu de tuer cet homme chez lui avec sa femme, ou de le tuer dans son bureau du musée. Ce lieu lui plaisait davantage, à cause du symbolisme de l'acte. Mais la seule chose importante était que lui, Khalil, devait s'envoler vers l'ouest ce même soir pour achever son voyage d'affaires en Amérique.

Jusqu'ici, tout marchait comme prévu. Il ne lui restait plus qu'un jour ou deux. Dans un jour ou deux, quelqu'un des services de renseignements américains finirait par faire le rapprochement entre toutes ces morts apparemment sans relation. Et, même s'ils y parvenaient plus tôt, Asad Khalil était prêt à mourir. Il avait déjà tant accompli : Hambrecht, Waycliff, Grey. S'il pouvait tuer McCoy, ce serait mieux. Mais s'ils étaient déjà là, l'attendant à l'aéroport, au musée, chez McCoy, il aurait au moins plaisir à tuer le porc qui était assis à côté de lui. Il regarda son pilote et sourit.

Vous êtes mort, lieutenant Satherwaite, mais vous ne le savez pas.

Satherwaite lui jeta à son tour un coup d'œil et lui demanda :

– Alors, vous êtes vraiment dans le textile ?

– Oui. Qu'est-ce que vous imaginiez ?

Satherwaite sourit.

– Eh ben, pour vous dire la vérité, je pensais que vous étiez peut-être de... la mafia.

– Je suis un honnête homme, un marchand de textile. Est-ce qu'un mafieux prendrait un si vieil avion ? rétorqua Khalil avec un sourire doucereux.

Satherwaite se força à rire.

– Je ne crois pas, non... mais je vous ai amené à bon port, pas vrai ?

– Nous n'avons pas encore atterri.

– Il n'y aura pas de problème. Je n'ai jamais tué personne.

– Mais si...

– Ouais... mais j'étais payé pour le faire. Et maintenant on me paye pour ne pas tuer les gens. (Il rit et ajouta :) Le premier à s'écraser, c'est quand même le pilote. Est-ce que j'ai l'air mort ?

Asad Khalil sourit à nouveau, mais ne répondit pas.

Satherwaite contacta la tour de MacArthur et demanda l'autorisation d'atterrir.

Quelques minutes plus tard, un vaste aéroport apparut devant eux, et Satherwaite vira pour s'aligner sur la piste 24.

Asad Khalil songeait à l'ironie de la situation. Presque vingt ans auparavant, le gouvernement américain avait mis les aéroports commerciaux au niveau de sécurité 1. Les petits avions privés ne pouvaient plus se poser sur un aéroport international ou national comme avant. Ils devaient utiliser les terrains plus exigus de ce qu'on appelait l'Aviation générale, où il n'y avait aucune mesure de sécurité policière.

En conséquence, les gens qui inquiétaient le plus les Américains – à savoir les saboteurs, les trafiquants de drogue, les combattants de la liberté et les cinglés – pouvaient traverser le pays en toute tranquillité tant qu'ils volaient dans des avions privés et se posaient sur des terrains privés ou municipaux. Ou, comme aujourd'hui, dans la partie privée d'un aéroport commercial.

Asad Khalil remercia silencieusement les bureaucrates stupides qui rendaient sa mission plus facile.

L'Apache se présenta, bien aligné, et se posa en douceur, ce qui surprit Khalil, étant donné l'apparente détérioration mentale de son pilote.

– Vous voyez ? fit Satherwaite. Vous êtes sain et sauf.

Khalil ne répondit pas.

L'Apache s'arrêta près d'une rangée de hangars, loin du terminal principal.

Khalil scruta les alentours, guettant le moindre signe de danger, un piège qu'on lui aurait tendu. Il était prêt à sortir son arme et à ordonner au pilote de redécoller, mais il ne semblait rien y avoir d'anormal autour des hangars.

– Okay, fit Satherwaite, sortons de ce cercueil volant.

Et il éclata de rire.

Khalil ouvrit la portière et posa un pied sur l'aile, la main serrée sur le Glock dans la poche de sa veste. Au premier signe que quelque chose clochait, il mettrait une balle dans la tête de Bill Satherwaite, regrettant seulement d'avoir raté l'opportunité de lui expliquer pourquoi il allait mourir.

Khalil ne cherchait plus le danger, il essayait de le sentir. Il se tenait absolument immobile, comme un lion, flairant l'air de la nuit.

– Hé, fit Satherwaite, ça va ? Sautez. Vos pieds sont plus près du sol que vos yeux. Allez-y.

Khalil vérifia une dernière fois que tout allait bien et sauta sur la piste.

Satherwaite le suivit.

– Fait beau et frais, ici, observa-t-il. J'vais chercher un technicien pour qu'il nous amène au terminal. Vous pouvez rester là.

– Non, non, je vous accompagne.

– Comme vous voulez.

Ils s'approchèrent d'un hangar voisin et interceptèrent un mécano de service.

– Vous pouvez nous emmener jusqu'au terminal ? demanda Satherwaite.

– Le minibus blanc, là, il part maintenant.

– Super. Dites, je reste cette nuit, je repars dans la matinée. Vous pouvez remplir mes réservoirs et repeindre l'avion ?

Il rit.

– C'est pas que de peinture dont il a besoin, votre zinc, répliqua le technicien.

– Les six réservoirs, okay ?

– Ouais.

– Merci.

Khalil et Satherwaite coururent jusqu'au minibus et s'installèrent à l'arrière, la banquette du milieu étant déjà occupée par un jeune type et une jolie blonde.

Toujours sur ses gardes, Khalil ne lâcha pas la crosse de son Glock de tout le trajet.

Quelques minutes plus tard, après avoir déposé le jeune couple devant le tribunal, le chauffeur les arrêta dans l'enclos réservé au Gold Card Service de chez Hertz.

Le parking comprenait une vingtaine de places de stationnement ; devant chacune d'elles se dressait un petit panneau lumineux avec un nom. Khalil, suivi par Satherwaite, s'approcha de celui sur lequel était inscrit BADR.

– C'est ça que vous avez loué ? demanda Satherwaite en regardant la Lincoln noire que Khalil ouvrait.

– Oui, B-A-D-R est le nom de ma compagnie.

– Oh... et vous avez rien à signer, pas de papiers à remplir ?

– C'est un service spécial. Montez donc.

Satherwaite ouvrit la portière du passager et se glissa à l'intérieur.

Les clés étaient sur le contact et Khalil démarra le moteur, puis il alluma les phares.

– Pouvez-vous sortir les papiers qui sont dans la boîte à gants ? demanda-t-il a Satherwaite tout en se dirigeant vers la sortie que gardait une employée dans une cabine de verre.

– Puis-je voir les papiers du véhicule et votre permis, monsieur, s'il vous plaît ? fit-elle en ouvrant sa vitre.

Khalil prit les papiers que Satherwaite lui tendait et les donna à l'employée qui les examina. Elle détacha l'un des exemplaires, puis Khalil lui remit son permis de conduire égyptien et son permis international. Elle les étudia un moment et jeta un bref regard à Khalil avant de lui rendre l'ensemble avec sa copie du contrat de location.

– Okay, vous pouvez y aller.

Khalil la remercia et redémarra, tournant sur sa droite comme elle le lui avait indiqué.

– C'est aussi simple que ça, dit Satherwaite. C'est comme ça qu'ils font, alors, les pleins aux as...

– Je vous demande pardon ?
– Vous êtes riche ?
– Ma compagnie l'est.
– C'est bien. Le motel est loin ?
– Je pensais qu'on pourrait peut-être téléphoner à Mr. McCoy avant d'aller au motel. Il est déjà presque huit heures.
– Ouais, fit Satherwaite en jetant un coup d'œil vers le téléphone de bord. Pourquoi pas ?
Khalil avait noté mentalement le code de déverrouillage du téléphone sur les papiers de la voiture. Il le donna à Satherwaite qui, sortant la carte Rolodex de Jim McCoy de sa poche, composa le numéro.
– Vous devriez juste le prévenir que vous êtes avec un ami, lui conseilla Khalil. Je me présenterai sur place. Dites-lui bien qu'on peut passer le prendre chez lui s'il le faut. Et laissez le haut-parleur, s'il vous plaît, au cas où...
À la troisième sonnerie, une voix de femme répondit.
– Allô !
– Betty, c'est Bill Satherwaite.
– Oh... bonsoir, Bill. Comment ça va ?
– Très bien. Et les enfants ?
– Bien, merci.
– Hé, est-ce que Jim est là ?
Satherwaite, qui avait l'habitude que les gens l'évitent, ajouta, sans lui laisser le temps de répondre :
– Il faut que je lui parle. J'en ai pour une minute. C'est assez important.
– Oh... okay, je vais voir s'il a fini sur l'autre ligne.
– Merci. J'ai une surprise pour lui. Dis-lui bien.
– Un moment.

Ils avaient rejoint l'autoroute à présent et filaient vers le comté de Nassau, où étaient situés le musée et le domicile de Jim McCoy. Et où il allait mourir.

Après une attente assez longue, une voix résonna dans le haut-parleur.

– Hé, Bill, quoi de neuf ?

Le sourire de Satherwaite s'élargit.

– Tu ne vas pas le croire, dit-il. Devine où je suis ?

Il y eut un nouveau silence, puis Jim McCoy demanda :

– Où es-tu ?

– Je viens de me poser à MacArthur. Tu te souviens de ce passager pour Philadelphie ? Eh bien, il a changé ses plans et me voilà ici.

– Génial...

– Jim, il faut que je reparte demain à la première heure, alors je pensais que je pourrais passer te voir ou te rejoindre au musée.

– Eh bien... j'ai...

– Juste une petite demi-heure. On est en route. J'appelle de la voiture. J'aimerais vraiment voir le F-111. On peut passer te prendre.

– Qui est avec toi ?

– Un copain. Un type qui a volé avec moi depuis la Caroline. Il meurt d'envie de voir les vieux coucous. On a une surprise pour toi. On te gardera pas longtemps, si t'es trop occupé. Je sais que c'est un peu à la dernière minute, mais tu avais dit que...

– Ouais... okay. Retrouvons-nous directement au musée, alors, si ce n'est pas trop compliqué pour vous.

– Non, on a un GPS dans la voiture.

– Vous êtes où ?

Satherwaite se tourna vers Khalil, qui dit :

Nous sommes sur l'Inter-État 495.

– Bon, vous en avez à peu près pour une demi-heure. Je vous attendrai à l'entrée principale. Il y a une grande fontaine, vous ne pouvez pas la manquer. Vous avez quelle voiture ?

– Une grosse Lincoln noire, répondit Satherwaite.

– Okay... c'est peut-être le gardien qui vous ouvrira. Je vais le prévenir.

– *Roger*, fit Satherwaite comme s'il était dans un avion. Elton 3-8. Terminé.

Il raccrocha avec un grand sourire.

Une vingtaine de minutes plus tard, ils atteignaient la sortie M4. Sur le bord de la route, un panneau annonçait : BERCEAU DE L'AVIATION.

Ils suivirent la signalisation et arrivèrent devant une vaste entrée, avec la grande fontaine dont avait parlé McCoy. Derrière elle se dressait une structure massive de verre et d'acier, surmontée d'un dôme.

Un gardien en uniforme vint leur ouvrir. Khalil freina à sa hauteur.

– Vous n'avez qu'à la laisser ici, fit le gardien en lui désignant sa voiture.

Khalil coupa le contact et sortit de la Lincoln. Il prit son sac à l'arrière.

Satherwaite sortit également, mais il laissa son sac dans la voiture.

– Bienvenue dans le Berceau de l'Aviation, dit le gardien en regardant Khalil et Satherwaite. Mr. McCoy vous attend dans son bureau. Je vais vous accompagner. Vous avez besoin de ce sac, monsieur ? demanda-t-il à Khalil.

– Oui. J'ai un cadeau pour Mr. McCoy, et une caméra.

– Bien.

Tout en lui emboîtant le pas, Khalil nota avec satisfaction que leur guide n'était pas armé.

Ils entrèrent dans le bâtiment qui comptait quatre étages.

Le gardien leur présenta brièvement quelques-uns des avions exposés dans le grand hall d'entrée. Leurs pas résonnaient sur le sol de granit. Khalil remarqua que la plupart des lumières étaient allumées.

– Nous sommes vos seuls hôtes ce soir ? demanda-t-il.

– Oui, monsieur. En fait, le musée n'est pas officiellement ouvert encore, mais nous avons quelques petits groupes de donateurs potentiels, et une réception de temps en temps pour les huiles. (Il rit et ajouta :) Nous ouvrons dans six mois.

– Alors on a droit à une visite privée ! s'exclama Satherwaite.

– Absolument, monsieur.

Satherwaite jeta un regard vers Khalil et lui fit un clin d'œil en souriant.

Ils continuèrent et passèrent une porte marquée PRIVÉ - RÉSERVÉ AU PERSONNEL.

Au-delà de cette porte, un couloir donnait sur divers bureaux. Le gardien s'arrêta devant celui du directeur, frappa et ouvrit, leur souhaitant « Bonne visite » avant de s'éclipser.

Jim McCoy était assis derrière son bureau, regardant quelques papiers, qu'il posa. Il se leva et vint à leur rencontre, la main tendue.

– Bill, comment vas-tu, bon Dieu ?

– Je suis en putain de forme, répondit Satherwaite.

Khalil les observait. Les deux hommes avaient vraiment l'air heureux de se retrouver.

Il remarqua que McCoy ne paraissait pas aussi en forme que le général Waycliff ou le lieutenant Grey, mais qu'il était beaucoup mieux que Satherwaite.

Les deux hommes échangèrent quelques mots, puis Satherwaite se tourna et dit :

– Jim, je te présente mon passager... Mr...

– Fanini, Alessandro Fanini.

Il tendit la main, que Jim McCoy serra.

– Je suis fabricant de textile, expliqua Khalil en fixant Jim McCoy droit dans les yeux, mais ce dernier n'exprima aucun signe d'alarme.

Pourtant, Khalil décela une lueur de méfiance dans son regard et sentit instantanément qu'il était loin d'être aussi stupide et confiant que Satherwaite.

– La compagnie de Mr. Fanini vend..., commença Satherwaite.

– Ma compagnie, le coupa Khalil, fournit de la toile pour les anciens avions. Pour vous remercier de cette visite privée, j'aimerais vous expédier deux mille mètres de toile de coton fin. Sans la moindre obligation de votre part.

Jim McCoy resta un instant silencieux, puis répliqua :

– C'est très généreux de votre part... Nous acceptons toutes les donations.

Khalil sourit et inclina la tête.

– Mais vous ne m'aviez pas dit que..., dit Satherwaite en se tournant vers lui.

Khalil le coupa une fois encore :

– Peut-être pourrais-je voir d'anciens avions et examiner la qualité de la toile que vous utilisez, poursuivit-il à l'intention de McCoy. Si elle est meilleure que la nôtre, alors toutes mes excuses pour cette offre.

– Nos avions anciens ne sont pas destinés à voler, donc nous employons une toile épaisse, dit McCoy, qui n'avait aucune envie de s'engager dans ce genre de discussion.

– Je vois. Eh bien, je vous ferai parvenir la plus épaisse de nos toiles.

Cet échange allait à l'encontre de ce que Mr. Fanini lui avait raconté plus tôt, mais Satherwaite s'abstint de tout commentaire, comprenant que, pour une raison qui lui échappait, son généreux client préférait qu'il se taise.

McCoy semblait quelque peu agacé par le fait que Bill Satherwaite soit venu avec un inconnu. Bah... c'était typique de Bill – toujours complètement à côté de la plaque. Faisant contre mauvaise fortune bon cœur, McCoy sourit et convia ses hôtes à venir voir les avions.

– Vous pouvez laisser votre sac ici, proposa-t-il à Khalil.

– Si ça ne vous ennuie pas, je préfère le garder. J'ai un appareil photo et une caméra vidéo dedans.

– Comme vous voudrez, dit McCoy en les conduisant vers le couloir.

Ils traversèrent l'atrium et pénétrèrent dans l'un des hangars où s'alignaient une cinquantaine d'avions d'époques différentes. Certains dataient des deux guerres mondiales, d'autres de la Corée ou de périodes plus récentes. McCoy leur en présenta certains brièvement, en sauta de nombreux autres, visiblement désireux que la visite dure le moins longtemps possible. Il s'arrêta toutefois devant un vieux biplan jaune.

– Celui-là, c'est un Curtiss JN4, surnommé Jenny, construit en 1918. C'était le premier avion de Lindbergh.

Khalil sortit son appareil photo de son sac et prit quelques photos pour la forme.

– Vous pouvez toucher la toile, si vous voulez, dit McCoy en le regardant.

Khalil obéit, caressant la toile peinte et tendue.

– Je vois ce que vous voulez dire, fit-il. C'est beaucoup trop lourd pour voler. Je m'en souviendrai quand je vous expédierai ma donation.

– Bien. De ce côté-ci, vous pouvez admirer quelques chasseurs de la Seconde Guerre mondiale...

Khalil l'interrompit.

– Excusez-moi, Mr. McCoy, mais j'ai comme l'impression que le temps nous est un peu compté, et je pense que Mr. Satherwaite aimerait bien voir son ancien appareil de combat.

McCoy regarda à nouveau son hôte, hocha la tête et dit :

– Bonne idée. Suivez-moi.

Ils pénétrèrent dans un second hangar, qui abritait essentiellement des avions à réaction et des engins d'exploration spatiale.

Khalil était effaré par l'accumulation de ces engins guerriers en un seul endroit. Il savait que les Américains aiment se présenter comme un peuple pacifique. Or il était clair, avec ce musée, que l'art de la guerre était la plus haute expression de leur culture. Khalil ne les jugeait pas. Pour lui c'était à peine un défaut ; en réalité, il les enviait.

McCoy se rendit directement au F-111, un biréacteur argenté étincelant, aux insignes de l'Air Force. Ses ailes étaient ramenées en arrière, et sur le fuselage, côté pilote, était inscrit le nom de l'appareil – *Bouncing Betty*.

– Eh bien, le voilà, dit Jim McCoy à Bill Satherwaite. Alors, ça réveille des souvenirs ?

Satherwaite fixait la masse de métal acéré comme s'il avait devant lui un ange prêt à le prendre par la main pour s'envoler.

Personne ne parlait. Bill Satherwaite était immobile, comme hypnotisé par cette vision de son passé. Il avait les yeux humides.

Jim McCoy sourit.

– Je lui ai donné le prénom de ma femme, dit-il doucement.

Asad Khalil contemplait également l'avion, en proie à d'autres souvenirs.

Au bout d'un moment, Satherwaite fit le tour du chasseur, regarda McCoy et dit :

– On a volé là-dedans, Jim. On a vraiment volé là-dedans.

– Oui. Il y a un million d'années.

Asad Khalil s'écarta, donnant l'impression qu'il était sensible à ce moment partagé par les deux anciens soldats, alors qu'il ne pensait qu'à ses propres souvenirs de victime du bombardement.

Il entendait comme dans un brouillard les deux hommes parler et rire. Il ferma les yeux et revit, avec une netteté incroyable, la terrifiante machine de guerre laissant son panache de feu rouge, surgie comme un démon de l'enfer. Il essaya d'oblitérer l'image de sa vessie se relâchant sous l'effet de la peur, de son pantalon trempé, mais ces visions étaient trop fortes et il les laissa le submerger, sachant que cette humiliation n'allait plus tarder à être vengée.

Il entendit Satherwaite l'appeler et se retourna.

– Hé, vous pourriez nous prendre dans le cockpit ?

C'était exactement ce que Khalil espérait.

– Avec plaisir, répondit il.

Jim McCoy monta le premier et s'installa dans le siège du bombardier, sur la droite. Satherwaite sauta dans le siège du pilote, poussant un cri de joie :

– Youpiiiii ! À nouveau en selle ! Allons buter ces conducteurs de chameaux ! Ouais !

McCoy lui lança un regard désapprobateur, mais ne dit rien qui aurait pu gâcher le grand moment vécu par son ami.

Asad Khalil grimpa l'escalier métallique.

– Hé, j'aurais préféré que ce soit toi avec moi, ce jour-là, plutôt que Chip, dit Satherwaite à McCoy. (Il jouait avec les instruments, imitant le bruit des réacteurs avec sa bouche.) Un et deux... feu ! (Il arborait un immense sourire.) Je suis sûr que je pourrais refaire toute la check-list de mémoire.

– Je n'en doute pas, dit McCoy, indulgent.

– Okay, bombardier, je veux que t'en colles une dans la tente où Muammar est en train de baiser son chameau !

Il éclata d'un gros rire et émit d'autres bruits avec sa bouche.

Jim McCoy eut un sourire forcé à l'adresse de Mr. Fanini. Il aurait vraiment préféré que Satherwaite soit venu seul.

Asad Khalil leva son appareil photo. Il visa les deux hommes dans le cockpit et demanda :

– Vous êtes prêts ?

Satherwaite sourit à l'objectif. Le flash se déclencha. McCoy s'efforçait de garder une expression neutre. Il y eut un second flash. Satherwaite leva la main gauche, le majeur dressé. Nouveau flash. McCoy fit « Okay » – le flash crépita à nouveau. Satherwaite saisit McCoy par les épaules. Le flash ne cessait de se déclencher, de plus en plus rapidement.

– Hé, ça suffit, dit McCoy.

Asad Khalil laissa tomber l'appareil photo dans son sac et en sortit la bouteille d'eau prise au Sheraton.

– Juste deux de plus, messieurs, dit-il.

McCoy cligna des yeux ; les éclairs ininterrompus du flash l'avaient aveuglé. Entre deux clignements, il remarqua la bouteille d'eau, ce qui ne l'alarma pas, mais il lut une très étrange expression sur le visage de Mr. Fanini. En une demi-seconde, il se rendit compte que quelque chose n'allait pas du tout.

– Ainsi, messieurs, vous avez de joyeux souvenirs de votre bombardement ? reprit Khalil.

McCoy ne répondit pas.

– Putain, c'est génial ! s'exclama Satherwaite. Hé, Mr. Fanini, grimpez donc sur le nez de l'avion pour nous prendre de face.

Khalil ne bougea pas.

– Okay, sortons de là, fit Jim McCoy. Viens, Bill.

– Restez où vous êtes, ordonna Khalil.

McCoy regarda fixement Asad Khalil. Sa bouche s'assécha d'un seul coup. Quelque part, au fond de lui, il avait toujours su que ce jour viendrait. Et c'était aujourd'hui.

– Faites rouler l'escalier pour prendre des photos de l'autre côté et..., dit Satherwaite à Khalil.

– La ferme.

– Hein ? Quoi ?

– La ferme !

– Hé, putain, c'est quoi ce... ?

Satherwaite se retrouva nez à nez avec la gueule d'un pistolet, que son client tenait très près de son corps.

– Oh, Dieu... Oh non..., fit doucement McCoy.

Khalil sourit.

– Ainsi, Mr. McCoy, vous avez deviné que je ne suis peut-être pas marchand de textile. Mais je suis peut-être marchand de linceuls.

– Sainte mère de Dieu...

Bill Satherwaite avait l'air complètement paumé. Il regarda McCoy, puis Khalil, essayant de comprendre ce qu'ils savaient que lui n'avait pas compris.

– Mais qu'est-ce qui se passe ?

– La ferme, Bill.

McCoy s'adressa à Khalil :

– Cet endroit est rempli de caméras de sécurité. Je vous suggère de partir tout de suite et je ne...

– Silence ! C'est moi qui parle et je vous promets d'être bref. J'ai un autre rendez-vous et cela ne durera pas longtemps.

McCoy ne répliqua pas.

Pour une fois, Bill Satherwaite ne dit rien, mais une lueur de compréhension commençait à pénétrer sa cervelle.

– Le 15 avril 1986, reprit Asad Khalil, j'étais un jeune homme et je vivais avec ma famille à Al-Azziziyah, un endroit que vous connaissez tous les deux.

– Vous viviez là-bas ? En Libye ? s'étonna Satherwaite.

– Silence ! (Khalil continua :) Vous avez lâché vos bombes sur mon pays et tué toute ma famille. Maintenant, vous allez payer pour vos crimes.

Satherwaite avait enfin compris qu'il allait mourir. Il regarda Jim McCoy, coincé dans le siège à côté de lui, et souffla :

– Désolé, mon pote.

– Taisez-vous, fit Khalil. Je veux que vous

sachiez tous deux que j'ai déjà tué le colonel Hambrecht, le général Waycliff et sa femme...

– Enculé, dit McCoy entre ses dents.

– ... Paul Grey, et maintenant c'est votre tour à tous les deux. Ensuite... eh bien, je dois prendre une décision. Vais-je gaspiller une balle pour arrêter les souffrances du colonel Callum ? Puis ce sera au tour de Mr. Wiggins et...

Bill Satherwaite tendit son majeur vers Khalil en hurlant :

– Enculé de baiseur de chameau ! Je t'encule, toi et ton connard de patron, je te...

Khalil introduisit le canon de son Glock dans le goulot de sa bouteille d'eau et tira une seule balle, presque à bout portant, dans le front de Bill Satherwaite. La détonation étouffée résonna dans l'immense hangar. La tête de Satherwaite rebondit dans un éclaboussement de sang et de cervelle, puis retomba en avant sur sa poitrine.

Jim McCoy était paralysé dans son siège. Ses lèvres commencèrent à remuer. Il baissa la tête, puis fit le signe de croix sans cesser de murmurer sa prière, les lèvres tremblantes.

– Regardez-moi.

McCoy continuait à prier et Khalil entendit les mots : « ... dans la vallée de l'ombre de la mort, je ne craindrai pas le mal... »

– Mon psaume hébreu préféré, dit-il, et il le récita avec lui à voix basse.

McCoy avait fermé les yeux. Il psalmodiait.

– ... et je demeurerai dans la maison du Seigneur pour l'éternité, conclurent-ils au même instant.

Asad Khalil dit « Amen » et il tira une balle dans le cœur de Jim McCoy. Leurs regards se croisèrent avant que les yeux de McCoy se ferment définitivement.

Khalil remit le pistolet dans sa poche, la bouteille dans son sac, puis il se pencha et prit les portefeuilles de ses victimes. Il ne trouva pas d'arme sur Satherwaite et en conclut qu'il mentait trop.

– Bonne nuit, messieurs, fit-il en repoussant le cockpit de plexiglas. J'espère que vous avez déjà rejoint vos amis en enfer.

Il regagna le sol, ramassa ses deux douilles, puis poussa l'escalier roulant auprès d'un autre avion.

Le Glock dans sa poche, il retraversa le musée. Il ne voyait le gardien ni dans l'immense atrium ni dehors derrière les portes vitrées. Il se dirigea vers les bureaux et le trouva en train de lire un magazine. Derrière lui, quinze moniteurs télé surveillaient divers endroits de ce très grand musée, à l'intérieur et à l'extérieur.

Khalil entra.

– Vous avez terminé ? demanda le gardien en levant le nez de son magazine.

Khalil tira la porte sur lui, lui mit une balle dans la tête instantanément, puis scruta attentivement les moniteurs. Il semblait n'y avoir personne d'autre dans l'ensemble des bâtiments.

Il coupa les magnétoscopes rangés sur des étagères, éjecta les quinze cassettes et les mit dans son sac. Il s'agenouilla près du garde, lui prit également son portefeuille, ramassa la douille qui l'avait tué, puis quitta les lieux en refermant les portes derrière lui.

Il sortit par une porte qu'il eut la satisfaction de voir se verrouiller de l'intérieur.

Il remonta dans sa Lincoln et regarda la pendule du tableau de bord. Elle indiquait vingt-deux heures cinquante-sept.

Il régla son navigateur satellite sur l'aéroport de MacArthur et, en moins de dix minutes, il était sur l'autoroute, direction nord, pour rattraper l'Expressway de Long Island.

Il repensait aux dernières minutes de vie de Satherwaite et de McCoy. Nul ne pouvait anticiper la manière dont un homme allait mourir. Il trouvait cela intéressant, et il se demanda comment il réagirait dans une telle situation. L'arrogance ultime de Satherwaite l'avait surpris ; finalement, cet homme avait fait preuve d'un certain courage dans les dernières secondes de son existence. Ou alors il était si imprégné par le mal que ses derniers mots n'avaient pas été l'émanation du courage, mais de la haine pure. Asad Khalil se rendit compte que, confronté à la même situation, il aurait probablement eu le même comportement.

Il songea à McCoy. Sa réaction à lui était prévisible, si l'on admettait qu'il était croyant. À moins qu'il n'eût retrouvé Dieu dans les ultimes secondes de sa vie. On ne pouvait savoir. Dans les deux cas, Khalil avait apprécié le psaume qu'il avait choisi.

Il y avait très peu de circulation. Khalil savait qu'il disposait de moins en moins de temps – ce double meurtre allait attirer l'attention.

L'apparence du cambriolage ne tiendrait pas longtemps. En outre, Mrs. McCoy appellerait la police quand elle verrait que son mari ne rentrait pas et que personne ne répondait au musée.

Peu importait ce qu'elle dirait ou ce que la police ferait. Asad Khalil avait largement le temps d'exécuter la suite de sa vengeance.

Et pourtant, tout en roulant, il commençait pour la première fois à flairer le danger. Il avait l'impression que quelqu'un, quelque part, était sur sa piste. Il était certain que ce chasseur ne savait pas où il se trouvait ni quelles étaient ses intentions. Mais Asad sentait que le Lion était chassé, désormais, et que le chasseur inconnu comprenait, au moins, la nature et la substance de ce qu'il chassait.

Il reparcourut mentalement le sentier qu'il avait semé de cadavres. Demain, au plus tard, ces meurtres éclateraient au grand jour. Demain soir, son jeu serait quasiment terminé.

Khalil vit un panneau annonçant une aire de repos. Il s'arrêta et prit l'argent dans les divers portefeuilles, dont celui qu'il avait donné à ce porc de Satherwaite. Il jeta tout le reste, ainsi que les vidéocassettes, dans un petit bois obscur.

Il reprit sa voiture et, plus loin, il balança les trois douilles par la fenêtre.

Ses pensées revinrent en arrière, à une discussion qu'il avait eue avec Malik et Boris. Comme eux, il savait qu'il ne pourrait pas jouer ce jeu longtemps.

« Ce n'est pas le jeu en lui-même, mon ami, lui avait dit Malik, c'est la manière dont tu choisis de le jouer. Tu as décidé de faire une entrée très remarquée aux États-Unis, de les laisser savoir qui tu es, à quoi tu ressembles, où et quand tu es entré. C'est toi, Asad, qui as inventé les règles du jeu et qui les a rendues plus difficiles pour toi. Je comprends pourquoi tu fais cela, mais tu dois comprendre aussi que tu n'as pratiquement aucune chance d'achever ta mission, et tu ne pourras t'en prendre qu'à toi-même si tu échoues juste avant l'accomplissement d'une victoire totale. »

Ce à quoi Khalil se souvenait d'avoir répondu :

« Les Américains ne vont jamais au combat sans avoir tout fait pour s'assurer d'une victoire totale avant même d'avoir tiré le premier coup de feu. C'est comme tirer un lion du haut d'un hélicoptère avec un fusil à lunette. Ce n'est pas une victoire, c'est du massacre. En Afrique, il existe des tribus qui ont des fusils, mais qui continuent à chasser le lion à la lance. À quoi sert une victoire physique sans une victoire spirituelle ou morale ? Je n'ai pas réduit toutes mes chances moi-même – j'ai simplement mis les chances à égalité, pour que, quel que soit le gagnant de ce jeu, j'en sorte vainqueur.

– Tu me rediras ça quand tu seras en train de pourrir dans une prison américaine, et que tous tes bourreaux de l'Air Force continueront à mener une vie heureuse », avait rétorqué Boris.

Khalil s'était retourné vers Boris pour répliquer :

« Je ne m'attends pas à ce que tu comprennes. »

Boris avait éclaté de rire.

« Je te comprends, le Lion, avait-il dit. Je comprends tout à fait. Et, pour ton information, je me fous de savoir si tu tues ces pilotes ou pas. Mais tu ferais mieux de t'en foutre aussi. Si la chasse est plus importante pour toi que la mort elle-même, contente-toi de les prendre en photo, comme font les personnes sensibles dans les safaris. Mais si tu veux goûter leur sang, le Lion, alors tu ferais mieux de penser à un meilleur moyen d'entrer en Amérique. »

Au bout du compte, Asad Khalil s'était interrogé en son âme et conscience, et il en était arrivé à la conclusion qu'il pouvait avoir les deux – son jeu avec ses règles, et leur sang.

Il vit le panneau indiquant MacArthur Airport et emprunta la rampe de sortie.

Il se gara dans un parking de l'aéroport où l'on pouvait laisser son véhicule pour une longue durée, sortit en emportant son sac noir et verrouilla la voiture. Il ne prit pas soin d'effacer ses empreintes dans la Lincoln – si le jeu était fini, il était fini. Il avait décidé de ne faire désormais que le minimum pour couvrir ses traces. Il ne lui fallait plus que vingt-quatre heures, peut-être moins, et, même si la police était à deux pas derrière lui, c'était deux pas de trop.

Il monta dans un minibus qui le conduisit à la station de taxis du terminal. Il n'y avait qu'un seul taxi.

– Je n'ai besoin d'aller que du côté de l'Aviation générale, dit-il au chauffeur. Mais je suis prêt à vous donner vingt dollars pour ça.

– Pas de problème, fit le chauffeur.

Khalil se fit arrêter devant un petit immeuble renfermant les bureaux de divers services aériens. Il était à moins de cinquante mètres de l'endroit où il avait atterri quelques heures plus tôt et il vit même l'avion de Satherwaite garé devant un hangar.

Il entra dans le bâtiment et se dirigea vers le comptoir de Stewart Aviation.

– Puis-je vous aider ? lui demanda l'employé de service.

– Oui, je suis Samuel Perleman, et je pense que vous avez un avion réservé pour moi.

– C'est exact. Départ à minuit. (L'employé regarda sa montre.) Vous êtes un peu en avance, mais je crois qu'ils sont prêts.

– Merci, fit Khalil en observant le visage du jeune homme.

Il n'y discerna rien d'alarmant, bien que ce dernier lui dît :

– Mr. Perleman, vous avez quelque chose sur votre chemise et sur le visage.

Khalil comprit immédiatement de quoi il s'agissait – des parcelles de la cervelle de Satherwaite.

– Oh, j'ai dû manger salement..., répliqua-t-il.

– Vous trouverez des lavabos juste là. Je vais appeler vos pilotes.

Khalil gagna les lavabos et se regarda dans la glace. Sa chemise était constellée de petites taches de sang rouge-brun, de cervelle grise, et même d'une minuscule écharde d'os. Un de ses verres de lunettes était également maculé, et il avait deux petites marques brunes sur le visage et sur sa cravate.

Il ôta ses lunettes et se lava les mains et la figure, prenant garde à ne pas mouiller ses cheveux et sa moustache.

– Mr. Perleman, ce vol a été prépayé par votre compagnie, lui dit l'employé quand il revint au comptoir. Je n'ai donc besoin que de votre signature au bas de cet agrément. Veuillez signer ici, s'il vous plaît.

Khalil fit semblant de lire la feuille qu'il lui présentait.

– Cela me semble satisfaisant, dit-il, puis il signa.

– Vous venez d'Israël ? demanda l'employé.
– Oui. Mais je vis ici, maintenant, rétorqua sèchement Khalil pour couper court à leur conversation.
Un homme entre deux âges vêtu d'un uniforme bleu entra dans le bureau et salua l'employé.
– Bonsoir, Dan.
– Bob, dit l'employé, voici Mr. Perleman, votre passager.
Khalil fit face au pilote et serra la main que ce dernier lui tendait.
– Commandant Fiske. Appelez-moi Bob. Je vous emmène à Denver ce soir, puis à San Diego. Correct ?
– C'est exact, oui.
Khalil fixa le pilote dans les yeux, mais l'homme détourna les siens. Les Américains, avait-il remarqué, vous regardaient, mais ils ne vous voyaient pas toujours.
– L'avion est prêt, reprit le commandant Fiske. Vous avez des bagages, Mr. Perleman ?
– Juste ce sac.
– Je vais le porter.
– Merci, ce n'est pas la peine.
Le pilote sourit et s'avança vers la porte.
– Vous êtes seul, n'est-ce pas ?
– Oui.
Au moment où Khalil sortait, l'employé lança :
– *Shalom alekhem.*
Khalil faillit répondre « *Alakum Salaam* », mais il se reprit de justesse et dit :
– *Shalom.*
Il suivit son pilote jusqu'à un hangar devant lequel attendait un petit avion à réaction blanc.

Fiske le convia à bord et lui présenta le copilote, lequel lui souhaita la bienvenue.

– Prenez le siège que vous voulez, bien sûr, dit le commandant en lui désignant la cabine. Il y a un petit bar, là, avec du café, des beignets, des bretzels, des sodas et quelques alcools. Vous avez aussi des journaux et des magazines, là. Les toilettes sont à l'arrière, la porte au fond. Mettez-vous à l'aise.

– Merci, dit Khalil.

Il s'approcha du dernier siège à droite, s'installa et posa son sac dans l'allée près de lui.

Il remarqua que le pilote et le copilote discutaient sans faire attention à lui.

Khalil regarda sa montre. Il était minuit passé de quelques minutes. Une très bonne journée, se dit-il. Trois morts – cinq s'il comptait la femme de ménage de Paul Grey et le garde du musée. Mais il ne fallait pas les compter, pas plus que les trois cents passagers du vol Transcontinental ni ceux qui s'étaient mis en travers de son chemin et qu'il avait dû réduire au silence. Il n'y avait que six personnes en Amérique dont la mort avait un sens pour lui et il avait déjà tué de sa main quatre d'entre elles. En restaient deux. C'est du moins ce que penseraient les autorités si elles en arrivaient aux bonnes conclusions, n'imaginant pas qu'en réalité il y avait un autre homme...

– Mr. Perleman ?

Asad Khalil leva les yeux vers le pilote qui se tenait debout près de lui.

– Oui ?

– Nous allons partir, il faut attacher votre ceinture.

Khalil obéit, le pilote regagna le cockpit et ferma la cloison entre la cabine et l'avant.

Khalil regardait par le petit hublot. L'avion commença à rouler. Quelques heures plus tôt, songeait-il, il avait atterri ici avec un homme qui était mort désormais, occupant le siège du pilote d'un avion de guerre qui avait peut-être tué beaucoup de gens. À côté de cet homme mort était assis un autre meurtrier, qui avait payé pour ses crimes. Cela avait été un moment exquis, une fin en parfaite adéquation avec leurs vies assoiffées de sang. Mais c'était également un signe – une signature, vraiment – si quelqu'un pensait à le lire correctement. Il regrettait de s'être laissé aller à cet acte symbolique, mais, à la réflexion, il décida que, si c'était à refaire, il ne changerait rien. « ... dans la vallée des ombres de la mort », récita-t-il en souriant.

Le Learjet s'arrêta, ses moteurs grondant. L'avion tremblait presque, puis il se lança en avant sur la piste.

En moins d'une minute ils étaient en l'air et il entendit le train d'atterrissage rentrer dans le ventre de l'appareil. Quelques instants plus tard, il vira sur l'aile tout en continuant à monter.

La voix du pilote résonna dans le haut-parleur.

– Mr. Perleman, vous pouvez vous déplacer si vous le souhaitez, mais restez attaché quand vous êtes assis. Nous survolons Manhattan, si vous voulez regarder...

Khalil se pencha vers le hublot. Ils survolaient la pointe sud de Manhattan avec ses gratte-ciel presque au bord de l'eau, que dominaient les deux tours jumelles du World Trade Center.

À Tripoli, ils lui avaient dit qu'il y avait un bâtiment près du World Trade Center, appelé

26 Federal Plaza, où Boutros avait été emmené, et que, si le pire arrivait, c'était là qu'on l'emmènerait, lui aussi.

« Il n'y a pas moyen de t'échapper de cet endroit, mon ami, l'avait prévenu Malik. Une fois dedans, tu es à eux. Le prochain arrêt pour toi sera une prison gouvernementale juste à côté, puis un tribunal, également juste à côté, puis une prison quelque part dans les étendues gelées de l'intérieur du pays, où tu passeras le reste de ta vie. Une fois là, personne ne pourra plus t'aider. Nous ne pourrons même pas reconnaître que tu es des nôtres ni offrir de t'échanger contre un infidèle prisonnier. Il y a beaucoup de moudjahidin dans les prisons américaines, mais les autorités ne te laisseront pas les voir. Tu vivras ta vie seul dans un pays étranger, au milieu d'étrangers, et tu ne reverras plus jamais ton pays, tu n'entendras plus jamais ta langue natale, et tu ne verras plus jamais de femme. Tu seras un lion en cage, Asad, marchant de long en large dans ta cellule, pour toujours. À moins que tu ne choisisses d'interrompre ta vie, ce qui sera une victoire pour toi, et pour notre cause, et une défaite pour eux. Es-tu préparé à une telle victoire ?

– Si je suis volontaire pour sacrifier ma vie dans la bataille, avait répondu Asad, pourquoi ne prendrais-je pas moi-même ma vie pour échapper à la capture et à l'humiliation ? »

Malik avait hoché la tête d'un air pensif. « Pour certains, l'un est plus facile que l'autre. » Et, sur ce, il lui avait tendu une lame de rasoir et dit :

« Voici un moyen. Mais tu ne dois pas te trancher les poignets, parce qu'ils seraient capables de te sauver la vie. Tu dois couper plusieurs artères principales. » Un médecin était venu et avait montré à Khalil comment localiser l'artère de sa carotide et son artère fémorale.

Un autre homme avait pris la place du docteur et appris à Khalil comment faire des nœuds coulants avec divers matériaux, dont un drap de lit, un fil électrique et des vêtements.

Après ces leçons de suicide, Malik avait dit à Khalil :

« Il nous faut tous mourir, et nous préférerions tous mourir dans le djihad, des mains d'un ennemi. Mais il y a des situations où nous devons mourir de notre propre main. Je t'assure que le paradis t'attend, au bout de l'une ou l'autre de ces deux voies. »

Khalil regarda à nouveau par le hublot de l'avion. Une ultime vision de New York. Il fit le vœu de ne jamais revoir cet endroit. Sa dernière étape américaine était la Californie, puis sa destination finale serait Tripoli, ou le paradis. Dans un cas comme dans l'autre, il serait chez lui.

39.

J'ouvris les yeux et en quelques secondes je sus où j'étais, qui j'étais et avec qui je dormais.

Le lendemain d'une soirée trop alcoolisée, on souhaiterait souvent se réveiller seul, ailleurs. Loin. Là, je n'avais pas du tout cette impression. En fait, je me sentais plutôt bien, même si je résistais à la tentation de courir à la fenêtre et de hurler : « Réveille-toi, New York ! John Corey s'est envoyé en l'air ! »

Bon. Le réveil marquait sept heures quatorze.

Je me levai doucement du lit, me glissai dans la salle de bains où je trouvai la trousse Air France, me rasai et me brossai les dents avant de sauter sous la douche.

À travers le verre dépoli, je vis Kate entrer à son tour dans la pièce, puis je l'entendis tirer la chasse d'eau et se brosser les dents, se gargarisant entre deux bâillements.

Faire l'amour avec une femme que vous connaissez à peine est une chose, passer la nuit avec elle en est une autre. Je suis très à cheval sur l'occupation de la salle de bains.

La porte de la douche coulissa et Ms. Mayfield me rejoignit sans autre forme de procès.

– Frotte-moi le dos, ordonna-t-elle.

Je m'exécutai sans discuter.

– Ohhh, ça fait du bien...

Elle se tourna et m'embrassa sous une cascade d'eau savonneuse.

Après une bonne petite séance de sexe sous la douche, on regagna la chambre. La fenêtre donnait à l'est et le soleil se montrait. La promesse d'une belle journée, mais les apparences sont souvent trompeuses.

– J'ai vraiment bien aimé cette nuit, dit Kate.

– Moi aussi.

– On se reverra ?

– On bosse ensemble.

– Ah oui, c'est vrai ! Tu es le type dont le bureau est en face du mien.

On ne sait jamais bien à quoi s'attendre, le matin, ni que dire, mais il vaut mieux essayer de prendre les choses avec légèreté, et c'était exactement ce que Kate Mayfield était en train de faire. Cinq points.

Après avoir interrogé mon répondeur – rien de bien important, heureusement, et heureusement rien de Beth, ce qui aurait accru mon quotient de culpabilité –, je m'installai sur le canapé, scène du crime de la veille. Enfin, l'une des scènes.

Je feuilletais l'unique magazine que j'avais pu dénicher quand Kate Mayfield fit son apparition, poudrée, coiffée et habillée. Tout cela en un rien de temps. Dix points.

– Tu es adorable, dis-je en me levant.

– Merci. Mais ne tombe pas dans la sensiblerie et ne deviens pas gaga. Je t'aimais bien tel que tu étais.

– C'est-à-dire ?

– Insensible, grossier, égocentrique, mal élevé et sarcastique.

– Je ferai de mon mieux.

Vingt-cinq points.

– Ce soir, on se retrouve chez toi, m'informa-t-elle. J'apporterai mon nécessaire. Ça te convient ?

– Bien sûr.

Tant que son nécessaire ne ressemblait pas à trois valises et à six cartons de déménagement. Il fallait vraiment que je réfléchisse à tout ça.

Elle se dirigea vers la porte et je la suivis.

– Il y a un petit café français dans la Deuxième Avenue, dit-elle.

– Parfait, qu'il y reste.

– Allons, viens, je t'invite.

– Il y a un *coffee-shop* bien crasseux au coin de la rue.

– J'ai demandé la première.

Nous prîmes nos attachés-cases et nous voilà partis, exactement comme John et Jane Jones se rendant au bureau, sauf que nous portions des Glock calibre 40.

Il faisait beau, le ciel était dégagé, l'air un peu frais et sec. On descendit jusqu'à la Deuxième Avenue, presque en direction de chez moi, en fait. La circulation était déjà quasiment paralysée, et il y avait foule sur les trottoirs.

On entra dans un endroit appelé La Quelque chose de Quelque chose, accueillis avec chaleur par une dame française qui carburait au Prozac. Elle et Kate avaient l'air de se connaître, et elles échangèrent quelques mots en français. *Sortez-moi de là !* Moins cinq points.

Assis à une table de la taille d'une paire de menottes, sur des chaises faites avec des cintres tordus, j'avais l'impression d'être dans un cauchemar de Laura Ashley et ça sentait le beurre chaud, ce qui me tournait l'estomac.

– C'est pas mignon, ici ? demanda Kate.

– Non.

La propriétaire nous tendit de minuscules menus rédigés en sanscrit. Il y avait trente-deux sortes de croissants.

– Puis-je avoir un beignet, des œufs et des saucisses ? lui demandai-je.

– Non, monsieur, répondit-elle en français avant de tourner les talons – hauts, les talons – et de s'enfuir.

Visiblement, le Prozac ne faisait plus effet.

On finit par commander du café, du jus d'orange et six brioches pour moi. Kate prit un croissant à la cerise et du thé.

– Tu as d'autres infos que tu aimerais partager avec moi ? fit-elle en mordant dans son croissant.

– Non. Juste le meurtre du taxi à Perth Amboy.

– Des théories ?

– Nan. Tu viens souvent ici ?

– Presque tous les matins. Un plan d'action pour aujourd'hui ?

– Faut que j'aille chercher mon linge au pressing. Et toi ?

– Il faut que je lise et que je trie tout ce qui est empilé sur mon bureau.

– Essaie de penser à ce qui n'est pas sur ton bureau.

– Dans le genre ?

– Genre des informations détaillées sur les meurtres attribués à Khalil en Europe. À moins que j'aie raté quelque chose, il n'y a rien de ça sur nos bureaux. Rien de Scotland Yard. Rien des services de renseignements de l'Air Force ni du FBI.

– Okay... On cherche quoi ? demanda-t-elle.

– Un lien et un mobile.

– Il semble ne pas y avoir de lien autre que le fait que les cibles étaient américaines et britanniques. Ce qui est également un mobile, fit elle remarquer.

– L'attentat le plus significatif est le meurtre de ce colonel de l'Air Force, tué à la hache.

– Le colonel Hambrecht, oui.

– Ce café n'est pas si mauvais.

– Et pourquoi est-il le plus significatif ?

– Parce qu'il a été commis à bout portant et ressemble à une vengeance très personnelle.

– Les trois écoliers aussi ont été tués à bout portant.

– Oui, mais je parle de la hache.

– Okay, détective Corey. Je vous écoute.

Je jouais avec ma dernière brioche.

– Un meurtre de ce genre suggère une relation personnelle.

– Okay. Mais nous ne sommes même pas certains que Khalil a bien commis ce meurtre.

– Certes. C'est une spéculation d'Interpol. Ils traquaient ce mec. J'ai examiné une tonne de papiers, hier, pendant que Jack et toi vous gaspilliez des notes de taxi pour aller à JFK, et j'ai trouvé très peu de choses émanant de Scotland Yard, de l'Air Force ou de nos amis de la CIA. Et rien du FBI, ajoutai-je, qui doit bien pourtant avoir envoyé une équipe pour enquêter sur le meurtre de Hambrecht et des écoliers. Alors, pourquoi ce manque ?

– Peut être parce que tu l'as manqué ?

– J'ai fait une requête auprès du fichier central du CC et j'attends toujours.

– Ne sois pas parano.

– Ne sois pas si confiante.

Elle ne répondit pas immédiatement, puis lâcha :

– Je ne le suis pas.

Nous étions arrivés à une espèce d'accord tacite et silencieux comme quoi quelque chose puait vraiment là-dedans, mais l'agent Mayfield n'avait aucune envie de le formuler verbalement.

Madame arriva avec l'addition, que je passai à mademoiselle qui paya en liquide. Cinq points. Madame lui rendit sa monnaie en se servant d'un petit sac accroché à sa hanche, comme en Europe. C'est pas cool, ça ?

Dehors, je hélai un taxi.

– 26 Federal Plaza.

Le type ne savait absolument pas où ça se situait et je lui indiquai la direction.

– Vous êtes d'où ? lui demandai-je.

– D'Albanie.

Quand j'étais enfant, il y avait encore des chauffeurs de taxi venus de la Russie tsariste, tous d'anciens nobles, si l'on croyait leurs histoires. Mais au moins, eux, ils connaissaient New York.

Nous restâmes quelques instants silencieux, puis Kate dit :

– Tu aurais peut-être dû rentrer te changer.

– J'y vais, si tu veux. On n'est qu'à quelques pâtés de maisons de chez moi. On est presque voisins.

– On s'en fout, fit-elle en souriant. Personne ne remarquera rien.

– Il y a cinq cents détectives et agents du FBI dans le building et tu crois que personne ne remarquera rien ?

– Qu'ils aillent tous se faire voir, chuchota-t-elle à mon oreille.

Je l'embrassai sur la joue. Elle sentait bon. Elle était belle. J'aimais sa voix.

– D'où es-tu, exactement ?

– D'un peu partout. La vraie gamine du FBI. Papa est à la retraite. Il est né à Cincinnati, maman dans le Tennessee. On déménageait sans arrêt. On a même vécu un temps au Venezuela. Le FBI a plein de gens en poste en Amérique du Sud. J. Edgar Hoover essayait de préserver l'Amérique du Sud de la CIA. Tu savais ça ?

– Je crois. Ce bon vieux J. Edgar.

– D'après mon père, c'était un incompris.

– Je suis assez d'accord avec ça.

Elle rit.

– Et tes parents sont fiers de toi ? demandai-je.

– Bien sûr. Et toi, les tiens sont fiers de toi ? Ils sont encore en vie tous les deux ?

– En vie et heureux à Sarasota.

Elle sourit.

– Et... ils t'aiment ? Ils sont fiers de toi ?

– Absolument. Ils ont un petit surnom pour moi, c'est Mouton noir.

Elle rit. Deux points.

Kate se tut quelques instants, puis reprit :

– J'ai eu une histoire sérieuse avec un autre agent. Une histoire genre longue distance. Je suis contente que toi et moi soyons voisins. C'est plus pratique. C'est bien mieux.

Songeant à ma propre relation longue distance avec Beth Penrose et à mon ancien mariage, je n'étais pas certain de ce qui était mieux. Mais je dis :

– Bien sûr.

– J'aime les hommes plus âgés.

Je pense qu'il s'agissait de moi. Je demandai donc :

– Comme Attila, le Hun ?

– Tu sais ce que je veux dire. Je n'ai pas l'habitude de me jeter au cou des hommes.

– Moi, si.

– Okay, fit-elle en riant, fin de la classique conversation du lendemain.

– Bien.

Nous commençâmes à bavarder – le genre de conversation normale qui était précoïtale il y a trente ans. Ce pays a évolué, en mieux, je pense, mais le sexe y est devenu plus compliqué, plus déroutant. Je suis peut-être le seul à être dérouté, notez bien. Je suis sorti avec des femmes qui fonctionnaient selon l'ancien/nouveau concept de chasteté et de modestie, et avec des femmes qui changeaient de monture plus vite qu'un cavalier du Poney Express. Et il était très difficile de dire qui était qui si l'on s'en tenait juste aux apparences, ou simplement à ce qu'elles disaient. Vu du côté des femmes, c'est nettement plus facile – tous les hommes sont des cochons. C'est aussi simple que ça.

De toute manière, vous n'êtes pas supposé parler de ce genre de truc en présence de civils, fût-ce un chauffeur albanais qui prétend ne pas parler anglais et ne pas savoir où se trouve Federal Plaza – et donc nous bavardâmes tout le long du trajet, le temps d'en apprendre un peu plus l'un sur l'autre.

Le taxi parvint à destination avant neuf heures et je payai la course.

Nous entrâmes ensemble dans le hall, mais il n'y avait pas beaucoup de collègues à nous dans le coin, et ceux que je reconnaissais n'avaient pas l'air de remarquer que nous étions arrivés ensemble, en retard et dans le même taxi. Ni que je portais mes fringues de la veille. Quand vous avez une histoire avec une collègue de travail, vous pensez que tout le monde est au courant, mais, en général, lcs gens ont des choses bien plus importantes en tête. Si Koenig avait été dans les parages, je crois qu'il nous aurait repérés, lui, et que ça l'aurait bien fait chier. Je connais le genre.

Il y avait un kiosque à journaux dans le hall, et on s'acheta le *Times*, le *Post*, le *Daily News* et *USA Today*, même s'ils nous étaient livrés quotidiennement. J'aime les lire tout frais, en premier, et sans annotations ni découpages agrafés.

En attendant l'ascenseur, je parcourus l'article du *Times* en première page. Un nom et un visage familier captèrent mon attention.

– Sainte merde ! m'exclamai-je. Excuse mon français, ça doit être les brioches.

– Qu'est-ce qu'il y a ?

Je tendis le journal devant ses yeux.

– Oh..., fit-elle.

Pour résumer l'article, le *Times* avait imprimé mon nom et une photo de moi censée être prise à Kennedy Airport le samedi. Je ne me souvenais pas d'avoir porté ce costume ce jour-là. La photo était visiblement retouchée et l'on citait quelques phrases dont on m'attribuait la paternité. Je ne m'en rappelais absolument pas, sauf celle-ci : « Je pense que Khalil est encore dans la région de New York et, s'il y est, on mettra la main sur lui. »

Je notai mentalement de flanquer un pain dans le nez du petit Alan Parker.

De son côté, Kate parcourait le *Daily News*.

– Ils me citent aussi, dit-elle. Écoute ça : « On était très près de capturer Asad Khalil à JFK, mais il avait des complices à l'aéroport et il a réussi à nous échapper. »

Elle leva les yeux vers moi.

– Tu vois ? dis-je. C'est pour ça qu'on n'avait pas besoin de parler à la presse. Jack ou Alan s'en sont chargés à notre place.

Elle haussa les épaules.

– Eh bien, on a accepté d'être...

– Des appâts. D'accord, mais où est ta photo ?

– Ils vont sans doute la passer demain. Ou cet après-midi. (Elle ajouta en riant :) Je ne suis pas très photogénique.

L'ascenseur arriva et d'autres membres de l'ATTF montèrent avec nous. Un type me jeta un coup d'œil et me lança :

– Hé, vous êtes sur la liste des personnes les plus recherchées par Khalil.

Tout le monde éclata de rire. Pourquoi diable ne trouvais-je pas ça drôle ?

Quelqu'un d'autre lança :

– Ne restez pas trop près de Corey.

D'autres rires. Plus l'ascenseur montait, plus les blagues devenaient idiotes. Même Kate se laissa prendre au jeu et me balança :

– J'ai un flacon de Lady Clairol Blonde que je peux te prêter pour te teindre, si tu veux.

Ha, ha, ha. Si je n'étais pas un gentleman, j'aurais annoncé à tout l'ascenseur que Ms. Mayfield, elle, était une vraie blonde.

Nous arrivâmes enfin au vingt-sixième étage, et Kate me dit :

– Désolée, mais c'était amusant.

– J'ai dû mal comprendre la blague.

– Allons, John, tu ne cours aucun danger réel.

– Eh ben, on n'a qu'à utiliser ta photo, demain.

– Je m'en fous. J'étais volontaire.

Nous nous dirigeâmes vers nos bureaux, saluant les gens au passage. Personne ne fit le moindre commentaire amusant sur ma photo dans le journal. Tout était très professionnel à cet étage, et les blagues dans l'ascenseur étaient une espèce d'aberration, un moment de méconduite, un dérapage pas du tout FBI. Si on avait été dans mon quartier général des homicides, l'équipe de la NYPD aurait affiché un agrandissement de ma photo avec cette légende : « Asad Khalil recherche cet homme – Vous pouvez l'aider ! »

Je m'assis à mon bureau. En réalité, il n'y avait qu'une chance infinitésimale pour que ma photo dans les journaux ou à la télé fasse sortir Asad Khalil de sa planque ou que je devienne sa cible. Sauf si j'arrivais à l'approcher d'un peu trop près.

Kate s'installa en face de moi et commença à feuilleter la paperasse sur son bureau.

– Mon Dieu, il y a des tonnes de trucs.

– Des conneries, pour la plupart.

Je parcourus le *New York Times*, à la recherche du meurtre du banquier américain à Francfort. Je trouvai un minuscule entrefilet, une dépêche de l'AP qui ne donnait que quelques vagues détails et ne mentionnait aucunement Asad Khalil, de près ou de loin.

Je me dis que les diverses autorités ne voulaient pas aider à créer la moindre confusion parmi les défenseurs de l'ordre et les citoyens américains qui recherchaient Khalil ici.

Je tendis le journal à Kate, qui lut l'article et dit :

– Ils doivent avoir des doutes, quand même. Et ils ne veulent pas jouer le jeu des services libyens, si ce meurtre est bien ce qu'on croit.

– Exact.

La plupart des homicides que j'ai eu à traiter avaient été commis par des crétins. Le jeu des services de renseignements est joué par des gens qui sont si malins qu'ils finissent par agir comme des crétins, style Ted Nash et ses adversaires. Leurs plans si brillants deviennent si compliqués que la moitié d'entre eux doivent se réveiller le matin en se demandant de quel côté ils sont cette semaine et quel était le mensonge déguisé en vérité déguisée en mensonge déguisé en vérité. Pas étonnant que Ted Nash en dise si peu – il utilisait presque toute son énergie mentale à résoudre une réalité conflictuelle. Ma devise est : reste simple, crétin.

– Faut qu'on appelle Jack, dit Kate en s'emparant de son téléphone.

– Il est six heures de moins à Francfort. Il dort.

– Il est six heures de plus, John.

– Peu importe. Laisse-le nous appeler.

Elle hésita, puis reposa le combiné.

Nous avions repris notre revue de presse, échangeant des commentaires sur le fait que les médias n'avaient pas vraiment besoin d'être manipulés – ils se débrouillaient parfaitement pour analyser la plupart des faits communiqués de manière radicalement erronée. Seul le *Times*, pour rendre ce qui lui est dû à cette bonne vieille institution, relatait les choses presque avec exactitude.

Mais, comme dans mes dossiers, manquaient le plus important et le plus intéressant.

Il y avait de nouvelles photos de Khalil, certaines avec lunettes, barbe, moustache et cheveux grisonnants coiffés autrement. C'était, bien sûr, pour alerter l'opinion sur la possibilité qu'il ait changé d'apparence physique. Mais l'effet obtenu, à mon sens, serait plutôt d'attirer les soupçons du public sur tout un tas d'innocents portant lunettes, barbe ou moustache. Et, en tant que flic, je savais que le plus infime déguisement était souvent très efficace, et que, même moi, je n'aurais pas été capable de repérer ce mec dans une foule s'il souriait et portait une moustache.

En parcourant ces articles, je cherchais une trace de ma théorie selon laquelle Mrs. Khalil et Mr. Kadhafi étaient plus que de simples amis. Mais je ne trouvai rien.

Je me demandais si Khalil lisait tout cela et s'il se voyait à la télé. J'essayais de me l'imaginer planqué quelque part, se nourrissant de boîtes de conserve dans une chambre minable, regardant les programmes de l'après-midi à la télé et lisant les journaux. Mais je n'arrivais pas à visualiser une telle scène. Je le voyais plutôt impeccable dans son costume, fondu au milieu d'une foule, se préparant à nous baiser une fois de plus.

La lacune la plus flagrante, c'était une référence au 15 avril 1986. N'importe quel journaliste doté de la moitié d'une cervelle, ou d'une mémoire, ou d'un modem, aurait dû faire ce rapprochement. Comme certains d'entre eux n'étaient pas stupides, je dus admettre que les nouvelles étaient quelque peu filtrées.

Bref, comme il n'y avait pas grand-chose dans les journaux, je mis en marche ma boîte vocale au même moment que Kate. J'aurais dû couper le haut-parleur, parce que le premier message était de Beth, à sept heures douze. « Hé, toi, j'ai appelé chez toi cette nuit et ce matin, mais je n'ai pas laissé de message. Où est-ce que tu te caches ? Appelle-moi. Tu me manques. Je te fais un gros baiser mouillé. Salut. »

Kate continuait à écouter ses propres messages, faisant mine de ne pas entendre les miens.

– Faut que je rappelle maman, marmonnai-je comme pour moi-même tout en sachant très bien que ça ne passerait pas.

Le suivant était de Jack Koenig. « Message pour Corey et Mayfield. Rappelez-moi. » Il laissait un long numéro comprenant un tas de 0 et de 1, et j'en conclus qu'il n'était pas revenu dans son bureau au bout du couloir.

Il y avait un message similaire de Ted Nash, que je m'empressai d'effacer.

C'était tout. Je recommençai à feuilleter les papiers sur mon bureau.

– C'était qui ? demanda Kate au bout d'un moment.

– Jack et Ted.

– Je veux dire avant.

– Oh... m'man.

Elle grommela un truc qui ressemblait à « de la mer... », mais j'avais peut-être mal compris. Elle se leva et quitta son bureau.

J'étais donc là, en manque de sommeil, avec la cicatrice de mon abdomen qui me tirait, six brioches mal cuites dans l'estomac, le dernier acte de ma carrière au bord d'une conclusion foireuse, et un terroriste cinglé qui buvait du lait de chamelle planqué quelque part en regardant ma photo dans les journaux. Je pouvais gérer tout ça. Mais l'attitude de Kate ? Il me semblait pourtant avoir été très clair avec elle.

Juste au moment où je commençais à réviser mon jugement sur Ms. Mayfield, elle revint avec deux tasses de café et en posa une sur mon bureau.

– Noir, un sucre. C'est bien ça ?

– Exact. Sans strychnine. Merci.

– Je peux aller te chercher un muffin, si tu veux. Avec du fromage et une saucisse.

– Non, merci.

– Un homme d'action a besoin de manger du solide.

– En réalité, je ne fais que rester assis. Le café suffira.

– Je parie que tu n'as pas pris tes vitamines ce matin. Je vais aller t'en acheter.

Je détectai une certaine moquerie dans le ton de Ms. Mayfield.

Elle se rassit en face de moi et but une petite gorgée de son café. Je sentais son regard peser sur moi. Je relevai la tête ; ses yeux bleus, si doux tout à l'heure, s'étaient subitement changés en glaçons.

Après un moment à nous toiser comme ça dans le blanc des yeux, elle lâcha : « Désolée », et retourna à sa paperasse.

– Je vais m'en occuper, dis-je.

– Tu ferais bien, répliqua-t-elle sans relever le nez.

Elle se mit à me parler des milliers de voitures louées qu'on passait au crible et me rappela que le FBI avait eu de la chance avec la fourgonnette utilisée pour l'attentat du World Trade Center.

– Oublie ce putain de World Trade Center, dis-je.

– Pourquoi ?

– Parce que, comme un général d'armée qui essaierait de revivre ses succès passés en livrant une nouvelle bataille, tu vas t'apercevoir que les ennemis, eux, n'essaient pas de revivre leurs défaites passées.

– C'est ça que tu enseignais à tes étudiants de John Jay ?

– Absolument. J'ai vu trop de flics des homicides qui tentaient de résoudre l'affaire B comme ils avaient résolu l'affaire A. Chaque affaire est unique. Et surtout celle-ci.

– Merci, professeur.

– Fais comme tu veux.

Je devenais maussade, il valait mieux que je revienne à mes rapports et mémos. Je hais la paperasse.

Je tombai sur une enveloppe scellée, portant la mention « Ultra-personnelle ». Elle venait de Gabe. Je l'ouvris et lus le rapport sur son interrogatoire de la femme de Jabbar. Elle décrivait son mari comme inquiet, nerveux, triste et distrait – c'était sa meilleure traduction possible de l'arabe. Gabe me disait aussi avoir donné le feu vert aux homicides pour lui annoncer la mort de son mari et fait relâcher Fadi.

Je pliai le mémo et le mis dans ma poche.

– Qu'est-ce que c'est ? demanda Kate.

– Je te montrerai plus tard.

– Et pourquoi pas tout de suite ?

– Tu as besoin d'un bon prétexte pour qu'on en parle à Jack.

– Jack est notre patron. J'ai confiance en lui.

– Moi aussi. Mais, pour l'instant, il est trop près de Teddy pour moi.

– Mais qu'est-ce que tu veux dire ?

– Il y a deux jeux en train de se jouer sur le même terrain – le jeu du lion et celui de quelqu'un d'autre.

– Le jeu de qui ?

– Je n'en sais rien, j'ai juste cette intuition qu'on nous cache quelque chose.

– Eh bien... si tu sous-entends que la CIA joue son propre jeu, ce n'est pas tout à fait une nouveauté.

– Exact. Garde toujours un œil sur Ted.

– Okay. Peut-être vais-je le séduire pour qu'il me fasse des confidences.

– Bonne idée. Mais je l'ai vu à poil, une fois, et il a une toute petite bite.

Elle me regarda et vit que je ne plaisantais pas.

– Quand est-ce que tu l'as vu nu ?

– À une soirée de célibataires. Il s'est laissé emporter par la musique et les strip-teaseuses, et, avant qu'on ait pu l'empêcher, il...

– Arrête. Quand ?

– À Plum Island. Après avoir quitté le labo de confinement bactériologique, il fallait tous qu'on se douche pour se décontaminer.

– Vraiment ?

– Vraiment. Je pense qu'il n'a pas dû se doucher à fond, parce qu'un peu plus tard, ce soir-là, sa bite est tombée.

Elle rit, réfléchit un moment, puis fit observer :

– J'avais oublié que vous aviez déjà travaillé ensemble sur une affaire. Avec George aussi, non ?

– Oui. Mais George a une bite normale.

– Merci pour ces informations.

Elle réfléchit encore, puis reprit :

– Et donc, dans cette affaire, tu en es arrivé à ne plus avoir la moindre confiance en Ted.

Non. Il ne m'a fallu que trois secondes pour ne pas avoir confiance en lui.

– Je vois... Donc, tu estimes que la coïncidence de le rencontrer à nouveau sur cette affaire est un peu grosse.

– Peut-être, oui. Soit dit en passant, il m'avait réellement menacé dans l'affaire Plum Island.

– Menacé comment ?

– De la seule manière qui compte vraiment.

– Je n'y crois pas.

Je haussai les épaules.

– Il s'intéressait à Beth Penrose, si tu veux savoir.

– Oh ! Cherchez la femme, dit-elle en français. Maintenant, tout s'explique. L'affaire est entendue.

Cette dernière révélation était peut-être maladroite de ma part.

– Voilà la solution à nos deux problèmes, dit-elle. Ted et Beth. Faisons-les se retrouver.

J'avais la sensation d'être passé d'agent antiterroriste à personnage de sitcom.

– C'est un bon plan, dis-je pour clore cette conversation.

– Bien. Maintenant, donne-moi le papier que tu as dans ta poche.

– Je ne peux pas.

– Okay, alors lis-le-moi.

Je sortis le rapport de Gabe de ma poche et le lui tendis.

– Il n'y a pas grand-chose de nouveau là-dedans que je ne devrais pas voir et rien qui m'oblige à nier l'avoir vu. Tu cherches à contrôler les infos, John. L'information, c'est le pouvoir. On ne travaille pas comme ça ici. Toi, Gabe et d'autres de la NYPD, vous jouez un petit jeu de cache-cache avec les fédéraux. C'est un jeu dangereux.

Et ainsi de suite. Elle me fit la leçon pendant trois bonnes minutes.

– Je m'excuse d'avoir gardé ce rapport sans te le montrer tout de suite. Dorénavant, je partagerai tous les rapports de flic à flic avec toi. Tu pourras en faire ce que tu veux. Je sais que le FBI et la CIA partagent absolument tout avec moi et avec les autres policiers assignés à l'ATTF. Comme le disait J. Edgar Hoover...

– Okay. Ça suffit. J'ai compris. Mais essaie au moins de ne pas avoir de secrets pour *moi*.

Nos regards se croisèrent, et elle me sourit. Vous voyez ce qui arrive quand vous avez une histoire avec une collègue ?

– C'est promis, fis-je avant que nous nous replongions chacun dans notre paperasserie.

– Voilà le premier rapport du labo sur le taxi de Perth Amboy..., commenta Kate. Wow... des fibres de laine trouvées sur le siège arrière correspondent aux fibres du costume de Khalil échantillonnées à Paris.

Je trouvai ledit rapport et le parcourus en même temps qu'elle le lisait à voix haute.

– Du polyéthylène dans le siège du taxi et dans le corps du chauffeur... Qu'est-ce que ça veut dire ?

– Ça veut dire que l'assassin s'est servi d'une bouteille en plastique comme silencieux.

– Vraiment ?

– Je suis certain que c'est écrit dans un des manuels sur tes étagères.

– Je ne l'ai jamais lu... Quoi d'autre... Calibre 40... certainement l'arme d'un de nos agents. Des empreintes partout, mais aucune d'Asad Khalil...

Il n'y avait en réalité aucune preuve, hormis les fibres de laine, et ce n'était même pas concluant. Un bon avocat aurait dit que cela ne prouvait qu'une chose : sa veste, ou une veste identique, avait séjourné dans le taxi.

– Il est en Amérique, dit-elle au bout d'un moment.

– C'est ce que j'ai toujours pensé.

– Le meurtre de Francfort était bien un leurre.

– Exact. C'est pourquoi nous ne suivons pas cette piste. En fait, on ne suit aucune piste. On l'a perdue à Perth Amboy.

– Et pourtant, John, il était là samedi soir. Qu'est-ce qu'on peut extrapoler à partir de ça ?

– Rien.

Je repris la tonne de papiers sur mon bureau et commençai par le commencement : l'Europe. Il devait bien y avoir un indice, mais je n'arrivais pas à le dénicher.

Quelqu'un, pas moi, avait demandé la fiche personnelle du colonel William Hambrecht, ce qu'on appelle aussi ses états de service, et j'en avais une copie dans une enveloppe scellée. Cette fiche, comme tous les trucs militaires, était étiquetée « Confidentiel ».

Je trouvais intéressant que cette fiche ait été demandée deux jours auparavant et n'ait pas fait partie du dossier originel de notre suspect. On était mardi et c'était la première fois que je la voyais. Quelqu'un essayait sans doute de contrôler l'information. Comme j'avais dit à Kate : « Essaie de penser à ce qui n'est pas sur ton bureau. » Quelqu'un l'avait fait avant nous, mais je ne savais pas qui, puisque la demande n'était pas nominative.

– Regarde si tu as la fiche personnelle du colonel Hambrecht, lançai-je à Kate. Ça ressemble à ça.

Je lui montrai le papier.

– Je sais à quoi elle ressemble, rétorqua-t-elle sans lever les yeux, c'est moi qui l'ai demandée vendredi dernier quand on m'a confié cette mission, après avoir lu le dossier sur Khalil.

– Je suis très impressionné. Ton papa t'a vachement bien appris.

– Papa m'a appris comment avancer dans ma carrière. C'est maman qui m'a appris à fouiner.

Je souris et ouvris le dossier. La première page contenait des infos personnelles, ascendants, adresse personnelle, date de naissance, etc. Je vis que William Hambrecht était marié à Rose et avait eu trois enfants. Il aurait eu cinquante-cinq ans en mars, s'il avait vécu, et il était luthérien, groupe sanguin A positif, et ainsi de suite.

Je feuilletai le dossier. Presque tout était écrit dans un jargon militaire quasi indéchiffrable qui résumait, en gros, une longue et brillante carrière. Je me dis que le colonel Hambrecht avait peut-être fait partie des services de renseignements de l'Air Force, ce qui aurait pu l'amener à entrer en contact avec des groupes extrémistes. Il avait suivi la progression habituelle, s'était distingué durant la guerre du Golfe, avait été en poste un peu partout dans le monde, croulait sous les citations, et était stationné à Lakenheath, Suffolk, Angleterre, comme responsable de l'entraînement. Rien d'extraordinaire, sauf qu'il avait déjà été en poste à Lakenheath de janvier 1984 à mai 1986. Il s'était peut-être fait un ennemi à l'époque. Il baisait peut-être la femme d'un type du coin, et quand il était revenu, plus de dix ans après, le mari était encore fumasse. Cela pouvait expliquer la hache. Ce meurtre n'avait peut-être rien à voir avec Asad Khalil.

Je commençais à avoir mal à la tête à cause des abréviations militaires genre DEROS, CONUS, etc., mais je m'accrochais. Il n'y avait rien là-dedans et je m'apprêtais à ranger le dossier quand je vis, sur la dernière page, une ligne portant la mention « Info effacée – REF DoD ordre 369215-25, ordre exéc. 279651-351 – Objet. Séc. Nat. TOP SECRET ». On n'abrège jamais « top secret », c'est toujours en capitales pour que vous compreniez bien.

Je réfléchis. L'information effacée existait forcément quelque part – dans un autre dossier marqué top secret.

Même la loupe de Sherlock Holmes n'aurait pas pu m'être utile. Il n'y avait aucun indice de ce qu'on avait bien pu effacer ni de la date à laquelle on l'avait fait. Mais je savais qui l'avait effacé et pourquoi. Le responsable, c'était le département de la Défense et le président des États-Unis. La raison, la sécurité nationale.

Les numéros d'ordre pourraient donner à quelqu'un accès à ce dossier secret, mais ce quelqu'un n'était pas moi.

– Alors ? Qu'est-ce que tu en penses ? me demanda Kate.

– J'ai trouvé ce qui n'est pas là.

– Oui. J'ai déjà déposé une requête auprès de Jack, qui en déposera une le long de la chaîne, jusqu'au directeur, qui réclamera les infos effacées. Cela pourrait prendre un certain temps. Ce dossier est seulement marqué

« Confidentiel » et il a déjà mis quatre jours pour arriver ici. Ils ne sont pas très rapides, parfois. Quant au top secret, ça peut prendre plus longtemps.

J'acquiesçai.

– Et si quelqu'un en haut estime que nous n'avons pas besoin de savoir, ajouta-t-elle, ou s'ils décident que l'info effacée ne concerne en rien notre enquête, alors nous n'y aurons jamais accès. Ou bien elle peut nous concerner, mais être trop sensible pour qu'on la voie, et quelqu'un d'autre va s'en charger. Il se peut qu'on ne le sache jamais.

– Ce n'est pas pour ça qu'on me paie, dis-je.

– J'ai seulement accès au niveau secret. Mais Jack a accès au top secret, il peut voir le truc effacé s'il a besoin de savoir.

– Comment est-ce qu'il saura s'il a besoin de le savoir, s'il ignore ce qui est effacé ?

– Quelqu'un qui a besoin de savoir, et a accès au top secret, lui dira s'il a besoin de savoir.

– Qui passe d'abord ?

– Pas toi, m'informa-t-elle. Le gouvernement fédéral n'est pas la police de New York. Mais ça, je suppose que tu l'avais deviné.

– Un meurtre est un meurtre. La loi, c'est la loi. Leçon numéro un de mes cours à John Jay.

Je pris le téléphone et appelai le numéro inscrit dans le dossier, à Ann Arbor, Michigan, numéro qui était sur liste rouge.

« Ici la résidence des Hambrecht, disait la voix d'une femme entre deux âges, indubitablement Mrs. Hambrecht. Nous ne pouvons pas vous répondre pour l'instant, mais laissez votre nom et votre numéro et nous vous rappellerons dès que possible. »

Si par « nous » elle entendait le colonel, il ne risquait plus de répondre. J'attendis le bip et laissai le message suivant : « Mrs. Hambrecht, ici John Corey, de la part de l'Air Force. Rappelez-moi, s'il vous plaît, dès que possible. Cela concerne le colonel Hambrecht. » Je lui donnai mon numéro direct et ajoutai : « Ou rappelez Ms. Mayfield », en lui communiquant le numéro de Kate, qu'elle me dicta à voix haute. Je raccrochai.

Sur ce, le téléphone de Kate sonna. C'était Jack Koenig. Au bout de quelques secondes, elle dit :

– Décroche.

Je pressai le bouton de la ligne de Kate.

– Corey, fis-je.

Mr. Koenig semblait de fort bonne humeur.

– Vous commencez à me faire chier ! tonna-t-il.

– Oui, monsieur.

Kate tenait le téléphone loin de son oreille avec une mimique très théâtrale.

– Vous avez désobéi à l'ordre de vous rendre à Francfort, continua Koenig, vous ne répondez pas au téléphone, et hier soir vous n'étiez pas joignable.

– Oui, monsieur.

– Où étiez-vous ? Vous êtes censé rester joignable.

– Oui, monsieur.

– Alors ? Où étiez-vous ?

Quand mes anciens patrons me posaient cette question, j'avais l'habitude de répondre par une grosse ânerie du genre : « Ma copine a été arrêtée pour prostitution et j'ai passé la nuit à chercher du fric pour sa caution. » Mais, comme je l'ai déjà dit, mes nouveaux collègues manquent d'humour, et je répliquai donc :

– Je n'ai pas d'excuses, monsieur.

– J'ai appelé le CC et j'ai dit à l'agent de service que Mr. Corey et moi-même étions chez moi jusqu'à nouvel avis, intervint Kate. Je n'ai pas donné de nouvel avis, et nous étions ici à neuf heures moins le quart.

Silence.

– Je vois, fit Jack.

Il s'éclaircit la gorge et nous informa :

– Je rentre à New York et je serai au bureau vers vingt heures. Je vous prie d'être présents, si cela ne vous dérange pas trop.

Nous lui assurâmes que cela ne nous dérangeait pas le moins du monde.

– Pourriez-vous faire accélérer la requête de Kate concernant l'info effacée dans le dossier personnel du colonel Hambrecht ? osai-je même lui demander.

Nouveau silence.

– Le département de la Défense nous a informés que cette info ne concerne en rien son assassinat et, donc, ne concerne pas notre affaire, finit-il par répondre.

– Elle concerne quoi, alors ?

– Hambrecht avait accès à des dossiers nucléaires, dit Koenig. L'info effacée concerne le nucléaire. C'est une mesure standard d'effacer ces infos d'un dossier personnel. Ne perdez pas de temps avec ça.

– Okay.

En fait, je savais que c'était vrai pour avoir suivi, des années auparavant, une autre affaire qui impliquait un officier de l'Air Force.

Jack passa à d'autres sujets, le meurtre de Perth Amboy, les analyses du labo, la piste de Gabe, etc. Il s'enquit aussi de ce qu'il y avait dans les journaux du matin, et je l'informai :

– Ma photo.
– Ils ont bien indiqué votre adresse ? dit-il en rigolant.
Kate rit aussi.
– Vous avez une dette envers moi, lui lançai-je, sans rire.
– C'est-à-dire ?
– Me transformer en cible dépasse largement mes attributions. Quand j'aurai besoin d'une faveur, vous devrez me l'accorder.
– Corey, dit-il, vous êtes si profondément dans la mouise que vous n'êtes même pas quitte.
– Ce n'est pas vous la cible, ça se voit.
– Bon, d'accord. Qu'est-ce que vous voulez ?
– La vérité, par exemple.
– J'y travaille.
Cela me sembla être une façon de reconnaître qu'il y avait des tas de choses que nous ignorions.
– Souvenez-vous de la devise de la CIA, lui rappelai-je. « Et vous connaîtrez la vérité, et la vérité vous apportera la liberté. »
– La vérité peut vous apporter la mort, oui. Vous êtes très habile, Corey. Et cette ligne de téléphone n'est pas sécurisée.
– *Auf Wiedersehen*, fis-je avant de raccrocher.
Kate continua à parler avec Jack quelques instants, puis elle raccrocha à son tour en me disant :
– Ça devient carrément flippant.
Je levai le nez de mon clavier.
– Ça me rappelle un épisode de *X-Files* où le poisson rouge de Scully a réussi à la kidnapper.

Ms. Mayfield devait croire que je me moquais du FBI d'une manière indirecte et elle ne sourit même pas.

– Je vais voir Gabe. Ça ne t'ennuie pas de rester ici au cas où Mrs. Hambrecht rappellerait ?

– Non, du tout, répondit Kate. Qu'est-ce que tu lui voulais ?

– Je ne sais pas exactement. Essaie juste de la mettre de bonne humeur et fais-moi appeler.

– Okay.

Je quittai le CC et descendis dans les salles d'interrogatoire. Je trouvai Gabe dans le couloir, en train de discuter avec quelques nouveaux inspecteurs de la NYPD affectés à l'ATTF.

Il me vit, s'éloigna des autres et s'approcha de moi.

– Tu as eu mon mot ?

– Ouais, merci.

– Hé, j'ai vu ta photo dans le journal. Et tous les types que j'ai interrogés aujourd'hui aussi.

– Il y a tellement d'Arabes ici qu'on devrait commander des tapis de prière et installer une flèche pour indiquer la direction de La Mecque, répliquai-je en ignorant son sarcasme.

– C'est fait.

– Rien de neuf ?

– En fait, si. J'ai appelé Washington. Les flics du coin, pas le Bureau. Je me suis dit que finalement Mr. Khalil ne pouvait pas savoir s'il atterrirait à New York ou là-bas. J'ai donc demandé s'ils n'avaient pas un chauffeur de taxi d'origine arabe porté disparu.

– Et alors ?

– Eh bien, il y en a un. Un type nommé Dawud Faisal. Libyen. Personne ne l'a vu depuis samedi.

– Il est peut-être allé faire changer son nom.

Gabe avait appris à ignorer mes vannes.

– J'ai parlé à sa femme, continua-t-il, et elle m'a dit qu'il s'était rendu à l'aéroport pour une course et qu'il n'était jamais revenu. Ça ne te rappelle rien ?

Je réfléchis. L'organisation de Khalil, que ce soient les Libyens ou un groupe extrémiste quelconque, avait recruté ce type au cas où. Ils avaient ensuite su que Khalil atterrirait à New York. Mais ce pauvre chauffeur de Washington en savait déjà trop. Alors ils l'avaient buté, ou kidnappé dans le meilleur des cas, pour la durée de la mission.

– Bien vu, dis-je à Gabe. Mais qu'est-ce qu'on fait de cette info ?

– Rien. C'est une impasse de plus, qui suggère une opération extrêmement bien planifiée. Il n'y a pas d'ambassade libyenne dans notre pays, mais les Syriens emploient des Libyens, dans la leur, qui sont des hommes de Kadhafi. Tous les Arabes se ressemblent, hein ? La CIA et le FBI le savent et ils les laissent faire. Cela leur donne quelques Libyens à surveiller. Pourtant ils n'avaient sûrement envoyé personne chez Faisal vendredi soir quand un type avec un sac noir y a sonné. C'est ce que Mrs. Faisal m'a dit. Comme chez Mrs. Jabbar – le visiteur du vendredi soir, tard, avec sac noir, et le mari qui a l'air inquiet. Tout colle, mais ce n'est même plus d'actualité.

– Ouais, cela suggère vraiment une opération extrêmement bien planifiée, comme tu dis, avec des complices dans le pays.

– Ça non plus, c'est plus d'actualité.

– Exact. Laisse-moi te poser une question – en tant qu'Arabe. Est-ce que tu peux te mettre à la place de ce type ? Qu'est-ce qu'il veut faire, ce trou du cul ?

Gabe considéra ma question, politiquement incorrecte, sous-tendue de connotations raciales stéréotypées, et répliqua :

– Eh bien, réfléchis plutôt à ce qu'il n'a pas fait. Il ne s'est pas faufilé anonymement dans le pays. Il est arrivé à nos dépens – et avec la fanfare.

– Ouais. Continue.

– Il nous balance de la merde de chameau plein la gueule. Il adore ça. Mais c'est plus que de la joie. Il est... comment dire ?... C'est un jeu pour lui et, finalement, si on y pense, il fait monter la cote contre lui.

– J'y ai pensé, oui. Mais pourquoi ?

– Eh bien, c'est un truc arabe, poursuivit Gabe en souriant. C'est en partie lié à un sentiment d'infériorité vis-à-vis de l'Occident. Les extrémistes collent des bombes dans des avions et des trucs comme ça, mais ils savent que ce n'est pas très courageux, alors, de temps en temps, tu as un type qui veut montrer aux infidèles de quoi un brave moudjahid est capable.

– Un quoi... ?

– Un combattant de la liberté islamique. Il y a chez les Arabes, comme dans les westerns, une longue tradition du cavalier solitaire qui va s'attaquer à une armée. Il y a même un poème célèbre sur ce cavalier solitaire. *Il chevauche, terrible, avec pour seule arme son sabre du Yémen. Pour seuls ornements, les ébréchures de sa lame...*

– J'ai compris. Alors, qu'est-ce qu'il va faire ?

– Aucune idée. Je t'explique juste qui il est. Il en est à trois cent vingt morts et il compte toujours.

– Okay. Merci. Comment va Fadi ?

– Il s'appelle Maria, maintenant, et il est femme de ménage à l'église Saint-Patrick.

Gabe sourit.

– À plus tard.

Je me retournai pour partir, mais Gabe me rappela.

– Khalil va faire un gros truc.

Je refis demi-tour.

– Je ne serais pas surpris qu'on le retrouve serveur dans un déjeuner présidentiel ou quelque chose d'aussi énorme. Il éprouve une haine terrible contre quelqu'un. Il croit que ce quelqu'un l'a baisé, ou a baisé l'islam, ou la Libye. Il veut une confrontation personnelle.

– Continue, dis-je.

Il réfléchit un moment, puis reprit :

– Je repense à ce poème. C'est un poème de haine, mon vieux. C'est une dette de sang.

– Okay.

– Un Arabe peut accepter de se sacrifier, pour son Dieu et parfois pour son pays. Mais rarement pour quelque chose d'abstrait, comme une philosophie politique, et rarement pour un leader politique. Ils ne font pas souvent confiance à leurs leaders.

– Je dois être arabe.

– Mais il y a autre chose qui peut vraiment motiver un Arabe. C'est la vendetta personnelle. Tu vois, comme les Siciliens.

– Je connais.

– Genre, si tu as tué mon fils ou mon père, ou baisé ma fille ou ma femme, je vais te traquer jusqu'au bout de la terre, même si ça me prend toute la vie, et je tuerai tous ceux que tu connais ou qui te sont liés jusqu'à ce que j'arrive à toi.

– Je croyais que le patron de ma femme la sautait. Je lui ai envoyé une caisse de champagne.

– Les Arabes ne pensent pas de cette manière. Tu m'écoutes, oui ?

– J'ai pigé. Notre affaire pourrait être une vendetta.

– Oui, ça se pourrait. Et, en plus, Khalil se fout de vivre ou de mourir en essayant d'égaliser le score. La seule chose importante à ses yeux, c'est d'essayer. Même s'il meurt, il est vengé et il va au paradis.

– Je vais tenter de l'aider à y aller.

– Si jamais vous vous croisez tous les deux, c'est celui qui reconnaîtra l'autre en dernier qui ira au paradis.

Il éclata de rire.

Je le quittai. Pourquoi diable tout le monde trouvait-il drôle de voir ma photo dans le journal ?

De retour au CC, je pris une tasse de café frais au distributeur, plutôt bien achalandé. Il y avait des croissants, des brioches, des muffins et des gâteaux, mais pas de beignets. C'est ça, la coopération inter-agences ?

Je ruminais les propos de Gabe quand Kate s'approcha de moi.

– Mrs. Rose Hambrecht est en ligne, me dit-elle. Je lui ai expliqué qui nous étions.

Je posai mon café et me hâtai de rejoindre mon bureau.

– Mrs. Hambrecht, fis-je en m'emparant du téléphone, ici John Corey de l'ATTF.

– C'est à quel sujet, Mr. Corey ? répliqua la voix d'une personne cultivée.

Kate s'installa en face de moi et prit également son téléphone.

– D'abord, mes sincères condoléances pour la mort de votre mari, commençai-je.

– Merci.

– J'ai été assigné à une enquête concernant sa mort.

– Son assassinat.

– Oui, madame. Je suis certain que vous en avez assez de répondre à des questions...

– Je répondrai à toutes les questions possibles jusqu'à ce qu'on retrouve son assassin.

– Je vous en sais gré.

Vous seriez étonné de voir combien d'épouses se fichent pas mal qu'on retrouve le meurtrier de leur mari, sans parler du désir caché de certaines femmes de remercier personnellement le coupable. Mais Mrs. Hambrecht semblait être une veuve réellement éplorée.

– Mon dossier m'indique que vous avez été questionnée par le FBI, les renseignements de l'Air Force et Scotland Yard, poursuivis-je. Correct ?

– Correct, et par le MI5 britannique, le MI6 et notre CIA.

Je regardai Kate, qui me rendit un regard plein de sous-entendus.

– Cela semblerait suggérer qu'il y aurait un mobile politique à ce crime, notai-je.

– C'est ce que je pense. Mais aucun de ceux qui m'ont interrogée ne m'a dit ce que lui et son administration pensaient.

– Pourtant, votre mari n'était pas engagé politiquement et il ne travaillait pas pour les renseignements, enfin, selon son dossier.

– C'est exact. Il a toujours été pilote, commandant et récemment officier d'état-major.

J'essayai de glisser l'info effacée dans la conversation sans l'effrayer, et je dis, prêchant le faux :

– Nous commençons maintenant à croire que ce meurtre est malheureusement dû au hasard. Votre mari aurait été choisi par un groupe extrémiste seulement parce qu'il portait l'uniforme américain.

– C'est une aberration.

C'était également mon avis.

– Existe-t-il, d'après vous, dans son passé, quelque chose qui aurait pu faire de lui une cible précise pour un groupe extrémiste ? demandai-je donc.

Silence. Puis :

– Eh bien... on a suggéré que sa participation à la guerre du Golfe... Vous connaissez l'histoire du capitaine du Vincennes ?

– Non, madame.

Elle me la raconta, et je me souvins effectivement de cet attentat.

– Donc, il serait possible qu'il s'agisse d'une vengeance liée à la guerre du Golfe ?

– Oui, c'est possible... mais il y avait tellement de pilotes engagés dans cette guerre. Des milliers. Et Bill n'était alors que major. Je n'ai jamais compris pourquoi on l'aurait choisi, lui.

– Cependant, certaines personnes vous l'ont suggéré ?

– Oui, certaines personnes.

– Mais vous n'en êtes pas certaine.

– Non.

Elle demeura un moment silencieuse, et je la laissai réfléchir.

– Et puis, reprit-elle, avec la mort de Terry et Gail Waycliff, comment admettre désormais que le meurtre de mon mari puisse avoir été commis par hasard ou être lié à la guerre du Golfe ? Terry n'était même pas dans le Golfe.

Je regardai Kate, qui haussa les épaules.

– Vous pensez que la mort des Waycliff est liée à celle de votre mari ? répétai-je, essayant de ne pas avoir l'air complètement à côté de la plaque.

– Peut-être.

Si elle le pensait, alors moi aussi. Mais elle pensait également que j'étais informé, ce qui n'était pas le cas.

– Pourriez-vous ajouter quoi que ce soit que nous ignorerions à propos de la mort des Waycliff ? dis-je

– Pas grand-chose de plus que ce qu'il y a dans les journaux.

– Quel article avez-vous lu ?

– Quel article ? Celui de l'*Air Force Times*. C'était aussi dans le *Washington Post*, bien sûr. Pourquoi me demandez-vous ça ?

Je regardai Kate qui s'était précipitée sur son ordinateur et tapait comme une forcenée à la recherche des sites de ces deux journaux.

– Certains articles étaient quelque peu erronés, répondis-je à Mrs. Hambrecht. Comment avez-vous appris leur mort ?

– Leur fille, Sue, m'a appelée hier. Apparemment, ils ont été tués dimanche.

Je me redressai sur ma chaise. *Tués ? Assassinés ?* L'imprimante de Kate crachait des feuilles.

– Est-ce que quelqu'un du FBI ou de l'Air Force vous a déjà parlé de tout cela ? demandai-je à Mrs. Hambrecht.

– Non. Vous êtes le premier.

Kate lisait sa feuille imprimée en l'annotant. Je lui adressai un geste impatient pour qu'elle me la passe, mais elle l'ignora.

– Est-ce que leur fille a évoqué quoi que ce soit qui puisse faire soupçonner que la mort de ses parents était étrange ?

– Eh bien, elle était très désemparée, évidemment. Elle a dit que c'était apparemment un cambriolage, mais elle ne semblait pas convaincue. Leur femme de ménage a été tuée également, ajouta-t-elle.

J'étais à court de questions générales quand Kate me tendit sa feuille imprimée.

– Ne quittez pas un instant, s'il vous plaît, demandai-je à Mrs. Hambrecht.

Je la mis en attente.

– On a peut-être quelque chose, fit Kate.

Je parcourus à toute vitesse l'article du *Washington Post*, apprenant que Terrence Waycliff était général et travaillait pour le Pentagone. Le triple meurtre avait été découvert par son aide de camp, inquiet de ne pas le voir se présenter au travail le lundi matin et ne trouvant personne chez lui. Le mobile était vraisemblablement le vol. Le général et sa femme revenaient de l'église. La police enquêtait.

Je levai les yeux vers Kate.

– Quel est le lien entre le général Waycliff et le colonel Hambrecht ?

– Je n'en sais rien. Cherche.

– Bon.

Je repris la ligne et dis à Mrs. Hambrecht :

– Désolé, c'était le Pentagone.

Okay, Corey, vas-y. Je décidai de jouer cartes sur table.

– Mrs. Hambrecht, je vais être honnête avec vous. J'ai le dossier personnel de votre époux devant moi. Il contient une information effacée, et j'ai beaucoup de mal à y avoir accès. J'ai besoin de savoir ce qui a été effacé de ses états de service. Je veux découvrir qui a tué votre époux et pourquoi. Pouvez-vous m'aider ?

Il y eut un long silence, dont je sentais qu'il ne serait pas rompu.

– S'il vous plaît, la priai-je.

Je jetai un œil vers Kate, qui hochait la tête d'un air approbateur.

Au bout d'un long moment, Mrs. Rose Hambrecht reprit la parole.

– Mon mari a participé à une opération militaire avec le général Waycliff. Un bombardement... Comment se fait-il que vous ne sachiez pas ça ?

Tout d'un coup, je compris. Les propos de Gabe résonnaient encore dans ma tête et, quand Rose Hambrecht prononça le mot « bombardement », tout le puzzle se mit en place.

– Le 15 avril 1986.

– Oui. Vous voyez ?

– Oui, je vois.

Je regardai Kate qui fixait un point au loin, réfléchissant à toute vitesse.

– Il pourrait même y avoir une relation entre cette tragédie de Kennedy Airport, à la date anniversaire, et ce qui est arrivé aux Waycliff, ajouta Mrs. Hambrecht.

Je pris une grande inspiration et répliquai :

– Je ne suis pas certain de cela. Mais... dites-moi, quelqu'un d'autre ayant participé à cette mission a-t-il subi un malheur quelconque ?

– Il y avait des douzaines d'hommes impliqués dans cette mission, et je ne peux pas le savoir.

Je réfléchis un moment.

– Et dans l'unité de votre mari ?

– Si vous voulez parler de son escadrille, il devait y avoir quinze ou seize avions. Je sais que Steven Cox a été tué dans le Golfe, mais pour les autres je n'en sais rien. Les hommes qui étaient dans le groupe de mon mari sont restés en contact, c'est tout ce que je peux vous dire.

– Pardonnez mon ignorance, mais combien d'avions y a-t-il dans un groupe ?

– Cela varie selon les missions. En général, ils sont quatre ou cinq. Et une douzaine dans une escadrille.

– Je vois... et combien d'avions accompagnaient celui de votre mari le 15 avril 1986 ?

– Ils étaient quatre en tout.

– Cela fait donc huit hommes... c'est ça ?

– C'est exact.

– Ces hommes...

Je regardai Kate, qui dit, dans le téléphone :

– Mrs. Hambrecht, c'est encore Kate Mayfield. Moi aussi, je me pose des questions sur cette relation possible. Pourquoi n'exprimez-vous pas votre opinion, pour que nous puissions aller plus vite au cœur du sujet ?

– Je pense en avoir assez dit, répondit Mrs. Hambrecht.

Je n'étais pas d'accord, et Kate non plus.

– Madame, insista-t-elle, nous essayons de résoudre l'assassinat de votre mari. Je sais qu'en tant qu'épouse de militaire vous êtes très consciente des problèmes de sécurité et de secret, et nous le sommes également. Voulez-vous que nous venions à Ann Arbor pour vous parler en personne ?

Il y eut un autre silence, puis Rose Hambrecht reprit :

– Non. Très bien..., finit-elle par admettre. Les quatre avions du groupe de mon mari devaient bombarder un complexe militaire appelé Al-Azziziyah. Vous vous souvenez peut-être que Kadhafi a échappé à ce bombardement, mais que sa fille adoptive a été tuée et que sa femme et deux de ses fils ont été blessés... Je ne vous dis que ce qui a été relaté dans la presse. Vous pouvez en tirer les conclusions que vous voudrez.

Je regardai Kate qui était repartie taper sur son clavier. J'espérais qu'elle savait écrire Al-Azziziyah correctement.

– Vous devez avoir tiré vos propres conclusions, non ? dis-je à Mrs. Hambrecht.

– Quand mon mari a été assassiné, j'ai cru que cela avait peut-être un rapport avec cette mission sur la Libye. Mais l'Air Force m'a assurée du contraire et que tous les gens ayant participé à cette mission étaient protégés par le secret le plus absolu. J'ai accepté cette explication, mais je pense que quelqu'un a peut-être trop parlé, quelqu'un impliqué lui-même dans cette mission, ou alors... je ne sais pas... j'avais écarté cette idée... jusqu'à hier, quand j'ai appris que les Waycliff avaient été assassinés. Cela n'est peut-être qu'une coïncidence...

Cela se pouvait, mais ce n'en était pas une.

– Donc, de ces huit hommes..., repris-je.

– Un a été tué pendant la guerre du Golfe, et mon mari et Terry Waycliff ont été assassinés. Je vous l'ai déjà dit.

– Qui étaient les cinq autres ? Ceux de cette mission ?

– Je ne peux pas vous le dire et je ne vous le dirai pas. Jamais.

C'était un « non » plutôt définitif ; pourtant, j'insistai :

– Pouvez-vous au moins me révéler si ces cinq hommes sont en vie ?

– Ils se sont tous parlé le 15 avril. Pas tous, en fait, mais Terry m'a appelée après et m'a dit que tout le monde allait bien et m'envoyait ses salutations... sauf l'un d'entre eux... qui est très malade.

Je croisai le regard de Kate. Elle demanda :

– Mrs. Hambrecht, pouvez-vous me donner un numéro où je puisse joindre un membre de la famille Waycliff ?

– Je vous suggère d'appeler le bureau de Terry au Pentagone. Il y aura quelqu'un, là-bas, qui saura répondre à vos questions.

– Je préférerais parler à un membre de la famille, dit Kate.

– Alors faites cette requête au Pentagone.

Visiblement, Mrs. Hambrecht avait un sens aigu du protocole et regrettait cette conversation. Les militaires ont un véritable esprit de clan, c'est le moins qu'on puisse dire. Mais Mrs. Hambrecht devait en être un peu revenue, en tout cas en ce qui concernait leur loyauté. Cette notion était censée être réciproque et, sans nul doute, l'Air Force et les autres agences gouvernementales l'avaient un peu baladée, elle le savait – ou le suspectait. Sentant que j'étais allé aussi loin que possible, je lui dis :

– Merci, madame, pour votre coopération. Je peux vous assurer que nous faisons le maximum pour amener l'assassin de votre mari devant la justice.

– On m'a déjà assuré ça. Cela fait presque trois mois que...

– Je pense qu'on est très près d'une réponse, vous savez, l'interrompis-je. Parfois, je suis un peu cœur d'artichaut et j'ai tendance à me laisser aller.

Je regardai à nouveau Kate et vis qu'elle me lançait un sourire gentil.

Mrs. Hambrecht soupira.
– Je prie Dieu que vous ayez raison. Il... il me manque..., bredouilla-t-elle.
Je ne répliquai pas, mais je me demandai soudain à qui je manquerais si je quittais la scène.
– Ils l'ont tué avec une hache, ajouta-t-elle.
– Oui... Je resterai en contact.
– Merci.
Je raccrochai.
Kate et moi restâmes silencieux un bon moment.
– Cette pauvre femme..., soupira-t-elle enfin.
Pour ne pas mentionner le pauvre William Hambrecht, découpé à la hache. Mais les femmes éprouvent des sentiments différents des nôtres sur ce genre de sujet.
– Eh bien, je crois que nous savons ce qui a été effacé de son dossier sur ordre de la Défense, dis-je, afin de couper court à l'attendrissement qui me menaçait, et ce n'était pas pour des raisons nucléaires, comme quelqu'un l'a affirmé à notre estimé patron.
Je laissai Kate tirer la conclusion que Jack Koenig nous en avait peut-être dit moins qu'il n'en savait.
Elle parut ne pas vouloir aller dans cette direction et se contenta de remarquer :
– Tu as fait du bon boulot.
– Toi aussi. Qu'est-ce que tu as découvert ?
Elle me tendit quelques feuilles imprimées. Des articles du *New York Times* et du *Washington Post* datés du 15 avril 1986, sur le fameux raid.
– Ça commence à prendre forme, non ? fis-je.
Elle acquiesça.

– Cela avait un sens depuis le début, dit-elle. On n'est pas aussi malins qu'on le pense.

– Personne ici, d'ailleurs. Mais les solutions ont toujours l'air simples quand on les a trouvées. Et les Libyens ne sont pas les seuls à semer des leurres un peu partout.

Elle ne fit pas de commentaire sur ma paranoïa.

– Il y a cinq hommes quelque part dont les vies sont en danger, dit-elle seulement.

– On est mardi. Je doute que les cinq soient encore tous en vie, répliquai-je.

40.

Asad Khalil s'éveilla d'un bref somme et regarda par le hublot du Learjet. Le ciel était entièrement obscur, mais il remarqua quelques petites grappes de lumières loin au-dessous de lui et sentit que l'avion descendait.

Sa montre, encore à l'heure de New York, indiquait trois heures seize. S'ils étaient dans les temps, ils atterriraient à Denver dans vingt minutes. Mais ils n'atterriraient pas à Denver. Il prit le téléphone de bord et l'activa avec sa carte de crédit. Khalil composa un numéro qu'il avait appris par cœur.

Au bout de trois sonneries, une voix de femme décrocha, visiblement tirée d'un profond sommeil, ce qui était normal à cette heure.

– Allô ?... Allô ? Allô ?

Khalil raccrocha. Si Mrs. Robert Callum, épouse du colonel Robert Callum, était endormie dans son lit à Colorado Springs, alors il pouvait en déduire que la police n'attendait pas chez elle, prête à le cueillir. Boris et Malik l'avaient tous deux assuré de cela. Si les autorités avaient décidé de lui tendre un piège, elles auraient avant toute chose emmené ses victimes probables en lieu sûr.

Khalil décrocha l'interphone et appuya sur le bouton.

– Oui ? fit le copilote.

– Je viens de passer un coup de téléphone qui va m'obliger à modifier mes plans. Je dois atterrir à l'aéroport de Colorado Springs.

– Pas de problème, Mr. Perleman. Ce n'est pas très loin au sud de Denver. Dix minutes de vol supplémentaires. Je suppose que vous voulez atterrir sur l'aérodrome municipal ?

– Oui.

– Bien. Je m'occupe des changements nécessaires au plan de vol

– Merci.

À peine un quart d'heure plus tard, il sentit que l'avion amorçait sa descente. Il regarda par le hublot et vit, au loin, une grande étendue de lumière. Sans doute Denver. Au-delà de la ville, se découpant clairement sur le ciel grâce au clair de lune, se dressait un mur de montagnes aux sommets enneigés.

– Mr. Perleman, dit le pilote dans le micro, nous entamons notre descente vers l'aéroport municipal de Colorado Springs. Veuillez attacher votre ceinture.

– C'est fait, dit Khalil.

– Nous atterrirons dans cinq minutes. Ciel dégagé. Température au sol de 6 °C.

Khalil entendit le train d'atterrissage sortir.

– Bienvenue à Colorado Springs, dit le copilote une fois que le jet se fut posé en douceur.

Khalil eut le soudain désir irrationnel de lui hurler de se taire. Il n'avait aucune envie d'être à Colorado Springs – il ne rêvait que d'une chose : regagner Tripoli. Il ne voulait pas qu'on lui souhaite la bienvenue nulle part dans ce pays sans Dieu. Il ne voulait que tuer qui devait être tué, puis rentrer chez lui.

Le copilote rouvrit la petite cloison qui isolait le cockpit.

– Bonjour.

Khalil ne répondit pas.

– Nous allons vous laisser sortir avant de refaire le plein. Savez-vous de combien de temps vous avez besoin ici, monsieur ?

– Malheureusement non. Cela peut durer plusieurs heures, comme beaucoup moins. Mais ce ne sera certainement pas après neuf heures du matin.

– Très bien. Nous vous attendrons dans la partie réservée aux avions privés. Votre rendez-vous vous rejoint-il ici ?

– Je crains que non. Je dois le retrouver au terminal principal avant qu'il m'emmène ailleurs. J'aurais besoin d'un véhicule pour gagner ce terminal.

– Je vais voir ce que je peux faire. Cela ne devrait pas poser de problème.

Le jet roulait vers une rangée de hangars. Khalil défit sa ceinture et ouvrit son sac, gardant les yeux braqués sur les deux pilotes. Il prit discrètement les deux Glock et les coinça dans sa ceinture, chacun sur une hanche, puis il rabattit sa veste pour les dissimuler. Il se leva, attrapa son sac et s'approcha des pilotes. Parvenu à leur hauteur, il plia les genoux pour pouvoir regarder par le pare-brise et les vitres latérales.

– Vous seriez plus confortablement installé dans votre siège, lui fit remarquer le pilote.

– J'ai envie de rester ici.

– Comme vous voudrez.

Khalil scrutait le tarmac et les hangars. Comme à l'aéroport de Long Island, il ne voyait rien qui puisse l'alarmer. Et les pilotes avaient une attitude parfaitement normale.

Le Learjet ralentit et s'arrêta. Un homme et une femme en combinaison de travail apparurent, mais, une fois de plus, Khalil ne sentit aucun danger. De toute façon, s'ils l'attendaient, il en expédierait quelques-uns en enfer avant d'accéder lui-même au paradis.

– À présent nous pouvons débarquer, monsieur, fit le pilote en coupant les réacteurs.

Khalil se redressa et regagna la cabine tandis que le copilote se levait pour déverrouiller la porte de sortie, ce qui fit se déployer un petit escalier. Il y posa le pied et tendit la main à Khalil.

Ignorant cette main tendue, Khalil resta immobile dans l'encadrement de la porte, fouillant le paysage devant lui. Les bâtiments étaient illuminés par de grosses lampes et il semblait y avoir très peu de monde à cette heure, pas tout à fait deux heures du matin, heure locale.

Dans tous les cas, Khalil savait qu'il pourrait s'échapper s'il le fallait.

À Tripoli, on lui avait assuré que les Américains suivaient des procédures standard et qu'ils n'utiliseraient pas un sniper pour le tuer, sauf s'il était barricadé et leur tirait dessus, et encore, uniquement s'il n'avait pas d'otages. Ils vérifieraient qu'il était seul, à découvert, avant de l'encercler d'hommes en armes – et même de femmes – qui lui crieraient de lever les mains et de se rendre. Ces flics porteraient des gilets pare-balles semblables au sien, et il savait que seule une balle dans la tête pourrait les tuer, eux ou lui.

Il avait pratiqué cette situation dans un camp d'entraînement à l'extérieur de Tripoli, avec des hommes – mais pas des femmes – habillés en policiers, en costume civil ou en treillis militaire. Ils parlaient tous un peu anglais et hurlaient dans cette langue : « Arrêtez ! Ne bougez plus ! Les mains en l'air ! Les mains en l'air ! À terre ! À terre ! À terre ! »

On lui avait enseigné de feindre une grande peur et une confusion totale. Il devait s'agenouiller au lieu de s'allonger. Alors ils s'approcheraient de lui, hurlant toujours. C'était leur méthode. Puis, quand ils seraient à bout portant, il devait sortir ses deux armes de sa ceinture et commencer à tirer. Les Glock calibre 40 ne perceraient pas les gilets pare-balles, mais, contrairement aux plus anciens 9 mm, leur impact était capable de faire tomber un homme et de l'étendre pour le compte.

Pour qu'il n'en doute pas, ses entraîneurs lui en avaient fait la démonstration sur un prisonnier condamné. À vingt mètres, ils avaient tiré une balle de calibre 40 sur la poitrine du prisonnier, et l'homme, qui portait un gilet en kevlar, avait été projeté à terre. Il était resté semi-inconscient pendant trente secondes et s'était relevé avant d'être de nouveau jeté au sol par une autre balle. Ils avaient tiré ainsi deux fois, jusqu'à ce que le prisonnier ne puisse plus ou ne veuille plus se relever. Une balle dans la tête avait achevé la démonstration.

« N'espère pas gagner une bataille rangée à coups de pistolet, lui avait dit Boris. Les Américains sont très fiers de leur habileté au tir. Les armes à feu font partie intégrante de leur culture, et la propriété de ces armes est garantie dans leur Constitution, réellement. »

Khalil trouvait cela difficile à croire. Boris inventait souvent des choses sur les Américains, probablement dans le but d'impressionner et de choquer.

Ils l'avaient aussi préparé à l'éventualité d'une fusillade, plusieurs fois, et Boris avait conclu :

« On peut échapper à une fusillade. Cela s'est déjà vu. Si tu n'es pas sérieusement blessé, mets-toi simplement à courir, mon ami, comme un lion, plus vite et plus loin qu'ils n'en sont capables. Ils ont été entraînés à tirer sans courir – pour ne pas toucher un innocent ou un de leurs équipiers. Ils peuvent tirer sans courir, ou courir sans tirer. Dans un cas comme dans l'autre, éloigne-toi d'eux le plus possible, et tu auras une bonne chance de t'en tirer. »

Khalil se souvenait d'avoir demandé :

« Et si un tireur me vise avec un fusil à lunette ?

– Alors, avait répliqué Boris, attends-toi à ce que tes jambes cèdent sous toi. Ils hésitent à tuer avec un fusil à lunette et ils tirent fierté de capturer un homme sans le tuer. À ce moment, assure-toi qu'il te reste une balle pour toi. Tu ne devrais pas rater ta tête, à bout portant. »

Boris avait éclaté de rire, mais il avait ajouté, très doucement :

« Je ne me tuerais pas, si j'étais toi. Que Malik aille se faire foutre. »

Asad Khalil remarqua que le copilote était toujours debout au pied du petit escalier, un sourire poli sur le visage, l'attendant patiemment.

Le pilote avait quitté son siège et attendait également que Khalil descende.

Khalil prit son sac noir de la main gauche et garda la main droite libre pour pouvoir sortir son arme. Il descendit sur le tarmac et se plaça très près du copilote.

Le pilote les suivit et s'avança vers un homme qui portait un coupe-vent barré de l'inscription « Agent de service ». Puis il revint vers eux et dit à Khalil :

– Ce monsieur va vous emmener jusqu'au terminal principal dans sa voiture. L'usage voudrait que vous lui donniez un pourboire, ajouta-t-il.

– De combien ?

– Dix dollars devraient faire l'affaire.

Khalil se félicita d'avoir posé la question. En Libye, dix dollars rémunéraient le travail d'un homme pendant deux jours. Ici, cela payait à peine dix minutes de son temps.

Arrivé devant le terminal principal, Khalil constata que là aussi les abords des bâtiments étaient déserts, à l'exception de deux véhicules dans la file des taxis. Bien qu'il n'y eût personne, il traversa le hall principal en prenant l'air affairé, se remémorant les photos et les plans qui situaient l'emplacement des salles de conférences.

Tout au bout du hall, il parvint devant une porte indiquant « Salle de conférences 2 ». Un autre panneau précisait : « Réservée ». Il composa le code de la serrure qu'il avait appris par cœur, entra et referma la porte derrière lui.

La salle était équipée d'une grande table, de huit fauteuils, de téléphones, d'un fax et d'une console d'ordinateur.

L'écran de l'ordinateur affichait un message à son attention : « Bienvenue, Mr. Perleman – Nous vous souhaitons un fructueux rendez-vous – Vos amis du Neeley Conference Center. »

Khalil ne se souvenait pas d'avoir de tels amis.

Il posa son sac sur le sol et s'installa devant le clavier de l'ordinateur. Il effaça le message, puis chercha l'icône du courrier électronique. Il tapa son mot de passe et attendit que le modem accède à son fichier. Un message, en provenance de Jérusalem, rédigé en anglais et adressé à Mr. Perleman, l'attendait.

Rapports font état de la réussite de vos affaires. Voyage de Sol pour Francfort achevé. Société rivale américaine plongée dans ce dossier. Aucun signe de repérage de votre itinéraire par société rivale américaine. Affaire du Colorado pas nécessaire. Californie plus importante. À vous d'y réfléchir. Arrangements pour retour en Israël restent inchangés. Beaucoup de succès. À bientôt. Réponse requise. Mazel tov.

C'était signé *Mordecai.*

Réponse à votre message du Colorado. Affaires bonnes. Affaire californienne très proche, commença à taper Khalil.

Il essaya de composer d'autres phrases en anglais, mais ce n'était pas primordial. L'essentiel était que son message contienne le mot « affaire », ce qui signifiait qu'il allait bien et qu'il n'était pas sous le contrôle des Américains. Il signa *Perleman*, puis expédia son e-mail, quitta toutes les applications et éteignit l'ordinateur.

Il regarda sa montre. Il était quatre heures et dix-sept minutes, heure de New York. Deux heures de moins ici.

La maison du colonel Robert Callum se trouvait dans les collines au pied de la chaîne de montagnes, à une demi-heure maximum en voiture. Il y avait une agence de location ouverte toute la nuit à dix minutes à peine en taxi de l'aéroport. Ils y avaient réservé une voiture au nom de Samuel Perleman.

Khalil se leva et se mit à arpenter la pièce. Les mots *Affaire du Colorado pas nécessaire. Californie plus importante* tournoyaient sans répit dans son cerveau.

Mais pourquoi ne pouvait-il pas faire les deux ?

Il songea au plan qu'il devait suivre s'il voulait exécuter l'affaire du Colorado. Sortir du terminal, prendre un taxi jusqu'à l'agence de location de voitures, récupérer cette voiture, puis accomplir le trajet jusqu'à la maison du colonel Callum. Cela représentait pas mal de risques. Il existait toujours un risque. Or, pour la première fois depuis qu'il avait foulé le sol américain, Asad Khalil n'éprouvait pas un sentiment de danger, mais plutôt une sensation d'urgence.

Il soupesait les arguments pour et contre l'assassinat du colonel Callum – et de son épouse, bien sûr, ainsi que de toute autre personne présente dans la maison.

Le plan était simple, tout comme l'avait été l'assassinat du général Waycliff chez lui. Le colonel et sa femme sortaient de chez eux à sept heures trente tous les matins pour prendre leurs journaux dans la boîte aux lettres, puis ils regagnaient leur maison. Comme la plupart des militaires, les Callum étaient très ponctuels. Une fois leur porte ouverte, ils ne seraient plus qu'à quelques minutes de leur mort.

Asad Khalil continuait à arpenter la pièce, comme un lion, se dit-il, un lion dans ces arènes dont il avait vu les ruines à Tripoli. Le lion savait par expérience qu'un homme l'attendait dans l'arène et il devenait impatient. Il avait faim, certainement. Les Romains veillaient à l'affamer avant le combat. Le lion savait aussi qu'il tuait toujours l'homme. Quelle autre certitude pouvait-il avoir, puisqu'il était lui-même toujours vivant ? Mais il savait également qu'il pouvait tomber sur deux sortes d'hommes dans l'arène : ceux qui étaient armés et ceux qui ne l'étaient pas. Ceux qui étaient armés luttaient pour leur vie, et les désarmés priaient. Ils avaient tous le même goût délectable.

Khalil s'immobilisa. Il s'assit sur les talons et se balança, comme le faisaient les Berbères dans le désert. Il leva la tête et ferma les yeux, mais il ne priait pas. Il se transporta dans la nuit du désert, imaginant un million d'étoiles étincelantes dans le ciel noir. Il vit une pleine lune éclatante suspendue au-dessus de Koufra, son oasis natale, et les palmiers qui oscillaient doucement sous la fraîche brise du désert. Lequel était silencieux, comme toujours.

Il resta un long moment ainsi, sous le joug de cette vision, attendant qu'une réponse jaillisse des sables.

Finalement, un messager sortit de l'oasis, drapé dans des vêtements blanc et noir, illuminé par le clair de lune et projetant une ombre sur le sable. La silhouette s'avançait vers lui. Le messager se tint debout devant lui, mais ne dit rien. Et Asad Khalil n'osait pas parler.

Il ne parvenait pas à voir son visage, mais à présent il entendait une voix.

« À l'endroit où tu es maintenant, disait cette voix, Dieu accomplira ton travail à ta place. Quitte cet endroit et traverse les montagnes. Les sables du temps s'amenuisent. Satan se rapproche. »

Asad Khalil murmura une prière de remerciement, ouvrit les yeux et se releva. Il regarda la pendule murale et vit que deux heures s'étaient écoulées, alors qu'il avait eu l'impression que sa transe n'avait duré que quelques minutes.

Il reprit son sac noir et retraversa à la hâte le hall désert.

Dehors, il vit un taxi solitaire. Il s'y engouffra et claqua la portière.

Le chauffeur se réveilla en sursaut et marmonna quelques mots confus.

– Conduisez-moi aux bâtiments des jets privés, vite.

L'homme démarra.

– Où ça ?

Khalil répéta sa destination et jeta un billet de vingt dollars sur le siège du passager avant.

– Vite, s'il vous plaît. Je suis en retard.

Le chauffeur accéléra.

– Ici, dit Khalil, moins de dix minutes plus tard.

Le chauffeur s'arrêta devant un petit bâtiment. Khalil sauta du taxi et se précipita à l'intérieur. Il localisa le salon des pilotes, où il trouva les deux hommes endormis sur des divans. Il secoua le commandant.

– Je suis prêt, fit-il. Nous devons partir.

Le commandant Fiske se leva promptement. Le copilote était déjà réveillé et il se leva aussi en s'étirant et en bâillant.

– Combien de temps nous faut-il pour décoller ? demanda Khalil en regardant sa montre.

– Eh bien, dit le pilote en s'éclaircissant la gorge, j'avais déjà pris les mesures nécessaires au cas où nous devrions partir rapidement et...

– Oui. Parfait. Justement, nous devons partir rapidement. Quand est-ce possible ?

– Eh bien, il est tôt, et il n'y a quasiment pas de trafic aérien. Avec un peu de chance, on devrait être en piste dans quinze minutes.

– Le plus tôt sera le mieux.

– À vos ordres, monsieur.

Quelques minutes plus tard, ils étaient installés dans l'avion et Fiske mettait en route les deux réacteurs. Ils roulèrent sur la piste, le nez de l'appareil se souleva et ils décollèrent, s'éloignant de Colorado Springs à toute vitesse.

Khalil observait les pilotes qui n'avaient pas encore refermé la cloison les séparant de lui.

– Nous devons continuer un peu vers le nord, dit le copilote dans l'interphone, pour gagner de l'altitude. Il y a ces petites collines sur notre gauche qu'on appelle les Rockies. Certaines plafonnent à quatre mille mètres.

Khalil ne répliqua pas. Il regardait les collines et les montagnes sur leur gauche. Quelque part, au milieu d'elles, le colonel Robert Callum était allongé dans son lit, lentement dévoré par une terrible maladie. Khalil ne se sentait pas floué, pas plus qu'il ne s'était senti floué quand il avait appris que Steven Cox était mort pendant la guerre contre l'Irak. Dieu, décida-t-il, réclamait Sa propre part de butin.

41.

Nous passâmes le reste de la matinée à tirer la sonnette d'alarme, pour ainsi dire.

De fourmilière, le CC se transforma en essaim d'abeilles, si vous voulez bien excuser l'analogie entomologiste.

Kate et moi avions reçu une douzaine d'appels de nos supérieurs, qui nous félicitaient. Les patrons voulaient nous voir de toute urgence, rien que nous deux, mais jusque-là nous avions réussi à les faire patienter. En réalité, ils ne voulaient aucune info – ils voulaient pouvoir dire qu'ils étaient à l'origine de cette nouvelle piste, alors que, bien sûr, ils ne faisaient que la brouiller.

Finalement, j'avais accepté une réunion de l'ATTF, comme celle de la veille. Mais j'avais réussi à la repousser jusqu'à dix-sept heures, prétextant devoir rester joignable pour mon réseau mondial d'informateurs. Les patrons de l'ATTF ressemblaient à ceux de la NYPD, les galonnés rappliquaient quand une grosse affaire faisait la une. Ils piaffaient d'impatience d'être pris en photo avec Kate et moi. Le seul intérêt de cette réunion était que Jack ne serait pas encore revenu avec ses points de vol. Pourtant, je lui avais bien dit de ne pas partir.

Une demi-heure à peine après notre conversation avec Mrs. Hambrecht, des agents du FBI étaient déjà en train d'examiner les conversations téléphoniques qu'elle avait eues, ainsi que celles du général Waycliff. Et, dans le même temps, les braves types du Hoover Building s'escrimaient à obtenir l'info effacée dans le dossier du colonel Hambrecht, dont je n'avais plus réellement besoin. Ils essayaient surtout de découvrir les noms des survivants du raid aérien sur Al-Azziziyah, ce dont nous avions réellement besoin.

D'après mon e-mail, le FBI avait immédiatement averti l'Air Force et le département de la Défense, précisant que les hommes de la mission Al-Azziziyah étaient en grand danger, et que le danger pouvait s'étendre à d'autres pilotes ayant bombardé la Libye. L'Air Force avait accepté de collaborer pleinement et rapidement, ce qui, comme dans toute bureaucratie, pouvait tout de même prendre un certain temps.

J'ignorais si la CIA était informée, et j'espérais que non. J'avais toujours cette impression bizarre et désagréable qu'elle en savait déjà pas mal sur tout ça. Okay, c'est facile de devenir complètement parano à propos de ces gens, et la moitié du temps, comme je ne cessais de me le répéter, ils ne sont pas aussi malins qu'on le croit. Mais, comme toute organisation secrète, ils plantent eux-mêmes les graines de la méfiance et de la suspicion. Et, ensuite, ils se demandent pourquoi tout le monde pense qu'ils cachent quelque chose. Ce qu'ils cachent, en général, c'est plutôt le fait qu'ils manquent de renseignements. Parfois, j'agis comme eux, alors comment pourrais-je me plaindre ?

Je n'imaginais pas que les gens du FBI en savaient plus qu'ils ne voulaient bien nous le dire. Mais j'étais convaincu qu'ils étaient au courant, comme Kate le disait, que la CIA menait sa propre enquête. Et le FBI laissait faire, parce que, après tout, nous formions une équipe, nous sommes tous du côté des anges, et tout le monde a les intérêts supérieurs du pays à l'esprit. Le seul problème étant la définition de ces intérêts supérieurs.

La seule vraie bonne nouvelle, c'était que Nash et Koenig étaient à des milliers de kilomètres d'ici.

Profitant d'une légère accalmie, je jetai un œil aux données que Kate grappillait dans le cyberespace.

On y trouvait à peu près tout ce qui avait été écrit sur le raid en Libye et tout ce qui s'y rapportait. Je tombai sur une interview accordée par Kadhafi à CNN en 1996. Je lus à voix haute :

– « "Ces enfants sont-ils des animaux et les Américains les seuls êtres humains sur terre ?" demandait le grand leader, interrogé dans les ruines de son camp bombardé, qu'il a laissé tel quel pendant dix ans. »

Je regardai Kate.

– Je pense qu'Asad Khalil vivait dans ce camp militaire avec la famille Kadhafi, dit-elle. Souviens-toi du dossier, des liens familiaux...

– Ouais. Khalil devait avoir quinze ou seize ans quand le bombardement a eu lieu. Son père était déjà mort, mais il avait encore sûrement des amis et de la famille dans le camp.

– Il les venge, dit Kate. Eux, et la famille Kadhafi.

– C'est logique. On sait ce qui motive ce mec, et, pour être honnête... je veux dire, je ne sympathise pas avec cet enfoiré, mais je le comprends.

– Je sais, dit-elle en hochant la tête. Khalil est plus dangereux qu'on ne l'avait imaginé, si c'est possible. Poursuis la lecture...

– Ça continue comme ça pendant des pages et des pages. Menaces, coups, représailles et ainsi de suite. On ne sait pas quand ça s'arrête, ces trucs-là.

– Une guerre sans fin. Nous sommes dans une bataille amenée par la bataille précédente, et qui conduira à la suivante.

Quelle pensée déprimante...

– Toujours pas de nouvelles des équipages de cette mission ? demandai-je.

– Non. Mais ils ne vont pas nécessairement nous en informer. Après tout, le FBI est peut-être déjà en train de protéger les survivants.

– Je pense qu'ils devraient nous le dire. Dans la NYPD, le détective responsable d'une affaire est responsable de tout.

– Je n'aime pas jouer les Cassandre, John, mais nous ne sommes pas à la NYPD, et tu auras de la chance si on te passe même un coup de fil pour te prévenir que Khalil a été arrêté.

Tout ça puait vraiment. Je fouillai dans ma cervelle pour trouver un moyen d'agir, mais la seule chose qui me vint à l'esprit, c'était que Koenig me devait une faveur. Or il n'était pas là, et je n'avais aucune influence sur qui que ce soit.

– Tu n'aurais pas couché avec un des patrons qui pourrait nous rendre un service ? demandai-je à Kate.

– Pas à New York.

– Et à Washington ?

Elle eut l'air de réfléchir, puis commença à compter sur ses doigts, jusqu'à atteindre le chiffre 7.

– Je crois que j'ai déjà sollicité toutes les faveurs que ces messieurs auraient pu m'accorder, conclut-elle en riant pour me montrer qu'elle plaisantait.

Je continuai à feuilleter les divers articles que nous crachait l'ordinateur. Je tombai sur une chronologie des événements antérieurs au raid du 15 avril et y vis le modèle parfait d'un concours de pisse entre deux machos.

« 13 janvier, deux chasseurs libyens approchent un appareil de surveillance de la Navy. 5 février, la Libye accuse les USA d'avoir aidé Israël à localiser et à abattre un avion libyen. La Libye réclame vengeance. 24 mars, des avions américains frappent un site de missiles libyen. 25 mars, les forces américaines touchent quatre vedettes rapides libyennes. 28 mars, Kadhafi prévient que les bases militaires en Italie et en Espagne, comme dans n'importe quel pays aidant la 6e flotte américaine, deviendront des cibles pour les représailles. 2 avril, une bombe explose dans un avion de la TWA Rome-Athènes, quatre morts ; attentat revendiqué par un groupe palestinien, en riposte aux attaques américaines contre la Libye. 5 avril, une bombe éclate dans une discothèque de Berlin-Ouest, tuant deux Américains... »

Ces événements menaient au 15 avril 1986. Personne ne pouvait affirmer avoir été surpris par le raid, étant donné les personnalités impliquées, et, comme on le dirait aujourd'hui dans une Amérique beaucoup moins belliqueuse, les malentendus ont conduit à une malencontreuse augmentation des différences culturelles et politiques. La solution à un tel problème pourrait bien résider dans une extension de l'immigration. À la vitesse où ça allait, presque tout le Moyen-Orient habiterait Brooklyn d'ici à cinq ans.

Je pris la dernière pile de *cyber-news* sur mon bureau et l'examinai.

– Hé, c'est intéressant, ça. Tu as vu l'interview de Mrs. Kadhafi daté du 19 avril 1986 ?

– Je ne crois pas.

Je lus :

– « La femme du leader libyen, qui a déclaré que sa fille adoptive Hana, âgée de dix-huit mois, a été tuée durant le raid, a parlé aux journalistes pour la première fois depuis l'attaque. Assise devant sa maison bombardée dans le complexe de commandement de Kadhafi, s'appuyant sur une béquille, elle s'est exprimée avec force et colère. Safia Kadhafi a dit qu'elle considérerait toujours les USA comme son ennemi, "à moins qu'ils ne condamnent Reagan à la peine de mort". » Fin de citation.

– Il est très rare qu'une femme musulmane fondamentaliste fasse une apparition en public.

– Eh bien, si ta baraque est par terre, tu te retrouves forcément en public, pour ainsi dire.

– Je n'y avais jamais songé, dit-elle, tu es vraiment fort.

– Merci. (Je repris ma lecture à voix haute.) « Elle a déclaré ensuite : "Si jamais je mets la main sur le pilote qui a lâché sa bombe sur ma maison, je le tuerai moi-même." » Ces gens ne cachent rien, expliquai-je à Kate. Le problème, c'est qu'on prend ça pour de la rhétorique, alors qu'ils le pensent vraiment, comme l'ont découvert le colonel Hambrecht et le général Waycliff.

Elle hocha la tête.

– Je n'arrive pas à croire que les grosses têtes de Washington n'aient pas su que ça allait arriver, ou n'aient pas vu que c'était en train d'arriver, ajoutai-je.

Elle ne répliqua pas.

Je poursuivis ma lecture :

– « Quant à son époux, pour elle, ce n'est pas un terroriste, car, s'il l'était, elle n'aurait jamais eu d'enfants avec lui. » C'est une affirmation sexiste, notai-je. Les terroristes peuvent faire de bons pères.

– Tu ne peux pas lire ce putain d'article en m'épargnant tes commentaires idiots ?

– À vos ordres, madame. (Je continuai :) « Les officiels libyens déclarent que deux des fils de Kadhafi ont été blessés durant le bombardement. Kadhafi lui-même a déclaré : "Certains de mes enfants sont blessés, d'autres ont peur. Ils ont sans doute subi des dommages psychologiques." »

– Ils ne sont pas les seuls, dit Kate.

– Sans le moindre doute. Je crois que nous savons comment le petit Asad s'est fait baiser la cervelle.

– Je le crains, oui.

Nous étions assis là, à digérer ces propos tenus des années plus tôt. Il est toujours bon de savoir pourquoi – maintenant, nous savions pourquoi. Nous savions aussi qui, quoi, où et quand – mission de représailles d'Asad Khalil, en Amérique, aujourd'hui. Cependant, nous ne savions pas précisément où il était ni quand il allait frapper à nouveau. Mais nous étions tout près, et, pour la première fois, je me sentais confiant : nous attraperions ce fils de pute.

– S'il n'a pas quitté le pays, il est à nous, dis-je à Kate.

Elle ne fit aucune remarque sur mon optimisme, et, étant donné l'histoire récente d'Asad Khalil, j'avais quelques doutes moi-même.

Je songeais aux remarques de Mrs. Kadhafi et à la relation supposée entre les Kadhafi et les Khalil, qui était peut-être plus intime qu'elle ne le soupçonnait. Je pensais aussi à la théorie selon laquelle Kadhafi avait fait tuer le capitaine Khalil longtemps auparavant à Paris, fait qu'Asad ne soupçonnait apparemment pas. Je me demandais également si le petit Asad savait que l'oncle Muammar se glissait parfois jusqu'à la tente de sa propre mère. Un de mes profs d'histoire au collège nous expliquait que les grands événements historiques avaient souvent été influencés par le sexe, licite et illicite. Je sais que c'est vrai quant à ma propre histoire. Donc, pourquoi pas pour le monde entier ?

J'essayais d'imaginer l'élite libyenne, qui ne différait probablement pas beaucoup des autres petites autocraties de la planète, où les intrigues de cour, les rumeurs de palais et les jeux de pouvoir sont monnaie courante.

– Tu crois qu'Asad Khalil a perdu des membres de sa famille pendant ce bombardement ? demandai-je à Kate.

– Si nos infos sont correctes, on peut supposer que la famille de Khalil était logée dans le camp de Kadhafi. Il fait peut-être tout ça pour venger son leader, mais je supose que lui et sa famille étaient là-bas et que donc, oui, il a sans doute subi une perte personnelle.

– C'est bien mon avis aussi.

Je m'efforçai de visualiser Khalil adolescent, soufflé hors de son lit en pleine nuit, se chiant dessus de trouille, tandis que le monde autour de lui était transformé en gravats pulvérisés, en cadavres et en morceaux de corps. Je tenais maintenant pour acquis qu'il avait perdu des membres de sa famille et j'essayais d'imaginer son état d'esprit – la peur, le choc, peut-être la culpabilité d'avoir survécu, puis, plus tard, la colère. Finalement, à un moment, il avait décidé de se venger. Et il était en excellente position pour le faire, étant à la fois une victime et un membre du cercle intérieur. Les renseignements libyens avaient dû sauter sur ce gamin comme s'il était un nouveau prophète. Et Khalil lui-même... il avait porté cette haine toute sa vie et, depuis samedi, il était en train de vivre son rêve. Son rêve, notre cauchemar.

– À quoi tu penses ? demanda Kate.

– À Khalil. Il n'est pas venu ici pour entamer une nouvelle vie ni pour conduire un taxi. On aurait dû s'en douter. Et il y en a d'autres comme lui...

– Ça, c'est sûr.

Nous restions à notre poste, comme on nous avait dit de le faire, même si cela me démangeait. J'aurais voulu appeler Beth, mais la situation en face de moi avait changé. Je me contentai de lui expédier un e-mail : « Peux pas parler maintenant – développement soudain de l'affaire – peut-être vais-je quitter la ville cet aprèm – merci pour le gros baiser mouillé. » J'hésitai devant mon clavier. « Et donc, en conclusion... » Non, ça n'allait pas. Finalement, je tapai : « Besoin de te parler – t'appellerai bientôt. »

J'hésitai à nouveau, puis envoyai le message. « Besoin de te parler », bien sûr, veut tout dire si vous l'avez déjà vécu. Un raccourci amoureux, comme celui de ma femme : « John, il faut qu'on parle. » Décryptage : va te faire foutre.

– À qui tu écris ? demanda Kate.

– À Beth Penrose.

Un silence, puis :

– J'espère que tu ne t'es pas servi de l'e-mail pour lui dire...

– Euh... non...

– C'est vraiment froid.

– Et un fax ?

– Il faut que tu le lui dises en personne.

– En personne ? Je n'ai même pas le temps de me parler à moi-même en personne !

– Eh bien... un coup de téléphone devrait faire l'affaire. Je vais te laisser.

– Non. Je m'en occuperai plus tard.

– À moins que tu ne veuilles pas. Je comprends.

Je sentais venir une énorme migraine.

– Vraiment. Je comprendrais que tu aies réfléchi, ajouta-t-elle.

Pourquoi n'arrivais-je pas à la croire ?

– Ce qui s'est passé la nuit dernière ne t'oblige à rien. Nous sommes deux adultes. Alors on va se calmer un moment et y aller doucement. Une étape à la fois...

– Ça va ? Tu as encore beaucoup de clichés comme ça ?

– Va te faire foutre !

Elle se leva et quitta la pièce.

J'aurais volontiers bondi pour lui courir après, mais je pense qu'on avait déjà assez attiré l'attention de nos voisins de bureau, et je me contentai donc de sourire et de siffloter *Dieu bénisse l'Amérique*, pendant que des membres de la ligue antisexe de l'ATTF e-mailaient à Big Brother le risque d'un crime sexuel en préparation.

Ce qui me rappela que j'avais besoin de sous-vêtements propres. Il y avait un magasin pour hommes pas loin, et j'avais prévu d'y faire un saut plus tard. Je voulais même que Kate m'aide à choisir une chemise et une cravate.

Bref, revenons au terroriste le plus recherché d'Amérique. Je retournai à mon e-mail et vis un message émanant de la section antiterroriste de Washington marqué URGENT. « L'Air Force nous informe qu'il peut être difficile d'identifier les pilotes de la mission Al-Azziziyah. Des archives existent pour les escadrons complets, mais de petites unités telles que celle-ci nécessitent des recherches plus approfondies. »

Je réfléchissais. Cela avait l'odeur de la vérité, mais j'étais devenu si parano que je n'aurais même pas cru un panneau indiquant une sortie.

Je lus le reste du communiqué : « Mrs. Hambrecht a été recontactée, mais elle ne divulguera aucun nom par téléphone. Un général et son escorte sont partis de Dayton, Ohio, pour la résidence des Hambrecht à Ann Arbor. Mrs. Hambrecht dit qu'elle leur divulguera les noms de visu, après avoir vérifié leurs identités et lettres de créance. Vous tiendrons au courant. »

J'imprimai l'e-mail, encerclai la mention URGENT en rouge et le jetai sur le bureau de Kate.

Il me vint à l'esprit que, très ironiquement, les mesures de sécurité mises en place pour protéger ces hommes des représailles étaient les mêmes que celles qui nous avaient empêchés de comprendre ce qui se passait, et nous empêchaient à présent de les protéger.

Et il était plus qu'évident que le secret avait été brisé à un moment où à un autre. C'est pour cela qu'Asad Khalil avait une liste de noms, et pas nous. Mais quels noms ? Seulement ces huit hommes qui avaient bombardé Al-Azziziyah ? Vraisemblablement. C'étaient ceux qu'il voulait effacer de la surface de la planète. Avait-il bien les huit noms ? Certainement.

Tout ça tournait dans ma tête – huit hommes, un tué dans le Golfe, un assassiné en Angleterre, un autre avec sa femme à Washington, dans Capitol Hill, rien que ça. Un très sérieusement malade, d'après Mrs. Hambrecht. Cela laissait quatre victimes possibles – cinq si le type malade ne mourait pas avant que Khalil ne le tue. Mais je n'avais aucun doute, comme je l'ai déjà dit : certains d'entre eux étaient déjà morts. Peut-être tous, plus ceux qui se trouvaient avec eux au mauvais endroit et au mauvais moment, comme Mrs. Waycliff et sa femme de ménage.

C'est assez troublant de voir votre propre pays se transformer en champ de bataille. Je ne prie pas souvent, et jamais pour moi-même, mais là je me mis à le faire pour ces types et leurs familles. Je priai pour les morts, les morts probables, et ceux qui allaient mourir.

Puis j'eus une brillante idée, consultai mon agenda personnel et composai un numéro.

42.

– Nous venons d'obtenir notre autorisation pour le couloir direct vers San Diego, dit la voix du pilote dans l'interphone. Le vol devrait prendre une heure cinquante minutes, ce qui nous amènera à destination vers six heures quinze, heure de Californie. C'est une heure plus tôt qu'ici.

– Merci. Je crois que je comprends les fuseaux horaires.

Khalil songeait qu'il avait voyagé avec le soleil depuis Paris et chaque fois bénéficié d'heures supplémentaires, bien qu'il n'en eût pas particulièrement besoin.

– Mr. Perleman, reprit le pilote, je m'excuse pour les turbulences, mais c'est assez typique des chaînes de montagnes.

Khalil se demanda pourquoi le pilote s'excusait pour un phénomène que seul Dieu contrôlait, et certainement pas un pauvre humain comme lui.

– Cela devrait aller mieux d'ici à une dizaine de minutes, poursuivit le pilote. Nous allons traverser le Colorado, puis continuer vers le sud-ouest...

– Prévenez-moi quand nous survolerons le Grand Canyon.

– Oui, monsieur. Nous passerons à une cinquantaine de kilomètres du Grand Canyon dans quarante minutes. Mais je crains que vous ne voyiez pas grand-chose à cette altitude et à cette distance.

Khalil se fichait éperdument du Grand Canyon. Il voulait simplement s'assurer d'un réveil au cas où il s'endormirait.

– Merci. N'hésitez pas à me réveiller quand nous approcherons du Canyon.

– Bien, monsieur.

Khalil inclina son siège et ferma les yeux. Il repensa au colonel Callum, convaincu d'avoir pris la bonne décision en laissant l'ange de la Mort s'occuper de ce meurtrier. Il songea aussi à sa prochaine visite, le lieutenant Wiggins. À Tripoli, ils lui avaient dit que c'était un homme imprévisible, qui bougeait beaucoup, contrairement à ceux de ses camarades qu'il avait déjà tués, lesquels avaient une vie faite d'habitudes et de ponctualité. Pour cette raison, et parce que Wiggins arrivait en fin de liste, un complice l'attendait en Californie. Khalil ne voulait pas d'assistance. Il n'en avait pas besoin, mais cette partie de sa mission était la plus critique, la plus dangereuse, et également, comme le monde allait le découvrir, la plus importante.

Khalil se sentit partir dans le sommeil et il rêva de nouveau à l'homme qui le traquait. C'était un rêve confus dans lequel l'homme et lui volaient tous deux au-dessus du désert, Khalil devant, l'homme derrière lui, mais hors de vue – et, planant sur eux, l'ange de la Mort qu'il avait déjà vu dans l'oasis de Koufra. Cet ange, il le sentait, observait les deux hommes, comme pour décider lequel il allait frapper et faire tomber à terre.

Ce rêve se transforma en un autre où lui et la femme pilote volaient nus, main dans la main, cherchant un toit plat où se poser pour pouvoir se livrer au plaisir charnel. Chaque bâtiment qu'ils distinguaient en bas avait été détruit par une bombe.

L'interphone grésilla et Khalil s'éveilla en sursaut, le visage en sueur et le sexe dur.

– Le Grand Canyon arrive sur notre droite, Mr. Perleman, dit le pilote.

Khalil inspira profondément, s'éclaircit la gorge et dit « merci » dans l'interphone.

Il se leva et se rendit aux toilettes pour se passer le visage sous l'eau froide, l'esprit toujours habité par ses rêves.

Il regagna son siège et regarda par le hublot. La pleine lune allait bientôt disparaître à l'horizon et, sous lui, la Terre était entièrement noire.

Il prit le téléphone de bord et composa un numéro appris par cœur.

– Allô ? répondit une voix d'homme.

– C'est Perleman, dit Khalil. Je suis désolé de vous avoir réveillé.

– Tannenbaum à l'appareil. Pas de problème. Je dors seul.

– Bien. J'appelle pour voir si nous pouvons faire affaire.

– Les affaires sont bonnes en ce moment, ici.

– Et où sont nos concurrents ?

– Nulle part en vue.

– Je suis impatient qu'on se rencontre, conclut Khalil une fois achevé l'échange qu'ils avaient répété.

– Comme convenu.

Khalil raccrocha, prit à nouveau une grande inspiration, puis appuya sur le bouton de l'interphone.

– Oui ? fit le commandant.

– Mon coup de téléphone nécessite un nouveau changement de plans.

– Bien, monsieur.

« Mr. Perleman n'a pas à s'excuser de changer sans cesse son plan de vol, avait dit Boris. Mr. Perleman est juif et il paie le prix fort ; en conséquence, il s'attend à en avoir pour son argent. Ses affaires passent avant tout – et les problèmes que cela pose aux autres ne le concernent pas. »

Khalil expliqua donc sèchement au pilote :

– Il faut que j'aille à Santa Monica. Je suppose que cela ne pose pas de problème ?

– Non, aucun. Il y a très peu de différence en temps de vol.

Khalil le savait déjà.

– Parfait, dit-il. Combien pour Santa Monica ?

– Environ quarante minutes, ce qui nous amènera à l'aéroport municipal vers six heures du matin. Il nous faudra peut-être ralentir un peu pour être certains d'atterrir après l'heure du couvre-feu antinuisances sonores.

– Je comprends.

Khalil savait tout cela par cœur. Tout avait été prévu.

Vingt minutes plus tard, le Learjet entama sa descente, et Khalil aperçut une chaîne de montagnes basses dans la pâle lueur de l'aube.

– Nous commençons notre descente, veuillez attacher votre ceinture.

Khalil ne répondit pas. Il mit sa montre à l'heure de Californie. Cinq heures cinquante-cinq.

Ce vol avait été planifié depuis Tripoli de manière que son changement de destination, annoncé au-dessus du Grand Canyon, l'amène à Santa Monica quelques minutes plus tôt que s'il avait atterri à San Diego. Si jamais les autorités l'attendaient à San Diego et découvraient qu'il allait à Santa Monica, il ne leur resterait que quarante minutes pour préparer un nouveau guet-apens. S'il leur fallait plus de temps pour installer ce nouveau piège, le pilote l'informerait d'un nouveau délai nécessaire, prenant n'importe quel prétexte pour gagner du temps. Alors Khalil bousculerait encore le plan de vol, cette fois avec une arme braquée sur la tempe du pilote. L'aéroport sur lequel ils se rabattraient était une petite installation abandonnée dans les montagnes de San Bernardino, à seulement quelques minutes de vol de là où ils étaient à cet instant. Une voiture l'attendait là-bas, avec des clés scotchées derrière une roue. Dans tous les cas, les autorités apprendraient vite qui avait l'avantage. Asad Khalil, dans un jet privé, avec des armes.

Ils survolèrent l'océan, puis revinrent vers la côte et poursuivirent leur descente.

Khalil guettait la moindre indication de retard pour l'atterrissage, mais il entendit le train sortir et vit les volets se lever sur l'arrière de l'aile.

Tous ces changements dans le plan de vol, il le savait, ne lui donnaient aucune assurance qu'il serait tranquille à terre. Mais puisque cette possibilité lui était offerte, il était décidé à l'exploiter au maximum, simplement pour compliquer la tâche des Américains s'ils essayaient de le piéger.

Un jour, Malik lui avait montré deux films. Dans le premier, passé au ralenti, un lion poursuivait une gazelle. Dans le second, c'était un lion qui était poursuivi par une jeep. D'après le commentaire, les passagers du véhicule tentaient de s'approcher de l'animal afin de lui décocher une fléchette anesthésiante qui permettrait de le capturer pour des raisons scientifiques.

« Le lion, quand il est chasseur, reste braqué sur sa proie, avait expliqué Malik. Il réagit en fonction de ses mouvements et il compte sur sa vitesse. Quand il est chassé, il se repose sur son instinct et son savoir de chasseur pour berner ses poursuivants. Comme lui, il y a des moments où tu dois changer de direction pour éviter tes poursuivants et des moments où des changements de direction qui n'étaient pas utiles permettent à la proie de s'échapper. Les pires changements de direction sont évidemment ceux qui mènent droit dans un piège. Il faut que tu saches quand changer de direction et quand accroître ta vitesse, ou quand la ralentir si tu sens le danger devant toi. Il faut aussi savoir quand t'arrêter et te fondre dans les buissons. »

Le Learjet toucha le sol, freina, ralentit et vira pour prendre une piste. Quelques minutes plus tard, il stoppait devant une station-service et des bâtiments de l'Aviation générale quasi déserts.

Khalil scruta la scène avec attention. Enfin il se leva, ramassa son sac et alla s'agenouiller à l'avant, entre les pilotes. À travers le pare-brise et les vitres latérales, il vit un homme en face d'eux qui tenait deux bâtons lumineux pour guider l'appareil vers une place de stationnement, juste devant les installations.

– Nous y voilà, Mr. Perleman, dit le commandant Fiske en coupant les réacteurs. Vous avez besoin d'un véhicule ?

– Non. On vient me chercher.

Même si je ne sais pas qui.

Le copilote détacha sa ceinture, se leva et s'excusa en passant auprès de lui, puis il ouvrit la porte de la cabine et une douce brise envahit l'avion. Il descendit de l'appareil, et Asad Khalil le suivit, prêt à lui dire au revoir, ou à lui coller une balle dans la tête, selon ce qui allait se produire ou non dans les quelques secondes qui suivraient.

Le commandant Fiske sortit à son tour de l'avion, et les trois hommes se retrouvèrent sur la piste dans l'air frais de l'aube.

– Je dois rejoindre mon collègue dans le coffee shop, dit Khalil.

– Il y en avait un dans ce bâtiment-là, la dernière fois que je suis venu, dit Fiske. Il devrait être ouvert.

Les yeux de Khalil balayaient les hangars et les installations de maintenance, encore plongés dans la pénombre.

– Là, insista le pilote en désignant le bâtiment à Khalil.

– Oui, je vois. Merci. Merci aussi pour votre assistance et votre compagnie.

Les deux pilotes lui répondirent que cela avait été un plaisir de l'avoir à bord. Khalil doutait de leur sincérité, mais il leur donna cent dollars chacun en leur disant :

– Je demanderai à vous avoir à mon service la prochaine fois que je ferai appel à votre compagnie.

Ils remercièrent ce généreux client, portèrent une main à leurs casquettes et s'éloignèrent vers le hangar ouvert.

Asad Khalil se retrouva seul, exposé sur le tarmac, attendant que le calme explose en hurlements d'hommes chargeant au pas de course. Mais rien ne se produisit, ce qui ne le surprit pas. Il ne sentait pas de danger ; au contraire, il percevait la présence de Dieu dans le soleil levant.

Il s'avança sans hâte vers le bâtiment de verre sur la droite du hangar et y entra.

Il dénicha le coffee shop et vit un homme assis seul à une table. Ce dernier portait un jean et un tee-shirt bleu, et lisait le *Los Angeles Times*. Comme lui, l'homme avait des traits sémites et à peu près son âge. Asad Khalil s'approcha de lui.

– Mr. Tannenbaum ?

– Oui. Mr. Perleman ? fit l'homme en se levant.

Ils se serrèrent la main, et le prétendu Tannenbaum lui proposa un café.

– Je pense que nous devrions partir.

Khalil sortit du coffee shop.

L'homme paya son café à la caisse et rejoignit Mr. Perleman dehors. Ils quittèrent les bâtiments et marchèrent vers un parking.

– Vous avez fait bon voyage ? demanda Tannenbaum, toujours en anglais.

– Serais-je ici, si ce n'était pas le cas ?

L'homme ne répondit pas. Il sentait que son compatriote ne cherchait ni la compagnie ni à meubler le silence.

– Vous êtes certain de ne pas avoir été suivi ? demanda Khalil.

– Absolument. Je ne suis impliqué dans rien

qui puisse attirer l'attention des autorités sur moi.

– Eh bien, maintenant, tu l'es, répliqua Khalil en arabe. Ne fais pas de telles affirmations, mon ami.

– Bien sûr. Pardonnez-moi, répondit l'homme dans la même langue.

Ils approchaient d'un van bleu qui portait sur ses flancs l'inscription « Service livraison rapide – local et national – Livraison garantie le jour même », avec un numéro de téléphone. L'homme déverrouilla les portes et s'installa au volant. Khalil s'assit à côté de lui et jeta un œil à l'arrière du van où une douzaine de paquets étaient posés sur le sol.

– Route 405, nord, dit Khalil en bouclant sa ceinture tandis que l'homme démarrait.

En quelques minutes, ils gagnèrent l'autoroute. Le ciel s'était éclairci, et Khalil commença à regarder autour de lui. Il vit des panneaux indiquant la sortie pour Century City, les Studios Twentieth Century Fox, West Hollywood, Berverly Hills, UCLA. Khalil savait que Hollywood était l'endroit où les Américains faisaient leurs films, mais ce sujet ne l'intéressait pas, et son chauffeur n'avait pas l'air de vouloir lui donner d'informations superflues.

– J'ai des colis à l'arrière adressés à Mr. Perleman, se contenta-t-il de dire.

Khalil ne répondit pas.

– Bien sûr, ajouta le chauffeur, je ne sais pas ce qu'ils contiennent, mais je pense que vous y trouverez tout ce dont vous avez besoin.

Une fois de plus, Khalil ne dit rien.

Le chauffeur se tut, et Khalil sentit qu'il commençait à être mal à l'aise. Il s'adressa donc à lui en l'appelant par son vrai nom.

– Alors, Azim, tu viens de Benghazi ?
– Oui.
– Et ton pays te manque ?
– Bien sûr.
– Et ta famille aussi. Ton père, je crois, vit toujours en Libye.
Azim hésita et répondit :
– Oui.
– Bientôt, tu vas pouvoir lui rendre visite et couvrir ta famille de cadeaux.
– Oui.
Ils continuèrent à rouler en silence pendant un moment, regardant très souvent dans les rétroviseurs extérieurs.
Ils approchaient d'une intersection avec le Ventura Freeway. À l'est, il y avait Burbank et, à l'ouest, Ventura.
– On m'a dit que vous aviez l'adresse de votre rendez-vous, reprit Azim.
– On m'avait dit que c'était toi qui l'avais, répliqua Khalil.
Azim faillit en perdre le contrôle du véhicule.
– Non... non..., balbutia-t-il. Je ne sais rien... Ils m'ont dit...
Khalil rit et posa une main sur l'épaule d'Azim.
– Ah oui, j'avais oublié. J'ai l'adresse. Prends la sortie de Ventura.
Azim se força à rire, puis il ralentit pour prendre la file de droite.
Khalil observa la large vallée où se côtoyaient maisons et buildings commerciaux, et finit par porter son regard sur les collines au loin. Il y avait de nombreux palmiers, qui lui rappelaient son pays.
Il effaça ces pensées nostalgiques et pensa à son prochain repas. Elwood Wiggins avait été

une proie difficile à repérer, mais on avait fini par le localiser à Burbank ; ensuite, il avait inexplicablement déménagé pour Ventura, un peu plus au nord le long de la côte. En fait, ce mouvement était presque un signe du destin, car il plaçait Wiggins beaucoup plus près du dernier lieu où Khalil devait se rendre afin d'achever sa visite en Amérique. Khalil ne doutait pas une seconde que la main d'Allah mettait en place les derniers acteurs du jeu.

Si le lieutenant Wiggins était chez lui, alors, Asad Khalil pourrait achever cette affaire aujourd'hui et accomplir sa dernière mission.

Si le lieutenant Wiggins n'était pas chez lui, alors, quand il regagnerait sa maison, il y trouverait un lion affamé qui l'attendrait pour lui déchirer la gorge.

Khalil émit un petit rire, et Azim lui jeta un coup d'œil en souriant. Mais son sourire s'évanouit bien vite quand il vit l'expression sur le visage de son passager. Il sentit ses poils se hérisser sur sa nuque en regardant son voisin, qui, d'homme, semblait s'être changé en bête.

43.

Je composai un numéro à Washington.

– Homicides, inspecteur Kellum, me répondit-on.

– Ici John Corey, NYPD, homicides. Je cherche l'inspecteur Calvin Childers.

– Il a un alibi pour cette nuit.

Tous des comiques.

– Il est noir, armé, et il est à moi, répliquai-je en jouant le jeu.

– Quittez pas, fit Kellum en rigolant.

Une minute plus tard, j'avais Childers en ligne.

– Hé, John, comment ça va dans la Grosse Pomme ?

– Toujours la même merde, Cal. Je travaille sur l'affaire de la Transcontinental.

– Eh ben, dis donc ! Comment t'as fait pour avoir un morceau de ce gâteau ?

– C'est une longue histoire. Pour te dire la vérité, je travaille pour le FBI, maintenant.

– Je savais bien que t'étais un moins que rien.

On gloussa tous les deux. Cal Childers et moi étions devenus copains lors d'un séminaire au QG du FBI quelques années auparavant essentiellement parce que nous partagions le même problème personnel face à l'autorité et aux fédés.

– Tu travailles pour ces dindes ?

– C'est un contrat de courte durée, avec une laisse encore plus courte.

– Ouais, bon, qu'est-ce que je peux faire pour toi ?

– Tu veux que je sois franc ou tu préfères que j'essaie de t'embrouiller pour que t'en saches le moins possible ?

– On est enregistrés ?

– Probablement.

– T'as un portable ?

– Bien sûr.

– Rappelle-moi.

Il me donna son numéro direct. Je raccrochai et demandai à Kate l'autorisation d'emprunter son portable. Elle était occupée avec son ordinateur et me tendit son téléphone sans un mot ni un regard.

– Merci, fis-je en composant le numéro direct de Calvin, qui décrocha aussitôt. Okay, est-ce que tu es sur l'affaire du général Waycliff ?

– Nan. Mais je connais les mecs qui sont dessus.

– Bien. Vous avez une piste quelconque ?

– Non. Et toi ?

– J'ai le nom de l'assassin.

– Ah ouais ? Il est en taule ?

– Pas encore. C'est pour ça que j'ai besoin de ton aide.

– Bien sûr. Donne-moi le nom de l'assassin.

– Bien sûr. Aide-moi.

Cal rit.

– Okay, de quoi t'as besoin ?

– Voici le deal : j'ai besoin des noms des mecs qui ont participé à un bombardement avec le général décédé. Je te le dis tout de go, ces noms sont top secret, et l'Air Force et la Défense sont plus qu'évasifs, ou alors ils traînent les pieds, ou alors ils ne savent carrément pas.

– Dans ce cas, comment pourrais-je le savoir, moi ?

– Eh bien, tu pourrais aller demander à la famille, ou traîner tes pompes dans la maison du défunt. Regarder dans son carnet d'adresses, dans ses dossiers. Il y a peut-être une photo, quelque chose comme ça. Je croyais que t'étais inspecteur ?

– Je suis inspecteur, mais je lis pas dans les pensées, putain. Donne-m'en plus.

– Okay. Le bombardement a eu lieu en Libye, dans un endroit appelé... (je regardai une coupure de presse sur mon bureau) Al-Azziziyah.

– J'ai un neveu qui s'appelle Al Azziziyah. Vous ai-je déjà dit qu'on avait tous les deux un sens de l'humour bizarre ?

– C'est un bled, Cal. En Libye. Près de Tripoli, expliquai-je.

– Ah ouais, pourquoi tu l'as pas dit tout de suite ? C'est clair, là, maintenant.

– Le truc, c'est que je suis à peu près certain que le général Waycliff a été assassiné par ce type, Asad Khalil...

– Le mec qu'a décimé l'avion entier ?

– Oui.

– Et qu'est-ce qu'il fout à Washington ?

– Il tue. Je pense qu'il veut buter tous les mecs qui ont participé à ce raid.

– Sans blague ? Et pourquoi ?

– Il veut se venger. Je crois qu'il vivait là-bas et que les bombes sont tombées sur des gens qu'il connaissait. Compris ?

– Ouais. Mais pourquoi il a attendu si longtemps ?

– Il était gamin à l'époque. Et maintenant, il a beaucoup grandi.

Je fis à Cal un bref résumé de l'histoire d'Asad Khalil, assorti de détails qui ne figuraient pas dans les journaux.

– Hé, dit-il, mais, si ce mec a été transféré depuis Paris, vous devez avoir des empreintes et tout le tremblement ?

– Exact. Demande au FBI de t'envoyer ce qu'ils ont. Ils ont même des fibres du costume qu'il porte peut-être encore. Et de l'ADN.

– Tu plaisantes ?

– Non, je te jure.

Il rit, puis dit :

– On n'a pas trouvé grand-chose sur la scène du crime, mais si ce Khalil l'a commis, au moins les gars du labo sauront ce qu'ils cherchent quand le FBI nous enverra tout ça.

– Oui. Est-ce que les victimes ont été tuées avec un calibre 40 ?

– Non. Un 45. Le général possédait un automatique de service et, d'après sa fille, il a disparu.

– Il me semblait que tu n'étais pas sur cette affaire ?

– Pas directement. Mais c'est une grosse affaire. C'est des Blancs, tu vois ?

– Je vois. Eh bien, ils pourront pas te coller ce meurtre sur le dos, en tout cas.

Il rit à nouveau.

Bon... donne-moi juste quelques heures...

– Tu as une heure, Cal. Il y a d'autres mecs ici qui ont besoin d'être protégés. C'est peut-être même déjà trop tard pour eux.

– Ouais. Compris. Faut que je parle aux mecs qui sont sur l'affaire et que j'aille dans la maison des victimes moi-même. Je te rappellerai de là-bas, okay ?

– J'apprécie.

Je lui donnai le numéro du portable de Kate et ajoutai :

– Motus et bouche cousue.

– Tu m'en dois une, dit-il.

– J'ai déjà payé. Asad Khalil. C'est votre tueur.

– Vaudrait mieux, mon pote. Parce que je risque la peau du cul avec ça.

– Je te couvrirai.

– C'est ça, le FBI a l'habitude de couvrir les flics !

– Je suis encore flic.

– Vaudrait mieux pour toi.

Il raccrocha. Je posai le portable sur mon bureau. Kate leva le nez de son ordinateur et dit :

– J'ai tout entendu.

– En réalité, tu n'as rien entendu. D'accord ?

– Tout va bien. Je crois que tu n'as pas encore passé les limites.

– Ça alors, c'est une première !

– Ne sois pas parano. Tu as le droit d'explorer toutes les pistes possibles pour ton enquête.

– Même les trucs classés top secret ?

– Non. Mais il semblerait que le coupable ait ces infos ; par conséquent, elles sont déjà largement compromises.

– Tu en es sûre ?

– Fais-moi confiance. Je suis avocate.

Elle me sourit. J'eus l'impression qu'on était à nouveau copains.

– Si on peut avoir ces noms et ces adresses grâce à ton ami avant que Mrs. Hambrecht ne les divulgue, ou avant que l'Air Force ou la Défense ne les découvrent, reprit Kate, alors on sera dans une bien meilleure position pour continuer à bosser sur cette affaire. Ce ne sera pas le cas si le contre-terrorisme de Washington les a en premier.

Je la regardai. Visiblement, Ms. Mayfield, équipière, repensait les règles du jeu.

Nos regards se croisèrent et elle sourit à nouveau.

– Ouais, fis-je, je déteste quand les gens me piquent ce qui m'appartient.

– Tu es vraiment malin, acquiesça-t-elle. Je n'aurais jamais songé à appeler les homicides de Washington.

– Je suis un flic des homicides. C'est un truc de flic à flic. On fait ça tout le temps. Gabe l'a fait pour moi. C'est toi qui as eu l'idée de demander le dossier du colonel Hambrecht, ajoutai-je. Tu vois ? On travaille bien ensemble. Le FBI, les flics, la synergie. Ça marche vraiment bien. Quel concept ! Pourquoi n'ai-je pas endossé ce costume il y a dix ans ? Quand je pense à toutes ces années perdues dans les forces de police...

– John, on se calme.

– Oui, m'dame.

– Je vais commander à déjeuner. Qu'est-ce que tu veux ?

– Des truffes sur du pain bio, avec de la béarnaise et des cornichons.

– Et mon poing au fond de la gorge, ça te dirait ?

Mon Dieu ! Je me levai et m'étirai.

– Je t'invite à déjeuner, dis-je.

– Eh bien... je ne...

– Allez. J'ai besoin de prendre l'air. On a nos beepers.

Je mis le portable de Kate dans ma poche.

– D'accord.

Elle se leva, se rendit jusqu'au standard et prévint la femme agent de service qu'on sortait mais qu'on n'allait pas loin.

En quelques minutes, nous étions sur Broadway. Il faisait beau, et les trottoirs étaient encombrés de la foule de l'heure du déjeuner, pour la plupart des employés du gouvernement qui mangeaient des sandwiches pour économiser quelques dollars. Les flics ne sont pas exactement surpayés, mais nous savons prendre soin de nous. Dans notre métier, on ne sait jamais ce que le futur nous réserve, alors on mange, on boit et on prend du bon temps.

– Je m'excuse si j'ai été un peu... énervée tout à l'heure, dit Kate. Ça ne me ressemble pas.

– Oublie. Les premiers jours peuvent être un peu durs, parfois.

– Exactement.

Cela ne s'arrange pas beaucoup ensuite, mais pourquoi le mentionner et gâcher un si bon moment ?

Je dirigeai Ms. Mayfield vers un restaurant appelé Ecco. C'est un endroit chaleureux, avec l'atmosphère du New York ancien, sauf pour les prix. Mon ex et moi venions souvent ici parce que nous travaillions tous les deux dans le quartier, mais je gardai cela pour moi.

Le maître d'hôtel m'accueillit par mon nom, ce qui impressionne toujours vos invités. Bien que l'endroit fût bondé, on nous escorta vers une jolie table pour deux en terrasse. Les mecs portant costume et flingue sont toujours bien traités dans les restaurants new-yorkais, et je pense que c'est pareil dans le monde entier.

Bref, le restaurant était plein de politiciens de l'hôtel de ville et autres services municipaux. C'est une sorte de rendez-vous de l'élite politique à grosses notes de frais, un endroit où les taxes sont momentanément recyclées dans le secteur privé puis dans la ville. Ça marche vraiment bien.

Kate et moi commandâmes un verre de vin à huit dollars pièce au propriétaire, qui s'appelait Enrico. Blanc pour elle, rouge pour moi.

– Tu n'as pas besoin de me payer un repas si cher, me dit Kate une fois Enrico parti.

Bien sûr que si.

– Après ce petit déjeuner, je te devais un super-déjeuner, rétorquai-je.

Elle rit. Enrico nous apporta nos verres

– Il se peut que j'aie besoin de recevoir un fax ici. Vous pouvez me donner le numéro ? lui demandai-je.

– Certainement, Mr. Corey.

Il écrivit le numéro sur un napperon, puis s'en alla.

– *Slainté !* dis-je à Kate en trinquant.

– Qu'est-ce que ça veut dire ?

– À ta santé. C'est du gaélique. Je suis à moitié irlandais.

– Quelle moitié ?

– La gauche.

– Je veux dire, paternelle ou maternelle ?

– Maternelle. Mon père est en grande partie anglais. Quel mariage ! Ils s'envoient des lettres piégées.

– Les New-Yorkais sont très préoccupés par leurs origines nationales, fit observer Kate en riant. On ne voit pas ça dans tout le pays.

– Vraiment ? Ça doit être ennuyeux.

– C'est comme tes blagues.

– Faudra que je te présente à mon ex-partenaire, Dom Fanelli. Il est encore plus drôle que moi.

Et ainsi de suite. J'en étais déjà passé par là, mais, curieusement, cette fois-ci, c'était différent.

On se plongea dans le menu, qui était encore un peu plus cher que dans mon souvenir, et je fus sauvé par la sonnerie du portable.

– Calvin à l'appareil. Je suis dans le bureau du défunt, et il y a une photo, là, de huit bonshommes devant un F-111, daté d'avril 1987, pas 86.

– Ouais... eh bien, c'était une mission secrète, alors, peut-être que...

– Okay, je pige. Mais aucun des gars sur la photo n'est identifié par son nom.

– Merde...

– Attends, mon pote. Calvin est sur le coup. Alors j'ai trouvé une grande photo noir et blanc avec comme légende : 48e escadron de chasse, stationné à Lakenheath. Il y a environ cinquante ou soixante mecs sur la photo. Et ils portent chacun leur nom, genre premier rang, deuxième rang, etc. Je prends une loupe pour voir leurs visages et je les compare aux huit types devant le F-111, puis je reviens à la grande photo et je trouve les huit noms. Sept, en fait. Je savais déjà à quoi ressemblait Waycliff. Okay, ensuite je vais consulter l'agenda téléphonique de la victime, et j'obtiens sept adresses et numéros de téléphone.

Je laissai échapper un profond soupir.

– Excellent. Tu veux bien me faxer ces noms et ces numéros ?

– Et j'y gagne quoi ?

– Un déjeuner à la Maison-Blanche. Une médaille. Ce que tu veux.

– Hum... Plutôt quelques mois d'interrogatoire par la police des polices, oui. Okay. Il y a un fax dans le bureau ici. Donne-moi ton numéro.

Je lui dictai le numéro du restaurant et dis :

– Merci, mon vieux. Beau boulot.

– Où crois-tu qu'il est, ce Khalil ?

– Il rend visite à ces aviateurs. Il y en a dans la région de Washington ?

– Non. Floride. Caroline du Sud. New York...

– Où, à New York ?

– Voyons... un dénommé Jim McCoy... à Woodbury. Bureau au musée de l'Aviation de Long Island.

– Okay. Quoi d'autre ?

– Tu veux que je te le faxe ou que je te le lise ?

– Faxe-le. Et faxe-moi la photo des huit types, pendant que tu y es. Note qui est qui sur la photo. Envoie-moi aussi une bonne photo par navette, rappelle-moi pour me donner le numéro de vol, et je le ferai chercher par un agent désœuvré.

– T'es une vraie plaie, Corey. Okay. Laisse-moi sortir d'ici avant d'attirer trop l'attention. Ce Khalil est un vrai salopard. Je vais t'envoyer aussi quelques photos de la scène du crime.

– Et moi je te poste celles d'un avion rempli de cadavres.

– Fais gaffe à ton cul.

– J'y fais toujours gaffe. On se voit à la Maison-Blanche.

Je raccrochai et regardai Kate.

– Nous avons les noms et les adresses.

– J'espère que ce n'est pas trop tard.

– J'ai bien peur que si.

J'appelai un serveur.

– Je voudrais l'addition, et que vous m'apportiez un fax qui a dû arriver sur votre machine. Au nom de Corey.

Il disparut. Je vidai mon vin rouge et Kate se leva. Je fis de même.

– Je te dois un déjeuner, lui dis-je.

Pendant que nous marchions vers la sortie, le serveur revint, je lui donnai un billet de vingt dollars et il me tendit deux pages de fax écrites à la main, et la photo, qui était quasiment illisible.

Tout en remontant à grands pas Chambers Street vers Federal Plaza, je lus les noms à voix haute :

– Bob Callum, Colorado Springs, Académie de l'Air Force. Steve Cox, mort au combat, guerre du Golfe, janvier 1991. Paul Grey, Daytona Beach/Spruce Creek, Floride. Willie Hambrecht – lui, on sait. Jim McCoy à Woodbury – c'est dans Long Island. Bill Satherwaite, Moncks Corner, Caroline du Sud. Où c'est, ce trou ? Et enfin un dénommé Chip Wiggins, Burbank, Californie, mais Cal a noté que son adresse et son numéro de téléphone étaient rayés sur l'agenda de Waycliff.

– J'essaie d'imaginer les déplacements de Khalil, dit Kate. Il quitte Kennedy Airport en taxi, vers dix-sept heures trente, apparemment dans le taxi de Gamal Jabbar. Est-ce qu'il va jusque chez Jim McCoy avec Jabbar comme chauffeur ?

– Aucune idée. On le saura quand on appellera Jim McCoy.

Joignant le geste à la parole, je composai aussitôt le numéro personnel de ce dernier. Mais je tombai sur un répondeur. Ne voulant pas laisser de message trop alarmant, je dis :

« Mr. McCoy, ici John Corey, du FBI. Nous avons des raisons de penser que... *(que quoi ? que le plus gros enculé de la planète vous court après ?)* que vous pourriez être la cible d'un homme à cause du raid de 1986 sur la Libye. Contactez immédiatement la police et le bureau du FBI de Long Island. Voici mon numéro à Manhattan. Faites extrêmement attention. Je vous suggère, à vous et à votre famille, de vous mettre immédiatement à l'abri. »

– Il pensera peut-être que c'est une blague, mais le mot « Libye » devrait le convaincre. Note l'heure de mon appel.

Elle avait déjà sorti son carnet et prenait des notes.

– Il se peut qu'il n'ait jamais ce message, nota-t-elle.

– Ne pensons pas à ça. Positivons.

Je m'arrêtai devant un marchand ambulant et achetai deux *knishes*, moutarde et choucroute.

Je composai ensuite le numéro de Bill Satherwaite, en Caroline du Sud, en expliquant à Kate :

– Je préfère appeler les victimes potentielles chez elles avant de contacter la police locale. On peut rester planté longtemps avec les flics.

– C'est vrai.

– Ensuite, j'appellerai leurs bureaux respectifs.

Le téléphone sonnait et une voix enregistrée s'enclencha : « Bill Satherwaite. Laissez un message. » Je laissai donc un message identique à celui de McCoy, avec le même conseil de quitter les parages sans délai.

Le marchand ambulant, qui avait entendu mon message, me regarda d'un œil soupçonneux tout en nous tendant à chacun un knish enveloppé dans du papier sulfurisé.

– Qu'est-ce que c'est ? demanda Kate.

– De la bouffe juive. Une espèce de purée de patates. Frite. C'est bon.

Je composai le numéro de Paul Grey chez lui, en Floride, remarquant que son bureau était à la même adresse.

Un autre répondeur. Je répétai mon message, sous le regard carrément scrutateur du marchand.

Kate et moi reprîmes notre marche. J'essayai le bureau de Grey. Là encore, répondeur. Je n'aimais pas beaucoup ne trouver personne nulle part.

J'appelai ensuite le bureau de Satherwaite, apparemment une petite compagnie aérienne. Répondeur. Décidément... J'étais tenté de crier : « Barre-toi à toute vitesse pour sauver ta vie ! » mais je raccrochai et me contentai de dire :

– Où sont-ils tous passés ?

Kate ne réagit pas.

Nous remontions Broadway, et Federal Plaza n'était plus qu'à un block. J'engloutis la moitié de mon énorme knish en un temps record, tout en parcourant le fax.

Kate mordit une petite bouchée du sien, fit une grimace et le déposa dans une poubelle sans même me l'offrir. Mon ex faisait enlever ses assiettes à moitié pleines par les serveurs sans jamais me demander si je voulais les terminer. Mauvais signe.

Je décidai d'essayer le numéro du Berceau de l'Aviation à Long Island, sachant que j'obtiendrais enfin une voix humaine. Une femme répondit.

– Musée de l'Aviation.

– Bonjour, madame, ici John Corey, du FBI. Je dois parler au directeur, Mr. McCoy. C'est urgent.

Il y eut un long silence au téléphone, dont je compris instantanément la signification.

– Mr. McCoy..., finit-elle par dire dans un sanglot, Mr. McCoy est mort.

Je regardai Kate et secouai doucement la tête. Je balançai mon knish dans le caniveau et continuai à parler tout en marchant.

– Comment est-il mort, madame ?

– Il a été assassiné.

– Quand ?

– Hier soir. La police est partout dans le musée... personne n'a accès aux bâtiments.

– Où êtes-vous, madame ?

– Dans le musée pour les enfants, juste à côté. Je suis la secrétaire de Mr. McCoy, et sa ligne sonne ici, désormais, pour que...

– Okay. Comment a-t-il été tué ?

– Il a été... abattu... dans... l'un des avions... Il y avait un autre homme avec lui... Vous voulez parler à la police ?

– Pas encore. Vous savez qui était l'autre homme ?

– Non. Enfin, si. Mr. McCoy a dit que c'était un vieil ami, mais je n'arrive pas à me souvenir...

– Grey ?

– Non.

– Satherwaite ?

– Oui, c'est ça. Satherwaite. Je vais vous passer la police.

– Dans une minute. Vous dites qu'il a été tué dans... un avion ?

– Oui. Lui et son ami étaient assis dans un chasseur... le F-111... et... et le gardien aussi a été tué, Mr. Bauer.

– Okay. Je vous rappellerai.

Je raccrochai et briefai Kate tandis que nous pénétrions dans le 26 Federal Plaza. Pendant que nous attendions l'ascenseur, j'appelai la maison de Bob Callum, à Colorado Springs, et une femme répondit.

– Résidence des Callum...

– Vous êtes Mrs. Callum ?

– Oui, qui est à l'appareil ?

– Est-ce que Mr. Callum est là ?

– Colonel Callum. Qui le demande ?

– John Corey, madame, du FBI. Il faut que je parle à votre mari, c'est urgent.

– Il ne se sent pas très bien aujourd'hui. Il se repose.

– Mais il est là ?

– Oui. De quoi s'agit il ?

– Madame, je vais vous passer ma partenaire, Kate Mayfield. Elle va vous expliquer.

Je collai le téléphone contre ma poitrine et lançai à Kate :

– Les femmes parlent mieux entre elles. Je monte.

En attendant l'ascenseur, j'entendis Kate se présenter et dire :

– Mrs Callum, nous avons des raisons de croire que votre mari est en danger. Écoutez-moi bien, puis, dès que j'aurai terminé, je veux que vous appeliez la police et le FBI, ainsi que la sécurité de la base aérienne. Vous vivez à la base ?

L'ascenseur arriva et je m'y engouffrai, laissant le boulot en de bonnes mains.

Une fois à mon bureau, je composai le numéro de Chip Wiggins à Burbank, espérant tomber sur un renvoi de numéro, mais un disque m'informa que le numéro n'était plus attribué.

Je regardai les deux feuilles de fax et remarquai que Waycliff, McCoy et Satherwaite avaient déjà été assassinés, que Paul Grey ne répondait pas, et que Wiggins était porté manquant. Hambrecht avait été tué en Angleterre en janvier, et je me demandai si quelqu'un avait compris pourquoi à l'époque. Steven Cox était le seul à être mort d'une mort naturelle, si l'on peut considérer naturel de mourir au combat pour un pilote de chasse. Mrs. Hambrecht avait précisé que l'un des hommes était très malade ; c'était probablement Callum. Pour leur prochaine réunion, ces types n'auraient pas besoin d'une très grande salle.

Je rallumai mon ordinateur pour découvrir que Spruce Creek dépendait du shérif du comté de Volusia, trouvai son numéro et l'appelai, m'attendant à tomber sur un péquenot bien sudiste. J'étais censé alerter la section antiterroriste de Washington le plus vite possible, mais un coup de fil comme ça pouvait me faire paumer une heure, avec rapport et demande écrite à la clé.

– Bureau du shérif, agent Foley.

– Shérif, ici John Corey, du FBI de New York. J'appelle pour vous avertir qu'un dénommé Paul Grey, habitant Spruce Creek, est menacé de mort.

– Trop tard.

– Okay... quand et où ?

– Vous pourriez vous identifier davantage ?

– Rappelez-moi ici au standard.

Je lui donnai le numéro général et raccrochai. Quinze secondes plus tard, le téléphone sonna.

– Mon ordinateur m'indique qu'il s'agit du numéro de l'ATTF, me dit le shérif Foley.

– C'est exact.

– Quel lien avec la mort de Paul Grey ?

– Je ne peux pas parler tant que je n'ai pas entendu ce que vous avez à dire. Sécurité nationale.

– Ouais ? Qu'est-ce que ça veut dire ?

Ce type était de New York, sans le moindre doute ; je décidai donc de jouer cette carte.

– Vous êtes de New York ?

– Ouais. À quoi vous voyez ça ?

– Au pif. Je viens de la NYPD. Les homicides. Je bouffe à deux râteliers.

– J'étais agent de patrouille au 006, dans le Queens. Il y a pas mal d'anciens de la NYPD, ici, qui bossent ou qui sont à la retraite. Et moi je suis shérif. Élu. C'est drôle, non ?

– Hé, il se pourrait que je vienne vous rejoindre.

– Ils adorent la NYPD dans le coin. Ils pensent qu'on sait ce qu'on fait, dit-il en riant.

Le lien une fois créé, j'y allai sans détour.

– Parlez-moi du meurtre, fis-je.

Il me raconta tout en détail, insistant sur le rôle d'une certaine Stacy Moll, pilote.

– Son client s'est présenté sous l'identité de Demitrious Poulos, antiquaire grec, mais plus tard elle a vu sa photo dans le journal et elle a reconnu Asad Khalil.

– Elle ne s'est pas trompée.

– Bon Dieu, je veux dire, avant d'aller vérifier, on a cru qu'elle avait des hallucinations. Pourquoi Khalil voulait buter ce mec ?

– Il a un problème avec les avions. Quoi d'autre ?

– On a bien pensé qu'il s'agissait d'un truc lié à la Défense nationale, parce que, d'après la petite amie de la victime, il manquait des disques d'ordinateur.

– Vous avez mentionné la possibilité que ce soit Khalil dans votre rapport au FBI ?

– Oui, au bureau de Jacksonville. Ils nous ont dit qu'ils recevaient toutes les dix minutes des appels de gens jurant avoir vu Asad Khalil. Ils ne nous ont pas pris trop au sérieux. Ils ont juste promis d'envoyer un agent. On l'attend toujours.

Je lui posai encore quelques questions mais il ne m'apprit rien de plus. Seul résultat probant, quelques agents du FBI de Jacksonville étaient salement dans la merde, et ils ne le savaient pas encore. *Des appels toutes les dix minutes*, mon œil. Je ne connaissais pas cette Stacy Moll ; elle méritait en tout cas quelques dollars de la récompense offerte pour son esprit civique.

– Dites à cette pilote qu'elle a de la chance d'être vivante.

– Vraiment ?

– Merci.

Je raccrochai et notai, à côté du nom de Paul Grey, « Assassiné », avec la date et l'heure approximative. En fait, il ne restait plus que Chip Wiggins, sauf s'il avait déménagé dans l'Est et déjà reçu la visite d'Asad Khalil. Bob Callum était encore en vie dans le Colorado, et je me demandai si Khalil l'avait laissé vivre parce qu'il le savait très malade, ou simplement parce qu'il n'était pas encore arrivé dans cet État. Quant à Wiggins, où pouvait-il bien être ? Si on parvenait à lui sauver la vie, ça sonnerait comme une petite victoire dans un jeu ou le score était : Lion, 5 – équipe locale, 0.

Kate revint et s'installa à son bureau.

– Je suis restée en ligne avec Mrs. Callum jusqu'à ce qu'elle appelle la police et la base sur une autre ligne. Elle a dit qu'elle avait un revolver et qu'elle était capable de s'en servir.

– Bien.

– Elle a dit aussi que son mari avait un cancer.

Je hochai la tête.

– Tu crois que Khalil est au courant ?

– J'essaie de deviner ce qu'il ignore, rétorquai-je. J'ai appelé la police de Daytona Beach. Paul Grey a été assassiné lundi, vers midi.

– Oh, mon Dieu...

Je lui rapportai les propos du shérif Foley, puis ajoutai :

– Voilà comment je vois les choses. Khalil monte dans le taxi de Jabbar, ne va pas au musée de Long Island, mais quitte les parages, ce qui est malin, se rend à Perth Amboy, bute Jabbar, grimpe dans une voiture qui l'attendait là, roule jusqu'à Washington, se planque quelque part, se rend chez les Waycliff, bute le général, sa femme et sa bonne, puis, par un moyen quelconque, il rejoint l'aéroport municipal de Jacksonville, prend un avion privé jusqu'à Spruce Creek, bute Paul Grey et sa femme de ménage, puis revient à Jacksonville avec le même avion... et ensuite... Je pense qu'il se rend à Moncks Corner... L'adresse du bureau de Satherwaite correspond à une compagnie d'avions-taxis, et donc Khalil engage Satherwaite et son avion pour le conduire à Long Island. Cela a dû être un vol très intéressant. Ils arrivent chez McCoy, pan, pan, il les bute tous les deux dans le musée – dans un F-111, rien que ça –, et il bute aussi le gardien. Putain, c'est incroyable !

Kate acquiesça.

– Et où est-il allé ensuite ? Comment a-t-il quitté Long Island ?

– Par avion, je suppose, depuis MacArthur. Ce n'est pas un aéroport international, donc la sécurité y est très relative. Je vois tout un réseau d'avions privés.

– Oui, tu as sûrement raison. Donc, il est peut-être en route pour Colorado Springs ou pour la Californie dans un avion privé. Plus que probablement un jet.

– Sans doute. À moins qu'il n'ait choisi de s'arrêter là, avant de tout perdre, et qu'il ne vole vers son tas de sable.

– On ne lui pas donné beaucoup de raisons d'hésiter à se faire tous les survivants.

– Exact. (Je pris un crayon et commençai à additionner les morts.) Ce type est en train de réduire la surpopulation de la côte est. Andy McGill, Nick, Nancy et Meg Collins. Jabbar. Waycliff, sa femme et leur bonne, Grey et sa femme de ménage. Satherwaite, McCoy et un gardien. Ça fait treize. Ça porte malheur.

– Tu oublies Yusef Haddad !

– Exact. Le complice de ce sac de merde. Quatorze. Et on n'est que mardi !

Kate se tut.

Je lui tendis les feuilles de fax en disant :

– À part Callum, qui est couvert, Wiggins est le dernier type qui est – peut-être – en vie et pas couvert.

Elle regarda les fax et me demanda :

– Tu as appelé Wiggins ?

– Ouais. Ligne coupée. Essayons l'annuaire de Burbank.

Elle pivota et commença à pianoter sur son ordinateur.

– C'est quoi son vrai prénom ?

– J'en sais rien. Vois ce que tu peux faire.

– Appelle le contre-terrorisme à Washington pendant que je joue avec ça. Puis contacte le bureau du FBI de Los Angeles. Enfin répercute l'info sur tout le CC ici, par e-mail ou ce que tu jugeras le plus rapide.

Je ne me ruai pas précisément sur ce boulot passionnant. J'essayais de penser plus vite que Khalil ne butait les gens. Knish, moutarde, choucroute et vin rouge remuaient dans mon estomac.

Je ne voyais pas de raison d'alerter immédiatement mes collègues ni d'appeler Washington. J'avais déjà établi que quatre hommes étaient morts et n'avaient plus besoin qu'on les protège. Callum était en vie et bien à l'abri. Il ne restait que le problème Wiggins, que Kate et moi étions parfaitement capables de traiter.

– Je vais appeler le bureau du FBI de Los Angeles, lui dis-je. À moins que tu ne préfères le faire toi-même ?

– Je le ferais si tu savais un peu mieux te servir de ton ordinateur. Je vais chercher Wiggins. Demande à parler à Doug Sturgis. C'est l'agent responsable. Mentionne mon nom.

Là j'étais d'accord pour m'exécuter sur-le-champ.

– Qu'est-ce que je peux faire pour vous ? demanda Sturgis, que je ne mis pas cinq minutes à joindre.

Je ne voulais pas perturber ce type avec une avalanche de faits, ni qu'il tire toutes les sonnettes d'alarme de Washington, je voulais qu'il m'aide.

– Mr. Sturgis, nous cherchons un Blanc nommé Chip Wiggins, vrai prénom et second prénom inconnus, la cinquantaine environ, dernière adresse connue à Burbank. (Je lui donnai l'adresse et ajoutai :) Il se peut qu'il soit témoin dans une très grosse affaire qui touche peut-être au terrorisme international.

– Quelle affaire ?

Mais pourquoi est-ce que tout le monde veut mettre son nez partout ?

– L'affaire est très sensible et secrète pour l'instant, répliquai-je, et, je suis désolé, je n'ai pas la liberté de tout dévoiler, mais Wiggins sait probablement quelque chose que nous avons aussi besoin de savoir. Tout ce que je vous demande, c'est de le chercher, de le mettre à l'abri, et de m'appeler immédiatement.

Je lui communiquai également le peu d'informations que j'avais sur Wiggins.

Il y eut un silence, puis Sturgis demanda :

– Qui veut l'abattre ? Quel groupe ?

– Disons des gens du Moyen-Orient. Et il est important que nous le découvrions avant eux. Quand j'aurai plus de détails, je vous rappellerai.

Mr. Sturgis n'ayant pas l'air décidé à m'aider, j'enchaînai :

– Je travaille avec Kate Mayfield sur cette affaire.

– Oh.

– Elle m'a dit que vous étiez l'homme à appeler.

– Très bien. On va voir ce qu'on peut faire. (Il répéta la dernière adresse connue de Wiggins et dit :) Saluez Kate de ma part.

– Je n'y manquerai pas, promis-je en lui donnant nos numéros directs.

Je raccrochai et composai le numéro des Personnes disparues de la police de L.A. Je m'identifiai et demandai un haut responsable ; on me passa un certain lieutenant Miles. Je repris mon laïus évasif et ajoutai :

– Vous êtes bien meilleurs que nous pour ce qui est de retrouver une personne disparue.

– Ce ne peut pas être le FBI qui parle, ironisa le lieutenant Miles.

Je gloussai poliment et l'informai :

– J'étais à la NYPD, avant, aux homicides. J'ai rejoint le FBI pour leur apprendre les bases du maintien de l'ordre.

Il rit.

– Okay, dit-il, si on lui met la main dessus, on lui dira de vous appeler. C'est tout ce que je peux faire s'il n'est pas suspecté de quoi que ce soit.

– J'apprécierais si vous pouviez l'escorter jusque dans vos locaux. Il est en danger.

– Ah ouais ? Quel genre de danger ? On parle de danger, maintenant ?

– On parle de sécurité nationale, c'est tout ce que je peux vous dire pour l'instant.

– Vous voilà à nouveau fédé !

– Non, je suis un flic pieds et poings liés. J'ai besoin de ça et je ne peux pas dire pourquoi.
– Okay. On va mettre sa photo sur les cartons de lait. Vous avez sa photo ?
– Ce n'est pas une bonne photo, elle est très vieille, et je ne veux pas d'affiches dans son ancien quartier non plus. On essaie de choper le type qui le traque, pas d'effrayer le bonhomme. Okay ? À propos, j'ai appelé le FBI de L.A., un certain agent Sturgis, et ils sont aussi sur le coup. Le premier qui le repère gagne une médaille d'or.
– Wow ! Pourquoi vous ne l'avez pas dit tout de suite ? On s'y met immédiatement.
Les flics peuvent vraiment être des plaies.
– Non, sérieusement, lieutenant...
– Okay. Je m'y mets et je vous rappelle.
– Merci.
Je lui donnai nos numéros.
– Et comment est le temps à New York ?
– Neige et glace.
– M'étonne pas.
Il raccrocha.
Kate leva le nez de son ordinateur.
– Tu n'avais pas besoin d'être aussi secret avec nos hommes ni avec la LAPD.
– Je n'ai pas été secret.
– Mais si.
– Eh bien, ce n'est pas très important qu'ils sachent pourquoi. Ce qui compte, c'est qu'ils sachent qui. Chip Wiggins est introuvable et il faut le trouver. C'est tout ce qu'ils ont besoin de savoir.
– Ils seraient plus motivés s'ils savaient pourquoi.
Elle avait raison, bien sûr, mais je m'efforçais de penser comme un flic et d'agir comme

un fédé, et toutes ces salades sur la sécurité nationale commençaient à me porter sur le système.

– Je ne vois rien dans aucun des annuaires de Burbank ni de L.A., dit Kate en retournant à son ordinateur.

– Explique à l'ordinateur pourquoi tu as besoin de le savoir, ça le motivera.

– Va te faire foutre, John. Je suis ta patronne. Tu dois me tenir informée et m'écouter.

– Wow, répliquai-je de mon ton « démerdez-vous sans moi ». Si tu n'aimes pas la manière dont je mène cette affaire et si tu n'es pas contente de mes résultats...

– Okay. Désolée. C'est juste que je suis un peu tendue et fatiguée. Je n'ai pas dormi de la nuit.

Elle me sourit et me fit un clin d'œil. Je lui rendis une espèce de sourire. Ms. Mayfield avait un côté dur, elle aussi ; je ferais bien de m'en souvenir.

– Sturgis m'a demandé de te saluer, fis-je.

Aucune réaction. Elle continuait à taper sur son clavier.

– Ce type aurait aussi bien pu déménager jusqu'en Alaska. J'aimerais avoir son numéro de Sécurité sociale. Vérifie tes e-mails pour voir si on n'a pas de messages de la Défense ou de l'Air Force concernant les dossiers personnels de ces huit types.

– Bien, m'dame.

Je vérifiai, il n'y avait rien.

– Maintenant qu'on a quelques noms, on peut vraiment demander le dossier Wiggins à l'Air Force, dis-je à Kate.

– Exact. Je m'en charge.

Elle prit son téléphone et je l'entendis se frayer un chemin à travers la bureaucratie habituelle.

Quelques minutes plus tard, elle raccrocha.

– Ça pourrait prendre un moment pour avoir le dossier Wiggins. C'est le Chip qui les bloque. Ils voudraient son vrai prénom, ou son numéro de service ou de Sécurité sociale. Et c'est ce que nous voulons.

– Exact.

Je jouai avec mon ordinateur, mais, en dehors d'une bonne recette de cookies au chocolat, je ne découvris pas grand-chose. Je préfère vraiment le téléphone.

Kate continuait à me bassiner pour que j'appelle le bureau du contre-terrorisme à la capitale, et je persistais à refuser parce que je savais que cette conversation allait durer une heure et qu'ensuite il faudrait que je prenne la première navette pour Washington. Or, en vérité, il était plus important que je trouve Wiggins avant Khalil. C'était la seule cible encore debout.

Il y a des tas de moyens de suivre la trace d'un citoyen lambda sur le territoire des États-Unis – pays des dossiers, des cartes de crédit, des permis de conduire, etc. J'ai coincé des gens en moins d'une heure, mais parfois cela prenait un jour ou deux. Il arrivait aussi que vous ne retrouviez jamais la personne, même si cette dernière était Mr. Joyeux Proprio, avec femme et gamins.

Tout ce que j'avais sur ce type était un surnom, un nom de famille, une dernière adresse connue, et le fait qu'il avait servi dans l'Air Force.

J'appelai le bureau des véhicules automobiles de Californie, et un bureaucrate aimable, pour une fois, me donna le nom d'un Elwood Wiggins à Burbank avec la même dernière adresse connue, plus la date de naissance.

– Et voilà ! m'exclamai-je en français.

J'avais maintenant un prénom et une date de naissance qui collaient. Je m'imaginais ce Chip, et j'entrevis un branleur, qui se foutait totalement que le monde connaisse ses déplacements. D'un autre côté, cela pouvait lui sauver la vie.

– Essaie Elwood, désormais. C'est le prénom sur son permis de conduire.

– Okay.

J'appelai le bureau du coroner de Los Angeles pour savoir si un Mr. Elwood « Chip » Wiggins ne m'avait pas fait la faveur de mourir de mort naturelle. Un employé m'informa qu'un certain nombre de Wiggins étaient décédés l'an dernier, mais pas d'Elwood.

Je le dis à Kate.

– Tu sais, fit-elle, il pourrait avoir quitté le comté, l'État, le pays, même. Essaie la Sécurité sociale.

– Je préférerais aller le chercher moi-même à pied. Je les connais, ils vont me demander son numéro d'immatriculation.

– Essaie les anciens combattants, John.

– Essaie toi-même. Je vais te dire, ce personnage ne tient probablement personne informé de quoi que ce soit. Si nous savions au moins dans quelle ville il a passé son enfance... Signale à l'Air Force qu'on a son prénom, Elwood, et sa date de naissance. Ça aidera peut-être leur ordinateur.

On passa donc la demi-heure suivante au téléphone et sur Internet. Je rappelai le bureau des Personnes disparues à L.A. et leur donnai le prénom et la date de naissance de Wiggins, et fis de même avec mes collègues du FBI. Mais j'étais à court de gens sans indices à rappeler. Finalement, j'eus une idée et composai le numéro de Rose Hambrecht.

Elle répondit et je me présentai à nouveau.

– J'ai tout dit au général Anderson, qui est venu de Wright Patterson.

– Ah, très bien. Je n'avais pas encore été mis au courant. En revanche, j'en sais beaucoup plus au sujet des huit hommes de la mission sur Al-Azziziyah, et je voulais reconfirmer avec vous.

– Vous ne travaillez pas tous ensemble ?

Non.

– Si, madame, mais cela prend du temps, et j'essaie de faire mon travail aussi rapidement que...

– Que voulez-vous ?

– Eh bien, je m'intéresse de près à une personne, un nommé Chip Wiggins.

– Oh, Chip. C'est un vrai numéro, celui-là.

– Ah, ça, oui. Sauriez-vous si son prénom est bien Elwood ?

– Je n'ai jamais connu que son surnom, Chip.

– Okay. Voici l'adresse que j'ai pour lui à Burbank. Pouvez-vous me dire si c'est bien la même que vous ?

– Laissez-moi vérifier dans mon répertoire.

– Qu'est-ce qui se passe de ton côté ? demandai-je à Kate en attendant.

– Rien. John, il est temps de mettre tout le CC sur le coup. On a déjà trop tardé.

– Je n'ai pas besoin de cinquante agents pour rappeler les mêmes personnes et les mêmes bureaux que moi. Si, toi, tu as besoin d'aide, vas-y, appelle les troupes en renfort. Pendant ce temps-là, moi, je suis capable de retrouver une personne disparue, putain.

– Je vous demande pardon ?

C'était Mrs. Hambrecht, qui était revenue en ligne.

– Euh... je m'éclaircissais juste la gorge.

– J'ai la même adresse que la vôtre, dit-elle.

– Okay... Connaîtriez-vous la ville de son enfance ?

– Non. J'ignore à peu près tout de lui. Je ne me souviens de lui qu'à Lakenheath. C'est un officier très irresponsable.

– Certainement, madame. Le colonel Hambrecht était-il néanmoins resté en contact avec lui ?

– Oui, mais ils ne se parlaient pas souvent. Toutefois, ils se sont parlé en avril dernier, le jour de l'anniversaire de...

– D'Al-Azziziyah.

– Oui.

Je lui posai encore quelques questions, mais elle ne savait rien ou, comme la plupart des gens, elle ne pensait pas qu'elle savait quelque chose. Il fallait poser les bonnes questions. Or, malheureusement, je ne les connaissais pas.

Kate nous écoutait et elle s'aperçut que j'étais à court, même de questions idiotes. Elle couvrit le téléphone de sa main et me dit :

– Demande-lui s'il est marié.

Quelle importance ? Pourtant, j'obtempérai :

– Est-il marié ?

– Je ne crois pas. Mais c'est possible. Je vous ai déjà dit tout ce que je savais sur lui.

– Okay... Quel est son métier, à présent ?

– Je ne... Eh bien, je crois me rappeler que mon mari avait dit qu'il prenait des leçons pour devenir pilote.

– Il a pris des leçons *après* le raid aérien ? Ce n'est pas un peu tard ? Je veux dire...

– Chip Wiggins n'était pas pilote, m'informa Mrs. Hambrecht avec une certaine froideur. C'était un officier navigateur-bombardier.

– Je vois... Donc...

– Il a pris des leçons et il est devenu pilote. Il ne pouvait pas obtenir d'emploi dans une compagnie civile, il a donc travaillé dans le transport de fret. C'est ça, je m'en souviens, maintenant.

– Pour quelle compagnie ?

– Je n'en ai aucune idée.

– Eh bien, merci infiniment, Mrs. Hambrecht. Vous nous avez beaucoup aidés. S'il vous revient quoi que ce soit concernant Chip Wiggins, soyez aimable de me rappeler tout de suite.

– Mais qu'est-ce que c'est que cette histoire ?

– À votre avis ?

– Je crois que quelqu'un essaie de tuer les pilotes de cette mission et qu'il a commencé par mon mari.

– Absolument, madame.

– Mon Dieu !

– Je... Eh bien, une fois de plus, toutes mes condoléances.

Je l'entendis murmurer :

– Ce n'est pas juste... ce n'est pas juste... Oh, pauvre William...

– Faites très attention à vous. Juste au cas où. Contactez la police et le bureau du FBI le plus proche.

Elle ne répondit pas, mais je l'entendais pleurer. Je ne savais plus quoi dire, alors je raccrochai.

Kate était déjà en ligne avec quelqu'un d'autre.

– Je suis avec la Fedération aéronautique américaine. Ils devraient avoir une trace de sa licence de pilote.

– Exact. J'espère qu'il s'est au moins occupé de mettre ça à jour.

– Il a intérêt, sinon, il va avoir des ennuis avec eux... Oui, je suis toujours là, fit Kate dans le téléphone. Okay... (Elle prit un crayon, ce qui était prometteur, et écrivit sur un bloc.) Quand ça ? Okay. Cela nous aide beaucoup. Merci.

Elle raccrocha et dit :

– Ventura. C'est un peu au nord de Burbank. Il a envoyé son changement d'adresse il y a quatre semaines à peu près, mais pas de nouveau numéro de téléphone. (Elle lisait sur son écran.) Il n'est pas dans l'annuaire de Ventura. Je vais appeler une opératrice pour qu'elle m'aide.

– Liste rouge, résuma-t-elle en raccrochant à nouveau. Je vais charger quelqu'un du bureau d'obtenir ce numéro.

Je consultai ma montre. Il nous avait fallu une heure quinze minutes. Si j'avais appelé Washington, je serais encore en train de parlementer avec eux.

– Où est le bureau du FBI le plus proche de Ventura ? demandai-je à ma coéquipière.

– Il y a une petite antenne locale à Ventura même. (Elle reprit son téléphone en me lançant :) J'espère qu'il n'est pas trop tard et qu'ils vont pouvoir tendre un piège à Khalil.

– Ouais. (Je me levai.) Je reviens dans un quart d'heure.

– Où vas-tu ?

– Voir Stein dans son bureau.

– Encore des trucs de flics ?

– Non. Simplement, en l'absence de Koenig, c'est Stein le boss. À tout de suite.

Je pris l'ascenseur. Le bureau du capitaine Stein était situé dans la partie sud-ouest du vingt-huitième étage, et j'étais certain qu'il avait exactement la même surface que celui de Koenig, au sud-est, au mètre carré près.

Je manquai de bousculer deux secrétaires et me retrouvai au milieu de la pièce face au capitaine Stein, lequel était assis derrière son vaste bureau, en pleine conversation téléphonique. Il me vit et raccrocha.

– Ça a intérêt à être important, Corey, dit-il, sinon, gaffe à votre cul.

Il me désigna un fauteuil en face de lui et je m'y posai.

Nous nous regardâmes droit dans les yeux, et ce regard lui fit immédiatement comprendre que je ne venais pas lui faire perdre son temps. Il ouvrit un tiroir de son bureau, en sortit une bouteille d'eau pétillante qui n'en contenait pas et versa deux vodkas dans des gobelets en plastique. Il m'en tendit un, que je vidai cul sec. Les anges fédéraux sanglotaient quelque part dans un coin. Il prit une lampée lui-même et dit :

– Alors, qu'est-ce qu'on a ?

– Tout, capitaine, ou presque. Mais avec soixante-douze heures de retard.

– Voyons voir.

Et je lui racontai, sans faire gaffe à la grammaire ni à la ponctuation, dc flic à flic, si vous voulez, mon élocution ayant atteint le débit new-yorkais maximal.

Il écoutait en hochant la tête, sans prendre de notes. Quand j'eus fini, il me dévisagea en silence, réfléchissant.

– Quatre sont morts ? finit-il par dire.

– Cinq, en comptant le colonel Hambrecht. Quatorze si on compte tout le monde, sans parler des passagers du vol Transcontinental.

– Quel enculé !

– Oui, monsieur.

– On va trouver cet enculé.

– Oui, monsieur.

– Et vous n'avez appelé personne à Washington ?

– Non, monsieur. J'ai estimé que ce serait mieux si l'appel venait de vous.

– Ouais... (Il réfléchit encore un moment, puis reprit :) Bon, j'imagine qu'on a une petite chance de coincer ce mec, en supposant qu'il n'a pas encore atteint ce Wiggins, ou s'il cherche à tuer Callum.

– Oui.

– Mais il a peut-être fini, ou alors il pense que c'est chaud et il est déjà en train de se tirer du pays.

– Possible.

– Merde... (Stein réfléchit à nouveau et demanda :) Le bureau de Ventura couvre la nouvelle adresse de Wiggins ?

– Kate est sur le coup.

– Et ce colonel Callum est couvert ?

– Oui, monsieur.

– Et les fédés ont tendu un piège ?

– Je crois que Khalil sait que cet homme est mourant. Va-t-il prendre le risque de tuer un mourant ?

– Si ce mourant lui a lâché une bombe dessus, dit Stein, c'est possible. Je vais appeler le FBI de Denver et suggérer qu'ils préparent un piège.

Le capitaine Stein fixa un instant le plafond de son bureau, puis son regard revint sur moi.

– Vous savez, Corey, les Israéliens ont mis dix-huit ans à venger le massacre des Jeux olympiques de Munich en 1972.

– Je sais.

– Ils jouent un jeu différent au Moyen-Orient. Il n'y a pas de pendule sur le terrain, jamais.

– Je vois ça.

Nouveau silence, puis :

– On a bien fait tout ce qu'on pouvait ?

– Je crois, oui. Je ne suis pas certain que les autres l'aient fait, en revanche.

– Hé, excellent boulot, fit-il sans relever. Vous aimez votre poste ?

– Non.

– Que voulez-vous ?

– Retourner d'où je viens.

– Vous ne pouvez pas, mon gars.

– Oh si.

– Je verrai ce que je peux faire. En attendant, vous avez assez de pages à écrire pour vous occuper tout le week-end. On se reparlera plus tard.

Il se leva, et moi aussi.

– Dites à Ms. Mayfield que je la félicite, si, venant d'un flic, ces mots signifient quelque chose pour elle.

– Je suis sûr que oui.

– Okay, j'ai plein de coups de fil à passer. Barrez-vous.

Je ne bougeai pas.

– Laissez-moi aller en Californie.
– Pourquoi ?
– J'aimerais jouer dans le dernier acte.
– Ah ouais ? Il y a toute une armée de flics et de fédés là-bas. Ils n'ont pas besoin de vous.
– Mais j'ai besoin d'y être.
– Et pourquoi pas à Colorado Springs ? D'après mes notions de géographie, le Colorado est sur le chemin de la Californie, en tout cas il y était la dernière fois que j'ai regardé.
– J'en ai marre de poursuivre ce salopard. Je voudrais le précéder.
– Et si vous allez en Californie et que le FBI le chope dans le Colorado ?
– J'y survivrai.
– J'en doute. Okay, allez où vous préférez. Vous êtes meilleur en extérieur, de toute manière. Je vous y autorise. Utilisez votre propre carte de crédit pour gagner du temps. Ne vous faites pas tuer. Vous avez des rapports à écrire. Cassez-vous avant que je change d'avis.
– J'emmène ma partenaire avec moi.
– Comme vous voulez. C'est vous le *golden boy*. Pour l'instant. Hé, vous regardez *X-Files* ?
– Bien sûr.
– Comment ça se fait qu'il ne la baise pas ?
– Ça, j'ai jamais compris.
– Moi non plus.
Il me tendit la main, que je serrai.
Alors que j'atteignais la porte, il me rappela.
– Je suis fier de vous, John, vous êtes un bon flic.
Le bureau du capitaine Stein était comme une bouffée d'air frais au 26 Federal Plaza.
Je regagnai le CC en hâte, conscient que je pouvais me faire coincer là par un coup de fil

ou une huile du FBI. J'entrai en trombe dans notre bureau.

– On y va, lançai-je à Kate en l'attrapant par le bras.

– Où ça ?

– En Californie.

– Vraiment ? Maintenant ?

– Tout de suite.

Elle se leva.

– Est-ce que j'ai besoin de... ?

– T'as besoin de rien. Ton flingue et ton insigne.

Elle me suivit, tandis que je pressai le pas vers les ascenseurs.

– Qui a autorisé... ?

– Stein.

– Okay.

Elle réfléchit un instant, puis dit :

– On devrait peut-être aller à Colorado Springs.

Peut-être, oui, mais je ne voulais pas entamer une discussion avec ma patronne.

– Stein n'a autorisé que la Californie.

– Pourquoi ?

– Je n'en sais rien. Je pense qu'il veut m'éloigner le plus possible de lui.

Deux minutes plus tard, nous étions dans la rue. Je hélai un taxi.

– JFK, lançai-je.

– Quelles nouvelles de Ventura ? demandai-je à Kate.

– Eh bien, notre bureau là-bas a déniché le numéro de Wiggins sur liste rouge et ils ont appelé chez lui, mais sans laisser de message détaillé. Ils lui ont juste ordonné de rappeler à la minute où il entendrait le message. Et puis ils ont envoyé des agents à son domicile, près de la plage, visiblement. Ensuite, ils ont demandé des renforts à L.A. Ils sont très peu nombreux au bureau de Ventura.

– J'espère qu'ils ne vont pas le trouver mort chez lui. Qu'est-ce qu'ils ont l'intention de faire ? Entourer sa maison avec des tanks ?

– On n'est pas aussi stupides que tu le crois, John.

– C'est rassurant.

– Ils vont inspecter sa maison, interroger les voisins et, bien sûr, tendre un piège à Khalil.

J'essayais d'imaginer une bande de mecs en costume bleu courant partout sur la plage, frappant aux portes et brandissant des insignes du FBI. Cela allait provoquer un départ en masse d'immigrants clandestins vers le sud. Et si Asad Khalil traînait dans le coin, cela risquait d'éveiller ses soupçons. Mais, pour ne pas être complètement injuste, je ne savais pas bien comment j'aurais géré tout ça moi-même.

– Rappelle Ventura, dis-je à Kate.

Elle sortit son portable. Le taxi approchait du pont de Brooklyn. Je regardai ma montre. Il était quinze heures pile. Midi en Californie. Ou bien était-ce l'inverse ? Je sais que tout change à l'ouest de la Onzième Avenue, dans Manhattan.

– Mayfield. Rien de neuf ?... disait Kate au téléphone. (Elle écouta un moment, puis reprit :) Okay, je prends l'avion pour L.A. Je vous rappellerai pour vous donner le numéro et l'heure du vol. Il nous faut une voiture à l'arrivée pour nous emmener à l'héliport de la police. Et une voiture qui nous attende à Ventura... Exact. C'est moi qui l'autorise. Ne vous souciez de rien, sauf de ne pas suivre ces ordres. Là, vous auriez de quoi vous inquiéter.

Elle raccrocha et me regarda.

– Tu vois, moi aussi je peux être une salope arrogante comme toi.

Je souris, puis lui demandai :

– Alors, quoi de neuf à Ventura ?

– Les trois agents disponibles se sont rendus chez Wiggins et ils sont entrés. Mais il n'est pas chez lui. Donc, ils sont dans la maison et ils se servent de son répertoire téléphonique pour essayer de le trouver. S'il est mort, il n'est pas mort chez lui, en tout cas.

– Okay. Il pourrait être parti sur un long vol.

– Possible. Il vit de ça. Ça pourrait être son jour de congé, aussi. Il est peut-être à la plage.

– Comment est le temps à Ventura ?

– Toujours pareil. Ensoleillé et 30°. (Elle ajouta :) J'ai passé deux ans au bureau de Los Angeles, il y a trois ans de ça, à peu près.

– Et tu as aimé ?

– C'était okay. Pas aussi intéressant que New York, quand même.

On se sourit.

Nous passions le pont de Brooklyn, et le taxi prit la voie express, qui à cette heure n'a d'express que le nom. Je sortis ma carte de fédé et ordonnai au chauffeur :

– Écrasez le champignon.

Je fais toujours ça, même quand je ne suis pas en retard et que je ne sais pas où je vais.

– Stein m'a dit de te féliciter, lançai-je à Kate.

Elle ne réagit pas.

– J'ai une très vague chance de pouvoir reprendre le boulot... dans la police, continuai-je.

Encore une fois, pas un mot.

– Où crois-tu que se trouve Khalil ? demandai-je donc, histoire de changer de sujet.

– En Californie, à Colorado Springs ou en transit.

– Ouais. À moins qu'il ne se soit occupé que de la côte est où il avait tous les renseignements sur tout le monde et qu'il se soit barré aussitôt après, avec l'aide d'une ambassade moyen-orientale quelconque. La Californie et le Colorado, c'est loin.

– John, ce type n'a pas traversé la moitié de la planète juste pour... (elle jeta un coup d'œil au chauffeur et chuchota :) ne manger que la moitié d'un repas. Tu le sais.

– On devrait peut-être alerter les aéroports locaux dans la zone de Ventura.

– Je l'ai suggéré au bureau de Ventura. Ils m'ont rappelé qu'il y a des douzaines de petits aéroports dans cette région, d'autres douzaines juste à côté, et qu'un avion peut se poser vingt-quatre heures sur vingt-quatre sur presque tous ces terrains. Il faudrait une armée pour surveiller toutes ces pistes, sans parler de celles qui sont abandonnées.

– C'est vrai.

Kate semblait connaître ce rayon mieux que moi. Moi, c'est plutôt les taxis et les métros. La moitié de mes coupables en fuite finissent chez leur mère ou dans l'appart de leur petite amie, quand ils ne traînent pas dans leur bar préféré. La plupart des criminels, surtout les meurtriers, sont vraiment stupides. J'aime mieux les malins. Ils donnent du piquant, du défi à la chose.

– Je ne sais pas..., repris-je. Soit Wiggins est mort, soit il est ailleurs. Imagine, il a peut-être piloté un avion-cargo jusqu'à la côte est, et

Khalil le savait et il l'a déjà buté. Ces agents qui sont chez lui risquent d'attendre longtemps.

– Possible. Tu as d'autres idées ? Tu veux rester à New York ? Tu peux aller à la grand-messe de cinq heures écouter tout le monde expliquer combien tu es brillant.

– C'est un coup un peu bas.

– Et tu ne rateras pas la réunion de huit heures ce soir avec Jack quand il rentrera de Francfort.

Je ne relevai pas.

– Qu'est-ce que tu veux faire, John ?

– Je ne sais pas... Ce mec me déconcerte. Je m'efforce de me mettre à sa place.

– Tu veux mon opinion ?

– Bien sûr.

– Je dis : on va en Californie.

– Tu avais dit : on va à Francfort.

– Je n'ai jamais dit ça. Qu'est-ce que tu proposes, alors ?

– Rappelle Ventura.

– Ils ont mon numéro de portable. Ils me rappelleront si quoi que ce soit se produit.

– Appelle Denver.

– Pourquoi tu ne t'achètes pas un portable ?

Elle composa le numéro de Denver et demanda un rapport de situation au bureau du FBI. Elle écouta, remercia et raccrocha.

– Les Callum ont été déménagés à l'académie de l'Air Force, m'expliqua-t-elle. Nous avons des agents dans leur résidence et planqués dehors. Comme à Ventura.

– Okay.

Nous étions à présent sur le Belt Parkway. J'essayais de ne pas me mettre tout seul des bâtons dans les roues. De ne pas tout me faire péter à la gueule pour finir.

Ce n'est pas simple d'être l'homme du jour. Normalement, je n'aurais pas confié tous ces doutes à qui que ce soit, mais Kate et moi étions plus que partenaires maintenant.

– Appelle le bureau de L.A. et dis-leur de mettre sous contrôle les consulats des pays susceptibles d'aider Khalil à s'échapper. Assure-toi aussi qu'ils surveillent l'ancien domicile de Wiggins à Burbank au cas où Khalil s'y pointerait par manque d'information.

– Je l'ai fait pendant que tu parlais avec Stein. Ils avaient déjà mis tout ça en route. Aie un peu de respect pour le FBI, John. Tu n'es pas le seul génie dans les forces de l'ordre.

Je pensais que je l'étais. Mais non, effectivement, je ne suis pas le seul. Et pourtant, un truc m'ennuyait dans la manière dont tout cela se jouait, un truc qui manquait. Je passais à côté de quelque chose, je le sentais, mais je n'arrivais pas à savoir quoi. J'avais beau ressasser l'affaire depuis samedi jusqu'à cette minute précise, cet élément manquant ne cessait de glisser dans un recoin obscur de mon crâne, tout à fait semblable à cet Asad Khalil qui ne cessait de nous glisser entre les doigts.

Kate était au téléphone avec la femme préposée aux réservations d'avion à Federal Plaza. Elle écoutait. Elle regarda sa montre.

– Ne quitte pas, dit-elle, puis elle se tourna vers moi. Où veux-tu aller ?

– Là où va Khalil.

– Et où va-t-il ?

– À L.A.

– Okay, Doris, dit-elle à la femme, le vol American Airlines. Non, je n'ai pas de numéro d'autorisation. (Elle me regarda, et je sortis ma carte de crédit.) On va payer, reprit-elle, et on se fera rembourser. En première classe. Appelle le bureau de L.A., s'il te plaît, et avise-les de notre arrivée. Merci. (Elle me rendit ma carte.) Pour te récompenser, John, ils t'offrent des premières.

– C'est peut-être vrai aujourd'hui, mais, demain, ils risquent de ne même pas me rembourser ce taxi.

– Le gouvernement t'adore.

– Où me suis-je planté ?

Bref, nous arrivions à JFK.

– Quel terminal ? demanda le chauffeur.

Le samedi précédent, au même endroit, j'avais posé exactement la même question. Mais, cette fois, je n'allais pas au Conquistador Club.

– Terminal 9, dit Kate.

Deux billets de première nous attendaient au comptoir d'American Airlines.

Nous avions quinze minutes pour attraper le vol et je suggérai un petit verre en vitesse, mais Kate regarda le tableau des départs et dit :

– Ils embarquent. On boira à bord.

– On est chargés. (Nous venions de déclarer le contenu de nos bagages à main : deux Glock automatiques calibre 40.)

– Fais-moi confiance. Je l'ai déjà fait.

Dites donc, Polly Parfaite avait des côtés cachés que je n'avais jamais soupçonnés.

On sortit nos cartes et insignes, et le fameux formulaire SS113 que nous venions de remplir, pour passer la sécurité et accéder à la porte d'embarquement.

L'hôtesse vérifia son listing pour s'assurer de nos identités, puis se rendit dans le cockpit avec les cartes d'embarquement, respectant la procédure, afin d'annoncer au commandant que deux agents des forces de l'ordre, armés, étaient à bord. Une jolie femme et un mec bizarre, tous deux en première.

Nous trouvâmes nos sièges, deux fauteuils très profonds côté bâbord. Les premières étaient à moitié pleines. Pour une fois on n'attendit pas trop longtemps sur le tarmac, si l'on considère qu'on était à JFK, et on décolla avec seulement quinze minutes de retard. Le commandant annonça qu'on les récupérerait en l'air, ce qui est mieux, à tout prendre, que d'essayer de les gagner à terre sur l'aéroport de L.A. en roulant à neuf cents kilomètres-heure sur la piste tout en déployant les toboggans. Et nous voilà partis, dans l'immensité bleue, armés, motivés et pleins d'espoir.

– J'ai oublié d'acheter des sous-vêtements propres, dis-je à Kate.

– J'allais te le faire remarquer.

Ms. Mayfield était d'une rare bonne humeur.

Une autre hôtesse arriva avec des journaux et je lui demandai si elle avait un canard de Long Island. Elle me tendit le *Long Island Newsda*y dans lequel je tombai sur un article évoquant les meurtres du musée de l'Aviation. Je le lus avec intérêt. En fait, on n'y mentionnait pas Asad Khalil, et le mobile annoncé était un « cambriolage ». Bien. Une attaque à main armée normale. Je me demandais si le public gobait vraiment ça. Dans un musée de l'Aviation. Je me demandais surtout si Khalil le croirait, au cas où il lirait lui aussi ce journal, et s'il penserait que nous étions totalement dénués d'indices. Ça valait le coup de le tenter, me dis-je.

Je montrai l'article à Kate.

– Khalil a laissé un message très clair dans ce musée, analysa-t-elle. Cela veut dire qu'il a peut-être fini et qu'il rentre chez lui, ou alors qu'il est d'une arrogance démesurée et qu'il méprise les autorités, pensant : « Vous ne pigerez tout cela que lorsqu'il sera trop tard. Attrapez-moi si vous pouvez. » (Elle réfléchit un moment, puis ajouta :) J'espère que la seconde possibilité est la bonne et qu'il va là où nous allons.

– Si c'est le cas, il y est probablement déjà. Je souhaite seulement qu'il attende la nuit pour effectuer son prochain déplacement.

Elle hocha la tête.

J'avais bien besoin d'un verre ou deux et je demandai à Kate de séduire l'hôtesse, qui avait l'air d'une grand-mère, pour qu'elle nous serve un apéritif.

– Elle ne nous servira pas d'alcool, me prévint Kate. On est armés.

– Mais tu avais dit que...

– Je mentais. Je suis avocate. J'ai dit : fais-moi confiance. Cela signifie que je mens. Qu'est-ce que tu peux être stupide !

Elle rit.

J'étais abasourdi.

– Commande une bière sans alcool, ils en ont.

– Je vais avoir une attaque.

Elle me prit la main.

Je me calmai et choisis un virgin mary, c'est-à-dire un bloody mary sans vodka.

Le repas des premières n'était pas trop mauvais, et le film, avec John Travolta dans le rôle d'un enquêteur de l'armée, était vachement bien, malgré une mauvaise critique que je me souvenais d'avoir lue dans le *Long Island*

Newsday, écrite par John Anderson, un soi-disant critique de cinéma, dont l'opinion est exactement contraire à la mienne.

Kate et moi, on se tint la main pendant tout le film, comme des gamins au cinéma. Quand le film s'acheva, je baissai mon fauteuil et m'endormis.

Comme cela se produit fréquemment, je fis un rêve révélateur sur ce que je n'arrivais pas à formuler quand j'étais conscient. Je veux dire que tout le truc m'apparut – ce que Khalil voulait faire, ce qu'il allait faire ensuite, et ce que nous devions faire pour l'attraper.

Malheureusement, ensuite, j'avais tout oublié, y compris les brillantes conclusions auxquelles j'étais parvenu. C'est un peu comme avoir un magnifique rêve érotique et se réveiller en s'apercevant qu'on bande encore.

Mais je m'égare. L'avion se posa à L.A.X. à dix-neuf heures trente, et, pour le meilleur ou pour le pire, nous étions en Californie. Soit nous étions là où il nous fallait être, soit nous n'y étions pas. Nous n'allions pas tarder à le savoir.

LIVRE 5

CALIFORNIE, aujourd'hui

Va et tue un homme que je te désignerai. Quand tu reviendras, mes anges te conduiront au paradis. Et, si tu venais à mourir, ils te conduiraient également au paradis.

Le Vieil Homme de la montagne, prophète du XIIIe siècle et fondateur des Assassins.

44.

Un agent du bureau de Los Angeles nous conduisit à l'héliport de la police où un hélicoptère du FBI nous emporta vers Ventura.

À l'exception des palmiers et des montagnes, le paysage qui se déployait sous mes yeux ressemblait à celui du Queens. Le soleil se couchait sur l'océan, contrairement à ce qu'il fait sur mon océan, où il se lève. Cet endroit est vraiment bizarre, non ?

Vingt-cinq minutes plus tard, nous atterrissions sur l'héliport de l'hôpital intercommunal, à l'est de Ventura.

Une Crown Victoria nous attendait, conduite par un certain Chuck. Chuck portait un pantalon marron, une veste de sport et des chaussures de coureur à pied. Il prétendait être un agent du FBI, mais il avait l'air d'un employé de parking. C'est ça le FBI, version Californie. Cela dit, ils pensent tout de même exactement comme les autres, parce qu'ils ont suivi les mêmes cours à Quantico.

Le bureau du FBI était situé dans un immeuble moderne entouré de palmiers et de parkings. Tout en les traversant, je regardai autour de moi. Je sentis le parfum des fleurs, et la température et le taux d'humidité étaient parfaits. Le soleil avait presque disparu, mais on y voyait encore clair.

– Qu'est-ce qu'ils foutent ici, les agents du FBI ? Ils cultivent des avocats ? demandai-je à Kate.

– Contrôle ton attitude.

– Bien sûr.

Je m'imaginais les agents locaux en costume bleu de chez Brooks Brothers, avec des sandales et pas de chaussettes.

Bref, nous entrâmes dans l'immeuble, puis dans un ascenseur, pour nous retrouver devant une porte marquée FEDERAL BUREAU OF INVESTIGATION. Ils avaient aussi leur emblème rond sur la porte, où étaient inscrits les mots JUSTICE DEPARTMENT et qui montrait l'habituelle balance de la justice, en parfait équilibre avec le slogan « Fidélité, Bravoure, Intégrité ». Difficile d'argumenter là-dessus. N'empêche.

– Ils devraient ajouter « Politiquement Correct », lançai-je à Kate.

Elle avait pris l'habitude de m'ignorer. Elle sonna à la porte.

– Rien de nouveau, nous dit la jolie femme nommée Cindy Lopez qui nous accueillit. Nous avons trois agents de Ventura dans la maison de Wiggins, avec trois autres du bureau de L.A. Il y en a encore deux douzaines dans le voisinage, la police locale a été alertée, et tout le monde est relié par radio ou téléphone portable. On essaie toujours de localiser Elwood Wiggins. Grâce à des papiers récupérés chez lui, on a découvert qu'il travaille pour la Pacific Cargo Service, et on leur a rendu visite, mais ils nous ont informés qu'il n'a pas de vol prévu avant vendredi. Ils ont mentionné qu'il se faisait parfois porter malade le vendredi. On a deux agents à la Pacific Cargo au cas où il se montrerait là-bas. On en a également mis deux dans les endroits qu'il est censé fréquenter. Mais le profil qui se dessine est celui d'un homme épris de liberté et aux déplacements imprévisibles.

– Ce mec me plaît, commentai-je.

L'agent Lopez sourit presque et continua :

– Sa petite amie n'est pas là non plus. Il paraît qu'ils campent souvent et il est donc très possible qu'ils soient partis faire du camping.

– C'est quoi, du camping ? demandai-je.

Ms. Lopez regarda Ms. Mayfield. Ms. Mayfield me regarda.

– Ah oui, dans les bois, avec une tente et tout ça, fis-je.

– Oui.

– Vous avez un numéro de portable pour Wiggins ou sa petite amie ?

– Oui. Deux. Mais aucun ne répond.

Je réfléchis un moment et songeai que camper dehors, c'était mieux que d'être tué à l'intérieur, mais pas de beaucoup.

– On dirait que vous avez fait un boulot vraiment parfait, lançai-je à Ms. Lopez.

– J'en suis certaine. Ah, au fait, Jack Koenig a téléphoné de New York. Il voudrait que vous le rappeliez. Il est joignable au bureau jusqu'à minuit, heure de New York. Ensuite, il sera chez lui.

– On l'appellera de chez Wiggins, quand on aura quelque chose à lui raconter, dis-je à Kate.

– Non, on l'appelle tout de suite.

– Ça te plairait qu'on soit ici en train de parler avec Jack pendant que Khalil se pointe chez Wiggins ?

Elle hocha la tête avec réticence et dit à Cindy Lopez :

– Okay, nous aimerions nous rendre chez Wiggins.

– Nous nous efforçons de montrer le moins d'activité possible sur zone.

– Alors on restera sagement assis sur le canapé, rétorquai-je.

– Si vous y allez, nous apprécierions que vous ne partiez pas avant l'aube... (Elle hésita un instant avant d'ajouter :) Nous essayons de tendre un piège, pas d'organiser une surprise-partie.

J'avais envie de lui rappeler que personne n'en serait là si je n'étais pas intervenu depuis le départ. Mais je me retins. Vous voyez comment une affaire peut rapidement vous échapper ?

– Nous ne sommes pas ici pour vous mettre des bâtons dans les roues, précisa Kate, toujours diplomate, à l'agent Lopez.

Libre à cette dernière de se demander pourquoi nous étions ici, en réalité. Tout est affaire d'ego, ma petite dame.

– Ms. Mayfield et moi-même avons démarré cette affaire avec la tragédie de Kennedy Airport, alors nous aimerions bien aller jusqu'à sa conclusion. Nous nous tiendrons en dehors de votre chemin, ajoutai-je.

À l'évidence, elle ne me croyait pas, mais elle se contenta de répliquer :

– Je vous conseille de porter un gilet pare-balles. J'en ai ici que je peux vous prêter.

– Merci, mais..., fis-je.

J'avais hâte de me déshabiller et de lui montrer que les balles me traversaient sans le moindre effet.

Kate me coupa la parole.

– Merci, nous allons les prendre. Ne demandez jamais à un homme s'il veut porter un gilet pare-balles ou une paire de mitaines. Contentez-vous de les lui enfiler.

Ms. Lopez eut un sourire entendu.

Eh bien, je me sentais très spécial tout d'un coup, entouré de femelles maternelles comme des infirmières qui savaient ce qui convenait le mieux au pauvre petit Johnny. Ensuite je pensai à Asad Khalil et je me surpris à prier qu'ils aient bien un gilet à ma taille.

Ms. Lopez nous conduisit dans la salle d'armes, derrière une porte blindée.

– Vous pouvez essayer les gilets dans les toilettes pour hommes et pour dames si vous voulez, dit-elle en nous en tendant deux.

Kate remercia l'agent Lopez, qui sortit.

– Je ne materai pas, promis-je à Kate en ôtant cravate, veste et chemise.

Elle enleva sa veste couleur ketchup Heinz et son chemisier, et je la matai comme un beau diable.

– On dirait une séquence de *X-Files*..., remarquai-je comme nous revêtions les gilets pare-balles.

– Arrête avec tes putains de *X-Files*.

– Mais ça ne te dérange pas que ces deux-là ne couchent jamais ensemble ?

– Elle n'est pas amoureuse de lui. Elle le respecte et il la respecte, et ils ne veulent pas perdre ou compliquer cette relation spéciale fondée sur la confiance.

– Redis moi ça ?

– Personnellement, je pense qu'ils auraient dû baiser ensemble depuis longtemps.

On sortit de l'armurerie et on remercia l'agent Lopez. Chuck se chargea à nouveau de nous escorter jusqu'à la maison d'Elwood « Chip » Wiggins.

Le soleil avait quasiment disparu et les réverbères étaient allumés.

Nous approchions du quartier de Wiggins. Chuck appela par radio les diverses unités en planque à l'extérieur et à l'intérieur de la maison, histoire qu'ils ne soient pas trop nerveux de la gâchette. À l'entendre discuter avec eux, je devinai que ces derniers n'étaient pas vraiment ravis de cette compagnie inattendue. Qu'ils aillent se faire foutre. C'était encore mon affaire.

Nous roulions dans les rues longues et droites d'un quartier de banlieue dont Chuck disait qu'il était près de l'océan, mais je ne pouvais ni voir ni sentir la mer. Toutes les maisons étaient bâties sur des terrains minuscules ; elles ressemblaient à des petites boîtes de plain-pied en stuc, avec des garages attenants, des toits de tuile rouge et un palmier ou plus par jardin.

Heureusement, je ne remarquai aucune des équipes en planque et, encore plus heureusement, je ne vis aucun gamin traînant dans les parages.

– C'est la maison sur la droite, la deuxième après le carrefour, indiqua Chuck.

– Tu veux dire la blanche avec le toit de tuile et le palmier ?

– Ouais... elles ont toutes... La seconde.

Kate, assise à l'arrière, flanqua un grand coup de pied dans le dossier de mon siège, ce qui était une sorte de signal, je pense.

– Je vais m'arrêter, dit Chuck. Vous sortez, et je continue. La porte de devant n'est pas verrouillée.

La voiture s'immobilisa. Kate sortit et moi aussi, très vite, mais sans courir, et on traversa rapidement l'allée de ciment écaillé. Sur la droite de la porte, il y avait une grande fenêtre dont les stores vénitiens étaient fermés. Dans mon ancien quartier, tout le pâté de maisons aurait été intrigué par ces allées et venues depuis longtemps, mais ce block ressemblait à un décor de série B des années 50, quand tout le monde est mort à cause des radiations atomiques. À moins que les fédés n'aient évacué le quartier.

J'ouvris donc la porte, et l'on entra pour se retrouver directement dans une pièce en L, salon-salle à manger, qu'éclairait une seule et unique lampe posée sur une table. Un homme et une femme se tenaient debout au milieu de la pièce ; ils portaient un pantalon et une chemise bleus, un coupe-vent en nylon du FBI, avec leur carte plastifiée épinglée sur la poitrine. Ils arboraient un large sourire et ouvraient grands les bras pour nous accueillir. Non, pas vraiment.

– Je suis Roger Fleming et voici Kim Rhee, fit l'homme.

Ms. Rhee était orientale, est-asiatique comme on dit maintenant, et à son nom je devinai qu'elle devait être d'ascendance coréenne. Roger était pain blanc mayonnaise.

– Je crois que vous connaissez nos noms, fis-je. Je suis celui qu'on appelle Kate.

L'agent Fleming ne sourit pas ; l'agent Rhee non plus. Certaines personnes deviennent terriblement sérieuses quand elles savent qu'elles risquent une fusillade mortelle. Les flics ont tendance à plaisanter, probablement pour masquer leur nervosité, mais les fédés prennent tout au sérieux, y compris, j'en suis certain, un pique-nique à la plage.

– Combien de temps allez-vous rester ? s'enquit l'agent Rhee.

– Aussi longtemps qu'il le faudra, répondis-je.

– Et nous n'avons pas l'intention de nous impliquer dans l'arrestation du suspect, s'il se montre ici, à moins que vous n'ayez besoin de nous, précisa Kate. Nous ne sommes ici que pour vous aider à l'identifier et pour enregistrer sa déposition après sa capture. Ensuite, nous devons le conduire à New York ou à Washington afin qu'il réponde à toute une série de crimes fédéraux.

Ce n'était pas exactement ce que j'avais en tête, mais il valait mieux que Fleming et Rhee pensent qu'au moins l'un d'entre nous était sain d'esprit.

– Si Mr. Wiggins se présente le premier, poursuivit Kate, alors nous l'interrogerons et nous lui demanderons qu'il nous abandonne sa maison ; à la suite de quoi, quelqu'un d'ici l'escortera jusqu'à un lieu où il sera en sécurité. Dans tous les cas de figure, nous avons l'intention de demeurer ici et d'y attendre le suspect, dont nous croyons qu'il se dirige vers cet endroit.

Ms. Rhee répliqua :

– Nous avons décidé que, pour des raisons de sécurité et de logistique, nous ne devions pas être plus de six agents. Donc, si le suspect apparaît, nous vous prierons de prendre position dans une des pièces de derrière, que nous allons vous indiquer.

– Écoutez, rétorquai-je, il se peut que nous passions un bon moment ici, à partager la salle de bains et les chambres, alors pourquoi ne pas s'arrêter de se tirer dans les pattes, histoire d'essayer de bien s'entendre. Okay ?

Pas de réponse.

Kate, et j'appréciai le geste, changea radicalement de ton :

– Nous sommes sur cette affaire depuis qu'Asad Khalil a atterri à New York. Nous avons vu les trois cents personnes mortes à bord de l'avion, l'un des membres de notre équipe a été tué, notre secrétaire a été tuée, et l'agent de service aussi.

Et ainsi de suite. Elle leur balança tout, un peu trop gentiment à mon goût, mais le message passa et, quand Kate eut fini, ils hochaient tous les deux la tête.

Ms. Rhee offrit donc de nous présenter à ses collègues, et nous la suivîmes dans la cuisine, pendant que Mr. Fleming reprenait sa position d'observation derrière les lamelles du store de la fenêtre de devant. Super-technique. Bien sûr, quelque agent en planque le préviendrait si qui que ce soit approchait de la maison.

La cuisine, typique de l'année 1955, était à peine éclairée par un petit néon placé sous un placard mural, et, à l'intérieur, il y avait un autre homme et une autre femme qui portaient également la tenue réglementaire des commandos urbains : pantalon sombre, chemise bleu foncé et coupe-vent en nylon. Ils avaient posé leurs casquettes bleues sur le plan de travail. L'homme était assis devant la petite table de cuisine. Il lisait une pile de rapports au moyen d'une lampe torche. La femme surveillait la porte de derrière.

Ms. Rhee nous présenta au monsieur, qui se prénommait Juan, comme moi, même si son nom était une sorte de bouillie espagnole que je ne saisis pas. La dame était noire et elle s'appelait Edie. Elle nous salua de la main tout en continuant à surveiller les arrières de la maison.

On repartit à l'autre extrémité de la pièce en L pour passer une porte donnant dans un petit hall qui ouvrait sur trois pièces. Dans la plus grande, une chambre à coucher, un homme en costume était installé devant une console d'ordinateur. Il s'occupait de la radio et de deux téléphones portables tout en jouant avec le PC de Mr. Wiggins. La seule lumière de la pièce provenait des écrans d'ordinateur et les volets étaient fermés.

Ms. Rhee fit les présentations et le type, qui s'appelait Tom Stockwell et qui était ethniquement pâle, nous dit :

– Je viens du bureau de L.A. et je suis l'agent en charge de cette affaire.

Je crois que cela m'excluait définitivement. Je décidai pourtant d'être sympa.

– Ms. Mayfield et moi-même sommes ici pour aider, sans vouloir jouer les intrus, dis-je à Tom.

Pas mal, non ?

– Combien de temps resterez-vous ? demanda-t-il.

– Aussi longtemps qu'il le faudra.

Kate briefa Tom en concluant par :

– Cet homme est extrêmement dangereux et nous ne nous attendons pas à pouvoir l'arrêter facilement. Mais, évidemment, nous avons besoin de lui vivant.

– Nous possédons diverses armes non mortelles, genre *goo-gun* et projecteur de filet, plus, bien sûr, des gaz et...

– Excusez-moi, le coupai-je, qu'est-ce qu'un goo-gun ?

– C'est un appareil projetant une matière visqueuse qui durcit immédiatement et immobilise la personne.

– C'est un truc californien ?

– Non, Mr. Corey. On en trouve partout dans le pays. Et nous avons aussi un filet avec lequel nous pouvons capturer l'individu.

– Vraiment ? Vous avez des vrais flingues, aussi ?

Tom m'ignora et poursuivit sa mise au point.

Je l'interrompis pour lui demander :

– Vous avez évacué le quartier ?

– On a beaucoup débattu à ce sujet, mais Washington a estimé que cela risquait de poser problème.

– À qui ?

– D'abord aux agents, qu'on pourrait voir en train de faire du porte-à-porte. Certaines personnes ne sont pas chez elles et sont susceptibles de rentrer plus tard, donc on en aurait pour la nuit, voire plus, à prévenir tout le monde. Et puis aux habitants du quartier, auxquels il est difficile d'imposer de quitter leur domicile pour un temps indéfini. Pourtant, ajouta-t-il, nous avons évacué les deux maisons voisines de celle-ci, et celle de derrière également, et placé des agents dans chacune d'elles.

Ce qu'il fallait lire entre les lignes, c'était qu'il était plus important de capturer Asad Khalil que de s'inquiéter si des contribuables étaient pris dans un feu croisé. Honnêtement, je ne pouvais pas vraiment affirmer que je n'étais pas d'accord avec ça.

– Les gens planqués aux alentours ont pour instruction de ne pas tenter d'appréhender le suspect dans la rue, à moins qu'il ne sente le danger et qu'il n'essaie de fuir, ajouta Ms. Rhee. L'arrestation devrait avoir lieu dans ou devant cette maison. Le suspect est plus que probablement seul, et plus que probablement armé uniquement de deux armes de poing. Donc, nous ne nous attendons pas à une longue fusillade – ni à aucune fusillade, d'ailleurs – si nous jouons le coup correctement... (Elle regarda Kate, puis me regarda et conclut :) Dans tous les cas, le quartier sera fermé à la circulation si nous déterminons que le suspect approche.

J'en étais à penser que les voisins ne remarqueraient même pas une fusillade sur leurs pelouses si leurs télés et leurs stéréos marchaient assez fort. Je marmonnai pourtant : « Je suis d'accord, pour ce que ça vaut », sans pouvoir m'empêcher d'avoir en tête l'image d'un gamin à vélo déboulant au pire moment. Ça arrive, bon sang, qu'est-ce que ça arrive souvent !

– Je suppose que les équipes en planque ont des appareils de visée nocturne, intervint Kate.

– Bien sûr.

On continua à bavarder un moment, et Kate se débrouilla pour apprendre à Tom et à Kim qu'elle avait aussi été californienne, jadis. Tout le monde convint que tout était au point entre nous, sauf moi, peut-être, qui me sentais un peu comme une pièce rapportée.

Tom précisa que l'ancienne maison de Wiggins à Burbank était également occupée par le FBI et il nous informa que les polices locales d'ici et de Burbank étaient alertées, mais qu'on n'avait pas sollicité leur assistance directe.

À un moment, j'en eus marre d'entendre à quel point tout était si bien préparé et je demandai :

– Où est votre sixième personne ?

– Dans le garage. Cet appentis est un vrai fatras et Wiggins n'a pas la place d'y garer sa voiture, mais la porte est à ouverture automatique, si bien qu'il peut s'en servir pour entrer directement dans la cuisine par la porte de communication. C'est probablement ce qu'il va faire, puisque c'est l'endroit le plus proche de celui où il doit garer sa voiture, dans son allée.

Je bâillai. J'étais en plein décalage horaire, je crois, et je n'avais pas beaucoup dormi ces derniers jours. Quelle heure était-il à New York ? Plus tard ? Plus tôt ?

Tom nous assura également que tous les efforts étaient faits pour localiser Elwood Wiggins avant qu'il reprenne le chemin de chez lui.

– Nous n'écartons pas la possibilité que Khalil cherche à l'intercepter pendant le trajet, dit-il. Wiggins conduit une jeep Cherokee couleur prune, qui n'est pas là, et par conséquent tous les services sont en alerte sur cette voiture.

– Et sa petite amie, que conduit-elle ? demandai-je.

– Une Ford Windstar blanche, qui est garée devant chez elle, à Oxnard, et qui est également sous surveillance.

Oxnard ? De toute manière, que pouvais-je dire ? Ces gens avaient tout mis en place, professionnellement parlant. Personnellement parlant, je pensais que c'étaient des nazes.

– Je me doute, repris-je, que vous avez été briefés sur les visites antérieures que Khalil a rendues aux compagnons d'escadrille de Wiggins, aujourd'hui décédés. Cela me fait penser qu'il pourrait avoir plus d'informations que nous sur Chip Wiggins. Il le cherche depuis beaucoup plus longtemps que nous.

Et, pour bien marquer le coup, je précisai :

– Il existe une forte probabilité que Mr. Wiggins et Mr. Khalil se soient déjà retrouvés.

Personne ne fit le moindre commentaire pendant quelques secondes, puis Tom dit :

– Cela ne modifie en rien notre mission. Nous attendons pour voir si quelqu'un se montre. Il y a une alerte générale dans toute cette zone pour rechercher Khalil et Wiggins, bien sûr, donc nous aurons un appel de la police s'ils découvrent l'un ou l'autre. Avec un peu de chance, Wiggins vivant et Khalil menotté.

Je ne voulais pas jouer encore l'oiseau de mauvais augure, mais j'avais du mal à imaginer Khalil menotté.

Tom se réinstalla devant le PC de Wiggins.

– J'essaie de déceler un indice sur l'endroit où il pourrait être. J'ai vérifié son e-mail pour voir s'il correspondait avec un parc national quelque part, ou s'il avait réservé une place de camping, un truc comme ça. Nous pensons qu'il campe... (Il ajouta, à mon intention, j'imagine :) C'est quand vous allez dans les bois avec une tente ou un camping-car.

J'en conclus que Ms. Lopez et Tom avaient discuté tous les deux.

– Vous avez examiné les sous-vêtements de Wiggins ? m'enquis-je.

– Pardon ? fit Tom en levant le nez de son ordinateur.

– S'il porte des caleçons de taille moyenne, j'aimerais bien lui en emprunter un.

– Nous avons tous apporté des vêtements de rechange, Mr. Corey, répliqua Tom après avoir réfléchi un moment. Peut-être que quelqu'un – l'un de nos hommes, je veux dire – pourrait vous en prêter. Vous ne pouvez pas prendre ceux de Mr. Wiggins.

– Eh bien, je lui poserai directement la question s'il se montre.

– Bonne idée.

Kate, je dois l'admettre, ne faisait plus celle qui ne me connaît pas.

– Nous aimerions voir le garage et le reste de la maison, dit-elle à Kim Rhee.

Ms. Rhee nous conduisit dans le hall et ouvrit la porte d'une pièce qui donnait sur la cour de derrière. Cette pièce, certainement une ancienne chambre à coucher, était à présent une sorte de salle de loisirs avec un énorme téléviseur, un équipement audio complet et assez de haut-parleurs pour provoquer un nouveau tremblement de terre. Sur le sol, je remarquai six sacs de couchage.

– Vous pourrez utiliser cette pièce plus tard, dit Ms. Rhee. Le canapé se transforme en lit. Nous organiserons des tours de garde si cette histoire se prolonge toute la nuit.

J'avais toujours pensé que mon pire cauchemar était un dîner de Thanksgiving en famille, mais être coincé comme ça dans une petite maison avec des agents du FBI venait de prendre la première place au hit-parade.

Ms. Rhee nous fit également visiter la petite salle de bains, ce qui me fit me demander si elle n'avait pas été agent immobilier dans une vie antérieure. Il manquait une chose dans cette maison. Des souvenirs militaires. Ce qui m'indiquait qu'Elwood Wiggins ne voulait pas se souvenir de son service. À moins qu'il n'eût tout perdu, ce qui collerait assez bien avec le profil que nous commencions à avoir de lui. Ou alors nous n'étions pas dans la bonne maison. Cela n'aurait pas été la première fois que les fédéraux se trompaient d'adresse. J'envisageai d'en toucher un mot à Ms. Rhee, mais c'était un sujet plutôt épineux.

Nous regagnâmes la cuisine, et Ms. Rhee ouvrit une porte qui donnait dans un garage effectivement très encombré. Assis dans un fauteuil de jardin, derrière des piles de cartons, un jeune homme très bronzé, visiblement le jeunot de la bande, lisait le journal à la lumière d'un néon. Il se leva, et Ms. Rhee lui fit signe de se rasseoir à son poste, pour qu'il soit hors de vue si la porte du garage s'ouvrait brusquement, actionnée par télécommande.

– Voici Scott, le présenta-t-elle. Il s'est porté volontaire pour garder le garage.

Elle consentit enfin à sourire.

Scott, qui avait l'air de descendre de sa planche de surf, nous lança à son tour un sourire éclatant en nous saluant de la main.

Il était de ma taille, mais pas du genre à porter des caleçons.

Ms. Rhee referma la porte et l'on se retrouva dans la cuisine avec Edie et Juan.

– Nous avons stocké des conserves et des surgelés pour que personne n'ait à aller et venir, si ça dure un moment, dit-elle en précisant : Nous avons six jours de nourriture pour six personnes.

J'eus soudain une vision d'agents du FBI virant cannibales quand les vivres viendraient à manquer, mais je la gardai pour moi. Je marchais déjà sur de la glace bien fine, ou en tout cas sur son équivalent californien.

– Maintenant que nous avons deux bouches de plus à nourrir, commandons des pizzas, intervint Juan. J'ai besoin de ma pizza.

Juan était okay. Malheureusement, il était nettement plus corpulent que moi, et certainement pas non plus du genre à porter des caleçons.

– J'ai mis au micro-ondes un méchant plat de macaronis au fromage, me signala Edie.

Tout le monde gloussa. Ça craignait. Mais, pour l'instant, tout tournait nettement mieux que je n'aurais pu l'espérer vingt-quatre heures auparavant. Asad Khalil était à notre portée. Pas vrai ? Qu'est-ce qui aurait bien pu aller de travers ? Ne me le demandez pas.

Au moins, si Wiggins était encore vivant, il avait une bonne chance de le rester.

Kate dit qu'elle allait appeler Jack Koenig et elle m'invita à la rejoindre dans la pièce du fond. Je déclinai cette proposition, préférant demeurer dans la cuisine à bavarder avec Edie et Juan.

Elle revint quinze minutes plus tard et m'informa :

– Jack te salue et te félicite pour cet excellent travail de détective. Il nous souhaite bonne chance.

– C'est gentil. Tu lui as demandé comment c'était, Francfort ?

– Nous n'avons pas parlé de Francfort.
– Où est Ted Nash ?
– On s'en fiche.
– Pas moi.
– Ne t'obnubile pas avec des choses sans importance, dit-elle doucement en regardant nos collègues.
– Je veux juste lui aplatir le nez. Rien de bien grave.
Elle ignora cette pointe et ajouta :
– Jack veut qu'on l'appelle si quoi que ce soit se produit, bien sûr. Nous sommes autorisés à escorter Khalil, mort ou vif, jusqu'à New York plutôt que Washington. C'est un coup majeur.
– Je pense que Jack vend la peau de l'ours.
Elle m'ignora encore et poursuivit :
– Il travaille avec les différentes forces de police locales pour établir un tracé précis des déplacements de Khalil, ses meurtres, et les complices qu'il a pu ou pourrait encore avoir.
– Bien. Ça va l'occuper et il me lâchera la grappe.
– C'est exactement ce que je lui ai dit.
J'imagine que Ms. Mayfield se foutait de moi. Bref, ne voulant pas amuser nos collègues plus longtemps, nous achevâmes cette conversation.

Edie nous offrit du café, et Kate, Kim et moi nous installâmes autour de la table avec elle, pendant que Juan surveillait la porte de derrière. Ils étaient tous très intéressés par ce qui s'était passé depuis samedi et nous posaient des questions sur ce qui n'apparaissait ni dans les journaux ni dans leurs rapports. Ils étaient également curieux de savoir quelle était l'ambiance au 26 Federal Plaza, ce que disaient les patrons à Washington, etc. Les agents de la force publique étaient décidément les mêmes partout, et, malgré l'hostilité initiale sous son masque de politesse, nous commencions à bien nous entendre. Je songeai à entraîner tout le monde dans une version a capella de *California, Here I Come*. Mais je m'abstins de gâcher ce pur moment de côte ouest.

Il semblait que tout le monde savait que j'étais un ex-flic new-yorkais, ce qui me fit supposer qu'on les en avait avertis. Ou alors ils l'avaient deviné. C'était un de ces moments où les choses ont l'air calmes et normales, mais où chacun sait qu'une sonnerie de téléphone peut tout arrêter net et changer votre sang en glace. Je l'avais déjà vécu, et toutes les personnes dans la maison aussi. Je crois que ce genre de situation m'excite un peu, car je ne pensais pas une seule seconde à mes cours tranquilles à John Jay. Je pensais à Asad Khalil, et je pouvais presque sentir cet enfoiré d'assassin. En fait, je songeais au colonel Hambrecht découpé à la hache et aux enfants assassinés à Bruxelles.

Une heure passa ainsi, les cinq agents prirent leurs tours de garde. Kate et moi nous portâmes volontaires pour les relayer, mais, visiblement, ils préféraient nous confiner à la cuisine.

Scott nous avait rejoints à table et il nous posait des questions sur la vie à New York. J'essayai de le convaincre que les gens faisaient du surf sur l'East River, ce qui fit glousser tout le monde. J'étais tenté de raconter ma blague sur le FBI, la CIA et la NYPD, mais elle aurait pu être mal interprétée.

Je restais modeste quant à ma contribution à cette affaire, mentionnant à peine que j'avais deviné ce qu'Asad Khalil était en train de faire, et glissant sur mon étincelante intelligence en ce qui concernait l'identification des pilotes destinés à mourir.

À ce sujet, chacun était un peu déprimé en se rendant compte qu'un tas de braves types, qui avaient servi leur pays, étaient désormais décédés, assassinés par un agent ennemi. Cela n'était pas censé se produire.

Il était près de neuf heures quand le téléphone sonna. Les conversations s'arrêtèrent net.

Tom entra dans la cuisine deux secondes plus tard.

– Un camion de livraison bleu arpente le quartier, un homme au volant, seul, nous apprit-il. Les types avec les lunettes de visée nocturne disent qu'il correspond à la description du suspect. Tout le monde à son poste. Vous, allez dans le salon télé, nous ordonna-t-il à Kate et à moi.

Il quitta vivement la cuisine et Kim Rhee se rendit dans le garage que Roger Fleming gardait. Elle laissa la porte ouverte, et j'aperçus Roger, caché derrière les cartons, son arme sortie de son holster. Kim sortit elle aussi son flingue, s'approcha de la porte du garage et se mit sur le côté, près du système électrique d'ouverture de la porte.

Juan se tenait près de la porte arrière de la cuisine, arme dégainée, collé contre le côté du mur.

On passa par le living-room où Tom et Edie montaient la garde, armes prêtes, de part et d'autre de l'entrée. Scott était debout contre la porte, regardant par le judas. Je ne pus m'empêcher de remarquer qu'il ne portait rien d'autre qu'un short de plage. Dans son dos, la crosse d'un Glock dépassait de sa ceinture. Sans doute la version californienne de la tenue de flic en civil. N'empêche, j'admirai ce type qui montrait si ostensiblement qu'il n'avait pas mis de gilet pare-balles.

Tom nous aperçut et suggéra à nouveau fermement que l'on batte en retraite dans le salon télé, mais il se rendit assez vite compte que nous n'avions pas fait cinq mille kilomètres pour regarder la télé pendant qu'on procédait à l'arrestation.

– Mettez-vous à couvert, ici, fit-il.

Kate alla près de lui, à gauche de la porte, et elle sortit son arme. Je m'approchai d'Edie, qui était plaquée dans un petit espace entre la porte et le mur droit. La porte allait s'ouvrir vers nous, et nous allions nous retrouver derrière elle. Il y avait bien assez de flingues dehors, donc je laissai mon Glock où il était. Je regardai Kate, qui me rendit mon regard, sourit et me fit un clin d'œil. Mon cœur battait fort, mais, j'en ai bien peur, pas pour Kate Mayfield à cet instant précis.

Tom avait son téléphone portable collé à l'oreille et il écoutait.

– Le fourgon ralentit, il est à quelques maisons d'ici..., nous informa-t-il.

– Je le vois, fit Scott. Il s'arrête devant la maison.

On aurait entendu une mouche voler dans la pièce. Malgré l'entraînement, les gadgets high-tech et les gilets pare-balles, il n'y a rien qui ressemble à ce moment où vous allez affronter un tueur armé.

Scott, plutôt cool, reprit :

– Un type sort du van... côté rue... je peux pas le voir... il va à l'arrière... il ouvre les portes arrière... il tient un paquet... il vient par ici... il colle au signalement... grand, type moyen-oriental... porte un jean et une chemise sombre, un petit colis à la main... il scrute les alentours...

Tom parla dans son portable, puis il le coupa et le mit dans sa poche.

– Vous savez tous quoi faire, dit-il doucement.

Personnellement, j'avais raté la répétition.

– Gardez à l'esprit que ce pourrait être un livreur tout ce qu'il y a de plus innocent..., ajouta-t-il. N'y allez pas trop fort, mais collez-le au sol et passez-lui les menottes.

Je me demandais ce qui était arrivé au googun. Je sentis la sueur couler sur mon visage.

On sonna. Scott attendit environ cinq secondes, puis il saisit la poignée et ouvrit la porte. Avant qu'elle me masque le paysage, je le vis sourire et dire :

– Quelque chose pour moi ?

– Mr. Wiggins ? dit une voix avec un accent.

– Non, répliqua Scott. Je garde juste la maison. Vous voulez que je signe pour ce paquet ?

– Quand Mr. Wiggins reviendra-t-il ?

– Jeudi. Peut-être vendredi. Je peux signer si vous voulez.

– Okay. Signez ici, s'il vous plaît.

J'entendis Scott ajouter :

– Ce stylo ne marche pas. Entrez donc.

Il recula, et je ne pus m'empêcher de penser que, s'il avait vraiment été un ami gardant la maison, il n'aurait pas tardé à se faire descendre ; à la suite de quoi Mr. Asad Khalil patienterait jusqu'à ce que Mr. Wiggins rentre chez lui.

Le grand type brun fit quelques pas dans le living, dégageant la porte, qu'Edie referma d'un coup de pied. Même sans avoir été briefé, je savais exactement ce qui allait se passer. Avant d'avoir le temps de dire ouf, Scott saisit le type par la chemise et le balança au milieu du groupe qui l'attendait.

En moins de quatre secondes, notre visiteur était collé face contre terre avec moi sur ses jambes, le pied d'Edie sur sa nuque, et Tom et Scott lui passant les menottes.

Kate ouvrit la porte et leva le pouce pour signaler à qui la regardait dans des jumelles que tout allait bien, puis elle courut jusqu'au fourgon et je la suivis.

Il n'y avait personne dans le van. Quelques colis étaient répandus sur le plancher à l'arrière, et Kate trouva un téléphone portable sur la banquette avant. Elle le prit.

Des voitures commencèrent à surgir de nulle part, brûlant les pneus en freinant devant la maison. Des agents en sortirent en sautant par les portières ouvertes, exactement comme dans les films, même si je ne voyais pas bien l'intérêt de faire hurler les pneus.

– Il est menotté, leur apprit Kate.

La porte du garage s'était ouverte, et Roger et Kim étaient à présent sur la pelouse. Toujours pas le moindre voisin en vue. J'eus cette méchante pensée que, s'il s'était agi du tournage d'un film, la foule aurait été incontrôlable, tous les badauds voulant se faire engager comme figurants.

Au bout de quelques instants, les agents en planque remontèrent dans leurs voitures et quittèrent les lieux pour reprendre leur surveillance afin de ne pas effrayer un éventuel complice s'il se pointait, sans parler d'agacer Mr. Wiggins s'il rentrait chez lui – ou ses voisins, qui auraient peut-être fini par remarquer quelque chose.

On rentra dans la maison où le prisonnier était maintenant allongé sur le dos, étroitement surveillé par Edie et Scott, tandis que Tom se tenait debout au-dessus de lui.

Je regardai cet homme et je ne fus pas autrement surpris de constater qu'il ne s'agissait pas d'Asad Khalil.

45.

Je fixai Kate des yeux. Puis on regarda tous les autres. Personne n'avait vraiment l'air très content.

– Il n'a rien sur lui, constata Edie.

L'homme était bleu de trouille et des larmes coulaient sur son visage. Si l'un d'entre nous avait eu le moindre doute sur son identité, c'était fini. Net.

Du salon, Kim nous dit qu'elle était en train de prévenir toutes les unités qu'il ne s'agissait pas de notre homme et qu'il fallait donc rester en alerte.

Scott examinait le portefeuille du type.

– Comment vous appelez-vous ? lui demanda-t-il.

L'homme tenta de reprendre le contrôle de lui-même et émit des borborygmes qui ressemblaient à un mélange de sanglots et de crachats.

Tout en brandissant le permis de conduire du type avec sa photo, Scott répéta :

– Dites-moi votre nom.

– Azim Rahman.

– Où habitez-vous ?

L'homme bredouilla une adresse à Los Angeles.

– Votre date de naissance ?

Et ainsi de suite. Le type donna toutes les réponses correctes sur son permis de conduire, ce qui devait l'amener à penser qu'on ne tarderait pas à le laisser repartir. Erreur.

Tom se mit à lui poser une autre série de questions, du genre :

– Qu'est-ce que vous faites là ?

– Je suis simplement venu livrer un paquet...

Roger examinait le petit colis, mais il ne l'ouvrit pas, bien sûr, au cas où il aurait contenu une bombe.

– Qu'est-ce qu'il y a là-dedans ? demanda-t-il.

– Je n'en sais rien, monsieur.

– Il n'y a pas d'adresse d'expéditeur, dit Roger à la cantonade. Je vais appeler le camion des démineurs.

Sur ce, il s'en alla avec le paquet, ce qui fit baisser la tension dans la pièce.

Juan entra dans le living. Azim Rahman devait commencer à se demander pourquoi tous ces gens en coupe-vent du FBI traînaient dans la maison de Mr. Wiggins. Mais peut-être savait-il pourquoi.

Je regardai Tom et je lus une certaine inquiétude sur son visage. Malmener un citoyen, qu'il soit né ici ou naturalisé, ce n'était pas très bon pour une carrière, sans parler de l'image du FBI. Malmener un immigré clandestin pouvait même vous mettre dans la panade, de nos jours. Je veux dire, nous sommes tous citoyens du monde, non ?

Tom demanda d'ailleurs à Mr. Rahman :

– Vous êtes citoyen américain ?

– Oui, monsieur, j'ai prêté serment.

– C'est bien.

Il lui posa un tas de questions sur son quartier, West Hollywood, questions auxquelles Rahman semblait capable de répondre correctement, puis il l'interrogea sur les droits civiques. Rahman savait même le nom du gouverneur de Californie, ce qui me fit soupçonner qu'il était un espion. Mais il ne savait pas celui de son député, ce qui me fit penser qu'il était un honnête citoyen.

Je regardai à nouveau Kate ; elle secoua la tête. Je me sentais assez déprimé à cet instant, comme tous mes petits camarades, visiblement. Pourquoi les choses ne se déroulent-elles pas comme prévu ? Et de quel côté est Dieu, en fait ?

Edie composa le numéro de téléphone de Rahman et confirma qu'un répondeur disait : « Vous êtes chez Rahman », de la même voix que le type sur le plancher, malgré son état émotionnel présent.

En revanche, le numéro de téléphone de Rapid Delivery Services était déconnecté. Je fis remarquer que la peinture sur le van avait l'air bien neuve. Tous les regards se tournèrent vers Azim Rahman.

– Je viens de commencer ce business, expliqua-t-il. C'est tout nouveau, à peine quatre semaines...

– Et comme ça, le coupa Edie, vous avez peint un numéro sur votre fourgon en espérant que la compagnie des téléphones allait vous donner précisément ce numéro ? Vous nous prenez pour des idiots ou quoi ?

Je n'arrivais pas à imaginer à quoi nous ressemblions pour Rahman, de son point de vue, allongé sur le sol. La position détermine la perspective, et quand vous êtes à terre, menotté, entouré de gens armés, vous n'avez forcément pas la même que si vous êtes debout, un flingue à la main. Et pourtant Rahman s'en tenait à son histoire, qui semblait à peu près plausible, en dehors de cette merde de numéro de téléphone.

Selon les apparences, nous avions ici un honnête immigrant en proie au rêve américain, et ce pauvre mec était collé au sol avec un gros bleu sur le front, sans autre prétexte que son appartenance à une ethnie moyen-orientale. Quelle honte.

Rahman se ressaisissait peu à peu.

– S'il vous plaît, je voudrais appeler mon avocat, dit-il.

Oh, oh. Les mots magiques.

– En dehors de moi, tout le monde ici est avocat, rétorquai-je. Parle-leur.

– Je veux parler avec mon propre avocat.

Je l'ignorai.

– Tu es d'où ?

– De West Hollywood.

Je souris et l'avertis :

– Déconne pas avec moi, Azim. D'où tu es ?

– De Libye, lâcha-t-il en s'éclaircissant la gorge.

Personne ne fit aucun commentaire, mais on se regarda tous, et Azim remarqua un net regain d'intérêt pour lui.

– Où as-tu ramassé le paquet que tu es venu livrer ? poursuivis-je.

Il exerça son droit à demeurer silencieux.

De retour du van, Juan annonça :

– Ces paquets, c'est de la merde. Tous emballés avec le même papier brun, la même bande adhésive, et la même putain d'écriture. (Il regarda Azim Rahman :) C'est quoi cette merde que t'essaies de nous faire avaler ?

– Monsieur ?

Tout le monde se jeta à nouveau verbalement sur le pauvre Rahman, le menaçant de prison à vie, et Juan offrit même de lui coller un coup de pied dans les bonbons, ce qu'il refusa.

À ce moment, en additionnant les réponses contradictoires de Rahman, nous en avions probablement assez pour procéder à une arrestation normale, et je sentais que Tom penchait dans cette direction. Une arrestation signifiait la lecture de ses droits, l'intervention d'avocats, etc., et l'heure d'entamer les procédures légales – heure que nous avions dépassée depuis quelques minutes, d'ailleurs.

John Corey, toutefois, n'étant pas concerné autant que ça par les règlements fédéraux ni par sa propre carrière, pouvait prendre quelques libertés. Si ce mec était effectivement lié à Asad Khalil, il aurait été vraiment agréable de le savoir. Tout de suite.

Donc, ayant assez entendu de salades, j'aidai Rahman à passer de la position allongée à la position assise et, pour être certain de capter toute son attention, je m'installai face à lui. Il détourna son visage du mien et je lui lançai :

– Regarde-moi. Regarde-moi bien.

Il m'obéit et nos regards se croisèrent.

– Qui t'a envoyé ici ?

Il ne répondit pas.

– Si tu nous dis qui t'a envoyé ici et où cette personne se trouve maintenant, tu pourras partir. Si tu refuses de nous le dire, je vais t'arroser d'essence et mettre le feu.

Cela, bien sûr, n'était pas une menace physique directe, mais une expression idiomatique qui ne devait pas être prise au sens littéral.

– Qui t'a envoyé ici ?

Rahman demeura silencieux.

Je reformulai ma question.

– Je crois que tu devrais me dire qui t'a envoyé et où il se trouve.

Dois-je mentionner le fait que j'avais sorti mon Glock et que, pour je ne sais quelle raison, Mr. Rahman avait mis le canon dans sa bouche ?

Il était proprement terrifié.

Les agents fédéraux présents dans la pièce, y compris Kate, s'étaient écartés de nous et regardaient tous de l'autre côté.

– Si tu ne réponds pas à ma question, je vais faire sauter ta putain de cervelle.

Les yeux de Rahman s'agrandirent. Sans doute commençait-il à comprendre qu'il y avait une différence entre moi et les autres. Il ne savait pas bien laquelle, mais, pour l'aider à comprendre, je lui filai un coup de genou dans les burnes. Il laissa échapper un gémissement.

Quand on entame ce genre de méthode, il vaut mieux être certain que le type qu'on malmène connaît les réponses aux questions qu'on lui pose et qu'il va vous les donner. Sinon, agent sous contrat ou pas, je risquais ma peau. Mais rien ne réussit comme le succès et, donc, je lui flanquai un nouveau coup de genou pour qu'il partage son savoir avec moi.

Quelques-uns de mes collègues quittèrent la pièce, ne laissant qu'Edie, Tom et Kate pour témoigner que Mr. Rahman était un témoin volontaire dont la coopération n'avait pas été acquise par la force, etc.

– Écoute, trou du cul, pousuivis-je, tu peux aller en taule pour le restant de tes jours, putain, ou même gagner le couloir de la mort comme complice de meurtre. Tu comprends ça ?

Il ne suçait plus mon automatique, mais il refusait encore d'ouvrir la bouche.

Je déteste laisser des marques, donc je m'assis sur lui, fourrai mon mouchoir dans sa gorge et lui pinçai les narines. Il n'avait pas l'air de pouvoir respirer par les oreilles, et il commença à donner des coups de pied frénétiques pour essayer de se débarrasser de mes cent kilos.

J'entendis Tom s'éclaircir la gorge.

Je laissai Mr. Rahman virer au bleu, puis j'ôtai mes doigts de ses narines. Il reprit son souffle juste à temps pour gagner un autre coup de genou dans les couilles.

J'aurais vraiment aimé que Gabe soit là pour me conseiller sur ce qui permettrait de faire parler ce type, mais il n'était pas là, et je n'avais pas de temps à perdre. Je lui pinçai à nouveau les narines.

Sans entrer dans les détails, Rahman sembla voir enfin l'avantage qu'il y avait à coopérer et indiqua sa volonté de le faire. J'ôtai le mouchoir de sa bouche et le remis en position assise.

– Qui t'a envoyé ici ? répétai-je.

Il sanglotait, et je voyais qu'il était en plein conflit intérieur.

– Nous pouvons t'aider, lui rappelai-je. Nous pouvons te sauver la vie. Parle-moi, sinon je te remets dans ce foutu van, et tu pourras aller voir ton ami et lui expliquer tout ça. C'est ça que tu veux faire ? Tu veux y aller ? Je te laisse repartir.

Il n'avait pas l'air de le vouloir, je lui posai donc encore la question :

– Qui t'a envoyé ? J'en ai marre de poser la même putain de question, ajoutai-je. Réponds-moi !

Il sanglota encore un peu, reprit son souffle, s'éclaircit la gorge et bredouilla, d'une voix à peine audible :

– Je ne connais pas son nom... Il... Je ne le connais que sous le nom de Mr. Perleman, mais...

– Perleman ? Un nom juif ?

– Oui... mais il n'était pas juif... il parlait ma langue...

Kate avait déjà une photo à la main et elle la lui colla devant la figure.

Rahman regarda longuement la photo, puis il hocha la tête.

Et voilà ! Je n'irais pas en prison.

– Est-ce qu'il ressemble encore à ça ? demandai-je.

Il secoua la tête.

– Il porte des moustaches... des lunettes... ses cheveux sont gris...

– Où est-il ?

– Je ne sais pas. Je ne sais pas...

– Okay, Azim, quand est-ce que tu l'as vu pour la dernière fois, et où ?

– Je... je l'ai retrouvé à l'aéroport.

– Quel aéroport ?

– Celui de Santa Monica.

– Il est arrivé en avion ?

– Je n'en sais rien...

– À quelle heure tu l'as retrouvé ?

– Tôt... six heures du matin...

Maintenant que nous étions sortis du troisième degré, et avec un témoin coopératif, les six membres du FBI étaient de retour dans la pièce, debout derrière Mr. Rahman pour ne pas le rendre trop nerveux.

Comme c'était moi qui avais réussi à obtenir la confiance et la coopération du témoin, c'était à moi de continuer l'interrogatoire.

– Où as-tu emmené cet homme ?

– Je l'ai emmené... Il voulait juste rouler... alors on a roulé...

– Où ça ?

– Le long de la côte...

– Pourquoi ?

– Je ne sais pas.

– Combien de temps vous avez roulé ? Où vous êtes allés ?

– On n'a été nulle part... on a roulé... peut-être une heure, ou plus, et puis on est revenus et on s'est arrêtés dans un centre commercial qui venait d'ouvrir.

– Un centre commercial ? Quel centre commercial ?

Rahman prétendit qu'il ne le connaissait pas parce qu'il n'était pas d'ici. Mais Kim, qui était du bureau de Ventura, le reconnut d'après la description qu'il lui en fit et elle se hâta de prévenir les troupes. Je doutais qu'Asad Khalil ait traîné toute la journée dans ce centre commercial.

– Tu as été le chercher avec ton van, demandai-je, en revenant à l'aéroport.

– Oui.

– Au terminal principal ?

– Non... de l'autre côté. Dans un coffee shop...

Peu à peu, je reconstituai le puzzle. Rahman avait rencontré Khalil dans le bâtiment de l'Aviation générale. Khalil était donc arrivé avec un jet privé. Normal. Ensuite, comme ils avaient du temps à tuer en attendant la nuit suivante, les deux Libyens avaient fait une jolie balade touristique le long de la côte, puis étaient revenus à Ventura où Mr. Khalil avait exprimé le désir de faire un peu de shopping, grignoter un petit quelque chose aussi, sans doute, et peut-être acheter quelques souvenirs.

– Qu'est-ce qu'il portait ? demandai-je à Rahman.

– Un costume et une cravate.

– Couleur ?

– Un costume gris... gris sombre.

– Et il avait quoi avec lui ? Des bagages ?

– Juste un sac, monsieur, dont il s'est débarrassé pendant qu'on roulait. Je l'ai emmené dans un canyon.

– Tu pourrais retrouver ce canyon ?

– Je... je ne sais pas... peut-être... de jour... Je peux essayer...

– Tu vas essayer. Tu lui as remis quelque chose ? Tu avais un paquet pour lui ?

– Oui, monsieur. Deux paquets. Mais je ne sais pas ce qu'ils contenaient.

– Décris-les. Poids, taille, tout ça.

Rahman décrivit une boîte normale, de la taille d'un four à micro-ondes, sauf qu'elle était légère, ce qui nous conduisit à penser qu'elle contenait des fringues de rechange, et sans doute des documents. Le second paquet était plus intéressant et plus effrayant. Il était long. Il était étroit. Il était lourd. Et ce n'était pas une cravate.

Nous nous dévisageâmes. Même Azim Rahman savait ce qu'il y avait dans ce paquet.

– Est-ce qu'il s'est débarrassé des paquets ou est-ce qu'il les a encore ?

– Il les a.

Je réfléchis un moment et conclus qu'Asad Khalil était désormais habillé autrement, avait de nouveaux papiers d'identité et un fusil de sniper démonté caché dans un sac parfaitement banal, peut-être même un sac à dos.

– Cet homme t'a envoyé voir si Mr. Wiggins était chez lui ? repris-je.

– Oui.

– Tu comprends bien que cet individu est Asad Khalil, celui qui a tué tout le monde dans l'avion qui s'est posé à New York ?

Mr. Rahman affirma qu'il n'avait pas fait le lien. Je le fis donc pour lui et lui expliquai :

– Si tu aides cet homme, tu seras abattu, pendu, ou grillé sur la chaise électrique, à moins qu'on t'exécute par injection, dans une chambre à gaz, ou qu'on te coupe la tête. Tu comprends ?

Je crus qu'il allait s'évanouir et je poursuivis :

– Mais, si tu nous aides à capturer Asad Khalil, tu gagneras un million de dollars de récompense. (Peu probable.) Tu l'as vu à la télé, non ?

Il hocha la tête avec enthousiasme, avouant ainsi qu'il savait qui était son passager.

– Donc, Rahman, arrête de faire le tire-au-cul. Je veux ta coopération pleine et entière.

– Vous l'avez, monsieur.

– Bien. Qui t'a engagé pour retrouver cet homme à l'aéroport ?

Il s'éclaircit à nouveau la gorge.

– Je... je ne sais pas... vraiment, je ne sais vraiment pas.

Sur ce, il se lança dans une explication tortueuse. Soi-disant, un mystérieux bonhomme l'avait accosté, environ deux semaines auparavant, à la station-service de Hollywood où justement il travaillait. L'homme lui avait demandé son assistance pour aider un compatriote et lui avait offert dix mille dollars, dix pour cent le jour même, le solde plus tard. Manœuvres classiques de recrutement par un agent étranger d'un pauvre couillon qui avait besoin de fric et des parents au pays. L'impasse totale, puisque Rahman ne reverrait jamais ce type pour encaisser ses neuf mille dollars. Je le lui dis.

– Ces gens t'auraient tué avant de te payer. Tu en sais trop. Tu comprends ?

Il comprenait.

– Ils t'ont choisi dans la communauté libyenne parce que tu ressembles à Asad Khalil et ils t'ont envoyé ici pour voir si on lui avait tendu un piège. Pas seulement pour voir si Wiggins était là. Tu comprends ?

Il acquiesça.

– Regarde-toi, maintenant. Tu es sûr que ces gens sont tes amis ?

Il secoua la tête. Ce pauvre type avait un air si misérable que je me sentais assez mal de l'avoir cogné dans les couilles et presque étouffé. Mais il l'avait cherché.

– Okay. Voilà la grosse question, et ta vie dépend de la réponse. Quand, où et comment es-tu censé contacter Asad Khalil ?

Il prit une longue et profonde inspiration et répliqua :

– Je dois l'appeler.

– Parfait. Appelons-le. Quel est le numéro ?

Azim Rahman récita un numéro de téléphone, et Tom observa :

– C'est un numéro de portable.

– Oui, fit Rahman, je lui ai remis un portable. J'avais pour instruction d'en acheter deux... L'autre est dans mon fourgon.

Kate avait ce portable, qui possédait un identificateur d'appel comme, supposais-je, celui d'Asad Khalil.

– À quelle compagnie sont reliés ces portables ? demandai-je à Rahman.

Il réfléchit un moment et répondit :

– Nextel.

– Tu en es sûr ?

– Oui. On m'a prié d'utiliser Nextel.

Je regardai Tom, qui secoua la tête. Cela signifiait qu'ils ne pouvaient pas localiser un appel Nextel. En réalité, il était déjà très difficile de traquer un appel passé de n'importe quel portable, même si nous disposions de gadgets permettant de nous dire à peu près dans quel coin était passé un appel AT&T ou Bell Atlantic. Mais les amis de Mr. Rahman avaient apparemment ignoré les campagnes publicitaires et choisi les avantages d'un petit opérateur inconnu, ou plutôt connu sur le marché comme un JBLF, c'est-à-dire Je Baise Les Fédés. Ces gens n'étaient pas aussi stupides que certains de leurs compatriotes. Mauvaise nouvelle pour nous. Bah... il y en avait déjà eu un certain nombre, et ce n'était pas la dernière.

Il était l'heure de mettre Mr. Rahman un peu plus à l'aise, donc Tom lui ôta les menottes. Rahman se frotta les poignets, et on l'aida à se remettre sur pied.

Il semblait éprouver quelque difficulté à se tenir debout et se plaignit d'une douleur diffuse. Nous l'installâmes dans un fauteuil confortable et Kim alla à la cuisine lui chercher une tasse de café.

Tout le monde paraissait un peu plus optimiste, même si les chances que Rahman parvienne à faire croire à Khalil que tout allait bien chez Wiggins étaient plutôt minces. Mais on ne sait jamais. Même un type très malin comme Khalil pouvait se faire berner s'il était obsédé par un objectif précis, du genre buter quelqu'un.

Kim revint avec du café noir, que Rahman but à petites gorgées. Okay, fin de la pause-café.

– Regarde-moi, Azim, dis-je à notre témoin. Y a-t-il un mot code que tu dois utiliser en cas de danger ?

Il me regarda comme si je venais de découvrir le secret de l'univers.

– Oui. Si je suis... comme je suis maintenant... alors, je dois prononcer le mot Ventura dans ma conversation avec lui. Par exemple, dire : « Mr. Perleman, j'ai livré le colis à Ventura. »

– Okay. Fais gaffe de ne pas prononcer ce mot, sinon je devrai te tuer.

Il hocha vigoureusement la tête.

Edie se rendit donc à la cuisine pour décrocher le téléphone de la maison, tout le monde éteignit son portable et, s'il y avait eu un chien dans la baraque, je crois qu'on l'aurait emmené faire une bonne promenade.

Je regardai ma montre et constatai que Rahman n'était ici que depuis une vingtaine de minutes, ce qui n'était pas assez long pour rendre Khalil nerveux.

– Devais-tu l'appeler à une heure précise ? demandai-je à Azim.

– Oui, monsieur. Je devais livrer mon paquet à neuf heures, puis rouler dix minutes et appeler depuis mon fourgon.

– Okay, dis-lui que tu t'es perdu en chemin. Prends ton souffle, détends-toi et pense à des choses agréables.

Mr. Rahman passa instantanément en mode méditation/respiration profonde.

– Tu regardes *X-Files* ?

Je crus entendre Kate grogner.

Mr. Rahman sourit.

– Oui, ça m'est arrivé.

– Bien. Mulder et Scully travaillent pour le FBI. Exactement comme nous. Tu aimes Mulder et Scully ?

– Oui.

– C'est les bons, okay. C'est nous les bons. (Il était assez poli pour ne pas ramener la conversation sur mes coups de genou. Tant qu'il ne l'oubliait pas...) Et on va s'assurer que tu déménages vers un endroit sûr pour vivre. Je peux te faire quitter la Californie. Tu es marié ?

– Oui.

– Des enfants ?

– Cinq.

J'étais content qu'il ait eu ses enfants avant de croiser mon chemin.

– Tu as entendu parler du programme de protection des témoins ?

– Oui.

– Et tu vas avoir de l'argent. Okay ?

– Oui.

– Bien. Es-tu censé le retrouver après l'avoir appelé ?

– Oui.

– Excellent. Où ça ?

– Là où il me dira.

– Bien. Démerde-toi pour que ton coup de téléphone amène à ce rendez-vous. D'accord ?

Je n'obtins pas une réponse très enthousiaste, donc j'ajoutai :

– S'il n'avait besoin de toi que pour vérifier si Wiggins était chez lui, ou si la police l'y attendait, alors pourquoi voudrait-il te voir à nouveau ?

Rahman n'en avait pas la moindre idée. Je lui en fournis une.

– Parce qu'il veut te *tuer*, Azim. Tu en sais trop. Tu saisis ?

Rahman déglutit et hocha la tête.

J'avais tout de même une bonne nouvelle pour lui.

– Cet homme sera arrêté et il ne te causera plus le moindre problème. Si tu fais cela pour nous, on t'emmènera déjeuner à la Maison-Blanche, et tu rencontreras le président. Ensuite, on te donnera l'argent. Okay ?

– Okay.

Je pris Tom à part et lui demandai à voix basse :

– Est-ce que quelqu'un ici parle arabe ?

Il secoua la tête.

– Jamais eu besoin d'un interprète arabe à Ventura.

Je me retournai vers Rahman.

– Okay, compose le numéro. Ne parle qu'en anglais. Mais, si tu ne peux pas, mon ami Juan ici présent comprend l'arabe, alors déconne pas avec nous. Vas-y.

Azim Rahman prit une grande inspiration, s'éclaircit à nouveau la gorge et dit :

– Il faut que je fume une cigarette.

Oh, merde ! J'entendis quelques grognements.

– Est-ce que quelqu'un fume, ici ? lançai-je à la cantonade.

– Vous m'avez pris mes cigarettes, intervint Rahman.

– Tu ne peux pas fumer les tiennes, l'informai-je.

– Pourquoi ne puis-je pas... ?

– Au cas où elles seraient empoisonnées. Je croyais que tu regardais *X-Files*.

– Empoisonnées ? Elles ne sont pas empoisonnées.

– Bien sûr que si. Oublie les cigarettes.

– Il me faut une cigarette.

Je connais ce besoin impérieux.

– Je vais allumer une des siennes, dis-je à Tom.

Ce dernier sortit les cigarettes d'Azim – ce n'étaient pas des Camel – et, avec une bravoure peu commune, il en mit une dans sa bouche et alluma le briquet d'Azim.

– Si c'est du poison et que cela me fasse la moindre chose, mes amis..., commença-t-il.

– On te coupera en lanières et on les jettera aux chiens, affirmai-je.

Azim me regarda.

– Je vous en prie, dit-il, je ne veux qu'une cigarette.

Tom approcha la flamme du briquet, inhala une bouffée, toussa, ne mourut pas et tendit la cigarette à Azim, qui tira dessus sans tomber raide mort. Il inhala plusieurs bouffées, très vite.

– Okay, mon ami, fis-je. C'est l'heure du coup de fil. Parle en anglais, n'oublie pas.

– Je ne sais pas si je vais pouvoir faire ça.

Il acheva la cigarette, l'éteignant dans son gobelet de café.

– Je vais essayer, dit-il en composant le numéro.

– Essaie bien. Et fais-toi clairement expliquer le lieu de rendez-vous.

Rahman écouta les sonneries, que nous pouvions tous entendre, puis il dit :

– Oui, ici Tannenbaum.

Tannenbaum ?

Il écouta, puis répondit :

– Je suis désolé. Je me suis perdu.

Il écouta à nouveau, soudain l'expression de son visage se modifia, et il nous regarda, puis il dit quelque chose dans le téléphone. Je n'ai aucune idée de ce que c'était, parce qu'il parlait en arabe.

Il continua la conversation dans cette langue, haussant sans arrêt les épaules à notre intention, mimant un geste de totale impuissance. Mais Juan la jouait cool, faisant semblant d'écouter, hochant la tête, murmurant même à mon oreille :

– Putain, mais qu'est-ce qu'il dit ?

Heureusement, Rahman ne pouvait pas l'entendre.

Mes yeux rencontrèrent les siens. Je formai le mot « Ventura » avec mes lèvres et fis le geste de me trancher la gorge, ce qui, en arabe, comme en anglais ou dans n'importe quelle autre langue, est parfaitement compréhensible.

Il continua sa conversation et, même si nous ne comprenions rien, il était évident que Khalil avait sérieusement coincé son complice. De fait, Rahman commença à transpirer sérieusement. Finalement, il colla le téléphone contre sa poitrine et dit, tout simplement :

– Il demande à parler à mes nouveaux amis.

Personne ne réagit.

Rahman avait l'air complètement perdu.

– Je suis désolé. J'ai essayé. Cet homme est trop intelligent. Il m'a demandé de klaxonner.

Il sait que je ne suis pas dans mon fourgon. Je ne lui ai rien dit. Je vous en prie. Je ne veux plus lui parler.

Je pris donc le téléphone et dis, d'un ton enjoué :

– Allô ? Mr. Khalil ?

– Oui, répondit une voix profonde. Qui êtes-vous ?

Comme ce n'est pas une très bonne idée de donner votre nom à un terroriste, je répondis :

– Un ami de Mr. Wiggins.

– Vraiment ? Et où est Mr. Wiggins ?

– Par monts et par vaux. Et vous, où êtes-vous, monsieur ?

Il rit. Ha, ha, ha.

– Moi aussi, je suis par monts et par vaux.

J'avais mis le volume à fond et je tenais le téléphone éloigné de mon visage, avec sept têtes autour de moi. Nous étions tous très intéressés de savoir ce qu'Asad Khalil avait à dire, mais tout le monde écoutait également pour essayer de distinguer un son à l'arrière-plan qui aurait pu nous donner un indice sur le lieu où il se trouvait.

– Pourquoi ne venez-vous pas chez Mr. Wiggins pour l'attendre ici ?

– Peut-être vais-je l'attendre ailleurs.

Ce type était glissant comme une anguille. Je ne voulais pas le perdre et je résistai donc à la tentation de le traiter d'assassin bouffeur de merde de chameau. Je sentis mon cœur accélérer et m'efforçai de calmer ma respiration.

– Allô ? Vous êtes encore là ? fit-il.

– Oui. Y a-t-il quelque chose que vous vouliez me dire ?

– Peut-être. Mais je ne sais pas qui vous êtes.

– Je fais partie du FBI.

Il y eut un silence, puis :

– Mais vous avez bien un nom ?

– John. Que voulez-vous me dire ?

– Qu'est-ce que vous voulez savoir, John ?

– Eh bien, je pense que je sais presque tout ce qu'il y a à savoir. C'est pour cela que je suis ici, non ?

Il rit. Je déteste quand ces enculés font ça.

– Laissez-moi vous raconter certaines choses que vous pourriez ne pas savoir, reprit-il.

– Okay.

– Mon prénom, comme vous le savez, est Asad, de la famille Khalil. J'avais un père, une mère, deux frères et deux sœurs.

Il me donna leurs noms et d'autres détails sur sa famille, terminant sa phrase par :

– Ils sont tous morts.

Il continua, parlant de la nuit du 15 avril 1986 comme si c'était encore tout frais dans sa tête, ce qui était le cas, je pense. Et il acheva son histoire par :

– Les Américains ont tué toute ma famille.

Je regardai Kate et elle acquiesça. Nos hypothèses étaient les bonnes, même si cela n'avait plus beaucoup d'importance.

– Je sympathise, mais..., dis-je à Khalil.

– Je n'ai pas besoin de votre sympathie. Je n'ai vécu jusqu'à ce jour que pour venger ma famille et mon pays.

Cela allait être une conversation très difficile, car nous avions très peu de choses en commun, mais je voulais le garder en ligne, et donc j'utilisai les techniques apprises dans les cours de négociations avec les preneurs d'otages.

– Je peux tout à fait comprendre ça, dis-je. Maintenant, il est peut-être temps de raconter votre histoire au monde entier.

– Pas encore. Mon histoire n'est pas terminée.

– Je vois. Eh bien, quand elle le sera, je suis certain que vous aurez envie de nous donner tous les détails, et nous aimerions vous offrir la possibilité de le faire.

– Je n'ai pas besoin que vous m'offriez la moindre possibilité. Je crée mes opportunités moi-même.

Les trucs standards n'avaient pas l'air de fonctionner. Je repris une grande inspiration avant de revenir à la charge :

– Écoutez, Mr. Khalil, j'aimerais vous rencontrer, parler de vive voix, seul...

– J'aimerais aussi avoir l'opportunité de vous rencontrer seul à seul. Peut-être cela arrivera-t-il un jour.

– Pourquoi pas aujourd'hui ?

– Un autre jour. Je viendrai peut-être chez vous un jour, comme je suis allé chez le général Waycliff et chez Mr. Grey.

– Appelez avant de passer.

Il rigola. Ce trou du cul jouait avec moi. Ça fait partie du boulot. Je ne pensais pas que cela nous mènerait où que ce soit, mais, s'il voulait parler, cela me convenait parfaitement.

– Comment pensez-vous que vous allez quitter le pays, Mr. Khalil ? lui demandai-je.

– Je ne sais pas. Qu'est-ce que vous suggérez ?

Enculé.

– Eh bien, nous pourrions vous rapatrier en Libye en échange de quelques personnes que nous aimerions avoir ici.

– Qui préféreriez-vous avoir dans vos prisons, à part moi ?

Bon point, trou du cul.

– Mais, si nous vous attrapons avant que vous ne quittiez le pays, nous ne vous offririons pas un si beau marché.

– Vous insultez mon intelligence. Bonne nuit.

– Attendez. Vous savez, Mr. Khalil, je suis dans ce métier depuis plus de vingt ans et vous êtes... *(le plus gros tas de merde...)* le type le plus intelligent auquel j'aie eu affaire.

– Peut-être que tout le monde vous paraît intelligent, à vous.

J'allais perdre mon sang-froid, aussi, j'inspirai à nouveau profondément avant de rétorquer :

– Comme d'avoir fait assassiner ce banquier à Francfort pour qu'on pense que c'était vous.

– C'était très malin, oui. Mais pas si intelligent. Et je vous félicite d'avoir maintenu la presse dans l'ignorance – à moins que *vous* n'ayez été dans l'ignorance ?

– Eh bien, un peu des deux. Hé, pour nos archives, Mr. Khalil, est-ce que... vous avez éliminé, dirais-je, des gens dont nous ignorons encore l'identité ?

– Effectivement. Un employé de motel près de Washington et un pompiste en Caroline du Sud.

– Pourquoi avez-vous fait ça ?

– Ils avaient vu mon visage.

– Je comprends. Eh bien, c'est un bon moyen de... Mais la pilote de Jacksonville a également vu votre visage.

Il y eut un long silence, puis Khalil répliqua :

– Ainsi, vous connaissez quelques détails.

– Bien sûr. Gamal Jabbar. Yusef Haddad à bord de l'avion. Pourquoi vous ne me parlez pas de vos voyages et des gens que vous avez croisés en route ?

Cela ne lui posait aucun problème, et il me fit un joli résumé de ses trajets en voiture et en avion, de ceux qu'il avait rencontrés et tués, précisant là où il s'était arrêté, ce qu'il avait vu, ce qu'il avait fait. J'espérais qu'on pourrait le coincer si on arrivait à savoir quelle identité il avait utilisée, mais il ruina mes espoirs en disant :

– J'ai une toute nouvelle identité, et je vous assure que je n'aurai aucun problème pour m'en aller d'ici.

– Quand partez-vous ?

– Quand je le désirerai. Mon seul regret, bien sûr, est de ne pas avoir pu mettre la main sur Mr. Wiggins. Quant au colonel Callum, puisse-t-il souffrir et mourir à petit feu.

Mon Dieu ! Quel salopard !

– Vous pouvez me remercier d'avoir sauvé la vie de Wiggins, fis-je.

Je devenais un peu grincheux.

– Ah oui ? Et qui êtes-vous ?

– Je vous l'ai dit. John.

Il resta un instant silencieux puis répéta :

– Bonsoir...

– Attendez. Pour une fois que je passe du bon temps ! Hé, est-ce que je vous ai dit que j'étais l'un des premiers agents fédéraux à monter à bord de cet avion ?

– Vraiment ?

– Vous savez à quoi je pense ? Je me demande si nous ne nous sommes pas vus. Vous croyez que c'est possible ?

– C'est possible.

– Je veux dire, vous portiez une combinaison bleue du service des bagages de la Transcontinental, n'est-ce pas ?

– Exact.

– Eh bien, je suis le type en costume brun clair. Et il y avait cette jolie blonde avec moi. (Je fis un clin d'œil à Kate.) Vous vous souvenez de nous ?

Il ne répondit pas tout de suite.

– Oui. J'étais dans l'escalier en spirale. (Il rit.) Vous m'avez ordonné de sortir de l'avion. Merci beaucoup.

– Ça alors ! C'était vous ? Comme le monde est petit.

Mr. Khalil saisit la balle au bond.

– En réalité, j'ai vu votre photo dans les journaux. Vous et cette femme. Oui. Et votre nom était mentionné dans le mémo de Mr. Weber que j'ai ramassé au Conquistador Club. Mr. John Corey et Ms. Kate Mayfield. Bien sûr.

– Hé, c'est vraiment incroyable. Vraiment.

Espèce de salaud.

– En fait, Mr. Corey, je crois même que j'ai rêvé de vous. Oui, j'ai fait un rêve... et j'avais ce sentiment... comme d'une présence, en réalité.

– Sans blague ? Et que se passait-il dans ce rêve ? On rigolait bien ?

– Vous essayiez de me capturer, mais j'étais plus habile et plus rapide que vous.

– J'ai fait exactement le rêve inverse. Hé, j'aimerais vraiment vous rencontrer et vous offrir un verre. Vous m'avez l'air d'un marrant.

– Je ne bois pas.

– Vous ne buvez pas d'alcool. Seulement du sang.

Il rit.

– Oui, en fait, j'ai même léché le sang du général Waycliff.

– Tu es un enculeur de chameau dérangé du bulbe. Tu le sais, non ?

Il réfléchit un instant, puis répondit :

– Peut-être allons-nous nous rencontrer avant que je parte, au bout du compte. Ce serait très agréable. Comment puis-je vous joindre ?

Je lui donnai mon numéro à l'ATTF et précisai :

– Appelle n'importe quand. Si je ne suis pas là, laisse un message et je te contacterai.

– Et votre numéro personnel ?

– Pas besoin. Je suis au travail presque tout le temps.

– S'il vous plaît, dites bien à Mr. Rahman que quelqu'un se rappellera à son bon souvenir. Même chose pour Mr. Wiggins.

– Tu peux oublier ça, mon pote. Et, en passant, le jour où je te coince, je t'enfonce les couilles dans la bouche à coups de pied et, ensuite, je t'arrache la tête et je te chie dans la trachée.

– On verra qui coincera qui, Mr. Corey. Mes respects à Ms. Mayfield. Passez une bonne soirée.

– Ta mère baisait avec Kadhafi. C'est pour ça que Muammar a fait tuer ton père à Paris, espèce de con...

La ligne était coupée et je restai là debout un moment, essayant de recoller les morceaux. La pièce était vraiment très silencieuse.

Finalement, Tom dit :

– Vous avez fait du bon boulot.

– Ouais.

Je sortis du living-room et passai dans le salon télé où j'avais repéré un bar. Je me versai une rasade de scotch, pris mon souffle et avalai le tout cul sec.

Kate entra dans la pièce et demanda doucement :

– Ça va ?

– Ça ira dans un moment. Tu veux boire un coup ?

– Oui, mais pas maintenant.

Je me versai un second verre et fixai le vide.

– Je crois qu'on peut s'en aller, dit Kate.

– Pour aller où ?

– On va trouver un motel à Ventura et, demain, on ira au bureau de L.A. Je connais encore des gens là-bas et j'aimerais que tu les rencontres.

Je ne répliquai pas.

– Ensuite, je te ferai visiter la ville, si tu veux, et on rentrera à New York.

– Il est ici. Il est tout près, lâchai-je.

– Je sais. Donc, on va rester dans le coin quelques jours et voir ce qui se passe.

– Je veux que toutes les agences de location de voitures soient contrôlées, que la communauté libyenne soit passée au crible, que tous les aéroports et la frontière mexicaine et...

– John, on sait tout ça. C'est déjà en route. Comme à New York.

Je m'assis et bus mon scotch.

– Bordel de Dieu.

– Écoute, on a sauvé la vie de Wiggins.

Je me levai.

– Je vais asticoter Rahman encore un peu.

– Il ne sait rien de plus, et tu le sais.

Je me rassis et finis mon scotch.

– Ouais... eh bien, je crois que je suis à court d'idées. (Je la regardai.) Qu'est-ce que tu en penses ?

– Je pense qu'il est temps de laisser ces gens faire leur travail. Partons d'ici.

– Tu crois qu'ils nous laisseraient jouer avec le goo-gun ?

Elle rit, de ce rire de soulagement que vous laissez éclater quand quelqu'un que vous aimez a été à deux doigts de péter les plombs et redevient normal.

– Okay. On se tire, fis-je.

On repassa dans le living pour plier bagage et dire bonne nuit. Rahman avait disparu quelque part et l'ambiance générale était plutôt à la déprime.

– J'ai appelé Chuck pour qu'il vous conduise à un motel, me dit Tom.

Juste à cet instant, son téléphone portable se mit à sonner et tout le monde se tut.

– Okay... okay... Non, ne l'arrêtez pas... On va s'en occuper ici.

Il raccrocha et nous avertit :

– Elwood Wiggins rentre chez lui. Et son amie est dans la voiture avec lui. Nous allons tous rester dans le living et laisser Mr. Wiggins et son amie entrer – par le garage ou la porte de devant. Quand il nous verra...

– Nous crierons « Surprise ! », suggérai-je.

Tom réussit à sourire.

– Mauvaise idée. Nous le mettrons à l'aise et nous lui expliquerons la situation.

Je n'avais aucune envie d'assister à cette scène, mais j'avais très envie de rencontrer Chip Wiggins, juste pour satisfaire ma curiosité et voir à quoi il ressemblait. Dieu, j'en suis convaincu, veille sur Ses créatures les moins soigneuses.

Quelques minutes plus tard, on entendit une voiture s'arrêter dans l'allée ; la porte du garage s'ouvrit, puis celle de la cuisine, où une lumière s'alluma.

Wiggins cherchait quelque chose dans son frigidaire.

– Hé, d'où sort toute cette boustifaille ? lança-t-il à son amie. Et à qui sont ces casquettes ? Hé, Sue, y a écrit FBI dessus.

– Je crois que quelqu'un est venu ici, dit Sue.

Brillante déduction, chérie.

– Ouais, fit Chip, qui devait être en train de se demander s'il ne s'était pas trompé de maison.

Nous attendions patiemment que Mr. Wiggins entre dans son salon.

– Reste ici. Je vais voir, fit-il.

Chip Wiggins se montra sur le seuil et s'arrêta net, statufié.

– Ne craignez rien, je vous en prie, dit Tom en lui tendant son badge. FBI.

Chip Wiggins dévisageait les quatre hommes et les quatre femmes debout dans son living-room.

– Qu'est-ce que... ? commença-t-il.

Chip portait un jean, un tee-shirt et des chaussures de randonnée. Il était bronzé et en parfaite condition physique, et il faisait nettement moins que son âge. En Californie, tout le monde a l'air en forme, bronzé et jeune, sauf les gens comme moi qui ne font que passer.

– Mr. Wiggins, nous aimerions vous parler quelques instants, le coupa Tom.

– Hé, mais qu'est-ce qui se passe ?

Son amie jeta un œil par l'entrebâillement de la porte.

– Chip, qui est-ce ?

Chip lui expliqua d'où sortaient les casquettes du FBI.

Edie escorta la jeune femme dans le salon télé, où Chip s'était assis avec nous, détendu, mais curieux. Soit dit en passant, la jeune dame était une vraie bombe, mais je n'avais rien remarqué.

– Mr. Wiggins, expliqua Tom, cette affaire concerne le raid aérien auquel vous avez participé le 15 avril 1986.

– Oh, merde !

– Nous avons pris la liberté d'entrer chez vous, car nous avions des informations sur un terroriste libyen...

– Oh, merde.

– ... qui était dans la région et qui cherchait à vous nuire.

– Oh, merde.

– Nous contrôlons désormais la situation, mais j'ai peur de devoir vous demander de quitter momentanément votre travail et de prendre quelques vacances.

– Hein ?

– Cet homme est encore en liberté.

– Merde.

– Je crains d'avoir de mauvaises nouvelles pour vous. Quelques-uns des membres de votre ancienne escadrille ont été assassinés.

– Quoi ?

– Par cet homme, Asad Khalil.

Tom tendit à Chip une photo de Khalil, l'encourageant à la garder.

Chip regarda la photo, puis dit :

– Qui a été tué ?

– Le général Waycliff et son épouse...

– Mon Dieu... Terry est mort ? Et Gail aussi ?

– Oui, monsieur, je suis navré. Paul Grey également, William Satherwaite et James McCoy.

– Oh, mon Dieu... oh, merde... oh...

– Et, comme vous le saviez probablement, le colonel Hambrecht a été assassiné en Angleterre en janvier.

Chip réussit à reprendre le contrôle de lui-même, il se rendait compte que la Grande Faucheuse n'était pas passée loin du tout.

– Sainte merde..., fit-il.

Il se leva et regarda autour de lui, comme s'il essayait de repérer le terroriste.

– Où est ce mec ?

– Nous essayons de l'appréhender, assura Tom. Nous pouvons rester ici ce soir avec vous si vous voulez. Mais je ne pense pas qu'il se montrera. Ou alors, nous pouvons attendre que vous fassiez vos valises et vous escorter...

– Je me tire d'ici.

– Très bien.

Chip Wiggins demeura plongé dans ses pensées pendant un moment, peut-être les réflexions les plus profondes qu'il ait eues depuis longtemps, puis il releva la tête.

– Je l'ai toujours su... je veux dire, je l'avais dit à Bill, ce jour-là, après avoir lâché les bombes, pendant qu'on revenait... Je lui ai dit que ces salauds n'allaient pas laisser passer ça... qu'ils se vengeraient... Oh, merde... Bill est mort.

– Oui, monsieur.

– Et Bob ? Bob Callum ?

– Il est sous protection rapprochée.

Je pris la parole.

– Pourquoi n'iriez-vous pas lui rendre visite ?

– Ouais... Bonne idée. Il est toujours à l'académie de l'Air Force ?

– Oui, dis-je. On pourra vous protéger tous les deux en même temps là-bas.

Et ça nous coûtera moins cher.

Il ne servait plus à grand-chose de traîner dans le coin, Kate et moi fîmes donc nos adieux, tandis que Chip allait boucler ses valises. Il avait l'air du genre de type capable de vous prêter un caleçon propre, mais je n'osais pas lui demander. Il avait trop de trucs en tête.

On se retrouva dehors, Kate et moi, dans l'air qui embaumait, attendant Chuck.

– Chip Wiggins est un veinard, fit observer Kate.

– C'est exact. Tu as vu cette belle gonzesse ?

– Pourquoi diable est-ce que j'essaie même de te parler ?

– Désolé.

Je me tus un moment, puis repris :

– Pourquoi avait-il besoin d'un fusil ?

– Qui ? Oh, tu veux dire Khalil ?

– Ouais, Khalil. Pourquoi un fusil ?

– On ne sait pas si c'est un fusil.

– Disons que c'en était un. Pourquoi en avait-il besoin ? Pas pour tuer Chip dans sa maison.

– C'est vrai. Mais peut-être voulait-il le tuer ailleurs. Dans les bois.

– Non. Ce type joue de près, personnellement. Je sais qu'il parle à ses victimes avant de les tuer. Pourquoi a-t-il besoin d'un fusil ? Pour tuer quelqu'un qu'il ne peut pas approcher. Quelqu'un à qui il n'a pas besoin de parler.

– Je crois que tu tiens quelque chose, là.

La voiture arriva et on y monta – moi devant, Kate derrière, Chuck au volant.

– C'est dur, hein, fit Chuck. Vous voulez un bon motel ?

– Bien sûr, dis-je. Avec des miroirs au plafond.

Quelqu'un me flanqua une baffe dans la nuque.

Et nous voilà partis vers l'océan, là où Chuck disait qu'il y avait de beaux motels avec vue sur la mer.

– Il n'y aurait pas un caleçon-drive-in ouvert toute la nuit ? lui demandai-je.

– Un quoi ?

– Vous savez, en Californie, tous les achats se font sans descendre de voiture et tout est ouvert toute la nuit. Donc, je me demandais si...

– Tais-toi, John, dit Kate. Ignore-le, Chuck.

Tout en roulant, Kate et Chuck causèrent logistique et emploi du temps pour le lendemain.

Je pensais à ma conversation avec Asad Khalil. J'essayais de me mettre à la place de son esprit dérangé, j'essayais de penser à ce que je ferais si j'étais lui.

La seule chose dont j'étais certain, c'était qu'Asad Khalil n'allait pas rentrer chez lui tout de suite. Nous entendrions à nouveau parler de lui. Très bientôt.

46.

Chuck nous déposa devant le Ventura Inn, sur la plage.

– Notre bureau est ouvert toute la nuit, si vous avez besoin de quoi que ce soit, n'hésitez pas, nous dit-il.

– De ton côté, si tu apprends du nouveau, n'oublie pas de nous appeler, sinon je serai très, très en colère.

– C'est toi qui mènes le bal, John. Tom a été très impressionné par la manière dont tu as réussi à faire coopérer volontairement ce livreur.

– Avec un peu de psychologie, on peut aller loin, rétorquai-je.

– Pour te dire la vérité, il y a plein de mangeurs de lotus dans la région. Ça fait du bien de voir un dinosaure carnivore de temps en temps.

– C'est un compliment ?

– En quelque sorte. À quelle heure voulez-vous que je passe vous prendre demain matin ?

– Sept heures et demie, répondit Kate.

Chuck nous fit un petit salut de la main, puis il démarra.

– T'es folle ? dis-je à Kate. Ça fait quatre heures du mat', heure de New York.

– Non, ça fait dix heures et demie, heure de New York.

– Tu en es sûre ?

Elle m'ignora et entra dans le hall du motel. Je la suivis.

Le réceptionniste nous accueillit chaleureusement et nous informa qu'il avait des chambres avec vue sur l'océan au douzième étage. Rien n'est trop beau pour les gardiens de la civilisation occidentale.

– Quel océan ? lui demandai-je.

– Le Pacifique, monsieur.

– Vous n'avez rien qui donne sur l'Atlantique ?

Il sourit.

On remplit nos fiches, et le type enregistra ma carte American Express, qui, je crois, émit un gémissement en passant dans la machine.

Kate sortit une photo de son sac, avec son accréditation.

– Avez-vous vu cet homme ? demanda-t-elle à l'employé.

Son air réjoui s'évanouit tout d'un coup. Il regarda la photo d'Asad Khalil, puis répondit :

– Non, madame.

– Gardez-la, dit Kate. Appelez-nous si vous le voyez. Il est recherché pour meurtre, ajouta-t-elle.

L'employé hocha la tête et mit la photo derrière le comptoir.

– Passez le message à vos collègues, dit Kate.

Il nous donna nos cartes magnétiques et je proposai à ma compagne un verre au bar.

– Je suis épuisée. Je vais dormir.

– Il n'est que dix heures.

– Il est une heure du matin à New York. Je suis fatiguée.

J'eus la soudaine et triste pensée que j'allais boire et dormir seul.

Nous prîmes l'ascenseur en silence.

– Tu boudes ? me demanda Kate vers le dixième étage.

– Oui.

Nous descendîmes au dernier étage.

– Bon, je ne veux pas que tu boudes, dit Kate. Viens dans ma chambre boire un verre.

On entra donc dans sa chambre, qui était vaste, et, sans bagages à défaire, on en arriva vite à deux scotchs soda sortis du minibar.

– Oublions l'affaire pour ce soir, dit Kate en m'entraînant vers le balcon.

– Okay.

On s'installa face à face dans deux fauteuils que séparait une table ronde et l'on contempla l'océan éclairé par la lune.

Cela me rappelait un peu mon séjour en convalescence dans la maison de mon oncle à Long Island. Et la nuit où Emma et moi avions bu du cognac après nous être baignés nus dans la baie.

Je sentais que je glissais vers une humeur sombre et je tentai de m'en sortir.

– À quoi réfléchis-tu ? me demanda Kate.

– À la vie.

– C'est pas une bonne idée. Il ne t'est jamais venu à l'esprit que tu as choisi ce boulot, à bosser sans compter les heures, parce que tu ne veux pas avoir le temps de réfléchir à ta vie ?

– Je t'en prie.

– Écoute-moi. Tu comptes énormément pour moi, John, et j'ai l'impression que tu cherches quelque chose.

– Un caleçon propre.

– Tu peux laver ton caleçon.

– Je n'en avais pas eu l'idée.

– Écoute, John, j'ai trente et un ans, et je n'ai même jamais songé au mariage.

– Je ne comprends vraiment pas pourquoi.

– Eh bien, pour ton information, ce n'était pas par manque de propositions.

– Pigé.

– Tu crois que tu te remarierais ?

– À ton avis, ça prendrait combien de temps pour dégringoler de ce balcon ?

J'imaginais que ma mauvaise humeur allait finir par l'énerver, mais pas du tout. Elle se mit à rire. Parfois, un homme n'arrive jamais à faire du bien, parfois, il est incapable de faire du mal. Cela n'a rien à voir avec ce que le type fait. Il s'agit seulement de ce que la femme en pense.

– Tu as fait un excellent boulot, aujourd'hui, reprit-elle. Tu m'as impressionnée. Et j'ai même appris quelques trucs.

– Bien. Quand tu balances ton genou dans les couilles d'un type comme ça, tu peux vraiment les lui éclater. Il faut donc faire très attention.

Maligne comme elle l'était, elle commenta :

– Je ne crois pas que tu sois un violent ni un sadique. Je crois que tu fais ce que tu dois faire quand tu as à le faire. Et que tu n'aimes pas ça. C'est important.

Vous voyez ce que je veux dire ? Aux yeux de Kate, je ne pouvais pas faire de mal.

Elle avait sorti deux autres petites bouteilles de scotch des poches de sa veste. Elle les ouvrit et les versa dans nos verres.

– Je... je suis au courant de cette chose qui a eu lieu sur Plum Island, fit-elle au bout de quelques instants.

– Quelle chose ?

– Quand tu as éviscéré ce type.

Je pris une grande inspiration, mais je ne répondis pas.

Elle laissa passer quelques secondes, puis ajouta :

– Nous avons tous un côté obscur. Tout va bien.

– En fait, j'ai adoré ça.

– Non, ce n'est pas vrai.

– Tu as raison. Mais... j'avais des circonstances atténuantes.

– Je sais. Il avait tué quelqu'un que tu aimais beaucoup.

– Changeons de sujet.

– Bien sûr. Je voulais juste que tu saches que je comprends ce qui t'est arrivé et pourquoi.

– Bon. J'essaierai de ne pas récidiver.

Vous voyez ce que je veux dire ? J'avais tranché les entrailles de ce mec, et, pour elle, c'était okay. De toute façon, c'était vraiment okay, parce qu'il le méritait mille fois.

On glissa sur le sujet. Les rouleaux de l'océan venant mourir sur la plage nous hypnotisaient. On entendait les vagues se briser doucement. Quelle vue ! Je sentais l'iode dans la légère brise.

– Tu aimais vivre ici ? demandai-je.

– Oui. Les Californiens sont très sympathiques.

La plupart des gens confondent l'espace et la sympathie – mais pourquoi gâcher ses souvenirs ?

– Tu avais un petit ami, ici ?

– En quelque sorte. Tu veux que je te raconte ma vie sexuelle ?

– Ça prendra combien de temps ?

– Moins d'une heure.

Je souris.

– Ton divorce a été douloureux ? reprit-elle.

– Pas du tout. C'est le mariage qui l'a été.

– Pourquoi l'as-tu épousée ?

– Elle me l'a demandé.

– Et tu ne sais pas dire non ?

– Eh bien... je pensais que j'étais amoureux. Au début, elle était assistante du procureur, et on était du côté des anges. Et puis elle a pris un boulot chez un gros avocat du pénal. Elle a changé.

– Non, elle n'a pas changé. C'est le travail qui a changé. Tu pourrais, toi, défendre des criminels ? Tu pourrais être un criminel ?

– Je vois ce que tu veux dire. Mais...

– Et elle se faisait beaucoup plus d'argent à défendre des criminels que toi à les arrêter.

– L'argent n'avait rien à voir avec...

– Je ne dis pas que ce qu'elle faisait pour vivre est mal. Je disais que... Comment s'appelle-t-elle ?

– Robin.

– Robin n'était pas celle qu'il te fallait, même quand elle était assistante du procureur.

– Bien vu. Je peux sauter, maintenant ? Ou bien tu as encore des choses à me dire ?

– J'y viens. Attends. Donc tu as rencontré Beth Penrose, qui est du même côté de la loi que toi, et tu réagis contre ton ex-épouse. Tu te sens à l'aise avec une femme flic. Peut-être moins coupable. Je suis certaine que ce n'était pas drôle tous les jours, au commissariat, d'être marié à une avocate du pénal.

– On peut parler d'autre chose ?

– Non, pas encore. Et je suis arrivée. Le trophée parfait, pas vrai ? FBI, avocate. Et ta patronne, en plus.

– Arrête-toi tout de suite. Laisse-moi te rappeler que c'est toi qui... Oublie ce que je viens de dire.

– Tu es en colère ?

– T'as foutrement raison que je suis en colère ! (Je me levai.) Faut que j'y aille.

Elle se leva aussi.

– D'accord. Vas-y. Mais tu dois faire face à quelques réalités, John. Tu ne peux pas te cacher éternellement derrière ta façade de dur et de gros malin. Un de ces jours, peut-être très bientôt, tu vas prendre ta retraite, et alors il te faudra vivre avec le véritable John Corey. Plus de flingue. Plus de badge.

– D'insigne.

– Personne à arrêter. Plus personne qui aura besoin que tu le protèges ni que tu protèges la société. Il n'y aura plus que toi, et tu ne sais même pas qui tu es.

– Toi non plus. C'est typiquement du blabla psychologico-californien et tu n'es ici que depuis dix-neuf heures trente. Bonne nuit.

Je quittai le balcon, traversai sa chambre et me retrouvai dans le couloir. La mienne était mitoyenne et j'y entrai.

Je me débarrassai de mes chaussures de deux coups de pied, jetai ma veste sur le lit, ôtai mon holster, ma chemise, ma cravate et mon gilet blindé. Puis je me servis un verre au minibar.

J'étais épuisé et je me sentais vraiment merdique. Je veux dire, je savais ce que Kate faisait et je savais qu'elle n'y mettait aucune malice, mais je n'avais vraiment pas besoin qu'on me force à affronter le monstre dans le miroir.

Ms. Mayfield, si je lui avais laissé quelques minutes de plus, m'aurait brossé un magnifique tableau de l'avenir si nous y faisions face tous les deux ensemble.

Les femmes pensent que le mari parfait est tout ce dont elles ont besoin pour une vie parfaite. Faux. D'abord, il n'existe pas de mari parfait. Et pas beaucoup de bons maris, même. Ensuite, elle avait raison à mon sujet, et je n'allais pas m'améliorer le moins du monde en vivant avec Kate Mayfield.

Je décidai de laver mon caleçon, de me mettre au lit et de ne plus jamais revoir Kate Mayfield une fois que cette affaire serait terminée.

On frappa à ma porte. Je regardai par l'œilleton et j'ouvris.

Elle entra et on se retrouva debout face à face.

Dans ce genre de situation, je peux être vraiment dur, et je n'avais pas l'intention de lâcher un centimètre de terrain ni de l'embrasser et de tout oublier. Je n'avais même plus envie de sexe.

Et pourtant, elle portait un peignoir de bain blanc de l'hôtel, qu'elle détacha et laissa tomber sur le sol, révélant son corps nu parfait.

Je sentis mes résolutions se dissoudre à la même vitesse que Mr. Joyeux durcissait.

– Je suis désolée de t'ennuyer, dit-elle, mais ma douche ne marche pas. Je peux utiliser la tienne ?

– Fais comme chez toi.

Elle se rendit dans ma salle de bains, ouvrit les robinets et entra sous la douche.

Eh bien, qu'est-ce que j'étais censé faire ? J'ôtai mon pantalon, mon caleçon et mes chaussettes, et je la rejoignis.

Au cas où il y aurait un appel des gens du FBI au milieu de la nuit, elle quitta ma chambre à une heure.

Je ne dormis pas particulièrement bien et je m'éveillai à cinq heures et quart, ce qui, je pense, correspondait à huit heures et quart selon mon horloge biologique.

J'allai dans la salle de bains et je vis que mon caleçon était pendu à la tringle de la douche au-dessus de la baignoire. Il était propre, encore humide, et quelqu'un avait planté un baiser au rouge à lèvres sur un endroit stratégique.

Je me lavai, me douchai à nouveau, puis je sortis sur le balcon et demeurai là, nu dans la brise, contemplant l'océan obscur. La lune était couchée et le ciel constellé d'étoiles. On ne pouvait pas vraiment faire mieux que ça.

Je restai là un bon moment, parce qu'il y faisait bon.

J'entendis la baie vitrée glisser de l'autre côté de la séparation en béton.

– Bonjour, lançai-je.

Je l'entendis répondre :

– Bonjour.

La séparation m'empêchait de la voir.

– Tu es nue ?

– Oui. Et toi ?

– Bien sûr. Ça fait tellement de bien.

– Rendez-vous pour le petit déjeuner dans une demi-heure.

– Okay. Et merci d'avoir lavé mon caleçon.

– N'en prends pas trop l'habitude.

Nous parlions assez fort, et j'avais l'impression que d'autres clients de l'hôtel écoutaient. Je crois que la même pensée l'avait traversée, car elle lança :

– Comment tu m'as dit que tu t'appelais ?

– John.

– C'est ça. Tu es un bon coup, John.

– Merci. Toi aussi.

Nous étions donc là, deux agents fédéraux adultes, debout, nus, sur le balcon de notre hôtel, avec une vitre de séparation entre nous, nous comportant comme des idiots, exactement comme le font les nouveaux amants.

– Tu es marié ? fit-elle.

– Non. Et toi ?

– Non.

Quelle serait ma prochaine réplique ? Deux pensées simultanées me traversèrent la tête. Un, j'étais manipulé par une pro. Deux, j'adorais ça. Réalisant que cet instant et ce décor resteraient à jamais gravés dans ma mémoire, je pris une grande inspiration et lui demandai :

– Tu m'épouserais ?

Il y eut un long silence.

Finalement, une voix de femme, mais pas celle de Kate, cria, d'un autre balcon :

– Mais réponds-lui !

– Okay. Je t'épouse.

Quelque part, deux personnes se mirent à applaudir. C'était complètement idiot. Je crois que j'étais réellement embarrassé, ce qui masquait à peine mon sens de la panique. Mais qu'est-ce que j'avais fait ?

J'entendis sa baie vitrée se refermer, perdant l'occasion de lui expliquer ce qu'était ma proposition : une pure ânerie.

Je rentrai dans ma chambre, m'habillai sans remettre mon gilet pare-balles et descendis dans la salle de restaurant où je pris un café et un exemplaire du *New York Times*.

Il y avait toujours les mêmes comptes rendus sur la tragédie du vol 175, plus un petit paragraphe sur le meurtre de Mr. Leibowitz à Francfort. Le hasard qui préside à l'existence me frappa à nouveau. Voilà un type qui va en Allemagne pour affaires et qui se fait buter parce que des gens ont besoin d'un leurre. Pan, comme ça, sans aucune considération pour la vie de la victime, sa femme et ses deux enfants. Ces mecs puent.

Il y avait aussi un petit article sur le double meurtre de McCoy et Satherwaite au Berceau de l'Aviation. À travers tout cela, je voyais le boulot d'Alan Parker. Un tiers aujourd'hui, un tiers demain et le reste pendant le week-end.

Kate arriva et je me levai pour l'embrasser. Elle s'installa et se plongea dans le menu. Je pensais qu'elle avait peut-être oublié l'incident du balcon. Mais elle reposa son menu et demanda :

– Quand ?

– Euh... en juin ?

– Okay.

La serveuse vint prendre notre commande.

Je voulais vraiment lire le *Times*, mais je savais que, dorénavant, mon journal du matin appartenait au passé.

Nous parlâmes brièvement des plans de la journée, de l'affaire, des gens rencontrés chez

Wiggins et de ceux à qui j'allais être présenté plus tard à L.A.

On nous apporta nos *pancakes*.

– Tu vas aimer mon père, me dit Kate.

– J'en suis sûr.

– Il a à peu près ton âge, peut-être un peu plus vieux.

– Eh bien, c'est parfait. (Je me souvins d'une phrase d'un dialogue de film et ajoutai :) Il a vraiment une fille bien.

– C'est vrai. Ma sœur.

Je ris.

– Tu vas aimer ma mère aussi, reprit-elle.

– Vous vous ressemblez ?

– Non, elle, elle est gentille.

Je ris à nouveau.

– Est-ce que ça te va si on se marie dans le Minnesota ? fit-elle. J'ai une grande famille.

– Super. Le Minnesota, c'est une ville ou un État ?

– Je suis méthodiste. Et toi ?

– Question contraception, je ne suis pas sectaire.

– Je parlais de religion.

– Oh... ma mère est catholique. Et mon père... un genre de protestant. Il n'a jamais...

– Alors, on pourra élever les enfants dans la religion protestante.

– Tu as des enfants ?

– C'est important, John. Concentre-toi.

– C'est ce que je fais. J'essaie de... changer de vitesse, tu vois.

Elle s'arrêta de manger pour me regarder.

– Tu paniques complètement ?

– Non, bien sûr que non.

– Tu en as l'air, pourtant.

– C'est juste un peu d'acidité dans l'estomac. C'est l'âge.

– Tout va bien se passer. Et nous vivrons heureux jusqu'à la fin de nos jours.

– Bien. Mais, tu sais, on ne se connaît pas depuis si longtemps...

– D'ici juin, ce sera fait.

– Exact.

– Est-ce que tu m'aimes ?

– En réalité, oui, mais l'amour...

– Et si je me levais d'un coup et que je sorte d'ici, comment tu te sentirais ? Soulagé ?

– Non, je me sentirais vraiment mal.

– Alors, pourquoi est-ce que tu luttes contre tes sentiments ?

– On recommence l'analyse ?

– Non. Je te dis juste les choses comme elles sont. Je suis follement amoureuse de toi. Je veux t'épouser. Je veux avoir des enfants avec toi. Qu'est-ce que je pourrais te dire d'autre ?

– Dis : « J'aime New York au mois de juin. »

– Je hais New York. Mais, pour toi, je vivrais n'importe où.

– Même dans le New Jersey ?

– Ne pousse pas.

L'heure des aveux complets était arrivée.

– Écoute, Kate, tu devrais savoir que je suis un cochon de chauvin mâle, un misogyne, et que je raconte toujours des blagues sexistes.

– Tu vas où, là ?

Je vis que je n'allais nulle part avec ce type de raisonnement.

– Je dois également t'avertir que j'ai une très mauvaise attitude face à l'autorité et que je suis toujours au bord de la catastrophe dans ma carrière, que je n'ai pas un rond et que je suis très mauvais quand il s'agit de gérer le fric.

– C'est pour ça que tu as besoin d'une bonne avocate et d'une bonne comptable.

– Je ne peux pas juste louer tes services ?

– Non. Tu dois m'épouser pour ça. Je suis une professionnelle à temps complet. Et, en plus, je sais remédier à l'impuissance.

Inutile de discuter avec une professionnelle.

Le badinage était terminé et nous nous regardions au-dessus de la table. Finalement, je dis :

– Comment est-ce que tu sais que je suis celui qu'il te faut ?

– Comment pourrais-je bien t'expliquer ça ? Mon cœur bat plus vite quand tu es dans la même pièce. J'aime te regarder, t'entendre, te sentir, te goûter et te toucher. Et tu baises bien.

– Merci. Toi aussi. Okay, je ne vais plus parler de carrière, de te faire transférer, de vivre à New York, de ma pension d'invalidité, de nos dix ans de différence...

– Quatorze.

– Exact. Je ne lutte plus. Je suis amoureux. Au plafond. Si je rate ça, je serai misérable jusqu'à la fin de mes jours.

– Tu le seras, oui. M'épouser est la meilleure chose qui puisse t'arriver. Fais-moi confiance. Je veux dire, pour de vrai. Arrête de rire. Regarde-moi. Regarde-moi dans les yeux.

Je le fis, et la panique disparut soudain. Un étrange sentiment de paix m'envahit, exactement comme le jour où je m'étais vidé de mon sang sur le trottoir de la 102e Rue Ouest. Dès que vous cessez de combattre – que ce soit la mort ou le mariage –, dès que vous vous rendez, vous voyez soudain une lumière radieuse, un chœur d'anges vous emporte et une voix dit : « Suis-moi tranquillement... sinon, je vais être obligé de te coller les menottes. »

Non, en fait, la voix dit : « Le combat est terminé, la souffrance s'achève. Une nouvelle vie t'attend, un peu moins foutue que la précédente, avec un peu de chance. »

Je pris la main de Kate et la regardai dans les yeux.

– Je t'aime, murmurai-je.

Et c'était vrai.

47.

À sept heures trente, Chuck vint nous prendre devant le Ventura Inn.

– Rien de nouveau, résuma-t-il.

Ce n'était pas complètement vrai. J'étais désormais en route vers le mariage.

– Ça allait, l'hôtel ? nous demanda-t-il.

– Merveilleux, répondit Kate.

– Vous l'avez quitté ?

– Oui. On va rester quelques jours à L.A. À moins que tu n'aies d'autres échos.

– Eh bien... d'après ce que j'ai entendu, les patrons de Washington vous veulent tous les deux pour une très importante conférence de presse demain après-midi. Ils souhaitent que vous soyez de retour à Washington demain matin au plus tard.

– Quel genre de conférence de presse ? intervins-je.

– La grande. Vous savez, celle où ils déballent tout. Le vol 175, Khalil, le raid sur la Libye en 1986, les meurtres des pilotes, et ce qui s'est passé hier chez Wiggins. On dévoile tout. On demande la coopération du public et tout le bataclan.

– Pourquoi ont-ils besoin de nous à cette conférence de presse ? m'interrogeai-je à voix haute.

– Je crois qu'ils ont besoin des deux héros. Le mec et la fille. Le meilleur et la plus brillante. L'un de vous deux est très photogénique, ajouta-t-il en riant.

Ha, ha. Cette journée ne commençait pas bien, même s'il faisait 30° sous un soleil radieux.

Quelques minutes plus tard, Chuck nous laissa dans le parking du bureau du FBI de Ventura en nous lançant :

– Maintenant, je vais faire un peu de surf. Salut.

– Ça craint, tout ça, dis-je à Kate, comme nous entrions dans le bâtiment, nos gilets pare-balles à la main. Je ne tiens pas à être mis en vitrine dans une conférence de presse. On a du boulot.

– On peut peut-être s'en servir pour annoncer nos fiançailles.

Chacun d'entre nous est un acteur comique potentiel. Mais je n'étais pas de bonne humeur ce matin-là.

Cindy Lopez nous accueillit à l'étage du FBI.

– Il faut que vous rappeliez Jack Koenig.

Pourquoi dois-je toujours être empoisonné avec ce genre de truc ?

– Tu appelles, dis-je à Kate.

– C'est à vous qu'il veut parler, fit remarquer Cindy. Il y a un bureau inoccupé par ici.

Elle m'y conduisit et je composai le numéro de Jack Koenig. Il était juste huit heures à L.A. et j'étais raisonnablement certain qu'il était onze heures à New York.

La secrétaire de Jack me le passa.

– Bonjour, fit-il.

Je lui trouvai le ton bien enjoué, ce qui était plutôt effrayant.

– Bonjour. (Je mis le téléphone sur haut-parleur pour que Kate puisse écouter et parler.) Kate t'entend, précisai-je à Jack.

– Bonjour, Kate.

– Bonjour, Jack.

– D'abord, dit Jack, je veux vous féliciter tous les deux pour cet étonnant boulot, un excellent travail d'investigation, et, à ce que j'ai appris, John, une excellente technique d'interrogatoire sur la personne de Mr. Azim Rahman.

– Je lui ai mis des coups de genou dans les couilles et ensuite j'ai essayé de l'étouffer. C'est un vieux truc.

Un bref silence, puis :

– Eh bien, j'ai parlé avec ce monsieur moi-même, et il semblait très heureux d'avoir l'opportunité d'être un témoin gouvernemental.

Je bâillai.

– J'ai également parlé avec Chip Wiggins, poursuivit Jack, et j'ai eu des infos de première main sur ce raid d'Al-Azziziyah. D'après lui, une des bombes serait partie un peu au hasard, et je ne serais pas surpris si elle avait touché la maison des Khalil. Ironique, non ?

– Certainement.

– Vous saviez que ce camp d'Al-Azziziyah était en réalité une université du djihad ? Je vous promets. C'était un camp d'entraînement terroriste.

– Vous me faites répéter pour cette stupide conférence de presse ?

– Pas répéter, non. Je vous briefe.

– Jack, je me fous de ce qui s'est passé en 1986. Je me fous encore plus de savoir si la famille de Khalil a été tuée par erreur ou exprès. J'ai un suspect à appréhender et ce suspect est ici, pas à Washington.

– Nous ne savons pas où se trouve le suspect. Il pourrait aussi bien être en Libye, ou revenu sur la côte est, et même en plein centre de Washington. Qui sait ? Ce que je sais, par contre, c'est que le directeur du FBI et le directeur de la section antiterroriste, sans parler du chef de l'exécutif de la nation, vous veulent à Washington demain. Donc, ne pensez même pas à envisager le moindre prétexte pour disparaître.

– Bien, monsieur.

– Bon. C'est mon cul qui prendra si vous ne vous pointez pas.

– J'ai compris.

Jack changea de sujet.

– Et toi, Kate, comment ça va ?

– Très bien. Et George ?

– George va bien. Il est toujours au Conquistador Club, mais il réintégrera Federal Plaza demain. John, le capitaine Stein vous envoie ses compliments pour votre travail.

– Le suspect est toujours en liberté, Jack.

– Mais vous avez sauvé quelques vies. Le capitaine Stein est fier de vous. On est tous fiers de vous.

Et ainsi de suite. Bavardage, bavardage. Pourtant, il est important d'établir des relations quasi personnelles dans l'exercice de l'ordre public. Tout le monde considère tout le monde comme une personne. Je me demandais si ça fonctionnait aussi comme ça à la

CIA. Ce qui me fit soudain penser à quelqu'un.

– Où est Ted Nash ? demandai-je.

– Je ne sais pas, répondit Jack. Je l'ai laissé à Francfort. Il allait à Paris.

Il me vint à l'esprit pour la première fois que la CIA, de qui tant dépendait jadis, était désormais éclipsée par le FBI, dont le mandat couvrait les fauteurs de troubles à l'intérieur du pays. Je veux dire, un mec comme Ted Nash ou ses collègues pouvaient désormais passer des vacances à Moscou sans courir d'autre danger qu'une mauvaise bouffe. Une organisation comme ça a besoin d'une raison d'être, et, manquant d'un but clair ces dernières années, ils étaient voués à se gourer sans arrêt.

Pendant ce temps, Jack et Kate discutaient le bout de gras, et je les entendis vaguement se mettre à parler de l'évolution de nos relations.

Kate me regarda avec cet air impatient de lâcher la grande nouvelle – et que pouvais-je faire ? Je hochai la tête.

– John et moi avons de bonnes nouvelles, dit-elle. Nous allons nous marier.

Je crus entendre Jack tomber dans les pommes à l'autre bout du fil. Il y eut un silence qui dura environ deux secondes de trop. Pour Jack, la bonne nouvelle eût été que Kate porte plainte contre moi pour harcèlement sexuel. Mais il est malin, il récupéra très vite.

– Eh bien..., fit-il. C'est formidable. Félicitations, John. C'est si... soudain...

Je savais qu'il fallait que je dise quelque chose, aussi je pris ma plus belle voix de macho pour répondre :

– Il était temps de m'installer. Ma vie de célibataire est finie. J'ai enfin trouvé la bonne fille. Euh, femme. Je ne pourrais pas être plus heureux. (Etc.)

Une fois éliminé ce sujet, Jack nous briefa sur les événements en cours. Il nous expliqua qu'on avait retrouvé les pilotes qui avaient pris en chasse Khalil à Long Island, après le meurtre de McCoy et de Satherwaite. Ils s'étaient arrêtés à Colorado Springs. Khalil avait débarqué, mais nous savions qu'il n'avait pas tué le colonel Callum. Il avait directement enchaîné sur le vol jusqu'à Santa Monica. D'après Jack, les pilotes étaient en état de choc depuis qu'on leur avait appris l'identité de leur passager. Cela prouvait que Khalil était plein de ressources et bien financé. De plus, il savait s'adapter.

– Alors, vous tâcherez de découvrir si Khalil a retenu un autre avion privé ? lançai-je à Jack.

– Oui. Mais il y a des centaines de jets privés qui décollent tous les jours. On se concentre sur les petites compagnies privées et les charters de sociétés étrangères, sur les vols payés en liquide, sur les clients inhabituels et ceux qui ont l'air étrangers, etc. C'est long, très long. Mais il faut essayer.

– Effectivement. Comment croyez-vous que ce trouduc va essayer de quitter le pays ?

– Bonne question. La Sécurité canadienne est en alerte, renforcée et très coopérative. Malheureusement, je ne peux pas en dire autant de nos voisins mexicains.

– Oui, avec cinquante mille illégaux qui franchissent la frontière tous les mois, sans parler des tonnes de matières illicites... Vous avez alerté les stups, les douanes et l'immigration ?

– Bien sûr. Et ils ont mis du personnel supplémentaire sur le coup. Nous aussi. Ça va être un mois difficile pour les passeurs de drogue et les immigrants clandestins. On a également alerté les garde-côtes. Une petite balade en bateau vous mène facilement au Mexique. On a fait tout ce qu'on pouvait, nous et nos alliés mexicains, pour intercepter le suspect s'il cherche à fuir par notre frontière commune.

– Est-ce que vous êtes à la télé ?

– Non. Pourquoi ?

– Parce que vous vous exprimez comme si vous passiez à la télé.

– Je parle toujours comme ça. C'est comme ça que vous devrez parler demain après-midi. N'employez le mot « putain » qu'au minimum, si possible.

Je souris.

– John, nous avons mis en œuvre tout ce que nous pouvions. Et c'est hors de votre portée, de toute façon.

– Pas tout à fait. Écoutez, je veux revenir ici le plus vite possible après cette conférence de presse.

– C'est une requête raisonnable. Ça dépendra de la façon dont vous vous en tirez pendant la conférence.

– Cela n'a rien à voir.

– Si.

– D'accord, c'est clair.

– Okay. Et votre conversation avec Khalil ?

– Eh bien, on n'a pas grand-chose en commun. Personne ne vous a briefé à ce sujet ?

– Si, mais je veux vos impressions sur son humeur, son état d'esprit, et en savoir plus sur la possibilité qu'il rentre chez lui ou qu'il reste ici. Ce genre de choses.

– Okay...

J'avais le sentiment que je m'adressais à un homme qui maîtrisait très bien ses émotions. Parfait contrôle de soi. Pis, il se comportait comme s'il dominait encore totalement la situation, alors qu'on venait de lui baiser ses plans. Je veux dire, de les faire échouer.

Jack demeura un instant silencieux, puis il me dit :

– Continuez.

– Eh bien, si je devais parier, je parierais qu'il est resté dans les parages.

– Pourquoi ?

– Je ne sais pas. C'est juste une impression. À propos de pari, je veux les dix dollars de Nash et les vingt dollars de son pote Edward.

– Mais vous aviez dit que Khalil était dans la région de New York.

– Il y était. Il en est parti, puis il est revenu à Long Island. J'avais raison en ce sens qu'il n'est pas retourné dans son tas de sable.

Je regardai Kate, cherchant son soutien. C'était important.

– John a raison, confirma-t-elle. Il a gagné les paris.

– Okay, répliqua Jack. J'accepte l'opinion impartiale de Kate. Ha, ha, ha. (Plus sérieusement, il reprit :) Donc, John, vous avez l'impression que Khalil est encore dans la région ?

– Oui.

– Mais ce n'est qu'une impression ?

– Si vous sous-entendez que je vous cache quelque chose, ce n'est pas le cas. Même moi, je sais quand il faut ne pas se salir. Mais... comment exprimer ça ?... Eh bien... Khalil m'a dit qu'il sentait en quelque sorte ma propre présence avant de... C'est stupide. C'est de la pure superstition de Bédouin. Mais moi aussi, d'une certaine manière, je ressens la présence de ce type. Vous comprenez ?

Il y eut un long silence, pendant lequel j'imaginai que Jack Koenig était en train de chercher le numéro du service psychiatrique de l'ATTF.

– Eh bien, j'ai appris à ne jamais parier de l'argent contre vous, finit-il par dire gentiment.

Je crus qu'il allait me conseiller de prendre un peu de repos, mais il s'adressa à Kate.

– Passerez-vous au bureau de L.A. ?

– Oui, répondit-elle. Je pense que c'est une bonne idée d'aller les saluer, d'établir une bonne relation de travail et de voir si on peut les aider quand on reviendra.

– Vous avez des amis là-bas, à ce que je sais.

– Oui.

– Okay, vous pouvez prendre le dernier avion, mais ne manquez pas celui pour Washington.

– Promis, lui assura Kate.

Jack allait raccrocher.

– Oh, encore une chose, fis-je.

– Oui ?

– Le fusil.

– Quel fusil ?

– Celui qui était dans le second paquet.

– Oh... J'ai interrogé Mr. Rahman sur ce fameux paquet. Et tout le monde l'a fait à L.A. et à Washington, longuement.

– Et alors ?

– Rahman et sa famille sont en cellule de protection.

– C'est exactement ce qu'il leur faut. Alors ?

– Eh bien, les agents de L.A. ont demandé à Rahman de décrire le paquet. Ils ont trouvé une boîte de la même taille que celle que Rahman avait donnée à Khalil, à un ou deux centimètres près.

– Et ?

– Et ils l'ont remplie d'objets métalliques jusqu'à ce que Rahman estime que le poids était le même. La mémoire musculaire. Êtes-vous familier avec...

– Ouais. Et alors ?

– Eh bien, c'était une expérience intéressante, mais elle ne prouve rien. Certaines armes modernes sont légères, les fusils plus anciens sont plus lourds. Les fusils de chasse sont plus longs et les fusils d'assaut plus courts. Il n'y a aucun moyen de déterminer si le paquet contenait bien un fusil.

– Je comprends ça. Ce fusil était-il long et lourd ?

– Si c'était un fusil, il était long et lourd, oui.

– Comme un fusil de chasse avec une lunette.

– C'est exact, acquiesça Jack.

– Okay, scénario du pire : c'est un fusil de chasse avec un télescope. Et qu'est-ce que Khalil veut en faire ?

– Le sentiment, ici, c'est qu'il avait l'intention de s'en servir au cas où Wiggins ne serait pas chez lui. En d'autres termes, Khalil était prêt à traquer Wiggins pendant qu'il campait dans les bois.

– Vraiment ?

– C'est une hypothèse. Vous en avez une autre ?

– Pas pour le moment. Mais je m'imagine Chip et sa copine dans les bois, en train de camper, et je me demande pourquoi Khalil, avec un déguisement de randonneur, n'a pas été directement les retrouver pour boire une tasse de café autour du feu de camp et mentionner son nom en passant avant d'expliquer qui il était et de leur coller du calibre 40 dans le crâne. *Capisce ?*

Jack laissa passer quelques secondes, puis dit :

– Il s'avère que Wiggins campait avec une douzaine d'amis, et donc Khalil...

– Peu importe, Jack. Khalil aurait fait ce qu'il fallait pour regarder Wiggins dans les yeux avant de le buter.

– Peut-être. Okay, l'autre hypothèse, plus plausible, est que ce paquet contenait un fusil que Khalil utiliserait pour s'échapper. Par exemple, s'il devait descendre un patrouilleur des douanes à la frontière mexicaine, ou s'il se faisait poursuivre par une vedette rapide des garde-côtes. Quelque chose comme ça. Il a besoin d'une arme à longue portée pour toutes les situations qui pourraient se présenter pendant sa fuite des États-Unis.

– Ce genre d'arme n'est pas facile à cacher.

– On peut la démonter. Je veux dire, nous n'écartons pas la possibilité qu'Asad Khalil ait un fusil de sniper et qu'il ait l'intention de tuer quelqu'un qu'il aurait du mal à atteindre avec un simple pistolet. Mais cela ne cadre ni avec sa mission ni avec sa façon de procéder. Vous l'avez dit vous-même. De près, et personnellement.

– Exact. En fait, je pense que ce paquet contenait des meubles de jardin. Vous n'avez jamais vu ces ensembles bon marché dans les magasins ? Un jeu de meubles de jardin complet dans une boîte pas plus grande qu'une chemise. Six chaises, une table, un parasol et deux chaises longues, le tout fabriqué à Taïwan. Okay. On se voit à Washington.

– Très bien. Nous organiserons votre vol d'ici. Je faxerai les renseignements le concernant au bureau de L.A. La conférence de presse est à dix-sept heures, dans le building J. Edgar Hoover. Je sais que John a adoré sa dernière visite là-bas. Une fois de plus, toutes mes félicitations à tous les deux pour ce magnifique travail. Et pour vos fiançailles. Vous avez déjà arrêté une date pour le mariage ?

– En juin, répondit Kate.

– Bien. Les fiançailles courtes sont les meilleures. J'espère que je suis invité.

– Bien sûr, dit Kate.

Je coupai la communication.

On resta silencieux tous les deux.

– Je suis inquiète pour ce fusil, dit Kate après quelques minutes.

– Tu as raison.

– Je veux dire... Je ne suis pas du genre nerveuse, mais il pourrait bien vouloir nous descendre.

– C'est possible. Tu veux récupérer les tee-shirts ritals ?

– Les quoi ?

– Les gilets pare-balles.

Elle rit.

– Tu as de ces expressions.

Sur ce, nous rejoignîmes Juan, Edie et Kim autour d'un café.

– Nous ramenons Rahman de L.A. dans une demi-heure, nous dit Edie. Nous allons l'accompagner dans le canyon, là où Khalil s'est débarrassé de son sac.

Je hochai la tête. Là aussi, il y avait quelque chose qui me chiffonnait. Khalil avait eu plein de temps à tuer ce matin avant que les magasins ouvrent et il aurait très bien pu demander à Rahman de l'emmener dans un motel bon marché. Pourquoi remonter une heure vers le nord le long de la côte, juste pour abandonner son sac ?

On se serra tous la main en promettant de rester en contact, et on nous invita à revenir quand on voulait, ce à quoi je répondis : « À après-demain, alors. » Cela eut le même effet que si j'avais lâché un pet.

Bref, nous quittâmes le bâtiment gouvernemental dans une Ford Crown Victoria gouvernementale dont Edie nous avait remis les clés, Kate au volant.

Elle avait l'air tout excitée de conduire à nouveau en Californie et elle m'informa qu'on allait emprunter la route touristique le long de la côte, jusqu'à Santa Monica, en passant par Santa Santa, puis Las Santa Santos, et encore d'autres Santa je-ne-sais-quoi. Je m'en foutais complètement, mais, si elle était heureuse, alors j'étais heureux. Pas vrai ?

48.

Nous roulions donc vers la cité des Anges. La mer était sur notre droite, les montagnes sur notre gauche. Ciel bleu, eau bleue, voiture bleue, les yeux bleus de Kate. Parfait.

Kate m'informa qu'il fallait environ une heure pour gagner le bureau du FBI sur Wilshire Boulevard, près du campus d'UCLA à West Hollywood, et que c'était également à côté de Beverly Hills.

– Pourquoi le bureau n'est-il pas dans le centre-ville ? Y en a-t-il un, au moins, ici ?

– Oui, mais il semble que le FBI préfère certains quartiers à d'autres.

– Du genre quartiers chics, blancs et éloignés du centre-ville.

– Parfois. C'est pour ça que je n'aime pas le bas de Manhattan. C'est incroyablement surpeuplé.

– C'est incroyablement vivant et intéressant. Je t'emmènerai à la Taverne Fraunces. Tu sais, c'est là que Washington a dit adieu à ses officiers. Il a pris sa retraite, handicapé aux trois quarts.

– Et il est parti vivre en Virginie. Il ne pouvait pas supporter cette surpopulation.

On joua ainsi le match New York/Californie tout en roulant.

– Tu es heureux ? me demanda Kate à un moment.

– Au-delà du bonheur.

– Bien. Tu as l'air moins paniqué.

– J'ai remis mon sort entre les mains de la lumière. Parle-moi un peu du bureau de L.A. Qu'est-ce que tu y faisais ?

– C'était un poste intéressant. C'est le troisième bureau du pays. Il y a environ six cents agents. Los Angeles est la capitale des attaques de banques. On avait à peu près trois mille attaques à main armée par an et...

– Trois *mille* ?

– Oui. Des défoncés pour la plupart. Des sommes modestes. Il y a des centaines de petites agences bancaires à L.A., et puis toutes ces autoroutes qui permettent aux braqueurs de s'échapper facilement. À New York, un braqueur peut rester une demi-heure bloqué dans un taxi. En réalité, c'était plus une nuisance qu'autre chose. Très peu de blessés. Un jour même, j'étais à ma banque quand il y a eu un hold-up.

– Combien tu as gagné ?

Elle rit.

– Moi, rien, mais le voleur a pris dix ans.

– Tu l'as arrêté ?

– Oui.

– Raconte.

– Oh, il n'y a pas grand-chose à dire. Le type est devant moi dans la queue, il passe un message écrit à la caissière et elle devient très nerveuse, donc je devine aussitôt ce qui se passe. Elle remplit un sac d'argent, le type se retourne pour partir et se trouve nez à nez avec mon arme. C'est un délit stupide. Peu d'argent, grosse pub fédérale, et, entre le FBI et la police, on réussissait à résoudre soixante-quinze pour cent des attaques à main armée.

On continua à bavarder comme ça, évoquant les deux ans de Kate à L.A., et il m'apparut que Kate Mayfield n'était pas la petite naïve que j'avais imaginée. Elle avait pas mal traîné du côté obscur de la vie américaine et, même si elle n'avait pas vu ce que j'avais vu en vingt ans de boulot à New York, elle en savait plus que l'habituelle Wendy Wasp de Wichita. En tout cas, j'avais l'impression que nous avions pas mal de choses à nous apprendre l'un sur l'autre. J'étais content qu'elle ne me demande pas de lui parler de ma vie sexuelle, parce que, avant que j'aie fini, on aurait atteint Rio de Janeiro. Non, je plaisante.

On atteignit assez vite Wilshire Boulevard. Kate se gara dans le vaste parking d'un building de vingt étages, tout blanc, avec fleurs et palmiers. Il y a quelque chose dans les palmiers qui me fait penser que rien de sérieux ni de profond ne peut se produire dans leurs parages.

– Tu avais déjà été impliquée dans des affaires de terroristes moyen-orientaux ? demandai-je.

– Pas personnellement. Il n'y en a quasiment pas par ici. Je crois qu'ils ont un seul spécialiste local. Peut-être deux de plus, à présent.

– Ouais. Toi, par exemple. Moi, j'y connais que dalle.

Elle gara la voiture et coupa le moteur.

– Ils pensent que si. Tu fais partie de l'ATTF, section Moyen-Orient.

– C'est vrai. J'avais oublié.

On sortit de la voiture pour entrer dans le building, prendre l'ascenseur et monter au seizième étage.

Le FBI avait tout l'étage, plus d'autres qu'il partageait avec diverses agences gouvernementales dépendant du ministère de la Justice.

Pour abréger, disons que la fille prodigue était de retour au bercail. Il y eut moult accolades et embrassades, et je remarquai que les femmes étaient aussi heureuses de revoir Kate que les hommes. C'est un bon signe, d'après mon ex-femme qui m'avait expliqué tout ça un jour. Je songe parfois que j'aurais dû l'écouter plus attentivement.

On fit donc le tour des bureaux, je serrai un tas de mains et je souris tellement que j'en avais mal à la mâchoire. J'avais l'impression qu'on me montrait... qu'on présentait le... fiancé. Voilà, je l'ai dit. En fait, heureusement, Kate ne fit aucune annonce officielle.

Avec la chance que j'ai, le type avec qui j'avais parlé l'autre jour au téléphone, Mr. Sturgis, agent en charge de je ne sais quoi, voulait me rencontrer, et l'on nous escorta donc jusqu'à son bureau.

Mr. Sturgis se leva pour nous accueillir et me tendit la main, que je serrai. Il me demanda de l'appeler par son prénom, Doug. Comment aurais-je bien pu l'appeler ? Claude ?

Bref, Doug était fort bel homme, à peu près mon âge, bronzé et en parfaite condition physique, très élégant. Il regarda Kate et ils se serrèrent la main.

– Ça fait du bien de te revoir, Kate.

– C'est agréable de revenir, oui, dit-elle.

Bingo ! C'était lui, le mec. Je le savais à la manière dont ils s'étaient regardés durant une demi-seconde.

Il existe de nombreuses formes d'enfer sur terre, mais le plus exquis, c'est d'aller quelque part où votre épouse ou votre petite amie connaît tout le monde et où vous ne connaissez personne. Réunions d'anciens de la fac ou de l'école, soirées au bureau, des choses comme ça. Bien évidemment, vous essayez de vous figurer qui a eu des relations charnelles avec votre partenaire, au moins pour voir si elle a bon goût et ne s'envoyait pas l'idiot du village ou le crétin du bureau.

Bref, Sturgis nous offrit des fauteuils, dans lesquels nous prîmes place, malgré mon envie impérieuse de me tirer de là.

– Vous êtes exactement comme je vous imaginais au téléphone, fit-il.

– Vous aussi.

On s'écarta de ce sujet pour en venir à notre affaire. Sturgis parlait un peu pour ne rien dire, et je remarquai qu'il avait des pellicules et de toutes petites mains. Les mecs avec de petites mains ont souvent une petite bite. C'est un fait.

Il essayait d'être agréable, mais sans y parvenir. Finalement, il dut sentir mon humeur, car il se leva. Kate et moi aussi.

– Nous vous remercions encore une fois pour votre excellent travail, déclara-t-il. Je ne peux pas dire que nous soyons certains d'appréhender cet individu, mais au moins on l'a mis en cavale, et il ne causera plus de problèmes.

– Je ne parierais pas là-dessus, persiflai-je.

– Eh bien, Mr. Corey, un homme en fuite peut se changer en homme désespéré, mais

Asad Khalil n'est pas un criminel commun. C'est un professionnel. Tout ce qu'il veut maintenant, c'est s'échapper et ne plus attirer l'attention.

– C'est un criminel, oui, commun ou pas, et les criminels commettent des crimes.

– Bien vu, rétorqua-t-il, histoire d'écourter la conversation. Nous garderons cela à l'esprit.

Je pensais que je devais dire à ce crétin d'aller se faire foutre, mais il savait déjà ce que j'avais en tête.

– Si jamais tu veux revenir, dit-il à Kate, fais ta demande, et je mettrai tout en œuvre pour qu'elle aboutisse.

– C'est très gentil de ta part, Doug.

Pouarkh.

Kate lui tendit sa carte.

– Mon numéro de portable. S'il te plaît, contacte-moi s'il y a du nouveau. Nous allons faire un peu de tourisme. John n'est jamais venu à L.A. On prend le dernier vol ce soir.

– Je t'appelle à la minute s'il se passe quoi que ce soit. Si tu veux, je t'appelle de toute manière, juste pour te tenir au courant.

– J'apprécierais.

Re-pouarkh.

Ils se dirent au revoir.

Je partis sans le saluer, et Kate m'agressa dans le couloir :

– Tu as été dur avec lui.

– Pas du tout.

– Si. Tu as été charmant avec tout le monde, et, tout d'un coup, tu es désagréable avec un chef de service.

– Je n'ai pas été désagréable. Et je n'aime pas les chefs de service. Il m'a fait chier au téléphone, ajoutai-je.

Elle n'insista pas, sans doute parce qu'elle savait où cela nous mènerait. Bien sûr, je pouvais m'être totalement gouré sur une quelconque liaison amoureuse entre Kate Mayfield et Mr. Douglas Petitebite, mais, si je ne m'étais pas trompé et si j'avais été gentil et souriant avec Sturgis pendant qu'il repensait à la dernière fois qu'il avait baisé Kate Mayfield, j'aurais eu bonne mine, hein ? Bon Dieu, que j'aurais eu l'air con ! Vaut mieux la jouer gagnant et désagréable.

En enfilant le couloir, il me vint à l'esprit qu'être amoureux présentait pas mal d'inconvénients.

Kate s'arrêta dans la vaste salle commune et s'enquit de notre vol.

– United, vol 204, quitte L.A.X. à vingt-trois heures cinquante-neuf, arrive à Washington-Dulles à sept heures quarante-huit. Deux billets classe affaires confirmés. On vient nous chercher à Dulles, m'informa-t-elle en revenant.

– Et ensuite ?

– On ne le dit pas.

– J'aurais peut-être le temps de me plaindre à mon député.

– À quel propos ?

– Quitter le boulot pour une connerie de conférence de presse, par exemple.

– Je ne crois pas qu'un député puisse faire grand-chose à ce sujet. Quant à la conférence de presse, ils nous ont faxé quelques suggestions.

Je jetai un œil aux deux pages. Elles n'étaient pas signées, bien sûr.

Les suggestions ne le sont jamais, la personne qui répond aux questions des médias est censée le faire spon-ta-né-ment.

– Y a-t-il quelque chose de spécial que tu voudrais voir ? me demanda-t-elle quelques minutes plus tard comme nous remontions en voiture.

– New York.

– Les studios de cinéma, ça te dit ?

– Pourquoi pas ton ancien appartement ? J'aimerais voir où tu vivais.

– Bonne idée. En fait, je louais une maison. Pas bien loin d'ici.

On traversa donc West Hollywood, qui m'avait l'air plutôt pas mal, sauf que tout était construit en béton et peint dans des tons pastel, un peu comme des œufs de Pâques carrés.

Puis nous atteignîmes un quartier qui ressemblait à une agréable banlieue et longeâmes son ancienne maison, un petit truc en stuc façon hacienda.

– Très joli, commentai-je.

On continua jusqu'à Beverly Hills, où les maisons étaient de plus en plus grandes au fur et à mesure que l'on avançait, et on se gara sur Rodeo Drive où Kate m'emmena déjeuner dans un joli restaurant avec terrasse en plein air.

Je me foutais de perdre du temps, parce que je le perdais non loin de là où se trouvait Asad Khalil. Je n'attendais qu'une chose : que le téléphone de Kate sonne et nous apprenne de bonnes nouvelles qui m'empêcheraient de prendre cet avion pour Washington. Je déteste Washington, et j'ai d'excellentes raisons pour ça. Mon animosité envers la Californie était très illogique, et j'avais presque honte d'avoir des préjugés à l'encontre d'un endroit où je n'avais jamais mis les pieds.

– Je commence à comprendre pourquoi tu aimais la vie ici, dis-je à Kate.

– C'est très séduisant.
– C'est vrai. Il ne neige jamais ?
– Dans les montagnes. Tu peux passer de la plage aux montagnes puis au désert en quelques heures.

Le chardonnay californien était bon, et on s'en descendit une pleine bouteille, ce qui nous interdisait de conduire pendant un moment. Je payai l'addition, qui n'était pas trop sévère, et on se promena dans les rues de Beverly Hills, très joli quartier, pour être honnête. Je notai pourtant que les seuls piétons étaient des hordes de touristes japonais armés d'appareils photo et de caméras vidéo.

On fit quelques emplettes. Je fis remarquer à Kate que sa veste couleur ketchup et son pantalon noir étaient assez froissés, et proposai de lui offrir une nouvelle tenue.

– Bonne idée, dit-elle. Mais ça va te coûter un minimum de deux mille dollars sur Rodeo Drive.

Je m'éclaircis la gorge et répliquai :
– Bon, je vais t'acheter un fer à repasser.
Elle éclata de rire.

Je regardai quelques vêtements dans les vitrines ; les prix affichaient autant de chiffres qu'un code postal. Mais, galant comme je suis, j'achetai un petit paquet de chocolats faits maison que nous mangeâmes en marchant. Comme je l'ai dit, il n'y avait que peu de piétons et je n'étais donc pas étonné de constater que les touristes japonais nous filmaient, Kate et moi.

– Ils pensent que tu es une star de cinéma, lui dis-je.

– Tu es trop gentil. C'est toi la star. Tu es mon étoile.

Normalement, de surprise, j'aurais dû recracher les chocolats partout sur le trottoir, mais j'étais amoureux, je marchais sur un nuage, avec des chansons d'amour plein la tête, et tout et tout.

– J'en ai vu assez de Los Angeles, fis-je au bout d'un moment. Allons prendre une chambre quelque part.

– On n'est pas à L.A. On est à Beverly Hills. Il y a plein de choses que je veux te montrer.

– Moi, il y a plein de choses que je veux regarder, mais tes fringues les recouvrent. C'est pas romantique, ça ?

Elle avait l'air d'en avoir envie, malgré le fait qu'on était désormais fiancés, et on reprit la voiture, nous baladant jusqu'à un endroit appelé Marina del Rey, près de l'aéroport.

Elle trouva un joli motel au bord de l'eau, et avec nos sacs de voyage FBI, on y loua une chambre.

La baie vitrée de la chambre donnait sur une marina pleine de bateaux à l'ancre, et, une fois de plus, cela me rappela mon séjour à l'est de Long Island. Si j'avais appris quoi que ce soit là-bas, c'était de ne jamais m'attacher à une personne, à un endroit ou à un objet quelconques. Mais ce qu'on apprend et ce qu'on fait coïncident rarement.

Je remarquai que Kate m'observait.

– Merci pour cette belle journée, lançai-je en souriant.

Elle me sourit en retour, puis réfléchit un moment et dit :

– Je n'aurais pas dû te présenter à Doug. Mais c'est lui qui a insisté pour te connaître.

Je hochai la tête.

– Je comprends. Tout va bien.

Grâce à mon savoir-faire, ce sujet était oublié. Pourtant, je notai mentalement de flanquer un bon coup dans les burnes de Doug à la première occasion. Kate me donna un long baiser.

Peu de temps après, nous étions au lit, et, bien évidemment, son portable sonna. Je roulai sur le côté, maudissant l'inventeur de cet engin infernal.

Kate s'assit, reprit son souffle et répondit.

– Mayfield. (Elle écouta, la main sur le micro.) Okay... Oui... oui, c'est fait... Non, nous sommes... assis au bord de l'eau à Marina del Rey... Okay... Je laisserai la voiture dans le parking de la LAPD... Bien... Merci d'avoir appelé... Oui... Toi aussi. Au revoir.

Elle raccrocha, s'éclaircit la gorge et me lança :

– Je déteste quand ça arrive.

Je ne répondis pas.

– C'était Doug, reprit-elle. Rien de nouveau. Mais il a dit qu'il nous ferait appeler une demi-heure avant l'heure limite du départ si quoi que ce soit se produit qui nécessite un changement de programme. Il a aussi eu un appel de Washington et, sauf si Khalil se fait appréhender ici ce soir, on doit prendre cet avion. Mais, si jamais il était arrêté ici, alors il faudrait rester et faire une conférence de presse sur place. (Elle me jeta un coup d'œil, puis continua :) Nous sommes les héros du moment, et il convient d'être là où seront les caméras. Hollywood et Washington travaillent de la même façon. C'est un peu bizarre, et je n'aime pas ça, mais, dans une affaire comme celle-ci, il faut ménager les médias. Tout à fait franchement, le FBI a besoin d'un peu de bonne presse.

Elle me sourit.

– Eh bien, où en étions-nous ? fit-elle en grimpant sur moi et en me regardant dans les yeux. Fais-moi l'amour. C'est juste toi et moi ce soir. Le monde autour n'existe plus. Il n'y a pas de passé et pas de futur. Juste le présent et nous.

Le téléphone sonna, ce qui nous tira du sommeil en sursaut. Kate attrapa son portable, mais la sonnerie continuait et l'on se rendit compte que c'était le téléphone de la chambre. Je le pris et une voix dit :

– Vous avez demandé à être réveillés. Il est vingt-deux heures quinze. Bonne soirée.

Je raccrochai.

Il nous fallut plus d'une demi-heure pour nous lever, nous doucher, nous habiller, payer et monter en voiture. Il était presque vingt-trois heures, c'est-à-dire deux heures du matin à New York, et mon horloge biologique était complètement baisée.

– Tu veux que j'appelle le bureau de L.A. ? demanda Kate.

– Pas besoin.

– Okay. Tu sais ce que je crains ? Que Khalil soit appréhendé pendant qu'on est en l'air. Je voulais vraiment faire partie du truc. Comme toi. Allô ? Tu m'entends ? Réveille-toi !

– Je pense.

– Assez pensé. Parle-moi.

On parla. Elle entra dans l'aéroport et gagna le parking de la LAPD où un sergent très sympathique nous attendait effectivement pour nous conduire jusqu'au terminal. Jamais je ne m'habituerais à tout ce cirque.

Au terminal, on prit nos deux billets classe affaires à United Airlines. Nos formulaires de port d'armes étaient déjà remplis et nous n'avions plus qu'à les signer. L'hôtesse d'accueil nous prévint :

– On commence l'embarquement dans vingt minutes, mais, si vous voulez, vous pouvez utiliser le Club Tapis rouge.

Elle nous donna deux laissez-passer.

Là-bas, une déesse aux cheveux de jais nous sourit et nous dirigea vers le salon où toutes les boissons étaient gratuites. Je songeai que je devais être mort et arrivé dans le paradis californien.

N'ayant pas envie d'alcool, même si je savais que j'allais devoir passer tout le vol sans en boire, je me rendis au bar où je commandai un Coca. Kate demanda un quart d'eau minérale.

– Tu ne veux pas t'installer au salon ? proposa-t-elle.

– Non. J'aime les bars.

Elle s'assit sur le tabouret voisin du mien. Je bus mon Coca en grignotant fromage et cacahuètes et en feuilletant un journal.

Elle me regardait dans le miroir et je croisai son regard. Dans les miroirs des bars, toutes les femmes me paraissent belles. Mais Kate était *vraiment* belle. Je lui souris.

Elle me rendit mon sourire.

– Je ne veux pas de bague de fiançailles. C'est du gaspillage.

– Tu peux traduire, s'il te plaît ?

– Non. Je le pense vraiment. Arrête de jouer au plus malin.

– Tu m'as dit de rester tel que j'étais.
– Pas *exactement* tout à fait tel que tu étais.
– Je vois.
Oh, oh...
Son portable sonna.
– Mayfield, répondit-elle. Okay. Merci. À dans quelques jours.
Elle raccrocha.
– L'officier de service. Rien de nouveau. On n'a pas été sauvés par le gong.
– On devrait essayer de ne pas prendre ce vol.
– Si on ne le prend pas, on est finis. Héros ou pas héros.
– Je sais.
J'étais assis là et j'avais mis mon cerveau sur la cinquième vitesse.
– Je crois que la clé, c'est le fusil, dis-je tout haut.
– La clé de quoi ?
– Attends... je vois quelque chose...
– Quoi ?
Je baissai les yeux vers le journal sur le comptoir. Une vague idée commençait à se faufiler dans mon esprit. Cela n'avait rien à voir avec ce qu'il y avait dans le journal – il était ouvert à la page des sports. Un journal... Quoi ?... Ça venait... et puis ça s'éloigna à nouveau. *Allons, Corey ! Trouve, bon Dieu !* C'était comme essayer d'avoir une érection cérébrale, sauf que mon cerveau persistait à rester mou.
– Tu vas bien ?
– Je cogite.
– On embarque.
– Je réfléchis. Aide-moi.
– Comment puis-je t'aider ? Je ne sais même pas à quoi tu penses.

– Qu'est-ce que cet enculé veut faire ?
– Je peux vous resservir, messieurs dames ? demanda le barman.
– Fous-moi la paix.
– John !
– Désolé, dis-je au barman, qui reculait, offusqué.
– John, tout le monde a embarqué.
– Vas-y. Je reste ici.
– Tu es cinglé ?
– Non. Asad Khalil est cinglé. Moi, je vais bien. Va prendre ton avion.
– Je ne pars pas sans toi.
– Oh si. Tu es un officier de carrière avec une pension. Je suis sous contrat et j'ai une pension de la NYPD. Tout est okay pour moi. Pas pour toi. Ne brise pas le cœur de ton pauvre père. Vas-y.
– Non. Pas sans toi. Et c'est mon dernier mot.
– Je suis complètement sous pression.
– À quel propos ?
– Il faut que tu m'aides, Kate. Pourquoi Khalil a-t-il besoin d'un fusil ?
– Pour tuer quelqu'un à distance.
– Exact. Qui ?
– Toi.
– Non. Pense à un titre de journal.
– Okay. Un journal. Quelqu'un d'important qui est bien gardé.
– Exact. Je n'arrête pas de ressasser ce que disait Gabe.
– Que disait Gabe ?
– Des tas de choses. Il disait que Khalil était ici pour le grand truc. Il disait : « Il chevauche, seul et terrible... des marques sur sa lame... »
– Quoi ?

– Il disait que c'était un appel au sang. La loi du talion.

– On le sait. Khalil a vengé les morts de sa famille.

– Vraiment ?

– Oui. En dehors de Wiggins, et de Callum qui est mourant. Wiggins est hors de sa portée, mais il va te choisir à la place.

– Il peut vouloir s'attaquer à moi, mais je ne suis pas un substitut pour celui qu'il veut vraiment, et les gens du vol 175 non plus, et nos collègues du Conquistador Club pas davantage. Il y a quelqu'un d'autre sur sa liste d'origine... On oublie quelque chose.

– Procède par associations.

– Okay... Journal, Gabe, fusil, Khalil, raid aérien, Khalil, vengeance...

– Réfléchis à la première fois que tu as eu cette intuition, John. À New York. C'est ce que je fais, en général. Je me mets dans l'état où j'étais la première fois que j'ai pensé à...

– Ça y est ! Je lisais ces coupures de presse sur le raid aérien, et j'ai eu cette pensée... et alors... j'ai fait ce rêve éveillé bizarre sur l'avion qui arrivait... cela avait à voir avec un vieux film... un vieux western...

Une voix résonna dans un haut-parleur et annonça : « Dernier appel pour le vol United Airlines 204 à destination de Washington-Dulles. Dernier appel. »

– Okay... j'y suis. Mrs. Kadhafi. Qu'est-ce qu'elle racontait dans cet article ?

Kate réfléchit une seconde, puis :

– Elle disait... qu'elle considérerait les États-Unis comme son ennemi pour toujours... à moins que... (Elle me fixa.) Oh, mon Dieu... non, cela ne se peut pas... Est-ce possible ?

Alors tout devint clair. Si clair que cela ressemblait à une plaque de verre à travers laquelle nous aurions regardé sans rien voir depuis des jours.

– Où vit-il ? Par ici, non ?

– À Bel Air.

J'étais déjà debout, marchant à grands pas vers la sortie. J'en oubliai mon sac de toile. Kate me rejoignit.

Où est Bel Air ? demandai-je.

– À vingt-cinq, trente kilomètres au nord de l'aéroport. Juste à côté de Beverly Hills.

Nous étions dans le terminal, courant vers un taxi.

– Prends ton portable et appelle le bureau, lui lançai-je.

Elle hésita, et je ne pouvais l'en blâmer.

– Vaut mieux être en sécurité que mort, non ? Trouve le bon équilibre entre l'inquiétude et l'urgence.

– Doug ? l'entendis-je dire. Désolée de te déranger à cette heure tardive, mais... Oui, tout va bien... Oui, nous avons raté l'avion... S'il te plaît, écoute...

– Donne-moi ce putain de téléphone ! criai-je en le lui arrachant.

– Ici Corey. Écoutez-moi bien. Je n'ai qu'un mot à dire : fatwa. C'est quand un mollah met un contrat sur la vie de quelqu'un. Okay ? Bon, écoutez. J'ai la conviction fondée sur une pensée qui vient de s'imposer à mon cerveau – et qui est le produit de cinq jours passés à gérer cette merde –, j'ai la conviction qu'Asad Khalil va assassiner Ronald Reagan.

49.

Et nous voilà partis, direction le nord, vers la maison du Grand Satan.

Oh, je ne crois pas à cette histoire de « Grand Satan », même si, en admettant que j'aie quelques convictions politiques, je suis fondamentalement anarchiste et pense que tous les gouvernements et tous les politiciens puent.

Quoi qu'il en soit, il faut reconnaître que Ronald Reagan était un homme très vieux et très malade ; par conséquent, qui aurait bien pu vouloir le tuer ? Eh bien, Asad Khalil pour n'en nommer qu'un, lui qui avait perdu toute sa famille à cause de l'ordre donné par Reagan de bombarder la Libye. Et aussi Mr. et Mrs. Kadhafi, qui avaient perdu une fille, sans parler de quelques mois de sommeil avant que le bruit des explosions cesse de résonner dans leurs oreilles.

Visiblement, les pensées de Kate suivaient le même cours que les miennes.

– Pourquoi Khalil voudrait-il vraiment... ? demanda-t-elle. Je veux dire, Reagan est...

– Ronald Reagan peut ne pas se souvenir

de l'incident, mais je t'assure qu'Asad Khalil s'en souvient, lui.

– Je comprends, oui... Mais si on se trompait ?

– Et si on ne se trompe pas ?

Elle ne répondit pas.

– Écoute, ça colle, repris-je, mais, même si on se trompe, on est arrivés à une conclusion probante.

– Comment cela pourrait-il être probant si on se trompe ?

– Contente-toi de conduire. Même si on se trompe, rien n'est perdu.

– À part nos putains de boulots.

– On pourra toujours ouvrir un restau.

– Mais pourquoi diable est-ce que je suis tombée amoureuse de toi ?

– Conduis.

On traçait bien, mais, évidemment, Douglas Petitebite avait déjà lancé l'alarme et expédié ses troupes dans la résidence de Reagan. Par conséquent, nous n'étions pas exactement le 7e de cavalerie chargeant à la rescousse.

– Combien de gens des services secrets il a là-bas, d'après toi ?

– Pas beaucoup.

– Comment ça se fait ?

– Eh bien, si je me rappelle bien mes rares contacts avec le bureau des services secrets de L.A., les risques concernant Reagan sont estimés comme allant décroissant chaque année, et il y a des questions de budget. En fait, il n'y a pas si longtemps, un cinglé a réussi à s'introduire dans leur jardin et dans la maison pendant qu'ils y étaient.

– Incroyable.

– Mais ils ne sont pas sous-protégés. Ils ont des fonds personnels et ils engagent des gardes privés pour suppléer aux services secrets. Et la police et le FBI sont toujours là quand on a besoin d'eux. Comme ce soir, par exemple.

– Et, en plus, on est en route.

– Exact. De combien de protecteurs crois-tu que qui que ce soit ait besoin ?

– Cela dépend de qui veut ta mort.

– Nous n'étions pas obligés de rater cet avion, me rappela-t-elle. Notre coup de fil était suffisant.

– Je te couvrirai.

– Ne me fais plus la moindre faveur, s'il te plaît. Ce n'est qu'une manifestation supplémentaire de ton ego surdimensionné.

– J'essaie juste d'agir au mieux. Et là, c'est exactement ce qu'il faut faire.

– Pas du tout. Ce qui est impératif, c'est d'obéir aux ordres.

– Pense à ce que pourrait être la conférence de presse si nous mettions la main sur Khalil ce soir.

– Tu me désespères, John. Tu te rends tout de même compte que, si Khalil ou un complice remarquent une activité inhabituelle dans la maison de Reagan pendant qu'ils la surveillent, alors Khalil va disparaître pour toujours, et on ne saura jamais si notre déduction était juste. On est perdants des deux côtés, en fait.

– C'est vrai. Mais on a une chance que Khalil patiente une autre nuit, ou qu'il ne soit pas déjà en train de surveiller la maison de Reagan. Et puis je crois que les services secrets vont faire ce que le FBI a fait chez Wiggins.

– Non. Les services secrets protègent les gens. Ils ne se servent pas de leurs protégés comme appâts.

– Alors, il faut qu'ils déplacent les Reagan vers un endroit où ils seront en sécurité et qu'ils laissent le FBI installer son piège.

– Je me demande comment le gouvernement fédéral a pu s'en sortir toutes ces années sans toi.

Je détectai un soupçon de sarcasme auquel je n'étais pas préparé, puisque nous étions fiancés. Pas vrai ?

– Où est la maison ? demandai-je.

– Je vais me renseigner dès qu'on aura quitté l'autoroute.

– C'est quel genre de quartier ?

– Bel Air est une banlieue de grand luxe. Des propriétés de plusieurs hectares, très boisées. Pas mal de stars de cinéma. Je crois que leur maison se trouve dans une vaste propriété parfaitement à l'abri des regards.

– Est-ce qu'il a un bon gardien ?

– On ne va pas tarder à s'en rendre compte.

On sortit de l'autoroute, et Kate appela le bureau du FBI. Elle écouta et répéta tout un tas de directions compliquées que je recopiai sur ma facture d'hôtel de Marina del Rey. Puis elle donna à l'agent de service le signalement de notre voiture et son numéro d'immatriculation.

Bel Air est un quartier vallonné, sillonné de nombreuses routes pas franchement rectilignes, et pourvu d'une végétation assez dense pour planquer une armée de snipers. En un quart d'heure nous avions atteint St. Cloud Road, une rue très boisée bordée d'énormes maisons qui étaient à peine visibles derrière barrières, murs et haies.

Je m'attendais à voir des véhicules garés devant la propriété des Reagan, mais tout était calme, plongé dans l'obscurité. Peut-être qu'ils savaient ce qu'ils faisaient, finalement.

Tout d'un coup, deux types bondirent d'un fourré et nous arrêtèrent. Ils s'engouffrèrent en deux secondes sur la banquette arrière et nous dirigèrent vers un portail qu'encadrait un grand mur de pierre.

Les portes métalliques s'ouvrirent automatiquement et nos hôtes nous indiquèrent un parking sur la gauche, à côté d'une grande maison de gardien.

Sorti de la voiture, je regardai autour de moi. On apercevait à peine la maison des Reagan au loin. Quelques lumières étaient allumées. Il ne semblait pas y avoir beaucoup de monde alentour, mais j'étais presque certain que l'endroit grouillait désormais d'équipes anti-snipers et de membres des services secrets en tenue de camouflage.

Une brise embaumée courait sur la pelouse et des oiseaux de nuit gazouillaient dans les arbres. À moins que les arbres n'aient été des agents des services secrets gazouillant en langage codé les uns avec les autres.

On nous demanda poliment de rester près de notre véhicule, quand, à ma grande surprise, Douglas Petitebite sortit de la maison de gardien et s'approcha de nous.

Douglas alla droit au but :

– Expliquez-moi encore une fois pourquoi nous sommes ici, me lança-t-il.

Je n'aimais pas du tout le ton de sa voix.

– Dites-moi pourquoi *vous* n'étiez pas là hier ? Est-ce qu'il faut vraiment que je pense sans arrêt à votre place ?

– Vous dépassez les limites, Mr. Corey.

– Demandez-moi si je m'en contrefous.

– Assez d'insubordination de votre part...
– Ça ne fait que commencer.
– Okay. Ça suffit. On se calme, intervint Kate, puis, à Petitebite : Doug, viens par ici que je te parle...

Kate et son ami se mirent hors de portée de mes oreilles, et je me retrouvai planté là, dans un état d'énervement totalement disproportionné, il faut bien l'avouer. Ce n'était que la manifestation d'un ego de mâle prenant des poses devant la femelle de l'espèce. Très primitif. Je peux m'élever au-dessus de tout ça. Je devrais essayer, quelquefois.

Sur ce, une dame des services secrets vêtue tout à fait normalement se présenta à moi. Elle s'appelait Lisa et m'expliqua qu'elle était en quelque sorte responsable des lieux. Elle avait une petite quarantaine et elle était attirante et amicale. Elle était très curieuse de savoir comment j'en étais arrivé à cette conclusion que notre ancien président était menacé de mort. J'expliquai à Lisa que j'étais en train de boire un verre dans un bar quand cette brillante idée avait fait tilt dans mon cerveau. Comme elle ne paraissait pas convaincue, j'entrai dans les détails, mentionnant que je buvais un Coca, que j'étais vraiment très au fait de cette affaire Asad Khalil, etc.

Bien sûr, elle ne se contentait pas de me tenir compagnie. Elle veillait également à ce que je ne me promène pas n'importe où.

– Combien de ces arbres sont des agents des services secrets, en réalité ? lui demandai-je.
– Tous, répliqua-t-elle.

Sans doute me trouvait-elle drôle.

Je l'interrogeai sur les voisins des Reagan, et elle m'informa qu'ils étaient pour la plupart des stars de cinéma ou autres célébrités, qu'il était très agréable de travailler pour ce couple, et que la vie était douce dans la ville de Los Angeles, même si tout autour de nous ressemblait à un décor de jungle de série B.

Donc je bavardais avec Lisa pendant que Kate tentait d'adoucir les choses avec son ancien amant, cherchant à le persuader, j'en suis certain, que je n'étais pas aussi insupportable que j'en avais l'air. En fait, j'étais crevé, physiquement et mentalement, et toute cette scène avait un parfum d'irréalité complète.

J'avais l'impression que Lisa pourrait m'être utile. Je me servis donc de mon charme, et en quelques instants nous étions les meilleurs amis du monde. Au beau milieu de ma grande séance de séduction, Kate revint seule et je la présentai à ma nouvelle amie.

Elle salua à peine cette dernière et me saisit le bras pour m'emmener un peu à l'écart.

– Il faut qu'on prenne le premier vol demain matin. On peut encore être à l'heure pour la conférence de presse.

– Je sais. Il est trois heures plus tôt à New York.

– La ferme, John. Et le directeur veut te parler. Tu pourrais avoir de sérieux ennuis.

– Qu'est-il arrivé à mon statut de héros ?

Elle ignora ma question.

– On nous a réservé une chambre dans un hôtel de l'aéroport et des places sur le premier vol demain matin. Allons-y.

– J'ai le temps de flanquer mon pied dans les couilles de Doug ?

– Ce ne serait pas bon pour ta carrière, John. Allons-y.

– Okay.

Je me retournai vers Lisa pour la prévenir que nous devions partir, et elle dit qu'elle allait nous faire ouvrir les portes.

– Hé, je me sens un peu coupable d'avoir fait lever tout le monde au beau milieu de la nuit, ajoutai-je. Je pense que je devrais rester avec vous jusqu'à l'aube. Pas de problème. Ça me fera très plaisir de le faire.

– Oubliez ça, rétorqua-t-elle.

– Monte dans la voiture, m'ordonna Kate.

– Mr. Corey, reprit Lisa (maintenant qu'elle était ma copine, elle devait sentir ma frustration), nous avons un plan de protection soigneusement agencé, qui est en place depuis 1988. Je ne crois pas que vous en fassiez partie.

– Nous ne sommes plus en 1988. Et il ne s'agit pas seulement d'une mission de protection. Nous essayons également de capturer un tueur très bien entraîné.

– Nous savons tout cela. C'est même pour cette raison que nous sommes ici. Ne vous inquiétez pas.

– Allons-y, John, répéta Kate.

Je l'ignorai et dis à Lisa :

– On pourrait peut-être rester dans la maison ?

– Oubliez tout ça.

– Juste un petit verre avec Ron et Nancy ?

Lisa éclata de rire.

– Allons-y, John, insista Kate.

– De toute façon, ils ne sont pas là, laissa tomber Lisa.

– Je vous demande pardon ?

– Ils ne sont pas chez eux, répéta-t-elle.

– Où sont-ils ?

– Je ne peux pas vous le dire.

– Okay. Ça signifie que vous les avez déjà mis à l'abri et qu'ils sont sous protection rapprochée dans un endroit parfaitement sûr genre Fort Knox, par exemple ?

Lisa regarda autour d'elle avant de répondre :

– En fait, ce n'est pas un secret. C'était dans les journaux, mais votre ami, là, avec qui vous vous êtes engueulé, il ne voulait pas que vous le sachiez.

– Que je sache quoi ?

– Eh bien, les Reagan ont quitté la maison hier pour passer quelques jours au Rancho del Cielo.

– Pardon ?

– Rancho del Cielo. Le Ranch du ciel.

– Vous voulez dire qu'ils sont morts ?

Elle rit.

– Non. C'est leur vieux ranch, vers le nord, dans les montagnes de Santa Inés. L'ancienne Maison-Blanche de la Côte ouest, comme on l'appelait.

– Ils sont dans ce ranch, c'est bien ça ?

– Oui. Ce séjour est peut-être son dernier, vous savez. Il est très malade.

– Je sais.

– Nancy pensait que cela lui ferait peut-être du bien. Il adorait cet endroit.

– C'est vrai. Je m'en souviens. Et c'était dans les journaux ?

– Il y a eu un communiqué de presse. Tous les journaux ne l'ont pas repris. Mais la presse est invitée vendredi, qui sera le dernier jour que Reagan passera là-bas. Séance de photos, ce genre de choses. Vous savez, le vieux cowboy partant vers le soleil couchant. C'est un peu triste, tout ça. Je ne sais pas si cette conférence de presse aura lieu, maintenant, ajouta-t-elle, songeuse.

– Je vois. Et vous avez des gens là-bas ?

– Évidemment. (Elle dit, comme pour elle-même :) Le pauvre. Il a la maladie d'Alzheimer. Qui pourrait vouloir le tuer ?

– Eh bien, il a peut-être la maladie d'Alzheimer, mais ceux qui veulent le tuer ont plutôt bonne mémoire.

– Je comprends. Tout est prévu.

– Il est grand, son ranch ?

– Assez, oui. Sept cents hectares.

– Combien d'agents des services secrets le gardaient quand il était président ?

– Une centaine.

– Et maintenant ?

– Je l'ignore. Aujourd'hui, ils étaient six. On essaie d'en faire monter une douzaine de plus ce soir. Le bureau des services secrets de L.A. n'est pas très important. Aucun de nos bureaux, d'ailleurs. On prend toujours des renforts dans la police locale ou à Washington quand on en a besoin.

Kate n'avait plus l'air si impatiente de partir, tout d'un coup.

– Pourquoi vous ne vous adressez pas au FBI ? demanda-t-elle à Lisa.

– Des membres du FBI de Ventura sont en route. Mais ils seront postés près de Santa Barbara. C'est la ville la plus proche. En fait, nous ne pouvons pas introduire dans le ranch des personnes extérieures aux services secrets. Ils risqueraient de ne pas saisir notre façon de procéder. Il pourrait y avoir des blessés.

– Mais, fit remarquer Kate, si vous n'avez pas assez de monde, ce sont les personnes que vous protégez qui pourraient être blessées.

Lisa ne répondit pas.

– Pourquoi vous ne lui faites pas quitter le ranch pour un endroit plus sûr ? demandai-je.

Lisa regarda autour d'elle et répondit :

– Écoutez, tout cela n'est pas considéré comme une menace hautement crédible. Mais, pour répondre à vos questions, il n'y a qu'une seule route, très sinueuse, pour grimper ces montagnes et c'est le paradis des embuscades. La piste pour hélicoptère n'est plus opérationnelle et, même si elle l'était, il y a tellement de brouillard ce soir là-haut que ce serait impossible. C'est très souvent comme ça à cette époque de l'année.

– Doux Jésus ! Qui a eu cette idée ?

– Vous voulez dire d'aller au Rancho del Cielo ? Je ne sais pas. Cela semblait probablement une bonne idée sur le moment. Il faut bien comprendre que, malgré ses hautes fonctions passées, c'est un homme extrêmement malade qui n'a pas été vu en public depuis dix ans. Il n'a rien dit ni fait pour devenir la cible d'assassins. En réalité, on enregistre plus de menaces de mort contre les animaux familiers de la Maison-Blanche que contre cet ancien président. Je me rends compte que la situation a peut-être changé, et nous allons réagir. Mais, pendant ce temps-là, nous avons trois chefs d'État qui visitent L.A., dont deux sont haïs par la moitié du monde, et on est limités en nombre et en efficacité. Nous ne tenons franchement pas à perdre un visiteur venu d'un pays ami, même si c'est un beau salaud. Je ne voudrais pas paraître froide et sans cœur, mais regardez la réalité en face : Ronald Reagan n'est plus si important que cela.

– Je pense qu'il l'est pour Nancy. Et pour ses enfants. Écoutez, Lisa, il y a un aspect psychologique déplorable à voir un ancien président se faire buter. C'est mauvais pour le moral, vous comprenez ? Sans parler de votre carrière. Alors, faites en sorte que vos patrons prennent tout cela un peu au sérieux.

– Nous le prenons très au sérieux. Nous faisons tout ce qui est en notre pouvoir pour l'instant.

– Et nous avons également la possibilité de capturer le terroriste numéro un de toute l'Amérique.

– Nous sommes d'accord là-dessus. Mais admettez que votre théorie est un peu limite.

– Okay. Ne venez pas me dire que je n'ai prévenu personne.

– Nous apprécions l'avertissement.

J'ouvris la portière de la voiture, et Lisa nous demanda :

– Vous y allez ?

– Non, répliquai-je. Pas dans les montagnes noyées dans le brouillard et l'obscurité. Et il faut qu'on soit à Washington demain matin. Merci pour tout.

– Je suis avec vous de tout cœur.

– On se verra pendant l'enquête du Sénat.

Je montai dans la voiture. Kate était déjà au volant. Elle sortit du parking pour reprendre l'allée. Les portes s'ouvrirent automatiquement et l'on redescendit St. Cloud Road.

– Où on va ? demanda Kate.

– Au Ranch du ciel.

– Pourquoi est-ce que je me fatigue à poser la question ?

50.

– Je devine la réponse, reprit Kate après quelques kilomètres, mais dis-moi pourquoi nous allons au ranch des Reagan ?

– On a six heures à tuer avant notre vol de demain. On peut aussi bien les passer à essayer de tuer Asad Khalil.

Elle prit une profonde inspiration, sans doute pour s'enivrer du parfum des fleurs.

– Et tu penses que Khalil sait que Reagan est là-bas et qu'il a l'intention de l'abattre sur place. C'est ça ?

– Je pense que Khalil voulait assassiner Reagan à Bel Air, qu'il a eu de nouvelles informations quand il est arrivé en Californie, qu'il a demandé à Azim Rahman de le conduire au nord de Santa Monica pour étudier le terrain autour du ranch Reagan et pour enterrer son sac avec les deux Glock et ses faux papiers. Ça colle, ça cadre, et, si je me trompe, je me suis vraiment gouré de métier.

Kate réfléchit un instant, puis se tourna vers moi :

– Okay, je te suis sur ce coup, pour le meilleur ou pour le pire. C'est ça, être fiancée.

– Absolument.
– Et l'engagement doit être réciproque.
– Pour toi, je me mettrais en travers d'une balle.
Nos regards se rencontrèrent malgré l'obscurité de la voiture, mais aucun d'entre nous n'osa formuler l'évidence, à savoir que nous risquions d'être confrontés à ce danger-là.
– On en a pour combien de temps ? demandai-je.
– Environ deux heures jusqu'à Santa Barbara, cela dépend du brouillard. Je ne sais pas comment me rendre au ranch à partir de la ville, mais on trouvera.
– Tu veux que je conduise ?
– Non.
– Je peux conduire.
– Je sais conduire et je connais la route. Dors.
– Je m'amuse trop pour ça. Hé, si tu veux, on peut s'arrêter au bureau de Ventura prendre des gilets pare-balles.
– Je ne m'attends pas à une fusillade. Tu sais ce qui va se passer ? Quand on arrivera au ranch, on nous demandera poliment de partir, exactement comme à Bel Air. Les gens des services secrets protègent énormément leur propre territoire. Surtout si le FBI est dans le coup.
– Je peux comprendre ça.
– On n'y aura pas droit, mais, si tu voulais te rapprocher d'une possible zone d'action, alors on est dans la bonne direction.
– C'est tout ce que je désire. Plus tard, tu appelleras le bureau de Ventura pour savoir où sont postés les types du FBI de Santa Barbara.

– Okay.

– Hé ! c'est joli cette route. C'est un pays vraiment beau, ici. Ça me rappelle les vieux films de cow-boys. Gene Autry, Roy Rogers, Tom Mix.

– Jamais entendu parler.

On roula un moment, et je remarquai qu'il était une heure quinze. Une sacrée longue journée.

On arriva à un grand échangeur. À l'est, c'était Burbank et à l'ouest la route 101, le Ventura Freeway, que Kate emprunta.

– On ne va pas prendre la route côtière, cette fois, dit-elle, elle risque d'être complètement noyée dans le brouillard. On ira plus vite par ici.

– C'est toi l'autochtone.

J'étais vraiment épuisé et je bâillai plusieurs fois.

– Fais un somme.

– Non. Je veux te tenir compagnie, entendre ta voix.

– Okay. Dis-moi... pourquoi as-tu été si vache avec Doug ?

– Qui est Doug ? Oh, ce mec, là ? Tu veux dire à L.A. ou à Bel Air ?

– Les deux.

– Eh bien, à Bel Air, il m'a fait chier parce qu'il était au courant que les Reagan n'étaient pas là et qu'il ne nous a rien dit.

– John, tu n'as su ça qu'après avoir été insupportable avec lui.

– On ne va pas couper les cheveux en quatre sur le déroulement exact des événements.

Elle demeura un instant silencieuse, puis reprit :

– Je n'ai jamais couché avec lui. Je me suis contentée de sortir avec lui. Il est marié. Un mariage très heureux, avec deux enfants à la fac.

Je n'éprouvai pas le besoin de répondre.

– Un peu de jalousie, ça va, mais toi, vraiment...

– Attends. Comment tu appelles ta crise à New York ?

– C'est complètement différent.

– Explique-moi, que je puisse comprendre.

– Tu es toujours lié avec Beth. Los Angeles, c'est de l'histoire ancienne.

– Pigé. Oublions.

– Okay.

Elle prit ma main et la serra.

J'étais fiancé depuis à peine vingt-quatre heures et je ne savais déjà plus comment je parviendrais à atteindre le mois de juin.

– Tu as un plan ou quelque chose d'approchant pour le moment où nous serons à Santa Barbara ?

– Pas vraiment. On improvisera.

– Comment ?

– Je ne sais pas. Il y a toujours quelque chose qui finit par faire tilt dans ma tête. En gros, il faut que nous atteignions le ranch.

– Oublie le ranch, comme dirait ton amie Lisa.

– Lisa qui ? Ah oui, la dame des services secrets.

– La Californie grouille de jolies femmes.

– Il n'y a qu'une seule belle femme dans toute la Californie : toi.

Nous bavardions ainsi depuis près d'une demi-heure quand le téléphone portable de Kate se mit à sonner. Cela ne pouvait être que

Douglas Petitebite qui vérifiait où nous étions après s'être assuré que nous n'étions pas dans l'hôtel qu'on nous avait assigné.

– Ne réponds pas, fis-je.

– Désolée, je dois répondre.

C'était, effectivement, le señor Sans Cojones. Kate écouta un instant, puis dit :

– Eh bien... nous sommes sur l'autoroute 101, direction nord... C'est exact... Nous avons découvert que les Reagan sont...

Visiblement, il l'avait interrompue.

– Passe-moi ce téléphone, ordonnai-je.

Elle secoua négativement la tête. Ça me faisait vraiment chier, parce que je savais qu'il l'engueulait. On ne fait pas ça à la fiancée de John Corey, à moins de vouloir mourir. Je bouillonnais.

Kate essaya plusieurs fois d'intervenir, mais ce connard ne cessait de lui couper la parole. Elle finit tout de même par réussir à stopper sa diarrhée verbale et lança :

– Écoute, Doug, je n'apprécie pas du tout que tu aies retenu des infos par-devers toi et que tu aies demandé aux services secrets de ne pas m'informer. Pour *ton* information, nous avons été envoyés ici par les dirigeants de l'ATTF de New York, qui ont demandé au bureau de L.A. de nous offrir son entière collaboration, son aide et sa courtoisie. L'ATTF de New York est la section directement en charge de cette affaire, et nous sommes ses représentants à L.A. Je suis, et je resterai, joignable par portable ou beeper. Tout ce que tu as à savoir, c'est que Mr. Corey et moi-même serons demain matin à six heures dans cet avion, à moins que nos supérieurs n'en décident autrement, à New York ou à Washington. Et, de plus, tu n'as pas à te mêler de savoir où je dors ni avec qui.

Sur ce, elle raccrocha. Je brûlais d'envie de crier « Bravo », mais valait mieux pas.

On continua en silence. Quelques minutes plus tard, le portable sonna à nouveau et Kate répondit. Je savais que cela ne pouvait pas être Douglas À-la-vanille-Please, parce qu'il n'aurait pas eu les couilles de nous repasser un coup de fil. Mais je supposais qu'il avait contacté Washington pour se plaindre et que Washington nous rappelait pour nous remonter les bretelles et nous empêcher d'aller au ranch. Je m'y résignais. C'est pourquoi je fus agréablement surpris et soulagé quand Kate me tendit le téléphone en disant :

– C'est Paula Donelly, au CC. Elle a un monsieur en ligne, sur ta ligne directe, qui ne veut parler qu'à toi. (Elle ajouta, mais ce n'était pas nécessaire :) Asad Khalil.

– Ici Corey. Paula, est-ce que ce type a l'air d'être le bon ?

– Je ne suis pas bien certaine de ce à quoi un meurtrier de masse doit ressembler au téléphone, mais ce type prétend qu'il vous a parlé à Ventura et que vous lui avez donné votre numéro direct.

– C'est lui. Vous pouvez me le passer ?

– Je peux, mais il ne veut pas. Il veut votre numéro, alors je vais lui donner celui de Kate si c'est okay pour vous. Je ne crois pas qu'il va me donner le sien.

– Okay. Donnez-lui le numéro. Merci, Paula.

Je raccrochai.

Nous attendîmes pendant ce qui nous parut une éternité. Finalement, le portable sonna.

– Corey, répondis-je aussitôt.

– Bonsoir, Mr. Corey, dit Khalil, ou devrais-je dire bonjour ?

– Dis ce que tu veux.

– Vous ai-je réveillé ?

– Tout va bien. Il fallait que je me lève pour répondre au téléphone, de toute façon.

Il y eut un silence pendant lequel il essaya de décrypter mon sens de l'humour.

– Alors, qu'est-ce que t'as fait depuis qu'on a causé tous les deux ? repris-je.

– J'ai voyagé. Et vous-même ?

– Moi aussi. C'est marrant comme coïncidence, ajoutai-je, je parlais justement de toi.

– Je suis certain que vous n'avez pas beaucoup d'autres sujets de conversation ces derniers temps.

Trou du cul.

– Hé, j'ai une vie. Pas toi ?

Il ne parut pas comprendre la blague et rétorqua :

– Bien sûr, je suis en vie. Très en vie.

– Bien. Alors, qu'est-ce que je peux faire pour toi ?

– Où êtes-vous, Mr. Corey ?

– Je suis à New York.

– Ah oui ? Je pense que j'appelle un portable.

– Sans déconner. Le portable est à New York et je suis avec lui. Où es-tu, toi ?

– En Libye.

– Sans blague ? On dirait que tu es juste au coin de la rue tellement on entend bien.

– Peut-être le suis-je. Peut-être suis-je à New York.

– Peut-être, oui. Regarde par la fenêtre et dis-moi si tu vois des taxis jaunes ou des chameaux.

– Mr. Corey, je n'apprécie pas votre sens de l'humour, et peu importe où nous sommes, puisque nous mentons tous les deux.

– Exactement. Alors, quel est le but de cet appel ? De quoi as-tu besoin ?

– Vous croyez que je ne vous appelle que pour mendier vos faveurs ? Je voulais juste entendre votre voix.

– Comme c'est gentil de ta part. Tu as encore rêvé de moi ?

J'observai Kate qui gardait les yeux fixés sur la route obscure. Il y avait de petites nappes de brouillard à ras du sol, et cela rendait l'ambiance digne d'un film d'horreur. Elle tourna la tête et me fit un clin d'œil.

– En fait, reprit Khalil, j'ai réellement rêvé de vous.

– Un beau rêve ?

– J'ai rêvé que nous nous rencontrions dans les ténèbres et que j'émergeais seul à la lumière, couvert de votre sang.

– Vraiment ? Et quel sens tu donnes à ce rêve ?

– Vous savez ce qu'il signifie.

– Tu ne rêves jamais à des femmes ? Tu sais, et puis tu te réveilles seul avec le manche bien raide ?

Kate me flanqua un coup de coude dans les côtes.

Khalil ne répondit pas à ma question et changea de sujet.

– En réalité, il y a effectivement quelques petites choses que vous pourriez faire pour moi.

– Je m'en doutais.

– D'abord, prévenez Mr. Wiggins que, même si cela me prend encore quinze ans, je le tuerai.

– Allons, Asad, est-ce qu'il ne serait pas largement temps de pardonner un peu et de...

– La ferme !

Mon Dieu !

– Ensuite, Mr. Corey, il en va de même pour vous et Ms. Mayfield.

Je jetai un œil vers Kate, mais elle n'avait pas l'air de pouvoir entendre ce que disait Khalil.

– Tu sais, Asad, tu ne peux pas résoudre tous tes problèmes par la violence, dis-je à mon correspondant en plein dérangement mental.

– Bien sûr que si.

– Celui qui vit par l'épée périra par...

– Celui qui est le plus rapide à l'épée survivra. Il y a un poème dans ma langue que je vais essayer de traduire pour vous. C'est à propos d'un guerrier sans peur et solitaire, monté sur...

– Hé, je le connais ! Mon arabe est un peu rouillé, mais voilà ce que ça donne en anglais...

Je m'éclaircis la gorge et récitai le poème de Gabe.

– Qu'est-ce que tu dis de ça ?

Il y eut un long silence, puis Khalil me demanda :

– Où avez-vous appris ça ?

– Dans la Bible ? Non, laisse-moi réfléchir. C'est un ami arabe. (J'ajoutai, pour le faire chier :) J'ai plein d'amis arabes qui travaillent avec moi. Ils bossent dur pour te trouver.

– Ils iront tous en enfer.

– Et toi, mon pote, tu vas où ?

– Au paradis.

– Tu y es déjà. Tu es en Californie.

– Je suis en Libye. J'ai achevé mon djihad.

– Eh bien, si tu es en Libye, cette conversation ne m'intéresse plus et on est en train d'allonger la facture, alors...

– Je vous dirai quand la conversation sera terminée.

– Alors viens-en au fait.

En réalité, je pensais savoir ce qu'il voulait. Mais le plus intéressant, c'était que, pendant les silences, j'entendais un oiseau gazouiller quelque part, ce qui me poussait à croire que Khalil était dehors, à moins qu'il possède un canari. Je veux dire, je ne suis pas très bon pour reconnaître les chants d'oiseaux, mais celui-là ressemblait beaucoup à l'un de ceux que j'avais entendus à Bel Air. De toute façon, oiseaux ou pas oiseaux, j'étais à peu près certain que ce type était encore quelque part dans la région.

Asad finit quand même par en arriver au but réel de son appel :

– Que m'avez-vous dit la dernière fois que nous avons parlé ?

– Je crois que je t'ai traité d'enculeur de chameau. Mais je voudrais retirer ce que j'ai dit, parce que c'est une affirmation raciste et qu'en tant qu'employé fédéral et américain je...

– À propos de ma mère et de mon père...

– Ah oui. Ouais, eh bien, le FBI – en fait c'est la CIA et ses amis d'outre-mer – a quelques informations vérifiées sur ta mère... Elle était... comment puis-je dire ça ? Disons très amie avec Mr. Kadhafi. Tu comprends ? Hé, on est des hommes, pas vrai ? On peut comprendre ces choses. Bref, ta mère, et c'est peut-être dur à entendre, elle avait des désirs et des besoins. Tu vois ? Et, tu sais... cela devenait assez solitaire avec papa qui n'était jamais là... Hé, tu m'écoutes toujours ?

– Continuez...

– Bon.

Je regardai Kate, qui leva le pouce pour me féliciter.

– Crois-moi, Asad, je ne porte aucun jugement. Peut-être que ta maman et Muammar ne se sont pas mis à la colle avant que ton père... oh, ça, c'est l'autre truc que je voulais te dire. Ton père. Tu es vraiment, vraiment certain de vouloir entendre tout ça ?

– Continuez.

– Okay. Eh bien, la CIA, encore eux... ils sont assez malins et ils connaissent des trucs que tu ne peux même pas imaginer. J'ai un très bon ami à la CIA, Ted, et Ted m'a dit que ton père... il s'appelait Karim, pas vrai ? Bref, tu te rappelles ce qui s'est passé à Paris. Mais je crois que tu ignores que ce ne sont pas les Israéliens qui l'ont assassiné. En fait, Asad, c'était... Oh, pourquoi faire remonter le passé ? La merde arrive, tu comprends ? Et je sais comment tu te comportes quand tu as une dent contre quelqu'un. Alors, pourquoi t'énerver à nouveau ? C'est con. Oublie.

Il y eut un long silence, puis il souffla :

– Continuez.

– Tu es bien sûr ? Je veux dire, tu sais comment sont les gens. Ils te disent : « Vas-y. Dis-moi. Je ne me mettrai pas en colère contre toi », et puis, quand tu leur annonces la mauvaise nouvelle, ils te haïssent. Je ne voudrais pas que tu me haïsses.

– Je ne vous hais pas.

– Mais tu veux me tuer.

– Oui, mais je ne vous hais pas. Vous ne m'avez rien fait.

– Bien sûr que si. J'ai foutu en l'air ton plan pour buter Wiggins. On ne pourrait pas reconnaître un peu mon mérite ? *Tu quoque, filii.*

– Excusez-moi ?

– C'est du latin. Je m'en fous que tu me haïsses, mais pourquoi est-ce que je devrais ramener tout ça à la surface ? Je veux dire, qu'est-ce que je gagnerais à te parler de ton père ?

Il rumina cette proposition et répliqua :

– Si vous me dites ce que vous savez, vous avez ma parole que je ne vous ferai aucun mal à vous ni à Ms. Mayfield.

– Ni à Wiggins.

– Je ne peux pas faire cette promesse. C'est un mort en sursis.

– Bien. Mieux vaut la moitié d'un pita que pas du tout. Où en étais-je... ? Ah oui, Paris. Bon, je ne veux pas faire de spéculations ni semer les graines du doute et de la discorde, mais il faut que tu te demandes, comme le font tous les flics des homicides : qui y gagne ? À qui profitait la mort de ton père ?

– Aux Israéliens, visiblement.

– Allons, Asad, tu es plus intelligent que ça. Combien de capitaines de l'armée libyenne les Israéliens ont-ils tués dans les rues de Paris ? Les Israéliens ont besoin d'une raison pour buter quelqu'un. Et qu'est-ce que ton père leur avait fait ? Dis-le-moi, si tu le sais.

Je l'entendis s'éclaircir la gorge, puis répliquer :

– Il était antisioniste.

– Qui ne l'est pas, dans ton pays ? Allons, mon pote. Voici la triste vérité. Mes amis de la CIA sont absolument certains que ton père n'a pas été tué par les Israéliens. En fait, d'après pas mal de transfuges libyens, le meurtre avait été ordonné par Mr. Muammar Kadhafi soi-même. Désolé.

Grand silence au bout de la ligne.

– C'est comme ça, poursuivis-je. Y avait-il un désaccord politique entre ton père et Muammar ? Était-ce quelqu'un à Tripoli qui en avait marre de ton père ? Ou était-ce à cause de ta mère ? Qui sait ? C'est à toi de me le dire.

Le silence, encore.

– Asad ? Tu es toujours là ?

– Vous n'êtes qu'un sale menteur, et je prendrai beaucoup de plaisir à vous couper la langue avant de vous trancher la gorge.

– Tu vois ? Je savais que ça t'énerverait. On s'efforce de rendre service et puis... Allô ? Asad ? Allô ?

Je coupai le portable et posai le téléphone sur le siège entre Kate et moi, avant d'inspirer profondément.

On roula en silence quelques instants, puis je répétai en gros à Kate ce qu'avait dit Khalil, y compris qu'il avait l'intention de la tuer.

– J'ai comme l'impression qu'il ne nous aime pas, conclus-je.

– Nous ? C'est toi qu'il n'aime pas. Il veut te couper la langue et te trancher la gorge.

– Hé, j'ai des amis qui le feraient avec plaisir.

Elle rit et moi aussi. On essayait d'alléger un peu cet instant.

– Tu as très bien mené cette conversation, fit-elle. Peut-être pas de façon très orthodoxe, mais...

– Le règlement stipule que, quand le suspect a quelque chose que tu veux, tu dois le traiter avec respect et lui donner de l'importance. Mais, quand il appelle parce que c'est lui qui veut quelque chose, il faut le secouer le plus possible.

– Je ne me souviens pas d'avoir lu ça dans le manuel.

– Je suis en train de le réécrire.

– J'avais remarqué. (Elle réfléchit un instant, puis ajouta :) S'il retourne un jour en Libye, il voudra obtenir des réponses.

– S'il pose ce genre de questions en Libye, c'est un homme mort. Soit il va se réfugier dans le déni, soit il va faire là-bas ce qu'il a fait ici. C'est un homme dangereux, une machine à tuer, et sa vie est vouée à la vengeance.

– Et tu viens de lui donner quelques nouvelles raisons de se venger.

– Je l'espère.

– Et tu penses qu'il est toujours en Californie ?

– J'en suis certain. Il est dans les montagnes de Santa-je ne sais quoi, près du ranch des Reagan, s'il n'est pas déjà dedans.

Elle regarda par la fenêtre, vers les collines noyées dans le brouillard.

– Pourvu qu'il n'y soit pas, dit-elle.

– Pourvu qu'il y soit.

51.

À une cinquantaine de kilomètres de Santa Barbara, Kate alluma la radio et tomba sur un bulletin d'informations. Le journaliste faisait un rappel des événements :

« Le FBI confirme que le terroriste, qui est responsable de la mort de tous les passagers du vol 175 à Kennedy Airport, et de quatre personnes dans l'aéroport, est toujours en fuite et a peut-être tué huit autres personnes depuis. Un porte-parole du FBI confirme qu'il semblerait y avoir un lien entre plusieurs des personnes qui ont été abattues par Asad Khalil. Une très importante conférence de presse est prévue à Washington demain après-midi pour... »

Je tournai le bouton pour choper une station musicale.

– J'ai raté quelque chose ou ce type n'a effectivement pas du tout mentionné Wiggins ? demanda Kate.

– Non, tu n'as rien raté. Je pense que le gouvernement garde ça pour demain.

– En fait, c'est aujourd'hui. Et on n'arrivera jamais à prendre ce vol de six heures à L.A.X.

Je regardai le tableau de bord et vis que la pendule affichait deux heures cinquante. Je bâillai.

– J'appelle le bureau de Ventura, m'informa Kate en attrapant son portable.

Elle tomba sur Cindy Lopez.

– Des nouvelles du ranch ? lui demanda-t-elle.

Elle écouta, puis dit :

– C'est bien.

Ce qui n'était pas bien, c'était que Douglas Bite-de-rat avait déjà appelé, parce que Kate ajouta :

– Je me fous de ce que Doug a dit. Tout ce qu'on demande, c'est que les agents du bureau de Ventura qui sont à Santa Barbara nous y retrouvent, qu'on appelle le ranch et qu'on prévienne les services secrets que nous arrivons et que nous voulons rencontrer leur responsable.

Elle écouta à nouveau, puis reprit :

– Au fait, John vient de parler avec Asad Khalil... Oui, c'est bien ce que j'ai dit. Ils ont établi une sorte de relation, et cela pourrait être d'une très grande importance si la situation dégénérait... C'est exact. J'attends.

Elle couvrit le micro de la main et m'expliqua :

– Cindy appelle les membres des services secrets au ranch.

– Bien joué, Mayfield.

– Merci.

– Ne te laisse pas embarquer dans une conférence téléphonique, suggérai-je. Nous n'accepterons aucun appel des services secrets. Seulement un rendez-vous à Santa Barbara avec le FBI et/ou les services secrets, suivi d'une invitation au ranch.

– Si le gâteau ne te tue pas, tu en veux une bonne part, hein ? commenta-t-elle.

– Je mérite une part. Khalil n'a pas seulement tué d'honnêtes citoyens qui ont servi leur pays, il a également menacé ta vie et la mienne. Pas celle de Jack ni celle de Doug. Ma vie et ta vie. Laisse-moi te rappeler que ce n'était pas mon idée de mettre mon nom et ma photo dans les journaux. Quelqu'un a une dette envers moi, et il est l'heure de payer.

Elle hocha la tête sans répondre. Cindy Lopez revint en ligne. Kate écouta, puis dit :

– Oublie. Nous ne discuterons pas de ça sur un téléphone qui n'est pas sécurisé. Dis-moi juste où on peut se retrouver à Santa Barbara... Okay. Merci... Oui. Très bien.

Elle raccrocha.

– Cindy demande quand tu vas enfin rentrer à New York.

Tout le monde se prend pour un comique, dans ce pays.

– Qu'est-ce qu'elle a dit d'autre ?

– Eh bien, le groupe du FBI est dans un motel appelé Sea Scape, au nord de Santa Barbara, près de la route de montagne qui mène au ranch. Il y a Kim, Scott et Edie, et aussi un type des services secrets qui fait office d'agent de liaison. Nous devons nous rendre au motel, et non, nous ne pouvons pas aller au ranch, mais nous pouvons attendre au motel au cas où il se passerait quelque chose et qu'on aurait besoin de toi pour bavarder avec Khalil, au téléphone s'il appelle, ou en personne s'il est appréhendé et menotté. Khalil, pas toi.

– J'avais compris. Tu sais que nous allons au ranch ?

– Débrouille-toi avec le type des services secrets au motel.

Malgré le brouillard, on finit par atteindre Santa Barbara. La route côtière traversa le sud de la ville, puis vira vers le nord en s'éloignant de la côte. Encore une trentaine de kilomètres, et la route revint vers l'océan.

– On a raté ce motel ? demandai-je.

– Je ne crois pas. Appelle-les.

Je réfléchis un moment.

– Non. Je pense qu'on devrait gagner du temps et filer droit vers le ranch.

– Je crois que tu n'as pas bien compris les instructions, John.

– Comment est-ce qu'on pourrait bien trouver cette route qui mène au ranch ?

– Pas la moindre idée.

Nous avancions doucement dans le brouillard, et je sentais l'océan sur notre gauche, sans le voir. Sur notre droite, je devinais que le terrain s'élevait sans parvenir à distinguer les montagnes dont Kate disait qu'elles tombaient droit dans la mer à certains endroits. Très peu de routes croisaient la 101. En tout cas, je n'en avais pas remarqué une depuis bien longtemps. Finalement apparut sur notre gauche une étendue de terrain plat entre la route et la mer. À travers le brouillard, j'aperçus une enseigne éclairée au néon et parvins à lire SEA SCAPE MOTEL.

Kate s'avança dans le parking et dit :

– Chambres 116 et 117.

– Passons d'abord à la réception.

– Pourquoi ?

– Je vais prendre deux chambres supplémentaires et voir si on peut avoir à grignoter et du café.

Elle s'arrêta devant le bureau de la réception et je sortis.

À l'intérieur, un employé m'examina à travers la porte vitrée avant de la débloquer et de me laisser entrer. Je devais avoir l'air respectable avec mon costume, même s'il était froissé et qu'il puait.

Je m'approchai du réceptionniste et sortis mon insigne en disant :

– Nous avons des collègues enregistrés chez vous. Chambres 116 et 117.

– Oui, monsieur. Voulez-vous que je les appelle ?

– Non, j'ai juste besoin de leur laisser un message.

Il me tendit un bloc et un stylo, et je gribouillai : « Kim, Scott, Edie... Désolé, je ne pouvais pas m'arrêter longtemps – On se voit demain matin – J.C. » Je remis ce bref message à l'employé en précisant :

– Appelez-les vers huit heures, okay ?

Je lui glissai dix dollars et demandai, mine de rien :

– Comment je peux trouver la route qui mène au ranch Reagan ?

– Oh, c'est pas compliqué. Prenez vers le nord, roulez à peu près un kilomètre, et vous verrez Refugio State Park sur votre gauche. La route de montagne commence là, sur votre droite. Refugio Road. Mais il n'y a pas de panneau. Cela dit, moi, je ne la prendrais pas cette nuit.

– Pourquoi ?

– On n'y voit que dalle. Près du sommet, la route fait plein d'épingles à cheveux, et on a vite fait de tomber dans le ravin. Ou pire.

– Pas de problème. C'est une voiture du gouvernement.

Il rigola, puis me regarda et fit :
– Le vieux est chez lui, donc ?
– Juste pour quelques jours. C'est difficile d'aller jusqu'au ranch ?
– Non. C'est au bout de la route, en quelque sorte. À un moment, il y a une fourche. Il y a un autre ranch sur la droite. Prenez à gauche à la fourche et vous verrez des grilles en fer. C'est une sale route, même de jour. La plupart des gens ont des 4 × 4.
Il me regarda pour voir si je le comprenais bien ; j'étais certain qu'il préparait sa réponse aux forces de police : « Je l'avais prévenu. »
– Il fera jour dans trois heures et un peu de ce brouillard finira par se lever environ une heure après le soleil, vous devriez attendre.
– Merci, mais j'ai six pots de pruneaux à livrer avant le petit déjeuner. À plus tard.
Je quittai la réception et revins à la voiture. J'ouvris la portière de Kate en disant :
– Étire-toi. Reprends des forces. Et laisse le moteur tourner.
Elle sortit et s'étira.
– Ça fait du bien. Tu nous as pris des chambres ?
– Ils sont complets.
Je me glissai derrière le volant et fermai la portière avant de baisser la vitre.
– Je vais au ranch. Tu restes ou tu viens ?
Elle commença à grommeler, puis laissa échapper un soupir d'exaspération, fit le tour de la voiture et s'installa à côté de moi.
– Tu sais conduire ?
– Bien sûr.
Je regagnai la route et la repris vers le nord.
– Un kilomètre à peu près, dis-je, Refugio State Park sur la gauche. Refugio Road sur la droite. Surveille.

Elle ne répondit pas. Je pense qu'elle était en colère.

On vit le panneau du parc national, puis, à la dernière seconde, j'aperçus une intersection et je braquai à droite. Quelques dizaines de mètres plus loin, la route, très étroite, se mit à grimper sec. Le brouillard était à couper au couteau et on ne distinguait même plus le capot avant.

– Ils vont se contenter de nous obliger à faire demi-tour, dit Kate après quelques minutes de silence.

– Peut-être. Mais il fallait que je le fasse.

– Je sais.

Elle rit.

– Tu es vraiment complètement idiot. Non, tu es comme don Quichotte, qui fonce sur les moulins à vent. J'espère que tu ne fais pas tout ça pour frimer devant moi ?

– Je ne voulais même pas que tu viennes avec moi.

– Bien sûr que si.

L'employé du motel ne m'avait pas menti. La route était de plus en plus épouvantable.

– Comment Ron et Nancy montent-ils là-haut ? En hélicoptère ?

– Certainement. Cette route est trop dangereuse.

– Ce sont les bas-côtés qui sont dangereux.

J'étais vraiment crevé et j'avais du mal à rester éveillé, malgré mon inquiétude.

– J'ai une jeep Cherokee, dis-je à Kate. J'aimerais bien l'avoir maintenant, là.

– Même si tu avais un tank, ça ne servirait à rien. Tu as vu ces éboulis, des deux côtés ?

– Non, il y a trop de brouillard. Tu crois qu'on devrait faire demi-tour ?

– Tu ne peux pas faire demi-tour ! Il y a déjà à peine la place pour la voiture !

– Exact. Je suis sûr que la route s'élargit plus haut.

– Je suis sûre du contraire. Éteins les phares. Mets-toi en codes.

Effectivement, ils reflétaient moins le brouillard. À part ça, on ne distinguait plus grand-chose.

J'étais désorienté par le brouillard, mais au moins la route restait à peu près droite.

– Stop ! hurla soudain Kate.

J'écrasai le frein et la voiture pila.

– Quoi ?

Elle respira un grand coup et dit :

– Tu vas droit dans un ravin.

– Vraiment ? Où est-il ?

Elle ouvrit sa portière et sortit, avança devant la voiture, essayant de trouver la route, j'imagine. Je l'apercevais, un peu comme un spectre. Elle disparut dans le brouillard, puis réapparut et se réinstalla dans la voiture.

– Serre bien sur ta gauche, ensuite, la route fait une épingle à cheveux à droite.

– Merci.

Le brouillard se faisait moins épais au fur et à mesure que nous grimpions, ce qui n'était pas du luxe, parce que l'état de la route, lui, ne s'améliorait pas, au contraire. Je remis les phares. La route entama une série d'épingles à cheveux, mais j'arrivais à voir à peu près à trois mètres devant mon pare-chocs et, en roulant lentement, j'avais le temps de réagir. Zig, zag, zig, zag. Ça craignait vraiment. C'était pas un endroit pour un mec de la ville comme moi.

– Il y a des animaux sauvages par ici ? demandai-je.

– En dehors de toi ?

– Ouais, en dehors de moi.

– Des ours, peut-être. Je ne sais pas. Je ne suis jamais allée si loin au nord. Je pense qu'il pourrait y avoir des pumas.

– Wow. C'est mortel, cet endroit. Pourquoi est-ce que le chef du monde libre a voulu habiter ici. Bah, c'est mieux que Washington, sûrement.

– Concentre-toi sur la route, s'il te plaît.

– Quelle route ?

– Très drôle.

Quinze minutes plus tard, Kate dit :

– Tu sais, je ne crois pas qu'ils vont nous renvoyer dans l'autre sens. Ils ne peuvent pas faire ça. On n'y arriverait jamais.

– Exactement.

Son portable sonna et elle répondit :

– Il ne peut pas te parler, Tom. Il a les deux mains sur le volant et le nez collé au pare-brise. (Elle écouta encore et dit :) C'est exact. Nous nous dirigeons vers le ranch... Okay. Oui. On fera attention. À demain matin. Merci.

Elle raccrocha.

– Tom dit que tu es cinglé.

– Ça, on le savait déjà. Qu'est-ce qui se passe ?

– Eh bien, ta relation privilégiée avec Mr. Khalil nous a ouvert les portes. D'après Tom, les services secrets vont nous laisser entrer. Ils pensaient que tu monterais à l'aube, mais Tom va les prévenir qu'on est en route.

– Tu vois ? Mets-les devant un fait accompli, et ils trouveront le moyen de te donner la permission pour un truc que tu es déjà en train de faire. Mais, si tu demandes la permission, ils vont inventer une raison pour te dire non.

– C'est dans ton nouveau manuel ?

– Ça y sera, oui.

– Si on nous avait ordonné de faire demi-tour, qu'est-ce que tu aurais fait ? C'était quoi, ton plan B ?

– Le plan B aurait été de descendre de cheval et de chercher ce ranch à pied.

– C'est ce que je me disais. Et on nous aurait tirés à vue.

– On ne voit rien avec ce brouillard. Même dans des télescopes à visée nocturne. J'ai un très bon sens de l'orientation. Il suffit de monter vers le sommet. La mousse pousse sur le côté nord des arbres. L'eau descend les montagnes. On aurait atteint le ranch en un rien de temps. On aurait passé les barrières et on se serait faufilés dans la grange. Pas de problème.

– Mais à quoi ça te sert, tout ça ? Qu'est-ce que tu veux prouver ?

– Je ressens juste le besoin d'être là. C'est ici qu'il faut être, et c'est ici que j'ai besoin d'être. Ce n'est pas si compliqué.

– Exact. Comme à Kennedy Airport.

– Tout à fait.

– Un jour, tu vas te retrouver au mauvais endroit au mauvais moment.

– Un jour peut-être. Pas aujourd'hui.

Elle ne répliqua pas, se frotta le visage des deux mains, bâilla, puis demanda :

– La vie va être comme ça tout le temps ?

– Non. Il y aura des moments difficiles.

Elle rit, ou pleura, je ne savais pas très bien. Je songeai que je ferais bien de lui demander de me confier son flingue.

La route redevint à peu près droite et la pente s'adoucit un peu. J'avais le sentiment que nous approchions de la fin de notre voyage.

Quelques minutes plus tard, la végétation s'espaça, nous étions arrivés sur une espèce de plateau. Une route partait sur la droite ; me souvenant de ce qu'avait dit l'employé du motel, je me préparai à prendre à gauche. Juste avant que j'atteigne la fourche, un type sortit brusquement du brouillard en levant la main. Je m'arrêtai et mis la main sur mon Glock. Je vis que Kate faisait de même.

Le type s'approcha de nous. Il portait le coupe-vent sombre traditionnel avec l'insigne des services secrets épinglé dessus, et une casquette de base-ball. Je baissai ma vitre, et il s'approcha de mon côté en m'ordonnant :

– Sortez de la voiture, s'il vous plaît, et gardez vos mains bien visibles.

D'habitude, c'était moi qui disais ça.

– Je pense que je sais qui vous êtes, lança le type comme nous descendions de voiture, mais j'ai besoin de vous identifier formellement. Lentement, s'il vous plaît. Nous sommes couverts, ajouta-t-il.

Satisfait de voir que nous correspondions à sa description d'un homme et d'une femme dans une Ford bleue, portant les mêmes noms que les deux agents fédéraux en route pour ce ranch sur la putain de route la plus déglinguée de ce côté de l'Himalaya, il se présenta :

– Bonsoir. Je suis Fred Potter, services secrets.

– Bonsoir. Je suppose que vous nous attendiez, répondit Kate sans me laisser le temps de balancer une réplique bien sarcastique.

– Eh bien, dit Fred, je m'attendais plutôt à ce que vous soyez au fond d'un ravin. Mais vous y êtes parvenus.

Une fois encore, Kate me devança, certainement pour m'empêcher de dire une ânerie :

– Ce n'était pas si dur que ça. Mais je n'aimerais pas faire la descente avec ce brouillard.

– Non. Et vous n'aurez pas à la faire. J'ai ordre de vous escorter jusqu'au ranch.

– Vous voulez dire que nous ne sommes pas encore arrivés ? intervins-je.

– Pas tout à fait. Vous voulez que je conduise ?

– Non, c'est une voiture FBI.

– Je monte à l'avant, précisa-t-il.

Kate passa à l'arrière, et je redémarrai.

– À gauche, dit-il.

Je lui obéis et aperçus deux autres types, avec des fusils, debout près de la route. Effectivement, on était couverts.

– Restez à quarante ou cinquante, m'indiqua Fred. La route est droite, et il nous faut environ deux cents mètres sur Pennsylvania Avenue avant d'atteindre le portail.

– Pennsylvania Avenue ? La vache, je me suis paumé !

– Cette partie de Refugio Road a été rebaptisée ainsi en 1981, répondit-il sans rire.

– C'est marrant. Alors, comment vont Ron et Nancy ?

– Nous ne parlons jamais de cela.

Je le sentais, ce Fred n'était pas un rigolo.

Au bout d'une minute, on se retrouva devant un portail métallique qui ne montait pas plus haut que la poitrine. Il était surmonté de chaque côté par des colonnes de pierre desquelles partait un grillage assez bas. Deux hommes vêtus comme Fred étaient postés derrière les colonnes.

– Arrêtez-vous ici, fit Fred.

J'obtempérai. Fred sortit de la voiture et alla parler aux deux hommes. L'un d'eux ouvrit le petit portail. Fred me fit signe d'avancer. J'entrai dans la propriété, puis m'arrêtai de nouveau, surtout parce que les trois gus étaient en travers de mon chemin.

Fred laissa sa place à l'un de ses deux collègues. Ce dernier s'assit à côté de moi et me lança :

– Avancez.

J'avançai donc dans Pennsylvania Avenue. Mon passager ne proférait pas un son, ce qui m'allait très bien. Je veux dire, avant, je croyais que les gens du FBI étaient du genre pète-sec, mais ces mecs-là les faisaient ressembler à des comiques troupiers. D'un autre côté, cela devait être l'un des boulots les plus stressants qui soient. Pour rien au monde je n'aurais voulu le faire.

– Ralentissez, m'ordonna mon cerbère après quelques centaines de mètres. Et prenez à gauche.

J'arrivai devant un écriteau de bois indiquant RANCHO DEL CIELO. Je tournai et passai l'entrée. En face de moi s'étendait un immense champ couvert de brume, entouré de pentes assez abruptes. Le brouillard était suspendu juste au-dessus du sol. Ça ressemblait vraiment à une scène de *X-Files*.

Au loin, j'aperçus une maison blanche, avec une seule lumière allumée. J'étais à peu près sûr que c'était la maison des Reagan et j'étais impatient de les rencontrer, imaginant, bien sûr, qu'ils seraient réveillés et qu'ils attendaient de me remercier de mes efforts pour les protéger. Or mon passager m'ordonna de prendre un chemin à gauche.

– Lentement, ajouta-t-il.

Comme on roulait très doucement, je pus apercevoir d'autres bâtiments çà et là entre les bosquets qui parsemaient les champs.

Au bout d'une minute, le type dit :

– Stop.

Je m'arrêtai.

– Coupez votre moteur et suivez-moi.

On sortit tous de la voiture pour emprunter en file indienne un sentier qui serpentait entre les arbres.

Il faisait très frais là-haut, sans parler de l'humidité. Mes trois blessures par balle me faisaient mal. Je parvenais à peine à penser correctement, j'étais crevé, j'avais faim et soif, j'avais froid et il fallait que je pisse. En dehors de ça, tout allait bien.

La dernière fois que j'avais regardé la pendule du tableau de bord, elle indiquait cinq heures quinze, ce qui voulait dire huit heures et quart à New York et à Washington, là où j'étais censé être.

Bref, nous approchions d'un grand bâtiment en planches terriblement banal qui portait la marque de fabrique des bâtiments gouvernementaux.

On y entra. L'endroit semblait vraiment à l'abandon et sentait le renfermé. Notre guide façon *X-Files* nous fit entrer dans une espèce de grande salle avec de vieux meubles, un frigo, un comptoir, une télé, etc.

– Prenez un siège, nous lança-t-il avant de disparaître par une porte.

Je restai debout et cherchai les toilettes des yeux.

– Eh bien, nous y sommes, fit Kate.

– Nous y sommes, répétai-je. Mais où sommes-nous ?

– Je pense que ce doit être l'ancien bâtiment des services secrets.

– Ces types sont sinistres, dis-je.

– Ils ne déconnent jamais. Ne les cherche pas.

– Loin de moi cette pensée. Hé, tu te souviens de cet épisode...

– Si tu prononces encore une fois le nom *X-Files*, je te jure que je sors mon arme.

– Je te trouve un peu irritable.

– Irritable ? Je dors debout, je viens de traverser l'enfer en voiture, j'en ai plus qu'assez de toi et...

Un type entra dans la pièce. Il portait un jean, un sweat-shirt gris, un coupe-vent bleu et des baskets noires. Il avait environ cinquante-cinq ans, le visage buriné et les cheveux blancs. Et il souriait vraiment.

– Bienvenue au Rancho del Cielo. Gene Barlet, responsable de l'équipe de protection, se présenta-t-il en nous serrant la main. Alors, qu'est-ce qui vous amène par une nuit pareille ?

– On chasse Asad Khalil depuis samedi et on pense qu'il est ici, répondis-je.

Apparemment, il comprenait cet instinct de limier.

– On m'a briefé sur cet individu et sur la possibilité qu'il ait un fusil, et je pourrais être d'accord avec vous, acquiesça-t-il avant d'ajouter : Prenez donc un café.

On s'installa dans des fauteuils autour d'une table de cuisine ronde.

– J'ai cru comprendre que vous avez établi un rapport avec ce Khalil, me dit Gene.

– Eh bien, on n'est pas exactement copains, mais j'ai établi un dialogue avec lui, oui.

Histoire de gagner mon gîte et mon couvert, je me lançai dans un briefing détaillé qu'il écouta attentivement. Quand j'eus fini, je lui demandai :

– Hé, où sont-ils tous ?

– Aux endroits stratégiques, fit-il au bout d'un moment.

– En d'autres termes, vous êtes en sous-effectifs.

– Le ranch lui-même est couvert, et la route aussi, dit-il.

– Mais n'importe qui pourrait entrer à pied, souligna Kate.

– Probablement.

– Et vous avez des détecteurs de mouvements ? Des systèmes d'écoute ?

Il ne répondit pas, et son regard balaya la vaste pièce.

– Le président venait ici le dimanche pour regarder les matches de foot avec les types qui n'étaient pas de service, expliqua-t-il.

Je ne dis rien.

Gene semblait perdu dans ses souvenirs.

– Il s'est fait tirer dessus une fois. C'était une fois de trop.

– Je connais ce sentiment.

– Vous vous êtes fait tirer dessus ?

– Trois fois. Mais le même jour, alors ce n'était pas si terrible.

Gene sourit.

Kate réitéra sa question.

– Vous avez des appareils électroniques de détection ?

– Suivez-moi, répondit Gene en se levant.

Il nous conduisit dans une salle tout au bout du bâtiment. Elle était aussi large que le bâtiment lui-même et entourée sur les trois côtés de vastes baies vitrées qui donnaient sur la pente et le ranch en contrebas. Il y avait un petit étang très joli derrière le ranch, plus une grande grange et une espèce de pavillon d'hôtes.

– C'était le centre nerveux, nous apprit Gene. C'est ici qu'on avait tout l'appareillage électronique, d'ici qu'on suivait Rawhide – c'est le nom de code du président – quand il partait à cheval, et d'ici qu'on communiquait avec la planète entière. Le système d'alerte nucléaire était également dans cette pièce.

J'examinai les lieux. De vieux fils pendaient un peu partout, une carte d'état-major était encore collée sur un mur, avec de vieilles listes de noms de code, des numéros de fréquence radio, et autres notes jaunies par le temps. Cela me rappelait les salles d'état-major que j'avais vues à Londres et qui dataient de la Seconde Guerre mondiale, l'endroit d'où Churchill avait mené la guerre, gelé par le temps, avec un parfum d'oubli et géré par une armée de fantômes dont vous pouviez entendre les voix, en écoutant attentivement.

– Cette salle n'est plus opérationnelle, poursuivit Gene. En fait, ce ranch est désormais la propriété de la Fondation de la Jeune Amérique. Ils ont acheté les lieux aux Reagan et vont le transformer en une sorte de musée et de centre pour séminaires. Même quand c'était la Maison-Blanche de l'Ouest, c'était un vrai cauchemar quant à la sécurité. Mais le vieux adorait cet endroit et, quand il voulait venir ici, on l'accompagnait, bien sûr, et on se débrouillait.

– Vous deviez avoir une bonne centaine d'hommes, à l'époque, notai-je.

– Exact. Plus l'électronique, les hélicos, et tout le toutim. Mais je vais vous dire, ces satanés détecteurs de mouvements et tous ces trucs marchant au son se déclenchaient à chaque lièvre qui passait. (Il rit.) On avait des fausses alertes toutes les nuits. Mais il fallait y répondre. Je me rappelle une nuit – une nuit brumeuse comme aujourd'hui. Le lendemain matin le soleil s'est levé, trouant le brouillard, et tout d'un coup on a vu une tente plantée dans la prairie, à moins de cent mètres du ranch. On s'est approchés et on a trouvé un jeune type endormi. Un randonneur. On l'a réveillé et on l'a informé qu'il était dans une propriété privée. On lui a indiqué un chemin de randonnée. On ne lui a jamais dit chez qui il était.

Gene souriait.

Je souriais aussi, mais cette histoire soulevait un détail plus qu'important.

– Donc, reprit Gene comme en écho à mes pensées, pouvons-nous garantir une sécurité à cent pour cent ? Évidemment, non. Ni à l'époque ni maintenant. Mais à présent, au moins, nous pouvons limiter les mouvements de Rawhide et de Rainbow – Mrs. Reagan.

Rainbow ?

– En d'autres termes, en déduisit Kate, ils vont rester dans le ranch jusqu'à ce que vous puissiez les emmener ailleurs.

– Exact. Le fort – c'est le ranch – a des murs de pierre très épais, les rideaux et les volets sont fermés, il y a trois agents dans la maison et deux juste devant. Demain, on trouvera un moyen de faire sortir les Reagan. On aura probablement besoin d'une diligence – c'est une limousine blindée –, d'un éclaireur et d'un pisteur – ce sont les véhicules qui précédent et qui suivent. On ne peut pas se servir d'un Saint-Esprit – c'est un hélico.

Il désigna les lisières des pentes alentour et précisa :

– Un bon sniper avec un télescope pourrait se faire un hélicoptère sans problème.

– On dirait que vous avez besoin d'un Notre Père, dis-je finement.

Il rit, puis répliqua :

– Une petite prière pour la nuit suffira. À l'aube, on recevra des renforts, avec des hélicos et des équipes anti-snipers pourvues de détecteurs de chaleur corporelle et autres gadgets. Si ce Khalil est encore dans la zone, on aura une bonne chance de le trouver.

– Je l'espère, fit Kate. Il a tué assez de gens.

– Mais comprenez bien que notre première mission et notre principale inquiétude sont de protéger Mr. et Mrs. Reagan et de les emmener dans un lieu sûr.

– Je comprends, dis-je. La plupart des endroits seront sûrs si vous tuez ou appréhendez Asad Khalil.

– Commençons par le commencement. Nous restons en stand-by jusqu'au lever du soleil et à la disparition de ce brouillard. Vous voulez dormir un peu ?

– Non, répondis-je. Je veux mettre un jean et un chapeau de cow-boy, prendre un cheval et voir si je peux attirer le feu de cet enfoiré.

– Vous êtes sérieux ?

– En réalité, non. Mais je pensais aller faire un tour. Est-ce que vous devez vérifier les postes de garde ou quelque chose comme ça ?

– Je peux le faire par radio.

– Rien ne vaut une bonne tournée. Les troupes apprécient de voir le patron.

– Bien sûr. Pourquoi pas ? Vous voulez m'accompagner ?

– Je pensais que vous ne le demanderiez jamais.

Bien évidemment, Kate intervint :

– Je viens avec vous.

Je n'avais aucune intention de me montrer protecteur.

– Si c'est okay pour Gene, c'est okay pour moi, répondis-je.

– Bien sûr, dit Gene. Vous avez des gilets pare-balles ?

– Le mien est au nettoyage. Vous en avez en réserve ?

– Non. Et vous ne pouvez pas emprunter le mien.

Bon, d'accord. Qui a besoin d'un gilet pare-balles, de toute façon ?

– Je connais ce ranch comme ma poche, dit Gene en démarrant sa jeep Wrangler décapotée. Il y a probablement une bonne centaine de kilomètres de sentiers et d'allées cavalières, et le président se les faisait tous. Nous avons encore des bornes en pierre à certains endroits, avec des numéros gravés au marbre pour que personne ne s'amuse à les changer. Une équipe partait à cheval avec le président et lançait un appel radio à chaque borne. Rawhide ne voulait jamais porter de gilet pare-balles, c'était un vrai cauchemar. Chaque fois, je retenais mon souffle, jusqu'à ce qu'il revienne.

Gene semblait éprouver une réelle affection pour Rawhide.

– Je faisais partie d'un groupe de protection de la NYPD en avril 1982, quand il a fait un discours à Manhattan, l'informai-je pour me montrer un hôte agréable

– Je m'en souviens. J'étais là.

– Ça alors ! Comme le monde est petit !

On s'enfonçait dans les bosquets, suivant des pistes broussailleuses obscurcies par le brouillard. Avec les phares antibrouillard, la visibilité n'était pas trop mauvaise. J'entendais les oiseaux de nuit chanter dans les arbres.

– Il y a un M-14 dans cette caisse à fusil. Prenez-le donc, me proposa Gene.

– Bonne idée.

– Vous savez utiliser une visée nocturne ? me demanda-t-il comme je sortais l'imposant engin muni d'un télescope.

– Hé, Visée nocturne, c'était mon nom de scout.

Cependant, je n'arrivais pas à trouver le bouton pour l'allumer, et Gene dut m'expliquer comment ça marchait.

En une minute, je savais utiliser cet appareil assez génial qui permettait de voir tout en vert dans l'obscurité la plus complète. Il y avait quelques trous dans la nappe de brouillard, et j'étais étonné de constater à quel point ce jouet high-tech illuminait et magnifiait ce qui s'offrait à mes yeux. Je fis le point et effectuai un zoom à trois cent soixante degrés, agenouillé sur le siège arrière. On se serait cru dans un film d'horreur, avec le brouillard teinté de vert et ces bizarres amas de rochers presque ronds qu'on aurait dit tombés de la planète Mars. Il me vint à l'esprit que, si je parvenais à scruter aussi bien le terrain alentour, alors Asad Khalil n'aurait pas beaucoup de mal à repérer une jeep avec les antibrouillards allumés.

– Je ne vois aucun de vos types nulle part, Gene, remarquai-je.

Il resta silencieux.

– Cela doit être très beau sous le soleil, commenta Kate.

– C'est un endroit béni des dieux, répondit Gene. On est à huit cents mètres au-dessus du niveau de la mer et, de certaines parties du ranch, vous avez un panorama magnifique sur l'océan Pacifique d'un côté et la vallée de Santa Inés de l'autre.

Nous continuions à rouler, et, pour être honnête, je ne savais plus très bien ce que je faisais ici. Si Asad Khalil était là et s'il avait le même télescope que moi, il pouvait me coller une balle entre les deux yeux à deux cents mètres. Et, s'il avait également un silencieux – ce dont j'étais certain –, j'allais tomber sans bruit de la jeep pendant que Gene et Kate continueraient à bavarder.

Soudain, la piste aboutit sur une étendue plate et caillouteuse. Nous approchions d'un précipice et Gene, qui connaissait le terrain comme sa poche, s'arrêta.

– Nous sommes face à l'ouest, dit-il. Par temps clair, nous pourrions voir l'océan.

J'ouvris grands les yeux, mais, tout ce que je vis, c'était du brouillard, du brouillard et encore du brouillard. Je n'arrivais pas à croire que j'étais monté si haut au-dessus de la côte.

Gene tourna à gauche et s'approcha trop près du bord de l'éternité pour que je me sente à l'aise. Les chevaux savent qu'il ne faut pas descendre d'une falaise ; les jeeps Wrangler, non.

Après quelques très longues minutes, la jeep s'arrêta et un homme apparut, sorti du brouillard. Il était entièrement vêtu de noir, il avait la figure barbouillée de noir, et il portait un fusil avec un télescope.

– C'est Hercule 1 – un anti-sniper, expliqua Gene.

Les deux hommes se saluèrent et le chef de la sécurité nous présenta le type, dont le vrai nom était Burt.

– Mr. Corey essaie d'attirer le feu du sniper, dit Gene à Burt.

– Très bien, répliqua ce dernier, c'est exactement ce que j'attendais.

Il fallait que je clarifie la situation.

– En fait, non, intervins-je. Je ne fais que visiter la propriété.

Burt me jeta un sale regard, mais ne dit rien.

Je me sentais un peu à côté de la plaque en costume-cravate, ici, dans ce pays béni des dieux, au milieu de vrais mecs, des mecs avec des noms de code.

Gene et Burt bavardèrent un instant, et l'on repartit.

– Les postes de garde me semblent un peu trop espacés, notai-je.

Gene ne prit pas la peine de répondre. Sa radio émit un grésillement et il la colla contre son oreille. Je n'arrivais pas à entendre son correspondant.

– Okay. Je les emmène là-bas, fit-il finalement.

J'emmène qui où ?

– Quelqu'un veut vous voir, nous informa-t-il.

– Qui ?

– Je ne sais pas.

– Vous n'avez même pas de nom de code pour lui ?

– Non. Mais on en a un pour vous – Cinglé.

Kate rit.

– Je ne veux pas rencontrer qui que ce soit sans nom de code, grognai-je.

– Je ne pense pas que vous ayez le choix, John. C'était un appel de très haut niveau.

– De qui ?

– Je ne sais pas.

Kate me jeta un coup d'œil et on haussa les épaules tous les deux. Que faire d'autre ? On filait dans le brouillard pour rencontrer un inconnu au milieu de nulle part.

Cela dura une dizaine de minutes. Il n'y avait pas de piste, mais on n'en avait pas besoin parce que le terrain était plat et ouvert. Apparemment, on était sur l'emplacement le plus élevé du coin.

À travers la brume, j'aperçus au loin une masse blanche. J'attrapai le fusil et fis le point dessus. La chose blanche était verte maintenant, et je vis que c'était un bâtiment en béton de la taille d'une grosse maison. Ce bâtiment était appuyé à la base d'un vaste terrassement composé de pierre et de terre. Au-delà du bâtiment, tout en haut du terrassement, se dressait une étrange structure, un peu comme un entonnoir à l'envers.

À une centaine de mètres de ces structures tout droit sorties du fond de la galaxie, Kate se tourna vers moi et me dit :

– Là, oui, c'est vraiment un décor *X-Files*.

Gene rit.

– C'est une installation Vortac, simplement.

– Ça explique tout, dis-je.

– C'est un système de guidage aérien. Vous comprenez ?

– Pour quel genre de vaisseau ? De quelle planète ?

– N'importe laquelle. Cela envoie des signaux omni... vous savez, à trois cent soixante degrés pour les avions civils ou militaires. Ce système sera bientôt remplacé par le GPS, mais, pour l'instant, il est toujours opérationnel. Les sous-marins nucléaires russes qui croisent au large s'en servent aussi. Gratuitement, ajouta-t-il.

– Ça doit être chiant comme boulot, commentai-je.

– Ces stations sont automatiques, répondit Gene. C'est le contrôle aérien de L.A. qui les télécommande. Des équipes de maintenance viennent de temps en temps vérifier que tout fonctionne. Les Vortac ont leur propre source d'énergie.

– Pas bête. Il faudrait une très longue rallonge, sinon, pour aller jusqu'au ranch.

Gene émit une espèce de gloussement, puis dit :

– Nous sommes sur un terrain fédéral, désormais.

– Ah, je me sens déjà mieux. C'est ici que nous devons rencontrer quelqu'un ?

– Oui.

– Qui ?

– Je ne sais pas.

Il arrêta la jeep à une vingtaine de mètres du Vortac.

– Eh bien, à plus tard.

– Excusez-moi ! Vous voulez qu'on descende ?
– Si ça ne vous ennuie pas.
– Mais il n'y a personne ici, Gene.
– Si, il y a vous. Et quelqu'un qui vous attend.
– Okay. On va jouer ce jeu.
Je sautai de la jeep et Kate me rejoignit.
– Vous partez ? demanda-t-elle à Gene.
– Ouais.
Gene n'avait plus l'air de vouloir bavarder, mais je lui demandai quand même :
– Puis-je emprunter ce fusil ?
– Non.
– Okay, merci pour la visite, Gene. Hé, si vous venez un jour à New York, je vous ferai visiter Central Park en pleine nuit.
– À plus tard.
– C'est ça.
Gene passa une vitesse, accéléra, et la jeep disparut dans le brouillard.
Et nous voilà, Kate et moi, sur ce plateau ouvert à tous les vents, avec du brouillard qui s'effilochait autour de nous, et pas la moindre lueur à l'horizon, à l'exception de celle provenant de la structure extraterrestre qui marchait toute seule. Je m'attendais à moitié à ce qu'un rayon de la mort jaillisse de cette incroyable tour et me transforme en protoplasme ou un truc dans le genre.
Mais ma curiosité était piquée, et je m'avançai donc vers le Vortac, Kate à mes côtés.
– Je vois des antennes, fit-elle. Mais aucun véhicule. C'est peut-être pas le bon Vortac ?
Elle rit.
Elle paraissait plutôt calme, étant donné la situation ; il y avait un assassin dément quel-

que part près de nous, nous n'étions armés que de pistolets, nous n'avions pas de gilets pare-balles, pas de moyen de transport, et nous allions rencontrer quelqu'un dont je n'étais même pas sûr qu'il soit bien un Terrien.

Quand on atteignit le bâtiment de béton, je regardai à l'intérieur par la seule petite fenêtre, qui me laissa entrevoir une kyrielle d'appareils électroniques avec des lumières qui clignotaient et tout un tas d'autres trucs bizarres. Je cognai doucement au carreau.

– Hello ! Nous venons pacifiquement ! Conduisez-moi à votre chef !

– John, arrête de faire l'idiot. Ce n'est pas drôle.

Je croyais qu'elle avait fait une blague, une seconde avant. Mais elle avait raison : ce n'était pas drôle.

On avança le long de la base du terrassement d'une bonne dizaine de mètres de haut qui supportait l'énorme entonnoir à l'envers, lequel se dressait à trente mètres dans le ciel.

On arriva au bout du monticule de terre et de pierre, et, au moment où on tournait le coin, j'aperçus un type entièrement habillé de noir, assis sur une énorme pierre plate juste en bas du terrassement. Il était à une dizaine de mètres, et, même dans l'obscurité et le brouillard, je pouvais voir qu'il tenait devant ses yeux ce qui devait être des jumelles à infrarouge.

Kate le vit aussi et on mit tous deux la main sur nos armes.

L'homme entendit ou sentit notre présence, parce qu'il posa ses jumelles et se tourna vers nous. Je remarquai alors qu'il avait un objet très long posé en travers des genoux. Et ce n'était pas une canne à pêche.

On se regarda donc pendant un bon moment, puis l'homme dit :

– Votre voyage est terminé.

– Ted, fit Kate d'une voix à peine audible.

52.

Eh bien, que je sois changé en hibou aux pieds cornus ! Ted Nash ! Mais pourquoi n'étais-je pas vraiment surpris ?

Il ne se fatigua pas à se lever pour nous accueillir et se contenta de nous accorder un vague salut de la main, comme si on se croisait au bureau.

– Je suis content que vous y soyez arrivés, dit-il.

Oh, va te faire foutre, Ted. Qu'est-ce que t'es cool comme mec... Je refusai de jouer à ce jeu idiot et je laissai Kate prendre la parole.

– Tu aurais pu nous dire que c'était avec toi qu'on avait rendez-vous... C'est pas très cool, Ted, ajouta-t-elle.

Cela parut le dégonfler un peu et il arbora un air ennuyé.

– Sans compter que nous aurions pu te tuer. Par erreur.

Il avait visiblement répété cette scène, mais Kate ne lisait pas le même scénario.

Ce bon vieux Ted avait le visage passé au charbon, un bandana noir autour de la tête, et il portait un pantalon noir, une chemise noire, des baskets noires et une grosse veste noire.

– C'est un peu tôt pour Halloween, non ? lançai-je.

Il ne répondit pas, mais déplaça le fusil posé sur ses genoux. C'était un M-14 avec une visée nocturne, exactement semblable à celui que Gene n'avait pas voulu me prêter.

– Okay, raconte-moi, Teddy, repris-je. Qu'est-ce qui se passe ?

Il resta muet, probablement quelque peu agacé par le « Teddy », puis se pencha et attrapa une bouteille thermos.

– Du café ?

Mes réserves de patience avoisinaient zéro face à ce James Bond d'opérette.

– Ted, je sais que c'est important pour toi d'être absolument lisse et parfait, mais je ne suis qu'un flic new-yorkais et je ne suis pas vraiment d'humeur à supporter cette merde. Explique-toi, et puis trouve-nous une putain de voiture et sors-nous d'ici.

– Très bien, dit-il, mais d'abord laissez-moi vous féliciter tous les deux d'avoir tout compris.

– Tu avais plusieurs longueurs d'avance sur nous, pas vrai ?

Il hocha la tête.

– J'en connaissais une bonne partie, mais pas tout.

– Très bien. D'ailleurs, à ce propos, tu me dois dix dollars.

– Je les mettrai dans tes notes de frais. (Il nous regarda et jeta froidement :) Vous nous avez causé pas mal d'ennuis.

– Qui c'est, « nous » ?

Il ne répondit pas, mais porta ses jumelles à

infrarouge devant ses yeux et examina la lisière de la forêt.

– Je suis à peu près certain que Khalil est par là. Tu es d'accord ?

– Je suis d'accord. Tu devrais te lever et lui faire signe.

– Et tu lui as parlé.

– Oui. Je lui ai donné ton adresse personnelle.

Il rit.

– Tu ne vas peut-être pas me croire, mais je t'aime bien.

Oh, oh ! quelle surprise...

– Moi aussi, Ted. Vraiment. Ce que je n'aime pas, c'est quand tu ne partages pas.

Kate se glissa dans la brèche :

– Si tu savais ce qui se passait, pourquoi n'as-tu rien dit ? Des gens ont été tués, Ted.

Il posa les jumelles et la regarda.

– Très bien, voici l'histoire. Il y a un homme nommé Boris, un ancien agent du KGB, qui travaille pour les renseignements libyens. Heureusement, il aime l'argent et il travaille également pour nous. (Ted réfléchit un instant, puis corrigea :) En fait, il nous aime bien et il ne les aime pas. Bref, il y a quelques années, Boris nous a contactés pour nous parler de ce jeune homme dont la famille avait été tuée pendant le raid de 1986...

– Waow, waow, l'interrompis-je. Tu connais l'histoire de Khalil depuis des années ?

– Oui. Et nous avons suivi ses progrès avec attention. Il est apparu qu'Asad Khalil était un agent exceptionnel – brave, brillant, dévoué et motivé. Et vous savez, bien sûr, ce qui le motivait.

Ni Kate ni moi ne réagîmes.

– Dois-je continuer ? fit Ted. Il se pourrait que vous n'ayez pas envie d'entendre tout ça.

– Oh, mais si, le rassurai-je. Que veux-tu en échange ?

– Rien. Juste votre parole que vous ne dévoilerez jamais ça à qui que ce soit.

– Essaie autre chose.

– Okay. Si Asad Khalil est capturé, le FBI va le prendre en charge. Nous ne voulons pas cela. Il faut quc nous lc prcnions cn chargc, nous. J'ai besoin de vous deux pour m'assister de toutes les façons possibles, y compris une amnésie totale lors de l'enquête officielle, afin de pouvoir retourner Khalil en notre faveur.

– Cela va peut-être te surprendre, dis-je, mais mon influence auprès du FBI et du gouvernement est assez limitée.

– Non, tu serais surpris, toi. Le FBI et le pays sont très légalistes. On a vu ça avec les accusés du World Trade Center. Ils ont été jugés pour meurtre, conspiration et violation des lois sur les armes à feu. Pas pour terrorisme. Il n'y a pas de loi contre le terrorisme en Amérique. Donc, comme dans n'importe quel procès, le gouvernement exige des témoins crédibles.

– Ted, le gouvernement a une douzaine de témoins à charge contre Khalil et une tonne de preuves matérielles.

– Exact. Mais je crois que nous pouvons travailler à un accord dans les intérêts de la sécurité nationale, selon lequel Asad Khalil serait relâché et renvoyé en Libye grâce à un arrangement diplomatique. Ce que je ne veux pas, c'est que l'un de vous deux intervienne dans tout ça sous prétexte de sauver la morale.

Je le rassurai tout de suite.

– Il y a un bout de temps que j'ai laissé tomber, mais, franchement, Ted, Asad Khalil a assassiné un tas de gens innocents.

– Et alors ? Qu'est-ce qu'on peut y faire ? Le coller en prison à vie ? En quoi ça servira à ceux qui sont morts ? Est-ce que cela ne serait pas mieux si on pouvait utiliser Khalil pour quelque chose de plus important ? Quelque chose qui puisse mettre un vrai frein au terrorisme international ?

Je voyais bien où cela nous menait, et je ne voulais pas y aller.

Mais Ted n'avait pas l'intention de nous lâcher comme ça.

– Ça ne vous intéresse pas de savoir pourquoi nous préférons qu'Asad Khalil soit relâché et renvoyé en Libye ?

Je me grattai le menton et répondis :

– Laisse-moi réfléchir une minute... Pour tuer Kadhafi parce qu'il a baisé sa mère et fait tuer son père.

– Correct. Est-ce que cela ne vous semble pas une excellente stratégie ?

– Hé, je ne suis qu'un flic. Mais quelque chose m'échappe, je crois. Asad Khalil, par exemple. Tu n'as pas besoin qu'il soit entre vos mains un moment pour que ça marche ?

– Correct. Boris nous a dit comment Khalil compte sortir du pays, et nous sommes certains de pouvoir l'appréhender. Je ne veux pas dire la CIA – nous ne pouvons pas procéder à une arrestation. Mais le FBI et la police locale, agissant sur informations de la CIA, vont l'appréhender. Ensuite, nous entrons discrètement en scène et nous passons un accord avec lui.

Kate fixait Ted. Je devinais ce qu'elle allait dire et je ne me trompais pas.

– Tu es malade ? explosa-t-elle. Putain, tu as complètement perdu l'esprit ou quoi ? Ce type a assassiné plus de trois cents personnes. Et tu vas le laisser partir, pour qu'il tue d'autres gens, et pas nécessairement ceux que tu souhaites ? Cet homme est extrêmement dangereux. Il est le mal personnifié. Comment peux-tu vouloir le laisser en liberté ? Je n'arrive pas à le croire !

Ted ne répondit pas pendant un bon moment, comme s'il livrait un match de catch avec un problème moral, mais un mec de la CIA qui livre un match de catch contre un problème moral, c'est exactement comme dans le catch professionnel : c'est presque entièrement bidon.

Pendant ce temps, une faible lueur apparaissait à l'horizon et les oiseaux gazouillaient de plus en plus, heureux que la nuit s'achève enfin. J'avais envie de me joindre à eux.

Finalement, Ted dit :

– Croyez-moi, nous n'étions au courant de rien à propos du vol 175. Boris non plus, ou alors il n'a pas pu nous transmettre cette info à temps.

– Vire Boris, suggérai-je.

– Il est peut-être mort, à l'heure qu'il est. Nous avions un plan pour le sortir de Libye, mais je ne sais pas s'il a fonctionné.

– Rappelle-moi de ne jamais te laisser empaqueter mon parachute.

Ted ignora ma remarque et reprit ses jumelles.

– J'espère qu'ils ne vont pas le tuer, dit-il. Khalil, je veux dire. S'il parvient à s'échapper de cette arène, il va se rendre à un point de rendez-vous où il croit retrouver des compatriotes censés lui faire quitter le pays. Mais cela n'arrivera pas.

– Et où est ce rendez-vous ? ne pus-je m'empêcher de lui demander, même si je ne m'attendais pas à obtenir de réponse.

– Je l'ignore. Dans cette affaire, l'information est très compartimentée.

– Si tu ne chasses pas Khalil, pourquoi as-tu besoin de ce fusil à lunette ?

Nash reposa ses jumelles.

– On ne sait jamais de quoi on va avoir besoin ni quand. Vous portez des gilets pare-balles ?

Cette question était tout à fait normale venant d'un collègue, mais je n'étais pas bien sûr de Ted à cette minute précise.

Je ne répondis pas et notai avec intérêt que Kate ne le faisait pas non plus. Je veux dire, je ne crois pas que ce bon vieux Ted allait chercher à nous buter ; cependant, il était visiblement stressé, même s'il ne le montrait pas. Si vous réfléchissiez à ce que son organisation et lui essayaient de mettre au point, vous vous rendiez compte qu'un tas d'éléments dépendaient des prochaines heures. Pour eux, c'était un risque énorme, un plan à long terme pour éliminer Muammar Kadhafi sans laisser trop d'empreintes de la CIA, et ce plan était entré en action quelques heures avant que le vol 175 ne touche terre. Or il pouvait être déclaré illégal selon la loi américaine. D'où l'état de stress de ce bon vieux Ted. Allait-il pour autant braquer son fusil sur nous et nous éliminer si nous aggravions son problème ? On ne peut jamais prévoir ce que va faire un type armé, surtout quand il estime que son agenda est plus important que votre vie.

Le jour se levait à présent, mais le brouillard était encore en suspension un peu partout, ce qui n'était pas plus mal quand on pensait aux fusils à lunette.

– Hé, comment c'était Francfort et Paris ? demandai-je à Ted.

– Très bien. Quelques petites affaires vite réglées. Si vous étiez venus à Francfort, ajouta-t-il, vous ne seriez pas dans cette position.

Je ne savais pas bien dans quelle position j'étais, mais je reconnais une menace voilée quand j'en vois une. Avec cette idée à l'esprit, je ne voulais pas ramener de sujets désagréables dans la conversation, mais il fallait que je pose la question.

– Pourquoi avez-vous laissé Asad Khalil tuer ces pilotes et tous ces gens ?

Il me regarda et je me rendis compte qu'il s'était préparé à cette question, même s'il n'en était pas très heureux.

– Le plan était simple, répondit-il. L'accueillir à JFK, le conduire à Federal Plaza, le confronter à des preuves évidentes, y compris des témoignages enregistrés par des transfuges, lui prouver l'adultère de sa mère, et qui était l'assassin de son père, puis le retourner contre son propre peuple.

– On comprend ça, dit Kate. Mais ce qu'on ne comprend pas, c'est, une fois qu'il s'est échappé, pourquoi l'avez-vous laissé accomplir sa mission ?

– Nous n'avions aucune idée de la nature spécifique de sa mission.

– De la merde ! m'exclamai-je. Tu savais qu'il serait ici, au ranch Reagan, et tu savais ce qu'il allait faire avant qu'il arrive jusqu'ici.

– Eh bien, croyez ce que vous voulez. Nous avions l'intuition qu'il avait été envoyé ici pour tuer Ronald Reagan. Nous ignorions qu'il avait les noms des pilotes de ce raid. Ce sont des infos top secret. Et puis sa mission importait peu, puisqu'il était censé être cueilli à JFK. Si c'était arrivé, rien de ce qui s'est passé ensuite ne se serait produit.

– Ted, ta maman ne t'a jamais dit que, quand on joue avec les allumettes, on se brûle ?

Ted n'avait pas envie qu'on lui agite sous le nez toutes les autres incohérences de son histoire. Si je le laissais faire, il allait creuser d'autres trous lui-même.

– Eh bien, le plan a foiré, mais il est encore rattrapable. Il est important qu'on appréhende Khalil et qu'on lui donne nos informations sur sa mère et son père, puis qu'on le lâche en Libye. À ce propos, c'est un ami de la famille qui a tué Karim Khalil à Paris. Un certain Habib Nadir, capitaine et ami proche du capitaine Khalil. Nadir a tué son ami sur ordre direct de Kadhafi.

C'était un gang de vrais durs, ces Libyens.

– Bien sûr, il est possible qu'Asad Khalil réussisse à sortir du pays et à rentrer en Libye avant qu'on ait l'opportunité de lui parler. Alors, je me demandais si l'un de vous aurait pensé à transmettre ce que vous saviez sur la trahison de Kadhafi envers la famille Khalil.

– Attends, je réfléchis, dis-je. On a parlé de ses griefs contre l'Amérique, du fait qu'il voulait me tuer... Quoi d'autre ?

– D'après vos collègues présents chez Wiggins, il semblerait que tu aies brièvement mentionné ces sujets à la fin de ta conversation avec lui.

– Exact. Juste après l'avoir traité d'enculeur de chameau.

– Pas étonnant qu'il veuille te tuer. (Ted rit, puis me demanda :) Et t'es-tu étendu sur la question dans ta deuxième conversation avec lui ?

– Tu m'as l'air d'être très au fait de ce qui se passe au FBI.

– Nous sommes dans la même équipe, John.

– J'espère bien que non.

– Oh, ne me la joue pas « plus saint que toi ». L'auréole ne te va pas très bien.

Je laissai courir et lançai à Kate :

– Okay ? Prête ? Faut qu'on y aille, Ted. On se verra pendant l'enquête du Sénat.

– Juste un instant. Réponds à ma question, s'il te plaît. Est-ce que tu as parlé à Khalil de la trahison de Kadhafi ?

– Qu'en penses-tu ? Oui ou non ?

– Je pense que oui. En partie parce que tu avais l'air très intéressé par cet aspect de l'histoire pendant nos séances de travail à New York et à Washington. Et en partie parce que tu es très brillant et que tu sais comment faire vraiment chier les gens.

Il sourit. Je lui rendis son sourire. Ted était vraiment okay comme mec. Juste un peu tortueux.

– Ouais, je l'ai vraiment briefé sur tout ça. Tu aurais dû m'entendre quand je lui ai balancé que sa mère était une pute et que son père était cocu. Sans parler de Kadhafi qui a fait buter son vieux. Il a promis qu'il me couperait la langue et me trancherait la gorge. Je veux dire, ce n'est pas *moi* qui ai baisé sa mère ni tué son père. Pourquoi est-ce qu'il était si en colère après moi ?

Ted eut l'air d'apprécier ma légèreté, et également le fait que je m'étais chargé du boulot à sa place.

– Et tu as eu l'impression qu'il te croyait ? demanda-t-il.

– Comment pourrais-je le savoir, bordel ? Il voulait me tuer, moi. Il n'a pas parlé de l'oncle Muammar.

Ted réfléchit un moment, puis dit :

– Pour les Arabes, c'est une question d'honneur personnel. D'honneur familial, qu'ils appellent *ird*. Quasiment tous les déshonneurs familiaux doivent être lavés dans le sang.

– Ça marche probablement mieux que les tribunaux de famille.

Ted me regarda.

– Je pense que Khalil tuera Kadhafi, et aussi Habib Nadir s'il apprend la vérité sur lui. Peut-être même d'autres compatriotes. Et alors notre stratégie, que vous semblez trouver si dégoûtante, se révélera la bonne.

– Il est injustifiable d'inciter des gens à tuer qui que ce soit, intervint Kate, qui a une boussole morale nettement plus fiable que la mienne. Nous n'avons pas à agir comme des monstres pour combattre des monstres. C'est *mal*.

Sagement, Ted ne se lança pas dans une grande justification de son plan pour éliminer Kadhafi. Il se contenta de répliquer :

– Crois-moi, on a beaucoup débattu à ce sujet et on a fait examiner ce plan par le comité d'éthique.

J'éclatai presque de rire.

– Tu fais partie de ce comité ? À propos, c'est quoi cette éthique qui te pousse à rejoindre l'ATTF pour faire avancer tes propres plans ? Et comment diable est-ce que je me suis retrouvé à bosser avec toi ?

– J'en ai fait la requête. J'admire vraiment tes talents et ta persévérance. En fait, tu as failli empêcher Khalil de s'échapper à l'aéroport. Je te l'ai dit, si tu veux travailler avec nous, il y a un poste pour toi. Et pour toi aussi, Kate.

– On en parlera avec nos conseillers spirituels, promis. Okay, faut qu'on y aille. Salut, Ted. C'était un super-rendez-vous, merci.

– Juste une ou deux choses encore.

– Okay, shoote.

Mauvais choix de vocabulaire.

– Je voulais seulement vous rappeler à tous les deux que cette conversation n'a jamais eu lieu. (Il regarda Kate et lui martela :) Il est très important qu'Asad Khalil regagne la Libye.

– Pas du tout, rétorqua Kate. Il est très important qu'il soit jugé pour meurtre devant un tribunal.

– Je pense que, toi, tu comprends, me dit Ted.

– Vais-je argumenter face à un type qui tient un fusil de guerre ?

– Je ne menace aucun de vous, ne sois pas si mélo.

– Désolé. C'est *X-Files*. La télé me pourrit la cervelle. Dans le temps, c'était *Mission impossible*. Okay, ça y est ? C'est fini ? Bon... à bientôt.

– À votre place, je ne regagnerais pas le ranch à pied maintenant. Khalil est encore dans les parages et vous faites d'excellents canards.

– Ted, si j'ai le choix entre rester ici avec toi et me faufiler entre les balles d'un sniper, devine ce que je choisis ?

– Ne dis pas que je ne vous aurai pas prévenus.

Je ne répliquai pas, fis demi-tour et m'en allai. Kate me suivit.

– Oh, félicitations pour vos fiançailles, nous lança Ted. Invitez-moi au mariage.

Je ne me retournai pas et me contentai d'agiter la main. C'était drôle, je l'aurais presque invité à notre mariage. Ce type était un enculé monumental, mais, tout compte fait, c'était notre enculé à nous – il voulait vraiment faire ce qui était le mieux pour le pays. Effrayant. Et je *comprenais*, ce qui était tout aussi effrayant.

Nous descendions une pente qui nous éloignait du Vortac. Je me demandai si j'allais prendre une balle dans le dos de la part de Ted, ou une dans le front de la part de Khalil qui était peut-être planqué à la lisière du bois, en bas de la pente.

Je sentais Kate extrêmement tendue à mes côtés.

– Sifflote, tout va bien, lui glissai-je.

– J'ai la bouche sèche.

– Chantonne.

– J'ai mal au ventre.

Oh, oh !

– Ça me rappelle une blague...

– John, arrête avec tes blagues. Tout ça... ça me rend malade. Est-ce que tu saisis bien ce qu'il a fait ?

– Ils jouent un jeu très dur et très dangereux, Kate. Ne juge pas si tu ne tiens pas à être jugée.

– Mais des gens ont été assassinés.

– Je n'ai pas envie d'en parler maintenant, d'accord ?

Elle secoua la tête.

On finit par trouver un sentier cavalier qui traversait une étendue de rochers rouges et de buissons épais. J'espérais tomber sur une patrouille motorisée, ou un poste de guet, mais il n'y a jamais d'agent des services secrets disponible quand on en a besoin.

Le ciel était beaucoup plus clair désormais, et une petite brise marine commençait à disperser les nappes de brouillard. Pas génial.

Nous marchions dans ce que nous pensions être la direction du ranch et du bâtiment des services secrets. La piste faisait d'innombrables lacets, et je ne savais plus bien où nous étions.

– Je crois que nous sommes perdus, dit Kate. J'ai mal aux pieds. J'ai soif et je suis fatiguée.

– Asseyons-nous un peu.

Je la guidai vers un rocher plat. La végétation était épaisse, mais pas très haute, pas assez en tout cas pour nous dissimuler pendant que nous marchions. Il me vint à l'esprit que nous ferions peut-être mieux de nous tenir immobiles.

– Si l'on admet que Khalil est là, dehors, soufflai-je à Kate, alors il doit être environ à deux cents mètres du ranch. Ce n'est donc pas une très bonne idée de s'approcher du ranch ou du bâtiment des services secrets, si ?

– Bien pensé. On va rester ici pour que Khalil puisse nous descendre sans déranger personne.

– J'essaie juste de raisonner comme ce type.

– Eh bien, je vais te donner d'autres sujets de réflexion. Peut-être qu'il ne va pas nous tuer. Peut-être qu'il va juste nous tirer quelques balles dans les jambes, puis s'approcher de nous, te couper la langue et te trancher la gorge.

– Je vois que tu as beaucoup réfléchi à tout ça. Merci de me le faire partager.

– Désolée. (Elle bâilla.) De toute façon, on a nos flingues et je ne le laisserai pas te prendre vivant.

Elle rit, mais c'était une espèce de rire d'épuisement physique et nerveux.

– Repose-toi un peu.

Dix minutes plus tard, j'entendis un son vaguement familier et je reconnus un bruit d'hélicoptère.

Je me mis debout sur le rocher où j'étais assis, puis je grimpai sur un gros caillou d'un mètre de haut.

– Voilà la cavalerie, lançai-je. La cavalerie aérienne. Wow ! Regarde ça.

– Quoi ?

Kate se leva, mais je posai la main sur son épaule et l'obligeai à se rasseoir.

– Reste en bas. Je te dirai ce qui se passe.

– Je veux voir par moi-même.

Elle se redressa, saisit mon bras et se hissa à côté de moi sur le gros caillou rond. Six Huey faisaient des cercles à quelques centaines de mètres au loin probablement au-dessus du ranch, ce qui signifiait que nous n'en étions pas loin et savions dorénavant quelle direction prendre.

Je remarquai alors un énorme Chinook à deux moteurs qui arrivait à l'horizon. Suspendu sous lui, je distinguai une voiture – une grosse Lincoln noire.

– Ça doit être une voiture blindée, dit Kate.

– La diligence, lui rappelai-je. Six Saint-Esprit avec des Hercules dedans, pour couvrir le fort pendant que Rawhide et Rainbow grimpent dans la diligence !

Elle laissa échapper un soupir de soulagement, ou d'exaspération. Comment savoir ?

On regarda l'opération se dérouler pendant un petit moment. Même si on ne pouvait pas voir ce qui se passait à terre, il était évident que Rawhide et Rainbow descendaient maintenant Pennsylvania Avenue en voiture blindée, avec véhicules d'escorte et hélicos au-dessus d'eux. Mission accomplie.

Asad Khalil, s'il était dans le coin, pouvait voir tout cela aussi, bien sûr, et, s'il portait encore sa fausse moustache, il devait être en train d'en tortiller les extrémités en disant : « Damnation ! Encore raté ! »

Et tout est bien qui finit bien. Pas vrai ?

Pas tout à fait. J'eus soudain la pensée que Khalil, ayant raté la grosse cible, allait se rabattre sur les petites. Je ne croyais pas si bien dire.

Avant que j'aie pu faire quoi que ce soit, par exemple descendre de ce rocher et m'aplatir dans les buissons en attendant de l'aide, Asad Khalil avait changé de cible.

53.

Ce qui se produisit alors se déroula comme au ralenti, entre deux battements de cœur.

Je criai à Kate de sauter du caillou rond. Je plongeai, mais elle avait une demi-seconde de retard sur moi.

Je n'avais pas entendu la détonation à cause du silencieux. Je savais que le tir provenait de la ligne d'arbres la plus proche parce que j'avais entendu la balle, comme une abeille au-dessus de ma tête – exactement là où je me trouvais une demi-seconde auparavant, sur le gros rocher rond.

Kate parut trébucher sur le rocher en laissant échapper un léger cri de douleur, comme si elle s'était tordu la cheville. En un éclair, je réalisai que j'avais perçu la succession des événements à l'envers – elle avait d'abord crié, ensuite elle était tombée. Toujours comme au ralenti, je la vis s'écrouler sur le côté du rocher, près du sentier.

Je m'aplatis sur elle, l'entourant de mes bras, et roulai le plus vite possible loin du sentier, sur une petite pente entre des buissons. Au même instant, une autre balle vint s'écraser sur un rocher au-dessus de nos têtes, me projetant des éclats de roche dans le cou.

Je continuai de rouler, tenant toujours Kate dans mes bras. Au bout de quelques mètres, un buisson épais nous arrêta.

– Ne bouge pas, chuchotai-je en l'immobilisant.

Nous étions flanc contre flanc, et j'avais le dos tourné vers l'origine des tirs. Je relevai la tête pour regarder par-dessus mon épaule, m'efforçant de distinguer ce que Khalil pouvait voir depuis ses arbres, qui étaient à moins de cent mètres.

Des buissons et des rochers bas nous séparaient de lui, mais, selon sa position, il pouvait trouver un angle valable.

J'avais conscience que mon costume sombre et la veste rouge ketchup de Kate ne constituaient pas des tenues de camouflage idéales, mais les coups de feu avaient cessé, preuve que Khalil nous avait momentanément perdus de vue. À moins qu'il ne fût en train de savourer ce moment, avant de tirer à nouveau.

Je me retournai et observai Kate. Elle serrait les paupières de douleur et frissonnait dans mes bras.

– Ne bouge pas, Kate. Parle-moi...

Elle respirait fort à présent, et je n'arrivais pas à savoir où elle avait été touchée ni si la blessure était grave, mais je sentais du sang chaud traverser ma chemise. Bon Dieu !

– Kate, dis quelque chose. Parle-moi.

– Oh... je suis... je suis touchée...

– Okay. Du calme. Reste immobile. Laisse-moi regarder...

Je déplaçai mon bras droit entre nous deux et tâtai sous sa blouse, mes doigts cherchant l'entrée de sa blessure, que je ne parvenais pas à localiser tant elle saignait. *Oh, mon Dieu...*

Je relevai la tête et regardai son visage. Elle n'avait pas de sang qui lui sortait de la bouche ni des narines, ce qui était assez rassurant, et ses yeux étaient clairs.

– Oh, John... Bon Dieu... que ça fait mal...

Je finis par repérer l'entrée de sa blessure, un trou juste en dessous de sa dernière côte gauche. Je passai très vite ma main derrière et trouvai la blessure de sortie, juste au-dessus des fesses. Cela n'avait pas l'air d'être plus qu'une bonne blessure dans le muscle, mais je m'inquiétais d'une hémorragie interne.

– Kate, ça va, lui affirmai-je néanmoins. Tu vas t'en tirer.

– Tu en es certain ?

– Oui.

Elle prit une grande inspiration et déplaça sa propre main vers sa blessure, explorant l'entrée et la sortie.

Je sortis un mouchoir de ma poche et le lui mis dans la main.

– Maintiens-le dessus.

Cette balle m'était destinée, bien sûr, mais ce sont le destin, la balistique, les trajectoires et le timing qui font la différence entre une blessure qu'on peut montrer à ses intimes, et une blessure que le croque-mort doit remplir de cire.

– Tu vas bien... C'est une grosse égratignure..., dis-je, essayant de prendre un ton convaincant.

Kate colla sa bouche contre mon oreille. Je sentais son souffle sur ma peau.

– John...

– Oui ?

– Tu es un putain de crétin.

– Hein ?

– Mais je t'aime quand même. Maintenant, barrons-nous d'ici.

– Non. Reste tranquille. Il ne peut pas nous voir et il ne peut pas toucher ce qu'il ne peut pas voir.

J'avais parlé trop vite. Tout à coup, de la terre et des cailloux se mirent à voler autour de nous, tandis que des branches d'arbrc éclataient au-dessus de nos têtes. Khalil devait savoir en gros où nous nous trouvions et il vidait son chargeur vers notre refuge supposé. Doux Jésus ! J'avais l'impression que le tir ne cesserait jamais.

Il y eut pourtant une dernière balle, il y en a toujours une. Et elle fut pour moi. Je sentis soudain une douleur aiguë sur ma hanche, et ma main vola vers l'endroit où j'avais été touché. En travers du bassin. Je devinai instantanément que le sillon était assez profond pour avoir ébréché l'os pelvien.

– Bordel !

– John, ça va ?

– Ouais.

– Il faut qu'on se sorte de là.

– Okay, je compte jusqu'à trois et on court en se baissant jusqu'à ces buissons, mais pas plus de trois secondes, ensuite on plonge et on roule. Okay ?

– Okay.

– Un, deux...

– Attends ! Pourquoi on ne regagne pas le rocher derrière lequel on était tout à l'heure ?

Je tournai la tête et regardai l'épais bloc rond. Il faisait à peine un mètre de haut et il n'était pas très large. Alentour, là où nous étions assis plus tôt, les rochers n'étaient guère plus que de gros cailloux plats. Mais, si nous parvenions à nous aplatir derrière le rocher rond, nous serions à l'abri des tirs directs venus de la lisière des arbres.

– Okay, dis-je, mais c'est un peu serré là derrière.

– Allons-y avant qu'il ne recommence à tirer. Un, deux, trois...

On bondit, courbés en deux, vers le rocher, ce qui voulait dire également vers Khalil.

À mi-chemin, j'entendis le bourdonnement familier au-dessus de ma tête, mais Khalil était obligé de tirer par-dessus le rocher rond qu'on essayait d'atteindre et il n'était sans doute pas installé assez haut dans son arbre pour obtenir un angle qui lui permette de nous toucher.

Arrivés au rocher, on s'assit côte à côte, très près l'un de l'autre, les genoux ramenés vers la poitrine. Kate serrait le mouchoir ensanglanté sur son flanc gauche.

Nous reprenions peu à peu notre souffle. Je n'entendais plus aucun bourdonnement au-dessus de nos têtes et je me demandais si cet enfoiré aurait les couilles de quitter l'abri des arbres pour s'avancer vers nous. Je sortis mon Glock, inspirai profondément, passai la tête sur le côté du bloc rocheux et examinai très vite l'espace ouvert devant moi, avant de reculer ma tête, juste à temps pour éviter qu'elle n'éclate sous une balle bien placée qui ébrécha le côté du rocher.

– Ce mec sait tirer, pas de problème, constatai-je.

– Mais putain de bordel, qu'est-ce que tu fous ? Reste assis, merde !

– Où as-tu appris à jurer comme ça ?

– Je n'ai jamais juré autant que depuis que je te connais.

– Vraiment ?

– Reste assis et ferme-la.

– Okay.

On resta donc assis là, à perdre notre sang, mais pas assez pour attirer les requins, ou les bêtes de ce coin du monde. Asad Khalil était étrangement calme, et cela me rendait nerveux : cet enculé pouvait être à vingt mètres de nous, en train de se faufiler à travers les buissons, je veux dire.

– Je vais tirer quelques coups de feu en l'air pour signaler notre présence et maintenir Khalil à distance, dis-je.

– Non. Si des gens des services secrets viennent nous rejoindre, Khalil va se les faire. Je ne veux pas avoir ça sur la conscience en plus. Nous ne sommes plus en danger. Reste assis.

Je n'étais pas bien certain de ne plus être en danger, mais, à part ce détail, les propos de Kate étaient pleins de bon sens.

– Et si j'éveillais l'attention de Ted ? ne pus-je m'empêcher d'ajouter au bout d'une minute. Khalil et lui pourront faire un concours de tir.

– Reste assis et arrête de parler. Guette d'éventuels bruits dans les buissons.

– Bonne idée.

Kate se tortilla pour ôter sa veste rouge, qui était à peu près de la même couleur que le sang qui s'écoulait d'elle. Elle attacha les manches autour de sa taille, fabriquant une espèce de pansement sur ses blessures.

Puis elle fouilla dans ses poches en disant :

– Je vais appeler le Sea Scape Motel, les aviser de notre situation pour qu'ils puissent alerter les services secrets ici et... (Elle continuait à fouiller dans ses poches.) Je ne trouve plus mon portable.

– Bon...

On se mit à tâter le terrain autour de nous. Kate avança le bras trop loin sur la gauche, et le sol explosa à un centimètre de sa main. Elle la ramena comme si elle avait touché une plaque chauffée à blanc et regarda ses doigts.

– Bon Dieu, j'ai senti cette balle frôler mes phalanges... mais... je ne suis pas vraiment touchée... C'est la chaleur que j'ai sentie...

– Ce mec sait vraiment tirer. En attendant, où est le téléphone ?

– Il a dû tomber pendant qu'on roulait. Bordel de merde !

Nous regardions tous les deux la pente couverte de buissons bas devant nous, mais il n'y avait aucun moyen de savoir où était ce putain de portable, et, bien sûr, aucun de nous n'avait réellement envie d'aller le chercher.

Nous ne pouvions rien faire d'autre qu'écouter le silence. J'espérais que cet enfoiré venait bien vers nous, parce que je savais que dans ce cas nous l'entendrions forcément. Je voulais lui tirer au moins une fois dessus. Par contre, s'il choisissait de faire un cercle très large, nous ne l'entendrions pas, nous ne le verrions pas non plus. Et il avait un fusil à lunette. Je me sentis tout à coup moins en sécurité de ce côté du rocher.

– Désolée pour le téléphone, dit Kate.

– C'est pas ta faute. Finalement, je devrais me procurer un portable.

– Pas une mauvaise idée. Je t'en offre un, si tu veux.

Un hélicoptère nous survola, à quelque trois cents mètres, mais il ne nous vit pas – ni Khalil – et ne devina pas notre présence malgré ses appareils électroniques prétendument ultra-sophistiqués. Khalil ne lui tira pas dessus non plus, ce qui aurait été facile. Cela m'amena à penser qu'il était parti – ou qu'il économisait ses munitions parce qu'il voulait vraiment ma peau à moi. En voilà une pensée agaçante.

Bref, j'en avais marre de cette merde. J'ôtai ma veste et, avant que Kate ait pu m'arrêter, je me levai très vite et agitai la veste sur le côté, comme un matador qui déconne avec les cornes du taureau. Pas tout à fait comme un matador, pourtant, je me débarrassai de la veste bien vite en replongeant derrière le rocher, juste à temps pour entendre le petit bourdonnement qui souleva la veste et déchiqueta quelques branchages sur notre gauche.

Avant que Kate puisse m'engueuler, je dis :

– J'ai l'impression qu'il est encore à la lisière du bois.

– Et comment tu sais ça ?

– Le tir venait de cette direction. Je peux le dire à cause du bourdonnement et de l'impact, et il y a eu une demi-seconde de délai, comme s'il était encore à une centaine de mètres.

– Tu inventes tout ça, non ?

– En quelque sorte, oui.

On en revint à la guerre des nerfs. Juste quand je pensais que Khalil allait la gagner, monsieur le Tueur en acier parut frustré et se mit à nous canarder de nouveau. Cet enculé s'amusait à viser le haut du rocher, et des éclats de pierre volaient et nous retombaient dessus.

Il vida un chargeur complet, puis rechargea et commença à tirer sur les côtés du rocher, si bien que les balles passaient à quelques centimètres de nos jambes. Fasciné, je regardai la terre exploser en petits cratères.

Je dis à Kate :

– Ce mec est un trou du cul.

Elle ne répondit pas, hypnotisée par la terre qui volait autour de nous.

Puis Khalil ramena son tir encore plus près du rocher. Ce mec était très fort. Ses balles frôlaient la pierre, à quelques centimètres de nos épaules. Le rocher devenait plus petit.

– Mais où est-ce qu'il a appris à viser comme ça ?

– Si j'avais un fusil, je lui montrerais comment, moi, je tire ! s'exclama Kate. Et, si j'avais eu un gilet, je ne saignerais pas.

– Rappelle-t'en pour la prochaine fois.

Je pris sa main et la serrai.

– Comment ça va ?

– Pas trop mal... Ça me brûle du feu de Dieu.

– Tiens bon. Il va se fatiguer de jouer avec son fusil.

– Et toi, comment ça va ?

– J'ai une blessure toute neuve à montrer aux filles.

– Tu en veux une autre ?

Je serrai à nouveau sa main et lançai, stupidement :

– Les blessures de Mr. et Mrs...

– Ce n'est même pas drôle. Ce putain de trou me lance terriblement.

Je défis les manches nouées de sa veste et passai la main dans son dos pour tâter très doucement la blessure de sortie.

Kate laissa échapper un cri de douleur.

– Ça commence à coaguler, la rassurai-je. Essaie de ne pas bouger pour que la croûte ne se casse pas. Continue à presser l'entrée avec le mouchoir.

– Je sais, je sais, je sais. Mon Dieu, que ça fait mal !

– Je sais.

J'en étais passé par là. Je rattachai la veste autour de sa taille.

Khalil eut une autre idée et il se mit à tirer sur les rochers plus petits autour de nous, provoquant des ricochets, comme un joueur de billard cherchant à nous atteindre par la bande. Les rochers étaient en grès et la plupart éclataient, mais de temps en temps Khalil réussissait son ricochet, et l'une des balles revint effectivement s'écraser sur le rocher au-dessus de ma tête.

– Rentre la tête entre tes genoux, dis-je à Kate. Il insiste, ce petit enculé, hein ?

– Il ne t'aime vraiment pas, John, murmura-t-elle en m'obéissant. Tu lui as donné de nouvelles idées de meurtre.

– C'est ce que j'inspire aux gens, en général.

Tout d'un coup, j'éprouvai une douleur aiguë dans la cuisse droite et je me rendis compte qu'il m'avait eu par ricochet.

– Bordel !

– Qu'est-ce qu'il y a ?

Je sentais la chaleur là où la balle m'avait touché et je découvris une déchirure dans mon pantalon et une dans ma chair. Je tâtai le sol autour de ma cuisse et trouvai la balle déformée et encore chaude. Je la tins devant moi :

– .7,62, origine militaire, probablement tirée avec un M-14 modifié en fusil de sniper avec télescope interchangeable nuit/jour, plus silencieux et suppresseur de flashes. Exactement comme celui qu'avait Gene.

– On s'en fout, merde !

– C'est juste pour te faire la conversation. Et également le même que celui de Ted, ajoutai-je.

On laissa cette idée s'installer, et cela nous mit de drôles de choses dans la tête.

– Bien sûr, le M-14 est un fusil très commun, et je ne suggérais rien en mentionnant que Ted avait le même.

– Il aurait pu nous tuer près du Vortac, reprit Kate après un silence.

– Il ne nous aurait pas butés si près de là où Gene nous avait déposés pour le retrouver, fis-je remarquer, histoire de continuer dans la paranoïa.

Elle ne répondit pas.

Bien évidemment, je ne croyais pas réellement que ce fût Ted qui essayait de nous tuer. Ted n'aurait pas fait ça. Ted voulait venir à notre mariage. Pas vrai ? Mais on ne sait jamais. Je mis la balle écrasée dans ma poche.

On eut droit à cinq minutes de tranquillité, et je me figurais que le tireur – quelle que fût son identité – avait déguerpi, mais je n'avais aucune intention de le vérifier moi-même.

J'entendais les hélicos qui tournaient au loin et j'espérais que l'un d'entre eux finirait par nous voir.

Malgré ma douleur au bassin, je commençai à me sentir partir. J'étais totalement épuisé et déshydraté, et je pensais que je devenais cinglé quand je perçus la sonnerie d'un téléphone. J'ouvris les yeux.

– Bordel, qu'est-ce que... ?

On regarda vers la pente où sonnait le téléphone. Je ne pouvais pas encore le voir, mais j'avais une idée assez précise de l'endroit où il était. Juste en face de nous. Si je courais pour le récupérer, le rocher me couvrirait de la ligne de tir de Khalil. Peut-être.

Avant que je décide si je voulais prendre ce risque, le téléphone cessa de sonner.

– Si nous réussissons à choper ce téléphone, nous pourrons appeler à l'aide, dis-je.

– Si on va chercher ce téléphone, on n'aura plus besoin d'aide. On sera morts.

– Exact.

Nous ne parvenions pas à détacher les yeux de l'endroit où se trouvait le téléphone. Il recommença à sonner.

Il est connu qu'un sniper ne peut pas regarder continuellement dans son télescope sans éprouver une fatigue visuelle et musculaire ; par conséquent, il doit s'accorder de courtes pauses. Peut-être était-ce ce que Khalil était en train de faire. Peut-être était-ce lui qui nous appelait ? Il ne pouvait pas tirer et parler en même temps, pas vrai ?

Avant de réfléchir trop longtemps au problème, je bondis, courbé en deux, couvris les sept mètres en deux secondes, localisai le téléphone, le ramassai, fis demi-tour et revins vers le rocher, le gardant soigneusement entre moi et la ligne de feu de Khalil. Avant d'atteindre le rocher, je le lançai à Kate, qui l'attrapa.

Je me cognai dans le rocher, pivotai et me remis en position assise, me demandant par quel miracle j'étais encore en vie. J'inspirai profondément plusieurs fois.

Kate avait le téléphone collé à l'oreille et elle écoutait.

– Va te faire enculer ! dit-elle. (Elle écouta encore et ajouta :) Ne me dis pas comment une femme doit parler. Va te faire enculer !

J'avais le sentiment qu'elle n'était pas en ligne avec Jack Koenig.

Elle colla le téléphone contre sa poitrine et me lança :

– Tu es incroyablement courageux ou incroyablement stupide ? Comment as-tu osé faire ça sans me prévenir ? Tu préfères être mort que marié, c'est ça ?

– Excuse-moi, mais qui est à l'appareil ?

Elle me tendit le téléphone.

– Khalil veut te dire au revoir.

On se regarda, embarrassés, je crois, par notre bref soupçon que Ted Nash, notre compatriote, aurait tenté de nous tuer. Il fallait que je quitte ce boulot.

– Tu devrais faire changer ton numéro, lui dis-je en attrapant le téléphone. Ici Corey.

– Vous êtes un homme très chanceux, susurra Asad Khalil.

– Dieu veille sur moi.

– C'est sans doute vrai. Je ne rate pas souvent mes cibles.

– On a tous nos mauvais jours, Asad. Rentre chez toi t'entraîner.

– J'admire votre courage et votre bonne humeur face à la mort.

– Merci beaucoup. Hé, pourquoi tu ne descends pas de ton arbre, que tu ne poses pas ton fusil et que tu ne viens pas jusqu'ici les mains en l'air ? Je veillerai à ce que tu sois traité équitablement par les autorités.

Il rit.

– Je ne suis plus dans l'arbre. Je suis en train de repartir. Je voulais juste vous dire au revoir et vous rappeler que je reviendrai.

– J'attends la deuxième manche avec impatience.

– Va te faire foutre !

– Hé, un homme aussi religieux que toi ne devrait pas parler comme ça.

– Va te faire enculer !

– Non, toi d'abord, Asad, et par le chameau que tu montes.

– Je te tuerai et je tuerai la putain qui t'accompagne, même si ça doit me prendre la vie entière.

J'avais visiblement réussi à l'énerver de nouveau, et donc, pour diriger sa colère vers des buts plus constructifs, je lui rappelai :

– N'oublie pas de remettre les choses à plat avec l'oncle Muammar, hein ? Ah oui, il y avait aussi un dénommé Habib Nadir, c'est lui qui a tué ton père à Paris, sur ordre de Muammar. Tu connais ce type ?

Il n'y eut pas de réponse, et je n'en attendais pas vraiment une. La ligne était coupée, et je rendis le portable à Kate.

– Ted et lui devraient s'entendre à merveille.

Kate appela le Sea Scape Motel et elle tomba sur Kim Rhee. Elle expliqua notre situation et notre présente position, et Kim lui dit qu'elle nous envoyait des gens des services secrets.

– Dis-leur de faire attention, ajouta Kate. Je ne suis pas sûre que Khalil soit parti.

Elle raccrocha et me demanda :

– Tu crois qu'il est réellement parti ?

– Je pense, oui. Le Lion sait quand attaquer et quand s'en aller.

– Exact.

– Tu connais la différence entre un terroriste arabe et une femme qui a ses règles ? fis-je, histoire de détendre l'atmosphère.

– Non
– On peut parlementer avec un terroriste arabe.
– Ce n'est pas drôle.
– Okay. Et la définition d'un Arabe modéré ?
– C'est quoi ?
– Un type qui n'a plus de munitions.
– Ça, c'est drôle.
Le soleil commençait à taper, faisant disparaître ce qui restait de brouillard. On se tenait par la main, attendant un hélicoptère, un véhicule ou une patrouille à pied.
– C'était un avant-goût des choses à venir, murmura Kate comme pour elle-même.
Elle avait mille fois raison. Et Asad Khalil, ou son successeur, reviendrait avec un nouveau grief, et on enverrait un missile de croisière dans la maison de quelqu'un en représailles, et ça continuerait, encore et encore.
– Tu veux arrêter ce boulot ? demandai-je à Kate.
– Non. Et toi ?
– Seulement si tu arrêtes.
– J'aime ça, dit-elle.
– J'aime tout ce que tu aimes.
– J'aime la Californie.
– J'aime New York.
– Et le Minnesota ?
– C'est une ville ou un État ?
Finalement, un hélico nous repéra et, après avoir déterminé que nous n'étions pas des cinglés de terroristes arabes, il atterrit, et on nous hissa à bord.

54.

Ils nous transportèrent à l'hôpital du comté de Santa Barbara, où l'on nous donna des chambres adjacentes avec une vue franchement pas terrible.

Beaucoup de nos nouveaux amis du bureau de Ventura vinrent nous voir : Cindy, Chuck, Kim, Scott, Edie, Roger et Juan. Tout le monde nous félicita pour notre bonne mine. Je songeais que, si je me faisais tirer dessus une fois par an, à cinquante ans je serais magnifique.

Mon téléphone sonnait constamment, comme vous pouvez l'imaginer – Jack Koenig, le capitaine Stein, mon ex-partenaire Dom Fanelli, mon ex-femme Robin, la famille, les amis, les collègues passés et présents, etc. Chacun avait l'air très inquiet de mon état, bien sûr, et me demandait toujours d'abord comment j'allais, attendant patiemment que je réponde « bien », avant de m'assaillir d'un flot de questions sur ce qui s'était passé.

Les patients des hôpitaux arrivent à s'en sortir avec quelques phrases bien choisies, comme je l'avais appris lors de mon dernier séjour. Par conséquent, selon qui appelait, j'avais cinq réponses standards : Je suis sous sédatifs et je ne peux pas me concentrer. C'est l'heure de ma toilette. Cette ligne téléphonique n'est pas sûre. J'ai un thermomètre dans le cul. Mon conseiller psychologique ne veut pas que je m'étende sur l'incident.

Évidemment, il faut utiliser la bonne phrase avec la bonne personne. Par exemple, avec Jack Koenig, choisir la réponse numéro 4... Bon, vous voyez ce que je veux dire.

Le deuxième jour, Beth Penrose appela. Je me dis qu'aucune de mes phrases standards ne s'appliquait à ce coup de fil, et donc on eut *la conversation*. Fin de l'histoire. Elle me souhaita beaucoup de choses agréables, et elle le pensait. Je lui souhaitai les mêmes, et je le pensais.

Quelques types du bureau de Los Angeles passèrent aussi pour prendre des nouvelles de Kate, et quelques-uns vinrent même me voir, y compris Douglas Petitebite, qui coupa ma perfusion. Je plaisante.

Gene Barlet, des services secrets, vint aussi. Il nous invita à visiter le ranch quand nous irions mieux.

– Je vous montrerai l'endroit où on vous a tiré dessus. Vous pourrez prendre des morceaux du rocher en souvenir. Et des photos.

Je l'assurai que je n'avais pas envie de me remémorer l'événement, mais Kate accepta son invitation.

Bref, j'appris par différentes personnes qu'Asad Khalil semblait s'être évaporé, ce qui ne me surprit pas. Il y avait deux possibilités concernant Khalil : un, il avait réussi à regagner Tripoli ; deux, la CIA l'avait capturé et tentait de le retourner, essayant de convaincre le Lion que certains Libyens avaient meilleur goût que les Américains.

À ce sujet, je ne savais toujours pas si Ted et compagnie avaient laissé Asad achever sa mission pour que, celle-ci accomplie avec succès, il se sente heureux et plus réceptif à l'idée de buter l'oncle Muammar et ses amis. Je me demandais aussi auprès de qui les Libyens avaient obtenu les noms de ces pilotes. Je veux dire, cela faisait tout à fait conspiration à la *X-Files*, et c'était si dément que je décidai de ne pas passer trop de temps là-dessus ni d'y perdre trop de sommeil. Pourtant, ça me troublait réellement.

Quant à Ted, j'étais étonné qu'il ne nous ait pas rendu visite, mais je me figurais qu'il était très occupé à jongler avec les mensonges, comme à son habitude, dans les couloirs de Langley.

Le troisième jour de notre hospitalisation, quatre types débarquèrent de Washington, représentant ce qu'ils disaient être le FBI, même si l'un de ces mecs puait la CIA. Kate et moi nous sentions assez bien pour accueillir ces messieurs dans une petite salle d'attente. Ils enregistrèrent nos déclarations, bien sûr, parce que c'est leur boulot. Ils adorent enregistrer des déclarations, mais ils ne déclarent pas grand-chose eux-mêmes.

Pourtant, ils nous dirent qu'Asad Khalil n'était toujours pas entre les mains du FBI, ce qui pouvait être vrai. Je les informai qu'il avait juré de nous tuer, Kate et moi, même s'il devait y passer le restant de ses jours.

Ils nous dirent de ne pas trop nous inquiéter, de ne pas parler aux étrangers et de rentrer chez nous avant la nuit tombée, enfin, des niaiseries de cet acabit. On prit un éventuel rendez-vous à Washington dès que nous nous sentirions mieux. Par bonheur, personne n'évoqua une conférence de presse.

À ce sujet, on nous répéta que nous avions signé divers serments, déclarations et autres, limitant nos droits de faire des interventions publiques et jurant de garder pour nous toute information relative à la sécurité nationale. En d'autres termes, ne dites rien à la presse, sinon, on vous défonce le cul tellement fort que vos blessures par balle auront l'air de petites éraflures en comparaison.

Ce n'était pas exactement une menace, parce que le gouvernement ne menace pas ses citoyens. C'était un simple avertissement.

Je rappelai à mes collègues que Kate et moi étions des héros, mais personne n'avait l'air de s'en souvenir. Dégoûté, j'annonçai à ces quatre messieurs qu'il était l'heure de mon lavement, et ils s'en allèrent.

À propos de presse, la tentative d'assassinat de Reagan fut relatée dans tous les médias, mais cela s'arrêta vite, et la version officielle devint : « La vie de l'ancien président n'a jamais été en danger. » Aucune mention ne fut faite d'Asad Khalil – l'agresseur solitaire était inconnu – et personne ne parut établir de lien avec les pilotes assassinés. Cela changerait, bien sûr. Comme le disait Alan Parker : « Un tiers aujourd'hui, un tiers demain et le reste quand les journalistes commenceront à nous briser les noix. »

Le quatrième jour de notre séjour à l'hôpital de Santa Barbara, Mr. Edward Harris, collègue de Ted Nash à la CIA, vint nous rendre visite et on le reçut dans notre petite salle d'attente privée. Lui aussi nous rappela de ne pas parler à la presse et suggéra que nous avions été choqués, que nous avions perdu beaucoup de sang et que, par conséquent, nos souvenirs étaient plutôt flous.

Nous avions déjà discuté de ça avec Kate, et l'on assura à Mr. Harris qu'on avait oublié jusqu'au menu du déjeuner.

– Je ne me souviens même plus pourquoi jc suis à l'hôpital, lui affirmai-je. La dernière chose que je me remémore, c'est d'être allé à JFK chercher un transfuge.

Edward eut l'air un peu sceptique.

– N'en faites pas trop.

– Vous me devez vingt dollars, et Ted dix.

Il me lança un drôle de regard, qui me parut tout à fait inapproprié. Je pense que cela avait à voir avec la mention du nom de Ted.

À ce point du récit, je devrais dire que presque tous nos interlocuteurs se comportaient comme s'ils savaient des choses que nous ignorions, mais que nous aurions pu savoir si nous les avions demandées.

– Où est Ted ? demandai-je donc à Edward.

Il laissa passer quelques secondes, puis lâcha :

– Ted Nash est mort.

Je n'étais pas totalement surpris, même si cela me secoua.

Kate était sidérée.

– Comment ?

– Après vous avoir récupérés, on l'a découvert quelque part dans les collines. Il avait une balle dans le front. Mort sur le coup. (Edward ajouta :) On a extrait la balle, et la balistique prouve qu'elle provenait du fusil avec lequel Asad Khalil vous a tiré dessus.

Kate et moi en restâmes pantois.

Je me sentais assez mal, mais, si Ted avait été dans la pièce, je lui aurais répété l'évidence : quand on joue avec le feu, on se brûle et, quand on joue avec les lions, on se fait manger.

On présenta tous deux nos condoléances. J'étais tout de même surpris que la mort de Ted n'ait pas été mentionnée dans les journaux.

Comme Ted avant lui, Edward suggéra que nous pourrions nous trouver heureux de travailler pour la CIA.

Je ne pensais pas que ce genre de bonheur fût réellement possible, mais, quand on a affaire à des malins, il faut être plus malin.

– On en reparlera, oui, promis-je. Ted aurait aimé ça.

Je détectai à nouveau un léger scepticisme chez Edward, mais il répondit :

– La paye est meilleure. Vous pouvez choisir votre poste et l'on vous y garantit cinq ans d'activité. Tous les deux ensemble. Paris, Londres, Rome... à votre guise.

Si cela ressemblait un peu à de la corruption, c'est toujours mieux que des menaces. Le fait est que nous en savions trop, et qu'ils savaient que nous en savions trop.

– J'ai toujours voulu vivre en Lituanie, dis-je à Edward. Kate et moi allons en discuter.

Edward n'avait pas l'habitude qu'on se foute de sa gueule. Il devint très froid et nous quitta presque aussitôt.

– Tu ne devrais pas essayer de jouer au plus malin avec ces gens, me rappela Kate.

– Je n'en ai pas souvent l'opportunité.

Elle demeura silencieuse un moment, puis murmura :

– Pauvre Ted.

Comme je n'étais pas sûr qu'il soit vraiment mort, je ne pouvais pas faire mon deuil avec enthousiasme.

– Invite-le à notre mariage quand même, répliquai-je. On ne sait jamais.

Le cinquième jour de notre hospitalisation, je me dis que, si je restais une minute de plus, je n'arriverais jamais à récupérer, ni physiquement ni mentalement, et donc je signai une décharge pour sortir, ce qui remplit d'aise mon assureur. En fait, j'aurais pu m'en aller dès le deuxième jour, mais les fédés voulaient que je reste, et Kate aussi, dont la blessure avait besoin de nettement plus de temps.

– Ventura Inn Beach Resort. On se voit là-bas, lançai-je à ma fiancée.

Et me voilà parti, avec un flacon d'antibiotiques et quelques analgésiques vachement efficaces.

Quelqu'un avait envoyé mes fringues au nettoyage et le costume était revenu lavé et repassé, avec les deux trous reprisés. Les taches de sang étaient encore vaguement visibles sur le costume, la chemise bleue et la cravate, mais mon caleçon et mes chaussettes étaient impeccables. Un minibus de l'hôpital m'emmena jusqu'à Ventura.

Je me sentais comme un clochard, entrant dans le Ventura Inn sans bagages, avec mes vêtements tachés, et complètement défoncé aux antidouleurs. Mais Mr. American Express arrangea tout ça en moins de deux, et je m'achetai des shorts californiens.

Je nageais dans l'océan, regardais des rediffusions de *X-Files* et parlais à Kate deux fois par jour au téléphone.

Elle me rejoignit quelques jours plus tard et l'on entama notre convalescence. Je travaillais mon bronzage et j'appris à manger des avocats.

Kate avait un minuscule bikini et elle s'aperçut vite que les cicatrices ne bronzent pas. Les mecs s'imaginent que les cicatrices sont comme des médailles d'honneur. Pas les femmes. Alors j'embrassais son bobo toutes les nuits, et il la gêna moins. En fait, elle commença même à montrer les deux marques à des plagistes, qui pensaient qu'une blessure par balle, ça, c'était vraiment cool.

Entre les plagistes et les souvenirs de guerre, Kate essaya de m'initier au surf, mais je crois qu'il faut avoir une dentition plus que parfaite et un brushing impeccable pour y parvenir.

On apprit donc à mieux se connaître pendant ces deux semaines de pré-lune de miel qu'on passa à Ventura et, par consentement mutuel silencieux, on se rendit compte qu'on était faits pour vivre ensemble. Par exemple, Kate me jura qu'elle adorait regarder les matches de foot à la télé, qu'elle aimait dormir la fenêtre ouverte en hiver, qu'elle préférait les pubs irlandais aux restaus chics, qu'elle détestait les vêtements chers et la joaillerie, et qu'elle ne changerait jamais de coiffure. Je la crus sur toute la ligne, évidemment. Moi, je promis de rester le même. Ça, c'était facile.

Toutes les bonnes choses ont une fin, et, à la mi-mai, on rentra à New York pour retrouver nos boulots au 26 Federal Plaza.

Il y eut une petite fête pour nous au bureau, selon la coutume, et l'on fit des discours idiots,

portant des toasts à notre dévouement, à notre convalescence et, bien sûr, à nos fiançailles et à une longue et heureuse vie conjugale. Tout le monde aime les histoires d'amour. Ce fut la soirée la plus interminable de ma vie.

Pour la rendre plus amusante, Jack me prit à part.

– J'ai utilisé tes trente dollars et ceux de Ted et d'Edward pour le buffet, dit-il. Je savais que tu serais d'accord.

Exact. Et Ted l'aurait souhaité aussi.

Tout bien considéré, j'aurais préféré être de retour aux homicides, mais je n'avais aucune chance. Le capitaine Stein et Jack Koenig me jurèrent que j'avais un brillant avenir devant moi à l'ATTF, malgré la pile de plaintes déposées à mon encontre par divers individus et diverses organisations.

Quand on reprit le boulot, Kate annonça qu'elle avait reconsidéré les choses – pas notre mariage, non, mais cette histoire de bague de fiançailles. Elle me mit au travail sur un truc qui s'appelait « la liste des invités ». Et je localisai Minnesota sur une carte. C'est un État. Je faxai des copies de la carte à mes copains de la NYPD pour le leur prouver.

Quelques jours après notre retour, on effectua le voyage obligatoire au J. Edgar Hoover Building et l'on y passa trois longues journées avec les merveilleux spécialistes du contre-terrorisme, qui écoutèrent toute notre histoire, puis nous la répétèrent, sous une forme quelque peu différente. On mit tout au propre et l'on signa tous les deux nos dépositions, déclarations, transcriptions, et j'en passe, jusqu'à ce que tout le monde soit content.

Le quatrième jour de notre séjour à Washington, on nous conduisit au quartier général de la CIA à Langley, Virginie, où l'on retrouva Edward Harris et consorts. La visite ne fut pas longue, et nous étions en compagnie de quatre types du FBI, qui se chargèrent presque entièrement du dialogue à notre place. J'aimerais juste que tous ces gens arrivent à s'entendre un peu.

Le seul moment intéressant dans ce voyage à Langley fut notre rencontre avec un homme extraordinaire. C'était un ancien type du KGB, le fameux Boris dont Ted nous avait parlé devant le Vortac.

Ce rendez-vous était sans but apparent, autre que le fait que Boris désirait nous connaître. Mais, durant l'heure où l'on discuta, j'eus le sentiment que ce type en avait fait et vu dans sa vie plus que tous les gens réunis dans la pièce.

Boris était un grand gaillard qui fumait des Marlboro à la chaîne et qui était un peu trop aimable avec ma fiancée.

Il nous raconta sa vie au KGB, puis il nous donna quelques petites infos sur sa seconde carrière avec les services de renseignements libyens. Il mentionna avoir donné à Khalil quelques trucs pour faciliter son voyage aux États-Unis. Boris était curieux de savoir comment on avait mis la main sur son élève.

Je n'ai pas vraiment l'habitude de révéler des informations à des officiers de renseignements étrangers, mais le type la jouait donnant, donnant, et, si Kate ou moi répondions à ses questions, il répondait aux nôtres. J'aurais pu causer avec lui pendant trois jours, mais il y avait d'autres personnes dans la pièce, et, de temps en temps, elles nous conseillaient de nous taire ou de changer de sujet. Qu'est-il advenu de la liberté d'expression ?

On eut quand même droit à une petite vodka et à de la fumée de cigarette de deuxième main.

Un des types de la CIA annonça qu'il était l'heure de partir, et on se leva tous.

– On devrait se revoir, dis-je à Boris.

Il haussa les épaules et fit un geste désignant ses amis de la CIA.

On se serra la main et Boris nous dit :

– Cet homme est une parfaite machine à tuer et ce qu'il ne tue pas aujourd'hui, il le tuera demain.

– Ce n'est qu'un homme, répliquai-je.

– Parfois, je me demande, fit Boris. En tout cas, je vous félicite d'avoir survécu. Ne gaspillez plus le moindre de vos jours.

J'étais certain que c'était une expression russe qui n'avait rien à voir avec Asad Khalil. Pas vrai ?

On rentra à New York et l'on ne mentionna plus Boris ni l'un ni l'autre. Mais j'aurais bien aimé vider une bouteille de vodka avec ce mec, un jour.

Les semaines passaient et toujours pas de nouvelles d'Asad Khalil, ni aucune bonne nouvelle de Libye concernant la soudaine disparition de Mr. Kadhafi.

Kate ne fit jamais changer son numéro de portable, et j'ai toujours le même numéro direct au 26 Federal Plaza. Nous attendons un appel de Mr. Khalil.

Mieux encore, Stein et Koenig – cela faisait partie de notre accord avec les gens de Washington – nous donnèrent pour instruction de former une équipe spéciale comprenant Kate, moi, Gabe, George Foster et quelques autres personnes dont le seul objectif était de trouver et d'appréhender Mr. Asad Khalil. J'ai également déposé une requête pour que mon ex-partenaire Dom Fanelli soit transféré à l'ATTF. Il lutte, mais je suis une personne importante désormais, et je vais bientôt l'avoir entre mes griffes. Je veux dire, il est responsable de ma présence à l'ATTF, et une bonne vacherie en mérite une autre. Ce sera comme au bon vieux temps.

Dans cette nouvelle équipe, il n'y aura personne de la CIA, ce qui réduira nettement notre handicap.

Cette nouvelle équipe est probablement la seule chose qui me maintienne dans ce boulot que je crois foutu. Je considère les menaces de ce type comme très sérieuses, et ça se réduit à la très simple question de tuer ou être tué. Aucun d'entre nous n'a l'intention de prendre Asad Khalil vivant, et, comme Asad Khalil n'a pas non plus l'intention de se laisser prendre vivant, tout va bien pour tout le monde.

J'appelai Robin, mon ex, pour l'informer de mon prochain mariage.

Elle me souhaita beaucoup de bonheur et me conseilla :

– Tu peux enfin changer ton stupide message sur ton répondeur.

– Bonne idée.

– Si un jour tu arrêtes ce type, Khalil, repasse-moi l'affaire.

J'avais joué à ce petit jeu avec elle à propos des suspects qui m'avaient tiré dessus dans la 102e Rue Ouest, et je lui dis donc :

– Okay, mais je veux dix pour cent des honoraires.

– C'est d'accord. Puis je perds en appel et il prend perpétuité.

– C'est d'accord.

Avec ce problème résolu, je pensais pouvoir appeler mes anciennes petites amies pour leur dire que j'avais maintenant une compagne à temps plein, qui allait devenir ma femme. Mais je ne voulais pas passer ces coups de fil, alors, à la place, j'envoyai des e-mails, des cartes et des fax. Je reçus même quelques réponses, de condoléances pour la plupart. Je ne partageai aucune de ces nouvelles avec Kate.

Le grand jour approchait, et je n'étais pas nerveux. J'avais déjà été marié et j'avais fait face à la mort de nombreuses fois. Je ne veux pas dire qu'il y ait des similitudes entre se marier et se faire tirer dessus, mais... c'est possible, après tout.

Kate prenait tout ça très cool, même si elle n'avait jamais remonté l'allée centrale auparavant. Elle semblait maîtriser la situation et elle sentait tout ce qu'il fallait faire, quand il fallait le faire, qui devait le faire... Je crois que ce savoir ne s'apprend pas, qu'il a quelque chose à voir avec le chromosome X.

Toute plaisanterie mise à part, j'étais heureux, satisfait et plus amoureux que je ne l'avais jamais été. Kate Mayfield est une femme remarquable, et j'étais persuadé que nous allions vivre heureux pour toujours. Je crois que ce que j'aimais chez elle, c'était qu'elle m'acceptait pour ce que je suis, ce qui n'est pas très difficile si l'on considère combien j'approche la perfection.

Nous avions également partagé l'expérience la plus profonde que deux personnes puissent partager, et nous nous en étions bien sortis. Kate Mayfield était brave, loyale et pleine de ressources, et, contrairement à moi, elle n'était pas encore cynique et dégoûtée du monde. En fait, c'était une patriote, et je ne peux pas en dire autant. Je l'ai peut-être été un jour, mais il nous est arrivé trop de choses, au pays et à moi. Et pourtant, je continue à faire mon boulot.

Mon plus grand regret, si l'on songe à cet immense bordel – en dehors de mon regret évident pour les pertes en vies humaines –, c'est que nous n'ayons tiré aucun enseignement de tout cela.

Comme moi, le pays a eu de la chance et a toujours réussi à éviter la balle fatale. Mais la chance, comme je l'ai appris dans les rues, sur les tables de jeu et en amour, finit par vous lâcher un jour. Et, s'il n'est pas trop tard, vous vous retrouvez face aux faits et à la réalité, et vous en arrivez à mettre au point un plan de survie qui n'inclut pas le moindre facteur chance.

À propos, il pleuvait le jour de notre mariage, et j'appris que c'est censé porter bonheur. Je pense plutôt que ça veut dire que vous êtes en train de vous mouiller.

Presque tous mes amis et toute ma famille avaient fait le voyage jusqu'à cette petite ville du Minnesota, et presque tous se tinrent beaucoup mieux que lors de mon premier mariage. Bien sûr, il y eut quelques incidents avec mes collègues célibataires de la NYPD qui se comportèrent outrageusement avec quelques-unes de ces Wendy blondes aux yeux bleus – y compris un incident entre Dom Fanelli et la demoiselle d'honneur dont je ne parlerai pas –, mais il fallait s'y attendre.

La famille de Kate était composée de véritables wasp, le prêtre était méthodiste et excellent acteur comique. Il me fit promettre d'aimer et d'honorer mon épouse, et de ne plus jamais mentionner *X-Files*.

C'était une cérémonie à deux anneaux. Un anneau pour le doigt de Kate et un anneau qu'on allait me passer dans le nez. Bon, assez plaisanté.

Mon beau-père était okay, belle-maman était une bombe, et ma belle-sœur aussi. Ma mère et mon père leur racontèrent plein d'histoires sur moi, qu'ils trouvèrent drôles, dans le sens comique et pas dans le sens anormal. Tout irait bien.

En tout cas, on séjourna une semaine à Atlantic City, puis une semaine sur la côte californienne. On s'était arrangés pour rejoindre Gene Barlet au Rancho del Cielo, et la balade en voiture pour y monter fut nettement plus agréable que la première fois. Le ranch aussi. Il était bien plus joli au soleil, et sans sniper.

On retourna près du gros rocher, qui avait l'air beaucoup plus petit que dans mon souvenir. Gene prit des photos, dont une de la blessure de Kate, classée X, et, vu son insistance, on ramassa quelques éclats de roche en souvenir.

Gene désigna la ligne des arbres au loin :

– On a récupéré cinquante-deux douilles sur le sol. Je n'ai jamais entendu parler d'autant de balles tirées par un sniper sur deux personnes. Ce type en voulait vraiment.

Je pense qu'il nous expliquait que le jeu n'était pas terminé.

La ligne des arbres me rendait quelque peu nerveux, donc on s'en alla. Gene nous montra l'endroit où Ted avait été découvert mort, à moins de cent mètres du Vortac, avec une seule balle au milieu du front. Où allait-il ? Que faisait-il là au départ ? On ne le saura jamais.

Comme c'était notre voyage de noces, je suggérai qu'on en avait assez vu, et l'on regagna le ranch pour boire un Coca avant de partir vers le nord.

Nous avions laissé le portable de Kate à New York, ne voulant pas d'appels de copains ou d'assassins pendant notre lune de miel. Mais nous avions emporté nos armes tous les deux.

On ne sait jamais.

Remerciements

Étant donné la nature de certains éléments utilisés dans ce roman, quelques-unes des personnes que je voudrais remercier ici ont demandé à rester anonymes. Je respecte cette requête, et je leur fais part de toute ma gratitude pour leur aide.

Je voudrais tout d'abord remercier Thomas Block, mon ami d'enfance, commandant de bord à US Airways, rédacteur du magazine *Flying*, coauteur de *Mayday* et auteur de six autres romans, pour son assistance inappréciable concernant les « trucs d'avions » entre autres choses. Comme d'habitude, Tom est arrivé quand j'étais en l'air sans hélice.

Merci aussi à Sharon Block, ancienne hôtesse sur des vols internationaux de la Braniff et d'US Airways, pour avoir lu le manuscrit et choisi mon camp dans les conflits avec son mari.

Remerciements spéciaux aux membres de la Force antiterroriste et à mes bons amis de la NYPD, les inspecteurs Kenny Hieb et John Gallagher (à la retraite), et également à l'inspecteur Tom Pistone.

Un merci tout spécial à un bon ami, ancien flic des aéroports, Frank Madonna, pour avoir partagé ses secrets, et pour sa patience. Merci à Donald McMahon, à l'officier de police Bobby Yarzab et à tous les hommes et femmes que j'ai rencontrés à l'aéroport international John-Fitzgerald-Kennedy, qui ont pris le temps de me promener partout et de répondre à un tas de questions idiotes.

Toute la partie de ce livre concernant le raid américain sur la Libye n'aurait pas pu être écrite sans la participation de Norm Gandia, commandant à la retraite de l'US Navy. Norm est un vétéran du Viêtnam, un ancien Blue Angel, un bon ami et un buveur très léger. Merci aussi à Al Krish, lieutenant-colonel de l'US Air Force (à la retraite), qui m'a mis dans le cockpit d'un F-111.

Je suis très reconnaissant à l'équipe de la Fondation pour la Jeune Amérique d'avoir pris le temps de me faire faire une visite privée du ranch de Ronald Reagan. Un merci tout spécial à Ron Robinson, président de cette fondation, à Marc Short, responsable du ranch, et à Kristen Short, responsable du développement. Un grand merci aussi à John Barletta, ancien responsable du groupe de protection présidentiel des services secrets. Le professionnalisme et le dévouement de John sont trop rares dans le monde d'aujourd'hui.

Merci encore une fois à Laura Flanagan et à Martin Bowe, bibliothécaires, qui ont fait un merveilleux boulot de recherche et m'ont aidé pour ces petits détails agaçants que seul un bibliothécaire peut avoir la patience d'aller rechercher.

Merci aussi à Daniel Starer, des Recherches pour les écrivains. C'est le cinquième roman pour lequel Dan m'a assisté et maintenant il sait ce dont j'ai besoin avant que je le sache moi-même.

Ce roman n'aurait pas vraiment pu être écrit sans l'aide, le dévouement et l'infinie patience de mes assistantes, Dianne Francis et Georgia Leon. Ce n'est pas simple de travailler dans le quotidien avec un écrivain, mais Dianne et Georgia m'ont rendu la vie plus facile. Merci.

S'il est difficile de travailler avec un écrivain, il n'est certes pas très amusant de vivre avec lui pendant qu'il écrit. Ce boulot échoit à ma femme, Ginny, qui a la patience d'une sainte, et des qualités d'éditeur qui lui permettent de travailler avec un type qui est incapable d'épeler, de ponctuer et de construire une phrase. Comme d'habitude, mille mercis et tout mon amour.

Une fois de plus, comme pour *L'Île des fléaux*, un million de mercis au lieutenant John Kennedy, de la police du comté de Nassau. En tant que flic et avocat, John permet à mes policiers fictifs de rester honnêtes, et à l'auteur de le rester également. Avec JK sur l'affaire, la vérité triomphe.

Le Berceau de l'Aviation de Long Island est une installation nouvelle et de première catégorie, qui honore les femmes et les hommes ayant contribué à faire de l'Amérique le numéro un de l'aviation, et l'un des meilleurs pays du monde pour l'aéronautique et l'espace. Je voudrais remercier Edward J. Smits, Gary Monti, Joshua Stoff et Gerald S. Kessler d'avoir pris le temps de me faire visiter le musée et de m'avoir laissé partager leur vision.

Les faits, procédures, conseils et détails qui m'ont été fournis ont parfois été mal interprétés, oubliés ou ignorés, et, par conséquent, toutes les erreurs ou omissions sont dues à mon seul fait.

Je veux aussi profiter de cette opportunité pour remercier les gens de la Warner Bros et de Time Warner Audio-Books pour leur travail, leur soutien, leur dévouement et leur amitié : Dan Ambrosio, Chris Barba, Emi Battaglia, Carolyn Clarke, Ana Crespo, Maureen Mahon Egen, Letty Ferrando, Sarah Ford, Jimmy Franco, David Goldstein, Jan Kardys, Sharon Krassney, Diane Luger, Tom Maciag, Peter Mauceri, Judy McGuinn, Jackie Merri Meyer, Martha Otis, Jennifer Romanello, Judy Rosenblatt, Carol Ross, Bill Sarnoff, Ann Schwartz, Maja Thomas, Karen Torres, Nancy Wiese, et enfin Harvey-Jane Kowal, la correctrice la plus coriace du monde.

Mes remerciements aussi à Fred Chase, qui a eu le dernier mot sur les virgules, les noms de lieux, les faits, etc.

L'auteur qui a un bon éditeur est béni, et j'ai été deux fois béni avec Larry Kirschbaum et Jamie Raab, dont les talents respectifs sont plus qu'égaux à la somme de leur travail.

Mes quinze ans et sept romans chez Warner Books ont été, selon les époques, heureux et intéressants, chamailleurs et tendus, couronnés de succès, toujours amusants et jamais ennuyeux. Vous êtes tous numéro un.

Et, finalement, mon agent pour ces vingt et quelques dernières années, Nick Ellison. Il faudrait un autre volume pour discuter de cette relation, mais, en quatre mots : *Love Ya Big Guy*.

Debra Del Vecchio et Stacy Moll ont fait de généreuses donations aux œuvres de Long Island afin que j'utilise leurs noms en tant que personnages de ce roman. J'espère qu'elles auront apprécié leurs alter ego fictifs et qu'elles continueront leur excellent travail pour des causes qui en valent la peine.

Dangereuse fascination

(Pocket n° 10911)

John Sutter, avocat, et sa femme Susan, peintre à ses heures, mènent la vie raisonnable de la grande bourgeoisie américaine. L'arrivée dans la maison voisine de Frank Bellarosa, parrain de la mafia, va pimenter leur quotidien. Frank, "le cardinal", est un personnage cultivé, puissant, qui exerce une réelle fascination sur le couple. Mais la mafia n'est pas un divertissement ; on ne joue pas avec ce feu-là. John accepte les privilèges que lui octroie Frank, et se voit obligé de rendre quelques services en retour… Le piège se referme …

Il y a toujours un Pocket à découvrir

Rumeurs

(Pocket n° 10968)

Un meurtre défraie la chronique de la snob Long Island : deux jeunes et brillants biologistes viennent d'être assassinés. On raconte qu'ils travaillaient sur des armes bactériologiques pour les vendre à une puissance étrangère. John Corey, détective de la Criminelle de New York, est peu convaincu par l'hypothèse d'un règlement de comptes adoptée par le CIA et le FBI. Et si l'objet de leur recherche n'était pas une arme ?

Il y a toujours un Pocket à découvrir

La grande Muette

(Pocket n° 4332)

Au beau milieu d'un champ de tir, on retrouve le corps d'Ann Campbell, la séduisante fille du général, violée et assassinée. Paul Brenner, officier de police militaire, commence alors une enquête qu'il doit mener sur fond de secrets, de loyauté, le tout régi par un code de l'honneur à toute épreuve. Et oui, l'Armée est une grande famille...

Il y a toujours un Pocket à découvrir

Impression réalisée sur Presse Offset par

BRODARD & TAUPIN

GROUPE CPI

16326 – La Flèche (Sarthe), le 16-12-2002
Dépôt légal : janvier 2003

POCKET – 12, avenue d'Italie - 75627 Paris cedex 13
Tél. : 01.44.16.05.00

Imprimé en France